中国古典文学观止丛书

ZHONGGUO GUDIAN WENXUE GUANZHI CONGSHU

历代小赋观止

LIDAI XIAOFU GUANZHI

丛书主编 尚永亮
本书主编 魏耕原

陕西新华出版传媒集团
陕西人民教育出版社
·西安·

撰搞人（以姓氏笔画为序）：

王安廷	王成林	王俊平	公炎冰	文时珍	许逸民
池万兴	刘生良	孙俊杰	陆永品	陈　新	陈惠云
陈殿生	李方正	李　娓	邹介昭	张秀贞	尚永亮
周啸天	林　霖	杨希武	赵光勇	侯省林	诸士心
高飞卫	龚爱蓉	常　森	曹方林	韩小默	韩　雪
傅毓民	储兆文	潘啸龙	魏玉川	魏耕原	

总　序

物华天宝，人杰地灵。在中华文明古国五千年的历史进程中，数不清的文人才士，经过代复一代顽强持续的努力，创作出了难以数计的各种体裁的文学精品，宛如取之不竭、用之不尽的昆山邓林。这些文学精品不仅极大地丰富了中华民族的文化宝库，而且以其超越时空的永恒魅力，在世界范围内发生着越来越深远的影响。作为当代的文化人，我们无比珍视这笔财富，为了做到既对得起昨日的历史，又无愧于今日的时代，使古典文学从高雅的殿堂走向千家万户，我们特在全国范围内约请数百位专家学者，共同编纂了这套大型《中国古典文学观止》丛书。

《中国古典文学观止》丛书分诗骚、先秦两汉文、历代小赋、历代小品文、汉魏六朝乐府、唐诗、唐宋八大家文、宋词、元曲、明清小说十册，收录作品2000余篇，总计约500万字。在编写体例上，它不同于时下流行的各类文学选本和鉴赏辞典，除传统的作者简介、注释外，另辟【今译】【点评】【集说】诸栏目。【今译】力求信、达、雅，便于读者对原作的阅读理解；【点评】避免了长篇赏析的空泛，抓住要点难点，既单刀直入、抽笋剥蕉，又提纲挈领、点到为止，给读者留下了广阔的思考空间；【集说】则荟萃了历代对每一作品的具体评说，便于人们从多角度、多层面理解原作，并具有较强的资料性。总之，通过这些方法，我们力争做到探幽抉隐，快人耳目，画龙点睛，开启思维，使得一册在手，专业读者不觉其浅，一般读者不嫌其深，雅俗共赏，老少咸宜。

丛书的顺利完成和出版，得力于各分册主编和作者的协作努力，也得力于陕西人民教育出版社的领导和综合编辑室诸位编辑的无私帮助。值此丛书修订、再版之际，我们谨对参与其事的各位同仁一并致以真诚的感谢！并希望广大读者能在这套丛书数千篇文学精品的游弋中，获得“观止”的感受。

尚永亮

2017年岁首于珞珈山麓

目　录

前　言

文学品类是发展进化的，破土挺出于中国文学日趋成熟的楚汉之际的赋，就是一株显赫的标本。《楚辞》的惊采绝艳、《诗经》的赋比兴、诸子散文的问对结构、纵横家的恣肆铺排，即是它勃然滋生的丰厚土壤。赋以最大输入的开放性姿态容纳众美，标志中国文学结束了活跃的少年旅程。这是一种经过精细的“自觉艺术”加工的美文。单纯进取和热情洋溢的青春期躁动，受到了“形式主义”一类的批评和不幸的冷遇。然而其富美的价值日益呈现出被重新认识的苏醒之势。

尽管前有班固“润色鸿业”“雅颂之亚”的盛誉，后有白居易“凌轹风骚，超轶今古”的鼓吹，而契刻在人们观念中的却是另一个大赋家扬雄的忏悔：“雕虫篆刻”“壮夫不为”。虽然如此，“《毛诗》者，华彩之辞也，然不及《上林》《羽猎》《二京》《三都》之汪涉博富也……”，葛洪《抱朴子·钧世》这一番进化性的比较，则存乎更多的启示。试想：倘无《洛神赋》，曹植的“建安之杰”的桂冠要减却多少华彩；文苑最为神气的“洛阳纸贵”，诗文辞曲都要借赋的光；枚乘《七发》的铺张，使病人起色汗出，并非一味的虚扬，其后的王褒就有给汉宣帝的太子诵赋治病的“临床经验”。弘衍富赡、辩丽可喜的审美愉悦，使之成为两汉文坛的文学正宗。人所共知，赋的本能是体物写志，不正促进了咏物诗的发展？刘歆《遂初赋》、班氏父女的《北征》《东征》赋，那种“越安定以容与兮，遵长城之漫漫，剧蒙公之疲民兮，为强秦乎筑怨”的遇地而发的慨古叹今，应当说开发了后之登临怀古诗的绿洲。论起诗中大宗山水诗的起源，只在玄言或招隐、公宴、行役的“诗圈”打转，其实宋玉《高唐赋》和汉人京殿苑猎赋的模山范水远要丰富得多。舍此远邻，单言近舍，以《游天台山赋》为代表的晋代山水赋就可开列一张可观的清单。何况开派者谢灵运富丽精工的“大必笼天海，细不遗草树”的描摹和“未能忘兴谕”（白居易《读谢灵运诗》)的结尾,都流注赋的血液。唐诗巨子杜、韩《北征》《南山》大篇,及《雉带箭》《汴泗交流赠张仆射》诸多名篇无不有赋的"影子"。否定性对话结构的《八月十五夜赠张功曹》,即依模"子虚乌有"。这样说,赋又是最大的输出者。"欲人不能加"(皇甫谧语)的豪富,颇能显示具有高层次进化的异类嫁接的资质。或许也与此相关,《文选》属之卷首。文集喜欢排前或殿后,无论自编他编,都意在显示作者"升高能赋"的本领。

和"诗骚"不同,赋无南北地域局限,又拓宇于文明昌盛的中古汉代。"苞括宇宙,总览人物"的胸襟和视野,使赋充满蓬勃生机,蔚成大国。巨衍弘阔的构思,万象纷呈的铺张,壁垒分明的叙列,严整而具变化的结构,其他体裁无可比拟的精雕细镂,在这峥嵘的个性里,崇盛丽辞尤为显明。大量生动的、模糊的、生僻的形容词,千姿百态地汹涌荡潏;劲悍、柔和、变化百出的动词泱莽腾奔于激流之间;五光十色的名词,推类成艳,字必鱼贯地闪烁于波顶浪巅。这里更是形形色色"视之无端,察之无涯"的连绵词的浩浩汪洋。"丽句与深采并流,偶意共逸韵俱发"(刘勰语),夸辞云构,华彩风起。明绚深玮,炫人眼目。人们责其过于"损枝"的流弊,却实在忽视了光采灼灼的"繁华"。文学语言的发展于此付出堆砌曼衍"灾难性"的代价,然而桃李竞芳的赋里正有待以开发的潜在价值。

在赋的发展史上,视宋玉为"赋圣",应者无多。就"楚辞"看,光焰万丈的屈原衬得宋玉黯然失色。以赋观之,宋玉则"崛起骚人之后.奋其雄夸,乃与'雅颂'抗衡,而分裂其土壤,由是词人之赋兴焉",诚如清人程廷祚《骚赋论》所言,他委实是位卓异瑰伟的赋体创始奠基者。"品居最上"的《风赋》所涉及的内容,为屈子缺焉。《高唐》《神女》诸赋,穷形尽态、瑰丽窈冥、精细简洁的赋风,同样有着"衣被词人,非一代也"的历史地位。

蔚然成风的汉赋,前人极加推重。贾、枚、马、扬,三班、两王、傅、张、赵、蔡,赋家纷出,前后轩翥。名作竞爽,风格层出。其蓬勃沛然之势,有如"荡荡乎八川分流,相背而异态。东西南北,驰骛往来"(《上林赋》)。京殿苑猎的鸿篇巨制俨然凌乎小赋之上,即便一支长笛、一管洞箫都要铺衍成洋洋大篇。然而润色鸿业的大赋背后,牢骚不平的小品不绝如缕。有趣的是,以骚体赋和《归田》《述行》相始终的两汉小赋,完成了终而返初的回归旅程。古奥博丽的汉大赋过去看作高不可及的范本,在今天小赋则获得更多的读者。

我们无须轩轾大小赋的高下，而其本来就并行不悖各有胜场地发展着。

文人吟咏寂寞的西汉，促成赋的古拙奥雅。诗作渐多的东汉赋则日趋平易晓明。观《长门赋》“邪气壮而攻中”“孤雌跱于枯杨”，自是西京悲壮古涩的形色。真正体现“浏亮”特色，是五言腾跃的建安时期的邺下小赋，慷慨悲凉的建安诗人几乎都是赋的作手。诗歌已具富有生机而成熟的流行形式，独尊文坛的赋退居二线，专以赋名家的局面从此结束。威胁激生转机，诗的流畅圆转引渡入赋。赋的诗化更新，使小赋抒情写志的本能发挥到前所未有的高度。浏亮精炼，怊怅切情，次居配角，却具新貌。“太康群英”顺势扬波，体裁扩大，数量迅增，小赋尤得到长足发展。赋名不著的束皙“还趍床而无被，手狂攘而妄牵”的白描，触目惊心，不可淡忘。左思虽盛名于《三都》，而与曹植《鹞雀赋》相近的《白发赋》则更为精悍奇劲。潘岳、陆机“烂若舒锦”“举体华美”的诗赋，风格相一，虽缛采有余，而长于言情，较建安似具出蓝之色。悼亡感怀、咏史慨今，人文觉醒的心灵对话，是魏晋承东汉后期蔡邕等人专事小赋余绪的新变，彻底突破了献纳宫廷的圈子。由是观乎《文选》录潘岳赋八篇之多，自不会出于偶然。

东晋抒情小赋和它百年延祚不成比例，而意想不到的陶渊明《闲情赋》异彩独映一代。不难看出，其中融润张衡《四愁诗》的幽情，至于传颂千古的《归去来兮辞》和《归田赋》的关系就更为紧密。倘若说建安小赋涉笔生色，宋、齐、梁、陈的骈赋则为精心结撰。煊乎其辞的鲍照，藻耀高翔而虎啸于前；华实相扶的庾信，长气舒卷则龙步于后。其间《雪》《月》《恨》《别》诸赋如“杂花生树，群莺乱飞”，标新立异，不同轨辙。读“试望平原，蔓草萦骨，拱木敛魂。人生到此，天道宁论”，迥异于汉赋；读“登楼一望，惟见远树含烟；平原如此，不知道路几千”，又浸在清丽如诗的氛围之中。人多鄙薄南朝小赋“义取其纤，词尚其巧”（程廷祚说）、“古意渐远”（李调元说）。赋本丽文，纤巧浅明是美化的需要。峻山高林豁朗胸怀，花苑草地亦骀澹心目。

照一般说法，六朝以后赋可以不论。由于唐诗的光华四射，唐赋濒临销声匿迹。且不说京都大赋的“赋迹”“赋心”挤进卢、骆的《长安古意》《帝京篇》，以及从《两都》《二京》《芜城》化出而变化一新的《阿房宫赋》，而孙樵别开生面的《大明宫赋》，看不到一点“列棼橑以布翼，荷栋桴而高骧”的铺采摛文，充乎其内的是“奸声在堂，谀舌在旁，窒聪怫讽，正斥邪宠”的鬼神趋怪走奇般的狠斥。皮日休的《桃花赋》“或临金塘，或交绮井，又若西子，浣纱见影”等句，连发排喻，因变取比，以虚拟实，千树万花排闼而来。神气活现的《蟾蜍赋》“澒洞雷殷”“喧毻鼓怒”寥寥数语，作者东方虬的蓄志顿出。杜牧《晚晴赋》写雨后高松“如冠剑大臣，国有急难，庭立而议”，外围竹林则“十万丈夫，甲刃摐摐，密阵而环侍”，深湾红芰、败荷、白鹭、杂花一一拟诸各色人等，妙喻骏发，新鲜别致。李邕《石赋》犹如石头小史，铺典用事中挺露端详刚直的人格。李、杜、刘、柳诸家传世之作，自不待言。文赋、骈赋、诗赋，以及中唐出现的律赋，不乏精品。王棨“有地皆秀，无枝不荣”的《江南春赋》，浓而不腻，艳而不靡。“流丽悲倩，句法处处变化”。黄滔、宋言等人的咏史律赋，清词丽句，饶有意致。对于唐赋，李调元《赋话》花了不少力气。王芑孙的《读赋卮言》特加见重，以为赋莫盛于唐，总魏晋周隋八朝之众轨，“踵武姬、汉，蔚然翔跃，百体争开，曷其盈矣！”这谔谔之论启迪我们为之刮目，这是经过一番革心洗貌脱胎换骨而获得的最后一个弥足珍贵的鼎盛时代。

宋元明三代，词曲、小说、戏剧勃兴，文体大备。赋呈强弩之末，景象落寞，难成风气，《秋声》《赤壁》之类的名作寥寥无多。到了清代，颇有回光返照的起色，然而毕竟进入寿终正寝的归宿。

出于以上的浮光掠影，选此一编。所选也并非全然“叹为观止”的佳制，如《围棋》《机》等作，可以兆示赋体物的触须之长。平淡的《东征赋》有功于“述行”体的滋衍，且出于尚需优待的女性之手。选本历来重精不重广，作为取舍者，难免踌躇。为避免与丛书内他编选文重复，凡非以赋名而实则为赋者，只好摈拒。至于赋海遗珠，不再烦言。限于篇幅，《野鹅》《大河》只好舍弃。存疑“伪作”，仍从其人。出于类书的残篇，只能依旧。赋兼才学，训释不易，今译亦难。如“雄戟列于廊板，戎马鸣乎讲柱”（郭璞《登百尺楼赋》），二句末两词，大意略明，下注缩笔。“煮黄当之草菜，作汪洋之羹饘”（《贫家赋》）的“黄当”，难索确解。《文选》李注犹遗讥于赋，此编虽加审慎，纰漏难免。撰者众手，水平参差；编者浅陋，谨盼明眼慧心的读者赐教拔正。

魏耕原

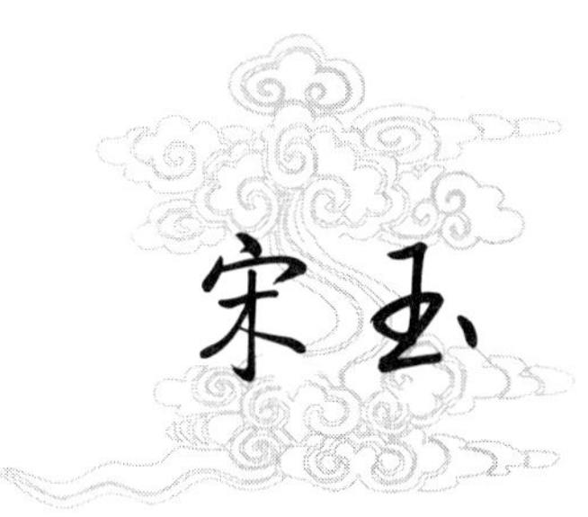

宋玉

宋玉(生卒年不详),所处时代略晚于屈原,据说做过楚顷襄王的侍从小臣,很不得志。宋玉好辞而以赋见称,辞作《九辩》以咏秋著称。《文选》收其赋作《风赋》《高唐赋》《神女赋》《登徒子好色赋》等五篇,被人疑为伪作,但一般认为属宋玉之作。他是赋的开创性作家,传世数篇,描写细腻,构思新颖,句式富有变化,在赋史上均有深远影响。

风　赋[(1)]

楚襄王游于兰台之宫[(2)],宋玉、景差侍[(3)]。有风飒然而至[(4)],王乃披襟而当之[(5)],曰:“快哉此风[(6)]! 寡人所与庶人共者邪[(7)]?”宋玉对曰:“此独大王之风耳[(8)],庶人安得而共之[(9)]!”王曰:“夫风者,天地之气,溥畅而至[(10)],不择贵贱高下而加焉[(11)]。今子独以为寡人之风,岂有说乎[(12)]?”宋玉对曰:“臣闻于师:‘枳句来巢[(13)],空穴来风。’其所托者然[(14)],则风气殊焉[(15)]。”

王曰:“夫风,始安生哉[(16)]?”宋玉对曰:“夫风生于地,起于青𬞟之末(17)。侵淫溪谷(18)，盛怒于土囊之口(19)；缘泰山之阿(20)，舞于松柏之下，飘忽淜滂(21)，激飏熛怒(22)；耾耾雷声(23)，回穴错迕(24)；蹶石伐木(25)，梢杀林莽(26)。至其将衰也，被丽披离(27)，冲孔动楗(28)，眴焕粲烂(29)，离散转移。故其清凉雄风(30)，则飘举升降，乘凌高城(31)，入于深宫。邸花叶而振气(32)，徘徊于桂椒之间，翱翔于激水之上(33)；将击芙蓉之精(34)，猎蕙草(35)，离秦衡(36)，概新夷(37)，被荑杨(38)；回穴冲陵(39)，萧条众芳(40)。然后徜徉中庭(41)，北上玉堂(42)；跻于罗帷，经于洞房(43)，乃得为大王之风也。故其风中人(44)，状直憯凄惏栗(45)，清凉增欷(46)；清清泠泠，愈病析酲(47)；发明耳目(48)，宁体便人(49)。此所谓大王之雄风也。"

王曰："善哉论事！夫庶人之风，岂可闻乎？"宋玉对曰："夫庶人之风，塕然起于穷巷之间(50)，堀堁扬尘(51)；勃郁烦冤(52)，冲孔袭门(53)；动沙堁，吹死灰(54)；骇溷浊(55)，扬腐余(56)；邪薄入瓮牖(57)至于室庐(58)。故其风中人，状直憞溷郁邑(59)，殴温致湿(60)；中心惨怛(61)，生病造热(62)；中唇为胗(63)，得目为蔑(64)；啖齰嗽获(65)，死生不卒(66)。此所谓庶人之雌风也(67)。"

【注释】(1)此赋最早见于《文选》第13卷"物色"类。 (2)楚襄王：即楚顷襄王。名横，怀王之子。兰台宫：旧址在今湖北钟祥市。 (3)景差：传为楚大夫。 (4)飒然：形容风声。 (5)披襟：敞开衣襟。当：迎。 (6)快：爽快。 (7)共：指共享。 (8)独：只是。 (9)安得：哪能。 (10)溥(pǔ)畅：普遍畅通。 (11)高于：高低，尊卑。加焉：吹到身上。 (12)说：解释的理由。 (13)枳句(zhì gōu)来巢：枳树多弯曲的树枝，招致鸟儿做巢。句，曲。句是"勾"的古字。 (14)然：这样。 (15)风气：风的气势。殊：不同。 (16)安：何，哪里。 (17)青𬞟(pín)之末：青萍的末梢。 (18)侵淫：逐渐扩展。 (19)盛怒：指风势猛烈。土囊：大山洞。 (20)缘：顺。阿(ē)：山曲。 (21)飘忽：迅疾的样子。淜滂(píng pāng)：风击物声。 (22)激飏(yáng)：强风劲吹的样子。熛(biāo)怒：形容风声猛如烈火。熛，火势飞扬。 (23)耾耾(hóng hóng)：意同"隆隆"，雷声，形容大风声。 (24)回穴:回旋不定。错迕:错杂交叉。 (25)蹶石:飞沙走石。伐木:摧折树木。 (26)梢杀:冲击。莽:丛草。 (27)被丽:即"披离",四面分散的样子。 (28)楗(jiàn):门闩。 (29)眴(xuàn)焕:意同"粲烂",鲜明的样子。 (30)雄风:雄骏的风。 (31)乘凌:上升。 (32)邸(dǐ):同"抵",触动,吹动。振气:指散发香气。 (33)翱翔:和上句"徘徊"指缓风回旋轻拂。激水:激荡的流水。 (34)芙蓉:荷花。精:同"菁",即花。(35)猎:吹掠。 (36)离:历,经过。秦:香草,一说指秦地。衡:杜衡,香草。 (37)概:指吹平。新夷:即辛夷,香木名。 (38)被:通"披",指吹开。荑(tí)杨:初生的杨枝。荑,草木初生。 (39)回穴:犹言回旋。冲陵:冲击。 (40)萧条:指凋零。 (41)徜徉(cháng yáng):徘徊。 (42)玉堂:殿堂的美称。宫殿都朝南,所以说风"北上"。 (43)洞房:深室。 (44)中人:指吹到人身上。 (45)状:情状。直:简直。憯(cǎn)凄:即惨凄,凄冷。惏栗(lín lì):意同"凛冽",寒冷的样子。 (46)增欷:反复叹息。 (47)析酲(chéng):解醉,醒酒。 (48)发:开。明:亮。 (49)宁:安。便:利。(50)塕(wěng)然:突然而起的样子。 (51)堀(jué):突起,吹起。堁(kè):尘土。 (52)勃郁烦冤:风回旋的样子。一说形容风飞卷时的愤怒不平。勃郁,愤怒。 (53)袭:侵入。 (54)死灰:冷却的灰。 (55)骇:指搅起。溷浊:指污秽之气。 (56)腐余:东西腐烂以后的气味。 (57)邪薄:从旁侵入。邪,偏斜。薄,迫。瓮牖(yǒu):用破瓮作的窗口。 (58)室庐:指住室。 (59)憞(dùn)溷:烦恶的样子。郁邑:即郁抑,忧闷。 (60)殴:同"驱"。温:热湿气。致湿:得湿病。 (61)惨怛(dá):悲伤痛苦。(62)造热:发烧。 (63)胗(zhěn):唇疮。 (64)得目:吹到眼睛上。蔑:眼病。 (65)啖(dàn):吃。齰(zhà):嚼。嗽:吸吮。获:通"嚄"(huò),大叫。以上四动词,都形容中风嘴动抽搐痛苦的样子。 (66)死生不卒:死不了,活不了。卒,终了。 (67)雌风:卑恶的风。

【今译】楚襄王在兰台宫游赏,宋玉、景差随从陪游。一股凉风飒然拂来,襄王敞开衣襟迎着吹来的风,说:"爽快啊!这一股风。我和百姓可以共同享受吗?"宋玉回答说:"这只是大王的风罢了,老百姓哪能共同享受!"襄王说:"这个风嘛,是天地自然所形成的气流,普遍畅通地刮来,不选择身份贵贱尊卑而吹到人们的身上。现在你独自认为是我的风，难道有什么解释的理由吗？”宋玉回答说：“我从老师那儿听说：‘枳树弯曲，招致鸟儿做窝，穴洞空敞，招致风儿吹来。’它们的依托是在不同环境下有不同的情况，那么风在不同情况下气势自然也就不同了。”

襄王说：“风开始是从哪儿发生的呢？”宋玉回答说：“风从地面上产生，从青萍的末梢吹起。然后逐渐地刮入山谷，在大山洞的洞口猛烈起来。又顺着大山曲隈前进，在松柏林里飘舞。风力越来越迅急，击物噼啪作响。风势越来越强猛，如烈火飞扬。这时风声隆隆如雷，回旋往复，错综交杂。飞沙走石，摧折林木，冲击野草。等到风势逐渐平息的时候，风力四面分散，这时只有冲击小洞，摇动门闩的力量了。当风微尘息以后，花草树木又显出分外鲜明光彩的样子，风势也就轻徐起来，向四面柔和地飘动。所以其中清凉雄骏的风，就飘飞上下，跨越高高的城墙，吹进深宫之中。摇动花叶，使花香散发，缓缓飘拂在桂树和椒树之间，盘旋在激荡的水流上。它将吹动荷花，掠过蕙草，经过秦蘅，倒伏偃平辛夷，吹散初生的杨花；它回旋冲击，凋落了各种芳香的花草。然后在庭院中回旋飘拂，从北面吹进华美的殿堂，攀越锦罗帷幔，进入深邃的内室，这才是大王的风。所以这样的风吹到人身上，其情状直使人凄凉寒冷。清凉的气息令人反复叹息，能治愈疾病，解醉醒酒，耳聪目明，安宁身体，有利于人。这就是所说的大王雄骏的风啊。”

襄王说：“真好啊，你对事物的分析！那老百姓的风，是否可以听到你的评论？”宋玉回答说：“那老百姓的风，倏然卷起在冷僻的小巷里，飞土扬尘，愤怒不平地盘旋飞卷，冲击孔隙，侵入门缝，掀起沙尘，飘动冷灰，搅起污浊秽物，散扬腐烂气息；然后从旁吹进用破瓮做的窗口，侵入居室之中。所以这种风吹到人身上，那情状简直使人烦恶忧闷，所挟带的热风湿气会使人得湿病。外感入内，使人悲惨忧愁，生病发烧。碰到嘴唇上会起唇疮，吹到眼睛上即生眼病。还能使人中风抽搐，嘴角抽动，如吃如嚼，如吸如喊，不死不活。这就是所说的老百姓的卑恶的风啊。”

【点评】天地间空气流动形成的风，在这里分属于苦乐不均的两处。泠泠清风，是宫居闺处的王者专有品，可治愈曲室洞房所引起的伐性萎靡之病，可解久耽安乐日夜沉醉之醒，成了爽心豁目，“宁体便人”的宫廷滋补物。

雄风一意锦上添花，雌风绝不雪中送炭，而如滋生百病的瘟神，肆虐庶民，使人烦闷惨痛，口烂眼病，抽搐呼叫，死活不得。二风祸福殊异，在于“所托者然”。雄风凌城入宫，穿掠佳树美卉，摇叶振枝，飘瓣带香，徘徊中庭，飘入玉堂，拂动罗帷，逍遥洞房。顺着雄风的吹动，富丽的宫苑展现得历历分明。不难看出，“大王之雄风”和豪奢无度是等量齐观的。雌风突起于穷巷，暴怒于陋室，飞尘扬土，钻孔入隙，搅起污物垃圾，挟腥带臭。“庶人之风”所驱异路，所到之处是肮脏、破败的贫家小户的愁惨气象。显而易见，大王和庶民、豪奢富有和悲惨困苦，形成尖锐鲜明的对比。轻暖被体，色彩满目，音乐充耳，肥厚厌饫，专淫逸侈靡，不顾国政的楚襄王于此不是昭然若揭？宫苑穷巷的静观默察，显露出楚王的天堂正是建立在他凌虐庶民的地狱之上。不合理的贫富对立的社会现状寓有深刻意义，超出讽刺的具体范畴，产生深远的影响。

宋玉出身“贫士”，有“无裘而御冬”的体会和从来未遇到襄王“阳春”的遭遇，蓄怨积思，对贫富对立的悬异发为不平之鸣。所以宋人苏辙说：宋玉之言，盖有讽。夫风无雌雄之异，而人有遇不遇之变。楚王所以为乐，与庶人所以为忧，此则人之变也，而风何与焉？作者正是利用风的随处飘卷和所具有的自然能量的特点，让它飘进“玉堂”而造福，复使之卷袭“瓮牖”而为害，节节“婉转附物”，段段“怊怅切情”，赋物寓意，意中出意，思外生思。整篇运意掉转迅急，加上笔飞墨舞，语势如风，飘宕疾转。“夫风生于地”至“离散转移”一节，表现更为细腻丰富。写出了飘转不定难以状摹的风的动态、声响、威力，以及产生、流动、止息的种种变化，颇传风的“感情”和“个性”。有“起于青蘋之末”的细致观察，有“缘泰山之阿，舞于松柏之下”的广阔想象；“蹶石伐木，梢杀林莽”的触目惊心和风息物静“眴焕粲烂”的变幻齐涌笔端。这一节写一般的风，上承“溥畅而至，不择贵贱高下而加焉”，末了让它分别“离散转移”到下面的王室、民窟，使前后气脉贯通，一气旋转。关于风的四番对话，议论则语取瘦劲散句，如风行水上，推波助澜，结构全文。直接描写则措辞富赡，并以排比、对偶的长短句相间。舒展的平声韵和短促的仄声韵，分置二段，气势尤为协畅或紧迫。赋物着意铺排而又极为简净。开篇飒然而起，雌风写毕即戛然而终，不多费辞，如风已静而树犹摇，其意外之意使人深而思之，当然不止于襄王骄奢，故宋玉作此赋以讽之的意义了。

【集说】写得如许曲折，如许郑重，正以见大王之所‘独’耳。（何焯评，于光华《重订文选集评》按，指铺写雄风一段）

只须如此便住，不赘一词，却有无穷余味。（同上。按，指结尾）

居深宫之中，有池沼之观，花木之娱，玉堂罗帷之适，岂知庶民之所居者乃穷巷瓮牖沙堁之中，秽浊腐余之侧乎？庄言之殊索然无味，借风之所经历言之，而君民苦乐之悬绝自见。是为神妙而不可测也。（梅曾亮评，见徐树铮《诸家评点古文辞类纂》）

此赋体似散文，但其刻画风处，有王者、庶人不同，且押脚俱用韵……而篇法劈分两扇，前后遥对，局亦本之《周书·秦誓篇》。（周平园评，见于光华《重订文选集评》）

通篇斥王不能苏民之困，自飨兰台之乐。风一也，入高爽之处，则愈病析酲；入于瓮牖之间，则生病造热。盖借风以斥楚王不恤民隐。然言之无迹，但以贵贱共乐相形，盖善于谲谏也。（林纾评，见宋晶如等《广注古文辞类纂》）

（魏耕原）

神女赋[(1)] 并序

楚襄王与宋玉游于云梦之浦[(2)]，使玉赋高唐之事[(3)]。其夜玉寝[(4)]，梦与神女遇。其状甚丽，玉异之[(5)]。明日以白王[(6)]，王曰："其梦若何？"玉曰："晡夕之后[(7)]，精神恍忽[(8)]，若有所喜，纷纷扰扰，未知何意。目色仿佛，乍若有记。见一妇人，状甚奇异。寐而梦之，寤不自识[(9)]。罔兮不乐，怅然失志[(10)]。于是抚心定气，复见所梦。"王曰："状如何也？"玉曰："茂矣美矣，诸好备矣；盛矣丽矣，难测究矣。上古既无，世所未见。瑰姿玮态[(11)]，不可胜赞。其始来也，耀乎若白日初出照屋梁。其少进也[(12)]，皎若明月舒其光。须臾之间，美貌横生。晔兮如花，温乎如莹[(13)]。五色并驰，不可殚形[(14)]。详而视之，夺人目精。其盛饰也，则罗纨绮缋盛文章[(15)]，极服妙采照万方。振绣衣，被袿裳[(16)]。秾不短，纤不长[(17)]，步裔裔兮曜殿堂[(18)]。忽兮改容，婉若游龙乘云翔。嫷被服，侻薄装[(19)]，沐兰泽，含若芳[20]。性和适，宜侍旁，顺序卑，调心肠[21]。”王曰：“若此盛矣！试为寡人赋之。”玉曰：“唯唯。”

夫何神女之姣丽兮，含阴阳之渥饰[22]。被华藻之可好兮，若翡翠之奋翼[23]。其象无双，其美无极。毛嫱障袂，不足程式；西施掩面，比之无色[24]。近之既妖，远之有望。骨法多奇，应君之相[25]。视之盈目，孰者克尚[26]？私心独悦，乐之无量。交希恩疏，不可尽畅[27]。他人莫睹，王览其状。其状峨峨[28]，何可极言！貌丰盈以庄姝兮，苞温润之玉颜[29]。眸子炯其精朗兮，瞭多美而可观[30]。眉联娟以蛾扬兮，朱唇的其若丹[31]。素质干之醲实兮，志解泰而体闲[32]。既姽婳于幽静兮，又婆娑乎人间[33]。宜高殿以广意兮，翼放纵而绰宽[34]。动雾縠以徐步兮，拂墀声之珊珊[35]。望余帷而延视兮，若流波之将澜[36]。奋长袖以正衽兮，立踯躅而不安[37]。澹清静其愔嫕兮，性沉详而不烦[38]。时容与以微动兮，志未可乎得原[39]。意似近而既远兮，若将来而复旋[40]。褰余帱而请御兮，愿尽心之惓惓[41]。怀贞亮之洁清兮，卒与我兮相难[42]。陈嘉辞而云对兮，吐芬芳其若兰。精交接以来往兮，心凯康以乐欢[43]。神独亨而未结兮，魂茕茕以无端[44]。含然诺其不分兮，喟扬音而哀叹[45]。頩薄怒以自持兮，曾不可乎犯干[46]。于是摇珮饰，鸣玉鸾，整衣服，敛容颜，顾女师，命太傅[47]。欢情未接，将辞而去。迁延引身，不可亲附。似逝未行，中若相首[48]。目略微眄，精彩相授[49]。志态横出，不可胜记[50]。意离未绝，神心怖覆[51]。礼不遑讫，辞不及究[52]。愿假须臾，神女称遽[53]。回肠伤气，颠倒失据[54]。暗然而冥，忽不知处[55]。情独私怀，谁者可语[56]？惆怅垂涕[57]，求之至曙。

【注释】(1)神女：即巫山神女。相传赤帝女瑶姬未行而卒，葬于巫山之阳，是为巫山神女。 (2)云梦之浦：云梦，古代楚国大泽名，水域数十倍于今之洞庭湖。浦,水边。 (3)高唐之事:高唐,观名。 (4)此句以下八句中,《文选》王讹为"玉",玉讹为"王",今从姚宽《西溪丛话》一并改正。(5)异之:以之为异。 (6)白:告诉。 (7)晡夕之后:日落以后。晡,古时辰,指下午三至五时;夕,傍晚。 (8)恍忽:神志不清。 (9)目色:视力。乍:忽然。寤不自识:寤(wù),睡醒。识(zhì),通"志",记。 (10)罔兮、怅然:即怅惘,失意的样子。 (11)瑰(guī)姿玮态:瑰、玮,皆珍奇貌。此句言姿态奇异优美。 (12)少(shāo):同"稍"。 (13)温乎如莹:温润如玉莹,玉色。 (14)殚(dān):尽。 (15)罗纨绮缋:罗,疏而轻软的丝织品;纨,细绢;绮(qǐ),有花纹的丝织品;缋,彩绣。文章:华美的色彩。 (16)被袿裳:被(pī),同"披"。袿(guī)裳,女子上衣为袿,下衣为裳。 (17)襛(nóng):衣厚貌,这里作宽绰解。纤:细。此句言衣服长短宽窄合度。(18)裔裔:步履轻盈优美貌。 (19)嫷被服,侻薄装:嫷(tuǒ),艳美。被(pī)服,裙披。侻(tuō):轻。 (20)沐:这里作"涂"解。兰泽:用兰(香草)浸成的香脂。 (21)此四句言性灵和适,心肠柔顺,宜侍王旁。 (22)渥饰:丰美之饰。渥,厚,重。 (23)奋翼:犹翻飞。 (24)毛嫱(qiáng)、西施:皆古之美女。障袂(mèi):以袖掩面。 (25)骨法:骨相,即形体和相貌。应君之相:应,适合;相,细看。 (26)克尚:克,能;尚,超过,高出。(27)交希恩疏:即交恩希疏,言交往太少。 (28)峨峨(é):高大貌。(29)此二句言神女体态丰满,端庄美丽,肤色温润如玉。姝(shū):美好。(30)眸子:瞳孔。炯:明亮有神。精朗:明亮。瞭:眼珠明亮。 (31)联娟:微曲貌。朱:红色。的(dì):明亮、鲜明貌。丹:丹砂,一种红色矿物质。(32)素质干:素洁之身躯。志解泰:神情散逸。 (33)婉嫿(guǐ huà):状女子娴静美好。婆娑:盘旋,徘徊。 (34)翼放纵:如鸟之翼随意放纵。(35)縠(hú):有绉纹的纱,轻薄如雾。墀(chí):台阶。珊珊(shān shān):玉声。 (36)若流波之将澜:目光如流水,似成波澜。 (37)衽(rèn):衣襟。踯躅(zhí zhú):徘徊貌。 (38)澹(dàn):安静。愔(yīn):安静和顺。嫕(yì):和善可亲。沉详:沉着安详。不烦:不躁。 (39)容与:徘徊貌。原:本,指本愿。 (40)旋:回。 (41)褰(qiān):撩起。帱(chóu):床帐。御:侍奉。惓惓(quán):亦作"拳拳",尽心貌。 (42)贞:正。亮:明。卒:终。与我兮相难:言不得相近。 (43)精:精神。凯:通"恺",安乐。

(44)亨:通。未结:未相亲。茕茕(qióng qióng):孤独忧思貌。 (45)然诺:应答声。分:当。扬音:高声。 (46)頩(píng):怒色。持:矜持。干:求。此句言神女微怒,自守持节而不可贸然去追求。 (47)顾女师,命太傅:古者有女师教以妇德,神女亦有女师女傅。此句言神女命女师女傅将归也。 (48)迁延:离去。相首:相向,回头(望)。 (49)眄(miǎn):斜视。精彩:精神光彩。 (50)志态:神情姿态。横:交错纷杂。胜:尽。 (51)意离未绝:意欲离,未即绝。怖覆:恐怖而细察。怖,恐怖;覆,详审。此两句言神欲走未走,怀恐细看。 (52)遑(huáng):闲暇,空闲。讫、究,皆尽意。(53)假:借。遽(jù):急。 (54)据:依托。 (55)暗然而冥:此言失去梦中所见而感到一片昏暗。 (56)语(yù):告诉。 (57)涕:泪。

【今译】楚襄王与宋玉在云梦湖边游赏,让宋玉叙写先王楚怀王在高唐梦遇巫山神女的故事。当天晚上,宋玉入睡,果然梦见自己与神女相会。神女的形象非常美丽,宋玉感到很奇特。第二天就把此事告诉了襄王。襄王说:"你的梦究竟是怎样的呢?"宋玉回答说:"傍晚之后,我精神恍惚,像是有什么喜事,纷纷扰扰的,不知什么意思。在朦胧中,我忽然像是记得梦见一女子,容貌非常美丽。睡下时就梦见她,一醒来就记不清了。我有所失,怅惘不已。于是安心定气,又见到了梦中女子。"襄王问:"那女子的容貌怎样呢?"宋玉回答说:"太美丽了！凡是女子的所有优点她都占全了。华贵秀美,难以说尽。自古没有,今世不见。秀姿媚态,令人无法夸尽。她刚来的时候,就像那初升的太阳照亮屋梁。稍稍过了一会儿,又像那皎洁的明月放出柔和的光辉。须臾之间,美丽的容貌全都呈现出来。像花一样鲜亮,如玉一般温润。就是各种色彩纷呈,也无法全都说尽。仔细看去,光彩夺目。看那盛美的服饰啊,绫罗绸缎上绣有美丽的图案,华贵的服装上奇妙的光彩照射万方。穿绣衣,披罗裙,长短合度,宽窄合体,步履轻盈,满堂生辉。忽而又改了姿容,艳美的裙披,轻薄的衣装,好像游龙驾云飞翔。涂着香脂,散发着兰花的芳香。性灵合宜,心肠柔顺,宜侍奉在大王身旁。"襄王说:"如此美盛啊！请给我描述一番。"宋玉答道:"好吧。"

那个神女如此姣丽啊,身上聚合了天地间最美的装饰。戴上华美的装饰多么合体啊,像那翡翠鸟儿在闪动翻飞。容貌举世无双,美丽无比。毛嫱以袖遮颜,姿色不够;西施羞愧掩面,比之莫及。近看妖娆,远望亦宜。姿容多奇,合君细看。见到她啊我光彩满目,谁还能超过她的容颜?我心里独自喜悦,那欢乐啊真是无边。只恨交往太少,难以放纵我的情怀。他人没有眼福,宋玉独观其容。那亭亭玉立的身姿,怎能一下子说尽!体态丰满,端庄美丽啊,肤色温润如玉。目光炯炯有神啊,明亮而又美丽。秀眉弯弯啊,红红的嘴唇鲜亮如丹。身姿素雅却充溢着神韵啊,神情散逸,何等悠闲。在隐幽处娴静美好,在人间又舞姿翩跹。适合在那高高的殿堂上放开心境,让宽绰的衣袖像鸟儿的翅膀一样随意舒放。飞起雾一般的轻纱徐徐走去,在殿前的空地上留下玉声珊珊。她望着我的床帐久久注视,目光如水,似成波澜。振起长长的衣袖端正衣襟啊,站在那儿像是徘徊不安。可她又是那样的安静和顺,亲切善良啊,默默无语,不躁不烦。一时间她微微动身,我却不知她的本愿。她好像很近,又像很远;像是要来又要回还。我撩起床帐请求她陪侍,希望能够表达拳拳的爱慕之意,可她的心地明正、纯真无瑕啊,令我始终不得亲近。她用美好的话语和我交谈啊,那话儿像兰花一样香甜。我与她精神上往来啊,心里有说不尽的欢畅。虽然精神上相通可终未相近啊,我无端地感到孤独忧伤。她虽然语中有所应诺却不当其心啊,我不由长声哀叹。神女面露微怒而自持其节啊,我不敢贸然追求。于是她整好衣装,收起怒容,摇响玉佩,命女师女傅准备归程。一时的欢情不能接,她将辞别离去。她已转身要走啊,我再不能与她亲近。已经起行还未消逝啊,中间似乎还回头相望。目光微微斜视,把精神光彩又一次传送。那神情姿态,依然光彩如初,无法全都记住。在这似离未离之际,我心怀恐惧,再次细看。礼节无暇顾及,话也来不及尽说。希望神女再留片刻,可她却急急离去。我伤感不已,一时神魂颠倒,失去精神依托。忽然感到一片昏暗,不知身处何方。我私下的情怀,谁人可以告诉?怅然落泪,相思直到日光复出。

【点评】宋玉是楚辞向赋演化的关键人物,也是严格意义上的赋的第一位作家。作为赋的滥觞,对后世影响很大。不过,就《神女赋》而言,这种影响在艺术形式方面是积极的,在思想内容方面则基本上是消极的。

《神女赋》在思想内容上并无多少可取之处,它只是以取悦君王(楚襄王）为主旨。有人称这一类作品是“侍从文学”，鲁迅先生则称之为“帮闲文学”。这一类作品不含多少严肃的社会政治内容，也不重在抒发作者本人的某种情思，而是专门迎合人主或权贵的声色娱乐方面的需求。前人评《神女赋》，多有“讽谏”之说，但我们仔细读来，便会感到这种“讽谏”之义不明显，或者说唯见一派“淫惑”之言。

从艺术形式上看，《神女赋》却是很有特色的。赋前的序文就写得很精彩，不失为一篇优美的散文诗，历来在读者中广为流传。

《神女赋》中的巫山神女，是我国赋史上第一个成功的美女形象。作者以其细致入微的观察力、娴熟的语言技巧，在“铺彩摛文”中，把一个绝世佳人的形象栩栩如生地展现出来。一连串的妙喻，对比、夸张等修辞手法的运用，都收到了很好的表达效果。作者刻画神女，从“眸”“眉”“唇”等细小部位，写到她的身段步履和动作神态，从外表美写到内在美，从静态美到动态美，尽情铺排，着意渲染，把神女的丽容神采表现得淋漓尽致。正因如此，后世的许多作家都把宋赋作为学习仿效的对象，从中汲取了丰富的艺术营养。

【集说】或问作者之意，曰：“讽也。”或问：“好色之赋，目欲颜而心顾义，是之谓讽。今此无有，何以为讽？”曰：“彼之讽在词之中，此之讽在词之表。”或问：“何以？”曰：“楚襄王闻先王之梦巫山女也，徘徊眷顾，亦冀与之遇。玉乃托梦言之。意谓佳丽而不可亲，薄怒而不可犯，亟去而不可留。是真绝世神女也，彼荐枕席而行云雨，无乃非贞亮之洁清乎？王之妄念可以解矣。是玉所为讽也。嗟夫！不特梦寐神女为然，物有贞而不可觊，事有淫而不可成者，皆此类也。玉之辞诚婉，而其意诚规。愚病从来读者未察，故表出之。若夫洛神之赋，徒夸窈窕而寄悲思，非有关于世教也，君子又奚取乎？”（陈第《屈宋古音义·题神女赋》）

（李方正）

登徒子好色赋[1]

大夫登徒子侍于楚王[2]，短宋玉曰[3]：“玉为人体貌闲丽，口多微辞[4]，又性好色，愿王勿与出入后宫。”王以登徒子之言问宋玉。

玉曰:“体貌闲丽,所受于天也[5];口多微辞,所学于师也;至于好色,臣无有也。”王曰:“子不好色,亦有说乎?有说则止,无说则退。”

玉曰:“天下之佳人莫若楚国,楚国之丽者莫若臣里,臣里之美者莫若臣东家之子。东家之子,增之一分则太长,减之一分则太短;著粉则太白,施朱则太赤[6];眉如翠羽[7],肌如白雪,腰如束素[8],齿如含贝[9];嫣然一笑,惑阳城,迷下蔡[10]。然此女登墙窥臣三年,至今未许也。登徒子则不然:其妻蓬头挛耳[11],龃唇历齿[12];旁行踽偻[13],又疥且痔。登徒子悦之,使有五子。王孰察之[14],谁为好色者矣?”

是时,秦章华大夫在侧[15],因进而称曰:“今夫宋玉盛称邻之女,以为美色,愚乱之邪臣自以为守德,谓不如彼矣[16]。且夫南楚穷巷之妾,焉足为大王言乎?若臣之陋目所曾睹者,未敢云也。”王曰:“试为寡人说之。”

大夫曰:“唯唯。臣少曾远游,周览九土[17],足历五都[18],出咸阳[19],熙邯郸[20],从容郑、卫、溱、洧之间[21]。是时向春之末,迎夏之阳,鸧鹒喈喈[22],群女出桑。此郊之姝[23],华色含光,体美容冶[24],不待饰装。臣观其丽者,因称诗曰:‘遵大路兮揽子祛[25]’,赠以芳华辞甚妙。于是处子怳若有望而不来,忽若有来而不见[26]。意密体疏[27],俯仰异观[28],含喜微笑,窃视流眄[29]。复称诗曰[30]:‘寤春风兮发鲜荣,洁斋俟兮惠音声,赠我如此兮不如无生[31]。’因迁延而辞避,盖徒以微辞相感动,精神相依凭;目欲其颜,心顾其义,扬诗守礼,终不过差[32]。故足称也。”

于是楚王称善,宋玉遂不退。

【注释】(1)登徒子:虚构的人物,登徒是姓,子是古代男子的通称。(2)楚王:见《风赋》注(2)。 (3)短:说人坏话。 (4)微辞:委婉巧妙的言辞。 (5)所受于天:是天生的。 (6)施朱:搽胭脂。 (7)翠羽:翠鸟的羽毛。 (8)束素:形容女子腰细而柔软。束:计量成束的单位;素:白色的生绢。 (9)贝:指白色的贝壳。 (10)“惑阳城”二句:意思是说对男子很有迷惑力。阳城、下蔡:当时楚国贵族的封邑,借指贵族子弟。 (11)蓬头挛耳:头发蓬乱、耳朵蜷曲。 (12)齞(yàn)唇历齿:上翻的嘴唇、稀疏的牙齿。 (13)旁行踽偻(jǔ lóu):走路歪斜,弯腰驼背。 (14)孰:同“熟”,仔细的意思。 (15)秦章华大夫:章华是楚国地名,这里是说章华人在秦国做大夫,出使到楚国来。一说谓此大夫的封邑在章华,因以为号。 (16)“愚乱”二句:我这个愚钝邪僻的人(章华大夫自称)自以为很守道德,可现在看来是不如他(宋玉)了。 (17)周览:到处游览。九土:即九州。 (18)五都:五方都会,指全国各大都市。 (19)咸阳:秦国都城,在今陕西咸阳市东北。 (20)熙:游乐。邯郸:赵国都城,今属河北。 (21)从容:逗留。郑、卫、春秋时两国名,在今河南、河北南部。溱(zhēn)、洧(wěi):郑国境内的两条河流。 (22)鸧鹒(cāng gēng):鸟名,即黄鹂。喈喈(jiē):鸟鸣声。 (23)姝(shū):美女。 (24)容冶:容貌艳丽。 (25)称诗:诵诗。遵:沿着。袪(qū):衣袖。 (26)“于是”二句:写那女子心意摇动、想前来又不敢的犹豫之态。处子:处女,指上文的“丽者”。“恍”“忽”形容若隐若现的样子。 (27)意密体疏:情意密切,形迹疏远。 (28)俯仰异观:俯仰之间,表现不同。 (29)流眄(miǎn):眼光流动,斜视传情。 (30)复:答复。(31)“寤春风”三句:意思是说:树木被春风吹醒,开出鲜花,就好比那年华正好的少年;我整洁庄重地等待惠赐佳音;他赠给这样的东西(指花和诗),我还不如死去。寤(wù):苏醒。斋:庄重。俟(sì):等待。 (32)“扬诗”二句:口中诵诗,心内守礼,终不越过界限。

【今译】大夫登徒子在旁陪伴楚襄王,(趁机)说宋玉的坏话。他说:“宋玉这个人啊,体貌娴雅美丽,说话委婉巧妙,加上本性好色,希望大王不要与他一起到(嫔妃宫女住的)后宫去。”襄王用登徒子的话来问宋玉,宋玉回答说:“体貌娴雅美丽,这是天生的;说话委婉巧妙,是从老师那儿学来的;至于喜好女色,我却是没有的。”襄王说:“你不好色,也有什么用来解说的吗?有解说就留在这里,无解说就退下去。”

宋玉说道:“天下的佳人没能比上楚国(佳人)的,楚国的丽者没能比上我乡里(丽者)的,我乡里的美女没能比上我东邻之女的。东邻之女,增加一分便太高,减去一分便太矮;搽粉便太白,涂脂便太红;双眉像翠鸟羽毛一样美丽,肌肤像白雪一样晶莹,腰肢像束绢一样柔细,牙齿像含在口中的贝壳一样洁白;妩媚地一笑,多少公子哥儿被她迷惑、为她倾倒。然而,此女趴在墙头偷看了我三年,我至今没有答应她。登徒子就不一样了:他的妻子头发蓬乱,耳朵蜷曲,嘴唇上翻,牙齿稀疏,走路歪斜,弯腰驼背,还有疥疮和痔疮。可登徒子却喜欢她,让她生了五个儿子。大王仔细审察一下,(看我和登徒子究竟)谁是好色之人呢?"

这时,(出使楚国的)秦国的章华大夫(正好)在旁边,便向前对襄王说:"刚才宋玉极力赞邻居的女子,认为她最漂亮。我这个愚钝邪僻的人原以为很守道德,(可现在看来)是不如他了。况且那个楚国南部陋巷中的女子,哪里值得向大王称道呢?像我这样一个人眼中见过的美女,还真不敢向您讲呢。"襄王说:"请试着为我讲一讲。"

章华大夫说:"好的。我年轻时曾外出远游,观览了全国各地,足迹遍布五大都会,离开咸阳,到邯郸游玩,在郑国、卫国和溱水、洧水之间逗留。当时正是春末夏初,天气和暖,黄鹂发出悦耳的鸣叫,一群群女子外出采桑。郑、卫郊外的美女,色彩华艳,含蕴光泽,体态柔美,容貌艳丽,不用装饰而风韵天成。我注目着其中最美的一位,口诵古诗道:'沿着大路走啊,手牵您的衣袖。'然后赠给她芳香的花,给她说动听的话。于是这位处女先是犹豫观望,想来而不敢来,接着向前移动却不敢见人,羞羞答答。只见她与我情意很密切,形迹却疏远,一俯一仰之间,情态都有不同的变化。她时而高兴地微笑,时而偷着看我,眉目传情。又吟诗道:'(眼前这位年华正好的女子啊,就像)树木被春风吹醒,开出鲜花;我整洁庄重地等待呀,等待她惠赐佳音;可她只赠给我(微笑和眼神)这样的东西啊,我还不如死去。'说完,她便慢慢移动着避开了。(由此看来)我们只是用委婉巧妙的言辞相互感发,精神上相互恋慕罢了。我眼睛想看她的美貌,内心却顾念着道义,颂诗守礼,终究没有越轨。所以宋玉是值得称道的。"

于是襄王称好,宋玉便留了下来。

【**点评**】此赋文义晓畅,构思精当,借三段对话结构全篇,意在讽刺楚王的好色淫乐,却娓娓道来,颇富幽默诙谐之趣。其中描写美女形象的一段文字，巧用话语的前提，连立妙喻，把"东家之子"描绘成一位不高不矮、长短适中，红白相间、风韵天成的绝妙美女，可谓精当之至，为全赋生色。描写"处子"望而不来、来而不见的一段文字，亦极具匠心，将人物心有所欲而又羞怯、若即若离、眉目传情的神态逼真地展现出来，较之《诗经》"巧笑倩兮，美目盼兮"等词语，更为丰富、具体。随着这篇赋作在后代的广泛流传，很多描写美人的作品和其他叙事写景之作都从中受到影响，而登徒子也作为好色的典型而屡屡为人挂于齿颚。

【集说】楚襄宴集，而宋玉赋《好色》，意在微讽，有足观者。（刘勰《文心雕龙·谐隐》）

此赋假以为辞，讽于婬（淫）也。（李善《文选》注）

宋玉称邻女之状曰："增之一分则太长，减之一分则太短；著粉则太白，施朱则太赤。"予谓上二"太"字不可下。夫其红白适中，故著粉太白，施朱太赤。乃若长短，则相形者也。增一分既已太长，则先固长矣；而减一分乃复太短，却是原短；岂不相窒乎？（王若虚《滹南遗老集》）

宋玉《登徒子好色赋》："天下之佳人，莫若楚国，楚国之丽者，莫若臣里，臣里之美者，莫若臣东家之子。"按"佳""丽""美"三变其文，造句相同而选字各异，岂非避复去板欤？此类句法如拾级增高，仿佛李商隐《楚吟》之"山上离宫宫上楼"或唐彦谦《寄同人》之"高高山顶寺，更有最高人"，窃欲取陆佃《埤雅》卷三论《麟趾》所谓"每况愈上"名之。西方词学命为"阶进"（gradation）或"造极"（climax）语法。……王若虚辈泥字义而未察词令，初不省《好色赋》之"长""短"为长短恰好，故可加"太"以示失中乖宜，非若《神女赋》之"长""短"乃是过与不及之长短也。……《好色赋》："于是处子……"写如即如离、亦迎亦拒之状，司空图《诗品》之《委曲》曰："似往已回，如幽非藏"，可借以形容。……后来刻画，……增华穷态，要不出宋玉二赋（按：一指《神女赋》）语之牢笼。（钱钟书《管锥编》，第三册）

（尚永亮）

贾谊

贾谊(前200—前168),洛阳人。文帝初,被召为博士,一岁中超迁至太中大夫。为朝廷议立仪法、更定律令,多所创草。后遭权臣谗毁,贬为长沙王太傅,四年后征为梁怀王太傅。后怀王堕马死,谊哀伤郁邑,岁余即逝,终年33岁。谊以政论、辞赋擅名汉初,《过秦论》《陈政事疏》《吊屈原赋》《鹏鸟赋》是其代表作,有《贾谊集》传世。

吊屈原赋

恭承嘉惠兮,俟罪长沙(1)。侧闻屈原兮,自沉汨罗。造托湘流兮,敬吊先生,遭世罔极兮,乃殒厥身(2)。呜呼哀哉!逢时不祥。鸾凤伏窜兮,鸱鸮翱翔(3)。阘茸尊显兮,谗谀得志(4)。贤圣逆曳兮,方正倒植(5)。世谓随夷为溷兮,谓跖跻为廉(6)。莫邪为钝兮,铅刀为铦(7)。吁嗟默默,生之无故兮(8)。斡弃周鼎,宝康瓠兮(9)。腾驾罢牛,骖蹇驴兮(10)。骥垂两耳,服盐车兮(11)。章甫荐履,渐不可久兮(12)。嗟苦先生,独离此咎兮!

谇曰[13]：已矣！国其莫吾知兮，子独壹郁其谁语？凤缥缥其高逝兮，夫固自引而远去[14]。袭九渊之神龙兮，沕渊潜以自珍[15]。偭蟂獭以隐处兮，夫岂从虾与蛭螾[16]？所贵圣人之神德兮，远浊世而自藏。使骐骥可得系而羁兮，岂云异夫犬羊？般纷纷其离此尤兮，亦夫子之故也[17]。历九州而相其君兮，何必怀此都也？凤皇翔于千仞兮，览德辉而下之。见细德之险徵兮，遥增击而去之[18]。彼寻常之污渎兮[19]，岂容吞舟之鱼？横江湖之鳣鲸兮，固将制于蝼蚁[20]。

【注释】(1)恭承：恭敬地承受。嘉惠：美好的恩惠，指文帝任之为长沙王太傅。俟罪：待罪，即做官，自谦之词。 (2)罔极：没有正道。殒(yǔn)：殁，死。厥：其。 (3)鸾凤：鸾鸟、凤凰。伏窜：隐伏、飞窜。鸱鸮(chī xiāo)：即猫头鹰，比喻小人。 (4)阘茸(tà róng)：小户为"阘"，小草为"茸"，比喻鄙陋无能之人。 (5)逆曳(yè)：被逆向拉。倒植：被颠倒着立。 (6)随：指殷初贤士卞随，商汤欲让天下给他，不受而投水死。夷：指伯夷，殷末孤竹君长子。周武王伐纣，伯夷反对，并耻食周粟，与弟叔齐饿死首阳山。溷：混浊。跖(zhí)：即盗跖，春秋时鲁人。跻(qiāo)：即庄跻，战国楚人，亦被称为大盗。 (7)莫邪：古代名剑。铅刀：铅制刀，不锋利。铦(xiān)：锐利。(8)吁嗟：感叹词。默默：不得志。生：指屈原。无故：无故遇祸。 (9)斡(wò)：转、旋。"斡弃"即抛弃。周鼎：周朝传国宝鼎，相传乃夏禹所铸，夏、商、周三代相传。康瓠：破瓦壶。康：空。 (10)腾：乘。罢(pí)：同"疲"。蹇(jiǎn)驴：瘸腿驴。 (11)骥：千里马。垂两耳：马负重过度吃力貌。服：驾。 (12)章甫：礼冠名。荐：垫。履(lǚ)：鞋。渐：浸润。 (13)谇(suì)：告。"谇曰"同"乱曰"，为乐曲之尾声。 (14)缥缥：同"飘飘"，飞貌。自引：自己展翅。 (15)袭：暗藏，九渊：九重深渊。沕(mì)：深潜貌。自珍：自我珍惜。 (16)偭(miǎn)：背。蟂(xiāo)：水虫，四足而形似蛇，食鱼类。獭(tǎ)：水獭，食鱼动物。虾：此指蛤蟆。蛭(zhì)：水蛭，即蚂蟥，能吸人畜之血。螾：同"蚓"，蚯蚓。 (17)般纷纷：乱纷纷。夫子：指屈原。故：罪过、过错。 (18)细德：卑薄之德，意即无德而卑劣者。险徵：险恶的徵兆。遥增击：拍动翅膀远远高飞而去。增，高。 (19)寻：八尺。常：十六尺。污：池

塘。渎:小沟渠。　(20)鳣(zhān):一种大鱼。制:受制。蝼蚁:蝼蛄和蚂蚁。

【今译】我恭受文帝的恩惠,来到长沙供职。听说楚臣屈原,在汨罗自沉而死。我来托湘水寄意,恭敬地吊唁先生。您遭逢无道之世,竟就这样捐身。呜呼哀哉!您生此不祥时世。鸾凤伏隐逃窜,猫头鹰却纷纷展翅。卑陋者位尊名显,阿谀的谗人得志。贤圣的君子被横拖逆拉,正直的人们被头脚倒置!说卞随、伯夷污浊,称盗跖、庄跻廉洁。以为名剑莫邪粗钝,认为铅刀锋快锐利。可叹您失意落寞,就这样无罪遭祸。周鼎被轻易抛弃,破壶被珍爱保护。驾车用疲惫的老牛,配上瘸腿的毛驴。良骏却垂着双耳,拉盐车历尽崎岖。礼冠被用作鞋垫,浸汗渍哪能长久?可叹您这么痛苦,独自遭受这罪咎。

告曰:算了吧!国中再无人了解我,您独自郁闷向谁诉说?凤鸟高高地飘飞而去,本就要自己引身远祸。神龙隐身于九重深渊,自我珍惜才深深潜藏。它既然背离蟂獭隐身,又岂肯随从虾、蛭和蚂蟥?人所宝贵的是圣明之德,须远离浊世自我珍藏。倘若麒麟也可以拘系,岂不无异于普通犬羊!在纷乱之世遭逢罪祸,先生您实在也有过错。遍历九州而选择君王,又何必怀念此故都故国!凤凰高飞于千仞之上,见德光辉耀处才肯下降。见到无德而险恶的征兆,就振翮而起高高远翔。那些寻常的水池沟渠,岂能容得下吞舟之鱼。在江湖横游的大鳣巨鲸,入沟塘本就会受制于蝼蚁!

【点评】屈原遭贵族党人谗害,放逐湘沅;贾谊遭朝中权臣诋毁,贬斥长沙:二人结局虽异,遭际、哀愤实有共同之处。贾谊此赋,既以"吊屈",亦复自吊也!赋文开篇类"序",点明吊屈因由;而"遭世罔极"四字,正为全篇着"眼",赋之前半篇以联翩比兴,极写世道溷乱情状,不仅对比鲜明,而且以四言短句挥斥而下,更有电运雷行、排戛奔突之力。那"鸾凤伏窜,鸱鸮翱翔""莫邪为钝,铅刀为铦""斡弃周鼎,宝康瓠兮"的奇喻,正穿透百年历史之雾瘴,上接屈原《卜居》所发出的"蝉翼为重,千钧为轻。黄钟毁弃,瓦釜雷鸣"的愤懑慨叹,交汇成对使"贤圣逆曳兮,方正倒植"的"罔极"之世的严正抨击。这抨击当然不止针对屈原所处时代而发,其间也包含着虽处盛世、犹遭权贵迫害的贾谊自身之深切哀愤,读来更觉惊心。赋之后半篇忽以"国其莫吾知兮,子独壹郁其谁语”逆折而回，对所敬爱的屈原反絮絮责备起来，可说是全篇构思中最出人意外之笔！这一节明责屈原，实则在深一层的意义上揭露世道的黑暗：楚之朝政已昏乱到“蟂獭”横行、“蛭螾”肆虐的境地，岂有贤圣立锥之所。屈原却未肯效凤鸟“高逝”、神龙“深潜”之列，苦苦牵怀着故都而不去，安能不遭遇殒身之祸！这是在指责屈原吗？当然不是。透过辞面的“指责”语气，读者感受到的，难道不正是对那个戕害贤圣的黑暗世道的强烈愤慨和不平？如果说，屈原时代还有“历九州而相其君”的一线出路；那么，到了贾谊时代，大一统的封建专制，却使贤者连这一条出路也被堵绝了——他即使欲效凤鸟之“高逝”，又何可得哉！这正是贾谊悲剧之所在。此赋吊屈原之不能“远浊世而自藏”，而哀自身之又蹈前贤覆辙“俟罪长沙”，真是感慨深沉矣！前人评汉代拟屈之赋，盛推贾谊此赋犹存“骚人情境”，实非虚誉。

【集说】贾谊《惜誓》《吊屈原赋》《鵩鸟赋》，俱有凿空乱道意。骚人情境，于斯犹见。（刘熙载《艺概》）

（潘啸龙）

鵩鸟赋

单阏之岁兮[(1)]，四月孟夏，庚子日斜兮[(2)]，鵩集予舍[(3)]，止于坐隅兮[(4)]，貌甚闲暇[(5)]。异物来萃兮[(6)]，私怪其故[(7)]。发书占之兮[(8)]，谶言其度[(9)]，曰：“野鸟入室兮，主人将去。”请问于鵩兮：“予去何之[(10)]？吉乎告我，凶言其灾[(11)]。淹速之度兮[(12)]，语予其期[(13)]。”鵩乃叹息，举首奋翼；口不能言，请对以臆[(14)]：

“万物变化兮，固无休息。斡流而迁兮[(15)]，或推而还[(16)]。形气转续兮[(17)]，变化而嬗[(18)]。沕穆无穷兮[(19)]，胡可胜言[(20)]！祸兮福所倚[(21)]，福兮祸所伏[(22)]；忧喜聚门兮[(23)]，吉凶同域[(24)]。彼吴强大兮，夫差以败；越栖会稽兮，勾践霸世[(25)]。斯游遂成兮，卒被五刑[(26)]；傅说胥靡兮，乃相武丁[(27)]。夫祸之与福兮，何异纠纆[(28)]；命不可说兮，孰知其极[(29)]！水激则旱兮，矢激则远[(30)]；万物回薄

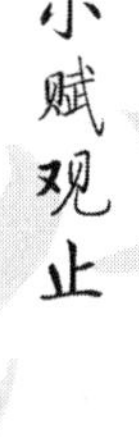

兮[31]，振荡相转[32]。云蒸雨降兮[33]，纠错相纷[34]；大钧播物兮[35]，坱圠无垠[36]。天不可预虑兮，道不可预谋[37]；迟速有命兮，焉识其时[38]！

"且夫天地为炉兮[39]，造化为工[40]；阴阳为炭兮，万物为铜[41]。合散消息兮[42]，安有常则[43]？千变万化兮，未始有极[44]！忽然为人兮[45]，何足控抟[46]；化为异物兮[47]，又何足患！小智自私兮，贱彼贵我[48]；达人大观兮[49]，物无不可[50]。贪夫殉财兮[51]，烈士殉名。夸者死权兮[52]，品庶每生[53]。怵迫之徒兮[54]，或趋西东[55]；大人不曲兮[56]，意变齐同[57]。愚士系俗兮[58]，窘若囚拘[59]；至人遗物兮[60]，独与道俱[61]。众人惑惑兮[62]，好恶积亿[63]；真人恬漠兮[64]，独与道息[65]。释智遗形兮[66]，超然自丧[67]；寥廓忽荒兮[68]，与道翱翔[69]。乘流则逝兮[70]，得坻则止[71]；纵躯委命兮[72]，不私与己[73]。其生兮若浮[74]，其死兮若休[75]；澹乎若深渊之静[76]，泛乎若不系之舟[77]。不以生故自宝兮[78]，养空而浮[79]；德人无累[80]，知命不忧[81]。细故蒂芥，何足以疑[82]！"

【注释】(1)单阏(chán è)：古代纪年的名称。这年是汉文帝六年，丁卯年。 (2)庚子：四月的庚子日，即汉文帝六年四月二十八日。日斜：太阳西斜。 (3)集：止。予舍：我的屋子。鹏：即猫头鹰。古人认为它是一种不祥之鸟。 (4)坐隅：座位的一角。 (5)闲暇：从容不惊的样子。 (6)异物：怪物，指鹏鸟。萃：栖止。 (7)私怪其故：暗自疑怪它飞来是什么缘故。 (8)发：打开。书：指占卜所用的书。 (9)谶(chèn)：预示吉凶的话。度：数，即吉凶的定数。 (10)何之：往哪里。之：往。 (11)吉乎二句：大意是说，如有吉利之事，你就告诉我；即使有凶事，你也要把什么样的灾祸对我说明。 (12)淹：迟，久留。速：短暂。这句意思是我的寿命之长短。 (13)语：告诉。期：指死生的期限。 (14)奋翼：扇动翅翼。对：答。臆：同"意"，心里想的。这两句意思说，鹏鸟不会说话，而请用胸中所想的来对答。 (15)斡(wò)流：运转的意思。斡，转。迁：变迁，变化。 (16)推：推移。还：回。以上四句大意为，万物变化，反复无定。 (17)形气：形指天地间有形体的物质;气指无形的物质。转:互相转化。续:继续不断。 (18)而:如。蟺:蜕化。这两句是说,形和气像蝉蜕壳一样,不断地相互转化。(19)沕(wù)穆:精微深远的样子。 (20)胡:何。胜:尽。这两句意为,万物变化之理,精微无穷,非言语所能尽说。 (21)倚:依托。 (22)伏:隐藏。这两句意为,福与祸相生,祸中生福,福里潜祸。 (23)聚门:聚集在一门之内。 (24)同域:同在一个地域。 (25)栖:山居。这四句是用春秋末年,吴越两国强弱转化的史事来说明成反为败,失反为得之理。开始是吴国强大,越国弱小,吴进攻越,把越王勾践围困在会稽,勾践被迫向吴王夫差求和称臣。后来,勾践卧薪尝胆,励精图治,使越国渐渐强大起来,终于灭了吴国,称霸于世。 (26)斯:李斯。游:出游秦国。遂成:达到成功。卒:最后,终于。被:遭受。五刑:墨(黥面)、劓(割鼻)、宫(男子阉取睾丸,妇人幽闭)、刖(断足)、杀(死刑)。李斯在秦二世时,为赵高所谗,腰斩于咸阳。这两句意为,李斯游于秦国,身登相位,二世时,被赵高所谗,终于受五刑而死。 (27)傅说(yuè):殷代武丁(高宗)时人。相传他为刑徒服劳役时,武丁发现他很有才干,便重用他为相。胥靡:刑徒。 (28)纠:两股线拧成的绳索。纆(mò):三股线拧成的绳子。这两句意为,祸与福相互依附纠缠,如同绳索绞合在一起。 (29)命:天命。极:终极。这两句意为,天命是不可能解说清楚的,谁知它的终极呢! (30)激:激荡。旱:同"悍",疾猛的意思。这两句意为,水受到激荡,水流就迅猛;箭被弓激发,射程就远。 (31)回:返。薄:迫。回薄:往返相激。指事物相互影响。 (32)振:同"震"。转:转化。这两句意为,万物都不断变化,相互激荡、影响、转化,人事也有因祸而至于福,因福而至于祸,互相影响,反复无常。 (33)蒸:水受热而上升。降:水遇冷而下降。 (34)纠错:纠缠错杂。纷:纷乱。这两句以水的受热上升为云、遇冷下降为雨来说明事物变化的错杂纷纭。 (35)大钧:指自然造化。钧:轮,指制造陶器所用的转轮。阴阳造化,如大轮运转以造器,故称大钧。播物:指运转造物。 (36)坱圠(yǎng yà):无边无际。垠:边际,界限。以上两句是说,大自然推动万物,使之发展变化,其范围是没有边际的。(37)天不二句:意谓天和道,其理深远,不可预为思虑谋度。 (38)迟速:指寿命的长短。有命:有命运安排。这二句意为,寿命的长短由命运在安排,人怎能知道它的时限呢! (39)炉:熔炉。 (40)工:冶金工匠。 (41)

阴阳二句:阴阳所以铸化万物,故喻为炭;物由阴阳铸化而成,故喻为铜。(42)合:聚。消:灭。息:生。(43)常则:一定的法则。(44)未始:未尝。极:终极。(45)忽然:偶然。(46)控:持。抟(tuán):把东西揉成圆形。控抟:引申为爱惜贵重的意思。(47)化为异物:变成其他东西,指死。(48)小智二句:智慧浅小之人,只顾自身,以它物为贱,以自己为贵。(49)达人:通达知命的人,这里是指懂得生死祸福道理的人。大观:心胸开朗,眼光远大。(50)可:合适。这句说,在达人看来,自己和万物可以相互适应,故没有一物不合适。(51)殉:以身殉物。(52)夸者:贪求虚名的人。权:权势。(53)品庶:一般的人。每:贪。(54)怵(chù):指为利所诱。迫:指为贫贱所迫。(55)趋西东:东奔西走,趋利避害。西东,原作"东西"。(56)大人:指道德修养很高的人。曲:指为物欲所屈。(57)意:同"亿"。齐同:等量齐观。这句意为,大人对亿万变化的事物都等量齐观、一视同仁。(58)系俗:为世俗所羁绊。(59)若囚拘:如罪人之受囚禁。(60)至人:有高尚道德的人。遗物:忘记身外的事物。(61)独与道俱:独和大道同行。道:天道,自然规律。(62)惑惑:迷惑很深。(63)好恶积亿:所爱所憎,积满胸中。亿:同"臆",胸。积亿:积满胸中。(64)真人:得天地之道的人。恬:安。漠:静。恬漠:淡泊无欲。(65)息:止。与道息:和大道同处。(66)释智:放弃智慧。遗形:遗弃形体。(67)超然:超脱于万物之外。自丧:自忘其身。(68)寥:深远。廓:空阔。忽荒:同"恍惚",不分明的样子。(69)与道翱翔:同道遨游,浑成一体。(70)逝:去。(71)坻(chí):水中小洲。以上两句意为,人生像木浮于水,随流则行,遇坻则止,无论行止,皆顺其自然。(72)纵:放纵,任纵。这句意为,把自己的身体委托给自然命运。(73)不私与己:不私爱身体把它当作自己私有的东西而执着不放。(74)浮:寄托。(75)休:休息。(76)澹:安定。(77)泛:浮动。(78)这句说,不要因为活着的缘故宝贵自己。(79)养空而浮:涵养空虚之性而浮游。(80)德人:有道德修养的人。累:顾虑,忧虑。(81)知命:知天命。(82)细故二句:人的祸福生死都是小事,有什么值得去疑惑忧虑呢!细故:细小事故。蒂芥:即"芥蒂",芒刺。这里作心怀狭隘和不快意的小事情的比喻。这里细故、蒂芥即指鹏鸟飞入舍内之事。

【今译】汉文帝六年四月二十八日傍晚，猫头鹰突然飞进我的屋子，降落在我的座旁。它神态自若，不慌不惊。对猫头鹰这怪物突然降临，我的心中暗自疑怪它飞来有什么缘故。于是我打开占卜之书一看，上面的谶语指明了吉凶的定数，谶语说："野鸟进入居室，它的主人便要离去了。"于是我向猫头鹰请问道："我将往哪里去？如有吉事，请你告诉我；即使有凶事，也请你把什么样的灾祸说明。我的寿命长短，请你告诉我它的期限。"猫头鹰叹了口气，抬起头颅，扇动翅膀，口不能言，请用胸中所想的来对答：

"万事万物的变化，本来就不会停息，推移转动，反复循环。有形的和无形的物质像蝉蜕壳一样，不断地相互转化。自然界的万物变化之理精微无穷，非言语所能尽言。祸与福相生，祸中生福，福里潜祸。忧和喜聚集于一门之内，吉和凶同在一个地域。起初吴国那样强盛，后来吴王夫差却被越国打败，开始越王勾践被吴国围困在会稽山上，后来卧薪尝胆，称霸于世。李斯游说秦国虽然获得成功，身登相位，然而最终却身受五刑而死；傅说为刑徒，殷高宗武丁却用以为相。祸与福相互依存，如同绳索绞合在一起一样。天命是不可能解说清楚的，谁能预知到它的终极呢！水受到激荡，水流就迅猛；箭被弓激发，射程就高远。万物彼此影响，相互作用以致引起各种变化。云是水汽受热而上升，雨是水汽遇冷而下降，它们的关系错综复杂。大自然推动万物使之发展变化，其范围是没有边际的。天和道高深莫测，人类的思虑谋划是不能够干预它们的。寿命的长短由命运安排，人怎能知道它的时限呢！

"况且天地为熔炉，造化为工匠；阴阳为铸化成物的炭，万物乃阴阳铸化而成的铜。万物的合散生灭，哪里有固定的规律呢？万物千变万化，未尝有其终极！人之生不过是偶然的事情，又何必去珍重爱惜呢！人死后化为他物，又何足忧虑呢！眼光短浅的人只顾自身利益，以他物为贱以己为贵；通达的人眼光远大，看待万物无不相宜；贪财之人因财而死，重义轻身的人为名殉身；追名逐权之徒为权而死，一般百姓则恋生恶死。为财利所诱、为贫穷所迫的人，总是东奔西跑，趋利避害。道德修养高深的人不为外物所屈服，对千变万化的事物总是一视同仁。愚蠢之人为世俗所羁绊，像被囚禁的人那样困迫。有高尚道德的人忘记身外之物，独和大道一起存在。众人趋利迷惑太深，爱憎之情积满胸中。得天地之道的人淡泊无欲，独与大道共存在。只有放弃智慧、忘记形体、超脱于万物之外、忘记自身的人，修养到了极

为高深的境界之后，他的精神就会与道浑然一体，不可分别。人生像木浮于水，随流则行，遇洲则止。要把身体委托给自然命运，不把它当作自己私有的东西。人活着时就像把自己寄托在世上，死了犹如长眠休息。心情的宁静应像无波的深渊那样，漂泊应像一只不系的小舟。人不应因为自己活在世上而过于看重自己的生命，应该养其空虚之性以浮游人世。有道德修养的人是不会受外物牵累的，懂得天命的人是不会有忧愁的。人的祸福生死都是琐细小事，有什么值得去疑惑忧虑的呢！"

【点评】鹏鸟就是猫头鹰，楚人以为它的降临是一种不祥之兆，预示了屋主即将去世，因而此文主要从生死问题上发论。文章以开头到"语予其期"是全文的引子，交代了鹏鸟栖于其舍，遂引出下面的一篇议论。作者借鹏鸟之口首先提出了祸福互相倚伏的道理，从而说明吉凶同域。然后列举了吴王夫差、越王勾践、李斯、傅说等古人的先例，申言祸福无常，彼此相同。"命不可说兮"以下，以各种形象的比喻说明事物的变化及因果关系是较为复杂的；水受激则流得快，箭受激就射得远，事物也是如此，一旦彼此激荡也就生出种种变化。云的升腾、雨的下落，犹如万物因果的错综复杂。于是作者感叹造物无穷，人事不可预测，得出"迟速有命"的结论。随后又以冶铸为喻：天地为炉，造化为冶匠，阴阳为炭，万物为铜。以此说明世上事物的合散变化没有一定的规律。"小智"以下二十句，分说各种人物的情状，证明万物纷纭，人情各异。然其中以"达人""至人""真人""小智""怵迫之徒""愚士""众人"等构成对比，强调了通达有道之士能知生死祸福之理，不为外在的物欲所屈，因而对万物一视同仁，与道冥合。"释智遗形兮"以下十六句，写作者理想中做人处世的态度。那种能超然于物的人，处处如随流而行，触物即止，完全将躯体交托给自然命运的安排，不作为一己的私物。因而他生活在世上便如暂时的寄居。他的去世就像一次长久的休息。于是他没有丝毫顾虑，不以生命为可贵了。最后两句，看似一气贯下，实为还扣首段主人问鹏鸟的话，意谓死生荣枯等事，不过是琐细小事。而鹏鸟来止，主人将死的传说，也就不足忧虑。

此文在表现形式和艺术手法上也有独特之处，体现了从楚辞到汉赋发展过程中的中介形式的某些特点，是后人研究赋史不可或缺的一环。首先，它上承楚辞还带有一些楚辞的特点。贾谊的赋句式整齐，挟带兮字，通篇用韵，富于抒情色彩。这些特点都说明了它们与楚辞之间的血缘关系。因而后人把贾谊的赋称为骚赋，就是说他的作品和《离骚》为代表的骚体相近。如此赋的句法往往两句一组，而奇句末尾加兮字，与楚辞的句式略同；从开头到"胡可胜言"都是三韵相叶，后面两韵相叶，有着明显的押韵规律。其次，此文采用问答形式，为后来赋家广泛运用。另外，此文排句的运用，比喻的工巧，典实的引证，都说明了赋体趋于铺陈夸饰的倾向。

【集说】读《鵩鸟赋》，同生死，轻去就，又爽然自失矣。（司马迁《史记·贾谊传赞》）

此二句（指末句），作赋之本旨。（顾施祯《文选六臣汇注疏解》）

贾谊《鵩鸟》，致辨于情理。（刘勰《文心雕龙·诠赋》）

此赋一死生，齐得丧，正是打不破死生得丧关头，依托老庄，强为排遣耳。（陈螺渚评，见于光华《重订文选集评》）

（池万兴）

旱云赋[1]

惟昊天之大旱兮[2]，失精和之正理[3]。遥望白云之蓬勃兮，滃澹澹而妄止[4]。运清浊之澒洞兮[5]，正重沓而并起。嵬隆崇以崔巍兮[6]，时仿佛而有似[7]。屈卷轮而中天兮[8]，象虎惊与龙骇。相搏据而俱兴兮[9]，妄倚俪而时有[10]。遂积聚而给沓兮[11]，相纷薄而慷慨[12]。若飞翔之纵横兮，扬波怒而澎濞[13]。正帷布而雷动兮[14]，相击冲而碎破。

或窈窕而四塞兮[15]，诚若雨而不坠。阴阳分而不相得兮[26]，更惟贪邪而狼戾[17]。终风解而霰散兮[18]，陵迟而堵溃[19]。或深潜而闭藏兮，争离而并逝。廓荡荡其若涤兮[20]，日炤炤而无秽[21]。隆盛暑而无聊兮，煎砂石而烂渭[22]。汤风至而含热兮，群生闷满而愁愦[23]。畎亩枯槁而失泽兮[24]，壤石相聚而为害[25]。农夫垂拱而无聊兮[26]，释其锄耨而下泪[27]。忧疆畔之遇害兮[28]，痛皇天之靡惠。惜稚稼之旱夭兮[29]，离天灾而不遂[30]。

怀怨心而不能已兮，窃托咎于在位[31]。独不闻唐虞之积烈兮[32]，与三代之风气[33]，时俗殊而不还兮，恐功久而坏败[34]。何操行之不得兮[35]，政治失中而违节[36]。阴气辟而留滞兮[37]，厌暴至而沉没。嗟乎！惜旱大剧，何辜于天无恩泽[38]！忍兮啬夫[39]，何寡德兮！既已生之，不与福矣！来何暴也，去何躁也！孳孳望之[40]，其可悼也[41]。憭兮栗兮[42]，以郁怫兮[43]！念思白云，肠如结兮[44]。终怨不雨，甚不仁兮。布而不下，甚不信兮。白云何怨，奈何人兮[45]！

【注释】(1)本文选自《古文苑》卷三。 (2)惟：发语词。昊(hào)天：夏天。 (3)精和：阴阳谐和。 (4)滃(wěng)：云气涌起。澹(dàn)：飘荡。 (5)澒(hòng)洞：相连无际。 (6)嵬(wéi)：高而不平貌。隆崇：耸起。崔巍：高峻貌。 (7)似：指下雨的样子。 (8)卷轮：圆轮。 (9)搏据：搏击挤占。 (10)倚俪：同“迤逦”，接连不断貌。 (11)给沓：迅疾重叠。给，同“急”。 (12)纷薄：纷纷靠近。 (13)扬波：大波之神。澎濞：众盛貌。 (14)帷布：指天上的云如帐幕围遮。 (15)窈窕：幽邃。(16)得：融合。 (17)惟：思。贪邪、狼戾：指在位者德行败坏，影响天时。(18)霰(xiàn)：雪珠。 (19)陵迟：盛况渐衰。堵溃：墙倒溃散。 (20)廓：空。 (21)炤炤：同“昭昭”，光明。无秽：指天上没有一点云彩。(22)烂渭：使渭河干裂。 (23)闷满：烦闷。愁愦：忧愁。 (24)畎：田间水沟。 (25)为害：更增加了旱象。 (26)垂拱：敛手无所作为。 (27)耨：除草器。 (28)疆畔：地界。 (29)稚稼：幼苗。 (30)离：同“罹”，遭。遂：成长。 (31)咎：灾。在位：统治者。 (32)烈：功业。 (33)三代：夏商周，皆盛世。 (34)功：指利民的事业。 (35)不得：不当。(36)违节：违和。 (37)辟：通“避”，躲藏。 (38)辜：罪。 (39)啬夫：田神。 (40)孳孳：勤勉不怠。 (41)悼：哀伤。 (42)憭栗：凄怆。 (43)郁怫：忧心不舒貌。 (44)肠：心。结：纠结。 (45)奈何：怎么办。

【今译】炎热夏天的大旱啊，失去风调雨顺的正常轨迹。远看那蓬勃升腾的白云啊，虽然不断涌起飘荡而肆意密布。漫天的乌云腾涌而来啊，黑云白云错杂而并起。天上涌出疙疙瘩瘩的乌云既高又大啊，不时呈现仿佛要下雨的样子。有如弯曲的车轮在高空翻来滚去啊，也像龙虎突然受到了惊骇。相互涌起你抢我占各不相让啊，不料时而和好而迤逦同行。云在迅速的积聚重叠啊，纷纷紧逼的样子似乎激昂慷慨。犹如肆无忌惮的纵横飞翔啊，也像巨浪怒奔而汹涌澎湃。雷声隆隆乌云遮天啊，相互撞击而乌云破碎。

云层有的深远充斥四方啊，真有下雨的架势却不降落。阴阳分离不能融合啊，更一步考虑该是执政者贪邪暴虐所招致的恶果。终于风息云散啊，就像一堵墙倒塌似的再难捕捉。有的云层要深深地隐蔽潜藏啊，争先恐后地离去并且相继消亡。辽阔的天空就像清洗过了啊，强烈的阳光没有一丝云彩阻挡。天气酷热无法忍耐啊，砂石滚烫渭水干裂得显出河床，热风送热天更热啊，众人愁闷得心里发慌。田地干燥没有一点墒情啊，土块石头凑到一起为虎作伥。农夫收敛双手无所依赖啊，丢下锄头眼泪直淌。忧虑土地受到灾害啊，怨憎老天爷不给恩赏。痛惜幼苗被旱枯啊，遭遇天灾不得继续成长。

心中怨恨难以消除啊，私下都把罪责推到执政者肩上。谁没闻说唐尧虞舜建立的勋业啊，还有那夏商周三代盛世的美好风尚。当代时俗发生变异不能复返了啊，恐怕利民的事情早已破坏消亡。为何他们的德行不得人心啊，而政治措施又失调不当。阴气躲藏留滞不动啊，抑制突然而来的乌云马上又湮没不彰。哎呀呀！痛惜旱情太甚，百姓何罪使上天不给恩泽！残忍啊田地的神灵，为什么会这么的缺德啊！既然已经生了人民，竟然不给他们幸福！云朵来得何其猛烈，去得又是何其躁急！殷切期望普降甘霖，真可令人伤心哀悼。凄惨啊，悲凉啊，忧虑郁结难讲求信义啊！天上的白云有什么可怨恨，但地上受灾的人们又怎么办啊！

【点评】贾谊的《旱云赋》，对汉文帝前元三年（公元前 177 年，时作者 24 岁）那次旱灾做了具体的描绘："隆盛暑而无聊兮，煎砂石而烂渭。汤风至而含热兮，群生闷满而愁愦。畎亩枯槁而失泽兮，壤石相聚而为害。……惜稚稼之旱夭兮，离天灾而不遂。"简直热得砂石都冒火花，风也烫得吓人，弄得田园干枯，幼苗夭折，壤石成害，的确刻画得入木三分。更为难能可贵的是，作者具有高度的政治敏锐性，能够把天灾与人祸联系起来，去追本求源。

“窃托咎于在位”，直把批判的锋芒指向当时的统治阶级。他认为“政治失中而违节”，根本不关心人民的疾苦，破坏了各种利民的设施。丢掉了唐虞三代好的传统，才使灾民感到生活无着落而绝望，以致出现“农夫垂拱而无聊兮，释其锄耨而下泪”的社会现象。作者于灾情发生以前，就在《论积贮疏》中大声疾呼储粮备荒的重要性。他有强烈的民本主义思想，在《大政》篇中反复论述“民者，万世之本也”的道理。他强调“国以为本，君以为本，吏以为本。故国以民为安危，君以民为威武，吏以民为贵贱，此之谓民无不为本也。”严重的旱灾，必然危及广大农民的生命财产，所以他怀着满腔义愤，不仅尤人，而且怨天。他骂天不仁，骂神残忍，骂密云不雨是故意跟无辜人民作对，虽然篇中流露出一点天人感应的味道，还是称得上是一篇思想性很强的作品。而且语言流畅，情绪昂扬，颇富感染力，在艺术性上也具有特色。

【集说】贾谊才颖，陵轶飞免，议惬而赋清，岂虚至哉？（刘勰《文心雕龙·才略》）

贾谊、宋玉赋，皆天成自然。（苏籀《栾城遗言》）

在《易》坎为水，其蕴蒸而上升则为云，溶液而下施则为雨。故乾之“云行雨施”，阴阳和畅也；屯之“密云不雨”，阴阳不和也。在人则君臣合德而泽加于民，亦犹阴阳和畅而泽被于物。贾谊负超世之才，文帝将大用之，乃为大臣绛、灌等所阻，卒弃不用，而世不被其泽，故托《旱云》以寓其意焉。（章樵《古文苑》卷三《解题》）

他所以能在《旱云赋》中描写民众的疾苦，乃是他的“以民为本”的政治主张的具体体现。他认为“民者万世之本也”，“自古至于今，与民为仇者，有迟有速，而民必胜之”。他鉴于陈胜农民起义灭秦的历史教训和受到先秦儒家民本思想的影响，看到了民众力量与封建政权的重要关系，所以对天旱给人民带来的灾难深表同情，并且把灾难的罪责归咎于统治阶级。（章沧绶《论汉赋对现实的批判》）

（赵光勇）

司马相如

司马相如(前179？—前118),字长卿,蜀郡成都(今属四川)人。曾为景帝武骑常侍,后辞职游梁国,撰《子虚赋》。受武帝召见,复上《上林赋》。奉命使蜀,安抚西南少数民族,是他仅有的政绩。晚年做过管理文帝陵园的文园令,曾上《大人赋》欲谏武帝求仙。因病免官,家居茂陵以终。他是汉大赋的代表作家,后人辑有《司马文园集》。

长门赋[(1)] 并序

孝武帝陈皇后时得幸[(2)],颇妒。别在长门宫[(3)],愁闷悲思。闻蜀郡成都司马相如天下工为文,奉黄金百斤为相如、文君取酒[(4)],因于解悲愁之辞[(5)]。而相如为文以悟主上,陈皇后复得亲幸[(6)]。其辞曰:

夫何一佳人兮,步逍遥以自虞[(7)],魂逾佚而不反兮[(8)],形枯槁而独居?言我朝往而暮来兮[(9)],饮食乐而忘人[(10)]。心慊移而不省故兮[11]，交得意而相亲[12]。

伊予志之慢愚兮[13]，怀贞悫之欢心[14]。愿赐问而自进兮[15]，得尚君之玉音[16]。奉虚言而望诚兮[17]，期城南之离宫[18]。修薄具而自设兮[19]，君曾不肯乎幸临[20]。廓独潜而专精兮[21]，天漂漂而疾风[22]。登兰台而遥望兮[23]，神怳怳而外淫[24]。浮云郁而四塞兮[25]，天窈窈而昼阴[26]。雷殷殷而响起兮[27]，声象君之车音。飘风回而起闺兮[28]，举帷幄之襜襜[29]。桂树交而相纷兮，芳酷烈之訚訚[30]。孔雀集而相存兮[31]，玄猨啸而长吟[32]。翡翠胁翼而来萃兮[33]，鸾凤翔而北南。

心凭噫而不舒兮[34]，邪气壮而攻中[35]。下兰台而周览兮，步从容于深宫。正殿块以造天兮[36]，郁并起而穹崇[37]。间徙倚于东厢兮[38]，观夫靡靡而无穷[39]。挤玉户以撼金铺兮[40]，声噌吰而似钟音[41]。

刻木兰以为榱兮[42]，饰文杏以为梁[43]。罗丰茸之游树兮[44]，离楼梧而相撑[45]。施瑰木之欂栌兮[46]，委参差以槺梁[47]。时彷佛以物类兮[48]，象积石之将将[49]。五色炫以相曜兮[50]，烂耀耀而成光[51]。致错石之瓴甓兮[52]，象玳瑁之文章[53]。张罗绮之幔帷兮，垂楚组之连纲[54]。

抚柱楣以从容兮[55]，览曲台之央央[56]。白鹤噭以哀号兮[57]，孤雌跱于枯杨[58]。日黄昏而望绝兮，怅独托于空堂[59]。悬明月以自照兮，徂清夜于洞房[60]。援雅琴以变调兮[61]，奏愁思之不可长。案流徵以却转兮[62]，声幼妙而复扬[63]。贯历览其中操兮[64]，意慷慨而自卬[65]。左右悲而垂泪兮，涕流离而从横[66]。舒息悒而增欷兮[67]，蹝履起而彷徨[68]。揄长袂以自翳兮[69]，数昔日之諐殃[70]。无面目之可显兮，遂颓思而就床[71]。抟芬若以为枕兮[72]，席荃兰而茝香[73]。

忽寝寐而梦想兮，魄若君之在旁[74]。惕寤觉而无见兮[75]，魂迋迋若有亡[76]。众鸡鸣而愁予兮[77]，起视月之精光。观众星之行列兮，毕昴出于东方(78)。望中庭之蔼蔼兮(79)，若季秋之降霜。夜曼曼其若岁兮(80)，怀郁郁其不可再更(81)。澹偃蹇而待曙兮(82)，荒亭亭而复明(83)。妾人窃自悲兮(84)，究年岁而不敢忘(85)。

【注释】(1)赋、序并见于《文选》卷16。 (2)陈皇后：名阿娇，汉武帝姑母的女儿。武帝为太子娶为妃，即位立为皇后，擅宠骄贵。后失宠屏居长门宫。 (3)别在：指别居。长门宫，汉长安别宫。 (4)奉黄金句：是买人文章的措辞。 (5)于：为，作。 (6)《汉书·外戚传》载陈皇后被废，未有"复得亲幸"事。 (7)自虞：自思。 (8)逾佚：飞扬，失散。佚，扬。反：通"返"。 (9)这句说：武帝曾说过自己朝往暮来的话。 (10)人：指陈皇后。 (11)慊(qiàn)移：决绝移改。省故：顾念旧人。 (12)得意：指称心中意的新人。 (13)伊：发语词。慢愚：迟钝不敏。 (14)贞悫(què)：忠诚笃厚。 (15)自进：使自己有进见机会。 (16)尚：指奉，恭听。玉音，贵重人言辞的敬称，此指君王语言。 (17)虚言：不兑现的话，指前"朝往暮来"语。望诚：以为真诚而期望。 (18)城南离宫：即长门宫。 (19)修薄具：预备菲薄肴馔。 (20)曾：竟。幸临，亲临，光临。 (21)廓：空。独潜、专精，都是独处深思的意思。 (22)漂漂：风力迅疾貌。漂，通"飘"。 (23)兰台：芳香华美的台榭。 (24)恍(huǎng)恍：失魂落魄貌。淫：游。 (25)郁：积。 (26)窈窈：深远。 (27)殷(yīn)殷：震动声。 (28)闺：小门。 (29)举：指飘起。襜(chān)襜：摇摇。 (30)訚(yín)訚：香气盛烈。 (31)存：照顾，抚慰。 (32)玄猨：黑猿。 (33)翡翠：鸟。胁翼：敛翅。 (34)凭噫：愤闷抑郁。 (35)邪气：指寒气。攻中：指袭人。中：内。(36)块以造天：独立高耸至天。 (37)郁：壮大。穹崇：高大。 (38)间：少顷，一会儿。徙倚：徘徊。 (39)靡靡：琐细美好。 (40)挤：推。撼：摇。金铺：金属门环。 (41)噌吰(chēng hóng)：宏大的声响。 (42)榱(cuī)：屋上的椽。 (43)文杏：杏树的异种。 (44)丰茸：指繁富的雕饰。游树：屋上的浮柱。 (45)离楼：众木交加貌。梧：斜柱。 (46)瑰木：瑰奇的木料。欂栌(bō lú)：柱上承梁的方形短木，即斗拱。 (47)委：积。㮣(kāng)梁：中空貌。 (48)以物类：指用什么可比拟。 (49)积石：指大积石山，即今大雪山，在青海南部。将(qiāng)将：高峻。 (50)曜：照耀。 (51)耀耀:明亮。 (52)致:细密。错石:交错拼成花纹的石块。瓴甓(líng pì):铺地的砖。 (53)玳瑁:爬行动物,形如龟,甲壳黄褐色,有黑斑,很光润,可做装饰品。文章:花纹色彩。 (54)楚组:楚地人制作的系帷的带子。连纲:相连系束。“楚组之连纲”,即“连纲之楚组”,倒文以使“纲”与上“章”协韵。(55)抚:指以目抚赏,意同“览”。楣:门上横梁。 (56)央央:广大。(57)噭(jiào):哀鸣声。 (58)跱(zhì):同“峙”,耸立。 (59)托:指托身。(60)徂(cú):往,流逝。 (61)援:持。 (62)徵(zhǐ):五声音阶之一,音调高,表达哀伤情绪。 (63)幼妙:细柔曲折。 (64)这句说:依曲次第通盘合观,有一个中心情操。 (65)卬(áng):激厉。 (66)流离:淋漓。(67)舒:伸吐。息悒:叹息、忧郁。欷(xī):抽泣。 (68)蹝(xǐ)履:趿着鞋子。 (69)揄:扬起。袂(mèi):袖。翳:遮蔽。 (70)数:责备,数说。愆(qiān):过失。殃,咎。 (71)颓思:指弃置思虑。就床:指上床。 (72)抟(tuán):揉。芬若:香草杜若。 (73)荃、茝(chǎi):香草名。而:与。(74)魄:指魂梦。 (75)惕寤觉:惊醒。 (76)迋(kuāng)迋:恐惧貌。亡:失落。 (77)愁予:使我忧愁。 (78)毕昴(mǎo):二星名,夏季出现在东方。 (79)蔼蔼:微光黯淡。 (80)曼曼:漫长。 (81)更:历,忍受。(82)澹:动荡。偃蹇:伫立貌。 (83)荒亭亭:远处已经发亮。荒,明。(84)妾人:妇人自称。窃自:暗自。 (85)究:尽。

【今译】孝武皇帝陈皇后曾得宠幸,后来甚为妒忌,别居长门宫,愁闷悲忧。听说蜀郡成都司马相如是天下最会做文章的,奉上黄金百斤为相如、文君做买酒钱,因作开释悲愁的文辞。相如作文以醒悟皇帝,陈皇后又得宠幸。这篇文章说:

为什么有个美人啊,步履悠悠独自思忖,失魂丧魄而神不守舍,形貌枯瘦而落寞独居?皇帝曾对她说过晨往而暮来啊,而饮食恣乐把她忘记。心思他移不顾念故人啊,又交可意新人去相爱相亲。

我的心眼迟钝不敏啊,还想着欢爱纯厚无疑。总希望君王关照而有进见机会啊,能恭听到君王的金声玉音。奉君虚诺而望以为真啊,一直期待在城南的离宫。亲自精心安排菲薄的饮食,君王竟然不肯光临。寂然独处而深自沉思啊,漫天飘飘而疾风骤起。登临华台而远望啊,恍然若失而神佚。

浮云郁郁而充塞四空啊，天宇无垠而白昼昏暗。雷声隆隆响声震啊，像君王那滚滚的车声。飘风旋转吹进宫中小门，帷幕飘扬而摇摇摆动。桂树枝柯交错而纷繁浓茂啊，芳香浓烈而郁郁散溢。孔雀翔集而依昵相慰啊，黑猿吟啸而阵阵长鸣。翡翠鸟也收起翅膀来此会集啊，鸾凤却飞起而时北时南。

心意郁闷而不舒畅啊，阴风邪气强盛侵袭人。遂下了华台再周游观览啊，漫步徘徊在深寂的宫中。大殿高耸入云啊，楼阁并起而伟壮高大。在东厢房暂且徘徊流连啊，看看那精致美好观赏不完的景物。推开白玉殿门而金做的门环摇动啊，声音轰轰就像巨钟震鸣。

雕刻木兰作为屋椽，彩饰文杏作为屋梁。屋上罗列繁复的浮柱，众木攒聚交加而相撑。安置瑰奇的木材作为屋柱上的斗拱，堆积参差的短木作为中空的拱梁。这别宫用相似东西来比似，就像积石山一样高峻。五颜六色相互辉映，灿烂明亮而灼灼闪光。密集交错拼成花纹的石块就是铺地的砖，就像玳瑁色彩间杂的纹理花样。堂上张挂着罗绮帐幔帷幕，垂挂着相互连结系帷的楚地绶带。

漫步观赏宫前的大柱门楣，又浏览宽大的曲台。白鹤在噭噭地哀鸣啊，雌鸟孤独地耸立在枯杨枝上。日暮黄昏而望眼欲穿啊，怅然失望独坐于空堂。高悬的明月只能照着自己，深室邃屋中静夜悄逝。取来雅致的鸣琴促弹激越的曲调，来抒发心中不可承受的愁思，时而转变为流利的哀音，声调柔细忽而悠扬。纵观曲调而内寓情操，意绪悲凉而激昂。侍女悲恸齐下泪啊，泪水淋漓而纵横。郁抑叹息而欷歔啊，趿鞋起立而徘徊。扬起长袖而自蔽啊，数说先前的过错和祸殃。没好脸可见人啊，聊且弃置忧思而上床。揉碎香草以作枕呀，以荃兰和香茝来做卧席。

恍惚入睡而做梦啊，梦见君主就像在身旁。倏忽惊醒不见人啊，神惊意惶若有所失。群鸡长鸣而乱人心呀，起身凝视明月光。看那群星罗列布满天啊，毕星昴星带着曙色升东方。庭院蔼蔼月光淡啊，月色蒙蒙如秋霜。长夜漫漫度如年啊，情怀闷闷难忍受。静静伫立等天明啊，遥远的东方渐渐亮。我暗自思念又悲伤呀，历尽岁月不能忘君王。

【点评】皇宫王室消磨女性的历史，到汉武帝时至少已有两个世纪，而替她们倾诉不幸，此赋还算第一篇。为冷宫别馆“不得见人”的遗弃者说话，是怨是恨，是吐是露，分寸不慎，就有逆鳞的危险。审题定调的难处，大概是这类作品迟迟出现的重要原因。因而此赋虽有“奉虚言而望诚兮”的牢骚语，但充斥首尾的是望临待幸，剖白求怜的眼泪汪汪的话，且还有“数昔日之愆殃”“无面目之可显兮”的自怨自艾。可以说为表现“想做奴隶而不得”的可怜的后妃，作者颇费了一番斟酌。

此赋最见精心的地方在于长门宫内外的景物描写，不管铺排的如何繁富，总浸透着复杂哀怜的心理变化，“体物”“写志”融为一体。登台所见漂漂疾风、郁郁浮云、窈窈昼阴，渲染烘托了幸临无望的“神恍恍而外淫”的郁闷怅惘。雷声车音的错觉，曲尽凝神候至的敏感心理；飘风举帷，亦复襜襜摇动幸与不幸疑虑不宁的心旌。临乎不临的纠葛隐隐和“交而相纷”的桂树没有两样；泛动的热望无减于訚訚酷烈的桂芳。孔雀相存、翡翠来萃，玄猿长啸、鸾凤分飞，珍禽异兽都被调遣到冷宫，为编织的期望与着实的失望的时复更替布置了一个理想的“外景”。刘勰所说小赋要“草区（类）禽族，庶品杂类，则触兴致情，因变取会（求合）”（《文心雕龙・诠赋》）。按诸此赋，最为显见。

其次以精细的别宫刻画，对比衬托揭示人物的内心世界。“正殿块以造天兮，郁并起而穹崇”，其下则是徙倚徘徊的踽踽独行者，主客体大小相形的巨大反差，凸显出“愁闷悲思”空虚惆怅的强烈效果；玉户金铺噌吰洪响，震动枯寂的冷宫凄凉得使人心怵意惊。木兰榱、文杏梁十二句极意铺张大殿的梁柱参差，上下五色炫耀，帷幕四张，这不仅“以《长门》为题，故叙宫殿特长”（何焯语），封闭式的富丽堂皇，严严实实地笼罩着幽冷、凄清、空寂的压抑氛围。被君王遗弃的“活物”，就禁闭在这样一个空荡荡的“大房子”里——倒不是作者一时疏忽——他真不愿意让她在这窒息得“不得见人的去处”出现。没有径直说出的幽怨哀恨，倾洒在下段“白鹤嗷以哀号兮，孤雌跱于枯杨”的涔涔滴血的比喻上，酸楚凄紧，催人动容。清夜抚琴一段，以左右流涕，反宕出自己哀伤。幽怨的琴声飘溢无语的饮泣，此段文情与前有变，方廷珪说：“以上于望幸临意已分截写足，若于归洞房中，再粘入写，便欠变换。却以奏琴一隔，下又分出许多望法，迷迷离离，开后人无限法门。”

末段的梦君在旁，惊醒无见；月光在地，恍疑似霜；夏夜短促，反觉如年。专从心理刻画违谬的物理错觉，梦中的温情使醒后的怅惘刺心入骨，夏夜生霜漫漫而见四季囫囵苦日无尽。写尽心态扭曲的期待神情，浅语浅景而点得中节，自觉味态有余。

通篇宫、人合写，一昼夜中见出冷宫苦度的无穷岁月。开端怨望则从旁出之，以下望幸转入自言。从修薄具始，结以“窃自悲”“不敢忘”，皆寓作者一番苦心。中间登、下兰台，步深宫，徙倚东厢，览曲台，托身空堂，抚琴诉怀，寝梦，起视星月，独望中庭，伫立待曙，一路次第而来，将偌大的长门宫处处穿插其中，移步换景，移时见情。此赋为后代宫怨、闺怨诗，开辟了驰情骋才的绿洲，《乐府诗集》所收自萧梁至唐的近三十首《长门怨》就是其中的先例。

【集说】以赋体而杂出于风比兴之义：其情思缠绵，敢言而不敢怨者，风之义；篇中如“天飘飘而疾风”，及“孤雌跱于枯杨”之类者，比之义；“上下兰台”“遥望周步”“援琴变调”“视月精光”等语，兴之义。盖六艺中惟风、兴二义每发于情，最为动人，而能发人之才思。长卿之赋甚多，而此篇最杰出者，有风兴之义也。……长卿之《子虚》《上林》较之《长门》如出二手，二赋尚辞，极其靡丽，而不本于情，终无深意远味。《长门》尚意，感动人心，所谓情动于中而形于言，虽不尚辞，而辞亦在意之中。（祝尧《古赋辨体》）

“朝往暮来”为一篇引起，后自昼至夜，十二时中，无刻放下也。（何焯评，于光华《重订文选集评》）

此文……其辞细丽，盖张平子之流也。（何焯评，于光华《重订文选集评》）

前“朝暮”总冒，中间曰“昼阴”、曰“黄昏”、曰“清夜”、曰“待曙”，次第可想。前“离宫”总起，中间曰“兰台”“深宫”“正殿”“曲台”“空堂”“洞房”，又何等次第。（何焯评，于光华《重订文选集评》）

这篇《长门赋》，和他的大赋在风格上还是一致的……赋中的词句看起来反复重叠，极铺张扬厉之能事，实际上还颇有层次，而且富于想象，如以夏日浮云四塞，风雷并起，联想到君王的车马或将来临，但结果仍是空想；以积石山的高峻，象征殿宇的高寒。这些都不仅以铺叙为工，还显出作者的夸张手法。从全文看，它一面写女主人公如何受到冷落，一面却始终想望着君王的再来，这与其说是陈皇后在爱情上的专一，不如说是封建社会妇女处境的卑微，即使在封建统治集团内部，妇女也还是处于屈辱的地位。（瞿蜕园《汉

魏六朝赋选》）

《长门赋》："雷殷殷而响起兮，声象君之车音。"按傅玄《杂言》诗："雷隐隐，感妾心，倾耳清听非车音"，可资比勘。皆谓雷转车声，而马赋曰"象"，写乍闻时心情，倖望顿生，傅诗曰"非"，写细聆后心情，倖望复灭。同工异曲。（钱钟书《管锥编》，第三册）

（陈惠云）

大人赋[1]

世有大人兮[2]，在乎中州[3]。宅弥万里兮，曾不足以少留。悲世俗之迫隘兮[4]，朅轻举而远游[5]。乘绛幡之素蜺兮[6]，载云气而上浮[7]。建格泽之修竿兮[8]，总光耀之采旄[9]。垂旬始以为幓兮[10]，曳彗星而为髾[11]。掉指桥以偃蹇兮[12]，又旖旎以招摇[13]。揽欃枪以为旌兮[14]，靡屈虹而为绸[15]。红杳眇以玄湣兮[16]，猋风涌而云浮[17]。驾应龙象舆之蠖略委丽兮[18]，骖赤螭青虬之蚴蟉蜿蜒[19]。低卬夭蟜裾以骄骜兮[20]，诎折隆穷躩以连卷[21]。沛艾赳螑仡以佁儗兮[22]，放散畔岸骧以孱颜[23]。跮踱輵螛容以骫丽兮[24]，蜩蟉偃寋怵㚇以梁倚[25]。纠蓼叫奡踏以艐路兮[26]，蔑蒙踊跃腾而狂趭[27]。莅飒卉歙焱至电过兮[28]，焕然雾除[29]，霍然云消[30]。

邪绝少阳而登太阴兮[31]，与真人乎相求[32]。互折窈窕以右转兮[33]，横厉飞泉以正东[34]。悉徵灵圉而选之兮[35]，部署众神于摇光[36]。使五帝先导兮[37]，反大一而从陵阳[38]。左玄冥而右黔雷兮[39]，前长离而后矞皇[40]。厮征伯侨而役羡门兮[41]，诏岐伯使尚方[42]。祝融警而跸御兮[43]，清气氛而后行[44]。屯余车而万乘兮[45]，綷云盖而树华旗[46]。使句芒其将行兮[47]，吾欲往乎南娭[48]。

历唐尧于崇山兮[49]，过虞舜于九疑[50]。纷湛湛其差错兮[51]，杂遝胶輵以方驰[52]。骚扰冲苁其相纷挐兮[53]，滂濞泱轧丽以林离[54]。攒罗列聚丛以茏茸兮[55]，衍曼流烂痑以陆离[56]。径入雷室之砰磷郁律兮[57]，洞出鬼谷之堀礨崴魁[58]。遍览八纮而观四海兮[59]，朅度九江而越五河[60]。经营炎火而浮弱水兮[61]，杭绝浮渚涉流沙[62]。奄息葱极泛滥水娭兮[63]，使灵娲鼓琴而舞冯夷[64]。时若暧暧将混浊兮[65]，召屏翳诛风伯刑雨师[66]。西望昆仑之轧沕荒忽兮[67]，直径驰乎三危[68]。排阊阖而入帝宫兮[69]，载玉女而与之归[70]。登阆风而遥集兮[71]，亢乌腾而一止[72]。低徊阴山翔以纡曲兮[73]，吾乃今目睹西王母[74]，皬然白首戴胜而穴处兮[75]，亦幸有三足乌为之使[76]。必长生若此而不死兮[77]，虽济万世不足以喜[78]。

回车朅来兮，绝道不周[79]，会食幽都[80]。呼吸沆瀣兮餐朝霞[81]，咀噍芝英兮叽琼华[82]。僸祲寻而高纵兮[83]，纷鸿溶而上厉[84]。贯列缺之倒景兮[85]，涉丰隆之滂濞[86]。骋游道而修降兮[87]，骛遗雾而远逝[88]。迫区中之隘陕兮[89]，舒节出乎北垠[90]。遗屯骑于玄阙兮[91]，轶先驱于寒门[92]。下峥嵘而无地兮[93]，上寥廓而无天[94]。听眩泯而亡见兮[95]，听惝恍而无闻[96]。乘虚无而上遐兮[97]，超无友而独存[98]。

【注释】(1)《史记·司马相如列传》称："相如见上(汉武帝)好仙道，因曰：'上林之事未足美也，尚有靡者。臣尝为《大人赋》，未就，请具而奏之。'……乃遂就《大人赋》。" (2)大人：喻天子。 (3)中州：中国。 (4)世俗：社会风俗。迫隘：狭窄。 (5)朅：离去。轻举：轻身升起。 (6)乘：用。幡：旗帜。此言以赤气为幡。素蜺：指将白气缀于绛幡，有似虹蜺之气。(7)载：乘。 (8)格泽：星名。 (9)总：聚合。光耀：光采明亮之气。旄：葆也，指车盖或旌旗。 (10)旬始：星名。出于北斗旁，状如雄鸡。幓(shān)：旌旗的旒。 (11)髾(shāo)：旌旗上所垂的燕尾形饰物。 (12)掉：摇摆。指桥，轻柔貌。偃蹇：屈挠之貌。 (13)旖旎：下垂貌。招摇：逍遥貌。 (14)欃枪：即天欃，天枪。旌旗之旗杆。 (15)屈虹：断虹。绸：韬也。即旌旗。 (16)红：赤色貌。杳眇：深远貌。玄湣(mǐn)：暗冥无光。

(17)猋(biāo)风:谓旋风或暴风,从下升上,故曰猋。 (18)应龙:古代神话中有翼的龙。象舆:用象驾着的舆辇,指神仙乘的车。蠖略:行步进止,如蠖之有尺度。此形容龙行之貌也。委丽:曲折蜿蜒。 (19)骖:原指驾车时位于两旁的马。这里作动词,驾的意思。赤螭:红色的无角龙。青虬(qiú):青色的无角龙。蚴蟉(yǒu liú):屈曲行动貌。 (20)低卬(áng):高低起伏。夭蟜:形容人的纵姿之貌。裾:傲慢。 (21)诎(qū)折隆穷:起伏隆起之貌。蠼以连卷:跳跃屈曲貌。 (22)沛艾:马疾行时的昂首摇动貌。赳螑(xiù):伸颈低昂。仡(yì):抬头。佁儗(yǐ nǐ):痴呆的样子。引申为凝滞不动,不前。 (23)放散畔岸:放任自纵貌。孱(chán)颜:高峻貌。 (24)踶踱(chì duó):忽进忽退。辖(hè)蠕:摇目吐舌。骫(wěi)丽:委曲相随。(25)蜩蟉(tiáo liū):掉头。偃蹇:高耸貌。怵臭(chù chuò):奔走。梁倚:相着相倚。 (26)纠蓼(liǎo):杂乱纷扰互相纠结貌。叫奡(ào):呼喊喧闹。艐(jiè):至。 (27)蘉蒙:飞扬貌。狂趡(cuǐ):奔跑。 (28)此句言此仙飞走如光电,来之疾速,去之快捷。莅(lì)飒芔歙(huì xī):飞疾相追。芔:火花。电:闪电。 (29)焕然:光彩夺目。 (30)霍然:迅速貌。 (31)邪绝:度过,跨越。少阳:东极。太阴:北极。 (32)真人:仙人。 (33)互:彼此,互相。折:折腰拜揖。窈窕:美好貌。 (34)横厉:横渡。飞泉:山谷名。

(35)悉:全部。徵:徵召。灵圉(yǔn):仙人。 (36)摇光:星名,也作"瑶光",北斗的第七星。 (37)使:命令,派遣。五帝:相传古代有五帝,说法不一。一般指伏羲、神农、黄帝、尧、舜。 (38)反:回、归还。大(tài)一:神名。陵阳:指古代传说中的仙人陵阳子明。 (39)玄冥:水神,一渭雨师。黔雷:天上造化神名,或曰水神。 (40)长离:灵鸟。矞(yù)皇:神名。 (41)厮:役使。伯侨:神仙名。役:驱使,使唤。羡门:传说中古仙人。 (42)诏:召见。岐伯:相传为黄帝太医。尚方:主使方药。 (43)祝融:火神,即南方炎帝,兽身人面,乘两龙。跸(bì):古代帝王出行时,禁行人,清道路。(44)气氛:恶气。 (45)屯:聚集。 (46)綷(cuì):错杂,汇合。华旗:文采华美的旗帜。 (47)句(gōu)芒:木神,东方青帝之佐。鸟身人面,乘两龙。

(48)娭(xī):同"嬉"。 (49)唐尧:古帝名。帝喾之子,姓伊祁,名放勋。初封于陶,又封于唐,号陶唐氏。崇山:狄山。帝尧葬其阳。 (50)虞舜:古帝名。姚姓、有虞氏,名重华。在位48年,南巡,崩于苍梧之野。九疑:山名,谓舜葬于此,在今湖南宁远县南。 (51)纷湛湛:众多杂乱貌。 (52)杂遝胶(jiāo)輵:重叠交加貌。方驰:车马疾行。 (53)骚扰:动乱不安。冲苁(chōng cōng):纠结貌。纷挐:牵持杂乱。 (54)滂濞:众盛貌。泱(yāng)轧:弥漫。丽:靡也。 (55)攒罗列聚:聚集排列。茏茸:丛聚密集貌。(56)衍曼:连绵不绝。流烂:散布,遍布。痑(shǐ):放纵。陆离:参差错落貌。 (57)雷室:雷渊。砰磷郁律:深峻貌。 (58)鬼谷:众鬼聚居处。堀礨(kù lěi)崴(wēi)魁:山势高耸又错落不平貌。 (59)八纮(hóng):大地的极限,犹言八极。 (60)九江:长江水系的九条河。五河:《汉书》颜师古注:"五河,五色之河也。《仙经》说有紫、碧、绛、青、黄之河。"(61)经营:周旋往来。炎火:传说中的火山。弱水:古人称水浅或地僻不通舟楫者为弱水,意谓水弱不能胜舟。 (62)杭绝:度过,跨越。浮渚(zhǔ):水中小块陆地。此指流沙中渚。 (63)奄息:休息。葱(cōng)极:葱领山,在西域中。泛滥:浮沉。水娭:嬉水游乐。 (64)灵娲:即女娲。冯(píng)夷:河伯的字,谓河神。 (65)暧暧:昏暗不明貌。混浊:不清貌。 (66)屏翳:雷神。风伯:风神。字飞廉,能兴疾风。雨师:司雨之神。 (67)昆仑:山名。在今新疆西藏之间,层峰叠岭,势极高峻。轧沕(yà wù)荒忽:隐约不分明貌。(68)三危:山名。《括地志》云:"三危山有三峰,故曰三危。" (69)阊阖(chāng hé):天门。 (70)五女:神女。 (71)阆(làng)风:山名。遥:远。集:停留。 (72)一止:停留、停止。 (73)低回:徘徊。阴山:山名。在昆仑西二千七百里。翔以纡曲:屈曲盘旋地飞。 (74)覩:见,同"睹"。西王母:神话中的女神。 (75)胜:玉胜,妇人首饰。穴处:穴居。 (76)三足乌:即三足青鸟。神话中西王母的使者。后以三足乌为使者之代称。(77)长生:谓长存不衰。 (78)济:越历。 (79)绝道:跨越。不周:山名。(80)会食:相聚而食。幽都:指北方极远的地方。旧称日没于此,万象阴暗,故名幽都。 (81)沆瀣:北方夜半气也。 (82)咀噍(jǔ jiào):咀嚼。芝英:传说中的瑞草名。一说指灵芝的花。叽(jī):小食。琼华:仙境中琼树之花,食之长生。 (83)僸(yǐn):仰头貌。祲寻:渐进。高纵:高卓之行迹。(84)鸿溶:疑与"鸿洞"意同,谓虚空混沌貌。上厉:升高疾飞。 (85)贯:贯穿,通达。列缺:天上间隙,指天门。倒景:身在高天,下视日月,故其景倒。 (86)丰隆:云师。滂濞:雨水盛貌。 (87)游道:指游车和道车。

修降:《汉书》颜师古注曰:“修、长也。降,下也。言周览天上,然后骋车也,循长路而下驰,弃遗雾而远逝也。” (88)骛:急速。遗雾:将亡失消散的雾。远逝:远远离去。 (89)区中:地域,有一定界限的地方。隘陕:狭窄。(90)舒节:放快车速。北垠:北方边际。 (91)玄阙:北极之山。 (92)轶:过,超越。寒门:天北门。传说北方极寒冷的地方。 (93)下:下界。峥嵘:深邃悠远貌。 (94)上:上界。寥(liáo)廓:旷远无极貌,空无形也。(95)视眩泯(xuán mǐn):视力惶惑迷乱。 (96)听惝恍(chǎng huǎng):听觉模糊不清。 (97)虚无:虚空之境。上遐:升临于虚空而远去。(98)无友:谓无朋无友超然物外。独存:遗世独立,独自存在。

【今译】世上有位大人物啊,住在中国。宽阔的住宅绵延万里啊,尚不足以使他稍事停留。伤感于茫茫尘世的拘谨狭窄啊,轻举高翔离世而远游。用赤气为幡缀以白气以为轻举之依托啊,乘着起伏的云气而飘然上浮。树立起格泽之气为长竿啊,系光耀之气于竿首为光彩华美的旌盖。将旬始之气悬于盖下以为旗旒啊,牵来明亮的彗星缀以为燕尾。随风指靡屈挠翻飞啊,又轻柔下垂自在逍遥。取欃枪以为旌旗之杆啊,以屈虹为缤纷华美的大旗。视下界灿烂的云气渐深渐远幽霭炫乱啊,轻举如旋风汹涌升腾似闲云自在飘浮。驾着翼龙象舆蜿蜒行进啊,旁骖赤螭青虬曲折进止。放纵恣肆颈项挺直而神情傲慢啊,曲折起伏跃进而盘旋。摇头伸颈凝滞而延迟,放纵自由腾跃而气势不凡。进退摇转徐行而相随不断啊,掉头高举奔走而互相倚靠。相引相呼踏步去赶路啊,飞扬跳跃奋起而狂跑。飞走追奔像电火骤至转瞬逝去啊,焕然清朗雾霭尽除,霍然速散云翳全消。

越过东方的极地而升北极啊,要与仙人哟相聚相求。彼此折腰拜揖窈窕飘逸而后右转啊,横渡过昆仑西南的飞泉而向正东。征召众仙精心选择啊,部署众神于北斗星旁。驱遣五帝作为先导啊,令太一返归其居所使陵阳作为侍从而随行。左边是雨师玄冥右边是水神黔雷啊,前面有灵鸟长离后面有神者矞皇。召征伯侨而驱使羡门啊,召见名医岐伯让他拟制药方。火神祝融担任警戒而在前跸路开道啊,扫除浑噩氛浊之气而后行。聚集起车辇万乘啊,合五彩祥云为华盖,树璀璨华美之旌旗。命木神句芒在前率领啊,我将去那南方嬉戏。

经过唐尧所在的高峻巍峨的崇山之野啊，走过虞舜所在的峰秀壑阻的九嶷山。忙乱纷杂彼此交错啊，车马驱驰而纷纷疾行。忙碌纠结牵持杂乱啊，雾气弥漫淋漓尽致。仙人们排列聚集纷纷而来啊，连绵不绝随意布散错落而参差。径入雷室见其深峻幽邃啊，贯穿鬼谷知其耸峙不平。遍览大地的极限而远望四海啊，横渡九条江流越过五色之河。周旋于炎火之山而飘浮于弱水之上啊，跨越沙中浮渚而终涉流沙。憩息于葱领山下浮沉于水上嬉戏啊，令女娲鼓琴助兴命河伯起舞娱神。天色昏暗已至黄昏啊，召唤雷神诛伐风伯处罚雨师。西望昆仑山层峦叠嶂隐约恍惚而不甚分明啊，径直驱车驰向三危山。推开天门而进入天帝的宫室啊，携神女而与之同归。登上遥远的阆风山稍事停留啊，如乌亢然腾飞暂时栖止。徘徊阴山回旋飞翔啊，我今目睹西王母人老发白。蓬发戴胜而穴居野处啊，不过有三足乌作为使者。倘若如此长生而不死啊，虽越历万世也不值得欢喜。

掉转车辇离去啊，踏道直上不周山，相聚而食于北方遥远的日落之地幽都。呼吸着北方的夜半之气啊餐饮着朝日欲出时的元气精华，咀嚼着祥瑞的灵芝啊略食些琼树之花。仰头渐进而高纵行迹啊，纷纷向着那虚空之境而升腾疾飞。贯穿天门驻足高天观其倒影啊，云师丰隆降雨滂沱而下。纵情驰车游览观赏又骋车而下降啊，急速驱驰云雾远远逝于身后。迫于此地狭窄局促啊，放快车速直到那茫茫无垠的北方边际。留下聚集的车骑于玄阙啊，超越前导先至于天之北门。视下界深邃幽远如无地啊，观上界寥廓旷远如无天。目力怅然消失万物皆不见啊，听觉迷离恍惚空虚而无闻。凭借茫茫虚无升空而远去啊，超越尘世无朋无友而独自存在。

【点评】汉武帝好神仙，相如上《大人赋》欲以讽谏，帝反飘飘有凌云之气。由是，《大人赋》成为说明汉赋所谓“劝百而讽一”的著例。究其原因，盖在“赋迹”与“赋心”也。“赋迹”偏于形式，“合綦组以成文，列锦绣而为质”。“赋心”重在思想与构思，所谓“包括宇宙，总揽人物”是也。《大人赋》叙“大人”之求仙，想象宏阔，无极无垠，纵有千古，横有八荒，铺排夸饰，卓烁异采。虽终归于讽谏，讽义未泯，然由于其赋迹华丽而赋心微婉，故武帝只见其万千气象而不见其讽谏。

《大人赋》落笔即奇，愈出愈奇。开篇便壮丽奇伟，气笼宇宙。先叙“大人”之轻举。整个升云过程被赋家渲染得辉煌淋漓，缤纷多彩，云谲波诡，灿烂夺目。大人“乘绛幡”“载云气”，如猋风，似轻云，飘然而上浮。应龙象舆蜿蜒行进，赤螭青虬衔尾相随，汪洋恣肆，自在逍遥，气势不凡。赋家本拟讽之，却欲抑先扬，或叙述，或描写、在奇思遐想中显现出一个生动灿烂的想象世界。令天子在“大人”若隐若现、似幻似真的飞升中意远神驰。“大人”超离人间，摆脱尘世后畅游太空，徜徉神界，遍历天宫东南西北而求仙的过程更由赋家驾虚行空，凭虚撰构，“随其所至，赋象班形。”千古神仙，各路灵异，统统活跃于赋家设置的超时空舞台上。“大人”不仅能使五帝先导，命众神呼拥，而且能“使灵娲鼓琴而舞冯夷”，“召屏翳诛风伯刑雨师”。时空至大至极，大人尽可纵横捭阖，任意驰骋，灵龙鸾凤，神仙精怪之任凭驱使，皆“因夸以成状，沿饰而得奇”(《文心雕龙・夸饰》)。得力于作者的想象虚构，铺陈、夸张等手法的娴熟运用。令人眼眩目晕中，亦不乏把迷雾拨开，显露神仙孤寂落寞。说王母白首穴处，仅有三足乌为使，已在热闹的求仙中透出一种委婉的讽谏，在层层铺排中顿呈跌宕之势。至结尾，大人所归处上无天、下无地，视之不见其形，听之不闻其声，既无所依托又空旷孤寂，更巧藏妙露其难言之意。故《大人赋》虽对“大人”的游仙极尽铺张扬厉，甚多“侈丽闳衍”之辞，缥缈虚幻之语，而篇中寄情微婉，结尾气息自沉，非真求仙道也。

【集说】相如以为列仙之传居山泽间，形容甚臞，此非帝王之仙意也，乃遂就《大人赋》。……相如既奏大人之颂，天子大说(yuè)，飘飘有凌云之气，似游天地之间意。(司马迁《史记・司马相如列传》)

相如赋仙，气号凌云，蔚为辞宗，乃其风力遒也。(刘勰《文心雕龙・风骨》)

此赋多取于《远游》，《远游》先访求仙人之居，乃上至天帝之宫，又下周览天地之间，自于微闾以下，分东南西北四段。此赋自横厉飞泉以正东以下，分东西南北四段，而求仙人之居意即载其间。末六句与《远游》语同，然屈子意在去世之沉浊，故云至清而与太初为邻。长卿则谓帝若果能为仙人，即居此无见无闻无友之地，亦胡乐乎此邪？与屈子语同而意别矣。(姚鼐《古文辞类纂》)

如读司马相如《大人赋》，须知它是无积的大，庄子的大，为想象空间的大。(郑临川《闻一多先生论楚辞》)

(龚爱蓉)

司马迁

司马迁(前145—?),字子长,夏阳(今陕西韩城)人。二十岁后,漫游长江南北,游踪几遍全国。元封三年(前108),继父太史令之职。太初元年(前104),着手编纂《史记》。天汉二年(前99),遭李陵之祸,被处腐刑。出狱,任中书令,纂完《史记》。世誉迁有“良史之才”,谓《史记》为“实录”。赋仅存一篇。

悲士不遇赋[1]

悲夫!士生之不辰,愧顾影而独存。恒克己而复礼[2],惧志行之无闻[3]。谅才韪而世戾[4],将逮死而长勤[5]。虽有形而不彰,徒有能而不陈[6]。何穷达之易惑[7],信美恶之难分。时悠悠而荡荡[8],将遂屈而不伸,使公于公者,彼我同兮[9];私于私者,自相悲兮[10]。天道微哉,吁嗟阔兮[11];人理显然,相倾夺兮[12]。好生恶死,才之鄙也[13]。好贵夷贱,哲之乱也[14]。炤炤洞达,胸中豁也[15]。昏昏罔觉,内生毒也[16]。我之心矣,哲已能忖[17];我之言

矣，哲已能选[18]。没世无闻，古人惟耻[19]。朝闻夕死，孰云其否[20]！逆顺还周[21]，乍没乍起。理不可据，智不可恃[22]。无造福先，无触祸始[23]。委之自然，终归一矣[24]。

【注释】(1)本篇选自清代严可均校辑《全上古三代秦汉三国六朝文》，严辑自《艺文类聚》卷三十，个别字句与之不同。 (2)恒：常。克己复礼：抑制欲望，使言行符合于礼。 (3)志行：理想和行为。 (4)谅：信。韪(wěi)：是。世戾：时世乖背。 (5)逮：至。勤：忧。 (6)有形而不彰：谓有功绩表现而不能显露。才：才能。陈：施展。 (7)穷：穷困潦倒，指志不得伸。达：显达，谓道路畅通。惑：困惑。易惑：谓无法理解。 (8)时：时代。悠悠：悠深暗昧。荡荡：意谓世道败坏殆尽。 (9)"使公于公"两句：意谓秉公行事，彼我相同。 (10)"私于私者"两句：意谓人私于一己，则必然"自相悲"。 (11)天道：天命。微：幽深。阔：邈远。 (12)人理显然：意谓人存恶心。相倾夺：相互倾轧。 (13)才：指才智。鄙：鄙下。 (14)夷：鄙视。哲：理智。乱：昏愦。 (15)炤炤：显明。洞达：通达坦荡。豁：宽广。(16)罔觉：不悟。内生毒：思想上产生邪恶之念。 (17)忖：揣度。 (18)选：选择。 (19)没世：辞世。无闻：不为人知。 (20)朝闻夕死：早晨听到了道理，当天晚上死去，都可以。否：错。 (21)逆顺：意指吉凶。还周：循环往复。 (22)理不可据，智不可恃：意谓自然规律变化莫测，无法依据常理和智慧来把握。 (23)"无造福先"两句：认为祸福相互转化。 (24)委之自然，终归一矣：化用老庄"以自然为宗"的思想。委：随。一：指太一，即道，为万物之本源。

【今译】悲啊！士生不逢时，愧顾形影而独存。经常抑制着欲望，使言行符合于礼；唯恐理想和行为，而不被人所知。相信才高而时世乖背，将至死而长忧。虽然有功绩表现而却不被显露，空有才能亦无法施展。为何穷困与显达如此迷惑难解，诚然是美恶难以分辨。社会暗昧，世道败坏殆尽。只能吞声委屈，志不得伸，秉公行事，彼我相同；私于一己，必然自相悲凄。天命幽深，邈远难测。人心邪恶，相互倾轧。好生恶死，才智鄙下。好贵弃贱，理智昏乱。显明通达，心胸宽广。昏愦不悟，内生邪恶。我的胸襟，有理智能揣度；我的言语，有理智能抉择。没世功名不被人知，古人以此为耻。朝闻道而夕死，谁说这不对呢！吉凶往复，时没时起。自然规律，变化莫测；道理和智慧，无法把握。不致福先，不触祸端，顺应自然，与道同一。

【点评】此赋深刻地揭露了封建社会美恶难分，有形不彰，有能不陈；人心邪恶，相互倾轧；好生恶死，好贵夷贱等丑恶现象。作者儒道兼用，决心在才踬世戾的逆境中，坚持理想和节操，完成历史赋予的使命。尤其在对待天命幽深、邈远难测的怀疑中，能用道家"逆顺还周""委之自然"的思想，自我解脱，求得精神的解放，最难能可贵。

此作二百余字，短小精悍。全篇感情激越，慷慨悲壮，感人至深。开头"悲夫！士生之不辰"云云，破空而来，抒发怀才不遇的无限感慨，颇有先声夺人之势。"天道微哉"，陡然顿住，抒写对丑恶现象的批评，表现作者自我的广阔胸襟，和实现理想的殷切愿望，是全篇的精髓所在。结尾用"逆顺还周""委之自然、终归一矣"几句作结，蕴含作者的人生哲学，颇有余味，通篇语言质朴，构思精巧，结构严谨。

【集说】从这篇赋的思想和艺术风格推测，当是司马迁晚年作品。这是一篇格言赋，是司马迁生平的总结，修养的箴铭。明澈而沉静的思想，有如风暴之后天边漏出的一抹斜阳，有如深秋月夜从天际传来的几声雁唳，引起人们无限的追思和遐想。没有大段的铺叙，没有夸诞的描写，语言朴质深刻，高度概括，这在赋中是极其罕见的。

……问题在于汉以后长期不见收录，确可启人疑窦。但未见收录而幸有存者也不是绝无可能。（黄瑞云《历代抒情小赋选》）

（陆永品）

扬雄

扬雄(前53—后18),字子云,蜀郡成都人,西汉著名辞赋家。少而好学,博览群书。“口吃,不能剧谈,默而好深湛(沉)之思”。成帝时至长安,献《甘泉》《羽猎》等赋,被任为郎官,给事黄门。王莽篡汉,“以耆老久次,转为大夫”。天凤五年卒,年七十一。代表作品有《甘泉赋》《羽猎赋》《长杨赋》《解嘲》《解难》《逐贫赋》《酒赋》等。另有《法言》《方言》等。今有张震泽《扬雄集校注》。

逐贫赋

扬子遁居,离俗独处(1)。左邻崇山,右接旷野。邻垣乞儿,终贫且窭(2)。礼薄义弊(3),相与群聚。惆怅失志,呼贫与语:“汝在六极(4),投弃荒遐(5),好为庸卒,刑戮相加(6)。匪惟幼稚(7),嬉戏土砂。居非近邻,接屋连家。恩轻毛羽,义薄轻罗。进不由德,退不受呵。久为滞客,其意谓何?人皆文绣(8),余褐不完(9);人皆稻粱,我独藜飧(10)。贫无宝玩,何以接欢(11)?宗室之燕(12),为乐不槃(13)。徒行负笈(14),出处易衣(15)。身服百役,手足胼胝(16)。或耘或耔(17),露体沾肌。朋友道绝，进宦凌迟[18]。厥咎安在[19]？职汝为之[20]。舍汝远窜，昆仑之巅；尔复我随，翰飞戾天[21]。舍尔登山，岩穴隐藏；尔复我随，陟彼高冈[22]。舍尔入海，泛彼柏舟[23]；尔复我随，载沉载浮。我行尔动，我静尔休。岂无他人，从我何求？今汝去矣，勿复久留。”

贫曰：“唯唯，主人见逐，多言益嗤[24]。心有所怀，愿得尽辞。昔我乃祖，宣其明德，克佐帝尧[25]，誓为典则[26]。土阶茅茨[27]，匪雕匪饰。爰及季世[28]，纵其昏惑。饕餮之群[29]，贪富苟得[30]。鄙我先人，乃傲乃骄。瑶台琼榭，室屋崇高。流酒为池，积肉为崤[31]。是用鹄逝[32]，不践其朝。三省吾身，谓予无愆[33]。处君之家，福禄如山。忘我大德，思我小怨。堪寒能暑[34]，少而习焉。寒暑不忒[35]，等寿神仙；桀跖不顾[36]，贪类不干[37]。人皆重蔽，予独露居；人皆怵惕[38]，予独无虞[39]。”言辞既罄[40]，色厉目张，摄齐而兴[41]，降阶下堂。“誓将去汝，适彼首阳[42]，孤竹二子[43]，与我连行。”余乃避席，辞谢不直[44]：“请不贰过[45]，闻义则服，长与汝居，终无厌极。”贫遂不去，与我游息。

【注释】(1)遁居：隐居。俗：家居世间为俗。离俗：谓隐逸，超脱，离开现实。 (2)垣(yuán)：矮墙，此指有矮墙的房舍。终：既。窭(jù)：指房屋简陋无法讲究排场。终贫且窭：谓既贫苦穷困又简陋寒酸。 (3)礼薄义弊：言因贫穷被所谓仁义礼节轻视困疲。 (4)六极：指六种极不幸的事。《书·洪范》：“六极，一曰凶短折，二曰疾，三曰忧，四曰贫，五曰恶，六曰弱。”谓天所给予人的六种惩罚。 (5)投弃：投入，弃置。荒遐：荒远之地。 (6)刑戮：犯法受刑或处死。此言“贫”如影随形缠绕不去，犹如将刑罚强加于身。 (7)匪：同“非”，不是。惟：由于。 (8)文：彩色交错。文绣：指绣有彩色花纹漂亮美艳的衣服。泛指质地精美的服饰。 (9)褐(hè)：粗毛或粗麻织的短衣，泛指贫苦人穿的粗布衣服。 (10)稻粱：稻子和谷子。泛指五谷粮食。藜(lí)：野菜。 (11)欢：指男女之爱。 (12)燕：通“宴”，宴饮。 (13)槃(pán)：快乐。 (14)徒行：步行。笈(jí)：书箱，书袋。 (15)出处：进退。指出仕或隐退。 (16)胼胝(pián zhī)：手掌脚底因长期劳动摩擦而生的茧。 (17)耔(zǐ)：培土。 (18)凌迟：同“陵迟”，逐步而下，渐趋衰落。 (19)厥：其。咎(jiù)：罪责。 (20)职：由。 (21)翰飞：高飞。戾：到达。 (22)陟(zhì)：

登。 (23)泛(fàn):浮起。 (24)嗤(chī):讥笑鄙视。 (25)克:能够。佐:辅助,扶佐。 (26)典则:常法准则。 (27)土阶茅茨:以土为阶,用茅草芦苇盖屋。 (28)爰:到。季世,末世,衰世。 (29)饕餮(tāo tiè):指贪婪爱财的不仁之人。 (30)苟得:苟且求得。 (31)流酒为池,积肉为崤(xiáo):古代传说,殷纣以酒为池,以肉为林,为长夜之饮。崤:山名。 (32)是用;因此。鹄(hú):即天鹅。 (33)愆(qiān):罪过,过失。 (34)堪寒能(nài)暑:能够承当和耐受严寒酷暑。 (35)忒(tè):变更,差错。 (36)桀跖:桀:夏代最后一个君主名,为古时暴君之典型。跖(zhí):古人名,即盗跖。 (37)不干:不顾,不相关涉。 (38)怵惕:惊警,戒惧。 (39)虞:忧虑,戒备。 (40)罄(qìng):尽,完。 (41)摄:提起,牵引。齐:衣之下摆。兴:起来。 (42)首阳:山名,传为伯夷、叔齐饿死处。 (43)孤竹二子:商末孤竹君二子,即伯夷叔齐。 (44)不直:不停。 (45)贰过:重犯过错。

【今译】扬子悄然隐去,离开纷浊庸俗的尘世隐居独处。左边邻近巍峨的崇山,右边连接平坦的旷野。比邻矮墙茅屋内讨饭的乞儿,人既贫穷困苦居亦简陋寒酸。我被伦常礼仪轻视困疲,隐居此间与他们相与聚居。惆怅伤感抑郁失意,呼"贫"前来与之谈论:"你在六种极不幸的事情之中,被弃置在这偏僻荒远的所在。喜好做贫贱庸碌之人,把种种痛苦惩罚强行相加。我并不是年幼无知不更事,却被贫穷摆布在此嬉戏玩耍泥土细沙。你我之居所虽非近邻,却好似室屋相依家门相连。你对我的恩惠轻如毛羽,情义薄似轻罗。我进用提拔侍奉朝廷不是由于你的恩德,辞官退隐也不必领受你的呵斥责骂。现在久久流寓滞不能归,其原因究竟是为何?富人皆穿着彩色交错精美漂亮的衣服,我穿着粗布衣服尚不完好。富人吞食着精食细脍尚不满足,我只能以粗劣的野菜聊以充饥。贫穷使我不能拥有金银珠玉等把玩之物,又何以寻求男爱女欢?大宗之家有豪华丰盛的宴饮,贫贱者享受不到其丝毫快乐。背负书箱徒步跋涉四处游学,由出仕到归隐将朝服改换为布衣。身体服过数不清的差役,手掌脚底因劳动艰辛而遍生老茧。春去秋来我也曾劳作于田间为农作物除草培土,清晨的寒露沾在我裸露的肌体上。我和朋友间的交往已经断绝,进官之道也已阻塞。其罪责过错究竟在哪里啊?都是因为你的缘故。我离开你远远地逃窜,直到高入云霄的昆仑之巅;你旋即紧跟着我,高飞直达云端天边。我离开你登上乱石崔嵬的大山，在岩穴深处隐蔽躲藏；你立即跟随着我，登上那高高的山冈。我离开你去到那无边的瀚海，乘一叶柏舟随波逐浪；你随即紧追不舍，在那海面上起浮飘荡。我行你便动，我静你便止。难道这世上就没有其他的人了吗，你总是跟随着我有何企求？今日你赶快离开我远去吧，千万不要多停留！”

贫答曰：“是，是。今日即被主人驱逐，多言只能使主人益发嗤笑。可我心中有所感怀，愿主人能容我尽述其辞。忆往昔我的先祖，发扬其朴素洁白的崇高品德，故能够辅助上古之明君尧帝，立誓护卫其常法准则。以土为阶用茅草覆屋，居室简朴不事雕饰。到了衰败的末世，骄奢昏惑的后来人尽其所欲不加克制。如贪婪凶恶的饕餮之辈，为富不仁苟求富足。鄙视我圣明纯洁的先祖，专横高傲荒淫骄纵，用琼瑶美玉砌台筑屋，楼台耸峙华丽而崇高。倾琼浆美酒以至成池，将肉食佳肴堆积成山。于是贫乃如鸿鹄高举远遁，足迹不再踏临朝廷。我三番五次反省自身，以为自己并没有过失。那些贵族官宦富贵人家，福分与俸禄稳固如山。忘记了我的大恩大德，窃思着对我的仇视积怨。能够承受寒冷耐受酷暑，是自小而大形成的习惯。节气推移寒暑变更没有差错，便和神仙一样长寿无恙。富有时桀跖之辈垂涎三尺，贫贱时贪妄之辈从不相顾。人们都重视那华屋丽室遮挡周护以避盗寇，我独在那空旷的天宇下露居；人们都彼此猜疑心存戒惧，我独无忧无虑不加戒备。”贫说完这番话，神色严厉张目嗔视，提起袍襟的下摆站立起来，走下台阶下至屋门。“我发誓这就离开你，去到那伯夷叔齐不食周粟以身殉义的首阳山上，孤竹君的二位公子，将与我相随同行。”我急忙离席而起，致谢不及。“请不要与我就此离心，听了你一番合情合理的述说我已心服口服，我愿意长长久久与你在一起，直到终极也没有憎恶与厌弃。”贫于是不再离去，与我一起游玩憩息。

【点评】作者在赋中将“贫”拟人化，抒发了在冷酷无情的现实中饥寒交迫、困顿穷蹇的感慨，表达了怨世哀命，在人生道路上进退两难的哀伤。遁居独处，困贫也，故呼贫与语，以泄不平。先是含怨责问，引咎于贫，复欲弃贫而去，无奈如影随形，须臾不离。设想玄妙，借题发挥，伤时不均，悲世不遇。“贫”回答逐客令时的愤激之语，直刺扬雄所处时代黑暗混乱，贫富悬殊，统治者朱门酒肉，利己残民的社会现实。当时富者犬马余菽粟，骄而为邪；贫者不厌糟糠。作者最后长与汝居，终无厌极的选择，实在是不得已而为之，无限激愤，又无可奈何，表达了作者对黑暗现实的绝望心情，是失望与幻灭后带着血和泪的超脱。

本赋全为四言,句式整齐。在揭露抨击、批判现实中,以"写志"为主,兼以"体物"。构思巧妙,描写生动,直抒胸臆,语言质朴。

【集说】子云自序云:"不汲汲于富贵,不戚戚于贫贱,家产不过十金,乏无儋石之储,晏如也。"此赋以文为戏耳。(章樵《古文苑·逐贫赋》题注)

扬子云《逐贫赋》:"人皆文绣,予褐不完;人皆稻粱,我独藜飧。贫无宝玩,予何为欢。"此作辞虽古老,意则鄙俗,其心急于富贵,所以终仕新莽,见笑于穷鬼多矣。(谢榛《四溟诗话》)。

扬子云《逐贫赋》,昌黎《送穷文》所本也,至宋明而斥穷,驱戆,礼贫之作纷纷矣。(浦铣《复小斋赋话》)

赋四字为句,起于子云《逐贫》。(浦铣《复小斋赋话》)

(龚爱蓉)

酒　赋[(1)]

子犹瓶矣[(2)]:观瓶之居,居井之眉[(3)]。处高临深,动常近危。酒醪不入口,臧水满怀[(4)]。不得左右,牵于纆徽[(5)]。一旦叀碍,为瓽所轠[(6)],身提黄泉,骨肉为泥[(7)]。自用如此,不如鸱夷[(8)]。鸱夷滑稽[(9)],腹大如壶。尽日盛酒,人复借酤。常为国器,托于属车[(10)]。出入两宫,经营公家,繇是言之[(11)],酒何过乎?

【注释】(1)此赋今本《汉书·游侠传》题为《酒箴》,但《太平御览》引《汉书》作《酒赋》。　(2)瓶:此指汲井水之器。子:指法度之士,即直道而行、遵行法度者。　(3)眉:指井边之地,如人目上有眉,故以眉喻之。　(4)醪(láo):浊酒。臧水:臧通"藏"。此指瓶中装满水。　(5)纆(mò)徽:井上汲水的绳索。　(6)叀(zhuān)碍:此指瓶悬碰于井壁不能升降。瓽(dàng):砖砌的井壁。轠(léi):碰击。　(7)提:掷。　(8)鸱夷:皮制的鸱鸟形盛酒器。　(9)滑(gǔ)稽:注酒器,"转注吐酒,终日不已"。　(10)属车:皇帝的侍从车。　(11)两宫:指太后和皇帝。繇:通"由"。

【今译】你直道而行的法度之士,就像汲水的井瓶呵:看那瓶所居处,居于井口上边。处高而下临深井，动不动就濒临危险。瓶口不沾清浊之酒，怀里装满沉沉井水。不能左右晃动，还要受井索牵累。一旦悬晃受阻，就被井壁击碎。坠入"黄泉"般深水，散裂成一片碎泥！你这样使用自身，真不如鸱形酒器。鸱形酒器圆转注酒，肚皮鼓胀如壶。它整天装满醇酒，还常被借用作打酒之具。它常常作为邦国重器，托身于天子的侍从车驾。出入于太后、皇上之宫，周旋于侯王公卿之家。由此说来，这酒又有什么过差？

【点评】此赋以怀清守法之士喻"井瓶"，以与世浮沉之酒客喻"鸱夷"，展示了两种迥然不同的处世态度和人生结局。初看起来，作者似乎冷峻地嘲笑了法度之士的"处高临深""动常近危"，乃至于"叀碍"丧身的"自用"方式；而予圆滑得宜、"常为国器"的醉生梦死之客，颇加激赏和称叹。但细细玩味，作者的同情恰在近祸危身的法度之士一边。至于对"腹大如壶"而能"托于属车""出入两宫"的"鸱夷"之辈，倒是夸中寓讽、鄙夷不屑的。直道而行者不能自保，圆滑阿谀者却被尊为"国器"，这世道之颠倒，能不令志士仁人哀愤、齿冷？但此赋妙在只用嬉笑笔墨，为读者勾勒了两幅行事、结局恰成鲜明对比的漫画，其荒谬、颠倒便入木三分地被揭示了出来。以谐寓庄，正笔反用，这正是《酒赋》写作上的一大特色，而且也正与扬雄的另一名作《解嘲》一脉相承。

【集说】先是黄门郎扬雄作《酒箴》以讽谏成帝，其文为酒客难法度士，譬之于物，曰：子犹瓶矣……（陈）遵大喜之，常谓张竦："吾与尔犹是矣。足下讽诵经书，苦身自约，不敢差跌。而我放意自恣，浮湛俗间，官爵功名，不减于子，而差独乐，顾不优邪？"（《汉书·陈遵传》）

他的《酒赋》稍有不同。旧说以为是"汉孝成帝好酒，雄作《酒赋》以讽之"。（《汉书·游侠传》）然于文意不合。我认为这是他借此来抒发自己无所适从的内心苦闷和矛盾的……这里的瓶，是比喻那种直道而行、刚强不屈的人，鸱夷则是随俗浮沉的人。作者显然是不赞成前一种人的，所以晁补之说，"此雄欲同尘于皆醉者之词也。"（《柳河东集·瓶赋》注引）但细玩文意，他对后一种人的"称赏"也是一种愤激之辞，并非向慕其所为。他的真正意向，实际还是《反离骚》等篇中所表现的那种不彼不此、全身远祸的思想，只是这里没有明说罢了。（马积高《赋史》）

（潘啸龙）

班婕妤

班婕妤(jié yú),中国赋史上第一位女作家,是左曹越骑校尉班况之女,著名赋作家班彪之姑,班固、班昭的祖姑。汉成帝即位,被选入宫,俄而大幸,为婕妤,视同上卿。后赵飞燕入宫,被夺宠,退处长信宫,作赋自悼。成帝死,充奉园陵。

捣素赋[1]

测平分以知岁[2],酌玉衡之初临[3]。见禽华以麃色[4],听霜鹤之传音[5]。伫风轩而结睇[6],对愁云之浮沉。虽松梧之贞脆[7],岂荣凋其异心?

若乃广储悬月[8],晖水流清[9],桂露朝满,凉衿夕轻[10]。燕姜含兰而未吐[11],赵女抽簧而绝声[12]。改容饰而相命,卷霜帛而下庭。曳罗裙之绮靡[13],振朱佩之精明[14]。

若乃盼睐生姿[15],动容多制[16],弱态含羞[17],妖风靡丽[18]。皎若明魄之升崖[19],焕若荷华之昭晰[20]。调铅无以玉其貌[21],凝朱不能异其唇[22]。胜云霞之迩日[23],似桃李之向春。红黛相媚[24],绮组流光[25]。笑笑移妍[26],步步生芳。两靥如点[27],双眉如张[28]。颓肌柔液[29],音性闲良[30]。

于是投香杵[31],扣玟砧[32],择鸾声[33],争凤音。梧因虚而调远[34],柱由贞而响沉[35]。《散》繁轻而浮捷[36],节疏亮而清深[37]。含笙总筑[38],比玉兼金[39],不埙不篪[40],匪瑟匪琴。或旅环而纾郁[41],或相参而不杂。或将往而中还,或已离而复合。翔鸿为之徘徊,落英为之飒沓[42]。调非常律,声无定本,任落手之参差,从风飙之远近[43]。或连跃而更投,或暂舒而长卷[44]。清《寡鸾》之命群[45],哀《离鹤》之归晚。苟是时也,钟期改听[46],伯乐弛琴[47],桑间绝响[48],濮上停音[49]。萧史编管以拟吹[50],周王调笙以象吟[51]。

若乃窈窕姝妙之年[52],幽闲贞专之性,符皎日之心[53],甘首疾之病[54],歌《采绿》之章[55],发《东山》之咏[56]。望明月而抚心[57],对秋风而掩镜[58]。

阅绞练之初成[59],择玄黄之妙匹[60]。准华裁于昔时,疑形异于今日。想骄奢之或至,许椒兰之多术[61]。薰陋制之无韵[62],虑蛾眉之为愧。怀百忧之盈抱,空千里兮饮泪。

侈长袖于妍袂[63],缀半月于兰襟[64]。表纤手于微缝,庶见迹而知心。计修路之遐夐[65],怨芳菲之易泄[66]。书既封而重题[67],笥已缄而更结[68]。惭行客而无言[69],还空房而掩咽[70]。

【注释】(1)本文辑自《古文苑》卷三。捣素:洗涤素帛使洁净。 (2)平分:昼夜长短均平,此指秋分时节。 (3)酌:运行。玉衡:北斗七星中的第五星,以其运行的位置,可以知道时令。 (4)禽华:菊花。麃(biāo):色变。有一种菊花名雁来红,状类鸡冠,秋深时,茎叶俱红。 (5)霜鹤:下霜时的鹤鸟。 (6)伫:久久站立。风轩:临风小窗。结睇:凝视。 (7)贞脆:贞坚与脆弱,指松叶不凋,梧桐早落。 (8)储:同“除”,同声相假,台阶之意。(9)晖水:月色。 (10)衿(jīn):衣带。 (11)燕、姜:指燕地和齐鲁妇女之美者。 (12)抽簧:抽出乐器上能吹动发音的薄片。 (13)绮靡:侈丽。

(14)佩:玉佩。精明:玲珑发光。 (15)盼睐:眷顾貌。 (16)制:同“致”,姿态。 (17)弱态:柔美的姿态。 (18)妖风:美好的风度。靡丽:美妙。 (19)明魄:明月。 (20)焕、晰:皆明意。 (21)铅:搽脸粉。 (22)朱:朱砂。 (23)迩:近。 (24)红:朱唇。黛:青眉。媚:美。 (25)绮组:华美的丝带。 (26)移妍(yán):转美。 (27)靥(yè):酒窝。 (28)张:弯弓。 (29)颓肌:柔和的肌肤。柔液:润泽。 (30)闲良:娴雅善良。(31)投;挥动。杵(chǔ):捣衣之棰。 (32)扣:击。玟:美玉名。砧(zhēn):捣衣石。 (33)择:选择。鸾声:动听的鸾鸟之声。 (34)虚:木质疏松。 (35)响沉:声音低沉。 (36)散:琴曲的泛称。 (37)节:乐器名,拍板之属。 (38)筑(zhù):乐器名,形似琴,有五弦、十三弦、二十一弦诸说。 (39)比:并列。玉:玉磬。金:镈铙之类的铜制乐器。 (40)埙(xūn):乐器名,烧土为之,形如雁卵,上有六孔。篪(chí):管乐器名,以竹为之,横吹。 (41)纾郁:抒发郁闷。 (42)落英:落花。飒沓:群飞。(43)风飙(biāo):旋风。 (44)长卷:长久收敛。 (45)清:急。《寡鸾》:曲名。命:呼。 (46)钟期:即钟子期,春秋楚人,善听琴的人。 (47)弛:毁。 (48)桑间:地名,在濮水之上,流行淫靡的音乐。 (49)濮上:濮水之上,流行淫乱猥亵的亡国之音。 (50)萧史:春秋秦穆公时人,善吹箫,能招致孔雀白鹤于庭。编管:古代的箫是以竹管编排而成,大者二十三管,长三尺四寸,小者十六管,又名籁。与今之单管洞箫不同。 (51)周王:周灵王太子晋,亦称王子乔。好吹笙,作凤凰鸣。象吟:像凤凰吟唱。 (52)窈窕:美心为窈,美色为窕,外貌与内心俱美谓之窈窕。 (53)皎日之心:约誓的心理。《诗经·王风·大车》:“谓予不信,有如皦日。” (54)首疾:头发胀、头痛。 (55)《采绿》:《诗经·小雅》篇名。刺王政之失。 (56)发:发扬。《东山》:《诗经·豳风》篇名。这是一首戍卒还乡途中思家之诗。 (57)抚心:指抚胸。 (58)掩镜:喻不修容饰。 (59)阅:选。绞练:白色的缯帛。(60)玄黄:缯绮。 (61)许:或。椒兰:即子椒、子兰,皆在楚国诋毁屈原者。 (62)陋制:手艺低劣。韵:气派。 (63)袂:衣袖。 (64)半月:佩玦之形,希望得以团圆之意。 (65)敻(xiòng):远。 (66)泄:失。 (67)题:标志。 (68)笥:衣箱。缄:用绳束住。 (69)无言:不欲表达己意。(70)掩咽(yè):掩泣。

【今译】观测平分的四季可以知道时序，北斗七星中的玉衡已经指到秋天的方向。看到了菊花的颜色越发艳丽，听见了清亮的鹤声便了解该降严霜。我站在临风的窗口双目凝视，面对着漂泊的浮云不禁苦思冥想。松树和梧桐的本质虽然或坚或脆，怎会由于一时凋谢而内心变样？

宽敞的院落明月高挂，皎洁的月色似水遍洒。桂树到早晨凝满露珠，衣带在夜晚的凉风中轻轻飘拂。宠姬传宗接代的希望尚未终止，夜深人静，歌女的演奏已经停息。重新打扮而相互呼唤，卷起洁白帷幕来到中庭。我穿的罗裙料子非常优良，来回摆动的珠玉佩环闪闪发光。

我的双眼顾盼生姿，脸上的表情丰富有致。我的风度柔媚娇羞，妖艳的容貌具有动人的美丽。我就像一轮明月从山崖上升，也像是碧波中的荷花亭亭玉立。搽脂粉无以增加我的白皙，涂口红不能使我的嘴唇更赤。胜过空中靠近太阳的彩霞，也像是春天盛开的桃李花。红唇黛眉相互辉映，绮丽的丝带也闪出光华。笑一笑更加动人，走一走步步生香。两个小酒窝有如点画，两道眉毛也像弯弓模样。肌肤温柔润泽，言语性格无不娴雅善良。

于是挥动芳香的棒槌，敲击着玟石美玉做成的捣素砧。似鸾鸟动听的歌唱，如凤鸟争鸣的乐音。似桐木疏松调悠长，如桂杵质坚响低沉。似纷繁的琴曲轻捷而飘逸，如缓慢的节拍嘹亮而清深。砧声包含笙、筑诸乐器的音响，也有排列的玉磬及镈铙等金属制品。既不像埙和篪的演奏，也不全像瑟和琴。或回环不已地抒发郁闷，或高低相同没有错杂。或将击时又复举起，或已经举起又去敲打。吸引飞鸾留恋徘徊，吸引随风而来的众多落花。捣素发出的不是规范乐调，谱子并没有固定的样板。任凭手劲的交错，顺着风势传送得或近或远。有时一声连着一声，有时暂缓竟至长期收敛。有时急迫得像《寡鸾》呼唤同伴，有时悲哀得像《离鹤》回归太晚。如在这时能使钟子期改听，使善于弹琴的伯牙把琴毁弃。能使桑间的淫乐不声不响，能使濮上的靡靡之音完全停息。既像吹箫作凤鸣的萧史，也像调笙相和的周灵王太子。

正值外貌与内心俱美的最佳妙龄，身怀着娴静专贞的特有品性。符合《诗经·大车》“有如皎日”的约誓心理，也同《卫风·伯兮》“甘心首疾”般的赤诚。歌唱《诗经·采绿》怨恨空房独守的篇章，吟咏《豳风·东山》室妇在家的叹息。看见圆圆的明月心直发痛，面对凄凉的秋风厌恶照镜。

洁白的素绢刚刚织成，选择出的彩帛精妙无匹。本拟按照过去的身材剪裁，怀疑体形已与今天有异。料想可能已经变得骄奢，或许受到群小的挑拨已非昔比。薰之犹恐其缺乏韵态，又虑周围的美女看到羞愧。心中塞满了各种各样的愁思，徒然在千里之外啊饮着自己苦涩的眼泪！

我把袖子做得又长又美，半圆形的玉玦缝在那带着兰草的衣襟。我用纤细的双手一针一线做出标志，希望通过这些迹象看见我的苦心。计算一下路程太远太远，恨兰草的芳香容易丧失。信已封好重又题缄，箱已捆牢使之更为结实。面对着行客羞惭得无话可说，返回到冷清的空屋里独自哽咽哭泣！

【点评】汉成帝刘骜是个酒色之徒，偏听偏信赵飞燕姊妹，把后宫弄得乌烟瘴气。许皇后被废，班婕妤被疏，凡御幸生子的宫女辄被杀死，饮药堕胎者更不计其数。本文作者为避灾免祸，甘愿退处东宫，去长信宫服侍太后。时值深秋，面对当空皓月，不免触景生情，浮想联翩，便通过《捣素赋》以寄其意。“虽松梧之贞脆，岂荣凋其异心”二句，表明自己即使不被宠爱，仍然忠心耿耿，一片痴情。班婕妤曾生过两个儿子，都不幸夭折，可是，成帝还没有继嗣，“燕姜含兰而未吐”，是她祈愿成帝的宠姬仍有天赐兰草生子的希望，于此可以窥知作者在封建伦理道德上那颗金子一般的心。作者在成帝即位之初被选入宫，到鸿宝三年（公元前 18 年）失宠，写有《自悼赋》，《捣素赋》可谓为姊妹篇。这时，班婕妤依然花容月貌，风韵犹存，篇中从“若乃盼睐生姿”至“音性闲良”十八句，都在描绘作者动人的音容笑貌。从“于是投香杵”至“周王调笙以象吟”三十三句，用生花的妙笔，细致刻画捣素的劳动乐章。从“若乃窈窕姝妙之年”至“空千里兮饮泪”十八句，述说她那思慕不尽的哀怨之情。从“侈长袖于妍袂”到最后十句，说明自己的真情实感无法与皇帝直接沟通，只有徒自伤悲。“惭行客而无言，还空房而掩咽”作为结束语，正可显示她凄凉的无可奈何的处境。全篇写得情意缠绵，怨而不怒，不过从字里行间也透露出了宫廷生活的黑暗和荒淫。

【集说】班婕妤《捣素赋》怨而不怒，兼有“塞渊、温惠、淑慎”六字之长，可谓深得风人之旨。（刘熙载《艺概》卷三《赋概》）

（文时珍）

班彪

班彪(3—54),字叔皮,扶风安陵(今陕西咸阳市东北)人。二十岁时,遇赤眉军攻入长安,逃至天水依隗嚣。后又往河西投奔窦融,随融归朝,为茂才,任徐令。不久告病免职,专心著述史书,后任望都长以终。其子班固的《汉书》,即以其《史记后传》为基础写成。所作《览海赋》,开创了新题材,惜乎残缺不全。《文选》所录《北征赋》,是他唯一完整的辞赋代表作。近人张鹏一辑有《叔皮集》一卷。

北征赋[1]

余遭世之颠覆兮[2],罹填塞之厄灾[3]。旧室灭以丘墟兮[4],曾不得乎少留[5]。遂奋袂以北征兮[6],超绝迹而远游[7]。

朝发轫于长都兮[8],夕宿瓠谷之玄宫[9]。历云门而反顾[10],望通天之崇崇[11]。乘陵冈以登降,息郇邠之邑乡[12]。慕公刘之遗德[13],及行苇之不伤[14]。彼何生之优渥[15],我独罹此百殃[16]。故时会之变化兮[17],非天命之靡常[18]。登赤须之长坂[19],入义渠之旧城[20]，忿戎王之淫狡[21]，秽宣后之失贞。嘉秦昭之讨贼，赫斯怒以北征。

纷吾去此旧都兮[22]，騑迟迟以历兹[23]。遂舒节以远逝兮[24]，指安定以为期[25]。涉长路之绵绵兮，远纡回以樛流[26]。过泥阳而太息兮[27]，悲祖庙之不修[28]。释余马于彭阳兮[29]，且弭节而自思[30]。日晻晻其将暮兮[31]，睹牛羊之下来[32]。寤旷怨之伤情兮[33]，哀诗人之叹时[34]。

越安定以容与兮[35]，遵长城之漫漫[36]。剧蒙公之疲民兮，为强秦乎筑怨[37]。舍高亥之切忧兮[38]，事蛮狄之辽患[39]。不耀德以绥远[40]，顾厚固而缮藩[41]。首身分而不寤兮[42]，犹数功而辞愆[43]。何夫子之妄说兮[44]，孰云地脉而生残[45]。登障隧而遥望兮[46]，聊须臾以婆娑[47]。闵獯鬻之猾夏兮[48]，吊尉卬于朝那[49]。从圣文之克让兮[50]，不劳师而币加[51]。惠父兄于南越兮，黜帝号于尉佗[52]。降几杖于藩国兮，折吴濞之逆邪[53]。惟太宗之荡荡兮[54]，岂曩秦之所图[55]！

隮高平而周览[56]，望山谷之嵯峨[57]。野萧条以莽荡[58]，迥千里而无家[59]。风猋发以漂遥兮[60]，谷水灌以扬波。飞云雾之杳杳[61]，涉积雪之皑皑[62]。雁邕邕以群翔兮[63]，鹍鸡鸣以哜哜[64]。游子悲其故乡[65]，心怆悢以伤怀[66]。抚长剑而慨息[67]，泣涟落而沾衣[68]。揽余涕以於邑兮[69]，哀生民之多故。夫何阴曀之不阳兮[70]，嗟久失其平度[71]。谅时运之所为兮[72]，永伊郁其谁诉[73]！

乱曰[74]：夫子固穷，游艺文兮。乐以忘忧，惟圣贤兮[75]。达人从事[76]，有仪则兮[77]。行止屈申[78]，与时息兮[79]。君子履信[80]，无不居兮[81]。虽之蛮貊[82]，何忧惧兮！

【**注释**】(1)公元25年，赤眉军攻入长安，关中大乱。班彪逃离长安北行，去天水避难，途经安定(今宁夏原州区)，作此赋。征：远行。 (2)颠覆：指王莽政权败乱崩溃。 (3)罹(lí)：遭遇。填塞：指当时长安混乱，城中粮尽,赤眉引兵西进,作者欲避凉州,道路阻塞,故而"北征"。厄(è)灾:危灾。(4)丘墟:犹言废墟。此句指赤眉军纵火烧长安宫室街市,京城几乎全毁。(5)曾(zēng):竟然,简直。 (6)奋袂(mèi):犹甩袖,形容愤然之状。(7)超:奔。绝迹:灭迹,指没有人迹的地方。 (8)发轫(rèn):指开车出发。轫:停止车轮转动的木头。长都:京都长安。 (9)瓠谷:山谷名,一说为地名。玄宫:即甘泉宫,在今陕西淳化西北。 (10)云门:云阳县(今陕西淳化县)门。反顾:回视。 (11)通天:通天台,据说"去地百余丈"(《汉武故事》)。 (12)乘:登。登降:指山行时上时下。郇:即旬邑县。邠:同"豳",即彬县。西周远祖曾居于此。今皆属陕西。二县毗邻,其西南与甘泉宫所在的淳化县相连。 (13)公刘:西周的远祖。 (14)行苇之不伤:即"不伤行苇",对草木也不加损害。行苇:路边苇。 (15)优渥(wò):优厚。(16)《文选》五臣吕向注:此二句"言公刘之时草木不伤,人乐何厚,我今日何故独罹此祸乱也。" (17)时会:时运际会,即时势。 (18)靡:无。 (19)赤须:即赤须坂,在北地郡(今甘肃东部及宁夏地区)。坂(bǎn):山坡。(20)义渠:古西戎国名,战国时归于秦,在北地郡,王莽改为义沟。在今甘肃合水、正宁、环县、宁县、泾川等地。 (21)"忿戎王"四句:秦昭王宣太后与义渠戎王私通,昭王杀义渠王,忿然伐灭其国,于是秦有北地、陇西。赫斯:赫然,勃然。 (22)纷:指心绪乱。旧都:长安。 (23)骈(fēi):古代一车驾四马,两边的叫骈,也称骖。历兹:到此。 (24)舒节:指放车速行。节:车行节奏。远逝:远去。 (25)安定:安定郡,汉置,治所高平,即今宁夏固原。 (26)纡回:曲折。樛(jiū)流:犹缭绕。 (27)泥阳:汉县名,属北地郡,在今甘肃宁县东南。 (28)祖庙:班彪远祖在秦末避地于泥阳,而有班氏庙。 (29)释:解开。彭阳:汉县名,属安定郡,在今甘肃镇原县。 (30)弭节:指停止车行。 (31)晻晻(yǎn):昏暗不明。 (32)下来:走下高地。(33)寤:通"悟",醒悟,明白。怨旷:本指因服役不得团聚的旷夫怨妇。(34)诗人:指《君子于役》的作者。叹时:嗟叹君子行役。 (35)容与:迟缓不前。 (36)遵:顺着。漫漫:无边无际。 (37)剧:作动词用,深深埋怨。蒙公:即蒙恬,为秦将,筑长城,民疲而怒,所以说筑城犹等于"筑怨"。(38)高、亥:赵高、胡亥(秦二世)。切忧:近忧。 (39)辽患:辽远的祸患。(40)耀德:光耀道德,指发挥宣传教化作用。绥:安。 (41)顾:只。厚固:

指厚城固防。缮藩:治边。 (42)"首身分"句:蒙恬遭赐死,以为有功无罪。转而觉得筑城堑万里,断绝地脉,是为有罪,吞药自杀。 (43)辞愆:不认罪过。 (44)夫子:指蒙恬。 (45)地脉生残:即掘断地脉。 (46)障:边境险要处戍守的小城堡。隧:通"燧",指烽火亭。 (47)婆娑:悠然徘徊。(48)闵:同"悯",哀伤。獯(xūn)鬻:商周之际的种族名,秦汉称匈奴。猾夏:扰乱华夏。 (49)吊尉卬于朝那:匈奴攻朝那塞,北地都尉卬被害。朝那:汉县名,在今甘肃平凉西北。 (50)圣文:指汉文帝,在位采取与民生息的政策,对外和亲安抚,不起边事。克:能。 (51)币加:增加币帛作为厚礼。 (52)"惠父兄"两句:南越王尉佗自立为武帝。文帝召贵尉佗兄弟,以德报之,佗遂去帝称臣。惠,施予恩惠。 (53)"降几杖"两句:吴王濞,自以为高祖从子,失藩臣之礼,称病不朝。文帝赐几杖,允其年老不朝,以折服叛逆之心。几:坐时可依的小桌。 (54)太宗:文帝庙号。荡荡:指王道广远。(55)曩:先前。图:图谋。 (56)隮:同"跻",登。高平:安定郡的属县。周览:环顾四望。 (57)嵯(cuó)峨:山势高峻。 (58)萧条:空旷。莽荡:旷远。 (59)迥:辽远。 (60)猋(biāo):通"飙",暴风。漂遥:一作"飘飖",风疾貌。 (61)杳杳:深昏貌。 (62)皑皑:形容霜雪洁白。 (63)邕(yōng)邕:雁鸣声。 (64)鹍(kūn)鸡:形如鹤而羽黄白的鸡。哜哜(jiē):众鸟鸣叫声。 (65)游子:作者自指。 (66)怆悢(chuàng liàng):悲恸貌。 (67)慨息:感慨叹息。 (68)涟落:泪流不断貌。 (69)於(wū)邑:同"於悒",忧伤哽咽。 (70)阴曀(yì):阴晦起风,喻天下昏乱。(71)平度:正常的法度。 (72)谅:确实。 (73)伊郁:忧怒。愬:同"诉"。(74)乱:一篇总结语的标志。 (75)"夫子"四句:夫子:指孔子。孔子说过"君子固穷""游于艺""乐以忘忧"。固:坚持。艺:六艺,指礼、乐、射、御、书、数。 (76)达人:通达事理的人。 (77)仪则:法度准则。 (78)申:同"伸"。 (79)与时息:即与时消息,指动静不失其时。息:生长,指有所作为。 (80)履信:履行忠信之道。 (81)无不居:没有站不住的地方。(82)之:到。貊(mò):古代东北方部族。比喻西凉少数民族。

【今译】我碰到一个动乱的时代啊,遇到危厄灾难而路途阻塞。京都旧居毁灭而成废墟呀,简直不能稍作停留。于是愤然甩袖北上啊,远游奔向不见人迹的地方。

早晨从长安出发呀，晚上停宿在瓠谷的甘泉宫。经过云门而回看，遥望高峻的通天台。登山过冈而时上时下，憩息在旬、彬的乡村。思慕公刘忠厚的遗风，连路旁的杂草也不损伤。那时的人们处境多么和睦，我却遭受这种种祸殃。这原本是时运的变化，并非天命没有常规。爬上长长的赤须坡，进入了旧城义渠，愤恨淫乱的西戎王，使宣太后污秽而失贞操。赞许秦昭王讨伐西戎，勃然愤怒以继续北行。

我心绪纷乱地离开旧都长安啊，马行迟迟以到此。于是疾行以远去啊，遥指安定作为进程。跨涉绵绵不绝的长路啊，远行曲折而缭绕。经过泥阳而长叹息呀，悲伤这里的祖庙得不到修建。在彭阳我解开驾车的马，暂且驻车自思。夕阳无光天将黑啊，见牛羊都下了山坡。明白了对远出亲人的思念多伤情啊，哀叹《君子于役》的作者有感于时艰。

越过了安定缓缓前进，顺着辽远的长城慢慢行走。埋怨蒙公过分劳民啊，替强秦筑城等于筑怨。不顾赵高、胡亥诡逆篡位的近忧啊，专防匈奴的远患。不光大德行以安抚远方，只是厚城固防而加强守边。一直到死而不醒悟啊，还数说功绩而不认过错。蒙公临死的言辞多么荒谬，说什么缘于掘断地脉。登上小城而远望啊，聊且片刻悠然以徘徊。哀伤匈奴扰乱华夏啊，悲悼都尉邛战死在朝那塞。应当遵从文帝的宽让策略啊，不兴师动兵而采取安抚。施予南越王父兄恩惠啊，尉佗于是去帝号而称臣。赐几杖给属国啊，欲折服刘濞邪行逆心。只有文帝王道浩荡啊，岂是当年秦国所能设想！

登上高平县城四顾环视，眺望高峻的群山深谷。田野萧条空旷寂寥，远至千里而无人家。暴风疾吹而飘卷，谷水奔注掀波涌。飞云飘雾昏黯黯，笼罩积雪白皑皑。群雁长鸣飞翔啊，鹍鸡叫声杂沓。游子悲伤离故乡，心忧悲而酸楚。抚长剑以叹息，泪水流淌湿透衣。拭擦泪水又哽咽啊，哀叹人民多事故。为何阴晦多风不晴朗，叹惜正常法度久丧失。确实是形势所变化啊，忧怨不已给谁说！

总而言之：孔夫子坚持于困顿，遨游于六艺文籍啊。乐而忘忧，只有圣贤啊。通达世务者立身处事，有一定的法则啊。动静屈伸，不失其时啊。君子只要履行忠信，没有站不住的地方啊。即使到了匈奴北地，还有什么忧惧啊！

【点评】此赋以避难北行沿途所历为线索贯穿始末，以咏古慨今感事伤时为一篇之用意，因地而发，随其所历，一路写来，自成格局。这样的经营构思，并非始自班氏，刘歆的《遂初赋》即发轫于前。但刘作虽然“历叙于纪传，渐渐综采”（刘勰语），然一味地胪列众多故实，繁缛有余，疏宕不足。此赋虽承其绪，而对这种“体国经野，义尚光大”的“述行赋”经过一番净化，捃摭经史，基本上一地一事；华实布濩，体清气朗。无臃肿之弊，而多感慨之音。

首二句的悯时伤乱，带出北行之因和一篇忧难之辞，末尾的“游子悲其故乡”“哀生民之多故”，即作回应。中间每以流离之慨随地兴感，体局严整。中分四段，彬地缅怀公刘“仁及草木”的德化遗风，以“及行苇之不伤”点到为止，无多词费，与“彼何生”二句的慨今，对照生情，跌宕取势。言语间有“乱世人不如太平犬”的酸辛，无限感慨欷歔容纳在安宁和乱离的比照中。与此俱来的“时运变化”的体认，亦贯穿始终。在赤须坂对秦昭王北征的回顾，即说明“变化”运事在人。至彭阳目睹日暮牛羊、人家萧条，蒿目时艰，世事蜩螗，见于言外。不仅“我”一人“罹此百殃”，远离兵燹长安的北地僻壤，亦在生离死别的旷怨中。此段起首穿插“纷吾去此旧都兮”，不是“发轫长都”的重复，亦非“此从路中逆计所至之地”（于光华语），意在指明，祸乱殃及四方，所经之地在所难免，这正是作者既“瘏”且“哀”，和“诗人叹时”同出一感的原因。此段写实置于前后咏史两大段中间，免除史事集中的板滞，也把前后的史实与今日的现实榫接起来。

许颉《彦周诗话》说：“丰父尝与仆言，班孟坚《两都赋》华壮第一，然只是文辞。若叔皮《北征赋》云：‘剧蒙公之疲民兮，为强秦乎筑怨。’此语不可及。仆尝三复玩味之，知前辈观书，自有见处。”前人所言极是，此二句苍劲凝练，诚为一篇警策语。长城脚下对蒙恬“疲民筑怨”的浩叹，登障隧而盛赞汉文帝宽和“不劳师”的政策，孙矿说此“为当时讽也”（何焯也有同语），今日论者则认为这是“无根据的吹嘘”。班彪留心时局变化，此次避乱，倾侧颠沛于流离危乱之间，当非一般泛泛吊古。西汉自宣帝以还，60 年匈奴无事，边地晏然。王莽篡立，始开边衅。校尉韩威迎合王莽：“以新室之威而吞胡虏，无异口中蚤虱。臣愿得勇敢之士五千人，不赍斗粮，饥食虏肉，渴饮其血，可以横行。”以大言取将军位。（《汉书·王莽传中》）所以此赋的为秦筑怨，舍切忧而事远患，与当时事势未尝没有联系。该段末的“岂曩秦之所图”，语势跌宕，又带转回应秦事，使暴秦圣文绾合一团。

结末集中写景，位置安排亦同《遂初赋》。刘歆以秋冬的惨凄发抑郁不得志的苦闷，班彪铺写原野萧条、流离思乡的悲哀。云雾杳杳，群雁邕邕，全是那个“阴曀不阳”的动乱时局的写照，文字哀感含蓄，雅深凄楚，流露出对时局的关切和惶惑。最后的乱辞恬淡安雅，自为抚慰之词。通篇不复出现西汉赋喜用的玮字，平易中取意深沉，直叙中每见顿挫。一路辛苦，登降驰徐，顾指留盼，历历可见。百端心绪络绎触发，一片乱离举目伤情之怀。凄惶行色、慨然史事、悲凉时世，错综交织，今昔映衬；叙述、描写、议论交相互用。文情朴茂渊深，感时伤世，立意亦高。时会变化慨叹，流贯始终，使布局愈趋严整。与《遂初赋》相较，呈出蓝之色。其积薪之势，不仅是班昭《东征赋》，而且是蔡邕《述行赋》、潘岳《西征赋》取法的范本，亦沾溉杜甫《北征》《自京赴奉先县咏怀五百字》不少。

【集说】次段为北征所经，初发长安为一层，遥指安定为一层，作两层顿挫。以下皆因所遇之地，思前朝遗迹而品骘之。（何焯评，见于光华《重订文选集评》）

此（指篇末写景一段）以悲乱伤故乡为一篇收束，与篇首相应。（同上）

通篇说忧乱词，更说忘忧，翻出一意作结，妙。（同上）

不甚极思，然古朴有余，亦苍然有色。（孙矿评，同上）

登山眺野，触目兴怀，虽铺叙寥寥，而哀音历落，具见黍离之感，唐人吊古之作，仿佛似之。（孙执升评，同上）

（结束乱辞）虽写得冲淡平和，表现出作者于世事既未忘情、也不强烈关心的襟怀，但四句一转，于平淡中又曲尽其意，文辞也颇雅练。（马积高《赋史》）

（魏耕原）

班昭

班昭，字惠班，扶风安陵（陕西咸阳市东北）人。系班彪之女，班固之妹。嫁曹世叔，早寡。班固著《汉书》，未成而卒；和帝命昭续成之。她常出入宫廷，皇后妃嫔拜之为师，号曹大家（gū），是东汉的女文学家和史学家。卒年七十余。

东征赋[(1)]

惟永初之有七兮[(2)]，余随子乎东征[(3)]。时孟春之吉日兮[(4)]，撰良辰而将行[(5)]。乃举趾而升舆兮[(6)]，夕予宿乎偃师[(7)]。遂去故而就新兮，志怆悢而怀悲[(8)]。明发曙而不寐兮[(9)]，心迟迟而有违[(10)]。酌樽酒以弛念兮[(11)]，喟抑情而自非[(12)]。谅不登巢而椓蠡兮[(13)]，得不陈力而相追[(14)]。且从众而就列兮[(15)]，听天命之所归[(16)]。遵通衢之大道兮[(17)]，求捷径欲从谁[(18)]？

乃遂往而徂逝兮[(19)]，聊游目而遨魂[(20)]。历七邑而观览兮[(21)]，遭巩县之多艰[(22)]。望河、洛之交流兮[(23)]，看成皋之旋门[(24)]。既免脱于峻险兮[(25)]，历荥阳而过卷[(26)]。食原武之息足[(27)]，宿阳武之桑间[28]。涉封丘而践路兮[29]，慕京师而窃叹[30]。小人性之怀土兮[31]，自书传而有焉[32]。

遂进道而少前兮[33]，得平丘之北边[34]。入匡郭而追远兮[35]，念夫子之厄勤[36]。彼衰乱之无道兮[37]，乃困畏乎圣人[38]。怅容与而久驻兮[39]，忘日夕而将昏。到长垣之境界[40]，察农野之居民。睹蒲城之丘墟兮[41]，生荆棘之榛榛[42]。惕觉悟而顾问兮[43]，想子路之威神[44]。卫人嘉其勇义兮[45]，讫于今而称云[46]。蘧氏在城之东南兮[47]，民亦尚其丘坟[48]。唯令德为不朽兮[49]，身既没而名存。惟经典之所美兮[50]，贵道德与仁贤。吴札称多君子兮[51]，其言信而有征[52]。后衰微而遭患兮，遂陵迟而不兴[53]。

知性命之在天[54]，由力行而近仁[55]。勉仰高而蹈景兮[56]，尽忠恕而与人[57]。好正直而不回兮[58]，精诚通于明神[59]。庶灵祇之鉴照兮[60]，祐贞良而辅信[61]。

乱曰[62]：君子之思，必成文兮[63]。盍各言志[64]，慕古人兮。先君行止[65]，则有作兮[66]。虽其不敏[67]，敢不法兮[68]。贵贱贫富，不可求兮[69]。正身履道[70]，以俟时兮[71]。修短之运[72]，愚智同兮[73]。靖恭委命[74]，唯吉凶兮。敬慎无怠，思嗛约兮[75]。清静少欲，师公绰兮[76]。

【注释】(1)本篇选自萧统《文选》。班昭的儿子曹子谷，从洛阳到陈留长垣(今河南长垣)做县长，班昭随行，而作此赋。 (2)惟：语首助词。永初：东汉安帝刘祜年号。有七：七年(公元113)。 (3)东征：东行。长垣在洛阳之东，但稍偏北。 (4)孟春：正月。吉日：初一。 (5)撰：与“选”通，择也。良辰：美好时光。 (6)举趾：抬脚。升舆：上车。 (7)偃师：同今县名，在河南洛阳之东。 (8)怆悢(chuàng liàng)：悲伤。 (9)发曙：东方已亮。 (10)迟迟：长久。有违：若有所失。 (11)酌：斟酒。樽：酒器。弛：解除。 (12)喟：叹息。 (13)谅：确实。登巢：在树上架木为巢而居。椓(zhuó)：敲击。蠡：同“蠃”，螺，一种软体动物，有硬壳。 (14)陈力：施展才能。相追：追随从仕之人。 (15)就列：站到从仕者的行列。 (16)这句说：听从天命的安排。(17)遵：遵循。通衢：四通的大道。 (18)捷径：歪门邪道。 (19)遂往：继续行进。徂:往。逝:行。 (20)游目:目光随意观望。遨魂:心往神移。 (21)七邑:指下述的巩县、成皋、荥阳、卷县、阳武、原武、封丘。 (22)巩县:在偃师县偏东北。多艰:道路难走。 (23)河、洛:指黄河、洛河。交流:汇合。(24)成皋:在今河南荥阳。旋门:旋门坂,地势险峻。 (25)免脱:脱离。 (26)荥阳:今河南原阳县。卷:县名,在今河南原阳县境。 (27)原武:县名,今属河南原阳县。 (28)阳武:县名,在河南省。桑间:地名。 (29)涉:经过。封邱:县名,今河南封丘县。践路:行路。 (30)京师:指洛阳,乃班昭原来的住地。 (31)小人:作者自谓,乃是谦辞。怀土:怀恋故居。 (32)书传:指《论语》。 (33)少前:走不多远。 (34)平丘:县名。春秋时卫国之地,在今河南长垣。 (35)匡:地名,在今河南长垣。郭:外城。追远:追忆往事。 (36)夫子:孔子。厄勤:困苦。 (37)衰乱:政治衰败的乱世。 (38)困畏:围困恐吓。 (39)容与:流连徘徊。久驻:久久停留。 (40)长垣:县名,在河南。(41)蒲城:县名,在今河南长垣西南。丘墟:荒地。 (42)榛榛:草木丛生。(43)惕:惊醒。顾问:回头问人。 (44)子路:孔子弟子,曾任蒲城大夫。治蒲三年,入其境,田畴尽易,草莱甚辟,沟洫深治;入其邑,墙屋完固,树木甚茂;至其庭,庭甚清闲,诸下用命。威神:威武神貌。 (45)勇义:勇敢而讲义气。(46)云:语末助辞。 (47)蘧(qú)氏:蘧瑗,字伯玉,孔子弟子,仕卫,乃著名的贤大夫。 (48)尚:尊崇。丘坟:坟墓。 (49)令德:美德。 (50)经典:指《诗经》《左传》等著作。 (51)吴札:指春秋时吴公子季札。吴札适卫,悦蘧瑗、史狗、史鳟(qiū)、公子荆、公叔发、公子朝,曰:"卫多君子,未有患也。"(52)征:得到验证。 (53)陵迟:衰败。 (54)性命:指贵贱寿夭。(55)力行:勉力而行。 (56)仰高:仰慕前辈高贤。蹈景:沿着高尚德行前进。 (57)忠恕:尽己之谓忠,推己之谓恕。与:助。 (58)回:邪僻。 (59)明神:神明。(60)庶:希冀。灵祇(qí):神灵。 (61)祐:助。贞良:忠良。(62)乱曰:结束语。 (63)文:文章。 (64)盍:何不。 (65)先君:指其父班彪。 (66)有作:有作品问世,指《北征赋》。 (67)不敏:愚昧,自谦之辞。(68)法:仿效。(69)不可求:属于天命之意。 (70)履道:按照儒家教导的仁义办事。(71)俟:等待。 (72)修短:生命长短。 (73)愚智:愚笨的人和聪明的人。(74)靖恭:恭谨。 (75)嗛约:同"谦约",谦敬俭约。 (76)师:效法。公绰:即孟公绰,春秋时鲁国大夫,为人清心寡欲。

【今译】永初的第七个年头啊，我跟随儿子向东远行。时间正好是在大年初一啊，选择了这个美好的时光起程。我抬脚登上车啊，晚上住到了偃师。离开故居到了一个新地方啊，心中痛苦怀着愁思。躺到天明不能入睡啊，感情上长久的似乎若有所失。我斟上一杯酒用来放松一下情绪啊，压抑着叹息知道是自己的不是。现在诚然不再有人架木为巢、敲螺而食啊，怎不让儿子施展才能有所追逐。只能随着众人站到求仕的行列里啊，一切听从老天安排归宿。顺着四通八达的康庄大道走啊，寻找歪门邪道会跟着什么人跑到何处！

我们又继续向前走啊，乃纵目观望而心往神移。经过七个城邑的阅历啊，下一站巩县的道路最多崎岖。看到了黄河、洛河的交汇啊，又见成皋旋门坂的峻险。既已脱离开艰难的里程啊，又经过荥阳和卷县。在原武吃饭休息啊，住到了阳武的桑间。走过封丘继续上路啊，流连京师而暗自悲哀。小人本性就怀恋故居啊，在古代典籍中已有记载。

向前走得不远啊，到了平丘县的北边。进入匡城的外郭追念古人啊，想到孔老夫子在此遭受的困苦艰险。那是处于天下无道的乱世啊，才使圣人受到恐吓与危难。我惆怅徘徊的时间很长啊，竟忘了太阳西下已将黄昏。到了长垣的地界，考察农家的居民。目睹蒲城的荒凉啊，丛生着茂密荆棘。惊觉起来反问左右之人啊，远想子路治理时的威武神貌。卫地人民嘉许他的勇敢和仁义啊，直到今天还在赞美。蘧伯玉住在蒲城的东南啊，老百姓还敬重安葬他的高坟。只有道德高尚的人能够不朽啊，身死之后名声仍然永存。想那经典所推崇的啊，无不看重道德与仁贤。吴国公子季札称誉卫地多君子啊，他的话确凿无误且有证验。后来世道衰败屡遭祸患啊，遂每况愈下没有振兴的一天。

知道穷富寿夭皆由命中注定啊，行动上严格要求可以接近仁的境地。极力按照仰慕的前贤办事啊，既能尽到忠心，又能乐于助人。好爱正直不偏斜啊，一片精诚可以上通神明。希望神灵明察啊，能够保佑善良而忠信的人。

总而言之：君子的思想，一定写成文章啊。何不各人说说自己的意志，我也来向先贤效仿啊。我的先君大人向此方的行止，就有《北征赋》的作品问世啊。我虽然天生愚昧，怎敢不去取法啊。人的贵贱贫富，命中注定不可强求啊。端正自身履行仁义，可以等待时机的到来啊。每个人生命的长短，不论愚钝聪明都是同样受命运的摆布啊。把一切恭敬地交给命运，看看是吉还是凶啊。工作谨慎而不要懈怠，总是想着谦虚俭朴啊，清心寡欲不要贪得，应以鲁国贤大夫孟公绰为榜样啊！

【点评】班昭博学高才，十四岁嫁给扶风（今陕西兴平）曹世叔为妻，不幸早寡。她却非常重视对子女的教育。儿子曹子谷，以德行优异被司徒掾举为孝廉（所谓孝者，能善事父母；所谓廉者，能清廉自守），其中就有班昭的心血在。当子谷被任命为长垣县令赴任时，班昭以母亲的身份随行，她便施展才学，将途中所见所感，写成了脍炙人口的《东征赋》。于光华在《重订文选集评》中认为，自"知性命之在天"以下，"皆诫子之词"。细玩文义，如"勉仰高而蹈景兮，……祐贞良而辅信"，如"靖恭委命，……师公绰兮"，等等，说是自勉，无宁是训勉儿子最为贴切。何义门对此内容，就赞之为"儒者之言，不愧母师女士"，也具有同样的观点。后来曹子谷被征为中散大夫，官至二千石。班昭在《女戒》中称："吾性疏顽，教导无素，恒恐子谷负辱清朝。圣恩横加，猥赐金紫，实非鄙人庶几所望也。"其实，所谓"教导无素"，不过是谦辞。她不仅重视对儿子的教育，还重视对女儿的教育，才写成《女诫》专文，并让诸女各写一通，用以自励。其中充满了封建道德的说教，则另当别论。

班昭的《东征赋》，受着时代的局限，具有宿命论思想。儒家"生死有命，富贵在天"的人生观、世界观，对她有着强烈的影响。赋中反复申述"知性命之在天""贵贱贫富，不可求兮""靖恭委命，唯吉凶兮"等等，都可看到宿命论的痕迹。她使用"忠恕"一类的信条来教育儿子，也不出儒家的道德规范。但她能触景生情，运用质朴的语言，丰富的历史知识，有条有理的将叙事、抒情、议论融会在一起，感情真挚，情操高洁，宛如出淤泥而不染的荷花，能够赏心悦目，耐人寻味。

【集说】是《北征》余韵，于古淡中见丰度。（孙矿评，见于光华《重订文选集评》）

本赋的语言质朴无华，无论是叙事、抒情，还是议论，都很流畅、简略。如首起六句，就很简练地交代了东征的年月、原因和第一天的行程，接着以朴素的语言生动地叙述了自己难舍故土的真实感情："遂去故而就新兮，志怆悢而怀悲。明发曙而不寐兮，心迟迟而有违。"后面作者从旅途的见闻，结合人世的沧桑，指出"唯令德为不朽兮，身既没而名存"。它表达了作者鄙视金钱富贵，追求理想境界的高尚情操，寄托着一个母亲对儿子的殷切希望。然而它经过作者的提炼，却又显得那么深刻而平凡。（仇仲谦《汉赋赏析》）

（陈惠云）

傅毅

傅毅(47？—90？)，字武仲，扶风茂陵(今陕西兴平)人。少博学，与班固同时而齐名。建初(公元76—84年)中，汉章帝召为兰台令史。大将军窦宪击匈奴时，以毅为记室。有集五卷，已佚。清人辑有《傅兰台集》。

舞赋并序[1]

楚襄王既游云梦[2]，使宋玉赋高唐之事[3]。将置酒宴饮，谓宋玉曰："寡人欲觞群臣[4]，何以娱之？"玉曰："臣闻歌以咏言[5]，舞以尽意。是以论其诗[6]，不如听其声[7]；听其声，不如察其形[8]。《激楚》《结风》[9]《阳阿》之舞[10]，材人之穷观[11]，天下之至妙。噫[12]，可以进乎[13]？"王曰："如其郑何[14]？"玉曰："小大殊用[15]，郑雅异宜，弛张之度[16]，圣哲所施[17]。是以《乐》记干戚之容[18]，《雅》美蹲蹲之舞[19]，《礼》设三爵之制[20]，《颂》有醉归之歌[21]。夫《咸池》《六英》[22]，所以陈清庙[23]、协神人也[24]。郑、卫之乐[25]，所以娱密坐[26]、接欢欣也[27]。余日怡荡[28]，非以风民也[29]，其何害哉！”王曰：“试为寡人赋之[30]。”玉曰：“唯唯。”

夫何皎皎之闲夜兮[31]，明月烂以施光。朱火晔其延起兮[32]，耀华屋而熺洞房[33]。黼帐袪而结组兮[34]，铺首炳以焜煌[35]。陈茵席而设坐兮[36]，溢金罍而列玉觞[37]。腾觚爵之斟酌兮[38]，漫既醉其乐康[39]。严颜和而怡怿兮[40]，幽情形而外扬[41]。文人不能怀其藻兮[42]，武毅不能隐其刚[43]。简惰跳踃[44]，般纷挐兮[45]；渊塞沉荡[46]，改恒常兮[47]。

于是郑女出进，二八徐侍[48]。姣服极丽[49]，姁媮致态[50]。貌嫽妙以妖蛊兮[51]，红颜晔其扬华。眉连娟以增绕兮[52]，目流睇而横波[53]。珠翠的皪而炤耀兮[54]，华袿飞髾而杂纤罗[55]。顾形影，自整装。顺微风，挥若芳[56]。动朱唇，纡清阳[57]。亢音高歌[58]，为乐方[59]。歌曰：“摅予意以弘观兮[60]，绎精灵之所束[61]。弛紧急之弦张兮[62]，慢末事之骫曲[63]。舒恢炱之广度兮[64]，阔细体之苛缛[65]。嘉《关雎》之不淫兮[66]，哀《蟋蟀》之局促[67]。启泰真之否隔兮[68]，超遗物而度俗[69]。”扬《激徵》[70]，骋《清角》[71]，赞舞《操》[72]，奏《均》曲[73]。形态和，神意协[74]。从容得[75]，志不劫[76]。

于是蹑节鼓陈[77]，舒意自广[78]；游心无垠[79]，远思长想。其始兴也[80]，若俯若仰，若来若往，雍容惆怅[81]，不可为象[82]。其少进也[83]，若翱若行[84]，若竦若倾[85]，兀动赴度[86]，指顾应声。罗衣从风，长袖交横，骆驿飞散[87]，飒擖合并[88]。鶣鷅燕居[89]，拉揩鹄惊[90]。绰约闲靡[91]，机迅体轻[92]。姿绝伦之妙态[93]，怀悫素之洁清[94]。修仪操以显志兮[95]，独驰思乎杳冥[96]。在山峨峨[97]，在水汤汤。与志迁化，容不虚生[98]。明诗表指[99]，喟息激昂[100]。气若浮云[101]，志若秋霜。观者增叹[102]，诸工莫当[103]。

于是合场递进[104]，按次而俟[105]。埒材角妙[106]，夸容乃理[107]。轶态横出[108]，瑰姿谲起[109]。眄般鼓则腾清眸[110]，吐哇咬则发皓齿[111]。摘齐行列[112]，经营切拟[113]。仿佛神动，回翔竦峙[114]。击不致策[115]，蹈不顿趾[116]。翼尔悠往[117]，闇复辍已[118]。乃至回身还入[119]，迫于急节[120]。浮腾累跪[121]，跗蹋摩跌[122]。纡形赴远[123]，漼以摧折[124]。纤縠蛾飞[125]，纷猋若绝[126]。超逾鸟集，纵弛殟殁[127]。蜲蛇姌嫋[128]，云转飘曶。体如游龙，袖如素蜺[129]。黎收而拜[130]，曲度究毕[131]。迁延微笑[132]，退复次列。观者称丽，莫不怡悦。

于是欢洽宴夜[133]，命遣诸客。扰躟就驾[134]，仆夫正策。车骑并狎[135]，巃嵸逼迫[136]。良骏逸足[137]，跄捍凌越[138]。龙骧横举[139]，扬镳飞沫[140]。马材不同，各相倾夺[141]。或有逾埃赴辙，霆骇电灭[142]，蹠地远群[143]，闇跳独绝[144]。或有宛足郁怒[145]，般桓不发[146]，后往先至，遂为逐末。或有矜容爱仪[147]，洋洋习习[148]，迟速承意，控御缓急。车音若雷，骛骤相及[149]，骆漠而归[150]，云散城邑。

天王燕胥[151]，乐而不泆[152]。娱神遗老[153]，永年之术。优哉游哉[154]，聊以永日[155]。

【注释】(1)本篇选自萧统《文选》卷十七。 (2)楚襄王：即楚顷襄王，战国后期人，国势已衰败。云梦：大泽名。地在今湖南省益阳市、湘阴县以北、湖北省江陵县、安陆市以南，武汉市以西地区。 (3)高唐：观名。 (4)寡人：寡德之人，古代王侯自谦之辞。觞(shāng)：动词，敬酒。 (5)咏言：长言，包括声的长短高下清浊。 (6)论：评论。 (7)声：歌声。 (8)形：舞蹈表演。 (9)《激楚》《结风》：皆歌曲名。 (10)《阳阿》：歌曲名。(11)材人：宫中妃嫔的称号。 (12)噫：赞叹声。 (13)进：进奏，指表演。(14)郑：指郑国之舞。当时认为郑乐与郑舞，均不能登大雅之堂。 (15)小大：指《诗经》中的《小雅》《大雅》。 (16)弛张：废除或使用。度：法度准则。 (17)施：教导。 (18)《乐》：即《礼记·乐记》。其上记曰："羽籥干戚，乐之器也。"干即盾，戚即斧，皆为舞蹈使用的道具。容：容饰，指道具。(19)《雅》：指《诗经·小雅》。《小雅·伐木》云："坎坎鼓我，蹲蹲舞我。"蹲蹲：有节奏貌。 (20)《礼》：指《礼记·玉藻》。上云"君子饮酒也，礼已三爵而油油以退。”爵：酒杯。三爵，即敬过三杯酒。　（21）《颂》：指《诗经·鲁颂》。《鲁颂·有駜》云：“鼓咽咽，醉言归，于胥乐兮。”　（22）《咸池》：黄帝之乐。《六英》：颛顼之乐。　（23）清庙：清静肃穆的宗庙。（24）协：谐调。　（25）郑、卫之乐：古人认为是乱世、亡国之音，大都持批判态度。　（26）密坐：相挨而坐，指聚集宴会的场合。　（27）接：引，指带来。（28）余日：闲暇之时。怡荡：尽情娱乐。　（29）风：教化。　（30）赋：写赋。（31）皎皎：明洁。　（32）朱火：灯光。晔（yè）：光盛貌。　（33）熺（xī）：光明。洞房：幽深的房屋。　（34）黼（fǔ）：绣着白黑相间的斧形花纹。祛（qū）：揭开。结组：系着丝绦。　（35）铺首：门环的底座。炳：明亮。焜（kūn）煌：光彩很盛。　（36）茵：褥子。　（37）罍（léi）：酒杯。　（38）腾：快速行酒。觚（gū）：盛二升之酒杯。爵：盛一升之酒杯。斟酌：按酒量大小酌量与之。筛酒不满叫斟，酒深叫酌。　（39）漫：多。康：平安。　（40）严颜：严肃的表情。怡怿（yì）：和乐。　（41）幽情：深沉的感情。　（42）藻：美丽的辞藻。　（43）武毅：勇武刚毅。刚：勇。　（44）简惰：简慢怠惰，有失礼仪。跳跗（xiāo）：跳动双足。　（45）般：和乐貌。纷挐（rú）：相互牵引。（46）渊塞：情深饱满。沉荡：沉醉放肆。　（47）恒常：平常仪态。　（48）二八：十六人。徐侍：缓步出来侍立。　（49）姣服：美饰。　（50）姁媮（xū yú）：和悦貌。致态：致意。　（51）嫽（liáo）妙：俊美。妖蛊（gǔ）：艳丽。女惑男谓之蛊。　（52）连娟：细长。绕：弯曲。　（53）流睇：斜视。横波：眼波横流。　（54）的皪（lì）：光色。　（55）袿（guī）：妇人上衣。髾（shāo）：披肩发。纤罗：细密的绮罗。　（56）若：杜若，香草名。　（57）纡：低垂。清阳：秀美的额角。　（58）亢：举。　（59）方：惯例。　（60）摅（shū）：抒发。弘：大。　（61）绎：解脱。精灵：精神。　（62）弛：放松。　（63）末事：指郑卫之乐。骫：通“委”。　（64）恢炱（tái）：广大貌。　（65）阔：疏远。细体：小事。苛缛：烦苛。　（66）嘉：赞美。《关雎（jū）》：《诗经》篇名。《毛诗序》曰：“《关雎》，乐得淑女以配君子，忧在进贤，不淫其色。”　（67）《蟋蟀》：《诗经》篇名。《毛诗序》曰：“《蟋蟀》，刺晋僖公也。俭不中礼，故作是诗以悯之，欲其及时以礼自娱乐也。”局促：见识有限。　（68）泰真：太极的真气。否（pǐ）隔：阻塞不通。　（69）超：拔擢。遗物：忘却外物。　（70）《激徵》：曲名。　（71）《清角》：曲名。　（72）赞：进。《操》：琴曲名。　（73）《均》：曲名。(74)协:谐和。(75)从容:安详貌。(76)不劫:不迫促。(77)蹑(niè)节鼓阵:踏着鼓点作为节拍。(78)自广:无拘无束。(79)垠(yín):边际。(80)始兴:开始跳舞。(81)雍容:容仪文静。惆怅:失意貌。(82)为象:描述形象。(83)少进:稍向前舞。(84)翔:展翅飞旋。(85)竦:挺立。倾:前倾。(86)兀(wù):不安貌。度:节拍。(87)骆驿:同"络绎",往来不绝。(88)飒擖(sà yè):盘旋貌。(89)翩䴀(piān piāo):轻貌。居:停留。(90)拉揩(tà):飞貌。鹄(hú):天鹅。(91)绰约:柔美。闲靡:娴雅柔媚。(92)机:机敏。(93)绝伦:无可比类。(94)悫(què)素:贞洁无瑕。(95)修:治。仪:仪容。操:节操。(96)杳(yǎo)冥:深邃幽曲。(97)"在山"二句:峨峨,高貌。汤汤(shāng shāng):大水貌。《列子·汤问》:"伯牙鼓琴,志在高山,钟子期曰:'善哉!峨峨乎若太山。'志在流水,钟子期曰:'善哉!汤汤乎若江河。'"(98)容:神情。(99)表指:表明意旨。(100)喟(kuì)息:叹息。(101)"气若"二句:形容志气高洁。(102)增叹:不停地赞叹。(103)工:乐师。当:匹敌。(104)递:依次。(105)俟:等待。(106)埒(liè):等同。(107)夸:美。理:打扮。(108)轶(yì):超绝。横出:满溢而出。(109)瑰:美丽。谲(jué):异。(110)眄(miǎn):看。般鼓:鼓名,其声似为引导舞场节奏而用。眸:眼珠。(111)哇咬:动人的歌声。皓:白。(112)摘:指正。(113)经营:往来之貌。切:挨近。拟:比并。(114)回:回顾。竦峙:耸立。(115)击:主动相斗。策:驱策。(116)蹈:用脚踏地。顿趾:停脚。(117)翼:轻。悠:远。(118)阉:通"奄",忽遽貌。辍(chuò):停止。(119)还:同"旋",急速。(120)急节:旋律急迫。(121)浮腾:跳跃。累跪:双膝至地。(122)跗蹈:脚面向上踢起。摩跌:以足摩地佯装跌倒。皆舞蹈动作。(123)纡形:弯腰。(124)漼(cuǐ):同"催",折貌。摧折:身向后仰、脚向后踢的舞姿。(125)縠(hú):绮罗之类,质地很细。(126)纷猋(biāo):飞扬貌。(127)纵弛:旋律由快而慢。殟殁(wēn mò):舞速舒缓。(128)蝼蛇:即"逶迤",回旋曲折貌。蚺嫋(rǎn niǎo):柔弱貌。(129)素蜺(ní):白虹。(130)黎收:指收敛容态。(131)究毕:结束。(132)迁延:后退。(133)洽(qià):普遍。宴:乐。(134)扰攘:纷乱。驾:车。(135)狎:互相排挤。(136)宠嵸(lóng sǒng):众多

貌。(137)逸足:快步飞奔。(138)跄捍:踊跃。凌越:超越。(139)骧:举首。横举:横走。(140)镳(biāo):马辔衔。(141)倾夺:恐后争先。(142)霆:疾雷。(143)蹠(zhí):踏。(144)闟跳:疾行。(145)宛足:踡腿缓步。郁怒:憋着一腔怒气。(146)般桓:徘徊。(147)矜容:仪容庄重。(148)洋洋:庄敬。习习:和调貌。(149)骛骤:疾速。(150)骆漠:即络绎,相连不断。(151)天王:君王。燕:同"宴",乐。胥:皆。(152)泆(yì):放纵。(153)神:精神。遗:忘。(154)优哉游哉:自乐貌。(155)聊:且,助词。

【今译】楚襄王游过云梦,使宋玉写过《高唐赋》,将要摆设酒宴,对宋玉说:"我想请群臣饮酒,用什么娱乐?"宋玉说:"我听说歌声可以使言语悠长动听,舞蹈则可尽情地表达人的心意。所以评论一个人的诗,不如听他的歌声;听他的歌声,不如观察他的舞蹈表演。《激楚》《结风》《阳阿》等舞蹈,是宫内嫔妃最好的观赏,是天下最美妙的啊! 嗬,是否可以表演一番呢?"楚王说:"这样不分场合,如果同于荒淫的郑国舞蹈,那该怎么办呢?"宋玉说:"《小雅》和《大雅》的音乐尚有不同的用处,郑声和雅乐虽然有异,但却各有适当的场合。摒弃什么,运用什么准则,前贤都有过教导。因此,《乐记》写有盾和斧作为舞蹈的道具,《诗经·小雅·伐木》赞美过节奏鲜明的蹲蹲之舞,《礼记·玉藻》规定过喝了三杯酒即行退下的制度,《诗经·鲁颂·有駜》歌唱过"醉言归"的赞颂声。像古雅的《咸池》《六英》之类的歌曲,只是陈列在清静肃穆的宗庙中,是用来调和神和人之间的关系;那种回肠荡气、动人心弦的郑卫之乐,是用来娱乐在座的众宾,给大家带来欢乐。在闲暇时间痛痛快快高兴一下,不是用来教育老百姓的,怎么会有什么损害呀?"楚王说:"你就先给我作一篇《舞赋》吧!"宋玉回答说:"遵命! 遵命!"

何其皎洁闲暇的长夜啊,灿烂的明月放射着银光。旺盛的灯火连续燃起啊,照亮了豪华的居室和隐秘的洞房。撩起锦绣的床帐挽结着丝绦啊,门环的底盘显示得格外辉煌。铺上褥垫摆设着坐席啊,斟满金杯玉盏直至流淌。快速喝完深浅不等的大小酒杯的酒啊,普遍兴高采烈进入醉乡。严肃的表情变成和颜悦色啊,深埋的情绪也都向外宣扬。文人雅士不能隐藏他的连珠妙语啊,武勇坚毅的人也显露出他那不寻常的刚强。双脚懒洋洋地胡乱跳动,欢快得你拉着我、我扶着你啊;激情满怀地沉醉在放荡的氛围里,一改平日威严的模样啊!

此时郑国美女出来献技,十六个绝代佳人缓步向前侍立。服饰打扮得极端艳丽,神态妩媚地殷勤致意。容貌俊俏得荡人心魂啊,细嫩的颜色油光发亮。弯弯的眉毛细又长啊,眼睛向两侧斜视如横流的水波。佩戴的珠宝翡翠闪烁着耀眼的色彩啊,带花的上衣以及披肩长发中还掺杂有精致的绫罗。审视着自己的身影,整一整自己的着装。顺着微风吹拂的方向,飘浮着佩带的杜若芳香。启动着红红的嘴唇,眉宇略俯而不扬。在引吭高歌以前,这都是些必不可少的排场。歌辞说:"恣情极意地观赏舞蹈啊,解脱掉精神上的一切限制。放松那绷紧的琴弦啊,不再计较什么郑卫之音这种小事。让宽松的法度愈益舒缓啊,使烦苛的细微末节变得简单平易。《诗经》中的《关雎》乐而不淫应该嘉许啊,痛惜《蟋蟀》之篇不重视娱乐就显得太缺见识。开通被壅蔽的天然激情啊,要把忘却外物的人拔擢到世俗的境地。"伴随着昂扬的《激徵》、奔放的《清角》,又进献舞曲名《操》,还演奏起叫《均》的歌曲。形态雍容,神色和谐;悠然自得,心意恬静而不受迫胁。

此时踩着鼓点当作节拍,意气风发显得大大方方。心思没有任何约束,驰骋着海阔天空般的幻想。跳舞刚开始时,像是下俯,又像上仰;像是来此,又像往彼。仪容或是文文静静,或是又像失意惆怅。诸多形形色色的表现,简直无法描成图像。稍稍跳向前面时,像是展翅飞旋,又像疾步而奔。像是胸部高挺,又像倾斜俯身。各个微小动作都合乎曲度,手指目顾也无不紧应着乐调的声音。穿的绫罗衣服随风飘动,两只长袖交互在上面飞腾。连绵不断地此起彼伏,舞与乐紧紧密合。身轻得就如燕子一样的停留,忽而又像是惊飞的天鹅。姿态娴雅柔媚,轻盈迅速而敏捷。无与伦比的天下美色,怀抱着贞洁无瑕的优秀品德。重视仪表节操以显示高尚的意志啊,独自驰骋思想直到绝远的境界。在山则高不可攀,在水则浩瀚无边。心志随乐曲变化,脸上表情改换也不是随随便便。通晓诗歌的内涵,表达出诗歌的意境;有时悲哀叹息,有时慷慨激动。志高像天上飘泊的浮云,意气如凛然素洁的秋霜。观赏的人群不停地赞美,所有其他乐师没有一个能够比配得上。

此时全体舞女轮流出场,一个个秩序井然地在恭候敬俟。他们才艺相当极力争奇斗妙，美丽的容颜又经过一番精心地修饰。超逸的姿态交相出现，瑰丽的姿容又各有各的特质。飞扬清亮的眼珠扫视着般鼓，唱着动听的歌曲时时露出满口雪白的牙齿。互相帮助指正使行列排得整整齐齐，赶前错后让肩膀紧紧靠在一起。行动似乎是神奇莫测的变化，正像展翅盘旋又突然就地耸立。所有舞姿不用指挥驱策，迅速踏地旋转复又立即跳起。轻轻地向远处飞跃，忽然又定定地停止。及至转回原先的场地，却受到快节奏的逼迫。高腾下跪，高踢下跌。弓腰远跳，身子似乎要被摧折。纤细的罗衣如彩蛾飞舞，纷纷飘扬就像要跟人决绝。速度超过鸟群飞聚，旋律又放松得慢慢悠悠。委婉曲折舞姿舒缓，像天上的白云在飘忽游走。身体如游龙轻柔，长袖如白虹明净。徐徐敛容行礼，伴奏的乐曲戛然而停。微笑着齐向后退，恢复了原来的队形。看的人都赞美称好，没有一个不欢乐无穷。

此时兴高采烈已到深夜，下令送走所有宾客。客人纷纷走向乘舆，恭候的车夫对着马儿鞭策。众多的车马挤成一团，弄得相互排斥逼迫。骏马疾驰奔腾，向前踊跃超越。犹如游龙昂首横奔，从拉紧的辔衔旁飞出白沫。马的材性虽然不同，却无不相互奋勇争先。有的甩掉腾起的尘埃奔上正道，好像那天上的惊雷闪电。大大超过其他车马，迅速跑得老远老远。有的蹉腿怀怒，徘徊不前；虽出发在后，却使前头的跟在自己后面。有的矜持仪容，庄敬和谐，迟速任意，或急或缓。车声似雷霆轰鸣，一辆接一辆地奔驰相连。络绎不绝地各回家中，在城里突然像云消雾散。

君王与宾客共同娱乐，快乐而不放纵。精神舒畅竟至不知老年已到，这是一种长生的法宝。只要能够悠闲自得，就可顺利地度过这漫长的岁月。

【点评】《舞赋》认为舞蹈只要“乐而不泆”，有所节制，就能“娱神遗老”，变成“永年之术”，不仅无害，而且有益。这种肯定的评价，在中国舞蹈史上值得大书特书。

作者处于罢黜百家、独尊儒术之世，对郑卫之音，哇咬之歌，并不以淫荡目之而跟着采取排斥鄙弃的态度。主张在群众密集的场合，可以用以“娱密坐，接欢欣”，让大家精神放松，获得欢愉，而与一般的风化可以区别对待。就此亦可说明，傅毅的确别具只眼，有着他的独特识见。

本文层次分明，虽借用大赋惯用的形式，却散而不乱，有着严谨的结构。

从开头到“玉曰：‘唯唯。’”是序言，假宋玉之口写作赋的缘起。从“夫何皎皎之闲夜兮”到“改恒常兮”是正文的第一段，写月夜酒酣盛况。从“于是郑女出进”到“志不劫”是正文第二段，写舞前的准备。从“于是蹑节鼓陈”到“诸工莫当”是正文的第三段，写独舞的高超技艺。从“于是合场递进”到“莫不怡悦”为正文的第四段，写群舞的动人场面。从“于是欢洽宴夜”到“云散城邑”是正文第五段，写散场时的纷乱动态。从“天王燕胥”到最后，是尾声，对舞蹈活动的意义给予简要的评定。可谓前后呼应，浑然一体。

《舞赋》辞汇丰富，流畅自然，把一个完整的舞蹈过程，描绘得活灵活现，既有文学价值，又有史料价值。

【集说】傅武仲有《舞赋》，皆托宋玉为襄王问对。及阅《古文苑》宋玉《舞赋》，所少十分之七，而中间精语，如“华袿飞髾而杂纤罗”，大是丽语。至于形容舞态，如“罗衣从风，长袖交横。骆驿飞散，飒沓合并。绰约闲靡，机迅体轻”，又“回身还入，迫于急节。纡形赴远，漼以摧折。纤縠蛾飞，纷猋若绝。”此外亦不多得也。岂武仲衍玉赋以为己作耶？抑后人节约武仲之赋，因序语而误以为玉作也？（王世贞《艺苑卮言》卷二）

《高唐》《神女》诸赋，以问答发端，序即正文，非若《长门》《鵩鸟》赋等序也，题事以弁诸首也。《舞赋》正拟《高唐》遗格，问答中间全用韵语，姿态横生与后文自成一片。（何焯评，见于光华《重订文选集评》）

凡赋凝厚中必须流动。盖其体为古诗之流，亦取风咏为义。若岨峿于字句之间，钩棘于齿舌之际，纵镂心刻骨出之，其形虽肖，其神必离，非尽善也。看其通篇逐步换形，无不栩栩生动，宜后来舞赋，无不资为先路之导也。（方伯海评，见于光华《重订文选集评》）

（赵光勇）

张衡

张衡(78—139),字平子。南阳西鄂(今河南南阳)人。历任太史令、河间相等职。发明了候风地动仪,创作了《二京赋》《四愁诗》等作品,是东汉著名的科学家和文学家。有《张河间集》。

归田赋[1]

游都邑以永久,无明略以佐时[2];徒临川以羡鱼,俟河清乎未期[3]。感蔡子之慷慨,从唐生以决疑[4];谅天道之微昧,追渔父以同嬉[5]。超埃尘以遐逝,与世事乎长辞[6]。

於是仲春令月,时和气清[7];原隰郁茂,百草滋荣[8]。王雎鼓翼,鸧鹒哀鸣[9];交颈颉颃,关关嘤嘤[10]。于焉逍遥,聊以娱情[11]。

尔乃龙吟方泽,虎啸山丘[12]。仰飞纤缴,俯钓长流[13]。触矢而毙,贪饵吞钩[14]。落云间之逸禽,悬渊沉之魦鰡[15]。

于时曜灵俄景,继以望舒[16];极般游之至乐,虽日夕而忘劬[17]。感老氏之遗诫,将回驾乎蓬庐[18]。弹五弦之妙指,咏周、孔之图书[19]。挥翰墨以奋藻，陈三皇之轨模[20]。苟纵心于物外，安知荣辱之所如[21]！

【注释】(1)本篇选自萧统《文选》。李周翰说："衡游京师，四十不仕。顺帝时，阉官用事，欲归田里，故作是赋。" (2)游：宦游，指做官。都邑：京城洛阳。明略：高明的智谋。佐时：辅佐在位的君主。 (3)徒：空有。临川羡鱼：意为美好的愿望。俟：等待。河清：黄河清澈，这是政治清明的征兆。(4)蔡子、唐生：蔡子即蔡泽，燕人，曾为秦相；唐生即唐举，魏人，给人看相为生。当蔡泽不得意时，也曾找唐举看过相。慷慨：因不得志而悲叹。 (5)谅：诚然。微昧：幽暗不明。渔父：喻隐士。嬉：乐。 (6)埃尘：喻污浊的世俗。遐逝：远去。长辞：永别。 (7)仲春：夏历二月。令月：美好的月份。时和：天时温和。气清：气候清朗。 (8)原：高的平原。隰(xí)：低洼的平地。郁茂：草木繁茂。滋荣：繁荣。 (9)王雎：鱼鹰。鸧鹒(cāng gēng)：黄莺。 (10)颉颃(xié háng)：上下翻飞。关关：王雎的相互鸣叫声。嘤嘤：鸧鹒相互鸣叫声。 (11)于焉：在这里。聊：赖。 (12)尔乃：于是。方泽：大泽。丘：高冈。 (13)纤缴(zhuó)：系在箭尾的细丝线，指代箭。长流：河水。 (14)饵：鱼饵，诱鱼上钩的食物。 (15)逸禽：疾飞的鸿雁。悬：钓起。渊沉：沉到深渊里。鲨(shā)、鰡(liú)：皆鱼名。 (16)曜灵：太阳。俄：斜。景：同"影"。望舒：神话中月亮的御者，此指代月亮。 (17)般(pán)游：游乐。劬(qú)：劳累。 (18)老氏之遗诫：指《老子》第十二章中"驰骋田猎，令人心发狂"之语。回驾：返回所乘的车。蓬庐：茅舍。 (19)五弦：五弦琴，相传为舜创制。指：同"旨"，意趣。周、孔：周公、孔子。(20)翰：笔。奋藻：发挥辞藻，即写成华美的文章。陈：陈述。三皇：传说中上古帝王，或谓天皇、地皇、人皇，或谓燧人、伏羲、神农，或谓伏羲、神农、黄帝。轨模：法则。 (21)苟：姑且。物外：世外。如：往，归。

【今译】游宦于京城洛阳已经很久很久，没有高明的谋略来辅佐当代的君王。空有临川羡鱼那样良好的愿望，等到河清盛世将是难以预先想象。悲叹秦相蔡泽仕途失意之时，竟让相面先生唐举给他看相决疑！今天的世道确实是昏暗不明，不如去追随渔父一同嬉戏。远远避开污浊的官场而长

逝，跟这般腐朽的人事社会永远脱离。

在这仲春二月美好的季节，时令温和，天气清朗；高原洼地，郁郁苍苍；花草树木，繁荣滋长。鱼鹰鼓动双翼，黄莺动情高唱；雌雄交颈情笃，不停上下翱翔；此叫彼和，欢声嘹亮。这里是何等逍遥自在，足可赖以抒发郁闷的情怀。

我在此也像蛟龙在大水中鸣叫，又像猛虎在山冈上呼啸。我可以仰射飞鸟，长河垂钓。碰到箭头上的自会送命，一心贪吃鱼饵的自会上钩。我能射落高空疾飞的鸿雁，也能钓出深渊下的鲨鳛鱼鲜。

时当阳光西斜，月亮继升；极尽游乐的雅兴，虽然从早到晚的劳累也都忘得干干净净。我领悟到老子教导的不要过度田猎的遗训，便驾车返回简陋的茅屋。我弹出五弦琴的精妙意蕴，又咏读周公、孔子编著的丰富图书。我挥毫蘸墨写成华丽的文章，陈述古圣三皇的典范楷模。我姑且放任自己的心神在尘世之外，哪里还考虑到荣辱得失的归宿！

【点评】《归田赋》是一篇成功的抒情小赋。作者运用平浅清新的语言，抒写自己在黑暗的政治现实下壮志难酬而又不愿随波逐流、同流合污的思想情操。他既不想如同蔡泽那样热衷富贵，又不想如同屈原那样愤怼沉江；为了全身远害，才想“超尘埃以遐逝”，“追渔父以同嬉”。但是，作者是一位有政治抱负的人，根本不愿虚度年华，即令归隐之后，也不会放任自己“驰骋田猎，令人心发狂”的。他仍将约束自己，安下心来读书写作，“陈三皇之轨模”，总结历史上的成功经验，以供当局取法，实现河清盛世。在作者笔下的仲春令月，真是无边美景。那郁郁葱葱的草木，那禽鸟动听的鸣声，不时听到关关嘤嘤的唱和，还有那双双对对上下翻飞的倩影，形神兼备，引人入胜，明畅简洁，语言轻灵，从反面烘托出尘世社会的污浊，从正面表现出作者向往田园生活的恬淡心情。这篇小赋情景交融，摆脱了汉大赋辞藻的堆砌，在赋史上有着承前启后、继往开来的重大作用。

【集说】此赋在思想内容上亦无特别深刻之处，不过有感于世路艰难，欲自外荣辱、隐居著书而已。但有三点值得注意：(1)它是我国文学史上第一篇以写田园隐居的乐趣为主题的作品（以前只片断的描写，如《庄子》中的某些段落）；(2)它是现存的第一篇比较成熟的骈赋；(3)它是现存东汉第一篇

完整的抒情小赋。这三点对以后赋的发展都有深远的影响，第一点则对以后诗文的发展也有重要的影响。(马积高《赋史》)

赋一开头，便直抒胸臆，用"河清未期""天道微昧"等语表露对混乱时世和黑暗朝政的不满，用"感蔡子""追渔父"等语表露自己不得志的苦闷和不愿同流合污的精神。然后，用清新质朴的语言，描述归田后的种种乐趣，……虽仍带有赋的铺排性质，但都是为了表达作者对恬静高雅生活的向往，有着浓烈的抒情色彩，简洁明畅，全脱汉代大赋虚夸堆砌的窠臼，令人耳目一新。它对赋的发展有重大影响，此后直抒胸臆的小赋不断出现。到魏晋则获得进一步发展。(尹赛夫等《中国历代赋选》)

(赵光勇)

髑髅赋

张平子将游目于九野，观化乎八方。星回日运，凤举龙骧[(1)]。南游赤野[(2)]，北陟幽乡[(3)]，西经昧谷[(4)]，东极扶桑[(5)]。于是季秋之辰，微风起凉，聊回轩驾。左翔右昂，步马于畴阜，逍遥乎陵冈。顾见髑髅，委于路旁，下居淤壤，上有玄霜。张平子怅然而问之曰："子将并粮推命以夭逝乎[(6)]？本丧此土，流迁来乎？为是上智，为是下愚，为是女子，为是丈夫？"

于是肃然有灵，但闻神响，不见其形。答曰："吾宋人也，姓庄名周。游心方外[(7)]，不能自修。寿命终极，来此玄幽。公子何以问之？"对曰："我欲告之于五岳，祷之于神祇，起子素骨，反子四支[(8)]。取耳北坎[(9)]，求目南离[(10)]。使东震献足[(11)]，西坤授腹[(12)]。五内皆还，六神皆复。子欲之不乎？"髑髅曰："公子言之殊难也。死为休息，生为役劳。冬冰之凝，何如春冰之消。荣位在身，不亦轻于尘毛？飞锋曜景，秉尺持刀。巢许所耻[(13)]，伯成所逃[(14)]。况我已化，与道逍遥。离朱不能见[(15)]，子野不能听[(16)]，尧舜不能赏，桀纣不能刑，虎豹不能害，剑戟不能伤。与阴阳同其流，与元气合其朴。以造化为父母，以天地为床褥，以雷电为鼓扇，以日月为灯烛，以云汉

为川池，以星宿为珠玉。合体自然，无情无欲。澄之不清，浑之不浊。不行而至，不疾而速。”

于是言卒响绝，神光除灭。顾时发轸[17]，乃命仆夫，假之以缟巾，衾之以玄尘[18]。为之伤涕，酹于路滨。

【注释】(1)髑髅(dú lóu)：死人头骨。骧：马疾行而首昂举。 (2)赤野：极南之地。 (3)幽乡：即幽都，唐幽州范阳郡有幽都县。 (4)昧谷：传说为日入之处。 (5)扶桑：传说为日出之处。 (6)并粮：并日而食，两天用一天的粮食。 (7)方外：世外。 (8)反：同“返”。支：通“肢”。 (9)坎：《易经》的卦名，正北方之卦。 (10)离：亦《易经》卦名，南方之卦，象征火，特点是光明。故称南方为南离。 (11)震：亦《易经》卦名，位为东方。特点是主动。 (12)坤：亦《易经》卦名，象征腹，万物为养，于位为西南。以上四卦，也各是八卦之一。 (13)巢：指巢父。唐尧时高士，以树为巢而居，故称巢父，尧曾以天下让之，不受。许：指许由，相传尧让位于他，不受，逃隐箕山。 (14)伯成：唐尧时诸侯。尧让位于舜，舜又让于禹，他认为：“德自此衰，刑自此立，后世之乱自此始。”就弃位逃隐。 (15)离朱：即离娄，古之明目者。 (16)子野：师旷，字子野。 (17)轸：悲痛。 (18)衾：覆盖。

【今译】张衡将漫游四海九州，观赏寰宇八方。星汉旋转，日月运行；凤凰凌飞，蛟龙腾空。向南游历于赤野，往北涉足于幽都，西经日落的昧谷，东至日出的扶桑。这时正是晚秋的时节，微风起凉，暂且回转车子。左马疾驰右马昂扬，行进于四野荒丘，徜徉于土陵山冈。见一髑髅委弃道旁，暴露于泥土间，上蒙一层黑霜。张平子怅然问道：“您是冻饿毙命夭亡呢？是原本丧身此地？还是流转迁移而来？原是达官贵人？还是黎民百姓？本是女流之辈？还是须眉男子？”

此时森然似有神灵，只闻空灵的一声响，而不见其形体外貌。髑髅回答道：“我本是宋国人，姓庄名周。神游于世俗之外，不能修成正果。寿命到达终极，来此幽冥阴间。您为何要问这些呢？”张平子回答说：“我想求告于五岳，向天神地祇祈祷。使你白骨生肉，复还你的四肢。在北坎取回耳朵，南离求来眼睛。让东震献上双足，西坤授以胸腹。五脏全都还原，六神尽皆恢复。你愿意不愿意?”髑髅道:“您所说的实在难以接受。死亡是真正的休息,生存则役使劳累。冬天冻结之物,怎如春日融化之水。荣禄显位在身,不也轻于尘埃鸿毛?而且官场明枪暗箭飞驰寒光,虽然握柄可以主宰刑杀。因而巢父、许由以之为耻,伯成因而逃隐。况我身形已无,同与天道自在逍遥,离娄不能见我形,师旷不能闻我声,尧舜不能赏我功,桀纣不能罚我罪,虎豹不能害我命,剑戟不能伤我身。与阴阳共同流变,同元气天然合一。以造化为养育的父母,以天地为休息的床铺,以雷电为摇动的凉扇,以日月为照明的灯烛,以白云银汉为河川瑶池,以繁星为珍珠美玉。身体与自然融化为一,无有情愫无有欲求。如一潭死水,沉淀不可使其清,搅动不可使其浑。不用行走,随意而往;无需疾奔,飘忽神速。”

此时言毕声响消失,见一道神光消失。张平子见此内心悲恸,于是命令仆从,将髑髅以白绢包裹,用黄土覆盖。为之伤情流泪,于道旁洒酒祭奠。

【点评】赋以散文笔法,用对话的形式,伸展庄子《至乐》篇中庄周以马捶击髑髅而与之相问答之意。似真似幻,令读者渐入境界。以先扬后抑之笔,始写游目四野,观化八方,遍赏人间美景之优哉乐哉,反衬后文。转而绘晚秋荒凉之景,又为髑髅出现烘托渲染。哀其不幸而愿为之起死复生,进一层铺垫。紧接笔意逆转,髑髅所言将作者所欲抒写之要旨和盘托出:“荣位在身,不亦轻于尘毛?”世人碌碌追逐,岂不累哉!死则“尧舜不能赏,桀纣不能刑,虎豹不能害,剑戟不能伤。”于上无君,于下无臣,天人合一,自由无限,不亦极乐。然而作者为缜密群科的科学家,并不会相信虚无之存在,亦不似老庄之遁世消沉,而是于政治腐败、宦官专权、忠贤受谗遭逐之现实间极含蓄蕴藉的激愤呐喊。语少洋洋洒洒的铺叙描写,无丽句腴辞的堆砌雕饰。言简约而意显直,寓意深邃。

【集说】此篇则从《庄子·至乐篇》中化出,对死亡发出了赞叹,表现了严重的悲观厌世思想。……这是社会矛盾激化时期封建士大夫精神极端苦闷的一种反映。从这一角度看,他的这篇赋同《思玄》《归田》的精神是相通的,它们都从一个侧面表现了东汉王朝正在腐朽、沉落,只是这篇赋中作者的情绪更为颓唐和激愤罢了。(马积高《赋史》)

(公炎冰)

马融

马融(79—166),字季长,东汉扶风茂陵(今陕西兴平)人。曾任校书郎中、武都太守、南郡太守。才高博洽,为世通儒,学生常有千余。有《马季长集》。

围棋赋[1]

略观围棋兮法于用兵[2],三尺之局兮为战斗场[3]。阵聚士卒兮两敌相当[4],拙者无功兮弱者先亡[5]。自有中和兮请说其方[6]:

先据四道兮保角依旁[7]。缘边遮列兮往往相望[8],离离马首兮连连雁行[9]。踔度间置兮徘徊中央[10],违阁奋翼兮左右翱翔[11]。道狭敌众兮情无远行[12],棋多无策兮如聚群羊[13]。骆驿自保兮先后来迎,攻宽击虚兮跄踤内房[14]。利则为时兮便则为强[15],厌于食兮坏决垣墙[16]。堤溃不塞兮泛滥远长,横行阵乱兮敌心骇惶。迫兼棋雅兮颇弃其装[17],已下险口兮凿置清坑[18]。穷其中罫兮如鼠入囊[19],收死卒兮无使相迎。当食不食兮反受其殃,胜负之策兮于言如发[20]。乍缓乍急兮上且未别[21],白黑纷乱兮于约如葛[22]。杂乱交错兮更相度越，守规不固兮为所唐突[23]。深入贪地兮杀亡士卒，狂攘相救兮先后并没[24]。上下杂沓兮四面隔闭，围合罕散兮所对哽咽[25]。韩信将兵兮难通易绝[26]，自陷死地兮设见权谲[27]。诱敌先行兮往往一室[28]，捐棋委食兮遗三将七[29]。迟逐爽问兮转相伺密[30]，商度道地兮棋相连结[31]。蔓延连阁兮如火不灭[32]，扶疏布散兮左右流溢[33]。浸淫不振兮敌人惧栗[34]，迫促踧踖兮惆怅自失[35]。计功相除兮以时早讫[36]，事留变生兮拾棋欲疾。营惑窘乏兮无令诈出[37]，深念远虑兮胜乃可必。

【注释】(1)本篇选自《古文苑》卷五。 (2)略:总。法:效法。 (3)局:棋盘。 (4)敌:对手。 (5)拙:愚笨。弱:软弱。 (6)中和:缓急适中。方:法术。 (7)四道:指棋盘上靠边的第四道,容易成活。角:指棋盘的四角。旁:侧近。 (8)遮列:阻挡对方棋子的侵入。往往:处处。相望:不被隔断之意。 (9)离离:并列。 (10)踔(chuō):指前行觇敌。度:引彼联此。间置:在空隙落子。 (11)违:主动进攻。阁:积极防御。 (12)道狭:周旋余地狭小。 (13)策:驾驭的谋略。 (14)跄踉(qiāng xiáng):欲行又止,慎之又慎之意。内房:闺房,指敌手的后方。 (15)时:运气。便:便宜。 (16)厌:贪求。食:吃子。垣墙:指自身的防线。 (17)雗:同"岳",谓棋心并四面各据一子,称为五岳,言不可动摇。此而见迫,则棋势危殆。颇弃其装:即主动放弃外围,以保阵地巩固。 (18)下:逃脱。坑:陷阱。 (19)穷:走投无路。罫:罗网。囊:有底的袋子。 (20)策:谋略。言:我。发:极小的长度单位。 (21)上:下棋高手。别:决断。 (22)约:棋子的互相穿插。《围棋义例·诠释》:"约,拦也,以彼子斜拦我子之头,而反闭之曰约。"葛:藤属。 (23)唐突:触犯。 (24)狂攘:慌忙。 (25)罕(hǎn):捕鸟网。 (26)"韩信"句:言棋当危急,则出奇以取胜。绝:死。 (27)设:施用。权谲(jué):变通手段。 (28)室:坟墓。 (29)捐:弃。委:少量赠人曰委。遗(wèi):赠予。将:养护。 (30)迟:徐徐。逐:靠近。爽:明。问:赠予。伺:侦察。 (31)商:计算。度:谋划。 (32)阁:复道。 (33)扶疏:四布。 (34)浸淫:逐步深入。振:救。惧栗:恐惧战栗。 (35)迫促:急迫。踧踖(cù jí):恭敬而不安的样子。 (36)计功:计算棋子多寡。相除:相互比较。讫:终止,结束。 (37)营惑:迷惑。窘乏:困难贫乏。

【今译】总观一下围棋啊,全取法于行军打仗。三尺见方的棋盘啊,成为双方拼杀的战场。士卒聚积陈列在阵地上啊,两边的数量旗鼓相当。愚蠢的一方不能取得胜利啊,软弱的一方将会首先败亡。其中自有适当缓急的办法啊,请允许我说一说这个良方:

先占棋盘第四道线路啊,保角必须依赖角的两旁。缘着边线列阵阻挡啊,每下一个棋子处处都得观望。犹如并列的马首是瞻啊,也像接连不断的飞雁总排成行。空隙置子要顾及敌我关系啊,经常在中间回旋徜徉。振奋双翅前去进攻与遏制啊,时时或左或右不停顿地翱翔。路径狭窄敌人众多啊,情理上忌讳孤军到远方。棋子再多无力驾驭啊,就如聚集一群任人宰割的羔羊。连绵不绝能保自身安全啊,先后的棋子都得呼应相帮。攻击抢占空虚之地啊,好似走进人家闺房要再三掂量。得利就变成了运气啊,一下成功即变得实力坚强。如果一味贪求吃子啊,可能破坏防护自己的垣墙。出现漏洞不去及时堵塞啊,泛滥的后果将是不堪设想。纵横驰骋敌阵乱了套啊,对手的心理一定出现惊慌。面对危及自己根据地的时候啊,就得放弃一些外围的行装。已经逃脱危险的虎口啊,应该设置陷阱巧布防。走投无路陷入罗网啊,就像老鼠钻入张开的布囊。及时收去这些死子啊,不要使之发挥策应的用场。该吃不吃啊,反会遭受意料不到的祸殃。决定胜负的谋略啊,对我简直是间不容发。形势一会儿缓和一会儿又紧张啊,连下棋高手尚且不能完全掌握。白子黑子乱无头绪啊,相互断截如纠缠的藤葛。局面纷扰交错在一起啊,你伸我长谁也不甘示弱。一方防守得不够牢固啊,冷不丁叫对手突然侵入。深钻进来争夺地盘啊,令其擒杀掉了士卒。慌乱之中去救援啊,前前后后一股脑儿都被吞没。上上下下杂沓纷乱啊,四面隔绝被团团围住。陷入散布的罗网啊,面对这种状况只能哽咽悲泣。韩信善于指挥打仗啊,置于绝境谁也难以逃离。自己沦落到死亡的地步啊,可以施行权谋诡计。引诱敌人抢先下子啊,处处都是暗设的墓地。丢下少量棋子让人吃掉啊,馈赠三个能占七个便宜。徐徐靠近自然白送啊,转过头来在暗中窥伺。计算谋划于某个交叉点上啊,可以使棋子联结一起。继续延伸如连绵的复道啊,形成不可遏制的燎原声势。尽量向四面八方扩展啊,努力向左右两边溢延不止。逐步侵入无法挽救啊,敌人自然会恐惧战栗。局面紧急心情不安啊,总会感到若有所失。计算成果互相比较啊,力争及时予以结束。事情推延可能产生变故啊,提掉死子是要行动迅速。处于窘境会耍迷惑手段啊,千万不要令其运用诡诈方法逃出。只要能够深思远虑啊,胜利就一定会来光顾。

【点评】传说围棋创始于尧舜时代,用以开发人的智力;有人认为围棋取法阴阳,是古人研究天文的工具。围棋着法千变万化,难以穷尽,所谓“人能尽数天星,则遍知棋势”(《云仙杂记》),就可想见其复杂程度。西汉刘向写过《围棋赋》,只留下了“略观围棋,法于用兵,怯者无功,贪者先亡”四句;桓谭在《新论》中,也有用军事观点阐述围棋的片断;东汉班固的《弈旨》,从天文、地理、政治、军事、外交、道德等各个方面对围棋进行了理论上的分析。他们都各有建树。而马融的《围棋赋》,却是传下来的以赋为名的我国第一篇详细的棋艺描写,所以特别引起后人的关注。

马融不仅为一代大儒,也是棋界一代著名的才子。他借鉴前人的成就,在围棋的进退、攻防的战术,以及如何死里求生、如何扩大实力、如何立于不败之地等方面,都有自己系统的见解。他认为“胜负之策兮于言如发”“深念远虑兮胜乃可必”,一定要始终保持着清醒的头脑,千万勿被敌手所“营惑”。

马融在赋中运用了不少术语,如道、违、阁、踔、度、捐、委、遗、将、雏、约、食,等等,这是约定俗成,绝非杜撰,由是可以揣知当时围棋普及的程度。他强调边和角的作用,不大看重腹地,这可能是水平的差异所致。无论如何,《围棋赋》在棋艺上仍有值得借鉴之处,在我国围棋发展史上更具有特别的史料价值。马融铺采摛文,纵横捭阖,充分发扬赋体的特点,写成可供鉴赏的文学作品,在围棋的发展史上,有着潜移默化的功能。马融对围棋的贡献,将永远载入史册。

【集说】昔班固造《弈旨》之论,马融有《围棋》之赋,拟军政以为本,引兵家以为喻,盖宣尼之所以称美,而君子之所以游虑(娱)也。既好其事,而壮其辞。(曹摅《围棋赋序》)

马融、蔡洪、王粲、曹摅、梁武、梁宣诸人,以赋著。懿欤铄哉,言人人殊,皆弈中之文人才子也。(冯元仲《弈旦评》)

班固的学生马融,写了一篇《围棋赋》,内容比《弈旨》更丰富,对棋艺的理解更加深刻。当时马融的名声已很大了,门徒千人。朝廷的要官马日碑、卢植,经学大师郑玄都是他的学生。他对围棋的见解,博得好评。(见闻《中国围棋史话》)

(赵光勇)

王逸

王逸，字叔师，后汉南郡宜城（今湖北宜城市南）人。安帝元初中叶（114—120）举上计吏，至京师，为校书郎。顺帝时为侍中。著《楚辞章句》十二卷，至今传习。其子王延寿亦有文名。明人张溥辑有《王叔师集》。

机　赋[1]

舟车栋宇[2]，粗工也[3]。杵臼碓硙[4]，直巧也。盘杅缕针[5]，小用也。至于织机，功用大矣。

素朴醇一[6]，野处穴藏；上自太始[7]，下讫羲皇[8]。帝轩龙跃[9]，庶业是昌[10]。俯覃圣思[11]，仰览三光[12]；悟彼织女[13]，终日七襄[14]。爰制布帛[15]，始垂衣裳[16]。

于是取衡山之孤桐[17]，南岳之洪樟[18]。结灵根于盘石[19]，托九层于岩旁[20]。性条畅以端直，贯云表而剀良[21]。仪凤晨鸣翔其上[22]，怪兽群萃而陆梁[23]。

于是乃命匠人，潜江奋骧[24]。逾五岭[25]，越九冈[26]，斩伐剖析，拟度短长[27]。胜复回转[28]，克象乾形[29]。大匡淡泊[30]，拟则川平[31]。光为日月[32]，盖取昭明[33]。三轴列布[34]，上法台星[35]。两骥齐首[36]，俨若将征[37]。方圆绮错[38]，极妙穷奇。虫禽品兽[39]，物有其宜。兔耳跧伏[40]，若安若危。猛犬相守，窜身匿蹄[41]。高楼双峙，下临清池。游鱼衔饵，瀺灂其陂[42]。鹿卢并起[43]，纤缴俱垂[44]。宛若星图[45]，屈伸推移[46]。一往一来，匪劳匪疲。

于是暮春代谢[47]，朱明达时[48]。蚕人告讫[49]，舍罢献丝[50]。或黄或白，蜜蜡凝脂[51]。纤纤静女[52]，经之络之[53]。尔乃窈窕淑媛[54]，美色贞怡[55]。解鸣佩[56]，释罗衣[57]，披华幕[58]，登神机，乘轻杼[59]，览床帷。动摇多容，俯仰生姿。

【注释】(1)本文选自《全后汉文》，题目则按《艺文类聚》卷六十五所载。 (2)栋宇：泛指房屋。 (3)粗工：粗糙的工程。 (4)碓(duī)：脚踏的舂具。桓谭《新论》云："宓羲制杵臼之利，后世加巧，借身践碓，而利十倍。"硙(wéi)：石磨。 (5)杅：亦作"盂"，吃饭饮水的用具。缕：线。 (6)素朴：质朴无华。醇一：单纯。 (7)太始：从有人类即产生的世界。 (8)羲皇：我国传说时代三皇之一的伏羲，亦作庖牺。 (9)帝轩：即黄帝轩辕氏，为我国人文之祖。(10)庶业：众多事业。昌：昌盛。 (11)覃(tán)：深沉。 (12)三光：日、月、星。 (13)织女：星名。 (14)终日七襄：终日，从早到晚。襄，更动位置。一天十二个时辰，从旦至暮为七个时辰，故需更动七次位置，所以叫作"七襄"。意为整天忙碌。 (15)爰：于是，发语词。 (16)垂衣裳：形容天下太平，无为而治。 (17)衡山：在湖南省境。 (18)南岳：即衡山。洪：大。樟：豫樟树，常绿乔木，高数丈，大者数抱，木材细密灰白，肌理错综有纹，老干坚硬，带香味，是上好用材。 (19)灵根：灵木之根，指孤桐和洪樟。盘石：大石。 (20)九层：指九层楼高的大木。 (21)剀(kǎi)良：磨炼成良材。 (22)仪凤：凤皇有容仪，古时的瑞兆。 (23)萃(cuì)：聚集。陆梁：蹦跳行走。 (24)潜江：渡过大江。骧(xiāng)：马腾跃。 (25)五岭：五座大山，名称不一。《小学绀珠·地理类·五岭》谓大庾、始安、临贺、桂阳、揭阳，皆在南方。 (26)九冈：九道山脊。 (27)拟：揣度。度(duó)：计量。 (28)胜：胜任制织机之材。(29)克：克意，指专心致志制作织机。乾(qián)形：天地自然的各种形象。(30)大匡：大事匡正。淡泊：无为寡欲的品德。 (31)则：效法。 (32)光：

明。 (33)昭:明。 (34)三轴:织机上的三个圆柱形部件。 (35)台星:即三台星。 (36)两骥:两匹千里马图形。 (37)征:远行。 (38)绮错:交错。(39)品:众。 (40)跧:蜷伏。 (41)窜:隐藏。匿:伏藏。 (42)瀺灂(chán jué):出没。陂(pí):水池。 (43)鹿卢:即辘轳,井上汲水的器械。 (44)纤缴(xiān zhuó):纤细的生丝绳。 (45)星图:记恒星位置之图。 (46)推移:转易变化。 (47)代谢:变更时令。 (48)朱明:夏季。 (49)蚕人:养蚕者,当为蚕奴。 (50)舍:收。 (51)蜜蜡:压榨蜂巢所制之蜡,为淡黄色半透明体;此以形容黄色丝。凝脂:凝聚的脂膏,柔滑而富有光泽。 (52)纤纤:女手柔细貌。静女:贞静的美女。 (53)经:经营。络:缠绕。 (54)窈窕:姿态美好。淑媛:善良的美女。 (55)贞怡:正派和气。 (56)鸣佩:佩玉。 (57)释:解。 (58)披:揭开。 (59)乘:驾。杼(zhù):机上管纬线的工具。

【今译】建造车船房屋,只需粗糙的工艺。制作杵臼和石碓石磨,只需朴素的技巧。杯盘针线,只有小的用处。至于织机,它的功能用场就太大了。

古风质朴单纯,人们野居穴藏。上从人类开始,下到伏羲圣王。轩辕黄帝实力大增,各种事业发达兴旺。低头运用智慧沉思,仰头观察日月星辰三光。领悟天上织女闪耀,由早到晚操作繁忙。于是也就纺织布帛,方才都可穿上衣裳。

衡山出产特异的梧桐,还有硕大无比的香樟。它们扎根于坚固的盘石,依傍山岩高达九层楼房。生性端直不长节杈,穿过云外材质优良。灵凤清晨在上鸣叫飞翔,怪兽聚集周围徘徊跳梁。

命令能工巧匠,渡江骑马奔往。跑过五岭山脉,越过九座高冈。砍倒解剖分析,计算用料短长。运回胜任织机的素材,悉心摹拟大自然的形象。极力宣扬清心寡欲,仿效广袤原野的一片宁静。雕上太阳月亮,为了汲取它们的光明。制作成三个长轴,这是取法天上的三个台星。两匹骏马齐首挺立,简直就像立即奋蹄远征。方圆相互交错,穷极巧妙新奇。还有虫鸟众兽,也各有各的表现方式。狡兔隐藏着一双长耳,似乎安全又像潜伏危机。猛犬在旁守候,躯体利爪都已藏匿。两座高楼对峙,下边紧临清澈水池。游鱼衔着钓饵,正在浮沉而不知识。两架辘轳同时并起,纤细的丝绳垂得很低。整个织机宛如一幅天文图案,屈屈伸伸在不断变易。循环往复总是有来有往,制作过程从来不知疲累和休息。

暮春消逝,夏令当时。蚕奴事毕,收罢献丝。颜色黄白俱全,宛如蜜蜡凝脂。贞静的妙龄姑娘,娴熟地经营整理。此后善良艳丽的美女,人人正派和气,解下佩带的美玉,脱掉身上的罗衣,揭开华美的帷幕,登上了神奇的织机，驾驭着轻捷的机杼，时或看着床上的帐帷。一举一动仪态万方，一俯一仰美妙生姿。

【点评】《机赋》赞美织机，赞美织机给社会生活带来物质文明和划时代的变化。作者不像《庄子·天地篇》所描绘的汉阴丈人，只愿抱瓮灌园，不用省力省时的桔槔(jié gāo)，有意排斥机械，向往落后。说什么“吾闻之吾师，有机械者必有机事，有机事者必有机心。机心存于胸中，则纯白不备；纯白不备，则神生不定。神生不定者，道之所不载也。吾非不知，羞而不为也。”王逸认为由于有了布帛，才得出现黄帝垂衣裳而天下治的太平盛世。但为了强调织机的社会功能，却贬低舟车栋宇、杵臼碓硙、盘杅缕针等与生活攸关的其他发明创造，显然带有很大的片面性。不过他不抱残守缺，固步自封，能够顺应时代潮流而动。这种以机械作为描写对象而加以歌颂的，在赋史上要算第一人，所以应该大书特书。

《机赋》对织机的制作过程及其性能的叙述，简直惜墨如金，而对织机上的各种图案却又用墨如泼。诸如日月、两骥、虫禽、品兽，高楼、清池、鹿卢、纤缴等等，刻画细腻，不厌其烦。其中“兔耳跧伏”“猛犬相守”“游鱼衔饵，瀺噏其陂”等画面，真正似安实危，险象环生，这大概就是作者所处时代的艺术再现。王逸本欲“体物写志”，抒发其“大臣淡泊”的政治理想，现实却与之格格不入，所以只好浮光掠影，一闪而过。难以深入下去，良有以也。

作者对能工巧匠制作的织机，是当作一件精美绝伦的艺术品来评价和欣赏的，对织女的实际操作过程，也注入了同样的意念。《机赋》自始至终看不到匠人和织女劳动的艰辛和痛苦，这不是有意避而不谈，而是坐享其成的士大夫阶层的人所固有的弱点。

作者以今例古，把黄帝时的工艺说得那么好，不可能是事实；即令在作者所处的东汉时期有此成就，也足令人赞叹不已。加上行文韵散结合，通晓畅达，愈益增加了艺术上的魅力，值得流传。

【集说】《机赋》为现存赋中第一篇写劳动和劳动工具的作品，尤其有重要的意义。（马积高《赋史》）

（王俊平）

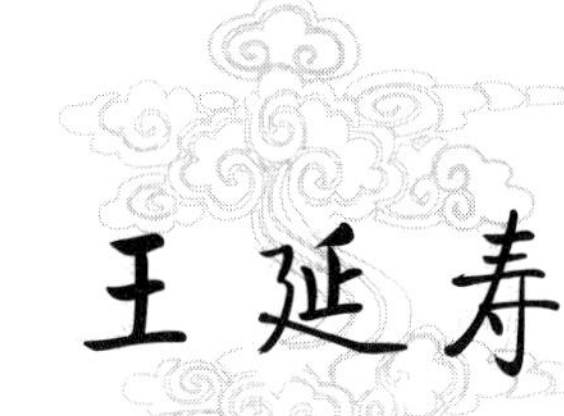

王延寿

王延寿(124？—148？),字文考,一字子山,东汉末年南郡宜城(今湖北宜城)人。很有文才,二十余岁时溺水死。父逸,著《楚辞章句》,颇具学术价值。

梦　赋[(1)] 并序

臣弱冠尝夜寝[(2)],见鬼物与臣战。遂得东方朔与臣作《骂鬼》之书[(3)]。臣遂作赋一篇叙梦。后人梦者读诵以却鬼[(4)],数数有验[(5)],臣不敢蔽[(6)]。其词曰:

余宵夜寝息[(7)],乃忽有非常之物梦焉。其为梦也,悉睹鬼物之变怪,则有蛇头而四角,鱼尾而鸟身。或三足而六眼,或龙形而似人。群行而奋摇,忽来到吾前,伸臂而舞手,意欲相引牵。

于是梦中惊怒,腷臆纷纭[(8)],曰:“吾含天地之淳和[(9)],何妖孽之敢臻[(10)]!”尔乃挥手奋拳,雷发电舒[(11)]。斮游光[(12)],斩猛猪,批狒毅，斫魅虚，捎魍魉，拂诸渠，撞纵目，打三颀，扑苕荛，抶夔䰩，搏睍睆，蹴睢盱，剖列蹷，掣羯孽，劓尖鼻，踏赤舌，拏伧狞，挥髯鬣。

于是手足俱中，捷猎摧拉[13]，澎濞跌抓[14]，揩倒批笞[15]。强梁捶捋[16]，刿挨撩予[17]。总攙黠拖[18]，颓躺抨撜轧[19]。

于是群邪众魅，骇扰遑遽[20]，焕衍叛散[21]，乍留乍去[22]。变形瞪眄[23]，顾望犹豫。吾于是更奋奇谲[24]，脉捧获啧[25]。振挠岘[26]，挞咿嚶[27]，批搯啧[28]。

于是三三四四，相随佷傍而历僻[29]。砣砣嗑嗑[30]，搘齐亥布[31]。輷輷誉誉[32]，鬼惊魅怖。或盘跚而欲走[33]，或拘挛而不能步[34]。或中创而宛转[35]，或捧痛而号呼。奄雾消而光散[36]，寂不知其何故。嗟妖邪之怪物，敢干真人之正度[37]！

耳聊嘈之外朗[38]，忽屈伸而觉寤。于是鸡知天曙而奋羽，忽嘈然而自鸣。鬼闻之以迸失[39]，心慴怖而皆惊[40]。

乱曰[41]：齐桓梦物[42]，而以霸兮。武丁夜感[43]，得贤佐兮。周梦九龄[44]，年克百兮。晋文盬脑[45]，国以竞兮。老子役鬼[46]，为神将兮。转祸为福，永无恙兮[47]。

【注释】(1)本文选自《古文苑》卷六。 (2)弱冠：指二十岁。 (3)东方朔：汉武帝时人，长于文辞，善诙谐滑稽。《骂鬼》之书：今不传。 (4)却：退。 (5)数数(shuò shuò)：屡次。 (6)蔽：掩盖。 (7)宵：夜。 (8)腷(bì)臆：怒气填胸。纷纭：盛多貌。 (9)淳和：正气。 (10)臻：至。 (11)电舒：电闪。 (12)“斮(zhuó)游光”十八句：举凡斮、斩、批、斫(zhuó)、捎、拂、撞、打、扑、抶(chì)、搏、蹴(cù)、剖、掣、劓(yì)、踏、拏、挥，都是与各种鬼怪的斗争形式。游光、猛猪、狒毅、魅虚、魍魉、诸渠、纵目、三颀、苕荛、夔䰩(kuí qù)、睍睆(xiàn xuǎn)、睢盱(huī yū)、列蹷、羯孽、尖鼻、赤舌、伧狞(cāng néng)、髯鬣，都是各种鬼怪的名称。 (13)捷猎：相接貌。摧拉：摧折。 (14)澎濞(pì)：大水溃决。跌抓(wù)：颠仆不安。 (15)揩倒：强行摔倒。批笞(chī)：击打。 (16)强梁：大力。捶：杖击。捋(luō)：取。 (17)刿(guì)：伤。挨(cuì)：挤。撩：取。 (18)总攙(miè)：击打全体。黠:恶鬼。 (19)颓:倒。躾(wài):同"歪",横七竖八之意。抨撜(chéng):击打。 (20)遑遽:恐惧不安。 (21)焕衍:多溢貌。叛散:背叛逃散。 (22)乍:忽然。 (23)瞪眄:怒目直视。 (24)奇谲:奇异权谋。(25)脉捧:手作执物状。获喷:捕获外逃者。 (26)振:制伏。挠屔:捣乱的鬼物。屔,同"现",指鬼形。 (27)挞(tà):笞击。咿嚘:哼哼唧唧,谄媚声。(28)批:纠闭。擿(huò)啧:叱咤。 (29)俍(láng)傍:行不正貌。历僻:避易。 (30)硥(lóng)硥磕(kē)磕:石磨之声。 (31)搿齐:同"极其"。亥:通"骇"。布:通"怖"。 (32)軥(hōng)軥:车声。謍謍:疑貌。 (33)盘跚:摇摇晃晃地走路。 (34)拘挛:肌肉痉挛。 (35)中创:受到创伤。宛转:不离原地。 (36)奄:覆盖。 (37)干:冒犯。真人:修真养性而大才大德的人。正度:严正的法度。 (38)嘐(láo)嘈:大声喧闹。朗:明亮。(39)迸失(yì):四散而走。 (40)慴(zhé)怖:恐怖。 (41)乱:结束语的标志。 (42)齐桓:齐桓公,名小白,春秋五霸之首。梦物:其事不详。(43)武丁:殷高宗,在位五十九年。 (44)周梦九龄:指周武王梦上帝给他九十岁,文王自认能活到一百岁。 (45)晋文盬(gǔ)脑:春秋时晋文公与楚成王在城濮之战前,梦见成王趴到自己身上吮吸脑汁,心中很恐惧。子犯说,这是好兆头!我们仰面向天,得天照应,楚君脸孔向下,是伏罪的表现。(46)老子:即李耳,道家祖师。 (47)恙:忧。

【今译】我二十岁时晚上睡觉,曾梦见鬼物与我作战。遂得到东方朔给我作的《骂鬼》之书,我便写成一篇赋叙述梦境。后来人们一念就可吓退鬼物,屡次都有效验。我不敢掩藏。赋中说:

我在夜晚睡眠安息,却忽然梦见极其不平常的东西。这个梦啊,看到了鬼怪的全部变异。有的蛇头上生了四只角,有的长成鱼的尾巴和鸟身;有的三个脚丫六只眼,有的龙的身形又像人。他们成群结队尽力摇摆,突然来到我的跟前,伸着胳膊挥着手,意思是想把我拉牵。

于是我在梦中大为震怒,怒气充塞了整个胸膛。大声吼道:"我饱含着天地正气,什么妖魔鬼怪敢来和我较量!"乃挥动双拳,犹如雷鸣电闪。砍游光,斩猛猪;击狒毅,劈魅虚;杀魍魎,敲诸渠;刺纵目,打三颅;诛苕荛,揍夔魋;搏觃睆,踢睢盱;剖列魇,掣羯蘖;割尖鼻,踏赤舌;擒伧犵,斗髯鬣。

于是手脚并用,相继摧垮。四处溃散,跌跌爬爬。强行按倒,一一痛打。硬要反抗,取杖猛击。伤痕累累,也不停息。全受惩处,恶鬼尤甚;打倒在地,令其难忍。

于是所有妖魔鬼怪,无不惊慌恐惧。溃散逃离,忽停忽去;变形怒视,徘徊犹豫。我便更发奇谋,合拢双手捕捉。制服捣蛋鬼,痛打谄媚者,边揍边斥责。

于是三五成群,跌跌撞撞,相互跟随,东躲西藏。我的呵斥像硠硠磕磕的石磨声,森严得极其骇人闻听;又像輷輷訇訇车轮的滚动,令群魔个个胆战心惊。有的摇摇晃晃想逃跑,有的筋肉痉挛不能行;有的受伤在原地翻转,有的手捧痛处在号叫哀鸣。一会儿雾气消失光被挡住,不知什么缘故一下变得寂然无声。啊,这完全是些妖邪怪物,怎敢冒犯有德行者的严正准绳!

耳边嘈杂外面亮,猛地展胳膊伸腿梦中醒。公鸡扇动翅膀知报晓,忽然引吭啼叫自争鸣。鬼物听了立即奔逃,内心惶恐都震惊。

结束语:齐桓公梦见鬼物称了霸啊,殷高宗梦中感悟得贤相啊;周武王梦到上帝增加九龄,文王能活一百岁啊;晋文公梦中被楚成王吸了脑啊,城濮之战终于胜利了啊!老子役使鬼物得道成神将啊,不要怕鬼便能转祸为福永无恙啊!

【点评】古人很重视对梦的解释。《周礼·春官》就设有占梦专职官员,按时令、日月运行情况,预测吉凶祸福。其看法直接影响人们的思想、精神和行为。齐桓公由于齐人皇子告敖善于因势利导,不仅医好了心病,还增强了争霸的信心和勇气;殷高宗武丁从梦中人物形象受到启示,访求到正在服劳役的奴隶傅说,委以国相,卒使殷朝得以中兴。这些就是赋中"齐桓梦物,而以霸兮;武丁夜感,得贤佐兮"所反映的具体内容。王延寿的《梦赋》,其实就是一个极其生动的不怕鬼的故事,并敢于与之作坚决的斗争,还取得了"转祸为福,永无恙兮"的理想结果。

全赋气势磅礴,感情充沛,把妖魔鬼怪挨打后的丑态,刻画得淋漓尽致,把主人公的大无畏精神,同样表现得栩栩如生。不过冷僻词语较多,不够通俗化,势必会影响普及。

【**集说**】延寿字文考，有俊才，少游鲁国，作《灵光殿赋》。后蔡邕亦造此赋，未成，及见延寿所为，甚奇之，遂辍翰而已。……后溺水死，时年二十余。(《后汉书·文苑列传》)

范晔《后汉书》云，王延寿父逸欲作此赋(按指《鲁灵光殿赋》)，命文考往图其状，文考因韵之，以简其父。父曰："吾无以加也。"时蔡邕亦有此作，十年不成。邕见文考此赋，遂隐而不出。文考时年二十至二十四，过汉江溺而死也。(吕铣语，见《文选·鲁灵光殿赋》五臣注)

延寿赋三篇：《灵光》《王孙》《梦赋》。东京文字崛奇，无若文者。《梦赋》用字，韩(愈)《李皋碑》实出此。(胡应麟《诗薮·遗逸上》)

王延寿的辞赋还有《梦赋》和《王孙赋》，虽不如《鲁灵光殿赋》著名，也有一定的价值。《梦赋》写梦中所见的鬼怪以及他和鬼怪搏斗之事，情节很离奇，也许有讥刺世事之意。(曹道衡《汉魏六朝辞赋》)

(赵光勇)

赵壹

赵壹(生卒年不详),字元叔,汉阳西县(今甘肃天水)人。东汉末年名士。出身寒门。为人耿介高傲,不肯趋炎附势,多次触犯权贵,几至于死。灵帝时为上计吏入京,名动京师。屡被公府征召,辞而不就。终身职务不过郡吏。作品留传下来的很少,以《刺世疾邪赋》为最著名。

刺世疾邪赋[1]

伊五帝之不同礼[2],三王亦又不同乐[3]。数极自然变化[4],非是故相反驳[5]。德政不能救世溷乱[6],赏罚岂足惩时清浊[7]?春秋时祸败之始[8],战国愈复增其荼毒[9]。秦汉无以相逾越[10],乃更加其怨酷。宁计生民之命[11],唯利己而自足!

于兹迄今[12],情伪万方[13]。佞谄日炽[14],刚克消亡[15]。舐痔结驷[16],正色徒行[17]。妪媀名势[18],抚拍豪强。偃蹇反俗[19],立致咎殃[20]。捷慑逐物[21],日富月昌。浑然同惑,孰温孰凉?邪夫显进,直士幽藏!

原斯瘼之攸兴[22]，实执政之匪贤[23]。女谒掩其视听兮[24]，近习秉其威权[25]。所好则钻皮出其毛羽，所恶则洗垢求其瘢痕[26]。虽欲竭诚而尽忠，路绝险而靡缘[27]。九重既不可启[28]，又群吠之狺狺[29]。安危亡于旦夕[30]，肆嗜欲于目前[31]。奚异涉海之失舵[32]，积薪而待燃？

荣纳由于闪榆[33]，孰知辨其蚩妍[34]！故法禁屈挠于势族，恩泽不逮于单门[35]。宁饥寒于尧舜之荒岁兮，不饱暖于当今之丰年。乘理虽死而非亡[36]，违义虽生而匪存。

有秦客者[37]，乃为诗曰："河清不可俟，人命不可延[38]。顺风激靡草[39]，富贵者称贤。文籍虽满腹，不如一囊钱。伊优北堂上[40]，抗脏倚门边[41]。"鲁生闻此辞，系而作歌曰[42]："势家多所宜，咳唾自成珠。被褐怀金玉[43]，兰蕙化为刍[44]。贤者虽独悟，所困在群愚[45]。且各守尔分[46]，勿复空驰驱[47]。哀哉复哀哉，此是命矣夫！"

【注释】(1)东汉末年，外戚宦官专权，豪门横行不法，耿介贤能之士受压抑。这篇小赋尖锐地揭露了当时社会的黑暗，表现了作者愤世嫉俗、刚直不阿的鲜明个性。刺世疾邪：讽刺现实，憎恨邪恶。 (2)伊：发语词。五帝：说法不一，《史记》以黄帝、颛顼、帝喾(kù)、尧、舜为五帝。 (3)三王：一般指夏、商、周三代的开国君主：夏禹，商汤，周文王、武王。 (4)数：天道，气数。 (5)反驳：反对，否定。 (6)溷(hùn)乱：混乱。 (7)惩：惩劝。时：时代，时局。 (8)时：通"是"。 (9)荼毒：比喻苦难。荼：苦菜。毒：毒物。 (10)逾越：超越。 (11)宁：哪里。计：考虑。 (12)于兹迄今：于、迄：到，至。兹：现在。两个同义词组的并列。 (13)情伪：弊病。 (14)佞(nìng)谄：指讨好谄媚的人。佞：奸巧善辩。炽：兴盛。 (15)刚克：指刚强正直的品德。 (16)舐(shì)痔：舌舔痔疮，此指舔痔小人。形容小人得势。(17)正色：指正直的人。徒行：步行。 (18)妪媽(yù qǔ)：意同"伛偻"，弯腰背。 (19)偃蹇(jiǎn)：指高傲的人。反俗：与世俗背道而驰。 (20)咎殃：灾祸。 (21)捷慑：急切的样子。逐物：追逐名利。 (22)原：推究根源。斯:这。瘼(mò):病。攸:所。(23)匪:不。(24)女谒:亦作"妇谒",指宫廷中受宠乱政的嫔妃。(25)近习:皇帝所宠爱的近臣。秉:把持,掌握。(26)"钻皮"二句:极力描写其好恶随意、无中生有的手段。(27)靡:没有。(28)九重;君主的宫门。(29)狺狺(yín yín):犬吠声。(30)安:安处。(31)肆:放纵。嗜欲:贪欲。(32)奚:何。(33)荣纳:受宠而被重用。这里指居高位,享荣华。闪榆(yú):逢迎谄媚。(34)蚩(chī):通"媸",丑陋。妍:美好。(35)逮:及。单门:小户寒门。(36)乘理:顺理,坚持正理。(37)秦客:与下文的"鲁生",都是假托的人物。(38)河清:黄河水清,比喻政治清明。俟(sì):等待。古代传说黄河水一千年清一次。意思是说,政治清明是等不到的。(39)激:疾吹。靡草,小草。(40)伊优:指一味迎合人意的谄媚者。北堂:坐北朝南的厅堂,主人招待贵客之处。(41)抗脏(zàng):指正直高亢的人。倚:靠。(42)系:连续,接着。(43)被:穿。褐:粗布衣。金玉:比喻才德高尚。(44)兰蕙:香草。刍:喂牲畜的干草。(45)这句意思是说,被愚蠢的众人所困扰。(46)尔:你。(47)复:再。驰驱:急急奔走。

【今译】上古五帝礼法不同,三代圣君典章有异。气数到了极限自然产生变化,并不是故意地递相变革。德政不能挽救社会的混乱,赏罚又哪能惩劝吏治的廉贪?春秋是祸败的起始,战国更增加了社会的灾难。秦汉并不曾有任何转机,反而更加深了人民的愤怒。君王哪里肯顾及人民的生命,只是一味地满足私念!

到了现在,弊病更是多种多样。奸佞谄媚之徒日益猖狂,刚直贤能之士日见消失。舔痔小人乘车而过,耿介君子徒步而行。面对权势,不惜卑躬屈节,眼见豪强极力逢迎巴结。高雅不俗,立即招致灾祸;趋炎附势,日益富贵盛昌。浑浑然举世迷惑,谁能辨其是非温凉?奸佞小人飞黄腾达,刚直之士隐没深藏!

追究这弊病产生的根源,的确是统治者昏庸不贤。宠妃遮掩了君王的视听,近臣把持了君主的威权。所爱者钻透皮肤促其长出漂亮的毛羽,所恶者洗涤污垢设法找出其伤痕污瘢。即使想要竭诚尽忠,道路极险且无可攀缘。君门森严不可打开,奸邪进谗又如同吠之群犬。危在旦夕而君王处之安然,犹且放纵地满足眼前的私贪。这何异于渡重洋而失舵,坐积薪而待燃?

荣华富贵得之于奸邪谄媚,谁又能辨其丑陋善美!因而法令受阻于豪门望族,恩惠不达于小户寒门。宁可饥寒于尧舜之荒年啊,也不愿饱暖于当今之丰岁。坚持正理虽死而犹生,违背道义虽生而不存。

有位秦地客,为此作诗说:"黄河水清不可待,人生寿命不可延。顺着风势去小草,富贵而后自称贤。文章学问虽满腹,于今不如一袋钱。屈膝谄媚坐堂上,高尚正直靠门边。"鲁地后生听此语,接着作歌相和说:"名门望族多合宜,言谈议论皆成珠。破衣君子才如玉,如玉之才视若刍。贤人志士虽独悟,岂奈群愚相困夫!姑且各自守本分,切勿再去空图谋。悲哀啊,悲哀啊!一切都是天命吧!

【点评】歌功颂德,是汉大赋的主旨,疾世抒怀,是汉小赋的特征。赵壹是汉赋演变期中的代表作家,这篇小赋明显地带有演变的痕迹,也是小赋愤世疾邪的佳作。

全文自然分为五个段落。首段从五帝三王落笔,历数春秋、战国,直达秦汉。一针见血地指出,春秋以来的历代统治者都是利己害民,一代甚于一代。寥寥数语,写尽人类几千年的历史。字里行间,更有一种飞流直下、势不可当的气势。第二段以铺张对比为法,以"总提——分述——总述"为序,揭露当时社会奸邪飞黄腾达、志士遭殃深藏的弊端。皆以四言出之,语势急切逼人,使其愤激之情更加溢于言表。第三段指出造成种种弊端的根源,都是由于统治者昏庸不贤。斥责统治者置国家安危于不顾,一味享乐,任其奸臣宠妃乱政当权。锋芒显豁,言词朴直。全段以六言句为主,与作者深沉的思索、沉痛的心情暗然天合,更与上段形成鲜明的对比。"所好"两句,以长言出之,使好恶随意、不遗余力的小人行径更加形象生动,神态毕然。第四段前四句进一步揭露奸谄而后荣华,荣华而后不法的黑暗现实,使上文的愤激之情更加不可遏止。后四句把自己对黑暗现实的厌恶与悲愤倾泻而出,表明宁死也不向黑暗势力妥协的鲜明态度,既深化了主题,又从结构上扣合开篇。第五段假托秦客鲁生作诗总结全篇。结尾四句,既是作者消极宿命情绪的自然流露,更是其激愤之情的曲折再现。全文笔锋犀利,言辞激烈,态度斩钉截铁。充分表现了作者傲岸耿介的个性与强烈的反抗精神。

【集说】以文章风格论，亦已变板滞为疏荡，变典雅为通俗，变含蓄为直率，这是和文章的主题思想与作者的激愤情绪分不开的。（瞿蜕园《汉魏六朝赋选》）

这篇赋中，他对汉代政治作了大胆的批评……尤其作为汉代人而敢于否定汉代的统治，更见其胆识过人。……不但指斥了外戚、宦官，简直是公然把政治腐败的原因归咎于帝王的“匪贤”。这样痛快地斥责最高统治者的文字，确是很少见的。历代赋家中在艺术上取得较高成就的不乏其人，而在思想上能如此大胆直率地抨击封建帝王，实在难得。（曹道衡《汉魏六朝辞赋》）

（李　娓）

边让

边让(？—208),字文礼,陈留浚仪(今河南开封县西北)人。少辩博能属文,大将军何进闻其才名,征为令史。议郎蔡邕深敬之,以为边让宜处高任,更向何进进荐。后以高才擢进,屡迁,出为九江太守。献帝初平中,王室大乱,乃去官还家。恃才气不屈曹操,多轻侮之言,建安中为曹操所杀。其文多遗失,唯存《章华台赋》传世。

章华台赋[1] 并序

楚灵王既游云梦之泽,息于荆台之上[2]。前方淮之水[3],左洞庭之波,右顾彭蠡之隩,南眺巫山之阿。延目广望,骋观终日,顾谓左史倚相曰:盛哉此乐!可以遗老而忘死也,于是遂作章华之台,筑乾溪之室[4],穷木土之技,单珍府之实[5],举国营之,数年乃成。设长夜之淫宴,作北里之新声[6]。于是伍举知夫陈、蔡之将生谋也,乃作斯赋以讽之。

胄高阳之苗胤兮[7]，承圣祖之洪泽。建列藩于南楚兮，等威灵于二伯[8]。超有商之大彭兮[9]，越隆周之两虢[10]。达皇佐之高勋兮，驰仁声之显赫。惠风春施，神武电断，华夏肃清，五服攸乱[11]。旦垂精于万机兮，夕回辇于门馆。设长夜之欢饮兮，展中情之嬿婉。竭四海之妙珍兮，尽生人之秘玩。

尔乃携窈窕，从好仇，径肉林，登糟丘[12]。兰肴山竦，椒酒渊流[13]。激玄醴于清池兮，靡微风而行舟[14]。登瑶台以回望兮，冀弥日而消忧[15]。于是招宓妃，命湘娥，齐倡列[16]，郑女罗。扬《激楚》之清宫兮[17]，展新声而长歌。繁手超于《北里》，妙舞丽于《阳阿》[18]。金石类聚，丝竹群分。被轻袿，曳华文，罗衣飘飖，组绮缤纷[19]。纵轻躯以迅赴，若孤鹄之失群。振华袂以逶迤，若游龙之登云。于是欢嬿既洽，长夜向半，琴瑟易调，繁手改弹。清声发而响激，微音逝而流散。振弱支而纡绕兮，若绿繁之垂干[20]。忽飘飖以轻逝兮，似鸾飞于天汉。舞无常态，鼓无定节；寻声响应，修短靡跌[21]。长袖奋而生风，清气激而绕结。尔乃妍媚递进，巧弄相加[22]。俯仰异容，忽兮神化。体迅轻鸿，荣曜春华。进如浮云，退如激波。虽复柳惠，能不咨嗟[23]。于是天河既回，淫乐未终，清籥发徵[24]，《激楚》扬风。于是音气发于丝竹兮，飞响轶于云中。比目应节而双跃兮，孤雌感声而鸣雄。美繁手之轻妙兮，嘉新声之弥隆。于是众变已尽，群乐既考。归乎生风之广厦兮，修黄轩之要道[25]。携西子之弱腕兮，援毛嫔之素肘[26]。形便娟以婵媛兮，若流风之靡草[27]。美仪操之姣丽兮，忽遗生而忘老。

尔乃清夜晨，妙技单，收尊俎，彻鼓盘。惘焉若酲，抚剑而叹。虑理国之须才，悟稼穑之艰难。美吕尚之佐周，善管仲之辅桓。将超世而作理，焉沉湎于此欢。于是罢女乐，堕瑶台。思夏禹之卑宫，慕有虞之土阶[28]。举英奇于仄陋，拔髦秀于蓬莱[29]。君明哲以知人，官随任而处能。百揆时叙，庶绩咸熙[30]。诸侯慕义，不召同期[31]。继高阳之绝轨，崇成、庄之洪基[32]。虽齐桓之一匡，岂足方于大持[33]！尔乃育之以仁，临之以明，致虔报于鬼神，尽肃恭乎上京，驰淳化于黎元[34]，永历世而太平。

【注释】(1)此赋《后汉书》题为《章华赋》，乃边让未出仕时所作。章华台，春秋楚灵王造，在今湖北潜江县境。 (2)云梦：古泽名，方八九百里，西起今松滋、荆门，东至今黄冈、麻城，北抵今安陆，南逾大江。荆台：建于云梦泽中的高台。 (3)彭蠡：即今鄱阳湖。 (4)乾溪：春秋楚地，地在今安徽亳县东南。 (5)单：通“殚”，尽。 (6)北里：古舞曲名。 (7)胄(zhòu)：指古帝王和贵族的后代。胤(yìn)：嗣，后代。 (8)二伯：指齐桓公、晋文公，曾先后为中原诸侯之霸主。 (9)大彭：古彭祖国。陆终第之子，曰篯，为彭姓，封于大彭，为商代之侯伯。后为商王武丁所灭。 (10)两虢(guó)：周文王弟虢仲、虢叔之封国，一称西虢，一称东虢。 (11)五服：此指古代五畿外围，每五百里为一区划，按远近分为五等，为侯、甸、绥、要、荒五服。乱：此反训为“治”，理也。 (12)好仇：好匹配，即嫔妃。肉林、糟丘：取典于《史记·殷本纪》，商纣王在沙丘(地名)“以酒为池，县(悬)肉为林……为长夜之饮。” (13)兰肴：芬芳如兰的熟食(指鱼肉荤菜)。竦(sǒng)：引领举足。此为耸立之意。椒酒：酒中置椒而香。渊流：形容酒流如渊水。 (14)玄醴：酒。靡：披。 (15)瑶台：美玉砌成之台。弥日：终日。 (16)宓妃：洛水女神。湘娥：湘水女神。倡：歌女。 (17)激楚：楚曲名。 (18)繁手：指变化复杂的弹奏手法。北里、阳阿：皆舞曲名。 (19)金石：指钟、磬一类乐器。丝竹：指琴、笛一类乐器。袿：妇人上服谓袿。被：披。曳：拖着、牵引着。华文：指衣裙上纹彩华丽。组：丝带。绮：素地织纹起花的丝织物。 (20)弱支：柔软的身肢。支，通“肢”，腰肢或手足。(21)修短：长短。靡跌：仰倒、蹉跌。 (22)妍(yán)：美丽。递进：按序而进。巧弄：巧妙的舞戏，或指美妙的乐奏。 (23)柳惠：柳下惠，即春秋时代鲁大夫展禽，因食邑柳下，谥惠，故称。 (24)籥(yuè)：古管乐器，有吹籥、舞籥两种。 (25)黄轩之要道：黄帝轩辕氏得房中之术于玄女，握固吸气，还精补脑，可以长生。 (26)毛嫔：古之美人毛嫱。 (27)便娟(pián juān)：轻盈美丽貌。婵媛(chán yuán)：美好貌。靡：倒伏。 (28)夏禹之卑宫：夏禹尚俭，宫室不讲究高大、华美。有虞之土阶：指虞舜，亦尚俭朴，所建宫室“土阶三尺，茅茨不剪”。 (29)仄陋：出身卑微。同“侧陋”。髦秀：

俊杰才士。蓬莱:此指出身低微,身处草野之士。 (30)百揆(kuí):古代总领国政的长官,又指百度,泛指庶政。时叙:合宜,皆得次序。熙:兴盛。(31)不召同期:此用周武王伐纣,八百诸侯不期而至之典。 (32)成庄:指楚成王、楚庄王。 (33)齐桓之一匡:齐桓公曾于周惠王死后,匡扶周襄王而定其天子之位。匡,正。 (34)淳化:敦厚的教化。黎元:指百姓。

【今译】楚灵王游览过了云梦泽,便来到荆台上休息。前望方淮水,左瞰洞庭波,右览彭蠡湖之曲岸,南眺巫山之丘陵。目光延伸,观望远方,放眼终日,回头对左史倚相说:"这是多大的人生乐事呵!简直可以令人遗忘寿老身死之忧了!"于是就兴建章华台,修筑乾溪宫,穷尽土木建筑之技巧,耗尽库府珍奇之收藏,调动全国民工经营,花了几年之久才建成。然后在章华台长夜淫乐饮宴,奏起《北里》那样的新奇乐曲。楚大夫伍举知道陈、蔡二国将乘机图谋楚国,于是就作了这篇赋,借以讽谏灵王。

古帝高阳氏颛顼的后代,继承圣明先祖的大德,作为诸侯王建国于南楚,其威灵可比齐桓、晋文二霸,超过了商代的大彭国,凌越过盛周的东西两虢!勋位高达天子之臣佐,仁名显赫、驰扬四土。而今你灵王承继先世仁惠之风,正如春风普吹;你的神武威凌,更如雷电之决。华夏清平无事,五服之区大治。你早上把精力灌注于繁忙的政事,傍晚才回车来此门馆。设宴以作长夜欢饮,让内心的美好之情尽得舒展。宴席上尽罗四海的美妙珍奇之食,和人间稀见的玩赏之物。

于是手携幽娴美女,后随佳丽妃嫔,经历悬肉之林,登上酒池之丘。芬芳如兰的肉食耸立似山,香气扑鼻的椒酒倾流如水。美酒在清池中激荡,简直可以借着微风在其中行船。再登上玉台回首观望,希望能消磨终日散尽忧愁。于是请来宓妃、湘娥,罗列齐倡、郑女,清宫中刹那间有《激楚》之乐飞扬,歌女们随舒展的新声放怀歌唱。繁复的弹奏手法超过了《北里》之曲,妙曼的舞蹈之类比《阳阿》舞还要美丽。金、石乐器按类集聚,琴笛之奏依群区分。舞女们披着轻软的上衣,拖曳着华彩的下裙。罗衣飘拂,丝带和绮裳缤纷耀眼。轻巧的身躯迅速跳纵而前,正如孤雁的离群独飞。举起华美的衣袖飘忽而上,又如游龙的蜿蜿升云。于是欢乐已趋和美,长夜已过夜半,琴瑟换上新调,众手改弹异曲。清越的乐声振响,微弱的乐音消散。柔美的身肢曲折缠绕，恰似繁密的绿枝随风飘垂；突然间却又飘飞而去，又如鸾鸟向云汉高飞。舞姿变动无常，鼓节飘忽不定。追随着乐声，如雷响应和闪电；忽高忽低，间杂着偃仰、蹉跌。长袖挥处风生，清音激扬缠绕。就这样妍美的舞女按序而进，巧妙的乐奏紧相配合，或俯或仰姿态各异，飘忽迅疾简直出神入化。身躯轻迅如鸿鸟，容貌浑丽如花；进如浮云之涌，退如激浪扬波。即使是坐怀不乱的柳下惠，又怎能不为这美妙的女乐称叹！这时银河回旋、夜色沉沉，放纵的宴乐犹未结束。清越的籥管吹奏着变徵之音，《激楚》之曲还在夜风中飞扬。于是琴笛之音随之发响，美妙的乐声响彻云空。比目鱼应和着节奏，双双跃波；孤独的雌鸟受乐声感染，正向雄鸟求鸣。奏乐的手法如此神奇轻灵，新作的乐声更加脆亮嘉美。于是众舞的变化皆已穷尽，各种乐奏也已完成。回归清风舒爽的大厦，修习黄帝的房中之术。手携西施般柔美的手腕，挽引毛嫱般洁白的臂肘。身形之轻盈美妙，就如风吹偃的柔草。面对容姿俏丽而美妙的佳人，真可令人忽然间遗忘生死、寿老。

于是晨光渐露，妙技尽施，杯盘收起，鼓乐撤除。灵王怅惘如梦醒，抚长剑而叹息。考虑到治国需要人才，领悟到农家稼穑的艰难。赞美吕尚辅佐周文王的功业，嘉许管仲扶助齐桓公的勋绩。若求超越经世、平治天下，又怎能沉湎在这样的欢娱之中？于是黜退女乐，拆毁玉台，追思夏禹建宫低卑之风，企慕虞舜以土为阶之俭。从出身低贱者中选举奇贤，从避身草野者中提拔俊士。君王圣明而知人，官员称职而能干，政事繁而有序，百业蒸蒸日上。诸侯企慕君王之仁义，不须召见即能同期肃朝。继承高阳帝中的正道，崇扬成王、庄王定的基业。即使是齐桓公匡扶周襄公的巨勋，又岂能与您的成就相媲美！于是以仁德为教，以明哲临政，以虔诚的报祭致意鬼神，以恭敬的态度尽职京师，敦厚的教化遍及百姓，千秋万世长享太平。

【点评】历史上的悲剧总是不断重演。楚灵王弑君自立，骄奢淫逸，终于酿成“众怒不可犯”、诸侯“皆叛矣”的大动乱，最后被绞杀于芈尹申亥氏家中。东汉末年，桓帝、灵帝亦“起显阳苑”“修宫室，铸铜人”，不仅自己荒淫无度，还放纵宦官敲扑天下。结果“黄巾起义”于外，“十常侍”骚乱于内，最后董卓弑立、天下大乱，从此不可收拾。边让《章华台赋》，正“以古讽今”借楚灵王作章华台故事，向危机四起的汉王朝，发出了委婉的警告。以赋论赋，边让此作在立意上并不新鲜：它虽然只是篇抒情小赋，采用的却是司马相如、扬雄以来文赋的传统写法。先以铺张夸饰之笔,极力渲染章华台上声色淫乐的奢华、富美;然后翻转笔锋,虚设灵王幡然醒悟,黜退女乐,拆毁瑶台,励精图治情景。所谓:"曲终奏雅""其要归引之节俭"(《史记·司马相如列传》),但总觉得不伦不类,只令读者哂笑而已。这样的"劝百讽一"之作,较之于赵壹那充满切齿诅咒之音的《刺世疾邪赋》,在汉末苦闷的衰世听来,其力量正有天壤之别。值得深思的倒是:为什么反对奢侈淫乐的主题,从枚乘《七发》、司马相如《上林赋》,中经扬雄《羽猎赋》《长杨赋》以至班固《两都赋》,在汉代赋家中不断被老调重弹,却没能引起最高统治者的警惕?为什么那"此大奢侈""非所以为继嗣创业垂统也"的慨叹(司马相如《上林赋》),过了三百年后,又重新振响在了边让的《章华台赋》中?并且非常可笑的是,这慨叹在当初如果还算得上是一声庄重的警钟的话;到了边让赋中,就简直成了汉家王朝腐败没落、终于垮台的丧钟!看来,老调的不断重弹,绝非在于赋家缺乏创新之才思,恰在于历史悲剧还在现实中不断重演的缘故啊!我们又何必苛责边让《章华台赋》之立意不新?从具体描写看,此赋篇幅不大,却能将楚灵王骄奢之行、声色之境,表现得形象逼真、历历如现目前。而且辞采纷呈,妙喻迭涌,句式参差,略无板滞之态,毕竟还是显示了边让的卓荦才华。特别是描摹舞姿一节,飘忽往来,笔笔灵动,在同期作家中,除后起的曹子建外,似也难有可与媲美者。

【集说】《章华赋》,虽多淫丽之辞,而终之以正,亦如相如之讽也(范晔《后汉书·文苑列传》)

这(指《章华台赋》)基本上是寓言,历史上的楚灵王荒淫、奢侈,而并无切实改过之事。考《后汉书·桓帝本纪》,"桓帝好音乐,善琴瑟,饰芳林而考濯龙之宫。"又蔡邕《述行赋》序称桓帝延熹二年"起显阳苑于城西,人徒冻饿,不得其命者甚众",《通鉴纪事本末》亦载灵帝光和元年光禄大夫扬赐对问,请"抑止槃游";议郎蔡邕对问,谓"尚方工技之作,鸿都篇赋之文,可且消息",则灵帝早就有起宫室及淫乐之事。至于他在黄巾大起义已发生的第三年(中平三年)还采纳中常侍张让等的意见,"敛天下田,每亩十钱,以修宫室,铸铜人",则是旧史上大书特书的。边让此赋,当是针对现实而发。这也是一篇短赋,全篇仅有六七百字,主要部分是描写长夜的歌舞淫乐,文辞简洁而能传神。……这是不减于傅毅《舞赋》的。(马积高《赋史》)

(潘啸龙)

蔡邕

蔡邕(132—192),字伯喈,陈留圉(今河南杞县)人。灵帝时召拜郎中,迁议郎。曾订正六经文字,自写经文刻于碑石,立太学门外,世称“熹平石经”。因上书论朝政阙失,为宦官所忌,几至被杀,流放朔方。遇赦后亡命江湖十余年。献帝时在董卓乱中以卓党死于狱中。邕博学多才,通经史、天文、音律和书法,著有诗、赋、碑、铭等百余篇,名重当时。原有集十二卷,已佚,今存明张溥所辑《蔡中郎集》。

述行赋并序

延熹二年秋[1],霖雨逾月。是时梁冀新诛[2],而徐璜、左悺等五侯擅贵于其处[3]。又起显阳苑于城西,人徒冻饿,不得其命者甚众[4],白马令李云以直言死[5],鸿胪陈君以救云抵罪[6]。璜以余能鼓琴,白朝廷,敕陈留太守发遣余[7]。到偃师[8],病不前,得归。心愤此事,遂托所过,述而成赋。

余有行于京洛兮，遘淫雨之经时[9]。途迤邅其蹇连兮[10]，潦污滞而为灾[11]。乘马蹯而不进兮[12]，心郁悒而愤思。聊弘虑以存古兮[13]，宣幽情而属词[14]。

夕宿余于大梁兮[15]，诮无忌之称神[16]。哀晋鄙之无辜兮[17]，忿朱亥之篡军[18]。历中牟之旧城兮，憎佛肸之不臣[19]。问宁越之裔胄兮[20]，藐仿佛而无闻。

经圃田而瞰北境兮[21]，悟卫康之封疆[22]。迄管邑而增感叹兮[23]，愠叔氏之启商[24]。过汉祖之所隘兮，吊纪信于荥阳[25]。

降虎牢之曲阴兮[26]，路丘墟以盘萦[27]。勤诸侯之远戍兮，侈申子之美城。稔涛途之愎恶兮，陷夫人以大名[28]。登长坂以凌高兮，陟葱山之峣陉[29]。建抚体以立洪高兮[30]，经万世而不倾。回峭峻以降阻兮[31]，小阜寥其异形[32]。冈岑纡以连属兮，溪谷夐其杳冥[33]。迫嵯峨以乖邪兮[34]，廓岩壑以峥嵘。攒棫朴而杂榛楛兮，被浣濯而罗生[35]。布蘴菼与台菌兮[36]，缘层崖而结茎。行游目以南望兮，览太室之威灵[37]。顾大河于北垠兮，瞰洛汭之始并[38]。追刘定之攸仪兮[39]，美伯禹之所营。悼太康之失位兮，愍五子之歌声[40]。

寻修轨以增举兮[41]，邈悠悠之未央[42]。山风汩以飙涌兮，气懆懆而厉凉[43]。云郁术而四塞兮[44]，雨蒙蒙而渐唐[45]。仆夫疲而劬瘁兮[46]，我马虺颓以玄黄[47]。格莽丘而税驾兮[48]，阴曀曀而不阳[49]。

哀衰周之多故兮，眺濒隈而增感。忿子带之淫逆兮，唁襄王于坛坎[50]。悲宠嬖之为梗兮[51]，心恻怆而怀惨。

乘舫舟而溯湍流兮[52]，浮清波以横厉[53]。想宓妃之灵光兮，神幽隐以潜翳[54]。实熊耳之泉液兮[55]，总伊瀍与涧濑[56]。通渠源于京城兮，引职贡乎荒裔[57]。操吴榜其万艘兮[58]，充王府而纳最[59]。济西溪而容与兮[60]，息巩都而后逝[61]。愍简公之失师兮，疾子朝之为害[62]。

玄云黯以凝结兮，集零雨之溱溱[63]。路阻败而无轨兮，途泞溺而难遵。率陵阿以登降兮[64]，赴偃师而释勤[65]。壮田横之奉首兮，义二士之夹坟[66]。伫淹留以候霁兮[67]，感忧心之殷殷[68]。并日夜而遥思兮，宵不寐以极晨[69]。候风云之体势兮，天牢湍而无文[70]，弥信宿而后阕兮[71]，思逶迤以东运[72]。见阳光之颢颢兮[73]，怀少弭而有欣[74]。

命仆夫其就驾兮，吾将往乎京邑。皇家赫而天居兮[75]，万方徂而星集[76]。贵宠扇以弥炽兮，佥守利而不戢[77]。前车覆而未远兮，后乘驱而竞及[78]。穷变巧于台榭兮，民露处而寝湿[79]。消嘉谷于禽兽兮，下糠粃而无粒[80]。弘宽裕于便辟兮[81]，纠忠谏其骎急[82]。怀伊吕而黜逐兮[83]，道无因而获入。唐虞渺其既远兮[84]，常俗生于积习。周道鞠为茂草兮[85]，哀正路之日涩。

观风化之得失兮，犹纷挐其多违[86]。无亮采以匡世兮[87]，亦何为乎此畿[88]？甘衡门以宁神兮[89]，咏《都人》而思归[90]。爰结踪而回轨兮[91]，复邦族以自绥[92]。

乱曰：跋涉遐路，艰以阻兮。终其咏怀，窘阴雨兮[93]。历观群都，寻前绪兮[94]。考之旧闻，厥事举兮[95]。登高斯赋，义有取兮。则善戒恶[96]，岂云苟兮。翩翩独征，无俦与兮[97]。言旋言复，我心胥兮[98]。

【注释】(1)延熹：东汉桓帝的年号。 (2)梁冀：字伯卓，父死继为大将军，执政期间，骄奢横暴。 (3)五侯：单超五人同日封侯，世称“五侯”。于其处：是说五侯于其所代冀而起，一样专权作威。 (4)人徒：指被强迫劳役的百姓。不得其命：横死。 (5)白马：东汉县名，在今河南滑县附近。李云因上书弹劾宦官无功封侯，桓帝怒，下云狱中，被宦官杀死。 (6)鸿胪陈君：指任大鸿胪的陈蕃。 (7)陈留：东汉郡名，在今开封市东南。 (8)偃师：东汉县名，今属河南省。 (9)遘：遇到。淫雨：久雨。 (10)迍邅(zhūn zhān)、蹇连：均状难行之貌。 (11)潦污：积水。 (12)蹯：兽足，此指马蹄。 (13)弘虑：敞开思想。存古：怀古。 (14)属词：作文。 (15)大梁：今河南开封，战国时魏的都城。 (16)无忌：即魏公子信陵君。称神：

受人崇拜。 (17)晋鄙:战国时魏国将领。公元前 257 年,秦军围赵,信陵君欲救赵,而晋鄙带十万兵受魏王命不肯轻进,朱亥袖铁锤狙杀晋鄙,夺其军解赵围。 (18)朱亥:魏都大梁屠夫,经大梁东门守门人侯嬴荐于信陵君。 (19)佛肸(bì xì):春秋时晋大夫赵简子中牟邑宰,据中牟以叛赵氏。(20)宁越:中牟人,勤奋学习十五年,成为周威王的老师。裔胄:后人。(21)圃田:中国旧时栽种蔬果的园地。 (22)卫康:卫康叔,名封,周武王弟,春秋时卫国之始封君,封地在圃田之北境。 (23)管邑:在今河南郑州附近。周武王灭商后,封商纣王之子武庚为诸侯,令其弟管叔、蔡叔监督武庚,而管、蔡、武庚同谋反对周公,为周公所灭。 (24)叔氏:管、蔡均为周成王叔父。启商:发动商遗民叛国。 (25)隘:困厄。荥阳:在今河南省。纪信:汉将。公元前 205 年,汉高祖刘邦被项羽围困于荥阳,将军纪信诈为高祖出降,高祖得以乘隙逃脱,而纪信则被项羽烧杀。 (26)虎牢:古时荥阳附近的地名。曲阴:曲折阴暗的山谷。 (27)丘墟:废墟、荒地。 (28)稔(rěn):积久。愎恶:坚持错误不改。夫:即那个的意思。 (29)葱山:在今河南巩义市东南。峣陉:高耸的断崖。 (30)抚体:按照山形。抚,巡,按照。葱山是座土山,却“经万世而不顺”,故引起“建抚体”的惊异,这两句寄有深意。洪高:极高。 (31)此句言从高险处行至低平处。 (32)阜(fù):丘陵。寥:空旷。 (33)敻(xiòng):幽深。杳冥:阴暗。 (34)此句言溪谷在山势束迫下而致扭曲险峻。 (35)攒(cuán):聚集。棫(yù):柞木。朴:袍木。榛楛(zhēn hù):二者皆木名。罗生:丛生。 (36)虋:通“蘼”(mén),指蘼冬,即蔷薇。荧(tán):芦荻。台:即“薹”(tái),草名,可制蓑笠。 (37)太室:即嵩山。 (38)洛汭(ruì):古时洛水入黄河处称洛汭。原在今河南巩义市,已改道。汭:河流汇合或弯曲处。 (39)刘定:即刘定公。《左传》记他曾夸赞大禹治水的功劳。攸:所。仪:向往,敬仰。 (40)太康:夏启之子,继位后荒淫不理朝政,在洛水北岸游猎不归,被后羿夺去王位。其弟五人曾在洛汭作歌,以示劝诫。 (41)修:长。 (42)未央:无尽。(43)汩:迅急。飙涌:暴风突起。懆懆(cǎo):愁惨貌。厉凉:深凉。(44)郁术:郁积。 (45)渐唐:渐,湿;唐,路。指雨水浸湿道路。(46)劬瘁:疲劳至极。 (47)虺颓(huī tuí)、玄黄:均指积劳成病。 (48)格:到。税驾:解驾,指暂住,休息。 (49)曀曀:阴暗不明。 (50)子带、襄王:均为周惠王子。太子郑与子带争位,太子郑继位,是为襄王,子带失败出奔,后又回国举兵逐襄王,襄王出奔坛坎,即今河南宫县附近。后晋文公助襄王杀子带、事始定。（51）宠嬖:此指襄王之后隗氏,子带返国后与其私通反襄王。（52）舫舟:两船相并。溯:逆流而上。（53）横厉:横渡。（54）宓妃:洛水女神。（55）熊耳:山名,在洛阳西南。（56）伊、瀍、涧:均水名。（57）职贡:职方的朝贡。荒裔:边远地方。（58）吴榜:船棹。（59）最:会聚。（60）容与:从容徘徊貌。（61）逝:离开。（62）两句事出《左传》,周景王死后,庶子朝与王子猛争位。猛即位伐子朝,猛党巩简公败绩,后赖晋援,逐子朝。（63）溱溱:雨水多貌。（64）率:遵循的意思,沿着。（65）勤:辛劳。释勤:即休息。（66）二句事见《史记》。刘邦灭齐,齐王田横逃至海岛,刘邦召之,横至洛阳东三十里自杀,令随行二人奉头见刘邦,刘邦礼葬之。葬毕,二客亦自尽以效其主,古今视为壮举。（67）霁:雨过天晴。（68）殷殷:忧伤貌。（69）极:至。（70）牢湍无文:指阴云密集。（71）弥:满。信宿:连宿两夜。阕:皇帝居处。后阕,即迟到京都之意。（72）此句言思绪转向东方的来路。（73）颢颢:明亮。（74）少弭:指心中稍感安慰。（75）天居:居住在天上。（76）徂:往。（77）佥:皆。戢:收敛。（78）竞及:争相赶上。（79）穷变巧:穷尽精巧之变化。寝湿:居处潮湿。（80）嘉谷:上等粮食。下:指穷苦百姓。（81）便辟:谄媚之人。（82）骎(qīn):急迫。（83）伊吕:指商初名臣伊尹和周初名臣吕尚,均有才德。（84）唐虞:即尧、舜。（85）周道:周朝的大路。鞠:困穷。（86）纷挐(ná):纷乱。违:错误、邪恶。（87）亮采:辅佐办事。匡:纠正。（88）畿:京郊。（89）衡门:喻房屋之简陋。（90）都人:指《诗·小雅》诗篇《都人士》,诗写经离乱后,不复见往日都邑之盛,人物之美。（91）结踪:结束游踪。（92）绥:安。（93）二句言困于阴雨而感慨深长。（94）前绪:前人的事业。（95）举:全。言前人之事全为真实。（96）则:效法。（97）俦与:同伴。（98）胥:乐。

【今译】延熹二年秋天,连绵大雨逾月不止。当时,外戚梁冀刚被诛杀,而宦官徐璜,左悺等五侯代梁冀而起,擅权朝中。又在城西建筑显阳苑,被迫劳役的百姓挨冻受饿,许多人横遭死亡。白马县县令李云因上书反对宦官无功封侯而被处死，任大鸿胪的陈蕃为救李云也获罪。徐璜因我善弹琵琶，报告朝廷，皇帝下诏命陈留郡太守发送我上京。走到偃师，患病不能继续前行，方得返归。心中愤恨此事，于是假托所经过之处而引发的感慨，记述成这篇赋。

我将前往京都洛阳啊，遇到旷日持久的连阴雨。路途泥泞艰辛难行啊，积水不流而成为涝灾。乘坐着健马而磨蹭不前啊，心头忧闷而激发出愤懑的情怀。暂且敞开思想去追吊古昔啊，为宣泄幽愤的情思而写下此文。

夜晚我住宿在大梁啊，讥诮信陵君白白被人称颂。哀悼晋鄙无辜被人狙杀啊，忿恨朱亥助人窃符篡军。路过中牟旧城啊，憎恶佛肸不尽臣节。访问宁越的后代啊，遥远的历史依稀而不真切。

经过圃田朝北望啊，悟出了卫康叔为何能受封疆土。到达管邑而顿增感叹啊，恼怒管叔蔡叔引导商人反周。路过汉高祖当年被项王围困的地方啊，在荥阳我吊唁了汉将纪信。

走下虎牢纡曲阴暗的山谷啊，取道荒野而盘旋前进。陈国的辕涛涂想使之绕道东行啊，又怂恿郑申侯将虎牢建筑为美好的城邑。这个辕涛途坚持错误而不思悔改啊，终于以反叛的恶名陷害了郑申侯。沿着长长的山坡向高处攀登啊，又爬上了葱山高耸的断崖。以土成山而挺立高峻啊，经历万代而不至倾溃。从高峻的山巅下到低平的地段啊，丘陵虽然空旷却各呈异态。山脊曲曲折折连绵不绝啊，溪谷幽深阴暗无光。山势束迫着溪谷使之纵横扭曲啊，辽阔的山谷显得无比峥嵘。各种树木聚拢掺杂生长茂盛啊，沐浴着雨露罗布丛生。到处长满了蔷薇芦荻莎草和地衣啊，它们顺着重叠的岩石而拔茎滋生。我边走边抬头南望啊，似乎看见了嵩山尊严的神灵。回头北望黄河如丝在天边飘动啊，俯视山下看到洛水在此与黄河归并。追怀刘定公所敬仰的治水英雄啊，赞颂大禹经营的事业。感伤太康过分淫佚失去帝位啊，哀思五兄弟悲怆的劝诫歌声。

继续沿着长长的车迹往前走啊，眼前的道路还非常遥远。山风迅急而暴风骤起啊，空气愁惨而冰凉。云层郁积笼罩了四周啊，蒙蒙细雨浸湿了路面。马夫一路劳顿疲乏已极啊，我的马也力竭气喘疲病不堪。到达杂草丛生的高地而解鞍暂歇啊，天气阴晦而黯然无光。

伤悼衰亡的东周事出无穷啊，凭眺着水边而徒增感伤。忿恨王子带淫逆叛上啊，在坛坎我吊唁了周襄王。悲叹受宠的女人是事情的祸患啊，不免心怀悲伤而忧愁万端。

乘着航舟迎着湍急的逆流而上啊，漂浮在碧波上而横渡到对岸。忽然想起洛神宓妃的神光啊，她却深藏水宫不肯露面。洛水发源于熊耳山啊，伊、洛、瀍、涧四水在此相汇。渠道直与京城相通啊，引来了远方络绎不绝的朝贡。千万艘船只在洛河中竞发，给王府运来了各地无数的珍宝。渡过了西边的河流我放慢了脚步啊，在巩都做了短暂休息然后又离去。感伤巩简公的军队吃了败仗啊，憎恨王子朝为害无礼。

黑云凝结黯淡无光啊，集聚成雨瓢泼而下。道路阻断而无车迹啊，满路泥泞而难前进。只好沿着高地上下跋涉啊，赶到偃师才得解马休息。称赞田横自杀的悲壮举动啊，颂扬二位义士穿于其坟冢间自刎的豪气。滞留在偃师等候天晴啊，愈加感到忧愁不绝心情沉重。一天到晚思潮翻滚啊，通宵无眠直到早晨。等待着天气形势的变化啊，依然阴云密布不见转晴。住宿了两晚将迟到京都啊，思潮缓缓转向东方的来路。终于天气放晴阳光灿烂啊，心中的愁思稍稍宽解顿生愉悦之情。

命令仆夫准备车马啊，我将前往京城。显赫的皇家俨若居住天上啊，万方聚拢宛如群星朝着北斗。权贵宠幸气焰嚣张啊，个个巧取豪夺贪利不休。前朝覆灭的警钟余音未绝啊，后人竞相追赶又蹈前人覆辙。富贵之家游乐的亭台馆榭穷极精巧啊，平民百姓的房屋上漏下湿如处野外。官宦人家用上等粮食喂养着禽兽啊，乡村平民饥肠辘辘只能吃糠咽菜。对于那些逢迎谄媚的小人可以宽宏原谅啊，对于忠正直言之臣却急忙予以治裁。纵有伊尹吕尚的才德也会被罢黜驱逐啊，没有途径能将忠言进上。尧舜时代的风气已经遥远不可复见啊，世俗的积习确实沉重难改。西周的大道上早已满目荒草啊，悲叹正确的治国方略如今寸步难行。

考察风俗教化的得失啊，所见所闻尽是错乱不堪的现象。没有辅佐之才来挽救艰危的社会啊，我此番又何必前往京都？甘心守拙柴门以求精神舒畅啊，唱叹着《都人士》而打算归乡。于是结束了游踪返回来路啊，回到自己的家里安居去吧！

综上所述：长途跋涉，艰难阻绝。困于阴雨，感慨深长。游览群都，追寻古事。考察旧闻，其事有成，登高作赋，义有所寓。效善戒恶，用心在此。孤独远行，没有伴侣。返身回家，我心甚乐。

【点评】蔡邕这篇赋行文虽然较长，但主旨却很明显，通过记行怀古，借以抒发他对社会问题的看法；尽管自己无力挽回顺坡下滑的衰败世风，但还是想达到“则善戒恶”的目的。他作赋时的感情是激愤的，写作的契机则是有感于宦官专权，这在序里说得极明白。由此不难看出作者不畏强权，不与统治集团合作的非凡勇气和高尚人格。这恰是封建时代正直的知识分子难能可贵之处。因而此赋不妨看作是蔡邕刚直不阿性格的真实写照。赋的后半部在贫富悬殊的对比中流露出对贵宠的憎恶和对平民百姓的关心与同情，更增添了作品的民主思想光彩。此作虽然没有屈子《离骚》中所表现出的对人生价值的执着追求，也缺少赵壹《刺世疾邪赋》中那种对不良社会现象深恶痛绝的讽刺、鞭挞的力量，但在对时代的关注上是一脉相承的，血也是沸腾的。从章法上看，作者以记述游踪为经线，以吊古咏怀为纬线，经纬交织，脉络分明。记游时不断穿插一些气候景物的描绘，吊古抒怀时又明显地表达出对善恶的褒贬态度，使得全文于针线绵密中，既有环境气氛的酝酿，又增加了疏宕开阔，起伏不平的气势，显示出灵活洒脱的笔致。还值得指出的是，蔡邕的《述行赋》同张衡的一些短赋，是汉大赋过渡到抒情小赋的重要转折点，在赋史上有着不可忽视的地位。

【集说】这篇《述行赋》，是宦官召他到洛阳去弹琴的旅途抒怀之作。他看见当时朝政昏浊，不得已走到偃师，就以病为辞，毅然回去，仍旧度他的隐遁生涯。这是叙述他一路上所发生的感想并表明自己的旨趣。这篇赋和班彪的《北征赋》、班昭的《东征赋》等相近，而思想内容则更为沉挚。……同时就一路所遇的景物气候，加以描绘；两者错综交织，使文情倍加生动。在“贵宠煽以弥炽”以下，将贵族生活与平民生活作鲜明的对比，具有对统治者的谴责意味。他所列举的许多史事，固然是由路途所经的古迹而引起，但未尝不是借古喻今，表扬正义，斥责邪恶，和全文的主旨相配合呼应的。（瞿蜕园《汉魏六朝赋选》）

赋的写法大体上仿效刘歆的《遂初》和班彪的《北征》，前面一大段，偏重于吊古，但其中穿插着写景，且能使情景相生，局面稍见阔大。而且最精彩处则在后段，……把人民生活的困苦和统治者的荒淫对比起来写，体现了作者对人民命运的关注……鲁迅曾指出："蔡邕，选家大抵只取他的碑文，使读者仅觉得他是典重文章的作手，必须看见《蔡中郎集》里的《述行赋》，那些'穷变巧于台榭兮，……下糠粃而无粒'的句子，才明白他并非单单的老学究，也是一个有血性的人，明白那时的情形，明白他确有取死之道。"(《题未定草》)这是很深刻的评价。(马积高《赋史》)

(杨希武)

青衣赋[1]

金生沙砾，珠出蚌泥[2]；叹兹窈窕[3]，产于卑微。盼倩淑丽[4]，皓齿蛾眉；玄发光润[5]，领如蝤蛴[6]。纵横接发[7]，叶如低葵；修长冉冉[8]，硕人其颀[9]，绮绣丹裳，蹑蹈丝扉[10]；盘跚蹴蹀[11]，坐起低昂。和畅善笑[12]，动扬朱唇；都冶斌媚[13]，卓跞多姿[14]。精慧小心[15]，趋事如飞[16]；中馈裁割[17]，莫能双追[18]。关雎之洁[19]，不陷邪非，察其所履[20]，世之鲜希[21]；宜作夫人，为众女师[22]。伊何尔命[23]，在此贱微[24]，代无樊姬[25]，楚庄晋妃[26]。感昔郑季，平阳是私[27]；故因扬国[28]，历尔邦畿[29]。虽得嬿婉，舒写情怀[30]；寒雪缤纷，充庭盈阶[31]。兼裳累镇[32]，展转倒颓[33]；昒昕将曙[34]，鸡鸣相催。饬驾趣严[35]，将舍尔乖；[36]矇冒矇冒[37]，思不可排。停停沟侧[38]，嗷嗷青衣[39]；我思远逝[40]，尔思来追。明月昭昭，当我户扉[41]；条风狎猎[42]，吹予床帷。河上逍遥，徙倚庭阶[43]，南瞻井柳[44]，仰察斗机[45]。非彼牛女[46]，隔于河维[47]，思尔念尔，惄焉且饥[48]。

【注释】(1)青衣：卑贱者之服，故称婢为青衣。　(2)蚌(bàng)：软体动物。壳内能产珠。喻婢女虽出身微贱，姿质却卓而超群。　(3)窈窕(yǎo tiǎo)：纯洁美好貌，指"淑女"。　(4)盼：眼睛黑白分明。倩：含笑的样子。淑丽：美好，美丽。犹言美人。　(5)玄发：黑发。　(6)领：脖颈。蝤蛴(qí)：天牛的幼虫，色白身长。取其色白柔嫩，形容女子之脖颈。　(7)"纵横”句，言发髻梳成各式花型。 (8)冉冉：柔弱貌。 (9)硕人：指修长的美人。颀(qí)：身长貌。 (10)蹑(niè)：踩。蹈：顿足。丝扉：指丝制的鞋子。(11)盘跚：同“蹒跚”，走路缓慢，摇摆貌。蹴蹀(cù dié)：小步行走的样子。(12)和畅：谐和舒畅。 (13)都冶：优美，艳丽多姿。妩媚：姿态美好貌。(14)卓跞：高超，绝异，卓绝出众。 (15)精慧：精明聪慧。 (16)趋事如飞：做事迅速貌。 (17)中馈：古时指妇女在家主持炊事之事。裁割：剪裁缝制衣服。 (18)莫能双追：没有能与之匹敌的。 (19)关雎：《诗·周南》的首篇，相传雎鸠雌雄情意专一。 (20)邪非：奸邪是非。履：履行，操行。 (21)鲜希：稀少。 (22)女师：妇女的模范。 (23)伊：发语词。(24)贱微：卑下，卑微。 (25)樊姬：春秋楚庄王的夫人。 (26)楚庄：楚庄王，春秋五霸之一。晋妃：进为后妃。 (27)郑季：河东平阳人，以县吏给事平阳侯曹寿家。曹尚武帝姊阳信长公主。季与主家婢女卫媪通，生子青。青有同母姊子夫，在平阳公主家得幸武帝，后立为皇后，故青冒姓卫氏。青既尊贵，而平阳侯曹寿有恶疾去国，上诏青尚阳信长公主(时称平阳公主)。私：私心亲近爱幸。故因：犹言因故。 (28)扬：弘扬。国：国威。 (29)邦畿：国境。古代指直属天子的疆域。 (30)嫵婉：美好貌，指美女。(31)缤纷：雪疾貌。充庭：满庭。盈：充满。 (32)兼裳累镇：言相思绵绵，积聚长久。 (33)展转：此句意谓翻来倒去地思念。 (34)昒昕(xīn)：天将明而未明之时，拂晓。 (35)饬驾：整理车驾。趣严：赶紧整顿衣饰行装。趣，通“促”。 (36)乖：乖隔，分离。 (37)矇冒：指人心情紊乱。(38)停停：长身玉立的样子。沟侧：田间沟渠之侧。 (39)噭噭(jiǎo)悲哭声。 (40)思：心绪，情思。 (41)昭昭：月光洁白明亮。 (42)条(tiáo)风：春天的东北风。 (43)徙倚：流连徘徊。 (44)南瞻：南望。易卦离位在南，所以称南方为南离。此之南瞻，谓南望离别之地。 (45)斗机：北斗。(46)牛女：指牵牛、织女二星。 (47)河维：河之两隅。 (48)惄(nì)：想念愁伤。饥：本饿意，此谓思念如饥似渴。

【今译】金子生于沙砾，珍珠出于蚌泥，赞叹这纯洁美好的女子，不知其出于卑微。明眸含笑一美人，齿白眉细又弯曲；黑发光亮又润泽，脖颈白嫩如蝤蛴。云髻纵横相交错，状美如葵低而垂；腰身苗条柔又弱；美人身姿实长颀。

素色花纹配红裳，足穿丝袜步轻盈；小步缓行微摇摆，坐起低昂有韵律。谐和舒畅笑容美，轻启红唇撼心神；优雅艳丽多妩媚，卓绝出众仪态妍。精明聪慧又恭谨，做事快捷行如飞；烹饪裁剪技艺精，未曾有人能匹敌。纯情专一节操美，奸邪是非不陷入。观察她的所作所为，当今之世实罕有；适宜婚娶作夫人，可为众女之楷模。为何命运悲又苦，在此充作贱微婢！假若春秋无樊姬，楚庄王进你为妃。感昔郑季婢生子，亦得平阳私爱幸；因而弘扬国威，力助你朝保国境。今日即得嬿婉女，舒心畅思好情怀；天寒雪花纷纷落，充满庭院盈满阶。相思情愫久积聚，辗转反侧卧不宁；转瞬拂晓天将曙，鸡鸣声声苦相催。整顿衣饰理车驾，将舍你去乖别离；心情黯然太紊乱，思念之心不可去。田间沟侧亭亭女，青衣怒离哭声悲；我悲就此远离去，你思步尘而来追。一轮明月皎皎白，照我门窗又添愁；徐徐春风阵阵起，轻轻吹拂我床帷；徘徊河畔暂逍遥，留连庭阶心悄然。南望井边依依柳，仰头观看北斗星。不是牛郎与织女，无端间阻河两岸，思你念你寸心断，忧思伤痛渴且饥。

【点评】赋中出身贱微的青衣婢女，姿色绝美举止不俗，手足灵巧勤劳善作，操行纯净品格高洁。男主人公对她绝无偏见，绝对尊重，并且倾心思慕，热烈爱恋。当其相聚，情深款款，无以驱遣；当其相别，黯然伤魂，愁绪万端；别后相思，脉脉不得语，路远莫致之。其“同心而离居，忧伤以终老”的恋爱悲剧深撼人心。赋中的相思既非游子之歌，亦非思妇之词，而是在当时社会难以突破樊篱的男女恋爱，表现了作者对男女自由爱情的态度与追求。

赋作以男主人公的情感思绪为经纬，将描写、记叙、烘托、抒情等表现手法结合使用，使形象生动细致，感情真挚大胆。从一个侧面表现出作者“并非单单的老学究，也是一个有血性的人。”（鲁迅语）

【集说】赋四字为句，起于子云《逐贫》，次则中郎《青衣》。（浦铣《复小斋赋话》）

蔡邕才逸，文质彬彬。长篇精雅，短制可嘉。《述行》浑朴深厚，《青衣》情致委婉；状物有《圆扇》之篇，游戏有《短人》之作。“邕实慕静，心精辞绮。”此史臣之所赞也。（何沛雄《读赋零拾》）

（龚爱蓉）

祢衡

祢衡(173—198),字正平,平原郡般县(今山东临邑东北)人。他少有才辩,尚气刚傲,好侮慢权贵。初被孔融荐于曹操,他自称狂病不肯往,后被召为鼓史,乃当众裸身击鼓,羞辱曹操,被曹操怒遣与荆州牧刘表。刘表亦不能容,又转送江夏太守黄祖,终为黄祖所杀,卒年二十六岁。原有文集两卷,已佚。今存《吊张衡文》及《鹦鹉赋》等,皆见于《文选》。

鹦鹉赋并序

时黄祖太子射宾客大会[(1)],有献鹦鹉者,举酒于衡前曰:“祢处士[(2)]!今日无用娱宾[(3)],窃以此鸟自远而至,明惠聪善,羽族之可贵[(4)],愿先生为之赋,使四座咸共荣观[(5)],不亦可乎?”衡因为赋,笔不停缀,文不加点。其辞曰:

惟西域之灵鸟兮[(6)],挺自然之奇姿。体金精之妙质兮[(7)],合火德之明辉[(8)]。性辩慧而能言兮,才聪明以识机。故其嬉游高峻[(9)],

栖峙幽深[10]。飞不妄集[11]，翔必择林。绀趾丹觜[12]，绿衣翠衿。采采丽容[13]，咬咬好音[14]。虽同族于羽毛[15]，固殊智而异心。配鸾皇而等美[16]，焉比德于众禽[17]！

于是羡芳声之远畅[18]，伟灵表之可嘉[19]；命虞人于陇坻[20]，诏伯益于流沙[21]；跨昆仑而播弋[22]，冠云霓而张罗。虽纲维之备设[23]，终一目之所加[24]。且其容止闲暇[25]，守植安停[26]；逼之不惧，抚之不惊；宁顺从以远害，不违忤以丧生[27]。故献全者受赏[28]，而伤肌者被刑。

尔乃归穷委命[29]，离群丧侣；闭以雕笼，翦其翅羽[30]；流飘万里，崎岖重阻；逾岷越障[31]，载罹寒暑[32]。女辞家而适人，臣出身而事主[33]。彼贤哲之逢患，犹栖迟以羁旅[34]；矧禽鸟之微物[35]，能驯扰以安处[36]！眷西路而长怀，望故乡而延伫[37]。忖陋体之腥臊，亦何劳于鼎俎[38]？

嗟禄命之衰薄[39]，奚遭时之险巇[40]？岂言语以阶乱[41]，将不密以致危[42]？痛母子之永隔，哀伉俪之生离[43]。匪余年之足惜，慜众雏之无知[44]。背蛮夷之下国[45]，侍君子之光仪[46]。惧名实之不副，耻才能之无奇。羡西都之沃壤[47]，识苦乐之异宜[48]。怀代、越之悠思[49]，故每言而称斯。

若乃少昊司辰[50]，蓐收整辔[51]，严霜初降，凉风萧瑟，长吟远慕，哀鸣感类[52]。音声凄以激扬，容貌惨以憔悴。闻之者悲伤，见之者陨泪。放臣为之屡叹[53]，弃妻为之嘘唏[54]。

感平生之游处[55]，若埙篪之相须[56]；何今日之两绝，若胡、越之异区[57]？顺笼槛以俯仰，窥户牖以踟蹰[58]；想昆山之高岳[59]，思邓林之扶疏[60]；顾六翮之残毁[61]，虽奋迅其焉如[62]？心怀归而弗果[63]，徒怨毒于一隅[64]。苟竭心于所事[65]，敢背惠而忘初[66]？托轻鄙之微命，委陋贱之薄躯；期守死以报德，甘尽辞以效愚[67]；恃隆恩于既往[68]，庶弥久而不渝[69]。

【注释】(1)黄祖:汉末江夏(今湖北武汉一带)太守。太子射:黄祖的长子黄射,当时为章陵太守。 (2)处士:对没有官职的读书人的称谓。 (3)用:以。 (4)羽族:指鸟类。 (5)荣观:赏光。 (6)惟:发语词,无义。西域:指陇西地区。相传鹦鹉产于陇山。 (7)金精:古代以五行(金、木、水、火、土)分属五方五色,金属西方白色。鹦鹉产西方,有白羽,因有此称。(8)火德:火属南方赤色,鹦鹉嘴为赤色,故称合于火德。 (9)高峻:指高山。 (10)峙:止息。幽深:指深谷。 (11)集:停息。 (12)绀(gàn):红青色。觜:同“嘴”。 (13)采采:形容色彩艳美。 (14)咬(jiāo)咬:鸟鸣声。 (15)羽毛:指鸟类。 (16)皇:“凰”的古字。等美:一样美。 (17)焉:焉能。比德:比其德行。 (18)远畅:远扬。 (19)伟:尊。灵表:灵异的姿态。 (20)虞人:古代掌管山泽禽兽的官员。陇坻:即陇山。 (21)伯益:传说中唐尧时负责开发山林川泽的一个人。此指伯益之类的官员。流沙:指西北沙漠地带。 (22)播弋:设置射鸟的器具。弋,用系有丝绳的箭射鸟。此指箭。 (23)纲维:罗网上的绳索。备设:尽设。 (24)目:指罗网上的网孔。 (25)容止:表情举止。 (26)守植:守志。安停:稳定,镇静。 (27)违忤:违背。 (28)献全:所献完好。 (29)归穷:陷入困境。委命:听天由命。 (30)翦:同“剪”。 (31)岷:岷山,绵延于川、甘边境。障:山名,在今甘肃西部。 (32)载:再,又。罹:遭。 (33)出身:献出其身。 (34)栖迟:停留。羁旅:久居他乡。 (35)矧(shěn):况。 (36)能:岂能不。驯扰:驯服。 (37)延伫:引领期待。 (38)鼎俎:烹煮食物的器具。 (39)禄命:指命运。 (40)奚:何。险巇(xī):险难。 (41)阶乱:招致灾祸。 (42)将:或。不密:防范不严密。 (43)伉俪(kàng lì):夫妇。(44)愍(mǐn):通“悯”。 (45)蛮夷:对自己家乡的谦称。下国:偏僻小国。 (46)光仪:荣光和威仪。 (47)西都:本指长安,此指西部地区。 (48)异宜:不同意义。 (49)代:代郡,今山西北部。越:南越,今两广一带。(50)若乃:至于。少昊(hào):传说中主宰秋令的神。司辰:主管岁时。(51)蓐收:传说中主宰秋令的神。整辔:备驾,谓秋季将临。 (52)感类:感动物类,引起共鸣。 (53)放臣:被放逐的臣子。 (54)弃妻:被抛弃的妻子。 (55)游处:指与朋友的交游相处。 (56)埙(xūn):古代一种陶制的乐器。篪(chí):古代一种竹制的乐器。相须:相互依靠配合。 (57)胡、越:代指北方和南方,比喻两地遥隔。 (58)户牖(yǒu):门窗。踟蹰:徘徊。(59)昆山:昆仑山。高岳:高山。 (60)邓林:古代神话中夸父弃其手杖所化的桃林。扶疏:枝叶茂盛的样子。 (61)六翮(hé):指鸟的羽翼。翮:鸟翼的茎。 (62)焉如:何往。 (63)弗果:无法实现。 (64)怨毒:极深的怨恨。 (65)苟:唯有,只得。所事:豢养鸟的人。 (66)敢:岂敢。惠:恩。初:指被捕时未伤及一毛的恩惠。 (67)愚:忠心的自谦辞。 (68)恃:依仗。隆恩:深思大德。 (69)庶:表示可能或期望。弥久:愈久。渝:变。

【今译】时值黄祖太子黄射大会宾客,有人献了一只鹦鹉,黄射举酒到我跟前说:"处士!今天没有什么可以娱乐宾客,我觉得这鸟来自远方,聪明灵善,是鸟类中可宝贵的,望先生为它写篇赋,使四座都一睹荣光,不也挺好吗?"我因而写作此赋,笔不停顿,文不加点。其辞是:

来自陇西的灵鸟啊,挺着天然的奇姿。呈现金精的高妙气质啊,又合火德的明艳光辉。生性颖慧能言会语啊,才智聪明而善解人意。所以它嬉游于高山之上,栖息于深谷之中。飞不随便停息,翔必选择树林。红青的脚趾赤红的嘴,绿色的衣裳青翠的襟。光彩鲜艳的美貌,咬咬鸣叫的好音。虽与鸟类同族,心智却根本有别。可匹敌鸾凰与之同美,一般禽鸟怎能和它比德!

于是羡慕其美好声音的远扬,尊贵其灵异姿态的可嘉;命令虞人前往陇山,诏告伯益至于流沙;跨越昆仑设置器具,铺天盖地张开罗网。虽然绳网设置齐备,最终只一个网孔加于其身。且看它情态安闲,心神镇静,受威逼而不惧,得抚爱亦不惊,宁可顺从来避害,不愿违逆而丧生。所以所献完好的人会受奖赏,而弄伤其肌肤的人要被处罚。

于是陷入困境听天由命,离开群体丧失伴侣;被关闭在雕笼里,并剪去了翼羽,漂流万里,崎岖险难,越过岷山嶂岭,历经寒来暑往。犹如女儿告别娘家而嫁人,臣子献出其身躯来事君。那贤哲们遭遇到祸患,尚被放逐而栖居他乡;况禽鸟这小动物,怎能不驯顺而安处呢!它只能眷恋西路而长久怀念,瞻望故乡而引领期待。自念卑贱的身体气味腥臊,当不至于以鼎俎烹煮吧?

嗟叹命运如此不幸，为何遭遇这般险恶？难道是言语不慎招来祸患？还是防范不严导致危机？悲痛母子永远隔绝，哀伤夫妇活活分离。并非自己的生命有何可贵，只怜悯众雏无人哺育。离别了我那蛮夷的偏僻乡国，来侍奉君子的荣光威仪。害怕名实不副，惭愧才能无奇。向往西部的肥沃土地，明白苦乐的不同意义。怀着代马、越鸟的悠悠情思，所以每一开口便是思乡之语。

到了少昊掌管时辰，蓐收整好车驾，严霜初降，凉风萧瑟的秋令，它便长长悲吟，遥遥思慕，哀哀鸣叫，感动物类。声音凄切而激扬，容貌愁惨而憔悴。听到的人悲伤，见到的人掉泪。放逐的臣子为之屡叹，遗弃的妻子为之嘘唏。

感念平生的交游相处，如同埙篪配合密切；为何今日两相隔绝，如同胡、越异处两端？顺着笼子仰观俯瞅，对着门窗踟蹰蹒跚；想念昆仑的峻岭高山，思恋邓林的茂密枝干；回看羽翼已被残毁，虽欲奋飞又能何往?，心怀归思而无法实现，徒然怀恨于区区角落。只好对豢养者竭心报效，岂敢背德而忘其初恩？聊以寄托微不足道的小命，保全自己卑陋下贱的弱身，希望相守以死来报答恩德，甘心竭尽言辞以效其愚忠；以往全都仰仗深恩大德，或许愈久愈不会改变。

【**点评**】这是一篇托物抒怀的咏物抒情小赋。它名为赋鹦鹉，实则借鹦鹉以自况，道出了作者内心隐藏的痛苦与悲哀，反映了生于末世的知识分子的不幸遭遇和可悲命运。作者从物、我的契合处出发，即物即人，铺墨骋藻。首段咏鹦鹉的“奇姿”“妙质”“才性”等，说它“配鸾皇而等美，焉比德于众禽”，已暗中关合着作者自己的体性、心志、才气和品格，见出他的自负和刚傲。二、三段叙鹦鹉被网罗和献缴的经过，言其被捕时“容止闲暇”“宁顺从以远害”，被捕后“离群丧侣，闭以雕笼，翦其翅羽，流飘万里”，以及对故乡的眷怀和对生命的担忧云云，无不是作者身世遭际的曲折反映。四段以下极力抒写鹦鹉身被拘羁的忧思哀怨、凄惨境况和空怀向往而无可奈何的悲痛心曲，更是作者不得不寄人篱下、仰人鼻息之矛盾痛苦心境的写照。在这里，作者虽然仍是紧扣鹦鹉，但不知不觉中，鹦鹉的形象逐渐被作者所替代。尤其是最后一段，写其顺笼俯仰，窥户徘徊，向往高山密林，然翼毁不能奋飞，只得竭心事主，聊托微命，设想已往既蒙"恩"，将来或幸存之情景与心理，不仅深曲细致，惟妙惟肖，而且物我相融，浑然不分，简直就是作者的自抒。总之作者巧妙运用寄兴和象征手法，以鹦鹉作为媒介和载体，使自己压抑心底的感情激流找到了喷发点和突破口，故而写来"笔不停辍，文不加点"，一气呵成，一挥而就，而且才情横溢，辞采飞扬，描摹真切，托意遥深，具有强烈感人的魅力，从而成为流传千古的名篇。

【集说】江夏太守黄祖长子射，大会宾客，人有献鹦鹉者，射举卮于衡前曰："愿先生赋之。"衡揽笔而作，辞采甚丽。后黄祖杀之，时年二十六。（范晔《后汉书·祢衡传》）

盖以物为比，而寓其羁栖流落，无聊不平之情，读之可为衰欷。凡咏物题，当以此等赋为法。其为辞也，须就物理上推出人情来，直教从肺腑中流出，方有高古气味。（祝尧《古赋辨体》）

全是寄托，分明为才人写照。正平豪气不免有樊笼之感，读之为之慨然。（何焯《义门读书记》）

祢正平赋鹦鹉于黄祖长子座上，蹙蹙焉有自怜依人之态，于生平志气，得无未称！（刘熙载《艺概·赋概》）

（刘生良）

王粲

王粲(177—217),字仲宣,山阳高平(今山东邹县西南)人。少徙居长安,颇有才名,深为蔡邕赏识。十七岁时,避乱往荆州依刘表。刘表见他貌寝体弱,历十五年未予重用。后归曹操,为丞相掾,赐爵关内侯,官至侍中。他以博洽强记著称,尤能诗善赋,被刘勰誉为“七子之冠冕”。原有集十一卷,已散佚。明人辑有《王侍中集》。

登楼赋

登兹楼以四望兮[(1)],聊暇日以销忧[(2)]。览斯宇之所处兮,实显敞而寡仇[(3)]。挟清漳之通浦兮[(4)],倚曲沮之长洲[(5)]。背坟衍之广陆兮[(6)],临皋隰之沃流[(7)]。北弥陶牧[(8)],西接昭丘[(9)]。华实蔽野[(10)],黍稷盈畴[(11)]。虽信美而非吾土兮,曾何足以少留!

遭纷浊而迁逝兮,漫逾纪以迄今[(12)]。情眷眷而怀归兮,孰忧思之可任[(13)]?凭轩槛以遥望兮[(14)],向北风而开襟。平原远而极目兮,蔽荆山之高岑[(15)]。路逶迤而修迥兮[(16)],川既漾而济深[(17)]。悲

旧乡之壅隔兮，涕横坠而弗禁。昔尼父之在陈兮，有"归欤"之叹音[18]；钟仪幽而楚奏兮[19]，庄舄显而越吟[20]。人情同于怀土兮，岂穷达而异心！

惟日月之逾迈兮[21]，俟河清其未极[22]。冀王道之一平兮[23]，假高衢而骋力[24]。惧匏瓜之徒悬兮[25]，畏井渫之莫食[26]。步栖迟以徙倚兮[27]，白日忽其将匿[28]。风萧瑟而并兴兮，天惨惨而无色。兽狂顾以求群兮，鸟相鸣而举翼。原野阒其无人兮[29]，征夫行而未息。心凄怆以感发兮[30]，意忉怛而惨恻[31]。循阶除而下降兮[32]，气交愤于胸臆。夜参半而不寐兮[33]，怅盘桓以反侧[34]。

【注释】(1)兹楼：此楼。 (2)暇：同"假"，假借。 (3)显敞：明亮宽敞。寡仇：很少与之匹敌。 (4)挟：带。漳：漳水，在麦城东。浦：通大河的水渠。 (5)沮：沮水，在麦城西。洲：沙洲。 (6)坟衍：土地高起为坟，广平为衍。 (7)皋隰(xí)：水边高地为皋，低湿之地为隰。沃流：可灌溉的河流。 (8)弥：直至。陶：地名，相传为陶朱公范蠡葬地。牧：郊野。 (9)昭丘：楚昭王墓地。 (10)华：同"花"。实：果实。 (11)黍稷：谷物，这里代指庄稼。畴：田地。 (12)逾纪：超过十二年。王粲于汉献帝初平三年(192)南下荆州，于建安十年(205)登楼作赋，恰十三年。一纪为十二年。(13)任：承担，忍受。 (14)凭：倚。轩槛：栏杆。 (15)荆山：在今湖北南漳县境内。岑：小而高的山。 (16)逶迤(wēi yí)：绵长而曲折的样子。修：长。迥：远。 (17)漾：水流急。济：渡。 (18)昔尼父二句：尼父即孔子。《论语·公冶长》记载孔子在陈绝粮，曾叹曰："归欤！归欤！" (19)钟仪：楚国乐官，曾被郑俘虏，献于晋，晋侯叫他操琴，仍为楚声。幽：囚禁。(20)庄舄(xì)：越人，在楚国做高官，病中思乡，仍发越音。显：显贵。(21)惟：念。逾迈：过往。 (22)河清：比喻时世清平。极：终结。 (23)王道：王政。 (24)高衢：大道。骋力：驰骋才力。 (25)匏(páo)瓜：葫芦的一种。《论语·阳货》"吾岂匏瓜也哉，焉能系而不食"，比喻不能为世所用。 (26)渫(xiè)：淘去秽浊，使水清洁。 (27)栖迟：游息，走得很慢。徙倚：行止不定的样子。 (28)匿：隐没。 (29)阒(qù)：寂静。 (30)凄怆：悲伤。 (31)忉怛(dāo dá)：悲痛。惨(cǎn)恻：凄惨。 (32)阶除：阶梯。 (33)夜参半:半夜。 (34)盘桓:徘徊不进的样子。这里借指思前想后。反侧:指身体翻来覆去。

【今译】登上此楼四面眺望啊,暂且借此时光来消除忧愁。观览此楼所处的位置啊,实在显豁开阔而少有其俦。挟带着清澄漳水的通浦啊,倚靠着曲流沮水的长洲。背后是高而平的旷野啊,前面是河流穿绕的低湿地带。向北可达陶朱公的坟地,向西与楚昭王的陵墓相接。花果覆盖了原野,庄稼布满了田地。虽然确实美好但却不是我的故乡啊,那又有什么值得留恋的呢!

遭逢乱世而迁徙流亡啊,已超过十二年的漫长岁月以迄于今。情思眷眷而怀归故乡啊,谁能忍受这样的忧思苦闷?手倚栏杆放眼遥望啊,迎着北风敞开襟怀。平原辽阔而极目远眺啊,高高的荆山却挡住了视线。道路曲折而漫长啊,河水既急欲渡又深。悲伤故乡被阻塞隔绝啊,涕泪横流而无法止禁。从前孔子在陈之时啊,曾有"回去吧"的感叹声。钟仪被囚禁而亦奏楚声啊,庄舄显贵而仍发越音。人情对于思乡都是一样啊,岂能因穷达而有所异心!

念光阴之不停流逝啊,等待河清却没有终极。盼望天下统一太平啊,想乘其大道来驰骋才力。害怕像匏瓜一样被空悬起来啊,担心像淘好的井而无人饮用。走走停停徘徊沉吟啊,白日不觉已将隐没。晚风萧瑟从四面并起啊,天色惨淡而无光辉。野兽狂顾而寻找同群啊,鸟雀鸣叫而振羽齐飞。原野寂静而无人啊,远方的征夫还奔走不息。心中哀伤而有所感发啊,情感悲痛而凄凉愁惨。沿着阶梯走下此楼啊,胸中充满了郁闷悲愤。夜过半而不能入眠啊,翻来覆去而惆怅难安。

【点评】此赋作于王粲流寓荆州的第十三个年头,由于他长期不被重用,心情极为抑郁苦闷,登楼之际,百感交集,情不自禁,因而写下这一著名抒情赋作。首段以"登楼四望"领起、入题,以一个"忧"字统贯全篇,着重写其所见所感。作者先叙此楼倚洲傍水、临近古迹的优越位置和四周地形显敞、物产富庶之景象,旋以"虽信美而非吾土兮"这一声感慨突然跌转,收大起大落、抑扬顿挫之效,强烈拨动读者心弦。次段继之抒发自己的怀乡之思,先概言遭逢“纷浊”，飘零“逾纪”，眷眷怀归，忧思难任，接着写其凭轩开怀，极目望乡之情和山遮水阻、“修迥”“壅隔”之悲，后以孔子叹归、钟仪楚奏、庄舄越吟之故实作映衬，并说明“人情同于怀土”，不因穷达异心，情意深切缱绻，不啻为抒写怀乡之绝。末段进一步揭出其“忧思”之深层政治内涵：作者盼望河清政平，假道骋力，“惧匏瓜之徒悬”“畏井渫之莫食”，表现出建安奋发有为的时代精神，然所依非人，抱负难展，因而愁愤满怀，凄怆忉怛。作者本为“销忧”而登楼，然当在萧瑟惨淡的暮色中循阶而下时，非但一忧未销，反倒“气交愤于胸臆”。最后于寂寥凄绝的氛围中又推出自己夜半不寐、盘桓反侧的特写作结，留下无穷余意。本赋每段都有写景，而且配合感情发展，极有特色。首言四望销忧，则出物土富美之近景；中言思乡怀土，便写山川重隔之远景；末言内心痛楚，又绘凄凉昏暗之暮景，远近相间，明暗相映，景因情设，情随景迁，大大加强了抒情效果。还有“陶牧”“昭丘”之语，于写景中隐含着对古代成功之士和尚贤之君的怀念；“兽狂顾以求群兮”“鸟相鸣而举翼”的点缀，感发了作者的孤独惆怅之情怀，也无不精切蕴藉，耐人寻味。总之，本篇以登楼为契机，以写景为衬托，以抒忧为主体，盘旋转进，回环照应，层次清晰，结构紧凑，语言清新流畅，风格沉郁悲凉，尤其是其情调笔法，颇似屈骚之风神韵味。前人一再指出它“庶几《离骚》嗣音”（浦起龙《古文眉诠》）、“出于《哀郢》”（刘熙载《艺概·赋概》）、“写客子思归之状况，声激而悲，尚不远于屈、宋”（林纾《古文辞类纂》），确是中肯之论。

【集说】《登楼》名高，恐未可越耳。（陆云《与兄平原书》）

犹过曹植、潘岳、陆机愁咏、闲居、怀旧众作，盖魏之赋极此矣。（朱熹《楚辞后语》）

发声微吟，山川奔进，风声、云气与歌声并至。（陈祚明《采菽堂古诗选》）

因登楼而四望，因四望而触动其忧时感事、去国怀乡之思。凡三易韵，段落自明，文意悠然不尽。（李元度《赋学正鹄》）

《登楼赋》情真语至，使人读之，堪为泪下。（浦铣《复小斋赋话》）

（刘生良）

曹丕

曹丕(187—226),字子桓,沛国谯(今安徽亳县)人。曹操次子。建安十六年为五官中郎将、副丞相。曹操死后,袭位为魏王,不久废献帝自立,都洛阳,国号魏。在位七年而卒,谥号文帝。他在位时,竭力提倡文学,为当时文坛领袖。除论文、诗歌外,他的赋今存二十八篇,多残缺不全,其中《柳赋》最为著名。明人辑有《魏文帝集》。

柳　赋并序

昔建安五年,上与袁绍战于官渡,是时余始植斯柳,自彼迄今,十有五载矣。左右仆御已多亡,感物伤怀,乃作斯赋。曰:

伊中域之伟木兮,瑰姿妙其可珍。禀灵祇之笃施兮,与造化乎相因[(1)]。四气迈而代运兮,去冬节而涉春。彼庶卉之未动兮,固肇萌而先辰。盛德迁而南移兮[(2)],星鸟正而司分[(3)]。应隆时而繁育兮,扬翠叶之青纯。修干偃蹇以虹指兮,柔条阿那而蛇伸。上扶疏而孛散兮,下交错而龙鳞。在余年之二七,植斯柳乎中庭。始围寸而高尺,今连拱而九成[4]。嗟日月之逝迈,忽亹亹以遄征[5]。昔周游而处此,今倏忽而弗形。感遗物而怀故,俯惆怅以伤情。于是曜灵次乎鹑首兮[6],景风扇而增暖[7]。丰弘阴而博覆兮,躬恺悌而弗倦[8]。四马望而倾盖兮,行旅仰而回眷。

秉至德而不伐兮,岂简卑而择贱。含精灵而寄生兮,保休体之丰衍。惟尺断而能植兮,信永贞而可羡。

【注释】(1)造化:指自然的创造化育。 (2)盛德:指四时旺盛之气。(3)星鸟:即星宿。二十八宿之一,朱鸟七宿之第四宿。 (4)九成:九层,形容极高。 (5)亹亹(wěi):行进貌。 (6)曜灵:指太阳。鹑首:星次名,指朱鸟七宿中的井、鬼二宿。 (7)景风:夏至后暖和的风。 (8)恺悌:和乐简易。

【今译】往昔建安五年,主上与袁绍在官渡作战,当时我栽下了这棵柳树;从那时到现在,已有十五年了。左右亲近、仆役已有很多辞别人世,我的心情被这柳树感动,充满悲伤和怀念,于是写下这篇赋文:

柳树是中土奇伟的树木,它的姿态瑰丽美妙,的确值得珍惜。它禀受着神祇的厚施,与大自然的创造、化育相互因循。——四季运行,依次更替;冬天渐渐逝去,春天缓缓来临,其他各种草木还没有萌动,柳树却率先长出了嫩芽。——四时的旺盛之气不断地向南方迁移,星宿正指向春分。柳树顺应着这种隆盛的时节变得愈加繁茂,高扬起青翠纯净的叶片儿。修长的枝干弯曲俯仰,犹如彩虹在空中延伸;细的枝条柔软婀娜,仿佛如长蛇不停地蜿蜒蠕动。茂盛而且疏密有致的枝叶向四面分散,互相交错缠绕的树根如同龙鳞。

那一年我十四岁,在庭院中间栽下了这株柳树。开始只有一寸粗、一尺高,可现在不仅有一抱粗,而且异常高大。真让人感叹,流逝的岁月不停地永远离去。当初在这树下优游自在,可倏忽之间现在已是人事全非!这株生长至今的柳树使我不禁心动,因此回想起那使人留恋的过去。进退俯仰,我的心中充满惆怅和感伤。此时太阳已至鹑首,暖和的夏风不停地吹拂,天气越来越热。柳树把它广大的浓荫覆盖了众人，自身却平易和乐，永不曾满足。四马望见这棵柳树，迅速地拉着车儿向它奔驰；行人、旅客不停地仰望、回顾。

它胸怀大德却从不炫耀；普遍地给世人带来凉荫，不管他们高贵还是低贱。它内含灵异，生存于天地之间，保持着自身美盛的风姿。只要剪下一尺细条就可以栽培，实在是忠贞不渝，令人羡慕。

【点评】《柳赋》描摹柳树的风姿，用语简约而生动逼真："修干偃蹇以虹指兮，柔条阿那而蛇伸。上扶疏而孛散兮，下交错而龙鳞"；或写他弯曲的树干，或写它婀娜的细枝，或写它繁盛的枝叶，或写它纠结的树根，虽寥寥数语，却已尽现柳树的整体特征。

然而作者的意图，并非只在描摹柳树的绰约姿态，而尤在挖掘它的内在精神："丰弘阴而博覆兮，躬恺悌而弗倦"；"秉至德而不伐兮，岂简卑而择贱"；"含精灵而寄生兮，保休体之丰衍"；"惟尺断而能植兮，信永贞而可羡"。极其简括、准确而又有层次地揭示了柳树的内在意蕴：博覆而又平易，含德不露而且平等待人，内含灵异之气而又能涵养健全的生命，富有活力而且坚贞不渝。《柳赋》咏柳，同时也是吟咏一种人格精神。

另外，赋作写柳树在十五年之中的变异的时候，也流露了作者对去日苦多的感慨："在余年之二七，植斯柳乎中庭。始围寸而高尺，今连拱而九成。嗟日月之逝迈，忽亹亹以遄征"，感物伤怀，亦是凄恻动人。

【集说】此赋……虽为咏物，实亦抒情，辞不甚壮，而意在"博复"，且能不"简卑而择贱"，可见作者的自命不凡。在曹丕的赋作中，也是上品。其借物抒情，在咏物赋中又自成一格，可与贾谊的《鹏鸟赋》和祢衡的《鹦鹉赋》鼎足而立。（马积高《赋史》）

（常　森）

出妇赋[(1)]

思在昔之恩好[(2)]，似比翼之相亲[(3)]。惟方今之疏绝[(4)]，若惊风之吹尘[(5)]。夫色衰而爱绝，信古今其有之。伤茕独之无恃[(6)]，恨胤嗣之不滋[7]。甘没身而同穴[8]，终百年之长期[9]。信无子而应出[10]，自典礼之常度[11]。悲《谷风》之不答[12]，怨昔人之忽故[13]。被入门之初服[14]，出登车而就路。遵长途而南迈[15]，马踌躇而回顾[16]。野鸟翩而高飞[17]，怆哀鸣而相慕[18]。抚骓服而展节[19]，即临沂之旧城[20]。践麋鹿之曲蹊[21]，听百鸟之群鸣。情怅恨而顾望，心郁结其不平[22]。

【注释】(1)本篇选自《艺文类聚》卷三十。出妇：被丈夫离弃的妇女。(2)恩好：情意恩爱。 (3)比翼：鸟名，以其雌雄二鸟齐飞得名，转喻夫妇情爱之深厚。 (4)疏绝：疏远隔绝。 (5)惊风：骇人的狂风。 (6)茕(qióng)独：孤独。无兄弟曰茕，无子曰独。恃：依赖。 (7)胤(yìn)嗣：子孙后嗣。滋：生。 (8)同穴：埋在同一坟墓里。 (9)终：尽。百年：指夫妇相处和睦，白头到老。 (10)无子而应出：无子则应被丈夫遗弃。 (11)典礼之常度：经典礼法永恒的制度。 (12)《谷风》：《诗经·邶风》篇名。其《序》云："《谷风》，刺夫妇失道也。卫人化其上，淫于新婚，而弃其旧室。夫妇离绝，国俗伤败焉。"不答：没有回应。 (13)昔人：昔日的丈夫。故：故妇。 (14)被：穿。入门：嫁进夫家之门。 (15)遵：循。迈：远行。(16)踌躇：徘徊不进。 (17)翩：疾飞。 (18)怆：悲。慕：思。 (19)抚：览。骓服：夹辕两马曰服，在两边的马曰骓。展节：抒陈中和之性。 (20)即：走上。临沂：在今山东。旧城：当为娘家所在地。 (21)曲蹊：弯曲的小道。 (22)郁结：心情痛苦而难以申述。

【今译】回忆昔日夫妻间的恩恩爱爱，好像比翼齐飞的鸟儿亲密无间。想到今天的疏远隔绝，犹如狂风把尘土吹到天边。女人姿色衰败就会遭到冷遇，古往今来的确并不少见。可叹我孤孤单单没依靠，痛恨自己未曾生下一子半男。我甘心死后与丈夫埋在一起，希望相互厮守直到百年。不生儿子诚然应被离弃，经典礼法订立的制度永难改变。伤心讽刺夫妇离绝的《谷风》不见反响，不禁埋怨起丈夫轻忽了故妇。我穿上出嫁时的服装，坐车走向回返娘家的归路。沿着长途向南远行，马竟然徘徊不前频频回顾。野禽迅疾地飞到高空，通过哀鸣也表露出了思慕。看着拉车的马匹控制着自己的心情，回到故乡临沂的旧城。我踏着麋鹿出没的弯曲小道，倾听着各种鸟雀成群的悲鸣。回顾既往心情万分惆怅，郁结的痛苦总是起伏不平。

【点评】两晋初年，傅玄认为："魏文慕通达，而天下贱守节"，语中不无讥评。其实，魏文之慕通达，即是冲破儒家礼教的束缚；天下之贱守节，也是这一思想的具体体现。从魏文《出妇赋》的内容看，并未与儒家的教条彻底决裂，特别对套在妇女身上的枷锁，仍觉得不可抗拒。"信无子而应出，自典礼之常度"，无子就该遗弃，是要恪守的礼法，这当是"不孝有三，无后为大"的教条在作怪，不过，魏文《出妇赋》的主导思想是把同情始终给予了因无子而遭离弃的妇女一边的。最后两句"情怅恨而顾望，心郁结其不平"，虽是代人立言，也是作者感情的流露。赋中对出妇爱情的留恋刻画得入木三分，对吃人礼教硬行毁灭出妇的幸福，字里行间都蕴含着批评与不满。当时王粲和曹植等人也写有《出妇赋》，曹植还写有 170 字的五言长诗《弃妇篇》，无不站在弃妇一边，这大概就是所谓"天下贱守节"吧？而实际上是一种进步，是思想解放的表现，倒是应该肯定的。曹丕不论身为五官中郎将，还是以后做了魏太子，或者当了皇帝，能有如此进步倾向，尤为难能可贵。

【集说】汉魏之际出现了相当多的写爱情和婚姻问题的赋，如曹丕有《出妇赋》《寡妇赋》《离居赋》《蔡伯喈女赋》，王粲有《寡妇赋》《神女赋》《闲邪赋》，陈琳有《神女赋》《止欲赋》，阮瑀有《止欲赋》，应玚有《正情赋》《神女赋》，曹植有《感婚赋》《出妇赋》《洛神赋》等等。其中寡妇、出妇都是以前赋家没有写过的。这一情况反映了当时作家突破了儒家思想的束缚，对妇女问题给予了较大的注意，并表现了深厚的同情心。（马积高《赋史》）

（文时珍）

丁廙

丁廙(？—220)，字敬礼，沛郡(今江苏沛县)人。少年即有才姿，博学洽闻。初辟公府，建安中为黄门侍郎。父冲，与相国曹操亲善，时随乘舆。廙与兄仪皆拥护曹植为太子，及曹操死，曹丕继位，将丁廙、丁仪并其男口全部诛杀。丁廙仅存赋二篇。

蔡伯喈女赋[(1)]

伊大宗之令女[(2)]，禀神惠之自然[(3)]。在华年之二八[(4)]，披邓林之曜鲜[(5)]。明六列之尚致[(6)]，服女史之话言[(7)]。参过庭之明训[(8)]，才朗悟而通玄[(9)]。

当三春之嘉月[(10)]，时将归于所天[(11)]。曳丹罗之轻裳[(12)]，戴金翠之华钿[(13)]。美荣曜之所茂[(14)]，哀寒霜之已繁。岂偕老之可期[(15)]，庶尽欢于余年。何大愿之不遂，飘微躯于逆边[(16)]。行悠悠于日远[(17)]，入穹谷之寒山[(18)]。惭柏舟于千祀[(19)]，负冤魂于黄泉。

我羁虏其如昨[(20)]，经春秋之十二。忍胡颜之重耻[(21)]，恐《终风》之我萃[22]。咏芳草于万里[23]，想音尘之仿佛[24]。祈精爽于交梦[25]，终寂寞而不至。哀我生之何辜，为神灵之所弃。仰蕣华其已落[26]，临桑榆而嘘唏[27]。

入穹庐之秘馆[28]，亟逾时而经节[29]。叹殊类之非匹[30]。伤我躬之无悦[31]。修肤体以深念[32]，叹兰泽之空设[33]。伫美目于胡忌[34]，向凯风而泣血[35]！

【注释】(1)本篇选自《艺文类聚》卷三十。蔡伯喈，即蔡邕，东汉末年陈留圉(今河南杞县南)人，官至左中郎将、封高阳乡侯，是著名的文学家。其女蔡琰，字文姬，博学能文，又懂音律。初嫁河东卫仲道，夫亡无子，归母家。兴平(汉献帝年号，194—195)中，天下丧乱，为乱兵所掳，辗转流落匈奴十二年，生二子。后曹操用金璧将其赎回，改嫁同郡董祀。她写有540字的长篇《悲愤诗》以叙自己的不幸遭遇。 (2)伊：她，指蔡琰。大宗：世代不变的高门大族。令女：贤女，对他人女子的美称。 (3)禀：受。惠：同"慧"。(4)华年：如花岁月。二八：十六岁。 (5)披：盛开。邓林：桃林。 (6)六列：指妇女必具的六种品格。清孙星衍谓"列女之母仪：贤明、仁智、贞顺、节义、辨通、六传也。"尚致：至高无上的精神实质。 (7)服：熟习。女史：女教师。 (8)参：兼。过庭：指父教。 (9)朗悟：天资聪敏。玄：微妙的道理。(10)三春：孟春、仲春、暮春，此泛指春天。 (11)归：嫁。所天：指丈夫。(12)曳：穿着。 (13)金翠：黄金翠玉。钿：花朵形首饰。 (14)荣曜：花朵鲜艳。 (15)岂：冀，希望。 (16)逆边：指胡地境内。 (17)悠悠：远貌。 (18)穹谷：幽深的山谷。 (19)惭：心愧。《柏舟》：《诗经·邶风》篇名。朱熹《诗集传》谓："妇人不得其归，故以柏舟自比。"千祀：千年。(20)羁虏：滞留胡地。 (21)胡颜：有何颜面。 (22)《终风》：《诗经·邶风》篇名。其《序》云："《终风》，卫庄姜伤己也。遭州吁之暴，见侮慢而不能正也。"萃：聚集。 (23)芳草：香草。可喻贤君，或可代表故国。 (24)音尘：音讯。仿佛：见不真切。 (25)祈：求。精爽：魂魄。 (26)蕣华：木槿花，朝开暮落。 (27)桑榆：桑树榆树，比喻时将晚暮。嘘唏：悲泣。 (28)穹庐：圆形帐幕，如今之蒙古包。秘馆：密室，即所谓的洞房。 (29)亟：迅疾。 (30)殊类：异族，指胡人。非匹：不能匹配。 (31)躬：身。 (32)

循:抚操。 (33)兰泽:化妆品,是用香兰浸没油渍之中以涂头发。 (34)伫:久久停留。 (35)凯风:南风,喻故国。

【今译】她是世代高门大族的贤女,禀受了大自然所赋予的神异心智。在十六岁的美妙年华,有如桃林盛开的鲜花那样惹人重视。她深刻地了解女性行为的最高准则,认真地领会了女史教诲的一切语言。加上德高望重的父亲详明训诫,聪敏过人的天资遂即掌握了微妙的内涵。

在春季的一个美好月份,我将出嫁到自己的婆家。拖着质地轻柔的红罗裙,戴着黄金翠玉的花形首饰。光辉夺目的花朵增人景仰,痛惜严霜已经早降临。原来希望一同白头偕老,企求未来的岁月极尽欢欣。为什么这个重要愿望不能实现,竟使微弱的身躯漂泊到胡地那边。行程一天比一天遥远,一直走进谷地幽深的寒山。所遇非人,千年之后也会羞愧,蒙冤负屈的心灵将要带入黄泉。

我滞留胡地犹如昨天,转眼已经过去十二年。有何脸面忍耐这奇耻大辱,恐怕遭受的侮慢永远难以改变。在万里之外念诵着祖国的明君贤相,想获得一点信息总是若明若暗。祈求灵魂在梦里相会,到底沉寂得没有声息。哀伤一生有什么罪过,竟被神灵狠心地抛弃?看见朝开的蕣花晚间就要凋落,面对西下的夕阳禁不住伤心地哭泣!

进入毡庐中的密室,迅速地度过了许多的时节。可叹非我族类难以匹配,身怀伤感找不出丝毫喜悦。抚摸着自己的肌肤引起深深的思念,悲叹那香兰渍出油膏全都虚设。一双美丽眼睛在久久地凝视什么?向着从祖国来的南风哭泪成血!

【点评】作者丁廙以著名女诗人蔡琰的生平为素材,进行精心剪裁,着力刻画了女主人公的坎坷遭遇以及流落胡地时的痛苦心情,具有很大的感染力,实与蔡琰的《悲愤诗》异曲同工,虽然是各有侧重。

作品第一段"伊大宗之令女"至"才朗悟而通玄",描绘蔡琰妙龄年华时的聪慧、美丽和文化道德素养,显得光彩照人,非同凡响。第二段"当三春之嘉月"至"负冤魂于黄泉",描绘蔡琰结婚时的热切希望,"何大愿之不遂"一语,已暗示出丈夫不幸早逝,难以白头偕老,"飘微躯于逆边"又直指董卓之乱所造成的恶果,以后竟漂泊远方,所遇非人,致使“负冤魂于黄泉”。真是红颜薄命,雪上加霜!第三段“我羁虏其如昨”至“临桑榆而嘘唏”,描绘蔡琰在胡地隐忍苟活的十二载漫长岁月中,一直怀念故国,寂寞难忍。“仰蕣华其已落,临桑榆而嘘唏”,只能白天看一看花开花落,到晚上就饮泣流涕。真是度日如年,何以卒岁!最后一段“入穹庐之秘馆”至“向凯风而泣血”,描绘蔡琰被迫与胡人同居,倍受精神折磨,愈益心向父母之邦的炽热情怀,竟至“向凯风而泣血”。面对从祖国方向吹来的南风,不仅悲泣,而且继之以血,这与屈原《哀郢》中的“鸟飞反故乡兮,狐死必首丘”、汉末《古诗十九首》中的“胡马依北风,越鸟巢南枝”,具有同一的意境,充满了感人的力量。文章至此戛然而止,留有无穷余味。曹丕也曾以《蔡伯喈女赋》为题,不过原文已佚,只留下一个《序》:“家公(指曹操)与蔡伯喈有管、鲍之好,乃命使者周近持金璧于匈奴,赎其女还”云云,是给曹公树碑立传。但在丁廙的作品中,只字不提曹公,从命题作文的角度看,可能更切合题意,使蔡琰这个悲剧性的人物形象更为突出。

丁廙的笔锋带着感情,女主人公的不幸遭遇有如身受。像“我羁虏其如昨”“恐《终风》之我萃”“哀我生之何辜”“伤我躬之无悦”等等,用第一人称的口气,代女主人公立言,这也能启示读者设身处地地多想一想,不能不引起切肤之痛。加上女主人公前后期的生活对比鲜明,一波三折,语言又流畅自然,内涵丰富,就更增加了艺术上的魅力。

【集说】案魏文帝《蔡伯喈女赋序》:“家公与蔡伯喈有管、鲍之好,乃命使者周近持金璧于匈奴,赎其女还”云云,当时盖命词人并作,而廙应教也。(孙星衍《续古文苑》卷二,魏丁廙《蔡伯喈女赋》按语)

(诸士心)

曹植

曹植(192—232),字子建,沛国谯(今安徽省亳县)人。志气高迈,但浓厚的才子气使他在争立太子的斗争中失败。曹丕即位后,备受迫害。十一年六次徙更封地,名为侯王,实则为软禁的囚徒。终至陈王,谥曰思,后人称陈思王。他是文学史上享有重名的全能作家,诗歌尤卓出,钟嵘誉为"建安之杰"。《洛神赋》词采华茂,最为人传颂,其余诸赋则风格质朴,而构思每多新颖。有《曹子建集》。

洛神赋并序

黄初三年(1),余朝京师(2),还济洛川(3)。古人有言,斯水之神,名曰宓妃(4)。感宋玉对楚王神女之事(5),遂作斯赋。其辞曰:

余从京域,言归东藩(6)。背伊阙,越轘辕(7)。经通谷,陵景山(8)。日既西倾,车殆马烦(9),尔乃税驾乎蘅皋(10),秣驷乎芝田(11)。容与乎阳林(12),流眄乎洛川(13)。于是精移神骇,忽焉思[14]散。俯则未察[15],仰以殊观[16]。睹一丽人,于岩之畔。乃援御者而告之曰[17]:“尔有觌于彼者乎[18]?彼何人斯[19],若此之艳也?”御者对曰:“臣闻河洛之神,名曰宓妃。然则君王所见,无乃是乎[20]?其状若何?臣愿闻之。”

余告之曰:其形也,翩若惊鸿,婉若游龙[21]。荣曜秋菊[22],华茂春松。仿佛兮若轻云之蔽月[23],飘飖兮若流风之回雪[24]。远而望之,皎若太阳升朝霞[25];迫而察之,灼若芙蕖出渌波[26]。秾纤得衷[27],修短合度[28]。肩若削成[29],腰如约素[30]。延颈秀项[31],皓质呈露[32]。芳泽无加[33],铅华弗御[34]。云髻峨峨[35],修眉联娟[36]。丹唇外朗,皓齿内鲜。明眸善睐[37],靥辅承权[38]。瑰姿艳逸[39],仪静体闲[40]。柔情绰态[41],媚于语言[42]。奇服旷世[43],骨像应图[44]。披罗衣之璀粲兮[45],珥瑶碧之华琚[46]。戴金翠之首饰[47],缀明珠以耀躯。践远游之文履[48],曳雾绡之轻裾[49]。微幽兰之芳蔼兮[50],步踟蹰于山隅[51]。于是忽焉纵体[52],以遨以嬉。左倚采旄[53],右荫桂旗[54]。攘皓腕于神浒兮[55],采湍濑之玄芝[56]。余情悦其淑美兮,心振荡而不怡[57]。无良媒以接欢兮[58],托微波而通辞。愿诚素之先达兮[59],解玉佩以要之[60]。嗟佳人之信修[61],羌习礼而明诗[62]。抗琼珶以和予兮[63],指潜渊而为期[64]。执眷眷之款实兮,惧斯灵之我欺[65]。感交甫之弃言兮[66],怅犹豫而狐疑[67]。收和颜而静志兮[68],申礼防以自持[69]。

于是洛灵感焉,徙倚彷徨[70]。神光离合[71],乍阴乍阳。竦轻躯以鹤立[72],若将飞而未翔。践椒涂之郁烈[73],步蘅薄而流芳[74]。超长吟以永慕兮[75],声哀厉而弥长[76]。

尔乃众灵杂遝[77],命俦啸侣[78]。或戏清流[79],或翔神渚,或采明珠,或拾翠羽[80]。从南湘之二妃[81],携汉滨之游女[82]。叹匏瓜之无匹兮[83],咏牵牛之独处[84]。扬轻袿之猗靡兮[85],翳修袖以延伫[86]。体迅飞凫[87],飘忽若神。陵波微步[88],罗袜生尘[89]。动无常则[90],若危若安。进止难期,若往若还。转眄流精[91],光润玉颜[92]。含辞未吐，气若幽兰[93]。华容婀娜[94]，令我忘餐。

于是屏翳收风[95]，川后静波[96]，冯夷鸣鼓[97]，女娲清歌[98]。腾文鱼以警乘[99]，鸣玉鸾以偕逝[100]。六龙俨其齐首[101]，载云车之容裔[102]。鲸鲵踊而夹毂[103]，水禽翔而为卫[104]。

于是越北沚[105]，过南冈；纡素领[106]，回清扬[107]。动朱唇以徐言，陈交接之大纲[108]。恨人神之道殊兮，怨盛年之莫当[109]。抗罗袂以掩涕兮[110]，泪流襟之浪浪[111]。悼良会之永绝兮[112]，哀一逝而异乡[113]。无微情以效爱兮[114]，献江南之明珰[115]。虽潜处于太阴[116]，长寄心于君王。忽不悟其所舍[117]，怅神宵而蔽光[118]。

于是背下陵高[119]，足往神留[120]。遗情想像[121]，顾望怀愁。冀灵体之复形[122]，御轻舟而上溯[123]。浮长川而忘反，思绵绵而增慕。夜耿耿而不寐[124]，沾繁霜而至曙。命仆夫而就驾[125]，吾将归乎东路。揽骓辔以抗策[126]，怅盘桓而不能去[127]。

【注释】(1)黄初：魏文帝曹丕年号。 (2)京师：指魏都洛阳。 (3)洛川：洛水，发源陕西洛南县，流经洛阳。 (4)斯：此。宓(fú)妃：相传为宓(伏)羲氏之女，因渡水淹死，成为女神。 (5)宋玉《高唐赋》序和《神女赋》记楚王梦与巫山神女相遇事。 (6)言：发语词。东藩：东方藩国，指曹植鄄城(在今山东西南)封地。 (7)伊阙：山名，在洛阳南。轘(huán)辕：山名，在河南偃师县东南。 (8)通谷、景山：也是洛阳东南和偃师南边的地名。(9)殆：通“怠”，怠倦。烦：劳疲。 (10)税(tuō)驾：指解马停息。税：通“脱”，解脱。蘅：杜蘅，香草名。皋：水边高地。 (11)秣驷：犹言喂马。芝田：长灵芝的地，是形容野地幽美的词令。 (12)容与：舒闲悠然。阳林：五臣作杨林，地名，地多生杨树。 (13)流眄(miǎn)：指纵目四望。 (14)忽焉：忽然。思散：情思消散，如有所悦。 (15)未察：没有发现什么。 (16)殊观：指所见不同寻常。 (17)援：牵、拉。御者：车夫。 (18)觌(dí)：看见。 (19)斯：句末语助词。 (20)无乃：莫非。 (21)惊鸿、游龙：形容洛神体态轻盈柔美。 (22)“荣曜”二句：以草木的芳鲜茂盛形容洛神容光艳发，肌体丰盈。 (23)仿佛：看不真切的样子。轻云蔽月：喻形迹忽隐忽现。 (24)流风回雪:喻行走婀娜多姿,如轻风飘雪,回旋飞舞。 (25)“远而”二句:形容洛神美艳,光彩照人。 (26)灼:鲜明貌。芙蕖:荷花的别名。渌(lù):水清貌。 (27)秾(nóng)纤:指胖瘦。秾,衣服丰厚,此指形体丰腴。得衷:适中。衷,同“中”。 (28)修短:指高低。 (29)此句谓肩腰窄圆如刻削而成。“削眉”遂成为女性美的特征。 (30)约素:捆缚的一束绢帛。谓腰身纤细柔软。 (31)延、秀:细长。颈、项:脖子前部称颈,后部称项。 (32)皓质:指肌肤白皙。 (33)芳泽:化妆用的膏脂。 (34)铅华:脂粉。古代烧铅为粉。弗御:不用。 (35)云髻:犹言高髻。峨峨:高耸貌。(36)联娟:弯曲貌。 (37)眸(móu):瞳子,指眼睛。睐(lài):旁视,指眼波流动。 (38)靥(yè)辅:今谓酒窝。辅:通“酺”,脸腮。权:通“颧”。(39)瑰姿:雅美的仪态。瑰:美好。艳逸:美逸,娴美。 (40)仪:容止。闲:娴雅。 (41)绰态:绰约婉态。 (42)此句指情态婉媚胜于语言。一说是语言妩媚动人。 (43)旷世:旷绝一世。 (44)骨相:骨格相貌。应图:与图画上的美人相合。 (45)璀(cuǐ)粲:灿亮发光。 (46)珥(ěr):耳环,此指佩戴。瑶碧:美玉。华琚(jū):有花纹的玉佩。 (47)金翠:黄金翠羽。(48)文履:绣鞋。 (49)雾绡:薄而轻的纱绢。裾(jū):指裙子。 (50)微:轻微透出。芳蔼:香气淡远。 (51)踟蹰(chí chú):徘徊。山隅:山角、山旁。 (52)纵体:舒放身体,指步态飘洒。 (53)采旄(máo):有旄饰的彩旗。 (54)荫:遮蔽。桂旗:用桂木做竿的旗。 (55)攘:犹言伸出。神浒:神人出没的水边。 (56)湍濑:石上急流。玄:黑。 (57)振荡而不怡:激动不安。 (58)接欢:通接欢情。通:传达。 (59)素:通“愫”,真情。先达:先于别人而致达。 (60)要(yāo):同“邀”,指约会。 (61)信修:确实美好。 (62)羌:发语词。习礼:知礼,有道德修养。明诗:懂诗,指善于言辞。 (63)抗:举。琼、珶(dì):都是美玉。和:应答。 (64)潜渊:借指洛神水中居处。期:约期,相会。 (65)执:恃,指怀着。款实:真诚。斯灵:指洛神。 (66)交甫:郑交甫。李善注引《韩诗内传》说他在汉水边遇见二位仙女,并得到其赠送的佩玉。然而离去几步,佩玉和仙女都不见了。弃言:指二女背弃信言。 (67)犹豫而狐疑:将信将疑。 (68)和颜:和悦的笑容。静志,使情志冷静。 (69)申:即“伸”,指遵守。礼防:礼义的约束。自恃:犹言自守。 (70)徙倚彷徨:低回徘徊。 (71)神光离合:洛神光采忽离忽合,若隐若现。离则阴,合则阳,与下句相应。 (72)竦(sǒng):耸立。 (73)椒涂:两旁生长花椒的路。涂,同“途”。 (74)薄:丛草。流芳:使芳气流动。 (75)超长吟:指高声长歌。永慕:深切的爱慕。 (76)厉:激烈。弥:久。 (77)杂遝:众多。 (78)命俦啸侣:犹言呼朋唤友。 (79)或:有的。 (80)翠羽:翠鸟羽,可用于妆饰。 (81)南湘二妃:湘水女神。相传舜南巡死于苍梧,娥皇、女英二妃寻至湘江,投水殉死,化为女神。(82)汉滨游女:汉水女神。 (83)匏(páo)瓜:星名,独处河鼓星东,故云“无匹”。 (84)牵牛:星名,与织女星隔绝天河,故云“独处”。 (85)袿(guī):妇女上衣。猗靡:随风飘拂状。 (86)翳(yì):遮。延伫:久立。(87)凫(fú):野鸭。 (88)陵波:犹言踏波踩水,指行走于水上。后来形容女性步履轻盈。陵,踏躐。也作“凌”。微步:轻步。 (89)生尘:指踏波行走水花微起,就像陆行起尘。 (90)“动无”四句:形容似进欲止,若往将还,行动飘忽,心意徘徊。 (91)转眄流精:指顾盼流波,神飞采扬。精:目光。(92)光润:光泽温润。 (93)气若幽兰:气息像幽香的兰草。 (94)华容:美容。婀娜:娇媚。 (95)屏翳:此指风神。 (96)川后:水神。 (97)冯(píng)夷:传说是驾驭阴阳的神人。 (98)女娲:炼石补天的女神,相传是竹笙的发明者。以上四句诸神的行动,预示洛神车驾将去。 (99)文鱼:据说是有翅能飞的鱼。警乘:警卫车驾,指准备出发。 (100)玉鸾:车上铃,车动则鸣响。鸾:通“銮”,常饰于帝王车上的铃。偕逝:偕诸神同往。(101)六龙:指驾车六龙。俨:庄重矜持。 (102)云车:以云为车。容裔:与“容与”同义,从容缓行貌。 (103)鲸鲵(ní):鲸鱼雄为鲸,雌为鲵。毂(gǔ):车轮中心穿轴的圆木,此指车。 (104)卫:护卫。 (105)沚(zhǐ):水中小洲。 (106)纡(yū):转过。素领:即白领。 (107)清扬:本指眉清目秀,此指俊眼美目。扬,一作“阳”。 (108)大纲:犹言大道理。 (109)莫当:不能称心如愿。当,称。 (110)抗罗袂(mèi):举罗袖。 (111)浪浪:泪流淋漓。 (112)良会:指男女的欢会。 (113)一逝:犹言一别。(114)效爱:致爱,表达爱慕之情。 (115)珰(dāng):耳珠。 (116)太阴:借指洛神居处,与上文“潜渊”指所居意近。 (117)所舍:所止,到了的地方。 (118)宵:通“消”。蔽光:光采隐去。 (119)背下:犹言走下。陵高:即高陵,高山。 (120)足往神留:足行心恋。 (121)遗情:意谓洛神已去,而恋情仍留心头。想象:想念洛神容貌。 (122)灵体:神体,指洛神。复形:犹言重现。 (123)御:驾驶。 (124)耿耿:心神不宁貌。 (125)就驾:备车。 (126)骓(fēi):拉边套的马。辔:马缰。抗策:扬起马鞭。(127)盘桓:徘徊不进。

【今译】黄初三年,我到京都朝见皇帝,归来时渡过洛水。古人曾说,这条河的水神,名叫宓妃。有感于宋玉回答楚襄王关于巫山神女的故事,于是作了这篇赋。它的文辞是:

我从京都启程,将回东方封国。过了伊阙山,翻越轘辕山。历经通谷后,又登上景山。这时太阳已经西斜,实在车困马乏,这才在芳草河边解马驻车,让马儿在灵芝地里吃草。我到阳林从容漫步,对洛水纵目周望。在这时情移神动忽然思绪舒散。俯望河面没有发现什么,仰视河彼岸却看到特异的景象:像一美人,立在山崖旁边,就拉着车夫告诉他:"你看见了那人吗?她是什么人呢,如此这样的艳美?"车夫回答说:"我听说洛水的神灵,名叫宓妃。这样说来,那么君王看到的,莫非就是她了?她的形状怎样?我愿意听听。"

我告诉车夫说:洛妃的姿态形状呀,翩翩飘行就像惊鸿疾飞;婉婉徐步就像游龙蜿蜒。容采焕发可比秋菊,华美丰茂有如春松。行迹若隐若现啊好比轻云笼蔽明月,飘飘往来啊犹如流风舞动飞雪。远远看去,灿亮得如旭日升起于朝霞;近前端详,明丽得如荷花冒出清水。胖瘦刚好适中,高低恰好合宜。窄肩如削,轮廓圆润;腰身如捆缚一束绢帛,纤细柔软。长脖细项,洁白外露。香水不擦则自然芬芳,脂粉不施却光采照人。高髻挺耸,细眉微曲。朱唇外呈朗艳,皓齿内露鲜亮。明眸俊眼,秋波流动。酒窝在颊。娇媚醉人。丽姿娴雅,美艳飘逸;容止文静,体态娴雅。柔情婉态,不语而媚。奇服华装,旷绝一世。身段容颜,美如图画。身披璀璨的罗衣啊,佩戴华美的佩玉。头上插着黄金翠羽制成的首饰,身上缀着的明珠闪闪发光。穿着轻便远游的绣鞋,拖曳着轻薄的纱裙。身上微漾幽兰淡远的芳香啊,漫步徘徊在崖旁山角。这时忽然舒放身姿,遨游嬉戏。左边斜倚着带有旄饰的彩旌,右边则遮覆以桂木为竿的旗帜。在神水河边伸出洁白的腕臂,采摘急流旁边石上的灵芝。

我深深喜欢她十分美好的风姿,心里既激动而又不安。一时没有良媒立即通接欢情啊，就委托眼前微波传递言语。希望诚挚的心愫抢先表露，并解下玉佩赠送相邀。嗟叹佳人实在的美好，知书明礼又善言辞。她举起美玉示意作答，指着水中所居约定相会。满怀眷恋款诚的爱慕啊，担心洛神把我欺骗。想到郑交甫在汉滨获赠佩玉而仙女弃信的故事啊，心情怅然将信将疑。只好收敛笑容而安定心思啊，还是遵守礼义约束以控制自己。

正在这时洛神为此深受感动，低回徘徊。身影若隐若现，忽暗忽明。她耸起轻盈身躯如鹤长立而像有所期待，挺身企足又像欲飞而未起。走在充溢香气花椒小路，穿过杜蘅丛草掀曳阵阵芳香。她高声长歌以发深情慕思，声调哀伤激越而又悠长。

忧伤的歌声，使众神纷纷齐集，呼朋唤友。有的嬉戏于清澈的水上，有的翱翔在江中小渚，有的拾取翠鸟羽毛。后面随从着湘水二妃，还携带着汉江游女。洛神慨叹君王像匏瓜星没有配偶，又像牵牛星孑然独处。微风掀动她的上衣飘拂不定，扬起长袖遮光远视而伫立以待。一会儿身体疾敏如水鸟，飘忽莫测。踏波踩浪，碎步水上；水花微起，罗袜绣鞋好像扬起尘土。她的行动没有准则，若有戒备而又安详，进止难料，似去欲还。顾盼流波，神采飞扬；光泽湿润，容颜如玉。含辞欲言，微气如兰。美容娇媚，使我忘饥。

这时风神屏翳收住了江风，水神川后平息了江波。驾驭阴阳的神人冯夷擂动响鼓，音乐家女娲唱起清歌。飞鱼跃出水面来警卫车驾，鸾铃鸣响诸神随之而往。拉车的六条龙庄严昂首并进，乘坐云车从容驶进。鲸鲵踊跃夹乘护车，飞鸟集翔来做护卫。

于是越过北面的沙渚，翻过南面的山冈，洛神转过白皙的脖子，回转美眉俊眼。启开朱唇对我细语徐言，陈诉男女交往的大道理。言说只恨人神之道有别啊，怨伤虽然韶华盛年也不能如愿以偿。举起罗袖掩面流泪啊，浪浪泪水湿衣襟。伤心欢会再没有机会，哀痛一别人各一方。未曾以微情来表示欢爱，奉赠江南的耳珰以示心意。我虽然深处幽冥的神居，今后将常常思念着君王。说着忽然不知洛神去向，一瞬间神消光隐空留惆怅。

于是怏怏离去，下了高山，步儿行而心儿还留在那边。切切情思一个劲地想着洛神的风姿仪貌，回望刚才相遇之地而满怀愁绪。我多么希望洛神再能出现，于是驾起快船逆水追寻。浮荡在长河的小船忘记归返，思绪绵绵而徒增企慕。今晚将心神不宁而长夜不眠，身上沾满浓霜直到天明。命车夫备整车马，我还是踏上东路归封地。一旦手握住马缰而扬起马鞭，又怅然徘徊啊不能离去。

【点评】这篇词采华茂的美文，为曹植赢来极大的声誉。而此作的主题自唐迄今存在两大分歧：一是"感甄"言情说，即叔嫂之间一段情事；一是"寄心君王"的比兴说。就前者来说，比曹植大十岁的甄后，当她做了曹丕的战利品时，要说十三岁的曹植对二十三岁的嫂子产生爱慕，未免悖于常情。况且撰写此作的黄初年间，作者处于"忧惶恐怖"，精魂飞散，死生莫测，如履薄冰的现实，每有"举挂时网，动辄得咎"（《责躬》）的惊惧。对曹丕他一方面乞怜："不知刑罪当所限齐（界）"（《谢初封安乡侯表》）；一方面说好听的：允许觐见，则"有若披浮云而睹白日"（《谢入觐表》）。甚至不择尺寸地阿谀："陛下德象天地，恩隆父母"（《上责躬、应诏诗表》）。黄初四年，"抱衅归藩，刻肌刻骨"，死里逃生，如惊弓之鸟。当此时，即使他对甄后曾有过爱慕，在曹丕想着法儿欲置于死地的当儿，也不会"以甄后为他《洛神赋》的模特儿"（郭沫若语），去自寻祸殃。况且早在曹丕做太子宴请建安诸子时，出示甄氏，坐者皆伏，独刘桢平视了几眼，为此被曹操几定为死罪。（《三国志·魏志·刘桢传》，裴松之注引《典略》）曹丕为人阴狠，这不能说和他没干系。嗣后还有谁敢在这事上惹麻烦；所以宋人刘克庄说："《洛神赋》，子建寓言也，好事者乃造甄后事以实之，使果有之，当见诛于黄初之朝矣。唐彦谦：'惊鸿瞥过游龙去，虚恼陈王一事无'，似为子建分疏者。"（《后村诗话》）因而，可以说这个"寓言"寄托了受迫害而产生的疑虑苦闷，要求被理解而不能实现的悲苦失望心情。要求的对象，当时除了曹丕，还能有谁？有人说赋中的"君王"是洛神对作者的称呼，与实际的君王曹丕不能等同，对于这篇"遗情想象，顾望怀愁"如真似幻的"寓言"，恐怕有些对号才能入座的沾滞。

此赋的"恨人神之道殊兮，怨盛年之莫当"的比兴，与作者《美女篇》"盛年处房屋，中夜起长叹"意蕴相近。"无良媒以接欢兮"与"媒氏何所营"也相仿佛。元人刘履《选诗补注》说后者是"其时为君所忌，而不得亲用，今但归咎于媒者之人，盖不敢斥言也。"此赋的"惧斯灵之我欺""感交甫之弃言兮"，亦非一般情语所能范围，当是"不得于君"而"托微波而通"——即"不敢斥言"的说法。

飘飖于文学长河的精彩绝艳的"洛神形象"，是曹植天才的贡献。作者驱遣“八斗之才”，写活了这位水上女神，柔情绰态往还纸上。女神乍现，一出手就奉献一簇光彩灼灼的奇花异葩：“翩若惊鸿，婉若游龙。荣曜秋菊，华茂春松。仿佛兮若轻云之蔽月，飘飖兮若流风之回雪。”一连串想象丰艳的比喻远距离烘托出神女的飘忽灵逸的仪态丰神，有“惊鸿”“游龙”的推陈，也有“流风回雪”的出新。极精美的笼括了美神的灵姿仙韵，渲染出“皎若太阳升朝霞”的皎美，这是远望；至于近察，则“灼若芙蕖出渌波”一笔带出水灵灵清秀雅丽的凌波仙子的丰采。从“秾纤得衷”至“步踟蹰于山隅”，又精雕细刻了一个实实在在的可亲可近的“丽人”。幻化的灵异“美神”和逼真的世俗“丽人”的双重美，给后之作者以丰富的启示。描绘水上步履的“体迅飞凫，飘忽若神。陵波微步，罗袜生尘”，自铸妙语，纯乎白描，更是出神入化的极传神之笔。若人若神，是真是幻。如在目前，而又凌虚御风，不可端倪。陆行水步，神光离合，不可分辨。以及“竦轻躯以鹤立，若将飞而未翔”，一举一动，处处扣住水上女神的特征。“动朱唇以徐言”一段，俨然是个钟情女子，段末“忽不悟其所舍，怅神宵而蔽光”，又染上一层飘然幽渺的神光异彩。中间夹杂的“众灵杂遝，命俦啸侣”和招之即来的屏翳、川后、冯夷、女娲诸神，带有戏剧性的浪漫色彩，烘衬得洛神的“神味儿”更浓。全赋正是这样人神融合、真幻交错地多层次变化。另外“余”的两次振荡、怅然的心理刻画和洛神“无微情以效爱兮”的幽怨情语，使这篇《洛神赋》意味深曲的抒情色彩更为浓郁强烈。

【集说】魏东阿王（曹植）汉末求甄逸女，既不遂，太祖回与五官中郎将（曹丕）。植殊不平，昼思夜想，废寝与食。黄初中入朝，帝示植甄后玉镂金带枕，植见之不觉泣。时已为郭后谗死，帝意亦寻悟，因令太子留宴饮，仍以枕赉植。植还，度轘辕，少许时，将息洛水上，思甄后，忽见女来，自云：“我本托心君王，其心不遂。此枕是我在家时从嫁前与五官中郎将，今与君王。遂用荐枕席，欢情交集，岂常辞能具？为郭后以糠塞口，今被发，羞将此形貌重睹君王尔。”言讫，遂不复见所在。遣人献珠于王，王答以玉佩。悲喜不能自胜，遂作《感甄赋》。后明帝见之，改为《洛神赋》。（《文选》李善注引《记》）

“瓶薄怒以自持，曾不可乎犯干”“目略微盼，精彩相授，志态横出，不可胜记”，此玉之赋《神女》也。……“神光离合，乍阴乍阳”“进止难期，若往若还，转盼流精，光润玉颜。含辞未吐，气若幽兰”，此子建之赋神女也。其妙处在意而不在象。然本之屈氏“满堂兮美人，忽与余兮目成”，“既含睇兮又宜笑，子慕余兮善窈窕”，变法而为之者也。（王世贞《艺苑卮言》）

《离骚》：“我令丰隆乘云兮，求宓妃之所在。”植既不得于君，因济洛川作为此赋，托辞宓妃以寄心文帝。其亦屈子之志也。

示枕赉枕，里老之所不为。况帝又方猜忌诸弟，留宴从容，正不可得。《感甄》名赋，其为不恭，夫其特酗酒悖慢劫胁使者之可比耶！（何焯《义门读书记》）

就文章的结构上来说吧。《洛神赋》虽然享有盛名，但过细研究起来实在是大有毛病。请看它开首说“睹一丽人，于岩之畔”，而到后面却说是“众灵杂遝”。一与众怎么调和？前面还不知此“丽人”为谁而问御者，仅由御者以疑似之词答以“河洛之神，名曰宓妃，然则君之所见，无乃是乎？”而后面却已直指为“洛灵”。前面只是“忽焉”的一睹，而后却是淋漓尽致地刻画得异常用力。又请看他的刻画吧。他才说“芳泽无加，铅华弗御”，宜乎是一位淡妆素净的美人了，而一转笔又说到罗衣璀璨，金翠明珠，满身满头的华饰。像这样前后矛盾，脉络不清，我真有点不大了解，何以竟成了脍炙人口的寿世妙文？或许这赋的构成，不是出于一时的吧？前面的冒头或许是后来加上去的。（郭沫若《历史人物·论曹植》）

（公炎冰）

鹞雀赋[1]

鹞欲取雀。雀自言：“雀微贱，身体些小，肌肉瘠瘦[2]，所得盖少，君欲相啖[3]，实不足饱。”鹞得雀言，初不敢语。“顷来轗轲，资粮乏旅。三日不食，略思死鼠。今日相得，宁复置汝！”雀得鹞言，意甚怔营[4]，“性命至重，雀鼠贪生；君得一食，我命是倾[5]。皇天降监，贤者是听。”鹞得雀言，意甚沮惋。当死毙雀，头如果蒜。不早首服[6]，捩颈大唤。行人闻之，莫不往观。雀得鹞言，意甚不移。依一枣树，藂蕽多刺[7]，目如擘椒，跳萧二翅。我虽当死，略无可避。鹞乃置雀，良久方去。二雀相逢，似是公妪，相将入草，共上一树。仍叙本末，辛苦相语。向者近出，为鹞所捕。赖我翻捷，体素便附，说我辨语，千条万句。欺恐舍长，令儿大怖。我之得免，复胜于兔。自今徙意，莫复相妒。

言雀者但食牛矢中豆，马矢中粟。

【注释】(1)本篇选自《太平御览》卷九二六。鹞(yào)：似鹰而小的猛禽。 (2)痟：借作消。一作瘠。 (3)相啖：相，表示偏指一方，用来指代第一、第二或第三人称宾语，相当于我、你、他。相啖，即吃了我。下文"今日相得"等"相"字用法相同。 (4)怔营：义作征营，叠韵联绵词，惊惶不安貌。(5)是：一作"陨"。 (6)首服：自首服罪的意思。 (7)蘩蘲：即葱茏。

【今译】一只鹞鹰将要攫取一只麻雀。麻雀于是说道："麻雀卑微低贱，身体弱小，而且肌肉消瘦；即使您抓到一只麻雀，得到的又多么少！您打算把我吃掉，可我实在不足以使您饱腹。"鹞鹰听了麻雀的话，开始的时候没敢说什么。后来才说："近日很不顺利，在旅途中缺乏粮食充饥。我已经三天没吃东西，现在连死老鼠都有点儿想吃。今天终于得到你，怎么会再把你放弃！"麻雀听了鹞鹰的话，心中非常慌乱不宁："性命至为重要，连麻雀和老鼠都要贪生；您得到我只不过是得到一点儿食物充饥，可我的生命却要因此丧失。上帝观察着天下的芸芸众生，只有有才有德的生灵上帝才会听从。"鹞鹰听完麻雀的话，心中非常沮丧：本应一命呜呼的麻雀，脑袋不过像一瓣大蒜，他不早早地自首服罪，却在那里转着脖颈大声呼唤；过路的人听了，没有谁不前来观看。而麻雀听了鹞鹰的话，更加坚定了自己的心意。他依靠着一株枣树，——这枣树枝叶繁茂，长满尖刺，小小的眼睛瞪得圆圆的，就像擘开的椒子，双翅扑棱棱跳动不止。我虽然面临死亡，没有一点儿地方可以躲避，可我宁可跟你抗争到底。鹞鹰于是放弃了麻雀，好久好久方才飞去。另外两只麻雀遇上了方才这只——好像是一对夫妇；搀扶着它飞进草丛，共同飞到一棵树上。这只麻雀反复叙述着事情的本末，把自己的痛苦跟他们诉说：方才我自己飞到近处，被一只鹞鹰追逐。仗着我动作迅速，天生具有言辞辩捷的能力。我用自己动听的言语来劝说他，说出的理由有千句万句。遭受欺凌，担惊受怕，父母长时把我舍弃，使我感到非常恐惧。我最终还能摆脱死难，跟那些被鹞鹰攫取的狡兔相比还算运气。希望您从现在起改变心意，不要再把我忌恨。

——人们常说麻雀只是吃牛屎里面的豆以及马屎里面的粟而已。

【点评】《鹞雀》一赋，在两条线索上展开全篇。第一条线索展示了一幅麻雀与鹞鹰据势相争的图景。麻雀自称“微贱”，故鹞鹰逼迫麻雀有贵欺贱之义；麻雀自称“些小”，故鹞鹰追逐麻雀又有以强凌弱之义；麻雀又说“皇天降监，贤者是听”，故鹞鹰攫取麻雀还有丑恶侵害善良的意义在内。因此，《鹞雀赋》展现的实际上是权贵、丑恶、强者凌辱低贱、善良、弱者的内容。在这里，不仅表现了麻雀对生命的留恋与面临死亡的悲哀：“性命至重，雀鼠贪生；君得一食，我命是倾”；而且表现了麻雀在权贵面前、在强者面前，在丑恶面前的不屈抗争：“依一枣树，藂蕽多刺，目如擘椒，跳萧二翅。”《鹞雀赋》的第二条线索由“雀”与另外“二雀”构成，主要是在以第一条线索作为背景的基础上表达作者对亲人之间互相体贴温存、“莫复相妒”的善良愿望，用语虽少，实际上却是全赋用意之所在。由此可见，《鹞雀》一赋虽极短小，又看似凌乱，实则具有严密的内在联系，包含着异常丰富的内容。

作者曹植少蒙曹操宠爱，几乎被立为嗣子，因而倍受曹丕猜忌，曹丕继位以后，屡相加害，仗着母亲护持，方得不死；然而一生屡遭迁徙，行动极不自由，终生汲汲无欢。《鹞雀》一赋，实是作者不幸遭遇的曲折表现，所以文章语虽平易，却感慨良深，给人一种胸怀剧痛而难以遏制的感觉。“身体些小，肌肉瘠瘦”，已使人透过麻雀自怜自惜的慨叹而感到一种人生的凄凉与悲哀；“君欲相啖，实不足饱”则更是伤悲内蕴，悱恻深含。《鹞雀赋》开头无端，宕开事情的“本末”，直接呈现“鹞欲取雀”的场面；结尾也是无绪，凭空又出“言雀者但食牛矢中豆，马矢中粟”。这一切也是作者那悠长无尽的痛苦与悲伤的自然流露和表现。读完全篇，仔细回味曹植对那种“煮豆燃豆萁”、同根相煎的哀叹，直使人感到欲哭无泪，心神为之凛然。这种沉重的痛苦使人隐隐感到：曹植渴望“自今徙意，莫复相妒”，只不过是对一种脉脉温情的无望的呼唤；曹植到那种“皇天降监，贤者是听”的古老天命信仰里去寻求精神安慰，只不过是被压迫灵魂的徒劳的悲叹！

为了准确、含蓄地表达自己的思想感情，作者在赋中运用了多种巧妙的艺术表现手法：例如以鹞雀相争构成象征，形象生动而又带有浓厚的生活气息；对话的运用恰切地表现了鹞雀二者的性情；心理刻画准确传神：鹞鹰由“欲取雀”到“初不敢语”再到“意甚沮惋”，麻雀由“意甚怔营”到“意甚不移”，寥寥数语，准确表现了二者微妙的心理变化过程；细节描写尤其栩栩如生，如写麻雀在鹞鹰面前“不早首服，捩颈大唤”，“目如擘椒，跳萧二翅”等。另外，全篇结构也是颇具匠心，作者宕开情节发生的开端，直接以“鹞欲取雀”开篇，使得主体内容突出而又醒目地展现在读者面前；结尾在几只麻雀“相将入草，共上一树”这一平静和乐的场面之后，突又提出麻雀“但食牛矢中豆，马矢中粟”，使读者的心情由紧张之后的平静重新走向难以摆脱的凄然，“麻雀”的不幸再次引起人们深深的共鸣和无尽的叹惋。

【集说】陈王植《鹞雀赋》。按游戏之作，不为华缛，而尽致达情，笔意已似《敦煌掇琐》之四《燕子赋》矣。雀获释后，公妪相语。自夸：“赖我翻捷，体素便附”云云，大类《孟子·离娄》中齐人外来骄其妻妾行径，启后世小说中调侃法门。植之辞赋《洛神》最著，虽有善言，尚是追逐宋玉车后尘，未若此篇之开生面而破余地也。（钱钟书《管锥编》，第三册）

此赋……展示一幅雀与鹞生死搏斗的过程。曹植运用象征的技巧，将强凌弱这一社会现象，委婉曲折地予以揭露，为了形象地反映具有深刻意义的内容，就抛弃赋传统的铺张技巧和华靡辞藻，而采用对话和表述相结合的文学形式，将鹞与雀的动态、心情作了具体的表述，塑造了凶残与善良抗争的形象。曹植紧密地掌握这特殊的内容，寻求恰当的表现形式，因而取得内容与形式之高度和谐。（赵幼文《曹植集校注》）

曹植赋，正如他自己所说，大多是“触类而作”的。所以他的生平遭际，从个人的升沉哀乐、亲友的欢会离别直至军国大事，几乎无不形诸赋。……但曹植赋之最有特色者，还是他的那些托物寄意的咏物赋。他的这类作品颇多，……其真正能别开生面者为《蝙蝠》《鹞雀》二赋。……《鹞雀赋》……当据民间寓言写成，语言全是口语，非常生动形象，完全摆脱了文人赋的窠臼，比蔡邕的《青衣赋》又进了一步。曹植有《野田黄雀行》一诗……此赋构思与之相似。大概都是借此来讽谕曹丕及其爪牙的。后来唐代的俗赋，完全与之一脉相承。（马积高《赋史》）

（常　森）

向秀

向秀（约227—约272），字子期，晋河内怀（今河南武陟西南）人，为竹林七贤之一。生平与嵇康、吕安友善。二人被杀后，他应征入洛，任散骑侍郎，转黄门侍郎、散骑常侍。为人清悟远识，有拔俗之韵。素好老、庄之学，相传其注《庄子》始成，时人有“庄周不死”的感慨。作品仅存《思旧赋》。

思旧赋并序

余与嵇康、吕安[1]，居止接近；其人并有不羁之才。然嵇志远而疏，吕心旷而放，其后各以事见法。嵇博综技艺，于丝竹特妙。临当就命，顾视日影，索琴而弹之。余逝将西迈，经其旧庐；于时日薄虞渊[2]，寒冰凄然。邻人有吹笛者，发声寥亮；追思曩昔游宴之好，感音而叹，故作赋云：

将命适于远京兮，遂旋反而北徂。济黄河以泛舟兮，经山阳之旧居。瞻旷野之萧条兮，息余驾乎城隅。践二子之遗迹兮，历穷巷之空庐。叹《黍离》之愍周兮[3]，悲《麦秀》于殷墟[4]。惟古昔以怀今兮，心徘徊以踌躇。栋宇存而弗毁兮，形神逝其焉如。昔李斯之受罪兮，叹黄犬而长吟[5]。悼嵇生之永辞兮，顾日影而弹琴。托运遇于领会兮，寄余命于寸阴。听鸣笛之慷慨兮，妙声绝而复寻。停驾言其将迈兮，遂援翰而写心。

【注释】(1)嵇康、吕安：嵇康(223—262)，字叔夜，谯国铚(今安徽宿县西南)人。三国魏文学家、思想家、音乐家，"竹林七贤"之领袖。与魏宗室通婚，官中散大夫，故世称嵇中散。为司马昭所杀。吕安(？—262)，字仲悌，三国魏东平(今山东东平以东)人，与嵇康友善，亦为司马昭所杀。 (2)虞渊：即禺谷，日入处。 (3)《黍离》：即《诗经·王风·黍离》。《毛诗序》云："《黍离》，闵宗周也。周大夫行役，至于宗周，过故宗庙宫室，尽为禾黍。闵周室之颠覆，彷徨不忍去，而作是诗也。" (4)《麦秀》：即《麦秀歌》。据《尚书大传》，殷王室微子朝见周天子，过殷墟，见殷墟已沦为田亩，于是唱了两句歌："麦秀渐渐兮禾黍油油，彼狡童兮不我好仇。"麦秀，指麦子孕穗。(5)"昔李斯"二句：李斯被赵高陷害，临刑悲叹：欲牵黄犬逐兔，岂可得乎？

【今译】我与嵇康、吕安，住处相近；这两人都有为常人不能羁绊的才气。可嵇康志趣高远而疏阔世俗，吕安生性旷达而豪放脱略，二人后来都因事被处死刑。嵇康具有多种技能，而音乐方面的造诣尤其精妙。他将要被杀的时候，曾经回看着太阳的光辉，悠然地援琴而弹。我向西前去洛阳，途经嵇康、吕安的旧居；当时夕阳即将落山，寒冰四覆，一派凄然。他们生前的一个邻居正在吹笛，笛声清亮异常；回想起当初与他们交游的欢乐，又因笛声而感慨悲叹，于是写成下面的赋文：

奉命前往遥远的京都啊，继而返身转回北方。横渡黄河让小船随水漂流啊，正好经过他们在山阳的旧居。眺望旷野一派冷落寂寞啊，把我的车驾停歇在城角。追寻二人遗留的踪迹啊，经过那荒僻的小巷来到他们空空的住所。《黍离》悲悯周室的颠覆使人慨叹啊，《麦秀》伤悼殷朝的沦丧使人心悲。回顾遥远的过去而且怀念昔日的友人啊，心中充满犹豫和踌躇。房屋依然存在而没有毁坏啊，他们的身影和神采却永远逝去不知归往何处！当初李斯蒙受罪责啊，曾经长叹不能再牵黄犬而逐兔郊野。追思嵇康辞别人世啊，曾经顾视太阳的光芒而挥手弹琴。个人命运与遭遇的痛苦在他心灵的顿悟里消失啊，他把自己的残生寄托给了临终前这段短暂的光阴。聆听着笛声那慷慨激昂的旋律啊——那精妙的笛声时而断绝时而又重新延续不止。停着的车驾将要动身啊，于是挥笔写下自己的一片凄凉衷心！

【点评】《思旧》怀人，感情深注。作者“与嵇康、吕安，居止接近”，甚为友善，曾一同打铁、灌园，而此时此刻，就不能不使作者心头笼上一层黯淡和悲凉。“余逝将西迈，经其旧庐；于时日薄虞渊，寒冰凄然”数语，真是凄神寒骨。四顾旷野萧条，室庐寥落，作者那沉郁的情思更加难以遏止：“栋宇存而弗毁兮，形神逝其焉如”；形神长逝，孤魂飘零，而遗迹犹存，屋宇不毁。此景此情，人何以堪！只有那凄凉的笛声伴着冷冷清清的暮色，缭绕于这穷巷与空庐之间，如泣如咽，慷慨唏嘘，一一应和着作者感情的波澜：长叹甚于《黍离》，深悲有过《麦秀》。魏晋之际，天下多故，名士少有全者，身处刀丛，向秀纵有满腹悲愤，却也只能像鲁迅先生那样沉入一种没有写处的悲哀。因而全赋只有寥寥几行，刚刚开头，便已煞尾。

《思旧赋》主要抒发作者对挚友嵇康的悼思，然而它的重点不在于写嵇康的龙章凤姿与自然天质，不在于写他独步一时的技艺和高远、超脱的志趣，而在于挖掘其生命的内涵和意义。“悼嵇生之永辞兮，顾日影而弹琴”（“嵇博综技艺，于丝竹特妙，临当就命，顾视日影，索琴而弹之”），这种洒脱本身便是对现实乃至死亡的蔑视；因此，嵇康此曲，绝非一首生命的挽歌，而是对身外万物的可贵的超越。“托运遇于领会兮，寄余命于寸阴”，命运的坎坷与遭遇的无情全在这片刻之间的顿悟里涣然冰释，而短暂的残生却已经在这超然的琴声里升华成了精神的永恒。作者向秀把自然的黄昏与嵇康那生命的黄昏交织抒写，前者构成了一种凄恻寂寥的背景，而后者却呈现了一种崇高、悲壮的精神。《思旧赋》虽短，却抓住嵇康临当就命、索琴而弹这一细节，准确地传达出了嵇康的内在风神，真可谓是嵇康的知音！

【集说】赋必有关著自己痛痒处。如嵇康叙琴，向秀感笛，岂可与无病呻吟者同语。（刘熙载《艺概》）

这篇赋是他应郡举归来,途经嵇康在山阳的旧居,闻笛有感而作。归旅之人,城边息驾、穷巷深处、闻笛而去的描写,叹周悲殷、临命之际的追想,无不啜泣呜咽,感情深注,充满对挚友痛悼的情意。全赋共一百五十六字,简赅剀切,托旨遥深;长序而小构,首大而尾短,真有尺幅之内显千里之势、弹丸之地呈大千世界之概。这篇短赋虽抒发了作者不得意的委曲求全的悲鸣,但也显示了当时长夜如磐、腥风血雨的严酷现实和恐怖局面。……读此赋后,似乎感到政治的森厉,现实可以凝固一切,而作者内心愤怒的血流却永在奔突,一种压抑勃郁之气时溢纸面。(张永鑫《汉魏六朝小赋选》)

此赋的《序》写得极好。其中"余逝将西迈,经其旧庐。……追思曩昔游宴之好,感音而叹"数语,在简淡的叙述中,摄取眼前景物,略作点染,尤觉情韵凄绝。(马积高《赋史》)

(常　森)

张华

张华(232—300),字茂先,范阳方城(今河北固安县南)人。少孤贫,牧羊为生。魏时曾为太常博士,任佐著作郎,迁长史,兼中书郎。入晋后任黄门侍郎,迁中书令。是平吴之役的决策者,晋初宪章、诏诰多经其手,名重当时。惠帝时官至司空。永康元年,因坚拒赵王司马伦篡夺阴谋而遇害。为人儒雅有策略,好奖掖人才。为学博物洽闻,著《博物志》,今存辑本《张司空集》。

鹪鹩赋[(1)] 并序

鹪鹩[(2)],小鸟也。生于蒿莱之间[(3)],长于藩篱之下[(4)],翔集寻常之内[(5)],而生生之理足矣[(6)]。色浅体陋,不为人用;形微处卑[(7)],物莫之害[(8)];繁滋族类,乘居匹游[(9)],翩翩然有以自乐也[(10)]。彼鹫鹗鹍鸿[(11)],孔雀翡翠[(12)],或凌赤霄之际[(13)],或托绝垠之外[(14)],翰举足以冲天[(15)],觜距足以自卫[(16)];然皆负矰婴缴[(17)],羽毛入贡[(18)]。何者?有用于人也。夫言有浅而可以托深,类有微而可以喻大[19],故赋之云尔[20]。

何造化之多端兮[21],播群形于万类[22]。惟鹪鹩之微禽兮[23],亦摄生而受气[24]。育翩翾之陋体[25],无玄黄以自贵[26]。毛弗施于器用[27],肉弗登于俎味[28]。鹰鹯过犹俄翼[29],尚何惧于罿罻[30],翳荟蒙笼[31],是焉游集[32]。飞不飘飏,翔不翕习[33]。其居易容[34],其求易给[35];巢林不过一枝[36],每食不过数粒。栖无所滞[37],游无所盘[38],匪陋荆棘[39],匪荣茝兰[40]。动翼而逸[41],投足而安。委命顺理[42],与物无患[43]。伊兹禽之无知[44],何处身之似智!不怀宝以贾害[45],不饰表以招累[46];静守约而不矜[47],动因循以简易[48]。任自然以为资[49],无诱慕于世伪[50]。

雕鹖介其觜距[51],鹄鹭轶于云际[52],鹍鸡窜于幽险[53],孔翠生乎遐裔[54];彼晨凫与归雁[55],又矫翼而增逝[56]。咸美羽而丰肌[57],故无罪而皆毙。徒衔芦以避缴[58],终为戮于此世[59]。苍鹰鸷而受绁[60],鹦鹉惠而入笼[61]。屈猛志以服养[62],块幽縶于九重[63];变音声以顺旨[64],思摧翮而为庸[65]。恋钟岱之林野[66],慕陇坻之高松[67];虽蒙幸于今日[68],未若畴昔之从容[69]。海鸟鶢鶋,避风而至[70];条支巨雀,逾岭自致[71]。提挈万里[72],飘飖逼畏[73],夫唯体大妨物[74],而形瑰足玮也[75]。

阴阳陶蒸[76],万品一区[77],巨细舛错[78],种繁类殊。鹪螟巢于蚊睫[79],大鹏弥乎天隅[80]。将以上方不足[81],而下比有余;普天壤以遐观[82],吾又安知大小之所如[83]!

【注释】(1)《晋书》本传说:张华“初未知名,著《鹪鹩赋》以自寄”。(2)鹪鹩(jiāo liáo):鸟名,体长约十厘米,常居低矮阴湿的灌木丛中,善筑巢,俗称巧妇鸟。 (3)蒿莱:野草、杂草。 (4)藩篱:篱笆。 (5)寻、常:八尺为寻,两寻为常。 (6)生生:犹言生存。《老子》75章:“人之轻死,以其生生之厚。” (7)卑:低处。 (8)莫之害:意即莫害之。 (9)乘(shèng)居匹游:犹言群居群游。乘,量词“四”的代称,如乘马、乘矢。匹:

计算布帛的长度单位。 (10)翩翩:欣喜自得貌。 (11)鹫(jiù):鸟名。鹰科部分种类的通称,皆大型猛禽,如秃鹫、兀鹫等。鹗(è):鸟名,猛禽。鹍(kūn):即鹍鸡,鸟名,似鹤,色黄白。 (12)翡翠:鸟名,羽毛鲜亮,体较小。(13)凌:指飞越。赤霄:犹言九霄,指天空极高处。 (14)绝垠:极远的地方。 (15)翰:高飞。 (16)觜(zuǐ):鸟嘴。距:指鸟爪。 (17)负矰(zēng):中箭。矰,系有丝绳的射鸟短箭。婴缴(zhuó):带上箭绳子。婴:系,指带上。缴:箭后丝绳。 (18)入贡:进献朝廷。 (19)类:事物。(20)云尔:助终结语气。 (21)造化:指大自然的创造化育。端:头绪。(22)播:指广泛造作。形:形体,指生物。类:种。 (23)微:小。 (24)摄生:获得生命。一说指养生。受气:接受生气。 (25)育:化育生成。翩翾(xuān):联绵词。飞动貌。陋:小。 (26)玄黄:指色彩鲜艳的羽毛。(27)器用:犹言器饰,器物的装饰。 (28)登:进用。俎(zǔ):祭祀时置放牛羊等祭品的礼器。 (29)鹯(zhān):鸟名,猛禽。俄翼:斜翅,指迅速飞过。 (30)罿罻(tóng wèi):都是捕鸟小网。 (31)翳荟(huì):草木茂盛貌,指密林。蒙笼:指茂密的草木。 (32)是焉:于此。集:栖止。 (33)飘飏:指高飞。翕(xì)习:急疾貌。 (34)易容:易于容纳,不需多大地方。(35)给(jǐ):满足。 (36)居住很简单。 (37)滞:滞留。 (38)盘:盘桓。此二句说游无特别喜爱逗留的地方,意即处处可乐。 (39)匪陋荆棘:不以荆棘为恶陋。 (40)茝(chǎi):香草。 (41)逸:安逸快乐。 (42)委命:任命,任从命运。顺理:顺乎物理。 (43)与物无患:指不为外物伤害。(44)伊:语首助词,使句子匀称。 (45)贾害:犹言招祸。 (46)不饰表:指无美羽以装饰外表。累:祸累。 (47)守约:保持简朴。 (48)因循:依照习惯。 (49)资:资性,资质。 (50)世伪:指当时执政者的诈伪。(51)雕、鹖(hé):都是大型猛禽,好斗。介:凭借,依赖。 (52)鹄(hú):即天鹅。鹭:形似鹤的鸟。轶:通"逸",逸飞,高飞。 (53)幽:幽僻。 (54)孔翠:孔雀、翡翠。遐裔:遥远边地。 (55)凫:野鸭。 (56)矫:高举。增(céng)逝:义同"层逝",高飞。 (57)咸:都。 (58)衔芦:雁衔芦草以自卫。 (59)为戮:被害。 (60)鸷:凶猛。絏(xiè):同"绁",五臣本亦作"绁"。拴系。 (61)惠:通"慧"。鹦鹉能言,故言"惠"。 (62)服养:驯服豢养。 (63)块:孤独。幽絷:囚禁。九重:指深宫。 (64)变音声:指鹦鹉经训练发出各声音。顺旨:顺承人意。 (65)摧翮:剪损翅羽。防其飞去。为庸:指当作玩物。庸,用。 (66)钟、岱:出产鹰的二山名。 (67)垅坻(dǐ):指陇山,产鹦鹉,在今甘肃陇县。坻,山坡。 (68)蒙幸:受到宠幸。(69)畴昔:从前。从容:自在不羁。 (70)鶢鶋:也作"爰居",海鸟名。(71)条支:古西域国名。也作"条枝"。大雀,当指鸵鸟。 (72)提挈(qiè):义同"提携",指牵拉巨雀。挈:提,拉。 (73)"飘飖"句:指海鸟鶢鶋受海上飓风的逼迫威胁。 (74)妨物:妨害于物,此句指爰居体大受海风威胁。 (75)瑰:奇伟。足玮(wěi):值得珍视,指巨雀珍奇,作为贡物,遭受"逾岭"跋涉的辛苦。 (76)阴阳:古人认为宇宙自然由阴阳二气化育万物。陶蒸:犹言陶冶、缔造、化育。 (77)万品:万类,万物。一区:同一区域,指同处整个大自然中。 (78)舛(chuǎn)错:错乱不齐。 (79)鷦螟(míng):极微小的虫子。也作"蟭螟"。 (80)弥:充满,指遮蔽。天隅:天边。 (81)方:比。与下句"比"为对文。上、下:指大鹏、蟭螟。 (82)遐观:远视。 (83)小大之所如:指小大事物的小大区别。所如:所从,所归,小大归属。

【今译】鷦鹩是个小鸟儿。生在蓬蒿野草丛中,长在篱笆的附近,飞起来仅在不大的范围之内,然而赖以生存的条件足够了。它的毛色浅淡而且体形陋小,不被人们捕用;身形微小又居处低湿,外物不能危害到它;繁衍众多,群居群游,欣欣然自有其乐。那些大鹫、猛鹗、鹍鸡、大雁、孔雀、翡翠鸟,有的凌飞九霄云际,有的托身极远之地,高飞能够冲天,嘴角能够自卫;然而都中箭带绳,羽毛被进献朝廷。这是什么原因呢?因为对于人它们都有用处的。语有浅显而可以寄托深远,物有微细而可以比喻大道理,所以就写了这篇《鷦鹩赋》。

大自然的缔造化育多么纷繁啊,对万物造作了各种形体。想起鷦鹩这个微小的鸟儿啊,也获取生命又承受了生气。化育成翩旋而飞的陋小身体,而没有彩羽艳毛以自为珍贵。毛不能用于器物的装饰啊,肉不能盛放在祭祀的礼器。鹰鹯猛禽从旁经过犹且斜翅疾飞不屑一顾,更不必担心那些捕鸟的罗网!那儿有茂密的树林、蒙笼的丛草,就在那儿游处栖息。飞动而不飘飏高升天空，翱翔而不疾速出林。它的住居易于容身，它的欲求易于满足；做巢树上，所占不过一枝；每次啄食，所吃不过几粒。栖止没有滞留贪恋的地方，飞游没有盘桓逗留的地方。不以荆棘为恶陋而卑薄，不以茝兰为荣耀而看重。举翅而快乐，投足而安逸。任从命运以顺乎物理，从来不被外物伤害。这鹪鹩鸟本来无知，为何安身处世像有智慧！不怀抱珍宝以招致灾害，不修饰外表以招致祸累；静处则保持简朴而不矜傲，飞动则依照习惯而不用力。任从天性作为资质，不受世俗诈伪的诱惑而慕求。

鹏、鹗仗恃自己的嘴爪，天鹅、鹭鸟腾越到云端，鹍鸡窜飞在幽僻险峻的山间，孔雀、翡翠活动在遥远的边陲；那些晨出的野鸭与归去的大雁，又都举翅而高飞。这些猛禽美鸟都有美羽或丰肌，所以无罪又都被击毙。大雁空自衔着芦秆防避箭弋，终被世人所射戮。苍鹰凶猛却遭受绳拴，鹦鹉聪慧能言而关入鸟笼。曲抑猛志以驯服豢养，孤独囚禁在深宫后苑；变化音声以顺承人意，悲叹翅剪羽毁用为玩物。怀恋北地钟、岱山间的丛林，思慕陇山长坡高挺的松树。虽然今日蒙受宠幸，却不如从前那样逍遥自在。海鸟鶢鶋，回避海风而至大陆；条支鸵鸟，翻山越岭被献朝廷；鸵鸟被牵拉万里，鶢鶋受天风逼迫，那是由于躯体巨大被风妨害，或因形貌奇伟而值得珍视。

阴阳二气陶冶化育，众生万物同处一域，巨细纷乱参差，种类繁多互异。极小的鹪螟居住在蚊子眼毛上，浩瀚的大鹏遮蔽了青天半边。用鹪鹩上比大鹏则不足，下比鹪螟却有余；放眼观察整个天地，我又怎知大小的事物而有巨细的差别！

【点评】这是一篇外似平静、内怀忧惧而感时伤世的深刻文字，把它视为“只是鼓吹一种安分守己的处世哲学”，或者说“不过是失意者聊以自慰之词”，恐怕有违作者言浅托深、类微喻大的用心。自正始十年(249)到此赋问世的景元二年(261)，从“典午之变”开始，司马集团的屠刀大杀出手，运斤成风，历时十五、六年。清谈名士邓飏、何晏、夏侯玄，将军、刺史则李胜、王凌、毌丘俭、诸葛诞，楚王曹彪、皇后父张缉、魏主曹髦先后被杀。斫杀的副产品出现了一批“变音声以顺旨”的依附者，向秀、王戎、山涛是其代表。竹林七贤的宗领阮籍以消极合作的态度而为座上客，后来还有委屈心志的“劝进文”，他的孤独苦闷与“屈猛志以服养，块幽縶于九重”的“苍鹰受緤”处境没有两样。另一个嵇康,则公开表示回避,虽然二十年不见“喜愠之色”,亦见诛于张华写此赋的翌年,被“徒衔芦以避缴,终为戮于此世”的话不幸而言中。此赋及序中“凌赤霄”的鹫、鹗,“托绝垠”的孔雀、翡翠,“介觜距”的鹍、鹏,“轶云际”的鹄、鹭,“窜幽险”的鹍鸡,“矫翼增逝”的凫、雁,无不“皆负矰婴缴”“无罪而皆毙”。这是对当时倒在血泊者最为鲜明的写实。“避风而至”“逾岭自致”的鹓鹍、巨雀又是对投靠者的勾勒。作者从毙者、絷者、自致者三个类型,展现了曹魏末期司马跋扈肆虐的血雨腥风的画面。其中“无罪而皆毙”“终为戮于此世”“无诱慕于世伪”,都是些刺激神经的话,很需要一番勇气。对统治者上层残虐的政治酷杀作如此描绘,恐怕难以见到这样显豁的其他文字。另外“栖无所滞,游无所盘。匪陋荆棘,匪荣茝兰”的处世态度的剖白,虽然渗透庄子齐物论的“无物不可”、美恶等同的思想,但作者不盘桓、留滞利禄,不依附“茝兰”的立身自洁观念,不是也隐耀着对用汤武、周公所谓的礼法包裹的横暴强权的鄙弃和不满?以及对“世伪”的掉头不顾、公开拒绝的精神,都是不应当漠然视之的地方。至于所流露的“其居易容,其求易给”“动翼而逸,投足而安”,和“上方不足,而下比有余”的沾沾自喜,说明作者患有安分避祸的庄子《逍遥游》处世哲学的流行病,这也表明此赋喻意事涉重大而出语极为恬淡平静的原因。语不激烈的另一面,牧羊儿出身的张华,此时职位不出郎属,自然不免“色浅体陋”“形微处卑”,但在有识之士视局势如危途的当时,却有“毛弗施于器用,肉弗登于俎味”的优越感。同时“鹰鹯过犹俄翼”的安全,使他能够持以冷眼旁观的超然态度。

此赋由“鷦鷯巢于深林,不过一枝”的庄子名言出发,承祢衡《鹦鹉赋》托鸟寓志的余绪,自铸经营,别开生面。以“普天壤以遐观”的视野,把众鸟作为参照系,人生态度和社会现状、哲理和叙写、状物和言情,平淡自然地融为一体。通体比兴,寓深致于浅显;写众鸟的沉重之笔反衬描绘鷦鷯的轻松之语,在对比跌宕中突出危与安的“生生之理”。首尾以“造化多端”“阴阳陶蒸”,闲闲提起,又淡淡以收。这些都恰切吻合作者所主张的鷦鷯精神和形象。

【集说】大意在一叙(按:“叙”,当为“序”)中,赋只就此整齐之耳。用意处正在反照,以见群鸟之可危。篇内只以用、不用为眼目。(何焯评,见于光

华《重订文选集评》)

亦是前赋(按:指《鹦鹉赋》)一体。鹦鹉以才华见羁,鹪鹩以一枝自保,而茂先之祸不减正平,岂亦明于体物而昧于自处欤!(同上)

按赋之大意,总见人处尊不如处卑,有用不如无用,为能全身而远害,其操心虑患可谓至矣。……此赋全为抚时感事而发,其殆逆知有后来之变乎!(方廷珪评,同上)

此赋作于魏末。他当时尚未知名,又与曹氏集团无特殊关系,不像阮籍、嵇康等人处在危疑之际。所以他在赋中虽然流露出畏避尘世斗争的思想,却不像阮籍、嵇康那样悲愤,甚至也没有向秀那种欲言忽止的恐惧。他的赞美鹪鹩、欲齐大小,实际上只是鼓吹一种安分守己的处世哲学而已。但在残酷的统治阶级内部斗争中,即使安分守己也未必能免害。所以后来傅咸写了《仪凤赋》,贾彪写了《鹏赋》来反对张华。(马积高《赋史》)

这是张华目睹魏末名士罕能全身的现实有感而作。……作者很欣赏鹪鹩的"何处身之似智,不怀宝以贾害,不饰表以招累",并举出鹏、鹖、鹄、鹭、鹍鸡、孔雀、翠鸟等,这完全是当时一些人的经历和心情的真实写照。其出发点虽与老庄思想有关,但托物寓情,写得很形象,毫无说教味道。此赋文字流畅,纯用比兴,把描写和抒情结合得很紧,直承祢衡《鹦鹉赋》余绪。但这篇赋所宣称的思想却与作者后来的经历完全相反,他终于没能在政治旋涡中自保全身。这或许是张华被晋武帝初年表面承平的景象所迷惑,及至祸乱再起,已不能自拔的缘故。(曹道衡《汉魏六朝辞赋》)

(魏耕原)

仲长敖

仲长敖，生卒、里籍、仕历均不详。《隋书》《旧唐书》的《经籍志》《新唐书·艺文志》载有《仲长敖集》二卷，《宋史》以下无见，其集可能佚于唐末。《隋书》把他列在刘弘、山简（山简的父亲就是竹林七贤的山涛）前，则可能是魏晋之际人。其作今仅存《核性赋》，见于《艺文类聚》卷二十一。

核性赋[(1)]

赵荀卿著书，言人性之恶[(2)]。弟子李斯、韩非顾而相谓曰[(3)]："夫子之言性恶当矣，未详才之善否何如[(4)]？愿闻其说[(5)]。"

荀卿曰："天地之间，兆族罗列[(6)]，同禀气质，无有区别。裸虫三百[(7)]，人最为劣：爪牙皮毛，不足自卫；唯赖诈伪，迭相嚼啮[(8)]。总而言之，少尧多桀[(9)]；但见商鞅[(10)]，不闻稷契[(11)]。父子兄弟，殊情异计；君臣朋友，志乖怨结[(12)]；邻国乡党[(13)]，务相吞噬；台隶僮竖[(14)]，唯盗唯窃。面从背违，意与口戾[(15)]；言如饴蜜[(16)]，心如蛮厉[(17)]。未知胜负，便相凌蔑[(18)]；正路莫践[(19)]，竞赴邪辙[(20)]。利害交争，岂顾宪制[21]？怀仁抱义，只受其毙。周孔徒劳[22]，名教虚设[23]。蠢尔一概[24]，智不相绝[25]。推此而谈，孰痴孰黠[26]？法术之士[27]，能不噤龂[28]；仰则扼腕[29]，俯则攘袂[30]。"

荀卿之言未终，韩非越席起舞[31]，李斯击节长歌，其辞曰："形生有极，嗜欲莫限；达鼻耳，开口眼；纳众恶，距群善；方寸地[32]，九折坂[33]。为人作崄易[34]，俄顷成此蹇[35]。多谢悠悠子[36]，悟之亦不晚。"

【注释】(1)核性：核实人性的真伪善恶。 (2)赵荀卿：即战国后期赵国人荀子，名况，时人尊称为"荀卿"。认定人性生来是"恶"的，"其善者伪也"，与孟子"性善说"相反。 (3)李斯、韩非：都是著名的法家人物，荀子的学生。顾：拜访。谓：对他说。 (4)善否(pǐ)：善恶好坏。否：邪恶。 (5)说：解说。 (6)兆族：犹言兆类，万类。兆：万亿为兆，此指极多。 (7)裸虫：泛指无羽毛鳞甲蔽体的动物。 (8)啮(niè)：啃咬。 (9)尧：传说中父系氏族社会后期部落联盟的英明领袖。桀(jié)：夏代亡国之君，暴虐荒淫。(10)但：只。商鞅：战国时政治家，辅助秦孝公实行变法，奠定秦国富强的基础，后被诬害车裂。旧说认为是寡恩刻毒的典型人物。 (11)稷：周民族传说的远古始祖，是位农业专家。契(xiè)：传说中商的始祖，曾助禹治水有功，被舜任为司徒，掌管教化。这里的商鞅、稷、契借指奸佞、忠臣。 (12)乖：违背。 (13)乡党：乡里。周制以五百家为党，一万两千五百家为乡。(14)台、隶：都是古代对一种奴隶或差役的称谓。 (15)意：指心。戾(lì)：违反。 (16)饴(yí)：用麦芽制成的糖浆。 (17)蛮厉：即"厉蛮"，倒词以协韵，指虐害的蛮夷。 (18)凌蔑：欺压蔑视。 (19)践：指走。 (20)邪辙：斜路。 (21)顾：考虑。宪制：法制。宪，法令。 (22)周孔：周公、孔子。(23)名教：以正名为中心的封建礼教。 (24)蠢尔：犹言蠢然。 (25)绝：越。 (26)黠(xiá)：狡猾。 (27)法术：主张"法""术"的法家之学。(28)噤龂(xiè)：咬牙切齿，指极为愤怒。 (29)扼腕：用手握腕，表示情绪激动、振奋。 (30)攘袂：挽袖。 (31)越席：离席。 (32)方寸地：指心。 (33)九折坂：在今四川荥经县西邛崃山，山路险曲九折，故名。坂(bǎn)：山坡。亦作"陂"(bēi)，意同。后来也用"九折坂"来比喻曲折、变化多。

(34)崄(xiǎn):高险,此指险诈。 (35)蹇(jiǎn):艰难。 (36)多谢:一再告诉。悠悠:庸俗。

【今译】赵国人荀卿撰文著书,认为人的天性险恶。学生李斯、韩非拜访老师荀卿时说:"先生所说的人性险恶是确切的,但不详悉人的才性的善恶又怎么样?希望听到这个问题的解说。"

荀卿说:"天地中间,万类罗列,同具气质,没有区别。裸体动物种类三百,人算最坏:手牙皮发,不能自卫;仅靠欺诈,递相啃咬。总而言之,少见明君,多有昏王;只见奸佞,没有忠臣。父子兄弟,情别谋异;君臣朋友,心违恨集;邻国乡里,相互吞食;差役奴仆,必盗必窃。面和背逆,心与口反,话如蜜糖,心如蛮夷。未知成败,即相欺凌;大道不走,争趋邪路。利害争执,岂管法制!坚持仁义,遭受祸害。周公孔子,劳心费思,纲常名教,白白虚设。贤人奸小,愚蠢无别,才智等同,没有区别。据此推论,何人呆痴?何人狡黠?法家志士,咬牙切齿,能不愤恨;仰首扼腕,情绪激愤;低头挽袖,慨然不已。"

荀卿的一番话还未结束,韩非即起座离席,翩然起舞。李斯打着节拍,放声长歌。歌辞说:"人生有限,贪欲无边。畅通鼻耳,张开口眼,容纳众恶,拒绝群善。方寸之心,翻云覆雨。为人处世刁钻易,不多几时遭艰难。反复告诉愚痴者,现在明白也不晚。"

【点评】此篇借荀子"性恶论"发挥了一通"才性险恶论"。《荀子·性恶》说的是先天的秉性,本文则言后天的才性。作者把封建社会中人的恶劣特性揭示得淋漓尽致。虽然文字不多,却涉及从上到下的各个层次,把蒙着"君臣朋友""父子兄弟"的封建道德、伦理的庄严堂皇的面纱撕裂破碎,显露出"人最为劣"的真相,是篇罕有其匹的痛快泼辣的骂世文。

西晋刘毅曾面斥晋武帝不如汉桓、灵二帝,吓得群臣"莫不变色"(《晋书·刘毅传》),那不过说的是"陛下卖官,钱入私门",此则把历来的"九五之尊"统统定性为暴虐荒淫的"桀",这无疑是指着当朝皇帝老子的鼻子骂——因为晋武帝司马炎的荒淫是最出名的——任何"桀"比他都有些逊色。从司马懿到司马炎,"封建统治阶级的所有凶恶、险毒、猜忌、攘夺、虚伪、奢侈、酗酒、荒淫、贪污、吝啬、颓废、放荡等龌龊行为,司马氏集团表现得特别集中而充分”(范文澜《中国通史简编》)。在这样的社会里,自然丑恶丛生,上有所好,下必甚之。干宝《晋纪总论》说:当时“毁誉乱于善恶之实,情慝奔于货欲之途,选者为人择官,官者为身择利。……悠悠风尘,皆奔兢之士。”“官者为身择利”也就“不闻稷契”了;人们奔逐货欲,必然“利害交争”,凌蔑吞食。这样看来,骂的往世,实际上暴露的则是当世。作者的胆量之大,比起刘毅来,就更为“望风而惮”,惊世骇俗了。

一口骂倒世人,势必管不了多少分寸。但把“唯盗唯窃”的黑锅一定扣在“台隶僮竖”身上,就有些刺眼。像和“僮竖”差不多的阿Q,虽在尼姑庵拔了人的萝卜,并非做事每多类此。

此赋锋颖尖锐,沉快峻利。以四字句为主,句多实词,风格愈显劲悍遒紧。如投枪匕首,语语生风。胸不蓄意,笔无吞吐,而行文颇有节制,起手干净,结末意长。中间主体简洁精悍,如“面从背违,意与口戾”数字勾出“为人作崄”之态。“殊情异计”以言父兄,“志乖怨结”以论君臣朋友,都是极深刻而精练的。

【**集说**】这是我国文学史上一篇奇作。作者同阮籍相似,由于愤世太甚,未免把人说得太坏,也不免夹有地主阶级的偏见。但像他那样把在封建伦理掩盖下的人们的恶德都暴露出来,对于那些把封建社会说成是人间乐园的卫道士来说,无疑是一种绝妙的讽刺。(马积高《赋史》)

(魏耕原)

左思

左思(250? —305?),字太冲,齐国临淄(今山东淄博)人。博学能文,泰始中征为秘书郎。惠帝时,齐王司马冏命为记室督,辞疾不就。他出身寒门,不喜交游,仕途颇不得意,故对当时门阀世族专持政权的现实非常不满。有《左太冲集》。

白发赋

星星白发[1],生于鬓垂[2],虽非青蝇[3],秽我光仪[4]。策名观国[5],以此见疵[6],将拔将镊,好爵是縻[7]。白发将拔,惄然自诉[8]:"禀命不幸[9],值君年暮;逼迫秋霜,生而皓素;始览明镜,惕然见恶[10],朝生昼拔,何罪之故。子观橘柚,一皜一晔[11],贵其素华,匪尚绿叶[12],愿戢子之手[13],摄子之镊[14]。""咨尔白发[15],观世之途,靡不追荣[16],贵华贱枯。赫赫阊阖,蔼蔼紫庐[17]。弱冠来仕,童髫献谟[18]。甘罗乘轸[19],子奇剖符[20],英英终贾[21],高论云衢[22]。拔白就黑,此自在吾。"白发临欲拔,瞑目号呼:"何我之冤，何子之误！甘罗自以辩惠见称[23]，不以发黑而名著；贾生自以良才见异，不以乌鬓而后举[24]。闻之先民，国用老成。二老归周[25]，周道肃清；四皓佐汉[26]，汉德光明。何必去我，然后要荣[27]！”“咨尔白发，事各有以[28]，尔之所言，非不有理。曩贵耆耋[29]，今薄旧齿。皤皤荣期[30]，皓首田里。虽有二毛，河清难俟[31]。随时之变，见叹孔子[32]。”发乃辞尽，誓以固穷。昔临玉颜，今从飞蓬。发肤至昵，尚不克终[33]，聊用拟辞[34]，比之国风。

【注释】(1)星星:鬓发花白貌。 (2)垂:旁边。 (3)青蝇:苍蝇的一种。 (4)光仪:光彩和仪表。 (5)策名:谓出仕。观国:观察国家运转情势,谓参与国事。 (6)疵(cī):挑剔,非议。 (7)爵:爵位、官职。縻:束缚,羁绊。 (8)惄(nì):忧思,伤痛。 (9)禀命:受命。 (10)惕然:警惕,戒惧的样子。 (11)皜:同“皓”,洁白。晔:光亮、光彩。 (12)匪:同“非”,不。 (13)戢:停止,止息。 (14)摄:收敛,整理。 (15)咨:叹息。(16)靡:无。 (17)“赫赫”两句:赫赫,显耀盛大之状。蔼蔼:香气浓烈貌。紫庐:华美的居所。 (18)髫(tiáo):古代儿童头上下垂的短发,童髫,即儿童。谟:计谋,谋略。 (19)甘罗:战国时人。十二岁事秦相吕不韦,命出使赵国,说赵王割五城与秦,以功封上卿。轸:指车子。 (20)子奇:相传为春秋齐人。十八岁时,齐君使之治阿,子奇以库藏兵器铸为农具,开仓廪赈济贫民,使阿县大治。剖符:古时帝王授予诸侯和功臣的凭证。竹制,剖分为二,帝王与诸侯各执其一,故称剖符。 (21)英英:杰出,优异。终贾:汉终军和贾谊,二人皆早成。 (22)云衢:犹言云路,指仕路,宦途。 (23)惠:同“慧”,聪明。 (24)举:推举,选用。 (25)二老:指伯夷、姜太公,二人为了躲避纣王,原居于北海和东海之滨,后归周,周因此而兴盛起来。孟子称他们为“二老”。 (26)四皓:指汉初商山四个隐士,名东园公、绮里季、夏黄公、甪里先生。四人须眉皆白,故称“四皓”。高祖召,不应。后高祖欲废太子,吕后用留侯计,迎四皓,使辅太子。一日四皓侍太子见高祖,高祖曰:“羽翼成矣。”遂辍废太子之议。 (27)要:同“邀”,追求。 (28)以:原因。(29)曩(nǎng):以往,过去。耆耋(qí dié):年老。 (30)皤皤(pó):头发花白状。荣期:春秋时隐士荣启期。 (31)二毛两句:二毛,人老头发斑白,有黑、白两种,故以此称老人。河清难俟:喻指政治清明很难等待。 (32)随时两句:《论语·先进》中,孔子感叹自己年老无人任用。 (33)克:能够。 (34)拟辞:仿效、比拟的言辞。

【今译】星星斑斑的白发,生长在我的鬓角,虽不是令人厌恶的绿头苍蝇,却也玷污了我美好的光彩仪表。出仕做官考察国事,因它遭到挑剔和非议。我要拔掉它、夹掉它,这实在是取得好爵位的障碍。白发在将被拔掉之际,忧伤地替自己辩诉:"我的命运不幸,恰生在您年暮之时;像那秋霜一样,生来就这样洁白如素;您才一照镜子,就满怀戒惧而生恶感,早晨才生中午就拔,这到底是我犯了什么罪的缘故?您不见那橘子和柚子,一个洁白一个光亮,人们都看重它们的素洁光彩,并不崇尚其青枝和绿叶,希望您停下您的手,收理起您的镊子。""唉!你这白发。你看看这世道,没有不追求荣华,没有不看重华丽而贱视枯槁的。显耀高大的宫门,华美郁香的官舍。弱冠青年入仕做官,垂髫儿童出谋献策。甘罗乘卿相之车,子奇握王公之符,超群卓异的终军、贾谊,高谈阔论在仕宦之途。拔去白发以保持黑首,这事自然在于我自己。"白发在临被拔掉之际,闭眼绝望地号呼:"我多么冤屈啊,你多么的错误!甘罗自因为辩才敏捷而被人称赞,并不以头发黑才名声显著;贾谊自因为才能优秀而被人另眼看待,并不以鬓黑才被举用。听说前代先民时期,国家任用年老成熟之士;二老归附周朝以后,周朝的纲纪立刻肃正清明,四皓辅佐汉朝,汉朝的国运风气就昌盛光明。何必一定得拔掉我,然后再追求荣华?""哎呀白发,事情都各有原因,你所说的话,并不是没有道理。过去看重耄耋老朽,如今轻视年老的人。头发斑白的荣启期,终生隐居乡间。即使活到头白,终究黄河水清难以等到。随着年龄的衰老再无人任用,圣人孔子对此也曾深深慨叹。"头发于是无言以对,我也发誓安贫守穷。头发往日身伴青春华颜,如今随飞蓬一起飘转。毛发和皮肤最是亲密,尚且不能相依至终;姑且用此托拟的言辞,来比喻当今的世风国俗。

【点评】白发之于人,实乃生命的一大不幸。历代文人对它涉笔良多,然大抵不出叹老嗟卑之俗套。左思此篇,稍有不同。

作者开篇写白发带给自己的麻烦。"虽非青蝇,秽我光仪",乍一看,似乎此公苛讲形貌,雅好风姿。实则不然。魏晋时代,社会风尚人伦识鉴,即人们评价一个人,往往只依据他的相貌好丑;并且在政治上,当时推行九品中正的用人制度,所谓“台阁选举,徒塞耳目,九品访人,唯问中正。”而中正选人,唯看出身高低。作者嫌恶白发,对它“将拔将镊”,正是出于“策名观国,以此见疵”和“好爵是縻”的原因。清楚了这一层,也就基本上了解了全文的主旨。

“禀命不幸,值君年暮。”这两句是一个“油滑”的揶揄;白发揶揄作者,即是作者揶揄当局,言辞之中,隐含着作者强烈的愤慨之气,可谓绵里藏针。“观世之途”三句,揭露只重门第华贵、鄙弃低微的门阀制度。前面一个“咨”字,是未及开言之前,聚涌心头的万般感慨。后面运用史事,将甘罗、子奇、终军、贾谊这些杰出才子同来仕之弱冠、献谟之童髫并提,表面看似为当时风尚提供正面佐证,实则是对它的莫大讽刺!这个“佐证”乃是虚设的幌子,以下白发的“号呼”便明白揭开了它,显出了“弱冠来仕,童髫献谟”的腐败虚伪的本质:甘罗、贾谊是以良才进爵,而这些“弱冠”“童髫”呢?他们之所以能出入“赫赫闾阖”,居住“蔼蔼紫庐”,不言而喻,无非是仗着一个“华”字!则作者的讽刺鞭挞,犹如钝刀割人,虽不见血,亦伤人非轻。

如果说第一回论辩“我”还能理直气壮,对白发大呼“拔白就黑,此自在吾”的话,那么第二回论辩,“我”便黯然声弱,气短情伤。开口同为“咨”字,然这个“咨”字,愤气渐消,悲情有加;未及开言,辛酸之泪随“咨”而下。“尔之所言,非不有理。”则白发辩驳的“有理”,便是当时社会风尚的“无理”;而这种无理的风尚,却正方兴未艾,使得有才有志之士“皤皤荣期,皓首田里”。“发乃辞尽,誓以固穷。”一个“誓”字,说得慷慨悲怆,凄痛惨绝。这是作者对命运绝望的号呼,更是对不合理的制度和风尚的愤怒谴责。反抗到了发誓不愿再反抗的地步,这也就是再强烈不过的反抗了。“发肤至昵,尚不克终”,而况处于截然相反地位的用人者和被用者乎?末四句为醒目之笔,在论辩的游戏结束之后,沉下脸来,点明构思的依据及其用意,庄重严肃,引人深思。

本篇构思新奇巧妙。让阻縻好爵,见疵于策名观国的白发开口说话,替自己辩诉,这等于作者在文中设置了两个自我;这两个自我一正一反,一唱一和,旁敲侧击,极尽抒写内心不平和刺责现实之能事。白发的“自诉”和

“号唤”,是作者对不合理制度的强烈抗议和严正辩驳;作者对白发的答话,是他对现实“国风”的愤慨揭露和辛辣讽刺。“白发”贯穿全篇始终,但字句间少见衰老之哀,多有对“国风”之愤。因是对辩方式,故行文活泼,动宕生姿;然由于内容上情感激愤,辛酸慷慨,因此虽用游戏手法,颇有辩趣,也终引起读者的幽默之感。

【集说】颇含讽刺之义,不过已稍近俳谐。……虽为游戏之作,然其中包含着门阀制度下不得意的寒门士人的辛酸眼泪。……此赋文字生动活泼,毫无生涩艰深之句,在崇尚华丽文风的西晋,也是别开生面的。(马积高《赋史》)

是一篇用寓言的形式来抒写仕途不得志的作品,较少雕饰。……这纯是牢骚,其用意与扬雄《逐贫赋》相似,在文风上则与曹植《鹞雀赋》等相近,可能也受了俗赋的影响。(曹道衡《汉魏六朝辞赋》)

(邹西礼)

左芬

左芬(？—300)(1930年在河南偃师出土的墓志作左棻),字兰芝,齐国临淄(今山东淄博)人。少好学,善缀文,与兄左思在文坛齐名,晋武帝闻而纳入宫中,拜为贵嫔、贵人。有诗、书及杂赋颂传世。

离思赋[1]

生蓬户之侧陋兮[2],不闲习于文符[3]。不见图画之妙像兮[4],不闻先哲之典谟[5]。既愚陋而寡识兮,谬忝厕于紫庐[6]。非草苗之所处兮,恒怵惕以忧惧[7]。怀思慕之忉怛兮[8],兼始终之万虑[9]。嗟隐忧之沉积兮[10],独郁结而靡诉[11]。意惨愦而无聊兮[12],思缠绵以增慕[13]。夜耿耿而不寐兮[14],魂憧憧而至曙[15]。风骚骚而四起兮[16],霜皑皑而依庭[17]。日晻暧而无光兮[18],气懰慄以洌清[19]。怀愁戚之多感兮[20],患涕泪之自零[21]。

昔伯瑜之婉娈兮[22],每彩衣以娱亲[23]。悼今日之乖隔兮[24],奄与家为参辰[25]。岂相去之云远兮[26],曾不盈乎数寻[27]。何宫禁之清切兮[28]，欲瞻睹而莫因[29]。仰行云以嘘唏兮[30]，涕流射而沾巾。惟屈原之哀感兮[31]，嗟悲伤于离别[32]。彼城阙之作诗兮[33]，亦以日而喻月[34]。况骨肉之相于兮[35]，永缅邈而两绝[36]。长含哀而抱戚兮，仰苍天而泣血。

乱曰[37]：骨肉至亲，化为他人[38]，永长辞兮。惨怆愁悲[39]，梦想魂归，见所思兮。惊寤号咷[40]，心不自聊，泣涟洏兮[41]。援笔舒情，涕泪增零，诉斯诗兮。

【注释】(1)本文是晋武帝泰始八年(公元272年)左芬被拜修仪(是九嫔之一，地位比贵人低)时所作。选自《晋书》本传。 (2)蓬户：编蓬蒿作门，喻贫者所居。侧陋：微贱之人。 (3)闲习：熟练。文符：催缴欠税的文书，比喻公文。 (4)图画之妙像：图画古代贤女和娥皇、女英之流，作为学习的榜样。 (5)典谟：古代圣贤的训诫。 (6)谬：错误。忝：辱。紫庐：指天子所居的皇宫。 (7)怵(chù)惕：不安。 (8)忉怛(dāo dá)：悲伤。(9)始终：循环不已。 (10)隐忧：极大的忧愁。 (11)郁结：闷在心中。(12)惨愦：悲伤意乱。 (13)缠绵：纠结不解。 (14)耿耿：辗转反侧。(15)憧憧(chōng)：心神不定。曙：天明。 (16)骚骚：风声强劲。 (17)皑皑(ái)：白。庭：宫阶之前。 (18)晻暧(ǎn ài)：昏暗。 (19)悯慄(liú lì)：凄凉。洌(liè)清：如水澄清。 (20)戚：忧伤。 (21)零：落。 (22)伯瑜：春秋时楚国人老莱子之字。他对父母克尽孝道，年七十岁，还穿着五彩斑斓的衣服，作幼儿一类的戏耍，以娱其亲。婉娈：指装成儿童。 (23)彩衣：五彩衣裳。 (24)乖隔：离隔。 (25)奄：久。参辰：参星与商星。参星在西方，商星在东方，出没两不相见，喻人之不能相遇。 (26)云：句中助辞。 (27)数寻：喻近。一寻为八尺。 (28)清切：清静、严切。 (29)因：缘由。 (30)歔欷(xū xī)：哭泣得抽抽噎噎。 (31)惟：思。屈原：战国时楚国爱国诗人。 (32)嗟：叹息。 (33)城阙：城上的宫殿。 (34)以日喻月：亦度日如年之意。 (35)相于：同“相与”，相互交往。 (36)缅邈：长远。 (37)乱：全篇总结之意。 (38)他人：关系疏远的人。(39)惨怆：伤痛。 (40)号咷：哭声。 (41)涟洏(ér)：泪流不止。

【今译】我生在微贱的穷家啊，不熟悉公文的程式。没有见过先贤的图像啊，没有听过他们的训示。我既愚昧丑陋又少知识啊，不应该厕身到皇帝的宫室。这里不是平凡之辈所处的地方啊，我经常感到不安而忧虑。思慕亲人心怀忧伤啊，又加上其他万种愁思总是循环不已。我伤感沉积的深深的忧愁啊，独自闷结在心中不能向人倾吐。心烦意乱无法排遣啊，纠缠着的思绪越发增添对亲人的思慕。长夜翻来覆去不能入睡啊，精神恍恍惚惚直到天明。飒飒的风声四面劲起啊，皑皑的白霜已经落满了前庭。太阳昏暗失去光辉啊，天气凛冽而又凄清。心怀忧愁多感慨啊，痛苦得泪水自行流个不停。

古代老莱子七十岁还扮成顽童啊，常穿五彩衣服讨得父母欢喜。痛惜今天我同亲人阻隔啊，长期像参、辰二星不得相见那样与家庭分离。并非是相距得多么遥远啊，实际上不过是近在咫尺。宫中的禁令是何等的严厉啊，想回去看一看都找不到一个原因。我仰望着行云抽抽噎噎地哭啊，泪水直流得沾湿了衣襟。遥想楚国大夫屈原的哀痛啊，也是哀痛在离别。那种描写有关城阙的诗句啊，也是把分别一天比成一个月。何况我是骨肉情深难割舍啊，却在漫长时间里双方交往断绝！我久久地怀抱着深沉的哀感啊，抬头看看苍天把眼泪哭得变成了血。

总而言之：至亲骨肉，化成外人，长期各在一方啊。凄惨悲痛，梦想魂归，得见慈父兄长啊。惊醒以后，号咷大哭，心里没着没落，泪水不停地流淌啊。手拿毛笔，抒写情怀，眼泪越流越多，满腔思慕都倾注在这个篇章啊！

【点评】左芬是我国历史上著名的丑女之一，仅因文才秀异而被晋武帝纳入宫中，其家庭也随之迁入京师洛阳。虽近在咫尺，却受着宫禁的严厉限制，相互间若天上的参星、辰星，始终不得见上一面。而晋武帝又是个好色之徒，后宫美女充斥，殆将万人，自不会把左芬放在眼里。《晋书》本传说她“姿陋无宠”，当非虚构。左芬深宫寂寞，难免怀恋生养自己的那个小家庭的温暖亲情。《离思赋》虽是奉诏而作，但像“昔伯瑜之婉娈兮，仰苍天而泣血”，等等，没有一个字不是从作者的切身感受中流泻出来，所以颇能震撼人心，不是通常应景文章可比拟的。她的哥哥左思，诗赋都写得很有特色，在文学史上占有重要的一页。他有《悼离赠妹》四言长诗二首，也在抒发骨肉之间不得相见的痛苦心情：“以兰之芳，以膏之明，永去骨肉，内充紫庭。至情至念，惟父惟兄；悲其生离，泣下交颈。”“女子有行，实远父兄。骨肉之恩，固有归宁。何悟离析，隔以天庭。自我不见，于今二龄。”“虽同京宇，殊邈异国。……何以抒怀，告情翰墨。”左芬看了后，又写《感离诗》以答之。诗曰：“自我去膝下，倏忽逾再期。邈邈浸漫远，拜奉将何时。披省所赐告，寻玩《悼离》词。仿佛想容仪，欷歔不自持。何时当奉面，娱目于诗书。何以诉辛苦，告情于文辞。”兄妹二人的此唱彼和，与《离思赋》均属同一主题，同一意境，都是屈原“悲莫悲兮生别离”诗句的最好注脚，对我们了解妃嫔们的宫廷生活也有直接的帮助。比《红楼梦》中元春省亲时把皇宫说成是“那不得见人的去处”感情更为细腻而深刻。由于左芬能够“援笔舒情，涕泪增零”，具有真情实感发自肺腑，就会使人引起共鸣，洒一掬同情之泪。还因为她是个才女，具有文化素养，运用典故，挥洒自如，非常切合实际，使《离思赋》越发增添了典雅深沉的审美情趣。

一般的宫怨赋，无非是写待临望幸的苦闷和始宠终弃的悲伤，此赋则独异，赋中所重墨渲染的，唯离、愁二字：不幸生于贫贱之家，却有幸被送入宫，其间巨大的反差所生发的惊恐忧愁已令人“涕泪自零”，而骨肉离别的愁思更让人“仰天泣血”。离别生愁，愁悲生思，思之不得则愁更甚。作者正是在这种悲筑愁构的怪圈中将骨肉永辞的愁情渲染得极浓极深，读之令人悲悯，使人掬泪。

【集说】宫怨诗赋多写待临望幸之怀……左芬不以侍至尊为荣，而以隔“至亲”为恨，可谓有志，即就文论，亦能“生迹”而不“循迹”矣。《红楼梦》第一八回贾妃省亲，到家见骨肉而“垂泪呜咽”，自言“当日既送我到那不得见人的去处，……今虽富贵，骨肉分离，终无意趣”；……辞章中宣达此段情境，莫早于左《赋》者。（钱钟书《管锥编》，第三册）

宫怨，曾是中国古代文学宝库中一个大的主题。首先是汉的班婕妤写的《团扇》诗（一作《怨歌行》）开宫怨主题的先导。这首诗虽然“词旨清捷，怨深文绮”（钟嵘《诗品》），怨谤封建帝王的喜新厌旧，但是这首诗却陷于色衰宠弛，不如左芬的《离思赋》有着较为宽阔的内容。成为宫怨主题胜手的是唐的王建。王建写作宫怨诗至百首之多。但是王建只是摹拟，不似左芬个人有着亲身的遭遇。因此王建之作，不如《离思赋》情辞真切。从宫怨主题诗文的创作来看，左芬的《离思赋》当是独占鳌头的佳作，亦是中国辉煌文学作品中的优秀篇什。（袁世硕《山东古代文学家评传·左思·附左芬》）

这篇赋的长处，倒并不在辞藻典丽，而在于感情动人。“骨肉至亲，化为他人”，这真是仰天泣血，泪竭声嘶的语言！历代描写宫廷女子痛苦的作品固然不少，但是像左芬这样现身说法、自诉衷肠的并不多见。（江民繁、王瑞芳《中国历代才女小传·情辞哀婉的西晋文学家左芬》）

（赵光勇　王成林）

潘岳

潘岳(247—300),字安仁,荥阳中牟(河南中牟)人。曾任河阳令、著作郎、给事黄门侍郎等职。后为赵王司马伦及其亲信孙秀所害。诗赋辞藻华丽,长于抒情。明人辑有《潘黄门集》。

秋兴赋并序

晋十有四年,余春秋三十有二,始见二毛(1)。以太尉掾兼虎贲中郎将,寓直于散骑之省(2)。高阁连云,阳景罕曜(3)。珥蝉冕而袭纨绮之士,此焉游处(4)。仆野人也,偃息不过茅屋茂林之下,谈话不过农夫田父之客(5);摄官承乏,猥厕朝列,夙兴晏寝,匪遑厎宁(6)。譬犹池鱼笼鸟,有江湖山薮之思(7)。于是染翰操纸,慨然而赋(8)。于时秋也,故以"秋兴"命篇(9)。其辞曰:

四时忽其代序兮,万物纷以回薄(10)。览花莳之时育兮,察盛衰之所托(11)。感冬索而春敷兮,嗟夏茂而秋落(12)。虽末事之荣悴兮，伊人情之美恶[13]。善乎宋玉之言曰[14]："悲哉秋之为气也，萧瑟兮草木摇落而变衰，憀栗兮若在远行，登山临水送将归[15]！"夫送归怀慕徒之恋兮，远行有羁旅之愤[16]；临川感流以叹逝兮，登山怀远而悼近[17]。彼四戚之疚心兮，遭一涂而难忍[18]。嗟秋日之可哀兮，谅无愁而不尽[19]。野有归燕，隰有翔隼，游氛朝兴，槁叶夕殒[20]。于是乃屏轻箑，释纤絺，藉莞蒻，御袷衣[21]。庭树槭以洒落兮，劲风戾而吹帷[22]。蝉嘒嘒而寒吟兮，雁飘飘而南飞[23]。天晃朗以弥高兮，日悠阳而浸微[24]。何微阳之短晷(兮)，觉凉夜之方永[25]。月朣胧以含光兮，露凄清以凝冷[26]。熠耀粲于阶闼兮，蟋蟀鸣乎轩屏[27]。听离鸿之晨吟兮，望流火之余景[28]。宵耿介而不寐兮，独展转于华省[29]。

悟时岁之遒尽兮，慨俯首而自省[30]。斑鬓髟以承弁兮，素发飒以垂领[31]。仰群俊之逸轨兮，攀云汉以游骋[32]。登春台之熙熙兮，珥金貂之炯炯[33]。苟趣舍之殊涂兮，庸讵识其躁静[34]。闻至人之休风兮，齐天地于一指[35]。彼知安而忘危兮，故出生而入死[36]。行投趾于容迹兮，殆不践而获底[37]。阙侧足以及泉兮，虽猴猿而不履[38]。龟祀骨于宗祧兮，思反身于绿水[39]。且敛衽以归来兮，忽投绂以高厉[40]。耕东皋之沃壤兮，输黍稷之余税[41]。泉涌湍于石间兮，菊扬芳于崖澨[42]。澡秋水之涓涓兮，玩游儵之潎潎[43]。逍遥乎山川之阿，放旷乎人间之世[44]。优哉游哉，聊以卒岁[45]！

【注释】(1)晋十有四年：指西晋建国第十四年，即晋武帝司马炎咸宁四年(公元278)。二毛：头发有黑有白。 (2)太尉：专掌武事，居三公之首，时晋武帝宠臣贾谧居此要职。掾(yuàn)：属官。虎贲中郎将：主管皇宫保卫工作的将领。寓：寄寓。直：同"值"，值班。散骑：皇帝侍从。省：官署。 (3)阳景：日光。罕：少。曜：照耀。 (4)珥(ěr)：插。蝉冕：蝉饰之冠，为侍中所戴。袭：穿。纨：白色细绢。绮：有花纹的丝织品。游处：交际场所。 (5)仆：我，自称谦辞。野人：普通平民。偃息：安居。田父：年老的农夫。 (6)摄官：兼官。承乏：因无适当人选，暂由自己充任。猥：滥。厕：置身。朝列：朝班。夙兴晏寝：早起晚睡。匪遑：没有闲暇。厔：止息。 (7)山薮(sǒu)：高山丛林。(8)

染翰:蘸笔。操纸:拿纸。赋:动词,作赋。 (9)于时秋也:时值秋天。(10)四时:春夏秋冬四季。忽:迅速。代序:以次相代。纷:纷杂。回薄:往返相激迫。 (11)莳(shì):栽种。时育:按季节培育。察:明白。 (12)索:凋零。敷:生长。嗟:悲叹。 (13)悴:枯萎。伊:发语词。美恶:好坏。 (14)宋玉:战国时楚人,屈原弟子。 (15)萧瑟:秋风吹动树叶的声音。摇落:树叶飘摇脱落。憀栗(liáo lì):伤心的样子。远行:远出他方。送将归:送亲人返回家乡。(16)夫:发语词,表议论。怀:怀思。慕:思慕。徒:伴侣。羁旅:寄寓在外的旅客。愤:叹。 (17)"临川"句:《论语·子罕》"子在川上曰:'逝者如斯夫,不舍昼夜。'"逝:往。悼:哀伤。 (18)四戚(qī):指上述远行、登山、临水、送将归四种悲伤。疚心:使心受伤。一涂:指"四戚"中的一个方面。(19)谅:的确。不尽:不达到顶点。 (20)隰(xí):低湿之地。隼(sǔn):即鹗,猛禽。游氛:秋天的凉气。兴:起。槁:干枯。殒(yǔn):坠落。 (21)屏(bǐng):藏掉。轻箑(shà):轻巧的扇子。释:脱掉。纤絺(chī):细葛布,指夏天的衣服。藉(jiè):铺上。莞蒻(guǎn ruò):二者皆生水中,为草本,是织席的上好材料;此指细软的席子。御:穿。 (22)槭(sè):树枝光秃。洒(sǎ)落:脱落。戾(lì):猛烈。帷:帐幕。 (23)嘒嘒(huì):蝉鸣声。飘飘:飘摇。 (24)晃朗:明亮。弥:更。悠阳:日落。浸微:逐渐变凉。 (25)微阳:太阳西下,指日夕。晷(guǐ):日影,指白天。永:长。 (26)朣胧(tóng lóng):似明不明。凝冷:寒冷。(27)熠耀(yì yào):萤火虫。粲:明。阶:台阶。闼(tà):宫中小门。轩:有窗的长廊。屏:屏风。 (28)离鸿:孤雁。流火:即心宿,夏在正南,位最高,秋则西降,暑气渐退。景:光。 (29)宵:夜。耿介:愁思貌。展转:翻来覆去,不能入睡。华省:华丽的官衙。 (30)遒(qiú)尽:将近。俯首:低头。省:反省。 (31)斑:黑白相杂。鬓:两侧近耳之发。髟(biāo):发长貌。弁(biàn):穿礼服所戴之冠。素发:白发。飒(sà):蓬乱。领:衣领。 (32)仰:仰慕。俊:才智出众的人物。逸轨:高洁的行迹。云汉:天河。此指连云的高阁。游骋:游览驰骋。 (33)春台:供游眺的场地,喻盛世。熙熙:和乐貌。金貂:貂尾以黄金为竿,插在帽上,作装饰物,乃武官所戴。炯炯(jiǒng):闪闪发光。 (34)苟:假使。趣:同"趋",追求。殊涂:道路不同。庸讵(jù):岂能,反诘之词。躁静:急躁和宁静。 (35)至人:道德修养达到最高境界的人。休风:美好的风范。齐:等同。一指:一个手指,喻没有区别。 (36)彼:指贪图荣利的人。固:本来。出生:不图荣利可以得生。入死:坚持荣利死路一条。 (37)行:走路。投趾:投足。容迹:只容下脚印。殆:几乎。不践:不踏入容迹以外的地方,获底:获得所至之处。底:至。　(38)阙:通“掘”,挖掘。侧足:脚印的旁边。及泉:达到黄泉。不履:不敢行走。　(39)祀:祭祀。宗祧(tiāo):宗庙。反身:返回。　(40)敛衽:收敛衣衿,指收拾行装。忽:迅速。绂(fú):印的绶带,此指官印。高厉:高飞。　(41)皋:水田。输:交纳。　(42)涌湍(tuān):水势湍急。崖澨(shì):山崖下的水滨。　(43)澡:洗浴。涓涓:缓缓流水。鯈(tiáo):小鱼。潎潎(pì):鱼游水的样子。　(44)逍遥:自由自在。阿:山下的水边。放旷:放任旷达,无拘无束。　(45)优哉游哉:自乐貌。聊:赖。卒岁:终其天年。

【今译】晋朝建国第十四年,我三十二岁,开始有了白发。我以太尉掾兼虎贲中郎将的官职,寄寓在散骑官署值班。官署的高阁耸入云端,阳光很难照进深邃的阁中。皇帝亲信侍中,头戴插着蝉饰的礼帽,身穿质地华贵的衣服,在这里交游安息。我本是个平民百姓,居住的不过是茂林深处的草房,交谈的不过是村野的农民。身之兼官,只因没有适当人选,暂由自己充任。忝列朝班,起得早,睡得晚,没有获得安宁的空隙。我犹如池中之鱼,笼中之鸟,总在想着回到江湖和山林中去。于是就蘸着毛笔,拿上纸张,怀着愁思,作起赋来。这时正值秋季,所以就以“秋兴”称为篇名。

春夏秋冬匆匆依次更迭啊,万物随着纷纷发生变易。观察按照季节栽培的花木啊,就会深刻了解盛衰不断在推移。有感于冬天枯萎春天生长啊,也会叹息夏季茂盛秋季的凋敝。虽然荣枯是些微末小事啊,却直接影响到人的情绪美恶高低。古代辞人宋玉说得多么好啊:“可悲呀,那凄凉的秋风,把草木都吹得摇摇摆摆,枝枯叶零。伤心啊,就像叫人要离乡背井;又像登山临水,把人送向归程!”这送行人回去会有思慕怀恋旅伴之情啊,离乡背井又会产生寄寓作客的叹息!到河边会觉得时光如流水般的消逝啊,登高山又有着忧虑远近亲人的心意!以上四种悲哀都叫人痛心啊,碰上哪一种都令人难以忍耐得住。秋天真正可哀叹啊,任何忧愁无不达到登峰造极!野外有回归南方的飞燕;洼地上空则有猛鹗盘旋。寒气在清晨刚刚发作,花木晚上就枝叶零落。于是藏起了轻巧的扇子,脱掉了夏令的葛衣,铺上了细软的草席,穿上夹袄来适应变化的天气。庭院中的树木同样叶落枝秃啊,强劲的秋风还凄厉地吹动帐帷。寒蝉在嘒嘒地悲鸣啊，鸿雁鼓动着双翅在向南飞去。晴朗的天空更觉高旷啊，夕阳西下之后气温变得越来越低。为什么白昼是这样的短啊？黑夜却又感到太长太长！月亮发出朦朦胧胧的微光啊，凝结的露水凄清冰凉。萤火虫在阶下门前闪烁啊，看看西边心宿星还有点余光。晚上愁思搅得不能入睡啊，独自躺在华丽的官署里辗转到天亮。

领悟了岁月将到年终啊，我感慨地低下头来自己思量。斑白的两鬓戴着官帽啊，蓬乱的白发下垂到衣领上。仰望那成群才子飘逸的行踪啊，爬上入云的高阁恣意游逛。又高高兴兴登临春台纵情眺望啊，头顶插的金貂在闪闪发光。假使取舍的道路不相同啊，岂能识别他们或动或静的真正理想？听说道德修养最高的人具有美好风范啊，把世界上不同的万事万物看得一模一样。那些才子只知安乐完全忘了危险啊，本来抛弃荣利就可生存，贪图荣利就要死亡。人们走路只需容下脚印啊，到达目的地几乎不需踏上其他地方。若是把脚旁的土地一直掘至黄泉啊，虽叫猿猴行走也没有那个胆量。乌龟并不愿死后把枯骨放到宗庙受祭祀啊，总想返身回到绿水之中自由徜徉。我还是收拾行装回家去啊，迅速丢掉官印远远地离开官场。春天耕耘在肥沃的田野啊，交纳过赋税以后还会留下余粮。泉水在山石之间急速地奔流啊，菊花在山崖水边散布着芳香。我在涓涓细流的秋水中沐浴啊，一边观赏鱼儿自由自在地来来往往。我要无拘无束地生活在山水之间啊，我要在人世社会以旷达不羁相标榜。我将优游自得，安度余下的时光。

【点评】潘岳以凄凉的秋天景色而兴感，寄托着他对怀才不遇、官场险恶、急流勇退的情怀。如果知人论世，则会发现其文与其人之间却充满了矛盾。作者本人就是一个“奇童”，而且身居要职，竟然得陇望蜀，还在仰慕飞黄腾达的“群隽”。作者明知官场“出生入死”，自己如“池鱼笼鸟”，还要谄事太尉贾谧，并且成为二十四友之首，望风跪拜，以致泥足深陷，不能自拔，最后竟在八王之乱中被灭了三族，连兄弟子侄，已嫁之女，不论老小，都不能幸免。他在理论上也向往田园生活，说什么“且敛衽以归来兮，忽投绂以高厉。耕东皋之沃壤兮，输黍稷之余税”，似乎很有紧迫感，但只是纸上谈兵，不能身体力行。真成了“说话的巨人，行动的矮子”。不过《秋兴赋》能够触景生情，发乎文辞，写心图貌，随物变化，层次清晰，语言流畅。如“蝉嘒嘒而寒吟兮，雁飘飘而南飞。天晃朗以弥高兮，日悠阳以浸微”“月朣胧以含光兮，露凄清以凝冷。熠耀粲于阶闼兮，蟋蟀鸣乎轩屏"，……都写得有声有色，朗朗上口，句式整练，优美动听。萧统将其收入《文选》，更引起了社会上的重视。《秋兴赋》算是西晋时优秀的抒情小赋之一。

【集说】赋虽以兴名篇，而全体多是赋义。但其情尚觉舂容，其辞未费斧凿，盖汉魏流风犹有存者。夫安仁本躁者也，而篇末一段乃强为静者之辞，要岂其真情也哉！篇中慕徒感节，惜老嗟卑，深情溢于辞表，所谓躁人之辞多是已！若因人之辞而观人之情，手指目视，自有不能掩者。（祝尧《古赋辨体》）

秋风瑟瑟，秋草凄凄，倦飞思还，自然色动。郭明龙评云："短志寄怀，实有惧心。"余谓安仁非淡于宦情者，东皋结想，终不如陶徵君决志归来。（孙琮评，见于光华《重订文选集评》）

潘岳的长处……在于模写客观物象和哀乐的感情。所以他的咏物抒情之作，都能给人以清新之感，而尤擅于抒情。《秋兴赋》是他在武帝时作的一篇抒情赋，赋中所表达的不过是因仕宦不达而产生的"江湖山薮之思"。其构思亦显然受到宋玉《九辩》的启发，然宋赋随物兴感，不甚注意意境的层次，此赋则逐层展开，更为鲜明具体了。（马积高《赋史》）

这篇作品构思巧妙，层次分明。它以宋玉悲秋的辞句起兴，自然而然地转入对秋景的描绘，进而以景托情，引出"俯首而自省"的无限感慨，写得声情兼美，流利清秀。它的语言婉转流畅，声韵铿锵，对六朝赋的骈偶化产生了较大的影响。（尹赛夫等《中国历代赋选》）

（赵光勇）

怀旧赋[(1)] 并序

余十二而获见于父友东武戴侯杨君[(2)]，始见知名[(3)]，遂申之以婚姻[(4)]，而道元、公嗣[(5)]，亦隆世亲之爱[(6)]。不幸短命，父子凋殒[(7)]。余既有私艰[(8)]，且寻役于外[(9)]，不历嵩丘之山者[(10)]，九年于兹矣[(11)]。今而经焉，慨然怀旧而赋之曰[(12)]：

启开阳而朝迈[(13)]，济清洛以径渡[(14)]。晨风凄以激冷[(15)]，夕雪冐以掩路[16]。辙含冰以灭轨[17]，水渐轫以凝冱[18]。涂艰屯其难进[19]，日晼晚而将暮[20]。仰睎归云[21]，俯镜泉流[22]。前瞻太室[23]，傍眺嵩丘。东武托焉[24]，建茔启畴[25]。岩岩双表[26]，列列行楸[27]。望彼楸矣，感于予思。既兴慕于戴侯，亦悼元而哀嗣[28]。坟垒垒而接垄[29]，柏森森以攒植[30]。何逝没之相寻[31]，曾旧草之未异。

余总角而获见[32]，承戴侯之清尘[33]。名余以国士[34]，眷余以嘉姻[35]。自祖考而隆好[36]，逮二子而世亲[37]。欢携手以偕老[38]，庶报德之有邻[39]。今九载而一来，空馆阒其无人[40]。陈荄被于堂除[41]，旧圃化而为薪[42]。步庭庑以徘徊[43]，涕泫流而沾巾[44]。宵展转而不寐[45]，骤长叹以达晨[46]。独郁结其谁语[47]，聊缀思于斯文[48]。

【注释】(1)本文选自《文选》卷十六。 (2)见：赏识。父：潘芘，曾任琅玡内史。杨君：即杨肇，字秀初，荥阳(今河南荥阳)人。封东武伯，领东莞相，荆州刺史，加折冲将军。死后谥曰戴侯。 (3)见：被。(4)申：通。婚姻：杨肇将女嫁给潘岳。 (5)道元：杨肇长子，名潭，字道元，官至太中大夫。公嗣：杨肇次子，名韶，字公嗣，官至射声司马。 (6)隆：尊崇。世亲：代代相亲。 (7)凋殒：短命而死。 (8)私艰：谓遭父丧。 (9)寻：不久。役于外：谓徙官外任。 (10)嵩丘：即嵩高山。 (11)兹：今。 (12)怀：思。赋：作赋，动词。 (13)启：开。开阳：洛阳城门。迈：行。 (14)济：渡。径：直。 (15)凄：凄厉。激冷：酷寒。 (16)掩：覆盖。 (17)轨：辙迹。 (18)渐：浸。轫(rèn)：车闸。冱(hù)：冻。 (19)屯：难。 (20)晼(wǎn)晚：日落。 (21)睎(xī)：望。 (22)镜：察。 (23)太室：中岳嵩山的东段，称为太室，西段称为少室，总名嵩山。 (24)东武：即东武伯杨肇。托：嘱咐。 (25)茔：墓地。畴：良田。 (26)岩岩：高貌。表：华表，在墓前，上雕以花，用作墓地之门。 (27)列列：排列。行(háng)：行列。楸：树名，树干直耸可爱，为百木之长。 (28)元、嗣：即戴侯杨肇的长子道元、次子公嗣。 (29)垒垒：接连不断。垄：坟墓。 (30)森森：茂密。攒(cuán)：同类集聚。植：生长。 (31)寻：继。 (32)总角：未成年的男女，于头顶前部两侧结角形的发辫，称为总角，此指童年。 (33)承：奉。清尘：

车后扬起的尘埃,有追随之意。清为敬称。 (34)国士:国中才能出众的人。 (35)眷:恩顾。 (36)祖考:已死去的祖父、父亲。 (37)逮:及。(38)偕(xié):共同。 (39)庶:近于。邻:亲。 (40)馆:宅。阒(qù):静寂无人。 (41)陈荄(gāi):宿草之根。冬天不死,可以连年生长。被:覆盖。除:台阶的路上。 (42)圃:菜园。薪:干草。 (43)庭庑:庭院廊下。(44)泫(xuàn):流。巾:衣襟。 (45)宵:夜。 (46)骤:屡。 (47)郁结:心中烦闷不能抒发。 (48)聊:且。缀思:组织想法。

【今译】我十二岁时,获得父亲的朋友东武伯戴侯杨大人的赏识,开始在社会上有了名气。为对我表示器重,杨大人把女儿嫁给我。其子道元、公嗣与我情意深厚,几世几代相亲相爱。不幸他们都没有终其天年,父子三人一并逝世。我既要为自己的严父守孝,接着又派往外地做官,不来嵩高山上坟至今已有九年了。现在经过这里,感慨万端,怀念旧情,于是作了这篇赋。

清早走出洛阳的开阳城门,向前径直渡过的洛水清澈见底。凄厉的晨风酷寒异常,夜间的一场白雪把道路覆盖得严严实实。车辙成冰而不见轨迹,雪水湿闸以至于凝冻不灵。路途艰险简直难以行进,夕阳西下而黄昏将临。抬头仰望回归的白云,低头俯视潺潺的泉水奔流。远方可以看到太室山的耸立,旁边也能看到嵩山那硕大无比的高丘。受着东武伯的嘱托,就在此营建坟地和开辟田畴。墓门前矗立着一双高高的石雕华表。坟地上生长着一行行整齐的楸树。看到那些高大的楸木,不由得触发了我的哀思。我既萌生了对戴侯的敬慕,也悼念死去的道元和公嗣。坟头重重叠叠一个接着一个,成堆生长的柏树旺盛茂密。为什么死去的人一个接一个,竟然连旧坟上的草都没有发生过变异!

我在童年就获得戴侯赏识,心甘情愿追随他的后尘。戴侯赞扬我有国士的才智,爱护我竟至赐给美好的婚姻。自前辈开始就特别友好,到道元、公嗣二人仍代代相亲。我很高兴手拉着手白头到老,争取机会向亲人报答大恩。于今九年才来一次,空荡荡的宅院死寂得没了亲人。宿根草覆盖着堂前台阶上的道路,旧的菜园子变成了杂乱的干草。我徘徊在庭院中的长廊下面,流下的泪水沾湿了衣襟。晚上我辗转反侧不能入睡,声声长叹一直延续到清晨。自个儿心中的郁闷无处倾诉,且整理思绪写成这篇短文。

【点评】潘岳写过《悼亡诗》三首，是对亡妻的悼念，情感真挚，成了他的代表作。这篇《怀旧赋》是为怀念已经亡故的岳父大人杨肇及其二子道元、公嗣三人而写的，也不是无病呻吟，同样有着真情实感。作者在《序》中即已指出，自己在十二岁的童年，已蒙声威显赫的岳父大人赏识，经其誉扬，得以名世，知遇之恩，当然刻骨铭心；加上又成翁婿，关系更非一般。其二子亦为通家之好，相亲相爱，交谊弥深。本应"欢携手以偕老，庶报德之有邻"，可是二人皆未终其天年，"曾旧草之未异"，即相继逝世。本该常来祭扫，以偿宿愿于万一，却遭逢"私艰"，加以外任做官，竟时隔九年才有机会莅临；其蕴积的强烈感情，自然难以消释。在赋的开头八句，历述作者为了上坟，冒着凄厉的晨风，夜晚的积雪，从早到晚"涂艰屯其难进"的苦况，亦在所不辞：如果没有真情实感的驱使，只是一般关系，那是不会付出如是的代价，恐怕早就望而却步了。及至看到坟墓，看到华表楸柏，固可增慨，而"空馆阒其无人。陈荄被于堂除，旧圃化而为薪"，满目荒凉，一门死无继嗣，想要报答，不可得矣，于是乎"涕泫流而沾巾"，"宵展转而不寐"，都是至情的流露。作者密切联系自己的经历，写自己的所见所感，凿凿有据，非舞文弄墨者可以得其仿佛。

【集说】潘岳，字安仁，荥阳中牟人，总角辩慧，摛藻清艳。(《文选·籍田赋》李善引臧荣绪《晋书》)

岳少以才颖见称，乡邑号为奇童，……岳美姿仪，辞藻绝丽，尤善为哀诔之文。(房玄龄《晋书》本传)

《怀旧赋》者，怀思也，谓思于亲旧而赋也。(李善《文选·怀旧赋·解题》)

与子期《思旧》同调，撰语较工，而气格不及。(孙矿评，见于光华《重订文选集评》)

全是子期《思旧》意，序不及而赋过之。其秀拔处，只在"俯""仰""瞻""眺"间。(何焯评，同上)

(赵光勇)

寡妇赋并序

乐安任子咸[1]，有韬世之量[2]，与余少而欢焉。虽兄弟之爱，无以加也[3]。不幸弱冠而终[4]。良友既没，何痛如之！其妻又吾姨也。少丧父母，适人而所天又殒[5]，孤女藐焉始孩[6]。斯亦生民之至艰，而荼毒之极哀也[7]。昔阮瑀既殁，魏文悼之，并命知旧作《寡妇》之赋[8]。余遂拟之。以叙其孤寡之心焉[9]。其辞曰：

嗟予生之不造兮，哀天难之匪忱[10]。少伶俜而偏孤兮，痛怮怛以摧心[11]。览《寒泉》之遗叹兮，咏《蓼莪》之余音[12]。情长戚以永慕兮，思弥远而逾深[13]。伊女子之有行兮，爰奉嫔于高族[14]。承庆云之光覆兮，荷君子之惠渥[15]。顾葛藟之蔓延兮，托微茎于樛木[16]。惧身轻而施重兮，若履冰而临谷[17]。遵义方之明训兮，宪女史之典戒[18]。奉蒸尝以效顺兮，供洒扫以弥载[19]。彼诗人之攸叹兮，徒愿言而心痗[20]。何遭命之奇薄兮，遘天祸之未悔[21]！荣华晔其始茂兮，良人忽以捐背[22]。

静阖门以穷居兮，块茕独而靡依[23]。易锦茵以苫席兮，代罗帱以素帷[24]。命阿保而就列兮，览巾箑以舒悲[25]。口呜咽以失声兮，泪横迸而沾衣。愁烦冤其谁告兮，提孤孩于坐侧。时暧暧而向昏兮，日杳杳而西匿。雀群飞而赴楹兮，鸡登栖而敛翼。归空馆而自怜兮，抚衾裯以叹息。思缠绵以瞀乱兮，心摧伤以怆恻[26]。曜灵晔而遄迈兮，四节运而推移[27]。天凝露以降霜兮，木落叶而陨枝。仰神宇之寥寥兮，瞻灵衣之披披[28]。退幽悲于堂隅兮，进独拜于床垂[29]。耳倾想于畴昔兮，目仿佛乎平素。虽冥冥而罔觌兮，犹依依以凭附[30]。痛存亡之殊制兮，将迁神而安厝[31]。

龙輀俨其星驾兮，飞旐翩以启路[32]。轮按轨以徐进兮，马悲鸣而跼顾[33]。潜灵邈其不反兮，殷忧结而靡诉[34]。晞形影于几筵兮，驰精爽于丘墓[35]。

自仲秋而在疚兮，逾履霜以践冰[36]。雪霏霏而骤落兮，风浏浏而夙兴[37]。溜泠泠以夜下兮，水溓溓以微凝[38]。意忽恍以迁越兮，神一夕而九升[39]。庶浸远而哀降兮，情恻恻而弥甚[40]。愿假梦以通灵兮，目炯炯而不寝。夜漫漫以悠悠兮，寒凄凄以凛凛。气愤薄而乘胸兮，涕交横而流枕[41]。亡魂逝而永远兮，时岁忽其遒尽[42]。容貌儡以顿悴兮，左右凄其相慜[43]。感三良之殉秦兮，甘捐生而自引[44]。鞠稚子于怀抱兮，羌低徊而不忍[45]。独指景而心誓兮，虽形存而志陨[46]。

重曰：仰皇穹兮叹息，私自怜兮何极！省微身兮孤弱，顾稚子兮未识。如涉川兮无梁[47]，若陵虚兮失翼。上瞻兮遗象，下临兮泉壤。窈冥兮潜翳[48]，心存兮目想。奉虚座兮肃清[49]，愬空宇兮旷朗[50]。廓孤立兮顾影[51]，块独言兮听响。顾影兮伤摧，听响兮增哀。遥逝兮逾远，缅邈兮长乖[52]。四节流兮忽代序，岁云暮兮日西颓[53]。霜被庭兮风入室，夜既分兮星汉回。梦良人兮来游，若阊阖兮洞开[54]。怛惊悟兮无闻，超惝恍兮恸怀[55]。恸怀兮奈何，言陟兮山阿[56]。墓门兮肃肃，修垄兮峨峨[57]。孤鸟嘤兮悲鸣，长松萋兮振柯[58]。哀郁结兮交集，泪横流兮滂沱。蹈恭姜兮明誓，咏《柏舟》兮清歌[59]。终归骨兮山足，存凭托兮余华[60]。要吾君兮同穴，之死矢兮靡他。

【注释】(1)乐安：古县名，今山东博兴南。任子咸：名护，为潘岳的连襟。(2)韬：包藏。　(3)加：超过。　(4)弱冠：古代男子二十岁行冠礼，体犹未壮，故称弱。终：指死亡。　(5)适人：嫁人。所天：指丈夫。殒：死亡。(6)藐：小。孩：同“咳”，小儿笑。　(7)生民：人生。荼毒：痛苦。　(8)阮瑀：字元瑜，“建安七子”之一。　(9)拟：模仿。　(10)不造：犹言不幸。天难：指天降灾难。匪：不。忱：诚信。　(11)伶俜(líng pīng)：孤零。偏孤：丧父。忉怛(dāo dá)：哀伤貌。摧心：伤心。　(12)《寒泉》《蓼莪》：均为《诗经》中的篇名。《寒泉》是伤叹父亡母存的诗，《蓼莪》是伤叹父母俱亡的诗。　(13)戚：悲伤。慕：思念。弥、逾：都作“越”解。　(14)伊：语助词。行：指道，古代认为女子生来有适人之道。爰：于是。奉嫔：出嫁。高族：高贵人家，指任家。　(15)庆云：祥瑞的云彩，比喻父母之德。光覆：福荫。荷：承受。君子：指丈夫。渥(wò)：深厚。　(16)葛藟(lěi)：藤类，这里喻自己。樛(jiū)木:一种向下弯曲的树木,这里喻丈夫。 (17)身轻:指自己德薄。施重:指丈夫惠厚。履冰、临谷:《诗经·小雅·小旻》:“战战兢兢,如临深渊,如履薄冰。”喻戒惧之甚。 (18)义方:行事应当遵守的法则,指家教。宪:效法。女史:记载女子德行的史书。典戒:指法度。 (19)奉:侍奉。蒸尝:指酒饭。效顺:效力顺从。供洒扫:古礼认为,女子于丈夫,是供洒扫的。弥载:终老。 (20)攸:所。愿言心痗(mèi):《诗经·卫风·伯兮》有“愿言思伯,使我心痗”之句。痗:忧病。 (21)奇:甚。遘(gòu):遇。悔:原宥。 (22)荣华:喻容貌。晔:光明貌。良人:指丈夫。捐背:弃之而去,指死亡。(23)静:冷清貌。块:孤独貌。茕(qióng)独:没有兄弟为茕,没有儿子为独。靡依:无依无靠。 (24)茵:褥子、毯子。苫(shān):草荐。罗:有花纹的丝织品。素:居丧用的白色织物。 (25)阿保:保姆。箑(shà):扇子。(26)瞀(mào)乱:精神错乱。怆恻:悲痛。 (27)曜灵:太阳。遄(chuán)迈:迅速消逝。四节:春夏秋冬四季。运:运转。 (28)神宇:迷信的人幻想中的鬼神在天上的住处。灵衣:指灵床上的巾幅。披披:飘动貌。 (29)幽悲:潜藏在内心的悲痛。堂隅:屋角。床垂:床边,指灵床之侧。 (30)罔觌(dí):不见。依依:思恋之貌。凭附:相依靠。 (31)存亡:指一存一亡。厝(cuò):埋葬。 (32)龙輀(ér):辕上饰有龙纹的丧车。星驾:意谓早晨驾车出行。旐(zhào):魂幡。 (33)跼:通“局”,局促不安。 (34)邈:远。靡诉:无处可诉。 (35)晞(xī):望。几筵:指桌席。精爽:魂魄。 (36)在疚:指居丧。逾:度过。履霜:指秋天。践冰:指冬天。 (37)浏浏(liú):风疾貌。 (38)溜(liù):屋檐滴下之水。泠泠:水下滴的声音。溓溓(liǎn):水开始凝结成冰貌。 (39)忽恍:恍惚。 (40)浸远:渐远。弥甚:更加厉害。 (41)愤薄:郁结、充塞。乘胸:郁结在胸中。交横:交错纵横。 (42)遒(qiú):迫近。 (43)儡:瘦弱毁败。顿悴:困顿憔悴。愍:怜悯。 (44)三良殉秦:秦穆公死后,奄息、仲行、鍼虎三人同时殉葬。自引:自杀。(45)鞠:抚养。羌:语助词。低徊:依依不舍。 (46)景:指太阳。志:精神。(47)涉川:过河。梁:桥。 (48)窈冥:幽远难见貌。潜翳:潜藏隐蔽。(49)虚座:空坐,指丈夫曾经坐过的座位。肃清:冷清。 (50)宇:屋宇。旷朗:空阔。 (51)廓:孤独。 (52)缅邈:遥远貌。乖:分离。 (53)代序:依次更替。颓:坠落。 (54)阊(chāng)阖:传说中的天门。 (55)惊悟:惊醒。惝恍:神情恍惚的样子。 (56)陟(zhì):登临。山阿:山湾。 (57)

修垄:长长的墓堆。峨峨:高大貌。 (58)萋:茂盛貌。柯:枝条。 (59)恭姜:卫世子共伯之妻。共伯早死,恭姜守节,父母欲改嫁,誓而不许。 (60)归骨:葬身。余华:剩余的光华。

【今译】乐安任子咸,有韬世之量,和我少时甚好。即使是兄弟之爱,也未能超过。不幸二十岁就去世,好朋友死了,还有什么比这更悲痛的呢?其妻又是我的妻妹。从小死去父母嫁到任家,丈夫又去世了。留下孤女尚小,才开始会笑,这也是人生最大的艰难险恶,痛苦中最哀痛的事情。昔人阮瑀去世之后,魏文帝悼念他,并命令阮瑀的好朋友王粲等人作《寡妇赋》,我于是模仿其做法,写出这篇赋。来叙述妻妹的孤寡之心。其辞如下:

哀叹我生来就不幸,而天降灾难却并不因为我不诚信。哀伤我从小丧父,孤苦伶仃。咏览《寒泉》《蓼莪》,哀叹父丧母逝之痛。思念之情悲伤长远,而越是长远越是情深。按女子适人之道,出嫁到高贵的任姓,承蒙父母德行的福荫,又受到丈夫深厚的恩情。就像葛藟将微茎寄托在樛木上一样,将微贱的一生寄托在丈夫之身。自己德薄而受到厚惠,小心如临谷履冰。遵照家教的训导去做,效法古代贤女的德行。愿努力顺从侍奉丈夫,供洒扫而终身。那诗人的慨叹,空使我忧心。为什么命运如此浅薄,竟遇上天降祸而无原谅。正当我青春妙龄光彩照人时,丈夫却弃我而丧身。

孤独而无依,只有闭门困居。用草垫换下有花的褥毯。用白色的帷幕换下有花的帐帷。保姆、仆人各自就位,看着死者留下的巾扇而自悲。低声呜咽以至失声痛哭,热泪横流以至沾衣。抱着孤弱的孩子坐在丈夫灵位之侧,一腔悲痛诉向谁。时间昏暗以至天黑,太阳早已西匿。群鸟赴巢鸡入窝。回到空房空自怜,抚摸着绸被空叹息。悲思缠绵精神乱。内心伤痛肺腑裂。明亮的阳光迅速消逝,四季的运转在向前推移。露珠凝冻成霜,树枯叶落枝垂。仰望天空,神鬼之所寥廓;俯看灵床,只见巾幅飘飞。退后在屋角暗自悲伤,又上前在灵床边独自跪拜。忆想往日之事,声音容貌似乎犹存。虽然模糊不能相见,思恋之情还像往日互相依靠在一起。痛恨生死的区别,丈夫的灵柩将埋葬在荒野之地。

辕上饰有龙纹的丧车清早出行,飘动的魂幡在前面指引。丧车轮子沿着轨道在慢慢前进,驾车的马局促张望发出悲鸣。灵车向前而灵魂渐远,内心的忧伤更加郁结而无处可申。望着祭奠的席筵，似乎丈夫的形影也在其间，而实际上他的魂魄已经进入墓中。

自八月开始居丧，度过秋天而到隆冬。飘扬的大雪骤然降落，肆虐的狂风兴起于早晨。屋檐之水点点下滴，遇寒气而慢慢结冰。神思恍惚游移不定，魂魄一夜上天飞升。魂渐远而哀痛，情凄切而更甚。希望与丈夫在梦中相会，夜不成眠双目犹睁。长夜漫漫，气候凄冷。悲痛郁结胸中，泪水横流湿枕。亡魂已永远消失，一年之日忽尽。身体瘦弱而憔悴，家人凄凄相怜悯。有感于三良殉秦，自己也甘愿捐弃此生。看到幼小女儿还抱在自己的怀中，又舍不得抛开她而忍心自尽。独自对着太阳发誓，形体虽在却丧神损志。

继续写道：仰望苍天感叹伤悲，自己悲怜何极！省察自己，孤苦孱弱，顾视幼女，不识事理。好像过河无桥，腾空飞行而失去羽翼。向上瞻望，寻找丈夫的遗像，下到黄泉，追寻丈夫的影迹。魂魄幽远难见，早已潜藏隐匿，然心中思念，形影仍在眼里。丈夫的座位依然冷凄。面对空荡的屋宇向谁诉说。顾影自怜，孤独自立。不见丈夫只有自言自语。此情此景，更加重自己的伤悲。丈夫早已去世，且成死别生离。四季流逝，季节更替，一年将尽，夕阳西坠。白霜覆盖庭院，寒风吹进室内，半夜已过，银河流回。梦见丈夫归来，似乎天门也打开。可惜梦被惊醒，神情恍惚，更加伤怀。悲痛亦无可奈何，便登临山湾。坟墓萧条，墓垅修长，孤鸟凄凄悲鸣，长松荫荫枝振。哀痛郁结交集，双泪横流淋漓。遵循恭姜守节的誓言，吟涌《柏舟》高洁的清歌。终究也将葬身此山，凭托丈夫的余光。和丈夫同穴而眠，到死誓无他心。

【点评】这是一篇出色的悼亡赋，融叙事抒情于一炉，生动地描绘了一个青年寡妇的孤独情状及其思念丈夫的痛苦心情。

开篇"嗟予生之不造兮，哀天难之匪忱"一句，把青年寡妇的悲惨命运归结为上天的降惩。从小父丧母逝，孤苦伶仃，然"承庆云之光覆"，与高贵的任子咸结为婚姻。少年夫妻，你恩我爱，举案齐眉。自己为了报答"君子之惠渥""奉蒸尝""供洒扫"小心谨慎，如"履冰而临谷"，以珍惜这突如其来的幸福，不料，正当自己青春妙龄，光彩照人之时，"良人忽以捐背"，上天的惩罚又一次降临到这位年轻的女子身上，使她肝肠寸断，痛不欲生。父丧母逝之痛尚在心底，丈夫又命归黄泉。此段纯为铺叙，夹以抒情。以"嗟""哀""痛""览""咏"等词，抒写其不幸，以"葛藟之蔓延""微茎于樛木"比喻夫妻情深，年轻寡妇的悲惨命运如耳闻目睹，令人同情。

接下一段，极写年轻寡妇的痛苦心情。其“阖门穷居”“泪进沾衣”，睹物怀人，悼云念存，有物在人亡之痛。由怀忆到现实，由早晨到黄昏，由春到秋，整日神思恍惚。缠绵悱恻，以至精神错乱，不能自控。自然界的春风秋雨，落花流水，都能在主人公心底泛起无尽的涟漪，都能勾起主人公内心深处的隐痛，守着丈夫的灵柩好似看见丈夫依然活着一样，然而，生死的区别，棺椁要安葬，生离死别，最后的一点安慰也将消失，怎能不使她“口呜咽”“心摧伤”呢？

赋的第二部分是女主人公居丧其间痛苦的难熬的心理描写。自中秋始，“逾履霜以践冰”，由萧瑟的秋天到寒冷的冬季。秋风凄紧，冬雪霏霏，长夜漫漫，难以成眠，主人公无时无刻不在思念逝去的丈夫。“气愤薄而乘胸，涕交横而流枕”。一年至终，面容憔悴，形存志陨。甘愿自尽殉情，然顾视稚子，“低徊而不忍”。作者对这位年轻寡妇极为细腻的心理描绘，刻画了一个忠贞不贰、感情笃深的妇女形象，驰骋想象，反复铺陈，状情叙事，真切动人。

赋的第三部分，着重渲染和烘托女主人公孤独的寡居，痛不欲生的悲惨情景，以“如涉川兮无梁，若陵虚兮失翼”比喻主人公的孤独无依；以“心存兮目想”，“超惝恍兮恸怀”描绘主人公的思夫之情；以“蹈恭姜兮明誓，咏《柏舟》兮清歌”叙写其失夫之痛；以“要吾君兮同穴，之死矢兮靡他”表明其忠诚的爱情。层层推进，感情像决堤之水，一泻千里，奔涌而不息，使女主人公感情的抒发达到了最高潮。给读者留下了无尽的同情和哀叹，取得了良好的艺术效果。

本文以时间线索为顺序，以亡夫之情为中心，以赋特有的特点和方法，如驰骋想象，着意夸张，大事铺陈，注重抒情，应用对偶，讲究练句等，细致入微地刻画了青年寡妇的失夫之痛，孤独凄惨之情；歌颂了其对爱情的无比忠诚，塑造了一个封建社会里典型的贤妻良母的形象；遵循古训，言德有行，侍奉丈夫，任劳任怨，感情专一，誓死守节等。

【集说】是《离骚》余韵，语气却近今。其道哀情悲至，令人不忍卒读。曼声柔调，宛是妇人口中语，意中事。（孙矿评，见于光华《重订文选集评》）

此代寡妇以言情，备极哀怆。潘黄门善于言哀，非特自赋悼亡也。（何焯评，同上）

（陈殿生）

陆机

陆机(261—303),字士衡,吴县华亭(今上海市松江)人。少时任吴牙门将。吴亡,与弟陆云入洛,文才倾动一时,历任祭酒、相国参军、平原内史等职。太安初,成都王颖讨长沙王司马乂,以陆机为后将军,河北大都督。兵败遭谗,为颖所杀。其赋今存三十余篇,然大都辞多情少。《叹逝赋》《吊魏武帝文》堪称佳制。宋人辑有《陆士衡集》。

叹逝赋并序

昔每闻长老追计平生同时亲故,或凋落已尽,或仅有存者[1]。余年方四十,而懿亲戚属,亡多存寡;昵交密友,亦不半在。或所曾共游一涂,同宴一室,十年之外,索然已尽。以是思哀,哀可知矣。乃作赋曰:

伊天地之运流[2],纷升降而相袭。日望空以骏驱,节循虚而警立。嗟人生之短期,孰长年之能执!时飘忽其不再,老晼晚其将及[3]。怼琼蕊之无征,恨朝霞之难挹[4]。望汤谷以企予[5],惜此景之屡戢。悲夫,川阅水以成川,水滔滔而日度;世阅人而为世,人冉冉而行暮!人何世而弗新,世何人之能故;野每春其必华,草无朝而遗露。经终古而常然,率品物其如素。譬日及之在条[6],恒虽尽而弗寤。虽不寤其可悲,心惆焉而自伤。亮造化之若兹,吾安取夫久长!

痛灵根之夙陨[7],怨具尔之多丧[8]。悼堂构之颓瘁[9],慜城阙之丘荒。亲弥懿其已逝,交何戚而不忘[10]。咨余今之方殆,何视天之芒芒。伤怀凄其多念,戚貌瘁而鲜欢。幽情发而成绪,滞思叩而兴端。惨此世之无乐,咏在昔而为言。居充堂而衍宇,行连驾而比轩。弥年时其讵几,夫何往而不残!或冥邈而既尽,或寥廓而仅半。信松茂而柏悦,嗟芝焚而蕙叹。苟性命之弗殊,岂同波而异澜。瞻前轨之既覆,知此路之良难。启四体而深悼[11],惧兹形之将然。毒娱情而寡方,怨感目之多颜。谅多颜之感目,神何适而获怡!

寻平生于响像,览前物而怀之。步寒林以凄恻,玩春翘而有思[12]。触万类以生悲,叹同节而异时。年弥往而念广,涂薄暮而意迮。亲落落而日稀[13],友靡靡而愈索[14]。顾旧要于遗存[15],得十一于千百。乐颓心其如忘,哀缘情而来宅。托末契于后生[16],余将老而为客。然后弭节安怀,妙思天造。精浮神沦,忽在世表。寤大暮之同寐,何矜晚以怨早。指彼日之方除[17],岂兹情之足搅!感秋华于衰木,瘁零露于丰草。在殷忧而弗违,夫何云乎识道!将颐天地之大德,遗圣人之洪宝[18]。解心累于末迹[19],聊优游以娱老。

【注释】(1)仅:仅仅。 (2)伊:惟。 (3)晼晚:日将入貌。 (4)琼蕊、朝霞:相传皆为古代仙人所服以求长生的东西。 (5)汤谷:神话传说中的日出之地。 (6)日及:一种植物,朝开暮落。 (7)灵根:灵木之根,代指祖考。 (8)具尔:《诗·大雅·行苇》云“戚戚兄弟,莫远具尔”,故后人以“具尔”代指兄弟。 (9)堂构:立堂基,造屋宇。此喻祖先之遗业。 (10)懿:美。戚:近。 (11)启四体:指察视遗体,为善终的代称。 (12)翘:茂盛貌。 (13)落落:稀少貌。 (14)靡靡:尽貌。 (15)旧要:即久要。

"要"为"约"的借字。　(16)末契:对人谦称自己的情谊。　(17)指:这里"指"有等视的意思。　(18)"将颐天"二句:颐:养,保养。洪:大。　(19)心累:意为心中忧思。

【今译】过去常常听老人们追忆,计算起小时的亲友,有的早已离开人世,有的还活着。我的年龄才四十岁,可最亲近的人大多都已去世,健在的只有少数;亲近的知交或朋友,活着的也不到一半。其中有些人曾经跟我同路游冶,同室宴乐,可十年之后却全已在九泉之下安息。我的心中因此充满悲哀,其程度当然可想而知。于是我情不自禁,写下这篇赋作:

天气与地气运转流行,或升或降,互相承继。太阳向着长天不停地奔驰,四时沿着虚空迅速地逝去,——真使人因此警动,因此久久地伫立。人生如此短暂使我悲叹,没有谁能够获得生命的永恒!时光匆匆飘逝永远不再回头,而我生命的暮年眨眼就会到来。琼蕊延生的说法没有应验使我愤恨;相传朝霞可以养生却难以挹取,这更使我痛惜。为了眺望太阳升起的汤谷我踮起脚跟,痛心的是太阳的光芒却屡屡藏避。多么令人悲伤,江河由细水汇聚而成,可流水却一天天滔滔不绝地奔去;世代由众人聚集而成,可人们却一日日走向人生的残年!无论何世,人都是代代更新,哪一代能够长生不死!郊野上每年春天都繁花似锦,可花花草草没有几天便披满了霜露。从古到今永远如此,所有的事物一律不能长久!譬如木槿盛开枝头,常常是已经凋落也不曾醒悟。虽然它不曾意识到自己生命的可悲,可我的心灵却为此惆怅、为此感伤。如果造化确实如此,我又如何能够得到人生的久长!

祖父、父亲早逝使我悲痛,兄弟多丧使我怨愤。看到前辈创建的遗业已经毁坏,我心中充满悲恸;看到城郭宫阙变为废墟和荒野,我心中全是哀伤。多么好的亲人已经长逝,多么近的知交已经死亡。嗟叹自己的生命现在充满了危险,仰望苍天却只见一派苍茫。悲伤满怀,忧思郁结;哀凄憔悴,落寞少欢。深情幽思,撩动叩发出千头万绪。此生无乐,使我惨然,回忆往昔于是吟咏成诗。想当初居住则济济一堂,出行则并驾齐驱。从那时到如今才有几年,可一切东西都已残缺不全!或者幽深邈远而空空荡荡,或者空廓深邃只存原来的一半。我真的相信柏树为松树茂盛而喜悦,我尤其感慨蕙草为紫芝被烧而悲叹。人的生命短暂而没有差别,就像水流同波而没有异澜。

看看那些人死在我前面就像车子倾覆，我便明白人生的道路实在是充满艰难。瞧瞧自己的躯体我深深悲伤，担忧这一身躯也将溘然长逝，化为异物！我感到痛心的是无法使自己的心情愉快，我感到怨愤的是那么多死者的容颜一一出现在自己的眼前。既然有那么多死者浮现在我的心头，那么我的精神又能从什么地方得到欢乐！

从这些音容笑貌中寻找着自己的亲友，看看那些与他们有关的事物在我的心中充满了无限的思念。寒林漫步我深感哀伤，玩味春天万物茂盛的景象我更是浮想联翩。环顾万物无不引起我心中的伤感，节候虽同而人各异时使我不禁长叹。时光越是流逝，忧思越是深广；——时光的流逝使我倍感急迫，正如要走的道路还很遥远可太阳却已落入西山。亲人一天天越来越少，朋友一天天去世更多。回顾自己的至交，依然活着的没有几个。欢乐从心中消亡如同早已失落，悲哀却依附着我的情思盘踞在自己的心头。把我的情谊托付给后生青年，我将衰老而死，成为世人的远客。于是我抑制、稳住自己的志节和怀抱，来思索自然造化万物的道理。我的精神时起时沉，忽然间超出世外。我醒悟到死亡本是世人共同的安息，没有必要夸耀晚死，没有必要怨恨早亡。那日月的流逝只不过是件非常普通的事情，怎么能让它搅动我淡泊而又平静的心情！为衰老的树木上朵朵秋花而感叹，为茂盛的草丛上颗颗露珠而憔悴，处于深忧之中而不能超脱，怎么能够算得上明白大道！我将培养自己的生命，我将遗弃身外的高位。我将把自己的心灵从忧思中解脱出来，姑且逍遥自在以使自己的晚年过得更加愉快。

【点评】忧生惜时是文学永恒的主题，而魏晋名士尤其充满了对生命的忧思和嗟叹。陆机《叹逝赋》的主要艺术魅力在于他从多种侧面抒发了对生命、人生的留恋和执着。

赋序首先揭示了笼罩在作者心头的死亡的阴影："余年方四十，而懿亲戚属，亡多存寡；昵交密友，亦不半在。或所曾共游一涂，同宴一室，十年之外，索然已尽"；正是对生命朝不保夕的忧思使作者痛切地体验到了生命的可贵，使作者对自己的生命乃至躯体充满了无限的怜惜："瞻前轨之既覆，知此路之良难。启四体而深悼，惧兹形之将然"。亲友长逝固然激起了作者痛苦的怀念，然而更主要的却是使他清醒地意识到了这样一个事实，即时光在迅速流逝，人生永恒的安息就在眼前："年弥往而念广，涂薄暮而意迮"；因此，那种人生的无奈和悲凉自然会笼罩他的灵魂:“乐颓心其如忘,哀缘情而来宅”。

愈是预感到大命将倾,便愈是意识到人生的短暂。“悲夫,川阅水以成川,水滔滔而日度!世阅人而为世,人冉冉而行暮!人何世而弗新。世何人之能故”!“嗟人生之短期,孰长年之能执”!这自然是一种人生短暂的苍凉悲切的哀叹。然而作者不仅从人世的沉浮变异中体会到这种生命的悲哀,而且把这种悲哀推广到了所有自然事物的生息湮灭之中:“野每春其必华,草无朝而遗露,经终古而常然,率品物其如素”!浩茫心事,充斥于宇宙之间;山川草木一一都点化着作者心中那种人生的悲凉。

毫无疑问,人生苦短本身的潜台词便是渴望生命的永恒。作者也曾经设想如神仙者流服食以求长生,然而这只不过使他认识到了服食长生之说的妄诞:“怼琼蕊之无征,恨朝霞之难挹”。从某种意义上说,人生短暂是一个永恒的难题。真正能够解决这个难题的最根本的东西,恐怕不在于外部条件的改善,而在于人类能否从精神上战胜自己。这首先要认识到死亡是人类必然的安息,要以一种异常淡泊宁静的心灵来等视生、死与寿、夭:“寤大暮之同寐,何矜晚以怨早”;如能这样,那么时光的流逝便不会再激起你内心痛苦的波澜。同时,要以一种异常超脱的精神来遗弃一切身外之物,摆脱一切世俗生活的痼累以涵养内心的清空、平静和充实:“将颐天地之大德,遗圣人之洪宝。”只有从这里,人类才能获得一种健全的生命和安宁澹远的人生。

【集说】凡哀怨之文,易以动人,六朝人尤喜作之。……此赋与江文通《恨赋》同一哀伤,而此赋尤动人。(祝尧《古赋辨体》)

调抽精以变新,语巧构而未极,其气格正在今古之间。(孙矿评,见于光华《重订文选集评》)

序中见兴叹之由,点一“哀”字领起,为一赋顿挫照应之所在。

首言逝者乃造化之常,人所不免,引川流为比,何等警切。

次段历言逝者,见其可哀,即序意而畅发之。

后段畅发“叹”字,分作两层:先言其情之可哀,后言情累之当释。为后半章法。

收归大道,见哀情之不必;逝者如斯,特其迹耳,是从出脱以结之。(何焯评,同上)

(常　森)

束皙

束皙(264？—303？)，字广微，阳平元城(今河北大名)人。好学不倦，博洽多识。性淡泊沉退，不慕荣利。张华重其文辞，召为掾。后转佐著作郎，因参与汲塚竹简的整理，迁尚书郎。赵王司马伦请为记室，辞疾罢归，开馆授徒，年四十而卒。好作俗赋，为时人所薄。今存《劝农》《饼》《读书》等赋。明人辑有《束广微集》。

贫家赋[1]

余遭家之轗轲[2]，婴六极之困屯[3]。恒勤身以劳思，丁饥寒之苦辛[4]。无原宪之厚德[5]，有民斯之下贫[6]。愁郁烦而难处[7]，且罗缕而自陈[8]。

有漏狭之草屋[9]，不蔽覆而受尘[10]。唯曲壁之常在[11]，时弛落而压镇[12]。食草叶而不饱，常嗛嗛于膳珍[13]。欲恚怒而无益[14]，徒拂郁而独嗔[15]：蒙乾坤之遍覆[16]，庶无财而有仁[17]。

涉孟夏之季月[18]，迄仲冬之坚冰[19]。稍煎蹙而穷迫[20]，无衣褐以蔽身[21]。还趋床而无被[22]，手狂攘而妄牵[23]。何长夜之难晓，心咨嗟以怨天。债家至而相敦[24]，乃取东而偿西。行乞贷而无处[25]，退顾影以自怜。衒卖业而难售[26]，遂前至于饥年。

举短柄之口掘[27]，执偏隳之漏铝[28]，煮黄当之草莱[29]，作汪洋之羹饘[30]。釜迟钝而难沸，薪郁绌而不然[31]。至日中而不熟，心苦苦而饥悬[32]。丈夫慨于堂上[33]，妻妾叹于灶间。悲风噭于左侧[34]，小儿啼于右边。

【注释】(1)此赋见于《艺文类聚》和《初学记》，均残缺。清严可均复据《太平御览》辑增二书删节的零句，见《全上古三代秦汉三国六朝文·全晋文》。后半仍残缺。 (2)轗轲(kǎn kě)：也作"坎坷"。此指境遇艰难不顺。 (3)婴：碰到，触犯。六极：六种不幸。《尚书·洪范》："六极：一曰凶短折，二曰疾，三曰忧，四曰贫，五曰恶，六曰弱。" (4)丁：当，遭遇。之：和。 (5)原宪：字子思。又名原思。孔子高足。处蓬户漏屋，不以贫穷为病。厚德：犹言高尚的德行。 (6)民斯：普通民众。下贫：极贫。 (7)郁烦：郁结烦闷。 (8)罗缕：指委屈，详尽。 (9)漏狭：简陋窄狭。漏，通"陋"。 (10)蔽覆：遮蔽覆盖。受尘：即"承尘"，俗称天花板，盯承接尘土。 (11)曲壁：歪斜的墙壁。 (12)弛落：剥落。弛：脱落。压镇：镇守，看守。 (13)嗛嗛(qiàn)：不足。膳珍：即珍膳，美食。 (14)恚忿(huì fèn)：愤怒，怨恨。 (15)拂郁：音义同"佛郁"，愤闷。嗔(chēn)：生气。 (16)乾坤：天地。此句意谓承蒙天地化育，生而为人。 (17)庶：或许。 (18)涉：历，经。孟夏：初夏，此泛指夏季。季月：此指夏季最后一月。 (19)迄：至、到。仲冬：冬季第二月。此泛指冬季。 (20)稍：逐渐，慢慢地。煎蹙：煎熬窘迫。 (21)褐(hè)：粗布衣服。 (22)还(xuán)：意同"旋"，立即，迅速。 (23)狂攘：急遽。妄牵：胡拉乱拽。 (24)敦：敦促，督促。 (25)行：指出外。 (26)衒卖：夸耀货色以求出售。 (27)口掘：不详。似应指勺子一类的灶具。 (28)偏隳(huī)：一半已毁坏。漏铝(xuān)：小盆。 (29)黄当：不详。 (30)饘(zhān)：稠粥。 (31)郁绌：联绵词，潮湿。然：同"燃"。 (32)饥悬：即"悬饥"，极饥。 (33)丈夫：成年男子的通称。此为作者自指。 (34)噭(jiào)：呼叫声。

【今译】我遭受到家境坎坷不顺，碰到种种的困苦艰难。常勤作并劳苦心思。偏偏遇上饥寒和酸辛。我没有原宪高尚的美德，却具有平民常见的赤贫。愁苦郁结烦闷而难以生活，聊且详尽委屈以自述。

我家简陋狭窄的茅屋，根本没有遮蔽尘土的天花板。唯有歪斜的墙壁常在，早就剥落而看守着穷屋。吃的野菜填不饱肚子，常常想着美味的饭食。想发作怨恨而无济于事。只得愤闷而独自生气：蒙受天地覆育生而为人，没有钱财却或许具有仁德。

从夏季末月开始，直到整个结冰的冬天，逐渐煎熬窘迫而穷困不堪，没有粗布衣服遮身蔽寒。有时冻急上床却没有被子，两手急遽胡拉乱拽。为何冬夜长长而难明，心里叹息而埋怨老天。债主上门来催促，于是只好借东而还西。出外借钱无求处，回来对影呆坐而自哀。叫卖房业难出售，只好挨到饥荒的来年。

举起破裂的短把勺，拿上一边有缝的小盆，烧煮劣质地生长的野菜，做一锅汪洋的汤粥。锅慢慢烧不开，柴火潮湿着不旺。到中午还没做熟，心悲苦而饿极。我慨叹于堂屋，妻长叹于灶房。寒风呼啸于左边，小儿啼哭于右边。

【点评】束皙是汲塚竹简著名的整理者，博学多识，其奏议文辞雅赡。而赋作极为朴实，为时人鄙薄。这很有点像后来的陶渊明，平淡自然的诗歌遭受当时漠视一样——不为华靡文风所容，——这正是今日值得注视的。

作者一生只有三十岁后的七八年时间为人作幕或沦为郎属，穷困陪伴了一生。他在入仕前的《玄居释》说自己“囚大道于环堵，苦形骸于蓬室”。这篇《贫家赋》大概也是此时尤为窘迫的写照。一落笔直道其苦：家境坏极了，什么样的艰难都尝遍了，这还是勤身劳思的结果，否则不堪设想。“无原宪之厚德”，自是穷书生无可奈何的话，只具有原宪一样的贫困——即下文“有漏狭之草屋”二句的意思。其所以自陈作此苦辞，那实在是愁苦塞胸而受不了呀！写家贫只有蓬户漏室，漏室仅家徒四壁，且歪斜斑驳。糊口则茹藿餐蔬，尚且填不饱饥腹。“常嗛嗛于膳珍”，犹言常企盼着美食，使人容易想起“过屠门而大嚼”的馋相。不过这里只有悬肠挂肚的饥饿，没有任何贪吃的意味。作者的《饼赋》描摹饥而欲食的艳羡:“行人失涎于下风,童仆空瞧而斜眄,擎器者舐唇,立侍者干咽”,可抵此句一注。这些饥文饿辞被目为“鄙俗”,真是富人不知饿汉饥!心有愤怨而“欲恚忿”,又说“无益”,非沉愤之词而具沉愤之意:太“恚忿”了,会因消耗热量而加剧饿的骤然威胁,故需付出最大的毅力来对付,未领受过枵腹折磨的人,是难以有这样的体会。唯一感到聊以自慰的是,立身处世,虽然一贫如洗,庶几怀仁抱义,亦复即上文以原宪厚德隐然自况的用意。拿仁义来填肚子,抚慰辘辘饥肠,这是对外视安舒而内充惨刻入骨的心理剖白。

以上言无食,以下继言无衣。“还趋床”二句,催人酸心。“无被”而仍“趋”,且“还”——旋即急去,以见寒冻驱逐掉理智,酷冷操纵着思维。“手狂攘而妄牵”,更是触目惊心的刻画。下意识的遽疾冻态,浇铸着多少“饥寒”和“悲辛”。这怎能不说是“困屯”到“六极”的程度呢!这未经人道逼真剀切的描写,包含多么震颤的刻骨铭心的表现力。而古今赋论家对此作的忽视,未免使人有“冷淡篇章遇赏难”的慨惜。“何长夜之难晓”二句的意思,和曹丕《寡妇赋》“历夏日兮苦长,涉秋冬兮漫漫”相近,但含量的轻重,是不难区别的。陶渊明的“夏日长抱饥,寒夜无被眠。造夕思鸡鸣,及晨愿乌迁”(《怨诗楚调示庞主簿、邓治中》)的变本加厉描写,显然本于此赋。饥寒煎逼,穷愁相寻,亦复债家敦迫,所谓“乞贷无处”,是因借东还西不止一次,所以告借无门,这又是“愁郁烦而难处”的苦不堪言的光景。“顾影自怜”的熟语,于此具有极真切极新鲜的活力,“有如强烈的亮光一闪而过,照得那些本来也许是最平常、最熟悉的物体在人们眼前突然变得光耀夺目”(布洛语)。“行乞贷”亦可视为“遍乞贷”,与“衒卖业”的“衒”,都是极普通而又极酸辛的字眼,显示出生命的挣扎煎熬。带有庄重意味的“举”“执”,其宾语对象则是破勺漏盆;煮菜作汤,却谓之“汪洋之羹馕”,凄苦夹着嘲谐,读来令人哭笑不得,过目难忘。“釜迟钝”八句,铺排描绘了一幅“贫家”一饭难的苦况,笔笔凄楚,字字酸悲,使人不可卒读,写来如诉家常,刊落雕饰,而苦况在目,哭声盈耳,尤为感人肺腑。苏轼“空庖煮寒菜,破灶烧湿苇”(《寒食雨》其二),即从此化出。

此赋全用白描手法,就屋、衣、贷、卖、食几个方面,推出一个个画面,不时地穿插震颤深切的心理刻画,是自述,亦是剖白,写尽备受生活折磨的种种贫相苦况。这种自道其贫的现身说法,和穷奢极侈的西晋上层社会,形成无言而强烈的对比。其客观效果,不仅是一身赤贫的倾诉,而且是对下层社会“民斯下贫”现状的揭示。对那些以豪奢相兢有财无仁者,不无一种刺激作用。对贫者现实生活如此真切深刻的反映,在此前的赋史上已属凤毛麟角。描写的生动真切,以及和铺采摛文相反的朴言淡语的写法,都是极为罕见的。惜乎不全,疑其中间还有残缺,碎裂佳制,然其光彩终不可掩。

【集说】(束皙)尝为《劝农》及《饼》诸赋,文颇鄙俗,时人薄之。(《晋书·束皙传》)

作者以本人清贫恬淡的生活现身说法,对一般贫家的艰难困苦状况做了淋漓尽致的描写。……内容直露,语言通俗,现实性强,在魏晋赋中实为少见。不论从题材或风格上,都体现出平实简易的特色。(尹赛夫等《中国历代赋选》)

极写自家贫穷情状,……文字有限,却淋漓尽致地写出了赤贫困境。(徐公持《诗的赋化与赋的诗化》,见《文学遗产》1992年1期)

(魏耕原)

郭璞

郭璞(276—324),字景纯,河东闻喜(今山西闻喜)人。西晋灭亡,随晋室南渡,后因反对王敦谋反,被杀。郭璞博学才高,注释过《周易》《尔雅》《山海经》《楚辞》等书。他的诗赋都很有名,《晋书》本传说他“词赋为中兴之冠”。历来被推崇的是《游仙诗》十四首和《江赋》,尤以《游仙诗》更为后人传诵。他本有的数万言诗文,多数散佚,后人辑有《郭弘农集》。

登百尺楼赋

在青阳之季月(1),登百尺以高观。嘉斯遊之可娱,乃老氏之所叹。抚凌槛以遥想,乃极目而肆运。情眇然以思远,怅自失而潜愠。

瞻禹台之隆崛(2),奇巫咸之孤峙(3);美盐池之滉污(4),蒸紫氛而霞起,异傅岩之幽人(5),神介山之伯子(6);揖首阳之二老(7),招鬼谷之隐士(8)。嗟王室之蠢蠢,方构怨而极武。哀神器之迁浪(9),指缀旒以譬主(10)。雄戟列于廊板,戎马鸣乎讲柱(11)。

寤苕华而增怪[12]，叹飞驷之过户。陟兹楼以旷眺[13]，情慨尔而怀古！

【注释】(1)青阳：春天。　(2)禹台：一般指禹五台。但根据郭璞当时行止推断，疑为今山西河津市西北部的龙门山，该山有禹五庙古迹，故称。　(3)巫咸：古代神巫，名咸。传为最早用筮草占卜者。或云他曾为商王太戊的大臣。此为山名。　(4)盐池：地名。即解池。在今山西运城市境。滉污(huàng wū)：滉，水深广貌。污，停积不流的水。　(5)异：惊异。傅岩：古地名。一作傅险。在今山西平陆东。幽人：幽居之人。　(6)介山：山名。今山西介休东南。春秋时介子推隐居此山，故名。伯子：文章出众或擅长一艺的人，称伯。　(7)首阳：山名。山西永济市南。传为伯夷、叔齐采薇隐居处。　(8)鬼谷：地名。相传战国时纵横家之祖，因其隐居鬼谷，号称鬼谷子或鬼谷先生。　(9)神器：指帝位，政权。迁浪：离散浪迹。　(10)缀旒(liú)：同"赘旒"。比喻君主被大臣挟制，实权旁落。譬：晓喻。　(11)讲柱：讲舍之柱。讲舍：讲习经术之处。　(12)寤：同"悟"。觉悟、了解。苕华：苇花。或指凌霄草。　(13)陟(zhì)：登。

【今译】阳春三月，登上百尺楼凭高望远。称赏这种游乐，因为它可以娱悦心怀，这也是老子当年所赞叹的呢！手把飞凌高空的危栏凝思遥想，于是极目远眺，任凭心驰神飞。情骛八极而神接万里，怅然若有所失，不由心中生出怨忿之情。

远看禹台突兀高耸，惊异巫咸山孤峰挺立。赞美盐池水波浩渺，紫雾蒸腾彩霞飞动。惊异幽处傅岩的古代高人(傅说)，神往曾隐居介山的旷世逸才(介子推)。拜谒首阳采薇、耻食周粟的伯夷、叔齐，呼唤隐居鬼谷的鬼谷先生。嗟叹王室争斗蠢蠢欲动，正四处招致怨怒而穷兵黩武。哀叹帝位飘摇、政权不稳，申斥奸邪之辈以晓谕君王。锋利的兵器排列在廊庙的板壁之前，讲舍的柱子上拴着嘶鸣的战马。

惊悟苇花飘荡而平添奇思怪想，悲叹飞驷过户而深感一切都如过眼烟云。登上此楼放眼远眺，令人追昔抚今慨叹不已！

【点评】这是郭璞早期所写的一篇怀古伤今之作。赋中,怀古以“遥想”“思远”生发,伤今由“自失”“潜愠”带出,自然形成前后两个层次。作者“登百尺以高观”本为娱悦情怀,但却不由自主地抚栏“遥想”、情飞“思远”。以下所及之禹台、巫咸、盐池、傅岩、介山、首阳、鬼谷等,既是极目所见之现实景观,更是情钟神系之古人古事,其情感核心则是对先贤隐士的“高山仰止”、渴慕追思。年轻的作者(据曹道衡先生文意,郭璞作此赋时大约三十岁左右,属早期作品)何以大发“思古之幽情”呢?此乃时势艰危、社会动荡。作者目睹王室倾轧,奸邪当道,雄戟罗列,战马嘶鸣的混乱现实,“怅然自失”、心存愠懑,然而又不便直陈确指,遂借追思古人而哀时伤世,聊作不平之鸣。纵观全赋,既有对战乱混浊现实的不满,也有对隐居生活的向往,还有对人生匆迫如“飞驷过户”的感慨。关注现实的“儒士”精神与逃避现实的“黄老”意念相反相成,辩证统一,折射出那一时代文化人的精神重负与苦闷情怀。

【集说】郭璞离开家乡时,已经是一个颇有才能的文学家了。他从闻喜出发,取道今运城、安邑附近的盐池,写下了《盐池赋》《登百尺楼赋》和《巫咸山赋》等。……《流寓赋》和《登百尺楼赋》则写到了当时的战乱。如《登百尺楼赋》中有“嗟王室之蠢蠢,方构怨而极武。哀神器之迁浪,指缀旒以譬主。雄戟列于廊板,戎马鸣乎讲柱”等语,似指晋惠帝后期被成都王颖、东海王越等所挟持,而洛阳又被张方等人所掳掠之事,诸王的军队竟把都城当作互相厮杀的场所。……上面所说的四篇赋,写作时间大约相差不远,多少可以看出一些关于西晋后期北方的动乱以及郭璞当时的思想情况。(曹道衡《郭璞》,见吕慧鹃等《中国历代著名文学家评传》)

(魏玉川)

孙绰

孙绰(314—371),字兴公,太原中都(今山西平遥)人。东晋时累官至廷尉,少爱隐居,以文才著称。他与许询同为东晋玄言诗人的代表作家,其诗枯淡寡味,但也有少数诗作写得清新流畅,辞赋、散文也有名于时。明人辑有《孙廷尉集》。

游天台山赋并序

天台山者,盖山岳之神秀者也。涉海则有方丈、蓬莱,登陆则有四明、天台,皆玄圣之所游化[(1)],灵仙之所窟宅[(2)]。夫其峻极之状,嘉祥之美[(3)],穷山海之瑰富,尽人神之壮丽矣[(4)]。所以不列于五岳,阙载于常典者[(5)],岂不以所立冥奥[(6)],其路幽迥[(7)];或倒景于重溟[(8)],或匿峰于千岭;始经魑魅之涂[(9)],卒践无人之境[(10)],举世罕能登陟,王者莫由禋祀[(11)]。故事绝于常篇,名标于奇纪[(12)]。

然图像之兴,岂虚也哉[(13)]!非夫遗世玩道[(14)],绝粒茹芝者[(15)],乌能轻举而宅之[(16)]?非夫远寄冥搜[(17)],笃信通神者[(18)],何肯遥想而存之[19]？余所以驰神运思[20]，昼咏宵兴，俯仰之间[21]，若已再升者也[22]。方解缨络[23]，永托兹岭，不任吟想之至[24]，聊奋藻以散怀[25]。

太虚辽阔而无阂[26]，运自然之妙有[27]。融而为川渎[28]，结而为山阜[29]。嗟台岳之所奇挺[30]，实神明之所扶持。荫牛宿以曜峰[31]，托灵越以正基[32]。结根弥于华岱[33]，直指高于九疑[34]。应配天于唐典[35]，齐峻极于周诗[36]。

邈彼绝域[37]，幽邃窈窕[38]，近智以守见而不之[39]，之者以路绝而莫晓[40]。哂夏虫之疑冰[41]，整轻翮而思矫[42]。理无隐而不彰[43]，启二奇以示兆[44]：赤城霞起而建标[45]，瀑布飞流以界道[46]。

睹灵验而遂徂[47]，忽乎吾之将行[48]，仍羽人于丹丘[49]，寻不死之福庭[50]。苟台岭之可攀，亦何羡于层城[51]？释域中之常恋[52]，畅超然之高情[53]。被毛褐之森森[54]，振金策之铃铃[55]。披荒榛之蒙茏[56]，陟峭崿之峥嵘[57]。济楢溪而直进[58]，落五界而迅征[59]。跨穹隆之悬磴[60]，临万丈之绝冥。践莓苔之滑石，搏壁立之翠屏[61]。揽樛木之长萝[62]，援葛藟之飞茎[63]。虽一冒于垂堂[64]，乃永存乎长生。必契诚于幽昧[65]，履重险而逾平[66]。

既克济于九折[67]，路威夷而修通[68]。恣心目之寥朗[69]，任缓步之从容。藉萋萋之纤草[70]，荫落落之长松[71]。觌翔鸾之裔裔[72]，听鸣凤之喈喈[73]。过灵溪而一濯[74]，疏烦想于心胸[75]，荡遗尘于旋流[76]，发五盖之游蒙[77]。追羲农之绝轨[78]，蹑二老之玄踪[79]。

陟降信宿[80]，迄于仙都[81]。双阙云竦以夹路[82]，琼台中天而悬居[83]。朱阙玲珑于林间，玉堂阴映于高隅。彤云斐亹以翼棂[84]，皦日炯晃于绮疏[85]。八桂森挺以凌霜[86]，五芝含秀而晨敷[87]。惠风伫芳于阳林[88]，醴泉涌溜于阴渠[89]。建木灭景于千寻[90],琪树璀璨而垂珠[91]。王乔控鹤以冲天[92],应真飞锡以蹑虚[93]。骋神变之挥霍[94],忽出有而入无[95]。

于是游览既周[96],体静心闲。害马已去,世事都捐。投刃皆虚,目牛无全[97]。凝思幽岩,朗咏长川。尔乃羲和亭午[98]。游气高褰[99]。法鼓琅以振响[100],众香馥以扬烟[101]。肆觐天宗[102],爰集通仙[103]。挹以玄玉之膏[104],嗽以华池之泉[105]。散以象外之说[106],畅以无生之篇[107]。悟遣有之不尽,觉涉无之有间[108]。泯色空以合迹[109],忽即有而得玄。释二名之同出[110],消一无于三幡[111]。恣语乐以终日,等寂默于不言。浑万象以冥观,兀同体于自然[112]。

【注释】(1)玄圣:道家所谓的神仙。 (2)窟宅:神仙的居所。 (3)嘉祥:瑞祥。 (4)人神:人间和神界。 (5)阙载:没有记载。常典:一般的典籍。 (6)冥奥:幽深。 (7)幽迥:僻远。 (8)景:即影。重溟:大海。(9)魑魅(chī mèi):鬼怪。 (10)卒:最后。践:脚踏。 (11)王者:帝王。禋祀:祭祀。 (12)常篇:通常的书籍。奇纪:特殊的记载。 (13)图像:指有关天台山的图画。 (14)遗世玩道:放弃世俗事务,追求道术。 (15)绝粒:不吃饭。茹芝:吃灵芝(菌类)。 (16)乌能:何能。轻举:飞升成仙。(17)远寄:将心思寄托在远处。指志在求仙。冥搜:深深苦思。指求玄妙的道术。 (18)笃信通神:虔诚信仰,感通神仙。 (19)遥想:想得很远。(20)驰神运思:驰骋精神、反复思虑。 (21)俯仰:指一刹那。 (22)再升:两次飞升。 (23)缨络:比喻世事缠身。 (24)不任:禁不住。吟想:口中吟咏,心中默想。 (25)奋藻:用文词来发挥,指作文。散怀:散心。(26)太虚:宇宙。无阂(hé):没有阻碍。 (27)妙有:道家术语。道家认为宇宙本来是虚无的,万物由无而生,这个无中生有,具有奇妙的道理,所以称为妙有。 (28)川渎(dú):河流。 (29)阜:丘陵。 (30)奇挺:突出。(31)牛宿:牵牛星座。 (32)灵越:灵秀的越地。正基:基础坐得正。(33)根:根基。弥:超过。华:华山。岱:泰山。 (34)九疑:指九嶷山。(35)配天:配,对。唐典:即尧典。 (36)峻极:极高。 (37)绝域:极远的地方。 (38)窈窕:幽深。 (39)近智:智力短浅而无远见的人。守见:固守狭隘的见闻。之：往，到。 (40)莫晓：不了解。 (41)哂(shěn)：耻笑。夏虫疑冰：意谓夏天的虫子不相信冬天有冰。 (42)轻翮(hé)：翅膀。矫：飞翔。 (43)彰：显明。 (44)启：开。二奇：指下句的赤城和瀑布。兆：征兆，迹象。 (45)建标：立起标柱。 (46)界道：界线。 (47)灵验：指上述二奇。徂(cú)：往。 (48)忽乎：犹飘然。 (49)仍：接近，跟随。羽人：指仙人。丹丘：古代神话中仙人居住的地方。 (50)福庭：神仙享福的所在。 (51)层城：古代传说中昆仑山上的神仙居处。 (52)释：解脱。域中：指尘世。 (53)畅：通达。 (54)被：穿。毛褐：粗糙的毛制衣服。(55)金策：饰有金属的手杖。铃铃：手杖触地发出的声音。 (56)披：分开。荒榛：丛树。蒙茏：茂盛貌。 (57)峭崿：高险的山峰。 (58)楢(yóu)溪：一作"油溪"，是上天台必经的河。 (59)五界：天台山的地名。 (60)穹隆：长而弯曲貌。悬磴：高悬的石磴。 (61)翠屏：长着青苔的石壁，犹如翠屏。搏：用手抓住。 (62)萝：缠在树上的藤。 (63)援：攀援。飞茎：悬在树上的藤条。 (64)垂堂：喻有危险的地方。 (65)契：合。幽昧：幽深的玄理，指道。 (66)履：踏。险，艰险。 (67)克：能够。阶(jī)：登上。九折：指曲折盘旋的道路。 (68)威夷：漫长而舒缓。修通：畅通。 (69)恣：放任、尽情。寥朗：心虚目明。 (70)藉：当作席子垫着。 (71)荫：遮被。落落：形容松树的高大。 (72)觌(dí)：观看。裔裔：飞舞貌。 (73)噰噰(yōng)：和鸣声。 (74)灵溪：天台山的一条河川。濯(zhuó)：洗。 (75)疏：清除。烦想：指尘世的烦恼。 (76)荡：荡涤。遗尘：指遗留在身上的尘俗。旋流：湍急的流水。 (77)发：敞开。五盖：佛经用语。指人的五种不良俗念。游蒙：愚昧昏蒙。 (78)羲农：指伏羲、神农，上古时代的两位帝王。绝轨：绝了迹的道路。 (79)蹑：追随。二老：老子、老莱子。玄踪：玄妙的踪迹。 (80)信宿：过两夜为信，过一夜为宿。 (81)迄：到达。仙都：指神仙的都城。 (82)云竦：高耸入云。 (83)琼台：用美玉装成的楼台。

(84)斐亹(wěi)：美丽。翼：承接。棂(líng)：窗户格子。 (85)皦(jiǎo)日：白日。炯晃：光辉夺目。绮疏：饰有花纹的窗孔。 (86)八桂：指桂树林。凌霜：犹言傲霜。 (87)五芝：道家所说的五种灵芝。晨敷：早晨开放。

(88)惠风：和风。伫芳：储藏着芳香。阳林：山南的树林。 (89)醴泉：甘美的泉水。涌溜：喷溅。阴渠：山北的沟渠。 (90)建木：神话中仙境的树木。景:同“影”。 (91)琪树:仙境里的树木。垂珠:指树上垂下的果实像宝珠。 (92)王乔:古代传说中的仙人。控:驾驭。 (93)应真:佛家所说的罗汉。锡:佛徒所用的锡杖。蹑虚:腾空。 (94)神变:神奇的变化。挥霍:迅疾貌。 (95)出有而入无:出入于虚幻与真实之境。 (96)周:周遍。(97)这两句喻捐弃尘心俗念,便能洞察一切玄妙隐微的事理。 (98)羲和:神话中为太阳驾车的人,这里指太阳。亭午:即正午。 (99)游气:在空中游动的大气。褰(qiān):散开。 (100)法鼓:说法时召集听众的鼓。琅:形容鼓声响亮。 (101)馥:芳香。 (102)肆觐:将要朝拜。天宗:即天尊,道家认为天上至高无上的神。 (103)爰集:于是召集。通仙:群仙。(104)挹:用勺舀取。 (105)华池:传说中昆仑山上的仙池。 (106)散:启发。象外之说:超出物象之说,指仙家的学说。 (107)畅:解说。无生之篇:即佛经。 (108)有:指尘世,虚假的幻想。无:指物外,神仙的境界。有间:有距离。 (109)合迹:即同一踪迹。 (110)二名:指“有”“无”。道家认为二名同出一源。 (111)三幡:佛经用语,指色、空、观。 (112)浑:混同万象:指万物。冥观:深察。兀:仍然。

【今译】天台山是山岳中神奇秀丽的山。渡海则有方丈、蓬莱,登陆则有四明、天台,都是玄圣游历、神仙居住的地方。其险峻之状,祥瑞之美,穷山海之珍宝富藏,尽人间和神界之壮丽。因而不被列于五岳,在一般的典籍中没有记载。难道不是因为山峰耸立、沟壑幽深的原因吗?其路幽远偏僻,有的山峰倒影在大海,有的山峰遮蔽在千山万岭中。开始经过鬼怪之途,最终踏入无人之境,举世很少有人攀登,历代帝王也无由祭祀,因而事不载于通常的书籍,只有在特殊的记载中才标出它的名字。

然而有关天台山的图画在流传,这难道是凭空虚构的吗?不是那些放弃世俗事务,追求道术,不吃五谷而吃灵芝的人,怎能飞升成仙到那里去住呢?不是那些将心思寄托在远处,深深苦思志在求仙,虔诚信仰,感通神仙的人,又怎肯遥想它的存在呢?我驰骋精神,反复思虑,白天歌咏,夜里也睡不着觉,俯仰之间,仿佛已两次飞升。我正打算解脱世事的纠缠,永远寄身于此山,禁不住口中吟咏,心中默想,借文辞来发挥,散散心吧!

宇宙辽阔没有阻碍,运用自然的妙化,融化而成为河流,固结而成为山丘。感叹天台山如此突出,是由于神灵在扶持。上有牵牛星的照耀,下有灵秀的越地为基础。根茎超过华山与泰山,高度超过九嶷山。有合于唐典配天的资格,与周诗上所说"峻极"相齐。

邈远绝域,幽深邃远的地方,智力短浅,以及固守狭隘之见的人不能到达,到那里的人,又因道路断绝而不了其情。耻笑夏虫疑冰式的人,我欲整理翅膀,准备腾飞,无论多么幽深的道理,都可彰明,启开两件奇景,可以显示其迹象:赤城犹如红霞一样,立起一座标柱,瀑布飞流直下,在青山中划出一条白色的界线。

观看二奇决定前往,我将飘然而行。跟随飞翔的仙人到达丹丘,寻找长生不老的幸福之所。假若能够登上天台山,还何必羡慕层城?解脱在尘世上常常思恋的事物,通达超然物外的高情。穿上粗制的毛衣森严肃静,振动饰有金属的手杖铃铃有声。分开荒芜的茂盛丛树,登临峥嵘高峻的山峰。渡过楢溪一直前进,直落五界迅速前行。跨越长而曲折高悬的石磴。接近万丈深渊的绝境。踏上长满青苔的滑石,抓住犹如翠屏般的石壁。揽拽缠绕树木的长萝,攀援飞悬的粗藤,虽然冒了一次之险,却有希望一劳永逸地得到长生。至诚之心合于幽深的玄理,即使脚踏重重险地反会感到更加坦平。

登上曲折盘旋的道路,后面的路即宽缓而畅通,任凭心目舒朗,任步子缓慢而从容。坐在柔细的草地上,上面有高大的松树为荫。观看鸾鸟裔裔飞翔,倾听凤凰嘤嘤叫。渡过灵溪而沐浴,清除心胸内尘世的烦闷。在湍急的流水中荡涤遗留在身上的尘俗。撇开不良俗念及愚昧昏蒙,追随早已绝迹了的伏羲、神农的游踪,追踪老子、老莱子的玄妙踪迹。

两天的攀登之后,终于到达神仙的都城。仙都的双阙夹在路旁且高耸入云,华美的楼台高悬天中。林间朱阙通明透亮,高峰一角玉堂阴映。彤云色彩斑斓连接着窗户,白日的光辉在窗棂上炫耀,桂树挺立傲然迎霜,灵芝含秀早晨开放。山南树林和风储藏着芳香,山北沟渠甘美的泉水喷溅。建木高达千寻、太阳照射都没有影子。琪树璀璨,果实下垂,如同珠宝。王乔驾驭仙鹤而升天,应真挥舞锡杖而腾空。施展迅速而神奇的变化,出入于虚幻与真实之境。

如此游览一周，身心宁静闲适，尘世的嗜好如同害马一样除去，世俗事务一并抛弃。运刀缝隙，目无全牛。集中思想于幽壑悬岩，高声歌咏于长川。太阳正午，游气高高散开。法鼓敲击声音响亮，香烟缭绕芳香。将要朝见天宗，于是召集群仙。用勺舀取玄玉之膏，洗漱于华池之泉。畅发得意忘象之说，高谈佛经之篇。觉悟到抛弃世俗的观念不够彻底。深感到达神仙的境界还有差距。消灭了色与空的界限使两者同一，就可以从虚无的“有”中悟出玄妙之道。阐释“有”“无”二名同出一源，色空观三幡同消于“无”。纵情谈论享乐终日，等于默不作声一般。把世间万物混同起来深入观察，感到一切都与自然融为一体。

【点评】这是一篇出色的游览赋。表现了作者因不得志而寄情山水的心情。

历代山水游记灿若星辰，大都是反映一种消极遁世、闲适之情，抑或反映一种仕途失意、意志难伸的悲慨。而孙绰的《游天台山赋》则能把山水与佛道思想融为一体，且从中悟出一种超然物外、色空皆泯的思想，实属首屈一指，独树一帜。

赋的开篇综述天台山的神奇造化：“运自然之妙有”“实神明之所扶持”。总揽一笔，概括天台山的山形地势：配天唐典，峻极周诗。天台山的雄伟壮观，神奇秀丽，还未观赏，但早已令人神往。

赋的第二部分，以登山为线索，大肆铺陈天台山的险峻、峥嵘，邈远绝域。同时把佛道的色空出世思想融注于登山的每一个脚印。似乎作者从每一步的行动中，都能感觉、体会到玄妙的存在。一景一物，一举一动，飞鸟鸣禽，纤草长松，都能“畅超然之高情”“疏烦想于心胸”。天台山的奇险，喻示得道之不易；天台山的高峻则象征玄妙之精深。作者在描写登天台山的过程中，运用了一系列准确而生动、形象而传神的词，如“披”“陟”“济”“落”“跨”“临”“践”“搏”“揽”“援”等，天台山的险峻峥嵘，飞流绝冥，如耳闻目睹，身临其境。“虽一冒于垂堂，乃永存乎长生”，作者的感慨、欣慰之情溢于言表。

赋的第三部分写天台山绝顶的仙都景色以及作者由此而顿生的超脱之情。作者极尽铺陈状彩之能事，用流畅的笔墨，漾溢的激情，给我们描绘了一幅香烟缭绕，仙鹤冲天，灵芝含秀，醴泉喷涌，彤云笼罩，朱阁玲珑，扑朔迷离而五彩缤纷的天上人间图画。在这样一种心旷神怡、物我皆忘的氛围中，作者不禁“体静心闲”“世事都捐”。沉醉于“外象之说”“无生之篇”，佛道思想与山水之情合而为一：“浑万象以冥观，兀同体于自然。”思想上的超脱恰恰说明了作者精神上世事萦绕于怀的感慨。

本篇赋写景状物，传神逼真，似伸手可及，如身临其境。借景抒情，情景交融，玄妙之道，由然见出。融哲理于山水，注激情于景物。情、景、理浑然一体，足见作者匠心所在。

【集说】非赋山，乃赋游耳。山为实，游为虚，运实于虚，特为精妙。中兴才笔，兴公为冠。（何焯评，见于光华《重订文选集评》）

晋人祖述老庄以清虚为学，以无为为宗。此赋借天台以谈元（玄）理，非仅写游屐之乐也。前由下望上，意其中必有灵境，先从险处游起，写其一路艰危，盖求长生，非用勇猛工夫，何处可求进步；后复从平处游起，写其一路闲旷，盖求长生既矢坚固愿力，自然日就坦途。由是精进不已，不觉身跻顶上，俗障顿空，超众有而入真无矣。一篇大意，俱于结段处和盘托出。（方廷珪《文选集成》）

这篇赋可说是替谢氏（按：指谢灵运）的山水诗开了门径。……采取记游的形式，而不将天台山作旁观的、静态的描写，尤为后来的游山诗所祖述。又，篇中杂有道、释两教的话头，仙佛思想与山水的题材合而为一，这种诗风也对谢灵运及后来的山水诗人有所影响。谢灵运的山水诗中往往也涉及某些名理，且有消极隐遁的情调，和孙绰表现在《游天台山赋》中的虚幻的求仙思想相近。这也反映了晋代纷乱动荡的局势下士大夫的苦闷情绪。（瞿蜕园《汉魏六朝赋选》）

（陈殿生）

陶渊明

陶渊明(365—427),字元亮。一说名潜,字渊明。浔阳柴桑(今江西九江西南)人。自幼家境没落,29岁始任江州祭酒,后几次做官,都是参军。41岁辞彭泽令归隐田园,直至去世。他是晋宋之际最杰出的诗人,平淡自然的田园诗为后世著称。辞赋、散文不多,而多是精品。有《陶渊明集》。

闲情赋[1]并序

初,张衡作《定情赋》[2],蔡邕作《静情赋》[3],检逸辞而宗澹泊[4],始则荡以思虑,而终归闲正[5]。将以抑流宕之邪心[6],谅有助于讽谏[7]。缀文之士,奕代继作[8],并因触类[9],广其辞义。余园闾多暇[10],复染翰为之[11];虽文妙不足,庶不谬作者之意乎[12]!

夫何瑰逸之令姿[13],独旷世以秀群[14];表倾城之艳色[15],期有德于传闻[16]。佩鸣玉以比洁,齐幽兰以争芬[17];淡柔情于俗内[18],负雅志于高云。悲晨曦之易夕[19],感人生之长勤[20];同一

尽于百年，何欢寡而愁殷[21]。褰朱帏而正坐[22]，泛清瑟以自欣[23]。送纤指之余好[24]，攘皓袖之缤纷[25]；瞬美目以流眄[26]，含言笑而不分[27]。曲调将半，景落西轩[28]。悲商叩林[29]，白云依山。仰睇天路[30]，俯促鸣弦[31]。神仪妩媚[32]，举止详妍[33]。

激清音以感余[34]，愿接膝以交言。欲自往以结誓[35]，惧冒礼之为諐[36]；待凤鸟以致辞[37]，恐他人之我先[38]。意惶惑而靡宁[39]，魂须臾而九迁[40]。愿在衣而为领，承华首之余芳；悲罗襟之宵离[41]，怨秋夜之未央[42]。愿在裳而为带，束窈窕之纤身[43]；嗟温凉之异气[44]，或脱故而服新。愿在发而为泽[45]，刷玄鬓于颓肩[46]；悲佳人之屡沐，从白水以枯煎[47]。愿在眉而为黛，随瞻视以闲扬[48]；悲脂粉之尚鲜，或取毁于华妆[49]。愿在莞而为席[50]，安弱体于三秋；悲文茵之代御[51]，方经年而见求[52]。愿在丝而为履，附素足以周旋[53]；悲行止之有节，空委弃于床前。愿在昼而为影，常依形而西东；悲高树之多荫，慨有时而不同[54]。愿在夜而为烛，照玉容于两楹[55]；悲扶桑之舒光[56]，奄灭景而藏明[57]。愿在竹而为扇，含凄飙于柔握[58]；悲白露之晨零[59]，顾襟袖以缅邈[60]。愿在木而为桐，作膝上之鸣琴；悲乐极以哀来，终推我而辍音[61]。

考所愿而必违[62]，徒契契以苦心[63]。拥劳情而罔诉[64]，步容与于南林[65]。栖木兰之遗露[66]，翳青松之余阴[67]；傥行行之有觌[68]，交欣惧于中襟[69]。竟寂寞而无见，独悁想以空寻[70]。敛轻裾以复路[71]，瞻夕阳而流叹[72]；步徙倚以忘趣[73]，色惨凄而矜颜[74]。叶燮燮以去条[75]，气凄凄而就寒[76]；日负影以偕没[77]，月媚景于云端[78]。鸟凄声以孤归，兽索偶而不还[79]；悼当年之晚暮，恨兹岁之欲殚[80]。思宵梦以从之，神飘飖而不安；若凭舟之失棹[81]，譬缘崖而无攀[82]。于时毕昴盈轩[83]，北风凄凄，惘惘不寐[84]，众念徘徊[85]。起摄带以伺晨[86]，繁霜粲于素阶[87]。鸡敛翅而未鸣，笛流远以清哀[88]；始妙密以闲和[89]，终寥亮而藏摧[90]。意夫人之在兹[91]，托行云以送怀[92]；行云逝而无语，时奄冉而就过[93]。徒勤思以自悲[94]，终阻山而带河[95]；迎清风以袪累[96]，寄弱志于归波[97]。尤《蔓草》之为会[98]，诵《邵南》之余歌[99]；坦万虑以存诚[100]，憩遥情于八遐[101]。

【注释】(1)闲情:防闲情思。 (2)《定情赋》残文见《艺文类聚》卷十八。(3)《静情赋》:据曾集《陶集》刻本说,一作《检逸》。残文见《艺文类聚》卷十八。 (4)检:检束,收敛。逸:放荡。 (5)闲正:雅正。 (6)流宕:放荡。宕:同"荡"。 (7)谅:确实,想必。 (8)奕(yì)代:累世。 (9)触类:感触相同的情思。 (10)园闾:田舍。 (11)染翰:指以笔吮墨。(12)庶:或许。谬:违背。 (13)夫:那人,指美女。何:多么。此前情赋每以"夫何"发端。瑰逸:艳丽俊逸。令姿:娇美的风姿。 (14)旷世:旷绝一世,犹言举世无双。秀群:超群。秀:高出。 (15)表:通"标",显出。倾城:全城的人为之倾倒,形容女子特别美丽。 (16)德:指美好的情操。 (17)齐:等同。(18)此句说:对世俗的柔情很淡薄。 (19)易夕:容易迟暮。(20)长勤:常多劳苦。 (21)殷:多。 (22)褰(qiān):揭起。 (23)泛:指弹。琴瑟的声音轻清,故称奏琴瑟为"泛"。(用瞿蜕园说) (24)余好:指乐声袅袅不绝。(用瞿蜕园说) (25)攘:撩起。"攘皓袖"当是弹瑟前的准备动作,故与上句倒装。缤纷:指弹奏时"皓袖"飘摆光彩闪动的样子。(26)瞬:眨。流眄(miǎn):眼波流动。 (27)这句说眼神含情脉脉,似笑非笑,欲语未语的样子。 (28)景:日光。轩:窗。 (29)商:五音中的商音凄厉,以称秋风或西风。叩:指吹。 (30)睇(dì):凝视。天路:天边。 (31)俯促:俯身急弹。 (32)神仪:神情仪态。 (33)详妍:娴雅妍美。 (34)激清音:发瑟音。 (35)结誓:确立相爱盟誓。 (36)冒:违。愆(qiān):过错。 (37)凤鸟:传说帝喾遣凤凰传送聘礼娶了简狄。 (38)我先:先我,指求婚在我之先。 (39)靡:不。 (40)九迁:动荡不安。九:言其多。(41)罗襟:罗衣。 (42)未央:不尽。 (43)窈窕(yǎo tiǎo):苗条。(44)温凉:指气候的冷暖。 (45)泽:润发的油。 (46)玄鬓:黑鬓,此指黑发。颓肩:即削肩。 (47)枯煎:即煎枯,指头发因洗去发油而干枯。(48)闲扬:指眉目神态娴雅清秀。 (49)取毁:见毁。 (50)莞(guǎn):蒲草,此指蒲草编的席。 (51)文茵:华美的被褥。御:用。 (52)见:被。

(53)周旋:往来行走。 (54)不同:指不能随行。 (55)楹:柱子。两楹:指堂屋。 (56)扶桑:传说长在咸池边的树,太阳在这儿升起。这里指太阳。舒光:发出光芒。 (57)奄:忽然。灭景、藏明:都指息烛。景:光。(58)凄飙:凉风。 (59)零:落。 (60)顾:回头看。绵邈:遥远。 (61)辍:停止。 (62)考:思考,细想。 (63)契契:忧愁的样子。 (64)劳情:苦情。罔诉:无处诉说。 (65)容与:徘徊。 (66)栖:休止。木兰之遗露:指芳洁的地方。 (67)翳(yì):遮蔽。 (68)傥(tǎng):或许。行行:踟蹰道中。觌(dí):会面。 (69)惧:指紧张的心情。中襟:即襟中,心中。(70)悁(juān)想:愁思。 (71)敛:整束。裾:衣襟。复路:返路。 (72)流叹:兴叹。 (73)徙倚:徘徊。趣:同“趋”,走。 (74)矜颜:苦颜,面色痛苦。 (75)燮(xiè)燮:落叶声。与“飒飒”音近意同。 (76)就:接近。(77)日负影:太阳带着光辉。 (78)月媚景:月亮柔媚的光色。 (79)孤:单独。索:离散,孤独。 (80)欲殚:将尽。这两句意同,骈文的重叠句法在赋中往往看到。 (81)凭舟:指坐船。棹(zhào):船桨。 (82)缘崖:爬登山崖。 (83)毕、昴(mǎo):都是秋后出现的星宿。 (84)悯悯(jiǒng):炯炯,焦灼不安。 (85)徘徊:指萦绕。 (86)摄带:束带,指穿衣。伺晨:等待天亮。 (87)霜粲:白霜耀目。素阶:白色石阶。 (88)流远:从远处传来。 (89)妙密、闲和:轻悠柔密、闲雅和畅。 (90)寥亮:同“嘹亮”。藏摧:即摧藏,凄怆悲哀。 (91)意:料想。夫人:那人,指美人。(92)送怀:传递情怀。 (93)奄冉:逐渐。就过:犹言流过,消失。 (94)勤思:劳思、愁思。 (95)带河:连河,指隔河。 (96)祛(qū)累:排除忧虑。 (97)归波:东流逝波。 (98)尤:咎责,指不赞成。蔓草:指男女私会。 (99)邵南:即召南,属于《诗经》“国风”,多是情诗,古人认为合于礼义。 (100)坦:摊开,亮出。存:保持。 (101)憩(qì):止息,此指寄寓。八遐:极远的八方。

【今译】当初,张衡写《定情赋》,蔡邕写《静情赋》,他们收敛放荡的文辞而崇尚恬淡寡欲,开始还放荡情思,而最后归于雅正。作文的才士,一代接一代地继续撰作,并且感触于相同的情思,推广他们的辞义。我在田舍多有空暇,复又吮墨摇笔写了一篇;虽然文字婉妙不足,或许不违背先前作者的意旨吧！

那人的风姿多么艳丽俊逸，旷绝一世而独特超群；显出人人倾倒的艳美，期望情操为人传闻。心志和佩带的玉璧一样纯洁，品行等同幽兰而相互争芬；淡薄世俗的柔情，抱负雅志如白云。悲惜晨光容易迟暮，感慨人生常多辛劳；同样都百年而尽，为何欢少而愁多。揭开红色帷幕端坐室中，抚清瑟而聊取欢欣。纤指划动而清音袅袅不绝，伸腕抚奏白色衣袖灼灼闪耀；美目闪动而秋波流转，含言带笑而不可分辨。曲调弹到将半，夕阳斜落西窗。凉风吹林，白云依山。仰视天边，俯身急弹。仪态妩媚，举止娴雅。

琴音清幽撩拨人，祈愿近前以交谈。想找她以表心，怕背礼而失当。等凤凰以传情，恐他人为我先。心恍惚而不宁，魂霎时而屡荡。愿成为她衣上的领，接粉面之飘香；哀绵衣而夜脱，怨秋夜之漫长。愿成为她裙上的带，缠苗条之细腰；叹冷暖有变化，有时脱旧而换新。愿成为润发的油，擦黑发于削肩；悲佳人常洗沐，经清水而枯焦。愿成为她画眉的青黛，随美目而清扬；悲脂粉太浓鲜，又见毁于艳妆。愿成为凉席中的蒲叶，卧弱身在夏季；悲华褥又代用，到明年才被求。愿成为她鞋上一缕丝，挨白脚以往来；悲行走而有限，白扔弃在床前。愿成为她白天的身影，常依身而随后；悲高树多浓荫，叹有时不能随。愿成为晚上点亮的蜡烛，照玉容在柱间；悲旭日放光芒，忽然灭烛不相见。愿成为扇子上的竹片，摇凉风在纤手；悲白露而晨落，回看襟袖太遥远。愿成为树中的梧桐，作膝上之鸣琴，悲乐极而哀来；终又推我一旁而停弹。

细想十愿不能达，白白忧愁以苦心。怀苦情而无处诉，漫步徘徊在南林，休息于木兰芳洁地，小憩于青松之浓阴；或许踯躅道中能相见，欢欣紧张聚腹心。竟然寂寞无一遇，独自愁想而空寻。整束衣襟而返路，凝视夕阳而兴叹；缓步流连不欲行，容色凄惨而苦颜。秋叶飒飒而离枝，天气凄凄而近寒；夕阳带着余晖同消失，明月清光映云端。鸟声凄厉独自归，野兽求伴而不还；哀今年已晚暮，恨此岁而将完。思夜梦能相从，神飘荡而不安；如乘船而无桨，像登山而无所攀。此时群星满窗，北风凄凄，炯炯不眠，思绪萦绕。起床穿衣等天亮，浓霜耀目在石阶。鸡缩翅而未叫，笛声飘来清且哀，起初悠柔而雅畅，最后嘹亮而凄怆。料想那人在这儿，托行云以传递情愫，行云飘去而不语，时光逐渐而消失。空愁思而自悲，到底阻山又隔河；迎清风以扫除忧虑，寄弱情于东流逝波，咎责《蔓草》的男女私会，吟诵《召南》的理想情歌，丢开种种思虑以保持纯静，让幽情寄托在遥远的八方。

【点评】此赋可以分三段：先写所期望的美人丰姿仪态秀逸高雅和心洁志高，次言冀与其人交言结好，末写好事难成的怅惘忧闷。次段首句“激清音以感余”，挽上美人泛瑟，启下若许幻思；段尾化鸣琴以近之，则遥应首段之末的“俯促鸣弦”；而其末句“推我（琴）辍音”。自然带出第三段开端的“考所愿而必违”，复用美人哀笛与前续成一片。美人和“我”都置于“景落”“夕阳”同一时间，整篇则由己之此时所处而思其人此时之所在，即把两个不同空间连接一起；清琴哀笛缭绕首尾，使之弥合无间。

最引人瞩目的是中间幻构的“十愿”，倾慕其人丰姿高志，流宕其辞，愿变作她的衣领、裙带、发油、眉黛、鞋子，从头想到脚，如痴如迷，真是每况愈下；还要成为她的昼影、夜烛、秋席、夏扇以及经常弹奏的鸣琴。无论起坐行卧、黑天白日、春夏秋冬，总之一时都不愿离开她。凡是能和她接触的一切，想象的触须都委曲光顾。宋人姚宽曾指出这些想象出自张衡的《同声歌》（其实非此一端，详见“集说”），但一经此作“广其辞义”，张作岂止于矮了半截。这些“胡思乱想的自白”，“大胆的”（鲁迅语）到了神魂颠倒的地步。“十愿”交错“十悲”，每次都是乐起悲终，一念息止复又滋生一想，不歇气地起伏不止地平空卷来，赋家恣意酣畅的铺排，得到自由尽情的表现；富有诗人气质的想象力饱和到淋漓尽致的程度。在这里，“十悲”比“十愿”更富有创造力。这不仅是正面之想易生，反面之思难成，而在于后者是前者透过一层的创造，是幻中生幻，思中起思。倘若不能透过一层，“十愿”就显得堆积冗长，乃至腔浮调滑、底气不足而弊病丛生。所以每一“悲”的转动有推波助澜的作用，促使滋生的下一“愿”活力弥满而充斥进取力。亦复如此，情感的波起云涌形成审美感的协调，哀乐相反而相成。天真有趣“须臾而九迁”的“十愿”，正是和顾虑重重的“意惶惑而无宁”的“十悲”，在相灭相生的碰撞中，闪现庄敬、执着、企慕而难以遏止的神圣火花。作者借着这种相摩相荡的感情驱使，深入到“充满美妙的幻想的文学世界的形象和环境中去，艺术的魔力动人心弦，唤起想象，创造爱情的审美气氛。”（瓦西列夫《情爱论》）

末段文字也很精致。“傥行行之有觌”二句设想偶然和那人路遇时骤生的欢欣和紧张，逼真写出奢想痴望的心理，和首段的“含言笑而不分”都是极为传神的佳句。以下不断转换景物，画面续接，用夕阳、落叶、秋风写黄昏，复用明月、孤鸟、独兽、群星、夜风、繁霜、哀笛、白云写夜晚。使夹杂其间的“流叹”“色惨矜颜”“神飘飖”，以及“悼”“恨”“思”和“悯悯不寐，众念徘徊”的竟夜相思的种种心理，在带有浓厚情绪的凄寂景物的烘托中，更显得细致入微。

此赋通篇清新淡雅，给典重富丽辞赋传统带入一股活力，开了六朝赋的先声。

对于此赋主旨，明、清论者多以为是“眷怀故主”，或者“思同调之人不得”（明人张自烈转述语），今人多持“爱情说”。此赋情思热烈流宕，似非晚年之作。作者56岁才碰上刘裕篡晋的年头，因而还谈不上怀不怀“故主”。何况政权是姓司马还是姓刘，在他晚年也没有多少的关心。然而要说是纯情之作，但他在其他作品里没说过一句情话，就是那篇情不自禁的《归去来兮辞》也没有让妻子露脸。至于有些读者说要用“讽谏”作幌子而表现被视为“非法”的爱情，即以情而论，自宋玉始，继之司马相如、张衡、蔡邕、陈琳、阮瑀、王粲、应玚、曹植、张华，谁也没有以“非法”目之。像陶渊明把讨饭都写进诗里的人，是不会因写爱情而扭捏地扯起“幌子”。他固然爱讲些别人不屑于说的真话，但有时也弄些“小聪明”：辞彭泽令的原因之一，是因妹丧，而《归去来兮辞》却没一点奔丧的意思，看来一说到不做官，虽然有许多真率的话，而总有一些忌讳。联系他身历乱身，五官三休的仕宦经历，赋所言的一次又一次追求的失败，和他屡官屡休的政治理想的幻灭，很有吻合之处。赋尾二句和他作于休官后之“此中有真意，欲辨已忘言”的情致颇近。这样看，或许“庶不谬作者之意乎”！

【集说】陶渊明《闲情赋》，必有所自，乃出张衡《同声歌》，云：“邂逅承际会，偶得充后房。情好新交接，飕慄若探汤。愿思为莞席，在下蔽匡床。愿为罗衾帱，在上卫风霜。”（姚宽《西溪丛话》）

被论客赞赏着‘采菊东篱下，悠然见南山’的陶潜先生，在后人的心目中，实在飘逸得太久了，但在全集里，他却有时很摩登，“愿在丝而为履，附素足以周旋,悲行止之有节,空委弃于床前',竟想摇身一变,化为"啊呀呀,我的爱人呀'的鞋子,虽然后来自说因为"止于礼义',未能进攻到底,但那胡思乱想的自白,究竟是大胆的。"(鲁迅《且介亭杂文二集·"题未定"草(六)》)

陶潜的作品一贯以朴素淡远为其特色。只有这篇《闲情赋》,在表面上好像是写爱情的,与他平时的作风不相近似,所以昭明太子萧统说它是"白壁微瑕"。写爱情的文章在萧统的时代本不足为奇的,不过他认为在陶潜的笔下不应有。然而陶潜的写爱情绝对不能与梁陈的艳体同日语,他有他的用意。……当然这篇赋有摹仿《洛神赋》的痕迹,但也只限于字句之间,在结构上并不雷同。尤其是当中的十愿,表现了极大的创造能力。从整篇的布局说来,突然而起,戛然而止,起讫都很自然,摆脱了前此赋体的规范。可以看出辞赋已经从瑰丽而变到清新,正与陶诗在诗的领域中所起的作用是互相配合的。(瞿蜕园《汉魏六朝赋选》)

流宕之词,穷态极妍,澹泊之宗,形绌气短,诤谏不敌摇惑;以此检逸归正,如朽索之驭六马,弥年疾疢而销以一丸也。(钱钟书《管锥编》,第四册)

《闲情赋》:"瞬美目以流眄,含言笑而不分。"按《大招》只云:"嫮目宜笑",此则进而谓"流眄"之时,口无语而且有"言",唇未嗑而且已"笑",且虚涵浑一,不同"载笑载言"之可"分";"含"者,如道学家说《中庸》所谓"未发"境界也。陶潜以前,未见有此刻画。(同上)

《闲情赋》:"愿在衣而为领,……悲罗襟之宵离"云云,……观前人此题仅存之断句,如张衡《定情赋》:"思在面为铅华兮,患离尘而无光",蔡邕《静情赋》:"思在口而为簧,鸣哀声独不敢聆",王粲《闲邪赋》:"愿为环以约腕",即知题中应有,无俟旁求矣。……实事不遂,发无聊之极思,而虑想生焉,然即虚想果遂,仍难长好常圆,世界终归阙陷,十"愿"适成十"悲";更透一层,禅家所谓"下转语"也。张、蔡之作,仅具端倪,潜乃笔墨酣饱矣。(同上)

(魏耕原)

谢惠连

谢惠连(407—433),南朝刘宋文学家。陈郡阳夏(今河南太康)人。幼而聪敏,十岁能文,深为族兄灵运赏识。宋文帝元嘉七年(430)任司徒彭城王刘义康法曹参军。今有《谢法曹集》。

雪　赋[1]

岁将暮[2],时既昏[3],寒风积[4],愁云繁[5]。梁王不悦[6],游于兔园[7]。乃置旨酒[8],命宾友[9]。召邹生[10],延枚叟[11]。相如末至[12],居客之右[13]。俄而微霰零[14],密雪下。王乃歌《北风》于卫诗[15],咏《南山》于周雅[16]。授简于司马大夫[17],曰:"抽子秘思[18],骋子妍辞[19],侔色揣称[20],为寡人赋之[21]!"

相如于是避席而起[22],逡巡而揖[23],曰:"臣闻雪宫建于东国[24],雪山峙于西域[25]。岐昌发咏于'来思'[26],姬满申歌于《黄竹》[27];《曹风》以"麻衣"比色[28],楚谣以《幽兰》俪曲[29];盈尺则呈瑞于丰年[30],袤丈则表沴于阴德[31]。雪之时义远矣哉[32]!请言其始。

“若乃玄律穷[33]，严气升[34]。焦溪涸[35]，汤谷凝[36]。火井灭[37]，温泉冰。沸潭无涌[38]，炎风不兴。北户墐扉[39]，裸壤垂缯[40]。于是河海生云，朔漠飞沙[41]，连氛累霭[42]，掩日韬霞[43]。霰淅沥而先集，雪纷糅而遂多[44]。”

“其为状也，散漫交错，氛氲萧索[45]；蔼蔼浮浮[46]，瀌瀌弈弈[47]；联翩飞洒[48]，徘徊委积[49]。始缘甍而冒栋[50]，终开帘而入隙[51]。初便娟于墀庑[52]，末萦盈于帷席[53]，既因方而为珪[54]，亦遇圆而成璧[55]。眄隰则万顷同缟[56]，瞻山则千岩俱白。于是台如重璧[57]，逵似连璐[58]；庭列瑶阶[59]，林挺琼树[60]；皓鹤夺鲜[61]，白鹇失素[62]；纨袖惭冶[63]，玉颜掩姱[64]。

“若乃积素未亏[65]，白日朝鲜[66]，烂兮若烛龙衔耀照昆山[67]；尔其流滴垂冰，缘溜承隅[68]，粲兮若冯夷剖蚌列明珠[69]。至夫缤纷繁鹜之貌[70]，皓旰曒洁之仪[71]，回散萦积之势，飞聚凝曜之奇[72]，固展转而无穷[73]，嗟难得而备知[74]。”

“若乃申娱玩之无已[75]，夜幽静而多怀[76]。风触楹而转响[77]，月承幌而通晖[78]。酌湘吴之醇酎[79]，御狐貉之兼衣[80]；对庭鹍之双舞[81]，瞻云雁之孤飞。践霜雪之交积，怜枝叶之相违[82]。驰遥思于千里，愿接手而同归[83]。”

邹阳闻之[84]，懑然心服[85]，有怀妍唱[86]，敬接末曲[87]。于是乃作而赋《积雪》之歌[88]。歌曰：“携佳人兮披重幄[89]，援绮衾兮坐芳缛[90]。燎熏炉兮炳明烛[91]，酌桂酒兮扬清曲[92]。”又续而为《白雪》之歌。歌曰：“曲既扬兮酒既陈[93]，朱颜酡兮思自亲[94]。愿低帷以昵枕[95]，念解佩而褫绅[96]。怨年岁之易暮，伤后会之无因[97]。君宁见阶上之白雪，岂鲜耀于阳春[98]？”

歌卒，王乃寻绎吟玩[99]，抚览扼腕[100]，顾谓枚叔[101]，起而为乱[102]。乱曰：“白羽虽白，质以轻兮；白玉虽白，空守贞兮[103]；未若兹雪，因时兴灭[104]。玄阴凝不昧其洁[105]，太阳曜不固其节[106]。节岂我名？洁岂我贞？凭云升降，从风飘零。值物赋象[107]，任地班形[108]。素因遇立，污随染成[109]。纵心皓然[110]，何虑何营[111]？”

【注释】(1)本篇选自《文选》卷十三。 (2)暮:年底。 (3)既:已经。昏:黄昏。 (4)积:郁结。 (5)愁云:阴沉的乌云。繁:盛多。(6)梁王:指梁孝王刘武,汉文帝次子,封于梁(今河南商丘)。 (7)兔园:亦称东苑、梁苑、梁园,系梁孝王所筑。梁孝王好营宫室苑囿之乐,作曜华之宫,筑兔园。园中有百灵山,山有肤寸石,落猿岩、栖龙岫。又有雁池,池间有鹤洲凫渚。……王日与宫人宾客弋钓其中。 (8)旨酒:美酒。 (9)命:传呼。(10)召:召致。邹生:指邹阳,临淄(今山东淄博市)人,有智略,以文辞著称。文帝时,事吴王濞;景帝时,因濞有异志,上书谏,不听,乃转事梁孝王。(11)延:进纳。枚叟:指枚乘,字叔,淮阴(在今江苏)人,西汉重要辞赋家。文帝时,为吴王刘濞郎中,刘濞阴谋反上作乱,上书谏止,不听,乃离去为梁孝王门客。 (12)相如:指司马相如,字长卿,蜀郡成都(今四川成都市)人。景帝时为武骑常侍。后游梁,与邹阳、枚乘等同在梁孝王宫中,为文学侍从之臣。 (13)右:最尊的位置。古代座次,以右为上。 (14)俄而:片刻。霰(xiàn):小雪珠。零:飘落。 (15)《北风》:《诗经·邶风》篇名,因邶国春秋时属卫,故称之为卫诗。它开头两句为“北风其凉,雨雪其秀”,直接与下雪有关。 (16)《南山》:指《诗经·小雅·信南山》,因该诗创作于周代,故称之为周雅。诗中有“上天同云,雨雪雰雰”之句,亦与眼前景物有关。(17)简:竹板,用以代纸。司马大夫:对司马相如的敬称。 (18)抽:调动出来。子:您,是对司马相如的敬称。秘思:神奇的才思。 (19)骋:驰骋,指充分发挥。妍辞:艳丽的辞藻。 (20)侔(móu):类同。色:雪景。揣:揣摩。称:相符。此句谓摹绘物色,恰到好处。 (21)寡人:梁孝王自己谦称。赋:作赋。之:指代白雪。 (22)避席:离开座席而起,这是尊重对方的礼仪。 (23)逡(qūn)巡:畏缩不肯前进之意。揖:拱手为礼。 (24)雪宫:战国时齐国离宫之名。东国:指齐国。因齐在梁地之东。 (25)雪山:指新疆内的天山。峙:屹立。西域:泛指今甘肃玉门关以西广大地域。 (26)岐:山名,在陕西岐山县,为姬周发祥地。昌:姬昌,即周文王。来思:指代《诗经·小雅·采薇》,其中有“昔我往矣,杨柳依依;今我来思,雨雪霏霏”之句,为文王所作。 (27)姬满:即周穆王。申歌:反复吟唱。《黄竹》:诗篇之名。《黄竹》之歌三章,皆与下雪有关。 (28)《曹风》:《诗经》十五国风之一。其中《蜉蝣篇》有“蜉蝣掘阅,麻衣如雪”之句,意谓贵族穿着雪白的麻衣,像蜉蝣在掘洞。 (29)楚谣:指宋玉的《讽赋》。《幽兰》俪曲:《幽兰》配

《白雪》之曲。 (30)瑞:吉祥的征兆。 (31)袤(mào)丈:雪深一丈。表沴(lì):表现为灾害之气。阴德:雪性。 (32)时义:因时而产生的作用。远:记载久远。 (33)玄:天,代表四季。律:规律。穷:尽。 (34)严气:严寒之气。 (35)焦溪:在今河南焦作市境内。涸:水枯干。 (36)汤谷:水名。凝:冻结。 (37)火井:即天然气井,所在多有。 (38)沸潭:潭名。无涌:言水结冰而无波澜。 (39)北户:北方居民。墐(jìn):用泥涂塞。扉(fēi):门。 (40)裸壤:不穿衣服之地域。垂缯(zēng):穿上丝织的衣裳。(41)朔漠:北方沙漠地带。 (42)氛、霭:皆云气。 (43)掩日:遮蔽天日。韬霞:隐没彩霞。 (44)纷糅:纷乱。 (45)氛氲(yūn):密集。萧索;稀疏。 (46)蔼蔼(ǎi ǎi):盛多。浮浮:飞飞扬扬。 (47)瀌瀌(biāo):雪盛貌。弈弈(yì):雪大貌。 (48)联翩:连绵不绝。 (49)徘徊:上下飞舞。委积:聚积。 (50)甍(méng):屋脊。冒:覆盖。栋:即栋宇,房屋的总称。(51)开帘:透过帘子。 (52)便娟(pián juān):回旋。墀(chí):殿上之地。庑(wǔ):廊屋。 (53)末:后来。萦盈:落满。 (54)因方:随着方形之物。珪(guī):珪玉,上圆下方。 (55)璧:玉器,圆形,中间有孔。 (56)眄(miǎn):审视。隰(xí):低湿的原野。缟(gǎo):白绢。 (57)台:指代亭台楼榭。重璧:重重叠叠的白玉。 (58)逵(kuí):九通的道路。璐(lù):美玉。 (59)瑶:石之似玉。 (60)琼(qióng):玉之美者。 (61)皓鹤:白鹤。 (62)鹇(xián):鸟类,白色羽毛,背有黑纹,嘴及爪呈红色。素:白色。(63)纨袖:白色丝绢的衣袖。冶:艳丽鲜洁。 (64)姱(kuā):美好。(65)积素:积雪。素,白绢,喻雪。亏:消融。 (66)朝:朝阳。 (67)烂:光明。烛龙:神物名。衔耀:口衔火光。昆山:即昆仑山。 (68)溜(liù):滴水檐。承:停止。隅:角落。 (69)粲:美丽。冯夷:水神。蚌:其核为珍珠。(70)缤纷:飞舞。繁骛:雪飞降貌。 (71)皓旰(hàn):洁白。皦洁:光明洁白。 (72)凝曜:凝结辉曜。 (73)展转:反复转变。 (74)嗟(jiē):赞叹辞。难得:不能。备知:一一知晓。 (75)申:延续。娱玩:赏玩。 (76)怀:感怀。 (77)楹:屋柱。 (78)承:受。幌:帷幔。辉:辉映。 (79)酌:饮。湘吴:指湖南零陵和浙江吴兴所产的名酒。醇酎(chún zhòu):上好的美酒。 (80)御:穿。狐貉(hé):狐皮、貉皮之衣。貉似狐,皆为御寒的上好毛皮。兼衣:多层衣服。 (81)鹍(kūn):鹍鸡,似鹤,黄白色。 (82)怜:惜。违:分离。 (83)接手:携手。 (84)邹阳:见注(10)。 (85)懑

(mèn)然:烦忧貌。 (86)有怀:有所感动。妍(yán)唱:思其妍美而唱和。(87)末曲:终曲。 (88)作:起来。 (89)披:拉开。重幄(wò):类似宫屋的多层帷帐。 (90)援:手拉。绮衾(qīn):华丽的大被。缛(rù):同“褥”,坐卧所用的铺垫之物。 (91)燎:燃烧。熏炉:香炉。炳:点亮。 (92)桂酒:桂花所酿之酒。扬:高唱。清曲:清歌,没有宾白。 (93)陈:布设。(94)朱颜:酒醉的脸色。酡(tuó):饮酒而赪色著面。思(sì):情意。 (95)低帷:放下帷幄。昵(nì):亲近。 (96)佩:玉佩。褫(chǐ):解。绅:衣带。(97)伤:愁思。因:因缘。 (98)阳春:温暖的春天。 (99)寻绎:反复思考。吟玩:吟咏玩味。 (100)抚:打拍。扼腕:以手握腕,以示激动。(101)枚叔:见注(11)。 (102)乱:总结。 (103)空:徒然。贞:坚贞之性。 (104)因时:随着季节。 (105)玄阴:冬气。昧:乱。 (106)固:固守。节:节操。 (107)值:遇。赋象:赋予形象。 (108)任:因。班:布。(109)污:肮脏。染:污染。 (110)纵心:放任思想。皓然:洁白的雪性。(111)营:求。

【今译】岁月将到年底,时间已经傍晚,凄厉的寒风不息,阴沉的乌云渐繁。梁孝王心情郁闷,前去兔园游玩。乃摆下美酒,传呼亲友,招致邹阳,请来枚乘;司马相如后到,却位居宾客之首。一会儿只有些小雪珠飘落,顷刻间转变为浓密的雪花纷飞。梁王就唱起卫诗《北风》中的“雨雪其雱”,又高吟《小雅·信南山》中的“雨雪雰雰”。复将书简交给司马相如,客气地说:“尽量调动先生的非凡才智,充分发挥先生的艳丽言辞,仔细揣摩眼前的景色,为我写一篇关于雪的文字。”

司马相如于是离开座席起立,畏畏缩缩地拱手行礼,回答说:我听说雪宫修建在东方的齐国,雪山屹立在西域的地区。岐地文王吟咏含有“雨雪霏霏”的“今我来思”,穆王姬满高歌含有“北风雨雪”的“我徂黄竹”。《诗经·曹风·蜉蝣》以“麻衣如雪”来显示雪的洁白,《楚辞》中宋玉《讽赋》以《幽兰》来配合高雅的《白雪》之曲。积雪盈尺则为丰收的征兆,深达一丈将预示着灾害到来。古人以雪为题阐述其意义,历史上已经久有记载。我今不揣简陋,请让我先说一下降雪前的状态。

每当四季运转到了最后,严寒之气就该上升;淙淙欢流的焦溪干涸,炙手可热的汤谷冻凝;火井不再冒出光焰,温泉也都结成厚冰;沸腾的潭水失去了波澜，炎热的南风没有了踪影；北方居民堵塞住门窗的缝隙，赤裸身子的不衣之国也得穿起厚缯。这时狂风吹起江河大海的烟云，北方大漠呈现一片走石飞沙。云气重重叠叠连绵不断，挡住了阳光和满天的彩霞。雪珠儿淅淅沥沥的先行坠地，掺杂的雪花紧接着越下越大。

降雪的景象散乱交互，有时密集，有时稀疏。飞飞扬扬，横空飘浮。鹅毛盛况，纷繁轻靡。徘徊下落，不停积累。开始时沿着屋脊覆盖了房顶，到后来透过帘子缝隙飘进了室内。起初在殿堂地面与走廊上漫舞，终于到帷幕的座席上到处萦回。不但随方成为圭形，而且遇圆成为宝璧。审视原野有如万顷缟素，瞻望远山的峰峦俱是洁白无瑕。这时的亭台楼阁就像美玉雕砌，四通八达的大小道路也似连成的美玉。庭前陈列着似玉的台阶，林中挺立着琼玉般的树木。白鹤的光泽被夺，白鹇也显示不出它的白色。白绢的衣袖自愧弗如，美女的玉颜也被掩盖住了鲜洁。

至于积雪未消，在朝阳之下更为鲜洁美好。光辉灿烂啊，像昆仑山的烛龙口衔着火光照耀。之后流下的水滴，凝结为低垂的冰柱。沿着房檐，占据一隅。洁净光鲜啊，如水神冯夷剖开蚌壳摆列的明珠。关于雪花纷繁飞舞的盛况，白净皎洁的色彩；时而回旋，时而分开，时而萦绕，时而集中的姿态；时而飘浮，时而聚合，时而凝结，时而辉耀的奇妙；的确变化无穷，难以一一知晓。

如果继续赏玩而不休息，夜深人静会引发许多感想。疾风碰上屋柱声音更响，明月照上帷帐透过亮光。喝着湘吴等地产的名酒，身穿几层狐貉之皮制作的衣裳。面对庭前成双的鹍鸡跳舞，高瞻云中的孤雁飞翔凄凉。脚踏着地上铺满的霜雪，痛惜着树上的枝叶离伤。驰骋遐思于千里之外，愿意携手一同返回故乡。

邹阳听过，勾起愁思满腹。心中有所感受，恭敬地写了续曲。于是就站了起来，创作了《积雪》之歌。歌辞说："手携美人啊揭开多层的帷帐，拉着华丽的大被啊坐到芳香的褥子上。烧起熏炉啊点燃明烛，喝着桂花美酒啊伴着清新的曲子高唱。"邹阳还又写了《白雪》之歌。歌辞说："曲子已经高唱啊美酒已经喝尽，美人脸红呈醉态啊思念自己的亲人。愿意放下帷帐靠上枕，解下腰带摘掉环佩之类的装饰品。怨恨一年即将到尽头，痛心以后相会再无因。你难道见过台阶上的白雪，阳春三月还能闪耀着光辉?"

歌毕，梁孝王反复吟咏玩味，击节赞赏，扼腕称美，看着枚乘，让他作个主题歌辞。歌辞说："白羽虽白，质地太轻飘啊；白玉虽白，枉自坚持贞操啊。不如这些白雪，按照时令产生和融消。冬天结冰不乱它的高洁，阳光照射不固守它的贞节。节操怎能成为我的名声？高洁怎能成为我的坚贞？凭借云层升降，随着风向飘零。根据物体赋予形象，按照地貌布设外形。白色因所遇而标出，肮脏随环境而染成。尽情体察白雪的个性，还有什么忧虑和钻营？"

【点评】《雪赋》假借梁孝王、邹阳、枚乘、司马相如的真实姓名，虚构了一整套游园赏雪的美妙情节，生动具体地描绘了雪前、雪中、雪后的不同景象，描绘了从乌云密布、大雪纷飞、阳光灿烂以至夜静幽深的种种仪态。笔触细腻，层次清晰，辞藻华丽，语言流畅。作者不仅把雪景作为审美对象，给人以艺术上的感染，还托物寄意，达到了"体物写志"的目的。特别在"乱"辞中，实际上就是作者处世哲学的自白。最后几句"值物赋象，任地班形。素因遇立，污随染成。纵心皓然，何虑何营?"与庄子的"安时而处顺"(《养生主》)、"知其不可奈何而安之若命，唯有德者能之"(《德充符》)如出一辙。于此我们可以看出作者那种恬淡旷达、与世无争的老庄思想。这是谢惠连在政治上受到压抑、壮志难伸的曲折表现，并非甘愿沉沦，我们对这个才华横溢的青年作家应取分析态度。

【集说】元嘉七年，方为司徒彭城王义康法曹参军。是时义康治东府城(今江苏江宁)，城堑中得古冢，为之改葬，使惠连为祭文，留信待成，其文甚美。又为《雪赋》，亦以高丽见奇。(《宋书》卷五十三《谢方明传》附谢惠连传)

二歌及乱涉风比兴义，意味近古。二歌仿《招魂》语意，乱辞别为一体。……此赋中间极精丽，后人咏雪皆脱胎焉。盖琢句练字，描画细腻，自是晋宋间所长。(祝尧《古赋辨体》)

《雪》《月》等赋，秀色可餐，脱尽前人浓重之气，另成一格。(邵子湘评，于光华《重订文选集评》)

合观全局，以梁王起，以相如承，以邹生转，以枚叟结。就相如一大段言之，以雪之名义起，以雪之缘始承，以雪之形状转，以雪之感兴结。邹、枚二段，又以感人处申言之耳。(何焯评，同上)

《雪赋》语言清丽，意境开阔，具有骈赋华丽铺排的形式美，在赋的领域中开辟了描摹一种自然景物的新天地。(尹赛夫等《中国历代赋选》)

(张超英)

鲍照(414? —466),字明远,东海(今江苏涟水县北)人。出身微贱,一生潦倒,仅官至宋临海王刘子顼前军参军,因称“鲍参军”。子顼谋反兵败,鲍照为乱军所杀。他是宋初著名的诗人,与谢灵运、颜延之合称“元嘉三大家。”代表作《拟行路难》十八首,对七言诗之发展影响颇巨,且“壮丽豪放”,“奇矫无前”。被沈德潜叹为“如五丁凿山,开人世所未有。后太白往往效之”(《古诗源》)。其抒情小赋《芜城赋》,书札《登大雷岸与妹书》,均为千古传诵之作。有《鲍参军集》。

芜城赋[1]

沵迆平原,南驰苍梧涨海,北走紫塞雁门[2]。柂以漕渠,轴以昆冈[3]。重江复关之隩,四会五达之庄[4]。当昔全盛之时,车挂辖,人驾肩,廛闬扑地,歌吹沸天[5]。孳货盐田,铲利铜山。才力雄富,士马精妍[6]。故能侈秦法,佚周令,划崇墉,刳浚洫,图修世以休命[7]。是以板筑雉堞之殷,井干烽橹之勤[8],格高五岳,袤广三坟，崒若断岸，矗似长云[9]。制磁石以御冲，糊赪壤以飞文[10]。观基扃之固护，将万祀而一君[11]。出入三代，五百余载，竟瓜剖而豆分[12]。

泽葵依井，荒葛罥涂。坛罗虺蜮，阶斗麏鼯[13]。木魅山鬼，野鼠城狐，风嗥雨啸，昏见晨趋。饥鹰厉吻，寒鸱吓雏。伏虣藏虎，乳血飧肤[14]。崩榛塞路，峥嵘古馗。白杨早落，塞草前衰[15]。棱棱霜气，蔌蔌风威。孤蓬自振，惊沙坐飞[16]。灌莽杳而无际，丛薄纷其相依。通池既已夷，峻隅又已颓[17]。直视千里外，唯见起黄埃。凝思寂听，心伤已摧。

若夫藻扃黼帐，歌堂舞阁之基，璇渊碧树[18]，弋林钓渚之馆，吴蔡齐秦之声，鱼龙爵马之玩，皆薰歇烬灭[19]，光沉响绝。东都妙姬，南国丽人，蕙心纨质[20]，玉貌绛唇，莫不埋魂幽石，委骨穷尘，岂忆同舆之愉乐，离宫之苦辛哉[21]！天道如何，吞恨者多，抽琴命操，为芜城之歌。歌曰：边风急兮城上寒，井径灭兮丘陇残。千龄兮万代，共尽兮何言！

【注释】(1)芜城：指广陵（今扬州），汉、晋五百年间之繁华名城。但在南朝宋文帝元嘉二十七年(450)、宋孝武帝大明三年(459)，两遭战火，化为一片荒墟。大明三、四年间，鲍照登广陵城楼，目睹荒败之景，慨然而作此赋，抒发了历史变迁、王朝兴亡的深沉感叹。 (2)浻迤(mǐ yǐ)：地势由倾斜逐渐平坦。苍梧：汉郡名，治所在今广西梧州市。涨海：古海名，即今南海一带。紫塞：长城，秦汉时长城土色呈紫，故称。雁门：郡名，在今山西省西北部。 (3)柂(tuó)：一作“拖”，导引。漕渠：古时运粮的河道，此指古邗(hàn)沟，即今江苏江都西北至淮安的一段运河。轴：车轴，此用为动词，像车辆一样横贯。昆冈：在今扬州市西北约八里处，又名阜岗、广陵岗等，广陵城即建此陵上。 (4)重江：指水道众多。复关：指广陵有内、外二城。隩(ào)：水涯深曲处。庄：大道。 (5)軎(wèi)：车轴头。挂軎，即车轴相碰擦。驾肩：指人肩相摩，形容拥挤。廛闬(chán hàn)：廛为人所居住区。闬：指里门。扑地：遍地。 (6)孳：通“滋”，滋生。货：钱财。铲：开掘。“铲利铜山”，指靠开采铜山铸钱获利。妍(yán)：美。 (7)侈秦法：越出秦代法制。佚:超过。划:开。崇墉(yōng):高墙。刳(kū):挖掘。浚洫:深深的护城河。修世:长世、永世。休命:好命。 (8)板筑:古代筑墙,在两堵木板间填土、夯实,叫板筑。雉堞:城上的女墙。殷:盛大。井干(gàn):井上木栏。烽橹:瞭望烽火的望楼。 (9)格:格局、量度。袤(mào):南北曰袤,即宽。广:指东西,即长。三坟:一说指扬州地接“土黑坟”的兖州、“土白坟”的青州、“土赤坟”的徐州。一说指三条河流的长度。一说指天下九州之“三分”。崒(zú):高峻。断岸:陡峭的河岸。 (10)制磁石:用磁石作门(可吸铁制兵器)。冲:突击。糊赪(chēng)壤:城墙上涂饰红土。飞文:文彩如飞。(11)基扃:泛指城阙。基,城基。扃,门闩。万祀:万年。一君:一姓之君。(12)三代:汉、魏、晋。瓜剖、豆分:形容广陵城崩裂毁坏。 (13)泽葵:莓苔,附生于土之表层。罥(juàn):缠绕、挂。涂:同“途”,路。坛:堂。罗:列。虺蜮(huǐ yù):“虺”为毒蛇,“蜮”为含沙射人的短狐,形似鳖,又称射工。麕(jūn):似鹿而小。鼯(wú):一种“大飞鼠”,昼伏夜出。 (14)厉吻:磨砺鸟喙。鸱:猫头鹰。吓雏:鸱对鹓雏发出“吓”的怒呼声。虣:古“暴”字,一作“虦(hán)”。虦:白虎。乳血:以血为乳。飧(sūn)肤:以肉为晚餐。 (15)崩榛:倒下去的丛生之树。峥嵘:深险貌。馗(kuí):大路。 (16)棱棱:形容霜气凛冽。蔌蔌(sù):风吹劲疾之声。自振:自动飘起。坐飞:无故自飞。(17)通池:城濠。夷:平。峻隅:高城。 (18)藻扃:雕饰文彩的门。黼(fǔ)帐:绣花帐。黼指古代礼服上黑白相间的花纹,此泛指花纹。璇(xuán)渊:玉池。碧树:玉树。 (19)鱼龙:杂戏,以人扮鱼龙。爵马:杂技一类。爵:同“雀”。玩:玩赏。薰:花草之芳香。烬:余火。 (20)东都:洛阳。南国:南方。妙姬:美人。蕙心:性情芳洁如兰蕙。纨(wán)质:体质柔媚如纨素。纨指洁白的细绢。 (21)同舆:同车,指后妃与帝王同车。离宫:皇帝临时居住的行宫,此指失宠的后妃所住的冷宫。

【今译】坦荡绵延的广陵平原,往南驰苍梧郡和南海,往北与长城、雁门相连。以古邗沟作它的导引,以昆仑岗为其车轴。有众多水道、内处二城,更有宽阔的大道通向四面八方。在它全盛的往昔,城中车轴相碰,行人身肩相摩,遍地是人烟稠密的街巷,到处有喧天的歌舞、鼓吹。经营盐田使财货不断增长,开采铜山在铸钱中牟取富利。财力雄富,兵马精美。所以能超越秦代法度,压过周代政令,开筑高墙,挖成深壕,希图永世长享美好的天命。

因此精心尽力，修筑城墙、雉堞，建起井栏、望楼，格度高于五岳，宽广胜过三坟，雄峻如陵峭的河岸，耸立如长天之云影。制成磁石门防御冲击，涂饰红土墙纹彩如飞。看一看它的城基、门禁有多牢固，真想要在万年间保持一姓的统治了。然而只经历汉魏晋三代，短短五百余年，竟就崩毁如瓜剖豆分！

而今井栏边长满莓苔，道路间荒葛缠绕。堂上聚列着毒蛇、射工，阶下相斗着鹿獐、鼯鼠。山魈、树精、野鼠城狐，幽厉嗥叫于风雨中，隐现奔跑于晨昏间。饥饿的老鹰磨砺着利喙，凄寒的鸱鸟怒"吓"着鹓雏。还有隐伏的食人之虎，把人血当乳汁，将人肉作晚餐。丛树倒卧满路，古道狰狞怕人，白杨提早凋落，城草超前衰萎。霜气凛冽逼人，风声菽菽逞威。孤单的蓬草自动飘起，惊动的乱沙无故自飞。丛丛灌木幽深无际，草木丛杂紧依相连。城壕早已填平，高墙也已崩坍。极目千里之外，只见一派黄尘！凝思静听，令人不胜伤心！

至于那些雕饰之门、纹彩之帐，歌吹鼓舞的庭堂楼阁；玉饰之池、琼制之树，射弋垂钓的林渚馆舍；还有吴蔡齐秦的乐声，鱼龙雀马的玩赏，全都香消火灭、光沉响绝了！洛阳的美女，南方的佳丽，即使芳心如蕙、柔媚似纨、红唇玉貌，也无不埋尸于幽石、抛骨于红尘，岂能再回忆当年受君王宠爱的同车之乐，或失宠于冷宫的悲苦和酸辛呢？这是怎样变化无常的命运，竟使多少人抱恨而终！我只能引琴制曲，作一首《芜城之歌》。歌辞曰："边风急啊城上寒，井径灭啊丘陇残。千龄啊万代，共尽啊何言"！

【点评】西汉辞赋巨擘枚乘，在《七发》中曾以壮浪雄奇的笔墨，描摹过震撼广陵城的曲江之涛，使千古读者为之神往。可惜他没有对这座雄踞东南的历史名城勾勒一二，不能不说是莫大的憾事。鲍照之材力，曾被陆时雍喻为"如五丁凿山，开人世之所未有"（《诗镜总论》），可见不输于枚乘。可惜他五百年后来登广陵，这名城却已两遭战火，化为一片荒墟。历史兴废，世事沧桑，命运注定他只能用"凌厉当年"之材，为这荒芜之城一洒感慨淋漓之泪了！然而鲍照此赋的构思也奇：其主意虽在兴叹眼前的荒芜之景，落笔却偏从五百年前的全盛气象渲染。于是如海市蜃楼一般，读者眼际，霎时间浮升起广陵当年"车挂轊，人驾肩，廛闬扑地，歌吹沸天"的一派辉煌。那"格高五岳，袤广三坟，崪若断岸，矗似长云"的雄伟古城，由此带着它"孳货盐田，铲利铜山"的豪富，"崇墉""浚洫"、磁门藻扃的严固，横出于历史烟云之上，简直可傲然俯瞰汉家江山于万世千秋了！然而这一切只是摇曳在赋中的虚境。当鲍照从历史缅怀的缤纷幻象中“醒”来，展现他眼底的广陵，却早已满目疮痍，再找不到昔日繁富景象之一斑了。赋中陡然跳出的“出入三代，五百余载，竟瓜剖而豆分”之语，正以狂澜逆折之力，翻转了整个赋境。于是“依井”的“泽葵”、“塞路”的“崩榛”，取代了往昔的“璇渊碧树”；“歌堂舞阁”的妙曼之音，化作了鬼魅鼠狐的一片啸嗥；在当年的“藻扃黼帐”照耀下的，现在不过是森厉的“虺蜮”、争斗的“磨鼯”；而与“东都妙姬，南国丽人”遥遥相对的，却竟是：“饥鹰”“寒鸱”和“乳血飧肤”的虓虎！前人称此赋后半篇“驱迈苍茫之气，惊心动魄之词”，造出了赋家之“绝境”。但倘若没有前半篇富丽雄奇虚境的反衬，又怎能造出如此惊心的衰飒和凄凉？历史的逻辑是无情的，它完全藐视争权夺利的封建帝王的狂妄愿望。面对着在战火中化为荒墟的广陵古城，回看当年吴王刘濞巡抚此城时的“观基扃之固护，将万祀而一君”的忘形之态，岂不是莫大的反讽？此赋落笔处，虽只在广陵一城之兴废，但它所概括的难道不正是在封建时代不断重演的一部悲酸历史？只要封建统治者的争权夺利不终止，广陵这样的兴废悲剧便还将重演。此赋之所以为后世读者欷歔传诵，并激发着人们不尽的感慨，原因大约正在于此。

【集说】前半言昔日之盛，后半言今日之衰，全在两两相形之处，生出感慨，属对精工，意趣亦觉深挚。”姚姬传云：“雄迈苍凉之气，惊心动魄之词，皆赋家绝境也”。今按：赋之雄秀，独步千秋，然仍不外层次清醒。“当昔全盛之时”至“出入三代，五百余载”数语，笔力何止千丈强也。至其树骨选言，则江文通、庾子山诸君，皆以此为圭臬耳。（何焯评，见李元度《赋学正鹄》）

笔笔从城字洗发，此名手胜人处。极言其“芜”，于浓腴中仍见奇峭，绝不易得。有昔日之盛，即有今日之衰。两段俱以二语兜转，何等遒劲。收局感慨淋漓，每读一过，令人辄唤奈何。（许梿《六朝文絜》）

芜城，广陵古城也。世祖孝建三年，竟陵王诞据广陵反，沈庆之讨平之。诛城内男丁，以女口为军赏。鲍照感事而赋也。文不敢斥言世祖之夷戮无辜，亦不言竟陵之肇乱，入手盛言广陵形胜及其繁盛，后乃写其凋敝衰飒之形，俯仰苍茫，满目悲凉之状，溢于纸上，真足以惊心动魄矣。（林纾《古文辞类纂选本》）

（潘啸龙）

舞鹤赋

散幽经以验物[1]，伟胎化之仙禽[2]。钟浮旷之藻质[3]，抱清迥之明心[4]。指蓬壶而翻翰[5]，望昆阆而扬音[6]。匝日域以回骛[7]，穷天步而高寻[8]。践神区其既远[9]，积灵祀而方多[10]。精含丹而星曜[11]，顶凝紫而烟华[12]。引圆吭之纤婉[13]，顿修趾之洪姱[14]。叠霜毛而弄影[15]，振玉羽而临霞[16]。

朝戏于芝田[17]，夕饮乎瑶池[18]。厌江海而游泽[19]，掩云罗而见羁[20]。去帝乡之岑寂[21]，归人寰之喧卑[22]。岁峥嵘而愁暮[23]，心惆怅而哀离[24]。于是穷阴杀节[25]，急景凋年[26]。凉沙振野，箕风动天[27]。严严苦雾[28]，皎皎悲泉[29]。冰塞长河，雪满群山。既而氛昏夜歇[30]，景物澄廓[31]。星翻汉回[32]，晓月将落。感寒鸡之早晨，怜霜雁之违漠[33]。临惊风之萧条[34]。对流光之照灼[35]。唳清响于丹墀[36]，舞飞容于金阁[37]。始连轩以凤跄[38]，终宛转而龙跃。踯躅徘徊，振迅腾摧[39]。惊身蓬集，矫翅雪飞[40]。离纲别赴，合绪相依[41]。将兴中止[42]，若往而归。飒沓矜顾[43]，迁延迟暮[44]。逸翮后尘[45]，翱翥先路[46]。指会规翔，临歧矩步[47]。态有遗妍，貌无停趣[48]。奔机逗节[49]，角睐分形[50]。长扬缓骛[51]，并翼连声。轻迹凌乱，浮影交横[52]。众变繁姿[53]，参差洊密[54]。烟交雾凝，若无毛质[55]，风去雨还[56]，不可谈悉[57]。既散魂而荡目[58]，迷不知其所之[59]。忽星离而云罢[60]，整神容而自持[61]。仰天居之崇绝，更惆怅以惊思[62]。

当是时也，燕姬色沮[63]，巴童心耻[64]。巾拂两停[65]，丸剑双止[66]。虽邯郸其敢伦[67]，岂阳阿之能拟[68]。入卫国而乘轩[69]，出吴都而倾市[70]。守驯养于千龄[71]，结长悲于万里。

【注释】(1)幽经:犹言秘籍，指《相鹤经》，旧题浮丘公撰，据传其再传弟子藏于嵩高山石室，为淮南八公得之，遂传于世。验物:指相鹤。 (2)伟胎、仙禽:《相鹤经》说:鹤为"羽族之宗长,仙人骐骥""胎化而产"。(3)钟:聚结,指禀赋。浮旷:超迈旷远。藻质:犹言美质。(4)清迥:清静辽远。(5)蓬壶:即蓬莱、方壶,传说为海中大山。翻翰:振翅飞翔。翰,羽毛,指翅。(6)昆阆:指昆仑山,其北有阆风颠。(7)匝:环绕。日域:日照的区域。回骛:翱翔疾飞。(8)天步:指天域。高寻:高翔寻找。(9)神区:神明区域,指天域。(10)祀:年。方:已,与"既"为对文。(11)精:指眼睛。星曜(yào):明亮。曜,光芒。(12)顶凝紫:头上有红色肉块。(13)引圆吭:伸颈放开圆转的歌声。吭,喉咙,指声。纤婉:细长婉转。(14)为倒装句。顿:止息。"修趾之洪姱":即洪姱之修趾。修趾:指长腿。洪姱:有力而美好。(15)叠:重叠,收束。(16)振:扇动。临霞:指俯视水中艳如红霞的丹顶倒影。(17)芝田:传说昆仑山有仙家种芝草的地方。(18)瑶池:神话所说的仙人居所。(19)厌:厌倦。(20)掩:遮蔽。云罗:捕鸟的巨网。(21)去:离。帝乡:神话中天帝住的地方。岑寂:寂寞。(22)喧卑:喧闹卑下的世间。(23)峥嵘:凛冽。(24)惆(chóu)怅:因失意而悲伤 (25)穷阴:犹言隆冬。阴:指冬天。杀节:凋落季节。(26)景:太阳。(27)箕风:大风。箕:星名,二十八宿之一,也称风师,能致风气。(28)严严:惨烈的样子。苦雾:寒雾。(29)皎皎:洁白。(30)夜歇:夜尽。(31)澄廓:清明辽阔。(32)汉:天汉,银河。(33)违漠:雁背沙漠以就温也,指北雁南飞。(34)萧条:指萧瑟的风声。(35)流光:指如水的月光。照灼:犹言照耀。(36)唳:鹤鸣。丹墀(chí)古时宫殿前台阶上面以红色涂饰的石铺空地。(37)飞容:指舞动的样子。金阁:金碧辉煌的楼阁。(38)连轩:意同"蹁跹",旋转的舞态。风跄(qiàng):指步趋有节奏。(39)振迅:振动。腾摧:飞腾摧击。(40)"惊身"二句:指鹤跳踯腾举,如飘蓬飞云一样。(41)纲、绪:谓舞之行列也。言或离而别赴,或合而相依。(42)兴:起。(43)飒沓:杂沓群飞。矜顾:矜庄相顾。(44)迁延:指缓飞。迟暮,意同"迁延"。(45)逸翮(hé)后尘:飞动疾速,尘起其后。逸:快速。翮:羽毛,指翅。(46)翱翥(zhù):高飞。先路:犹言前边。(47)"指会"二句:会:四通之道。歧:岔道。(48)遗妍(yán):余美。停趣:停意。(49)机、节:舞蹈的节奏。奔:赴。逗:停。(50)角:指竞相。睐(lài):向旁边看。(51)缓骛:放缓奔驰。(52)"轻迹"二句:指鹤步相叠,身躯交错。(53)指舞姿多变。(54)洊(jiàn)密:重叠密集。洊:再次。 (55)“烟交”二句:指舞姿迅疾如同烟雾一片,不见形体,故曰:“若无毛质”。 (56)风去雨还:指舞势疾如风去雨来。 (57)不可谈悉:犹言难以全部描绘。 (58)散魂、荡目:神动眼花,指观者神态。 (59)此句指对出神入化的鹤舞不可捉摸。 (60)星离云罢:比喻闪烁飘忽的舞蹈忽然结束,众鹤散立。 (61)此句意谓观者此时才精神松弛。自持:各自整持。 (62)“仰天居”二句:五臣张铣注:“天居,鹤之旧居。崇绝:高远,言仰望旧居高远,惆惕然惊其所思。”前句化用蔡邕《述行赋》的“皇家赫赫而天居,崇高而悬绝”。(63)燕姬:犹言舞姬。燕女善舞,故云。色沮(jǔ):神情沮丧。 (64)巴童:巴渝之童,指舞童。 (65)巾拂:指巾舞和拂舞。 (66)丸剑:指具有舞蹈性质的跳丸和掷剑两种杂技。 (67)邯郸:指邯郸女,以歌舞著名。伦:伦比,类比。 (68)阳阿(ē):古代名曲,后指有名的歌舞倡女。 (69)入卫、乘轩:《左传·闵公二年》:“卫懿公好鹤,鹤有乘轩者。”轩:曲辕有藩蔽的车,大夫以上才能乘坐。 (70)吴者、倾市:赵晔《吴越春秋》:“吴王阖闾有小女,……乃自杀。阖闾痛之,葬于都西阊门外。……乃舞白鹤于吴市中,万人随观。”(71)据传鹤可活到千百之年。

【今译】自秘籍流传以验察白鹤,由不凡之胎化育仙鸟。禀赋超迈旷远的美质,怀具清静辽阔的明心。朝蓬莱、方壶而振翅,望昆仑、阆风以高鸣。环绕天域翱翔疾飞,遨游宇空高飞萦寻。飞行天宇将已遥,积累神龄而已多。眼带朱红而明亮,顶凝丹紫而高华。伸颈放开纤细婉转的歌声,停止了有力美好的高脚。收拢白翅而对水弄影,抖动玉羽而俯视丹顶。

早晨嬉戏于昆仑的芝田,黄昏在仙家的瑶池饮水。厌倦江海而漫游草泽,为隐蔽的巨网而羁绊。离开寂静的天帝居所,回到喧哗低下的人间。岁月凛凛而愁暮,心情凄凄而伤别。这时隆冬摧煞节候,急日催速岁月。寒沙飞卷原野,劲风振动天空。惨惨冷雾,清清寒泉。冰盖长河,雪蔽群山。不久寒气长夜已尽,景物清明空阔。斗转星移,晓月将落。寒鸡清晨长鸣动心,霜雁离开沙漠伤情。面临萧瑟的惊风,望着流泻的月光。在殿前丹墀清音长鸣,在辉煌楼阁跃跃欲舞。开始步趋有节以蹁跹。最后身躯跳跃而婉转。往复徘徊,飞腾摧折。跳踯如飘蓬,举翅似飞雪。或分开奔赴,或聚合相依。将赴又止,如去却还。杂沓顾盼,雍容徐缓。疾飞尘起其后,高翔展翅在前。飞翔合乎节奏,步履皆中规矩。风姿具有余美,情貌没有停意。赴节停拍而动静合宜，竞相旁视而队别分形。扬翅缓驰，并翼连声。轻盈凌乱，晃影交错，各变繁姿，参差叠密。一团烟雾，若无毛羽。势如风去雨来，不可全部描绘。既使人神乱眼花，又眩惑不可捉摸。倏忽星散云飘，神态这才自持。仰望鹤乡高远悬绝，更惆怅而惊然不已。

在这时呀，舞姬神情沮丧，歌童心里自愧。巾舞拂舞两停，跳丸掷剑双止。即使出名的邯郸舞女怎敢相比，岂是古代舞星的阳阿所能比拟！进入卫国享有卿位的禄食，出了吴都而全市随观。拘圄驯养而至千龄，郁结长悲而心企万里。

【点评】鲍照出身寒微，仕途屯艰，而鹤立之姿灼灼胸中，付之于赋，《芜城》惊挺，《飞娥》峻急，其余篇什，亦每见块垒。《舞鹤赋》是其又一名篇。

白鹤仙禽，非同凡鸟。说它禀赋旷迈，怀抱明心，翻翰扬音，凌霄高蹈，志量远大，先高其位置。赤睛丹顶、高脚耸立、长唳纤婉，言其并具绝艳惊才，迥非流俗可比。尤其是“叠霜毛而弄影，振玉羽而临霞”二句，俯首顾怜，弄影自视；振翅远望，气度轩昂。俯仰之间，仪态风采，最见精神。此赋以鹤自况，但通篇含而不露，无一显豁说破语。这段从抱负才具上着笔，即可看作“心自有所存”（《代别鹤行》）手法。鲍照心高志勇，所谓“丈夫生世会几时，安能蹀躞垂羽翼”（《拟行路难》其五）的胸襟志趣，在回骛高寻的白鹤身上是不难看出的。

作者把舞鹤置于“丹墀金阁”的皇宫，“燕姬巴童”围观的环境，而这种“驯养”拘囿、长期失去自由的“待遇”，是由“厌江海而游泽，掩云罗而见羁”的遭遇所致，而造成“心惆怅而哀离”的压抑悲苦。“指蓬壶”“望昆仑”的远志跌落为仅具供人观赏的价值，以及结尾的“结长悲于万里”的哀鸣，这些都是有感而发，并具用意。特别应留意的是，又把京都羁鹤的“清响舞容”，放在“凉沙振野，箕风动天”“冰寒长河，雪满群山”的“大气候”中表现，侧面反映了作者仕途失意，久困诸王僚属的困顿不安的政治处境。这里阴风苦雾凋年杀节的重笔描写，与后面鹤由此愤懑而引起的风去雨还妙不可言的舞蹈形成了鲜明对比，于“中心恻怆不能言”的摧折悲凉中，见出鲍照自己“才秀人微”的沉愤怒激的深意。

鲍照赋长于刻画动态景物，《芜城赋》“孤篷自振，惊沙坐飞”一段最为人称道。此赋鹤舞一节，笔飞墨舞，轻凌迅疾，亦见精彩。诸如缓舞、疾舞、分舞、合舞、飞舞、步舞的千变万化，以及起舞的蹁跹，收舞的婉转，伸颈顾盼的仪态，徘徊而忽然腾跃，起往而悠然回止，动耳的并翼长鸣，惊心的蓬集雪飞般的聚散，浮影交错不见形质的烟交雾凝，“态有遗妍，貌无停趣”的瞬间变化的种种意容神态，无不淋漓尽致，使人目眩眼乱，倾心动魄。笔端随舞赋形，迅疾转换，捕捉每一个转瞬即逝的舞态，犹如一幅幅速写，连接成一气呵成的长卷，观者目不暇接于诙诡驱迈轻盈挺劲的声势色态之中。坌乎其气，光焰腾跃于笔下；煊乎其华，藻耀高翔于纸上。前人对鲍赋的称誉，以此赋观之，诚非虚言。显然，东汉傅毅《舞赋》，其中“若俯若仰，若来若往”“兀动赴度、指顾应声”“䴔䴖燕居、拉沓鹄惊”“超逾鸟集”等舞态的描写，鲍照从中获益不少，但他舍弃了汉大赋的繁冗，突出俊逸精悍的特色，而且“以情为里，以物为襮。……其怀永而不可忘也”（张惠言《七十家赋抄目录序》），更为傅作所缺乏。由此可见，从汉大赋走出来的魏晋六朝小赋，在今日看来，则具有更高的审美价值。

【集说】以仙禽见羁，供人爱玩，故有结句之意，为一篇关合处。

舞态尽矣，忽收到本意（按，指“仰天居”二句），为前后关合，结构自密。（何焯评，见于光华《重订文选集评》）

属对精工，意趣亦觉浑婉。气骨不及《赭白马》，而简练过之。（孙矿评，同上）

孙卿五赋，写物效情，《蚕》《箴》诸篇，与屈原《橘颂》异状，其后《鹦鹉》《鹪鹩》，时有方物；及宋世《雪》《月》《舞鹤》《赭白马》诸赋放焉。（章炳麟评，见钱仲联《鲍参军集注》）

此赋摹写之工，已有定评，“若无毛质”四字，尤为迥出，则未邀赏会。岑参《卫节度赤骠马歌》“君家赤骠画不得，一团旋风桃花色”；机杼相似，而名理不同。鹤舞乃至于使人见舞姿而不见鹤体，深抉造艺之窈眇，匪特描绘新切而已。体而悉寓于用，质而纯显为动，堆垛尽化烟云，流易若无定模，固艺人向往之境也。……近世英国诗人咏舞，谓舞人与舞态融合，观之莫辨彼此，即“若无毛质”之谓矣。（钱锺书《管锥编》，第四册）

（魏耕原）

飞蛾赋

仙鼠伺暗[(1)]，飞蛾候明。均灵舛化，诡欲齐生[(2)]。观齐生而欲诡，各会性以凭方[3]。凌燋烟之浮景[4]，赴熙焰之明光。拔身幽草下，毕命在此堂。本轻死以邀得[6]，虽糜烂其何伤。岂学山南之文豹，避云雾而岩藏[7]。

【注释】(1)仙鼠：蝙蝠。 (2)舛(chuǎn)：错乱。诡：不同。 (3)会：当，依。 (4)燋(jiāo)：火把。一说通"焦"。 (5)熙：火光旺盛。 (6)邀：求取，遭遇。 (7)"岂学"两句：严可均《全宋文》注："《封氏闻见记》五云：旧说南山赤豹，爱其毛体，每有雾露，诸禽兽皆取食，惟赤豹深藏不出，故古以喻贤者隐居避世。"

【今译】蝙蝠等待黑暗，飞蛾向往光明，都是造物主错乱化育，奇异的欲望一同产生。考察他们一同产生的奇异欲望，各应本性而依据独特的生活方式。飞蛾越过火把的浮焰，飞赴烈焰的光明。它飞起于幽暗的草丛之下，丧命在光明的堂室之中。本来因藐视死亡才招致丧身，即使被烧得焦烂又有什么哀伤。岂能学南山那只漂亮的豹子，为了躲避雾露而深藏不出。

【点评】飞蛾扑火，往往为人所鄙弃。这篇小赋力排众诋，为飞蛾大唱赞歌，可谓独具识见，发人之所未发。作者开篇以反衬的手法，用蝙蝠引出飞蛾，列举它们一"伺暗"，一"候明"，"均灵舛化""齐生欲诡"，对比十分鲜明，工整。虽不明陈褒贬，然作者的爱憎取舍已昭然于言外矣。

"凌燋烟"两句气格高朗，意气夺人。着墨无多，已将飞蛾追求光明之志突显尽致，震人心扉，长人精神。特别着一"赴"字，有赴汤蹈火万死不辞之意，益见飞蛾向往光明的急切心情。"拔身"两句笔锋陡扬，又骤然一抑，笔走如电，极力表现飞蛾追求光明而不择生死的精神，情感愤慨悲怆，令人抚膺慨叹，恨恨吞声。"轻死"两句划然突发，阐明飞蛾坚贞不屈之志，笔调苍凉悲慨，如壮士临刑而歌，惨痛凄厉，铁骨铮铮。末尾两句再次作比，以南山文豹之自爱避世，衬托出飞蛾扑火风格之高，理直气壮，慷慨激昂。

鲍照一生热衷功名，用世思想极为强烈。《南史》本传载他尝谒临川王刘义庆，未见知，欲贡诗言志，人以为其位尚卑而止之。照勃然曰："千载上有英才异士沉没而不闻者，安可数哉！大丈夫岂可遂蕴智能，使兰艾不辨，终日碌碌，与燕雀相随乎？"其不甘久居寒族，求取功名的急渴之情可见一斑。然而生活在门阀士族统治的时代，他处处受人压抑，难伸抱负，加上他本人性格孤直耿介，不愿顺时委俗，就更为当世所难容，也使自己更加苦闷愤慨。这篇小赋就是他在这样的处境之下，借物抒怀，感物言志之作。赴火之飞蛾，实际上就是作者自己的追求、遭遇乃至性格品节的写照。飞蛾的悲剧，也正是鲍照的悲剧。

本篇将“体物”与“言志”合写而不露痕迹。篇幅虽短，但文辞精悍，旨意劲拔。句句真气充沛，个性显露，锋芒突出。情感慷慨激昂，气势郁勃不平。不足百字之篇，笔调忽扬忽抑，跌宕多变。写法上以蝙蝠、文豹前后相衬，突出飞蛾，如书法中之侧锋用笔，精巧熨帖。

【集说】在《飞蛾赋》中，表现了敢于面对现实的昂扬的精神状态。（钱仲联《鲍参军集注·前言》）

支昙谛、傅亮都以飞蛾扑火为戒（按支昙谛、傅亮皆东晋末年人，分别作《赴火蛾赋》和《感物赋》，述及飞蛾），鲍照却反是。……这也是鼓吹一种奋不顾身的进取精神。作者后来终于在统治集团的内讧中丧生，也许与他这种精神不无关系。（马积高《赋史》）

（邹介昭）

谢庄

谢庄(421—466),字希逸,陈郡阳夏(河南太康)人。曾拜吏部尚书、前军将军、游击将军、金紫光禄大夫等要职。能文章,善诗赋,又是南朝刘宋的文学家,有四百多篇诗文,大都散佚。明人辑有《谢光禄集》。

月 赋

陈王初丧应、刘,端忧多暇[1],绿苔生阁,芳尘凝榭[2]。悄焉疚怀,不怡中夜[3]。乃清兰路,肃桂苑,腾吹寒山,弭盖秋阪[4]。临浚壑而怨遥,登崇岫而伤远[5]。于时斜汉左界,北陆南躔[6];白露暧空,素月流天[7]。沉吟《齐》章,殷勤《陈》篇[8]。抽毫进牍,以命仲宣[9]。

仲宣跪而称曰:"臣东鄙幽介,长自丘樊[10]。昧道懵学,孤奉明恩[11]。臣闻沉潜既义,高明既经[12]。日以阳德,月以阴灵[13]。擅扶光于东沼,嗣若英于西冥[14]。引玄兔于帝台,集素娥于后庭[15]。朒朓警阙,朏魄示冲[16]。顺辰通烛,从星泽风[17]。增华台室，扬采轩宫[18]。委照而吴业昌，沦精而汉道融[19]。

“若夫气霁地表，云敛天末[20]，洞庭始波，木叶微脱[21]。菊散芳于山椒，雁流哀于江濑[22]；升清质之悠悠，降澄辉之蔼蔼[23]。列宿掩缛，长河韬映[24]；柔祇雪凝，圆灵水镜[25]；连观霜缟，周除冰净[26]。君王乃厌晨欢，乐宵宴[27]；收妙舞，弛清县[28]；去烛房，即月殿[29]；芳酒登，鸣琴荐[30]。

“若乃凉夜自凄，风篁成韵[31]。亲懿莫从，羁孤递进[32]。聆皋禽之夕闻，听朔管之秋引[33]。于是弦桐练响，音容选和[34]。徘徊《房露》，惆怅《阳阿》[35]。声林虚籁，沦池灭波[36]。情纡轸其何托[37]，诉皓月而长歌。

“歌曰：‘美人迈兮音尘阙[38]，隔千里兮共明月。临风叹兮将焉歇[39]，川路长兮不可越。’

“歌响未终，余景就毕，满堂变容，回遑如失[40]。又称歌曰：‘月既没兮露欲晞，岁方晏兮无与归[41]。佳期可以还，微霜沾人衣[42]。’”

陈王曰：“善！”乃命执事，献寿羞璧[43]。“敬佩玉音，复之无斁[44]。”

【注释】(1)陈王：指曹植，曹魏时曾封为陈王（在王粲生活的建安时期，只封平原侯与临淄侯）。应、刘：指建安七子中的应玚与刘桢，并卒于建安二十二年，都是曹植的好友。端：萌生。　(2)谓陈王无心赏玩。阁：高阁。榭：台榭。　(3)悄：忧貌。疚怀：伤心。不怡：不愉快。中夜：半夜。(4)腾：驰向。弭：停留。盖：车盖，指代车。阪（bǎn）：山坡。　(5)浚壑：深谷。崇岫：高山。　(6)汉：天河。左界：东方空域。北陆：一种星宿之名。躔（chán）：日月运行的轨迹，此指时令已到深秋时节。　(7)暧：满。流：照射。　(8)《齐》章：指《诗·齐风·东方之日》篇，中有“东方之月兮，彼姝者子，在我闼兮”之语。《陈》篇：指《诗·陈风·月出》篇，中有“月出皎兮，佼人僚兮。舒窈纠兮，劳心悄兮”之句。殷勤：反复吟诵。　(9)毫：毛笔。牍：书写的木简。仲宣：王粲之字，为建安文学“七子之冠冕”。　(10)东鄙：东方偏僻地区。王粲为山阳高平(今山东邹县)人,故有此谦称。幽介:微贱之人。王粲乃四世三公之家,此亦谦称。丘樊:山林。 (11)昧:愚昧无知。懵(méng):懵懂不明。孤:同“辜”,辜负。 (12)沉潜:指地。义:宜。高明:指天。经:常理。 (13)阳德:阳刚为美德。阴灵:阴柔为灵魂。(14)擅:通“禅”,禅让。扶光:东方太阳之光。扶为扶桑,神木名。东沼:东方日浴之池,指旸谷,传说为日出之处。西冥:指昧谷,传说为日入之地。(15)玄兔:玉兔,代月。帝台:帝王的台榭。素娥:即嫦娥,传说嫦娥窃不死之药而奔月,月色白,故称素娥,此亦代月。后庭:后妃的居室。 (16)朒(nǜ):月初的上弦月。朓:月底的下弦月。阙:同“缺”。朏(fěi):新月初出,光尚不强,亦可称“魄”。冲:谦虚谨慎。 (17)顺辰:顺着十二个月的时辰。通烛:普遍照耀。泽:雨。 (18)台:三台,星名,亦指三公。轩:轩辕,星名。轩宫,指帝妃之舍。 (19)委照:月光向下照耀。吴业:指三国时东吴的基业。昌:兴盛。孙策之母梦月入怀而生策,后遂奠定吴国的基业。沦:降,向下照耀。精:月光。汉道融:汉朝政治和洽。元帝皇后之母有身,梦月入其怀而生元后,母仪天下。 (20)若夫:承上启下发语词。气霁:雾气消散,雨止天晴。敛:收敛。 (21)“洞庭”二句:化用《楚辞·九歌》“洞庭波兮木叶下”。(22)山椒:山顶。濑:水流沙上,此指水边。 (23)清质:指月亮。悠悠:缓慢。澄辉:清澈的光辉。蔼蔼:和柔。 (24)列宿(xiù):众星。缛:繁复的光采。长河:天河。韬:掩藏。 (25)祇:地神,指地。圆灵:指天。(26)连观:连绵的楼台。霜缟:喻白色。周除:四周的台阶。 (27)厌:厌倦。宵:夜。 (28)弛:放下。县:同“悬”,指悬挂的钟磬之类乐器。(29)去:离开。即:走向。 (30)登:陈列。荐:进献。 (31)风篁:风吹竹林。 (32)亲懿:至亲之人。羁孤:流落在外的孤客。递进:不断前来。(33)皋禽:指鹤。朔管:羌笛。秋引:有关秋天的曲调。 (34)弦桐:指琴。因琴以桐木所制,又以丝为弦之故。练:选择。音容:格调。选和:选择和谐的乐曲。 (35)徘徊:反复演奏。《房露》《阳阿》:皆古曲名。 (36)虚:停息。籁:风吹孔穴所发出的音响。沦:波纹。 (37)纡轸:郁结痛苦。(38)美人:喻品德高尚的君子。迈:远行。音尘:音信。 (39)歇:停息。(40)余景:残留的月光。就毕:即将消失。回遑:内心彷徨。 (41)晞:干。晏:岁暮。无与归:没有知己可与同归。 (42)佳期:指当时的美好时节。

沾:湿。 (43)执事:左右侍奉的人。献寿:进酒祝贺。羞璧:进献璧玉。(44)玉音:对王粲所说的敬语。复:反复诵读。斁(yì):厌烦。

【今译】陈王刚刚死去挚友应玚、刘桢,萌发忧闷,又多闲暇。高阁上长出绿色的苔藓,台榭上落满了芳香的灰尘。愁思伤怀,夜半难眠。于是令人打扫有兰草的道路,清理有桂树的林苑,乘车驰向凄凉的寒山,把车停在秋夜的山坡。面对深谷,怀念长逝的朋友而怨别;攀到峰顶,想起永诀的朋友而伤心。这时,天河斜挂在东方空域,太阳南移到北陆星次。白露到处弥漫,皓月自天吐辉。低声吟唱起《齐风》"东方之月兮"诗句。反复玩味着《陈风》"月出皎兮"篇章。取出毛笔,递上书板,命"七子之冠冕"王粲也来即景抒怀。

王粲跪拜声言:我生于东方穷乡僻壤,出身微贱,从山林中长大;孤陋寡闻,不学无术,恐怕会辜负明王的惠爱。我听说过,重浊者下降为地,已得其宜;轻清者上升为天,也占常理。白日以阳刚为品格,明月以阴柔为灵魂。月光让位于东方升起的太阳;太阳在西方沉没之后能替代继续放出光芒。可以把月中的玉兔引导到帝王的台榭;可以使月宫的嫦娥聚集到后妃的内庭。上弦下弦的缺月能够警惕自己的不足,只能发出微光的新月能够启示人们一定要懂得谦虚。月亮顺着十二个月的时辰运行不息,光照寰宇;遇到某些个星座就要刮风下雨。照射到三公之家就会增加光华,照射到帝妃之室就会增添异彩。孙策之母梦月入怀而生策,遂奠定吴国的基业;元帝皇后之母梦月入怀而生元后,遂使汉家内宫得到和谐。

设若大地雾散雨停,长天云收放晴;洞庭开始涌起微波,树木开始有了落叶;秋菊在山顶上飘溢芳香,鸿雁在江边不停哀唱;一轮皓月缓缓升起,投下清澈的柔和之光。群星为之掩盖了光彩,天河为之隐藏了形象。大地如白雪凝结,天空似明镜倒悬。相连的楼观,似霜似雪,一片白色;四周的台阶,似冰所砌,一片洁静。君王乃厌倦了白昼的欢娱,喜爱上夜间的宴乐;中止了美妙的舞蹈,停止了演奏的乐器;离开了明烛辉煌的宫室,走上了月光照耀的殿堂;摆上了芳香的美酒,弹奏起优雅的鸣琴。

设若秋天夜晚,本自凄凉;风吹竹林,韵成绝响。至亲好友,皆不跟随,羁旅孤客,接踵光临。听着湖沼的鹤鸣,羌笛的悲曲。于是调整琴弦,选择曲调。反复演奏《房露》《阳阿》古曲，凄婉低回，令人心中惆怅。竹林无声，微波不兴。情感郁闷无所寄托，只好面向明月高唱。歌辞说：

君子远去啊音信断绝，
相隔千里啊共此明月。
迎着凄清的秋风悲叹啊叫我如何能够停歇，
路途遥远江水长啊怎么逾越！

歌声还未终了，残余的月光已将消失。满屋的人变脸失色，惶惶不安，都有点失落感。又接着唱道：

月亮已经沉没了啊，
露水也将干掉；
岁月已经迟暮了啊，
没有知心人可与同归。
趁着大好时光回去吧，
以后微霜会沾湿衣衿！

陈王赞美说："好啊！"命令左右侍奉的人，向王粲献美酒祝贺，进璧玉奖励。并且诚恳地表示："我很敬佩你的佳作，我将反复诵读，永不厌弃！"

【点评】《月赋》以月为纬，以情为经，中心突出，风格新颖，描写细腻，引人入胜。即如："若夫气霁地表，云敛天末，洞庭始波，木叶微脱。菊散芳于山椒，雁流哀于江濑；升清质之悠悠，降澄辉之蔼蔼。列宿掩缛，长河韬映；柔祇雪凝，圆灵水镜；连观霜缟，周除冰净"数语，不仅精确地描述了月夜的环境，而且细致地刻画了月光的皎洁，可是并没有从正面提出一个月字。正像黎经诰所评论的："数语无一字说月，却无一字非月。清空澈骨，穆然可怀。"(《六朝文絜笺注》)确实蕴含有巨大的艺术感染力。

《月赋》以迷人的月色相渲染，以"怨遥""伤远"的凄凉情感为关目，把叙事和抒情巧妙地结合起来。最后以两首歌直抒胸臆，更使主题思想得到了升华。

《月赋》和汉大赋结构相似，也是假主客以为辞。不过篇中的陈王，仲宣，历史上虽实有其人，但其经历与事实却有很大出入，我们也可视作子虚、乌有、无是公一类人物，只是出于渲染悲凉的气氛和创作上的需要，不必一定要去考订坐实。

【集说】以二歌总结全局,与“怨遥”“伤远”相应。深情婉致,有味外味。后人摹拟便落套,觉厌矣。(黎经诰《六朝文絜笺注》)

假陈王立局,与《雪赋》同意。“端忧多暇”一句,生出全篇情致。(何焯评,见于光华《重订文选集评》)

尚写入宏深境,然风度却飘然可挹,固远出《雪赋》上。(孙矿评,同上)

前写月之故实,次入即景之语,后言兴感之情。大意全在二歌,读之自有无限深情,令人百端交集。……第二歌有好乐无荒之意,深得风人之旨,所以脍炙千秋。“洞庭始波”等句,何尝一字涉月,却满纸是月情月意。……由始升以及既没,前后照应,自成章法。(李元度《赋学正鹄》)

谢庄《月赋》是模仿谢惠连《雪赋》的,但《月赋》比之《雪赋》,在艺术境界上更有自己的特色。《雪赋》基本上采用正面描写,多用比喻;《月赋》则较多地从侧面烘托,笔法生动。《雪赋》与《月赋》都咏物写景,但前者偏重于说理,后者偏重于抒情。《雪赋》的风格于精巧中见清丽,《月赋》的风格则于细腻中见飘逸。(尹赛夫等《中国历代赋选》)

(赵光勇)

沈约

沈约(441—513),字休文,吴兴武康(今浙江德清)人。幼孤贫,笃志好学,博物洽闻。历仕宋、齐、梁三代。官至尚书令,封建昌县侯,为齐梁文坛领袖。卒谥隐。他倡导的"永明体",对以后的律诗、绝句形式的确立产生很大的影响。但其人才高德薄,诗品不高。有《沈隐侯集》。

愍衰草赋

愍衰草[1],衰草无容色,憔悴荒径中,寒荄不可识[2]。昔时兮春日,昔日兮春风,衔华兮佩实,垂绿兮散红。岩陬兮海岸,冰多兮霰积[3],布绵密于寒皋[4],吐纤疏于危石。雕芳卉之九衢[5],霣灵茅之三脊[6]。风急崤道难[7],秋至客衣单。既伤檐下菊,复悲池上兰。飘落逐风尽,方知岁早寒。流萤暗明烛,雁声断裁续[8],霜夺茎上紫,风销叶中绿[9]。秋鸿兮疏引[10],寒鸟兮聚飞。径荒寒草合,草长荒径微[11]。园庭渐芜没,霜露日沾衣。

【注释】(1)愍(mǐn):怜悯,哀怜。 (2)荄(gāi):草根。 (3)陬(zōu):山脚。霰(xiàn):小雪珠。 (4)皋:水边的高地。 (5)雕:凋残,零落。衢:四通八达的道路。 (6)贾(yǔn):同"陨"。坠落。灵茅之三脊:即三脊茅,香草名。 (7)崤:崤山,在河南省。 (8)断:断绝,中止。(9)销:通"消",消耗,消损。 (10)引:引导,率领。 (11)合:闭合,收拢。微:微小。

【今译】真可怜那衰草,它没有一点仪容姿色。瘦弱萎靡地瑟缩在荒凉的小路上,不知道那地下的寒根是什么样子。在春光明媚,春风和煦的往日,它开花结果,披绿挂红;而如今,在冰雪覆盖的山脚海岸,它密密匝匝地分布在寒冷的岸边,纤弱萧疏地从大石之下挺长出来。道路上凋谢了芳香的花卉,连那灵异的三脊茅也遭陨落。寒风凛冽崤道艰险,深秋来临,游子衣单。既为檐下的菊花哀伤,又为池上的兰草悲痛。飘零荡落被风吹尽,才知道时令已早早地变寒。飞窜的萤火使明亮的烛光变得昏暗,大雁的哀鸣使裁绩的织妇中止了工作。严霜打落了茎上的紫花,寒风吹去了叶面的绿色。秋雁稀疏地列队南归,寒鸟聚集而群飞。小路荒芜,寒草密集,杂草葱茂,道路狭窄。园庭逐渐荒芜湮没,严霜寒露日日沾衣。

【点评】开篇直呼衰草,简洁明朗,可谓"心直口快",此三字一锤定音,确定了全篇优柔低回的基调。"无容色"三句大笔挥扫,既勾勒出了衰草之"衰"的概貌,也点明了何以愍之的一般原因;字面是写衰草静止的色及形,然其瑟瑟发抖的动态已具在眼前。尤其"憔悴"一词,最为传神。此三句,如一组秋风萧瑟、枯草寒颤的秋景镜头缓缓摇过,画面十分荒凉。"昔时"四句豁然一跳,转写衰草往日盛貌,景象璨然。画面上出现突突乱颤的五彩鲜花和频频点头的累累果实,以及碧翠欲滴的青青绿叶,爽人心目,逗人喜爱。"岩陬"几句一个"闪回",镜头复拉回到现实中来。"冰多霰积、寒皋危石"的环境以及"雕芳卉之九衢,贾灵茅之三脊"的荒凉景象与前面的"衔花佩实,垂绿散红"形成强烈对照,十分"刺目"。鲜明的今昔对比造成读者(或者也包括作者)心理极大的反差,从而使人益发怀昔愍今。另外,"布绵密"两句在"愍"衰草处境之艰苦的同时,也体现出赞美顽强不屈之精神的意蕴;在整个哀愁、优柔低回的基调中，也渗透出一丝淡淡的悲壮之美来。接下来一层，从多方位、多角度写秋之悲凉，有身世飘零、处境凄楚之哀。

“风急”两句寒意凛冽，笔调凝重。两句之中含蕴五层之悲——“风急”一悲，“道难”二悲，“秋至”三悲，秋至做客，四悲，秋至做客而衣单，五悲矣！一个“急”字，一个“单”字，音调铿锵而气势逼人，令人不寒而栗！接两句沉郁顿挫，悲痛凄怆。菊兰同时而殒，厄运纷加，伤且未已，悲又复生，真可谓雪上加霜，使人悲不胜悲，伤不胜伤！“既……复……”关联词的运用，铿锵有力，不仅写出了作者伤悲的广度，更突出了其强度和深度。“飘落”两句哀伤而又无可奈何。“流萤”句以下全是罗列典型意象，白描特殊环境，借以渲染气氛，烘托感情。只流萤、雁声、秋鸿、寒鸟四个意象一出，其幽哀凄迷之境，已足以使人泣矣！另外，“断裁续”与“客衣单”上下呼应，点出了织妇行人两地思念；末四句虽回复到衰草上来，然已不再是“愍衰草”，而是愍自己身世处境的悲凉凄楚，情、境荒凉。

全篇基调低哀幽缓，凄凉之气浓郁。题为《愍衰草赋》，实有明暗两条线索，明“愍衰草”，暗愍身世。写法上几乎全用白描，运意深远；情感凄楚悲凉，缠绵悱恻。读之，但觉一股凛凛寒气，幽幽直逼心头。足见作者遣情造境之深厚功力。

【集说】此赋从内容上看不过是写岁暮的萧瑟悲凉之感，赋中有“秋至客衣单”句，也许是他早期之作。它的可注意之处是在形式。……沈约这篇赋在语句形式上糅合骚体句式、骈赋句式与五言诗句三者，而正式命曰赋，这在赋的形式上是一个创造；是当时抒情文学空前发达，人们企图打破各种抒情文体的界限以便更自由地表达自己的情感的一种尝试。它对于以后小赋的创作和杂言乐府诗歌的创作，都提供了有益的经验。（马积高《赋史》）

这是沈约于南齐明帝时代任东阳太守时所作《八咏》之一。这《八咏》在《玉台新咏》中被当作杂言诗收入，可见早在梁代人们已把它看作诗。……全篇多数为五言句，只有部分句中杂有“兮”字和四句六言句。至于用“兮”字之句，仍属五言，可见它基本上已是杂有一些六言句的五言诗。……虽从赋体发展而来，其本身已纯属诗体。（曹道衡《汉魏六朝辞赋》）

（邹西礼）

江淹

江淹（444—505），字文通，济阳考城（今河南兰考）人。历仕宋、齐、梁三代。曾领吴兴令、秘书监、金紫光禄大夫等职。早年孤贫好学，以文章著名。晚年才思衰退，很少作品传世，人称“江郎才尽”。其创作以抒情小赋成就最高。有《江文通集》。

恨 赋

试望平原，蔓草萦骨[(1)]，拱木敛魂[(2)]。人生到此，天道宁论[(3)]？于是仆本恨人[(4)]，心惊不已，直念古者，伏恨而死。

至如秦帝按剑[(5)]，诸侯西驰[(6)]；削平天下，同文共规[(7)]。华山为城，紫渊为池[(8)]。雄图既溢，武力未毕。方架鼋鼍以为梁[(9)]，巡海右以送日[(10)]。一旦魂断，宫车晚出[(11)]！

若乃赵王既虏，迁于房陵[(12)]；薄暮心动，昧旦神兴[(13)]。别艳姬与美女，丧金舆及玉乘[(14)]。置酒欲饮，悲来填膺[(15)]。千秋万岁，为怨难胜！

至如李君降北，名辱身冤[16]，拔剑击柱，吊影惭魂[17]。情往上郡，心留雁门[18]；裂帛系书[19]，誓还汉恩。朝露溘至[20]，握手何言[21]！

若夫明妃去时[22]，仰天太息，紫台稍远[23]，关山无极。摇风忽起[24]，白日西匿[25]，陇雁少飞，代云寡色[26]。望君王兮何期，终芜绝兮异域[27]！

至乃敬通见抵[28]，罢归田里，闭关却扫，塞门不仕。左对孺人，顾弄稚子[29]，脱略公卿，跌宕文史[30]。赍志没地[31]，长怀无已！

及夫中散下狱[32]，神气激扬，浊醪夕引，素琴晨张[33]。秋日萧索，浮云无光。郁青霞之奇意[34]，入修夜之不旸[35]！

或有孤臣危涕，孽子坠心[36]，迁客海上，流戍陇阴[37]。此人但闻悲风汩起[38]，血下沾衿；亦复含酸茹叹，销落湮沉[39]！

若乃骑叠迹，车屯轨，黄尘匝地[40]，歌吹四起；无不烟断火绝，闭骨泉里[41]！

已矣哉！春草暮兮秋风惊，秋风罢兮春草生。绮罗毕兮池馆尽[42]，琴瑟灭兮丘垄平[43]。自古皆有死，莫不饮恨而吞声！

【注释】(1)萦骨:缠绕着死者白骨。 (2)拱木:坟上树木有两手合抱那么粗。拱:双手合抱。敛魂:人死后魂魄聚在一起。 (3)天道:指吉凶祸福之道。宁论:哪里还能论呢! (4)仆:自称谦辞。恨人:含恨之人。(5)秦帝按剑:指秦始皇以武力统一天下。 (6)诸侯西驰:指各诸侯国向西归顺秦王。 (7)同文共规:统一文字和制度。 (8)华山:五岳中的西岳，在今陕西华阴南。紫渊:水名，在长安北。池:护城河。 (9)方:将。鼋鼍:水生动物，鼋亦称绿团鱼，鼍亦称扬子鳄。梁:桥梁。 (10)海右:泛指东海、黄海一带，因其在大海之西(右)，故称。 (11)宫车晚出:讳词，代指皇帝死亡。 (12)赵王迁七年(前229)，秦攻赵，赵王降。秦王政二十五年(前222)，秦灭赵。 (13)昧旦:黎明。 (14)金舆(yú)、玉乘(shèng):指帝王乘坐的车马。 (15)膺:胸。 (16)“至如”二句:《史记·李将军列传》载:西汉名将李广之孙李陵,于天汉二年(前99)率步卒五千出击匈奴,被八万敌军围击,箭尽粮绝,不得已而降匈奴,武帝因而杀其全家。 (17)吊影惭魂:孤独无依、形影相吊、羞惭苦闷。 (18)上郡、雁门:汉时北部边境郡名。李广曾为上郡、雁门太守。 (19)裂帛系书:苏武出使匈奴被扣留,后汉使复至匈奴,言“天子射上林中,得雁,足有系帛书,言武等在某泽中”。苏武因得以归汉。这里用以比喻李陵。 (20)朝露溘(kè)至:比喻生命短促。溘:忽然。 (21)握手:指李陵与苏武握手诀别。 (22)明妃去时:指竟宁元年(前23)汉元帝将王昭君远嫁匈奴事。 (23)紫台:即紫宫,帝王居所。稍:甚极。 (24)摇风:扶摇风,急剧盘旋而上的暴风。 (25)匿(nì):隐藏。 (26)陇、代:泛指西北边地。 (27)芜绝:指死亡。异域:远离故国的地域,指匈奴。 (28)敬通:即冯衍,字敬通,东汉辞赋家。幼有奇才,至二十而博通群书。明帝以衍名过其实,抑而不用。后因交通处戚免官,西归故都,闭门自保,终老于此。 (29)孺人:妻子。稚子:幼儿。 (30)脱略:轻慢、忽略。跌宕(dàng):放纵不拘。 (31)赍(jī)志:怀抱志向。没地:死去。 (32)中散:嵇康曾官中散大夫,世称嵇中散。因拒绝与司马氏集团合作,终被杀害。 (33)浊醪(láo):浊酒。引:通“饮”。素琴:不饰彩绘的琴。 (34)郁:郁结。青霞之奇意:谓志向高远。 (35)修夜:长夜。不旸(yáng):不明。 (36)孤臣、孽子:古时指孤立无助的远臣和贱妾所生的庶子。危涕、坠心:即心危涕坠的倒文。 (37)迁客、流戍:指贬官和流放戍边的人。海上、陇阴:泛指荒恶边远地区。 (38)汩(yù)起:疾起。 (39)销落湮(yān)沉:消散湮灭。湮:埋没。 (40)叠迹、屯轨:车马之迹相叠加,言车马繁多。匝地:遍地。 (41)闭骨泉里:尸骨埋于九泉之下。 (42)绮罗:有花纹的丝织品,喻指穿着华丽的人。 (43)丘垄:坟墓。

【今译】望一望那平原旷野,蔓生的荒草缠绕着白骨,粗大的树木聚敛着死者的魂魄。人生到了这步田地,还有什么吉凶祸福可言?我本是含恨之人,看到这种景况,心中惊骇不已,由此念及古人,想到他们饮恨而死的情形。

秦始皇抚剑征讨,诸侯纷纷向西归顺;他平定了天下,统一了文字和制度。以华山为雄伟的城郭,以紫渊为深广的护城河。雄心勃勃,还将继续施展武力，以鼋鼍为桥梁，巡行东海以图扩张。没料想中途魂断，一命呜呼！

赵王迁被俘之后，流播到房陵。无论黄昏还是黎明，都心神不宁。他离别了艳丽的姬妾和美女，丧失了金玉制作的豪华车乘。想借酒浇愁，可悲恨填胸。千年万载呵，这哀怨都难以道尽！

李陵投降了匈奴，名辱身冤。他孤独无依，羞惭悲愤，拔剑击柱，无路可奔。一颗心、一片情，仍然系留在遥远的国门。他撕裂布帛，写成书信，想托鸿雁带回，誓将偿还汉恩。可人生如早上的露珠，何等短促，与苏武握手诀别，有说不出的悲恨！

王昭君远嫁塞外之时，仰天叹息。回头看皇宫已迢迢极远。向前望关山则遥遥无尽。忽然间狂风大起，西落的太阳也被遮蔽。孤雁零落，云色惨淡。想再见君王啊渺渺无期，终于葬身在他乡异域！

冯衍获罪之后，辞去官职，返归田里。他闭门谢客，不再出仕。与妻子做伴，哄逗幼儿，轻慢公卿，放纵文史。怀抱大志，难以实现，身葬黄泉，长恨不已。

嵇康被逮入狱，神情激昂。晚上饮一杯浊酒，清晨琴声悠扬，秋日的景象何等萧条，天上的浮云暗淡无光。他将高远入云的志向埋在心底，走进另一个世界，长夜茫茫！

另有孤臣孽子，迁客流人，怀着激切孤直的心，流着悲怆感伤的泪。他们只要一听见疾起的悲风，便止不住地泪如雨下，泣血沾襟；尝尽辛酸，含着悲叹，一个个消没湮沉！

至于昔日繁盛的车马，喧天的鼓乐，无不烟消云散，那些纵情享乐的人也化作了累累白骨，被幽闭在黄泉之下！

算了吧！春草枯黄了啊秋风惊起，秋风过了啊春草又生。豪华生活终结了啊池馆楼台都已倒塌，琴瑟歌舞沉灭了啊坟墓也已被时间夷平。自古皆有死，没有人不饮恨而吞声！

【点评】在异彩纷呈的中国文学史上，此赋（包括《别赋》）堪称首屈一指的悲文和美文。说它悲，是因为它将人生各种恨事都聚于一途，反复铺排，着力渲染，从而造成了一种极度悲凉凄怆的气氛；说它美，是因为它没有仅仅停留在人生恨事的描写上，而是将此诸恨提升到了不杂任何尘俗之念的艺术化高度，并赋予其一种深沉博大的哲理性情思，从而使人在反观人生苦难的同时，获得巨大的心理净化和悲美感受。开篇数语，以辽阔荒原为背景，以白骨、拱木为焦点，以人之生死问题为中心，展现出惊心动魄的悲凉画面和对比沉思的悲恨心理，提纲挈领，笼罩全篇。以下分就八类事详加铺排申论，将豪雄而死、幽囚而死、含冤而死、抱怨而死、不遇而死、被刑而死、困穷而死、荣华而死之诸种情形，统统归于一“恨”，有力地深化了题旨；而其行文声急调促，一气贯注，将悲情渲染到极致，不堪卒读。末段更一笔宕开，借春草与秋风的生灭递转，反衬出匆匆人生与永恒天道的实质性背反，令人于莫可言状的悲美感受中，去领略、体味、把玩那“自古皆有死，莫不饮恨而吞声”的更为广远的内在意蕴。

【集说】意谓古人不称其情，皆饮恨而死也。（《文选》李善注）

古意全失，然探奇搜细，曲有状物之妙，固是一时绝技。（孙矿评，见于光华《重订文选集评》）

略举大端，已足陨雍门之涕。（陆雨侯评，同上）

文通之赋，自为杰作绝思。若必拘限声调，以为异于屈、宋，则屈、宋何以异于三百篇也！（何焯《义门读书记》）

笔劲、气道、色新、韵古，非文通不能。（鲍桂星《赋则》）

此篇自《文选》与《别赋》并采，遂尔脍炙众口。……然则《别赋》乃《恨赋》之附庸而蔚为大国者，而他赋之于《恨赋》，不啻众星之拱北辰也。（钱钟书《管锥编》第四册）

（尚永亮）

别　赋

黯然销魂者，唯别而已矣[1]！况秦吴兮绝国[2]，复燕宋兮千里[3]；或春苔兮始生，乍秋风兮暂起[4]。是以行子肠断[5]，百感凄恻[6]。风萧萧而异响[7]，云漫漫而奇色。舟凝滞于水滨[8]，车逶迟于山侧[9]；棹容与而讵前[10]，马寒鸣而不息[11]。掩金觞而谁御[12],横玉柱而沾轼[13],居人愁卧[14],怳若有亡[15]。日下壁而沉彩[16],月上轩而飞光[17];见红兰之受露,望青楸之罹霜[18],巡层楹而空掩[19],抚锦幕而虚凉[20]。知离梦之踯躅[21],意别魂之飞扬。

故别虽一绪[22],事乃万族[23]。至若龙马银鞍[24],朱轩绣轴[25],帐饮东都[26],送客金谷[27]。琴羽张兮箫鼓陈[28],燕赵歌兮伤美人[29],珠与玉兮艳暮秋,罗与绮兮娇上春[30]。惊驷马之仰秣[31],耸渊鱼之赤鳞[32]。造分手而衔涕[33],感寂寞而伤神。

乃有剑客惭恩[34],少年报士[35],韩国赵厕[36],吴宫燕市[37];割慈忍爱[38],离邦去里[39];沥泣共诀[40],抆血相视[41],驱征马而不顾,见行尘之时起[42]。方衔感于一剑[43],非买价于泉里[44]。金石震而色变[45],骨肉悲而心死[46]。

或乃边郡未和[47],负羽从军[48];辽水无极[49],雁山参云[50]。闺中风暖,陌上草熏[51];日出天而耀景[52],露下地而腾文[53];镜朱尘之照烂[54],袭青气之烟煴[55]。攀桃李兮不忍别,送爱子兮沾罗裙。

至如一赴绝国,讵相见期[56]?视乔木兮故里[57],决北梁兮永辞[58]。左右兮魂动,亲宾兮泪滋[59]。可班荆兮赠恨[60],唯樽酒兮叙悲[61]。值秋雁兮飞日[62],当白露兮下时;怨复怨兮远山曲,去复去兮长河湄[63]。

又若君居淄右[64],妾家河阳[65],同琼珮之晨照[66],共金炉之夕香。君结绶兮千里[67],惜瑶草之徒芳[68]。惭幽闺之琴瑟[69],晦高台之流黄[70]。春宫閟此青苔色[71],秋帐含兹明月光[72],夏簟清兮昼不暮[73],冬釭凝兮夜何长[74]!织锦曲兮泣已尽[75],回文诗兮影独伤。

傥有华阴上士[76],服食还山[77],术既妙而犹学,道已寂而未传[78];守丹灶而不顾[79],炼金鼎而方坚[80];驾鹤上汉[81],骖鸾腾天[82],暂游万里,少别千年[83]。唯世间兮重别,谢主人兮依然。

下有芍药之诗[84],佳人之歌[85],桑中卫女,上宫陈娥[86];春草碧色，春水渌波[87]，送君南浦[88]，伤如之何！至乃秋露如珠，秋月如珪[89]，明月白露，光阴往来[90]；与子之别，思心徘徊。

是以别方不定[91]，别理千名[92]。有别必怨，有怨必盈；使人意夺神骇，心折骨惊[93]。虽渊、云之墨妙[94]，严、乐之笔精[95]；金闺之诸彦[96]，兰台之群英[97]；赋有凌云之称[98]，辩有雕龙之声[99]，谁能摹暂离之状，写永诀之情者乎？

【注释】(1)黯然：心神沮丧的样子。销魂：丧魂落魄。 (2)况：比况，比方。秦、吴：古国名，分别在今陕西、江浙一带。绝国：绝远的国家。 (3)燕、宋：古国名，分别在今河北、河南一带。 (4)乍：刚，初。 (5)是以：以是，因此。行子：离家远行的人。 (6)凄恻：哀伤。 (7)异响：不寻常的响声。 (8)凝滞：滞留。 (9)逶迟：缓行。 (10)棹(zhào)：船桨，此指船。容与：指迟缓不前。讵前：不前。讵：岂，哪里。 (11)寒鸣：凄凉的鸣叫。(12)掩：盖。觞：酒杯。御：用，指“喝”。 (13)横：横放，指搁置不用。玉柱：琴瑟上系弦的木柱，此指琴瑟等乐器。沾轼：泪滴车前横木。 (14)居人：留在家里的人。 (15)亡：失。 (16)沉：隐没。 (17)轩：楼上的栏杆。 (18)罹：遭受。 (19)层楹：高柱，指高大的房子。掩：指掩门。(20)虚凉：空自悲凉。 (21)离梦：指行人的思乡梦。踯躅(zhí zhú)：徘徊不前的样子。 (22)绪：情绪。 (23)族：类。 (24)龙马：高大的骏马。(25)轩：车。绣轴；彩饰的车轴。 (26)帐饮：置帐郊外设宴送别。东都：长安东都门。 (27)金谷：金谷园，西晋石崇在洛阳西北的别墅。 (28)羽：五音之一。一说指舞蹈用的鸟羽道具。张、陈：指演奏。 (29)燕赵：古诗有“燕赵多佳人”，此即指歌女佳人。 (30)珠、玉、罗、绮；都是指歌女的服饰。上春：初春。 (31)仰秣：马吃草时听到歌声而抬头。《荀子·劝学篇》：“伯牙鼓琴而六马仰秣。” (32)耸：惊动。鳞：指鱼。《劝学篇》：“瓠巴鼓瑟而流鱼出听。” (33)造：到。衔涕：含泪。 (34)惭恩：未能报恩而惭愧。 (35)报士：勇于报仇之士。 (36)韩国：指战国时聂政为严仲子报仇刺杀韩国宰相侠累一事。赵厕：指战国时豫让为智伯报仇，潜伏赵襄子厕所，欲行谋刺事。 (37)吴宫：指春秋时专诸为吴公子光在吴宫谋刺王僚事。燕市：指在燕国街市上饮酒高歌的荆轲为燕太子丹谋刺秦王而遇害事。

(38)慈:指父母。爱:指妻子。 (39)邦:国。里:乡里。 (40)沥泣:洒泪。 (41)抆(wěn):拭。血:指泪,极言悲怆之深。 (42)行尘:车马扬起的飞尘。 (43)衔感:衔恩感德。一剑:决心仗剑相报。 (44)买价:换取声价。泉里:黄泉之下,指死。 (45)金石:钟磬一类乐器。色变:面色改变。 (46)心死:指极为悲痛。 (47)或乃:或者是。未和:有战事。(48)负羽:带着弓箭等武器。 (49)辽水:今辽宁的辽河。极:边。 (50)雁山:今山西雁门山。参云:高耸入云。 (51)薰:香气。 (52)景:日光。 (53)文:指光彩。 (54)镜:动词,照。朱尘,即尘埃。 (55)袭:扑。青气:春天暖气,烟煴(yīn yūn):同"氤氲",蒸气氛霭。 (56)讵:岂。 (57)乔木:高树,比喻故乡。 (58)决:通"诀",诀别。梁:桥梁。 (59)滋:湿。(60)可:当。班荆:铺草木而坐。赠恨:诉说别恨。 (61)樽:酒杯。(62)值:正当。 (63)湄:水边。 (64)淄右:山东淄水西边。 (65)河阳:黄河北边。 (66)晨照:指旭日晨光。 (67)结绶:指做官。绶:系官印的丝带。 (68)瑶草:香草,喻居家少妇。 (69)惭:愧对。 (70)流黄:指黄色帷幕。 (71)春宫:指少妇居处。閟(bì):关闭。 (72)含:映照。 (73)簟(diàn):竹席。 (74)釭(gāng):灯。凝:指灯光黯淡。 (75)织锦曲:十六国前秦时,窦滔在外娶妇,冷落家妻苏蕙,蕙织锦为回文诗以叙衷情,感动了丈夫。 (76)傥有:或有。华阴:今属陕西。上士:修仙得道的人。 (77)服食:指服丹药以求长生。 (78)道已寂:道术高深。未传:未得真传。 (79)丹灶:道士炼丹的炉。顾:顾念人世。 (80)金鼎:炼丹炉。(81)汉:天汉银河。 (82)骖:骑。 (83)少别:小别。 (84)下:指人间。芍药之诗:《诗经·郑风·溱洧》:"维士与女,伊其相谑,赠之以芍药。"赠花表示相爱。 (85)佳人之歌:《汉书》载李延年歌:"北方有佳人,绝世而独立。" (86)桑中、上宫:均为男女相会的地方。《诗经·鄘风·桑中》:"期我乎桑中,要(邀)我乎上宫。"卫女、陈娥:泛指恋爱的少女。 (87)渌(lù):清澈。 (88)南浦:《楚辞·九歌·河伯》:"子交手兮东行,送美人兮南浦。"指男女话别的地方。 (89)珪:玉器,喻秋月的洁白。 (90)光阴:指月光露水辉映,骤暗骤明。 (91)方:情况。 (92)名:种类。 (93)心折骨惊:即心惊骨折,极言别情悲苦不堪。 (94)渊:西汉王褒,字子渊。云:西汉扬雄,字子云。都是著名辞赋家。墨妙:指文章的高妙。 (95)严:西汉严安。乐：西汉徐乐。都是汉武帝时有名的文士。（96）金闺：指汉长安金马门，为文人待诏、著作之庭。彦：士的美称。（97）兰台：汉宫藏书、论学、著述的地方。（98）凌云之称：《史记·司马相如列传》："相如既奏《大人》之颂，天子大悦，飘飘有凌云之气，似游天地之间。"（99）雕龙：比喻文辞华美，如雕镂龙文。

【今译】使人心神沮丧失魂落魄的事情，莫过于离别啊！况且秦、吴是那样绝远的国家，而燕、宋两地又相距千里。在绿苔始生的春季，或者凉风乍起的秋季，尤感凄切。因此，远行人肝肠痛断，百感交集，哀伤不已。风声萧萧异于平日，白云漫漫似觉变色。船儿在水边停滞，车子在山侧缓行；船桨迟缓哪能前行，马儿悲鸣声声不止。掩盖酒杯，谁还有心喝酒，搁置琴瑟而泪洒车轼。家中闺妇含愁闷卧，恍若有失。阳光顺墙下移隐没了光彩，月亮爬上楼头栏杆倾泻清辉；看那红兰缀满秋露，望那绿楸蒙上了白霜。巡绕空房高柱虚掩重门。抚摸着锦绣帷幕徒自悲凉。推想那在外人的梦魂徘徊不前，猜想他离别的心情也神魂不安。

所以，离别虽然是同一心绪，而分手的原因却千差万别。至于那些骑乘骏马银鞍者，或者乘坐华美车子的富贵者，他们在长安的东都门外设帐饯别，在洛阳金谷园里置宴送别。琴瑟箫鼓一齐演奏，歌女的随乐歌舞使佳人十分悲伤。她们佩玉戴珠在暮秋显得非常富艳，身着罗绮在早春显得格外娇丽。悲伤的歌声使马停止吃草而仰头静听，惊动得深渊的鱼儿也跳出水面聆听，到分手时含泪而别，同样感受到别离寂寞而伤神动情。

还有思恩图报的仗剑侠客，勇于报仇的青年之士，像刺杀韩相的聂政、谋刺赵襄子的豫让、吴宫行刺的专诸、燕市高歌的荆轲等壮士，他们辞别父母，割舍妻子，去国离乡。洒泪永别，拭泪相视。驱赶征马，头也不回地走了，只见路上扬起阵阵尘土。

有时边境烽起，战士们挎弓带箭奔赴前线。辽水宽阔无边，雁山高耸入云。家中春风和暖，路上草绿花香。春日丽天闪耀光辉，清露遍地闪烁着光彩；阳光照射红尘灿烂明亮，飘拂的雾气一片云烟。在攀桃折李的韶光里，不忍分别，送别丈夫从军，泪湿裙衫。

至于远赴异国，哪有相见的日子？远望高树含烟的故乡，在北边的桥梁上诀别告辞。仆从为之心感神动，亲朋也都悲伤泪流。当随地铺些柴草而坐诉别情时，唯有举起杯酒一叙分离的悲凉。正值秋雁南飞的日子，适逢白露遍地的时光；怨恨啊怨恨那遮断了视线的远山曲处，远行人走呀走呀沿着悠长的河边而去。

又如丈夫远居淄水东边，妻子住在黄河北边。曾经共同晨起装扮琼佩而照镜，傍晚在薰炉旁相对共坐。如今丈夫在千里之外做官，妻子叹惜虚度青春时光。愧对深闺琴瑟而无心抚奏。深掩黄色罗幕高台晦暗以免眺远伤怀，少妇庭院关闭着绿苔春色，秋天时的帐幕上映照着明月的清光，夏天守着清凉的竹席日长难熬，冬天对着昏暗的孤灯寒夜多么漫长！织锦织成诗啊泪流尽，凝视着回文诗啊对影独伤。

或有华山求道方士，服食丹药，深山为家。仙术高妙还在修炼，道行要深远未得真传。一心守着炼丹炉不思念人世，烧着丹炉意志正坚。他们乘坐白鹤飞上银河，骑着鸾鸟升腾中天。转瞬就可游行万里，短暂小别而世间已是千年，只是世间看重离别，辞谢主人升天时依然非常留恋。

世间有赠送芍药的情诗，有赞颂美人的歌唱，男女桑中幽会，上宫相约。当春草碧绿，春水泛波时，分手南浦水边，那是多么悲伤！至于到了秋天，清露如珠，明月如玉，月影露光，忽明忽暗，与情人相别，眷恋不舍。

所以离别的情况种种不一，分别的原因各式各样。总之一有离别必有哀怨，一有哀怨必然充心塞胸，使人意惨神凄，心惊骨折，悲伤至极。即使有扬雄、王褒的文才，有严安、徐乐的精妙的文笔，有金门文士的才华，有兰台群英的浩博，写赋有“飘飘凌云”般的美誉，文辞华美获得雕镂龙文的名声，但谁能描摹离别时刻的情状，叙写分手长别时的伤情！

【点评】《恨》《别》二赋，体制珠联璧合，运意大略相近，都是享有盛誉的名篇。江淹入仕前，久困窘于僚属，目睹刘宋后期王族相互斫杀，周旋于皇室逐权争位的旋涡。三十岁左右又丧妻夭子，世途人生的伤心悲怀层递累积，饮恨吞声的生死悲哀和意夺神骇的离愁别绪，既是“仆本恨人”，或化用一句“仆本怨人”的酸辛总结，亦是这个动乱时代酿造的社会苦难的概括反映。《别赋》内容的普遍性，则具有更强烈的感发力量。

如果说《恨赋》借古以慨今，《别赋》则是对现实不幸的直接体味，颠簸时代的泛滥人世的动荡苦水，淹浸于那么多的怅别者心中，横溢着流行性的悲凉。“黯然销魂”的默默咀嚼，“有别必怨，有怨必盈”的悲叹呼唤，“意夺神骇，心折骨惊”的悲恸震颤，分置首尾，浸透始终；扑面撞心而诵，难以言状而收，漫天遍地的哀情愁绪，凝成絮絮不尽世间惜别的悲歌。

借景生情、情注景中的诗化表现，铺排描绘出同属一别的种种环境、情事和氛围，精约而淋漓地烘托出不同人物的独特心理状态。豪华排场、张皇喧闹的富贵别，所带来的是乐往哀来寂寞伤神的分手“衔涕”；一往无前而弃生投死的侠客别，则“沥泣拉血”“色变心死”；塞外凄旷而内地风和日丽的从军别，又攀桃牵李依依不舍而泪“沾罗裙”；遥视故里，永无见期，唯有班荆樽酒，只能赠恨叙悲的绝国别，亲朋左右都“魂动泪滋”；夫仕千里，幽闺经年苦闷的伉俪别，却是别后一往情深的“泣尽独伤”；以及一意求仙，不问人间的方士，依然有“少别千年”的怅然；春水河畔，秋月光中，柔情绵绵似水，蜜意悠悠如波的恋人别，别是一番缠绵悱恻的“思心徘徊”。七种离别，围绕“黯然销魂”的焦点，一气铺排，真是“洒向人间都是怨”。种种离别，景况不同，情调各异。或以温煦氤氲的艳春衬托送子别夫的依恋之情，或以雁飞露下的衰秋以见永别的凄凉。离妇深闺独处而四季并见，恋人分别则春秋兼写。同是秋景：“值秋雁兮飞日，当白露兮下时”（顺说则是“值秋日兮雁飞”），衰飒凄清而又滞涩；而“秋露如珠，秋月如珪”，则晶莹爽润而又流畅，情景有别；同是伫立长望：“驱征马而不顾，见行尘之时起”，与“怨复怨兮远山曲，去复去兮长河湄”气氛情事俱异。种种离别，时有别时别后，人有送者行者。或单提一方，场面有单写人物活动或重在景物描写。景、事亦有虚有实，如“辽水无极，雁山参云”和“同琼佩之晨照，共金炉之夕香”，纯出于想象、回忆，以与内地或今日比照，衬出离别感伤。富贵、从军、伉俪三别，词采浓丽，重笔渲染，交错于侠客、绝国、方士之别的白描勾勒之间，呈现世俗人情的缤纷。各段结尾，每用情思沉重伤感语，写得处处“黯然销魂”，使世间诸多不幸意脉相连。整篇无论议论、叙写、描绘，笔端感情倾泻。事事设身处地，每出以离别者口气，景况即在眼前，别情如从己出，付出全部感情贯注于一人一事，一景一物。炼词炼意，精心结撰，美语佳句迭见。其中“春草碧色，春水渌波，送君南浦，伤如之何”，则又不加雕饰，“极自然，极幽秀，有渊涵不尽之致”（清人许梿语），最为人称诵，也是经此把《楚辞》偶然出现的“南浦”'

一化而为离别的“典型环境”，晚唐黄滔还有一篇《送君南浦赋》，专事渲染。

【集说】文法与《恨赋》同而气舒词丽，一起尤警。通篇只写“黯然销魂”四字。

赋家至齐、梁，变态已尽，至文通已几乎唐人之律赋矣。特其秀色，非后人之所及也。（何焯评，见于光华《重订文选集评》）

总起总收，中分七段平叙。情中有景，景中有情。或就春说，或就秋说，或合春秋、兼四时说。炼句各极其妙，而一起尤超拔，已制全局之胜，故通篇只发明“黯然销魂”四字。殆非五色笔不能。（李元度《赋学正鹄》）

《别赋》曰：“盖有别必怨，有怨必盈”，实即恨之一端，其所谓“一赴绝国，讵相见期”，讵非《恨赋》之‘迁客海上，流戍陇阴”耶？然则《别赋》乃《恨赋》之附庸而蔚为大国者，而他赋之于《恨赋》，不啻众星之拱北辰也。（钱钟书《管锥编》，第四册》）

这两篇赋（指《恨赋》《别赋》）的不少意思，都在《青苔赋》中有所表现；而《青苔赋》的后半篇，又与鲍照的《芜城赋》十分相似。……如“昼遥遥而不暮，夜永永以空长”与《别赋》“夏簟清兮昼不暮，冬釭凝兮夜何长”用意全同；“故其所诣必感”二句，又与《别赋》“有别必怨”二句相似。……《别赋》中“傥有华阴上士”一段，亦取意于鲍照《代升天行》。（曹道衡《汉魏六朝辞赋》）

（魏耕原）

谢朓

谢朓(464—499),字玄晖,陈郡阳夏(今河南太康)人。高祖谢据是东晋名相谢安的弟弟,他因"少好学,有美名,文章清丽"(《南齐书·谢朓传》),曾屡任萧齐藩王的文书之职,后任宣城太守、尚书吏部郎。因拒绝参与始安王萧遥光谋划的政变,被诬下狱而死。谢朓是"永明体"的创始人之一,诗与谢灵运齐名,人称"小谢"。明人辑有《谢宣城集》。

临楚江赋(1)

爰自山南,薄暮江潭(2),滔滔积水,袅袅霜岚(3)。忧与江兮竟无际,客之行兮岁已严(4)。尔乃云沉西岫(5),风荡中川(6);驰波郁素(7),骇浪浮天。明沙宿莽(8),石路相悬。于是雾隐行雁(9),霜眇虚林(10),迢迢落景(11),万里生阴。列攒笳兮极浦(12),弭兰鹢兮江浔(13)。奉玉樽之未暮(14),飡胜赏之芳音(15)。愿希光兮秋月(16),承永照于遗簪(17)。

【注释】(1)本赋见于《初学记》。当是谢朓离开随王萧子隆的荆州府回京时所作,荆州古属楚国,故将流经此地的长江称为楚江。谢朓在随王府以文才见重,长史王秀之担心他挑动随王,有所图谋,密奏武帝,于是武帝命他还都。 (2)江潭:江边。 (3)霜岚:寒冷的雾气。 (4)岁已严:一年已到腊月。严,严月,农历十二月的别称。 (5)西岫:指西山。 (6)中川:江面之中。 (7)郁素:堆积起白色的浪花。郁,堆积。素,白色,指白色的浪花。 (8)宿莽:草名,经冬不死。 (9)行雁:空中飞行的雁阵。 (10)眇:同"渺",模糊不清。虚林:空林。 (11)落景:落日。 (12)列攒篇:排列聚集丝竹。篇,古管乐器,此泛指乐器。极浦:遥远的水边。 (13)弭:停止。兰:用兰木制成的船。鹢:水鸟名,古时绘首于船头,故称。江浔:江边。(14)奉:捧。樽:酒器。 (15)飡:同"餐",犹言听。胜赏:美妙的欣赏。(16)希光:希企仰仗他人的光辉。 (17)遗簪:《韩诗外传》:"妇人曰:'乡者刈蓍薪而亡吾蓍簪,吾是以哀也。'弟子曰:'刈蓍薪亡蓍簪,有何悲焉?'妇人曰:'非伤亡簪也,盖不忘故也。'"后以此比喻不忘故旧。

【今译】我从山南而来,黄昏到达长江之滨。江水滚滚奔流,寒雾当空弥漫。我的忧思像这江水无边无际,时至岁末还要上路旅行。这时云霓沉聚于西山,朔风激荡于江心。急流翻卷白色的浪花,巨浪汹涌直冲空中。洁净的沙洲生长着宿莽,并在道路两旁悬挂。浓雾隐没了云霄的雁阵,霜华使远处的树林迷蒙不清。太阳遥遥落山,万里一片阴暗。在水滨排列起管乐,还把兰木舟靠停。趁天色未黑举起贤王送行的酒杯,把美妙的音乐聆听。我真希望贤王秋月般的光辉,永远照耀着故旧之身。

【点评】谢朓诗以清新流丽著称于世,所作赋并不多,但赋的风格与诗颇相近。本赋虽然为惜别而发,赋中景物描写却占有很大的比重,是一篇以描写山水景物为主的小赋。作者对岁暮黄昏的江边景色着力加以描绘,不仅写滔滔大江在西风激荡下"驰波郁素,骇浪浮天"的壮观景象,也写了黄昏时分"云沉西岫""迢迢落景"的斜晖夕照,其间穿插点缀着霜岚、明沙、宿莽、行雁、虚林等景物,色彩鲜明,境界开阔,刻画精细,清新秀美,宛如一幅山水图卷,也似一首山水诗,给人难忘的印象。谢朓写景并非仅限于模山范水,往往能融情入景，借景抒情。本赋中虽也直抒“忧与江兮竟无际”的胸臆，写景物都置于“岁已严”的自然背景下，寒雾的弥漫，朔风的激荡，日落后的阴暗，天空中的雁阵，都给人一种萧瑟悲凉之感，流露出作者凄婉的心绪以及恋恋难舍的感情。景中有情，情景一体，赋的抒情程度大大提高，艺术感染力自然也得到增强。

【集说】此赋当是谢朓离开随王府（在荆州）回京时所作。他在随王府以文才“尤被赏爱，流连晤时，不舍日夕”（《南齐书》本传）。长史王秀之担心他挑动随王，有所图谋，密奏武帝，于是武帝命他还都。故他离开时感情激动，累发之于吟咏。此赋虽以写景为主，依依惜别之情也是浸润于字里行间的。（马积高《赋史》）

（高飞卫）

吴均

吴均(469—520),字叔庠,吴兴故障(今浙江安吉西北)人。出身寒素,仕途上很不得意。曾为吴兴太守柳恽主簿,建安王伟记室,补国侍郎,入为奉朝请。撰《通史》,未就而卒。吴均诗文多描绘山水景物,“文体清拔有古气”(《南史·吴均传》),时人效仿之,称为“吴均体”。明人辑有《吴朝请集》。

吴城赋[1]

古树荒烟,几千百年,云是吴王所筑,越王所迁[2]。东有铸剑残水[3],西有舞鹤故廛[4]。萦具区之广泽[5],带姑苏之远山[6]。仆本蓄怨,千悲亿恨。况复荆棘萧森,丛萝弥蔓[7]。亭梧百尺,皆历地而生枝;阶筠万丈[8],或至杪而无叶[9]。不见春荷夏槿[10],唯闻秋蝉冬蝶。木魅晨走,山鬼夜惊[11],不知九州四海,乃复有此吴城!

【注释】(1)吴城:即今江苏苏州,相传为春秋时吴王阖闾所建,为吴国的都城。 (2)越王所迁:越王勾践于公元前473年灭掉吴国。迁,变易,变迁。 (3)铸剑残水:指位于苏州虎丘下的剑池。吴王阖闾死后葬于虎丘,吴人在剑池铸鱼肠、扁诸等宝剑各三千以殉葬。 (4)舞鹤故廛:《吴越春秋》:吴王阖闾小女因食蒸鱼而死,阖闾痛之,葬于都西阊门外,乃舞白鹤于市中,万人随观。廛:本指城市内百姓的房宅,这里指市区。 (5)具区:今之太湖。 (6)姑苏:山名,在苏州西南,山上有姑苏台,相传为吴王阖闾所筑。 (7)丛萝:丛生的杂草。萝,藤科类植物。 (8)阶�:沿台阶而生的竹子。筠:竹子的别称。 (9)杪:末梢。 (10)槿:树名,其花朝开夕凋。(11)木魅:树木之精灵。

【今译】老树阴森,烟雾凄迷,已经历了近千年的时光,人们说这就是吴王阖闾建筑,越王勾践灭掉的吴国都城。东边有当年铸剑的剑池,西边是白鹤起舞的街区。浩瀚的太湖将它环抱,遥远的姑苏山像是一条襟带。我本来已蓄积幽怨,心中充满千万种悲愤。况且又面对荆棘萧条衰飒,杂草蔓延丛生。亭台边高耸的梧桐,在地上杂乱生枝;台阶前修竹,有的到梢端竟无叶。看不到春天的荷叶,夏日的槿花,只听见秋蝉的哀鸣,冬蝶的微吟。清晨树木的精灵忽闪忽现,入夜山谷中的鬼怪令人心惊。我不知道普天之下,竟然还有像吴城这样荒凉的古城!

【点评】千百年来,吊古伤怀一直是一个中国封建文人热衷的文学主题,出现过不少的名篇佳作,本赋也属于此。赋中所凭吊的是著名的古都姑苏,开首以"古树荒烟,几千百年"领起,使人们对吴城的景象有一个总体印象,二句破空而来,语势不凡。然后才道出"吴王所筑,越王所迁"的巨大变迁,看似漫不经心,其中已包含了作者历史兴废的沉痛感情,带出赋中的"千悲亿恨"。作者没有写古城的断墙残垣,青磷白骨,而是紧紧扣住荒芜的特点来极力表现:荆棘丛生,杂草蔓延,梧桐旁生枝丫,枯竹高不见叶;没有赏心悦目的春荷夏槿,有的是寒蝉冬蝶的哀鸣,木魅山鬼的闪现,最后逼出"不知九州四海,乃复有此吴城"一句,更加显示了荒凉破败的程度。作者并不一味写吴城之荒芜,也写到它的历史古迹和山川形胜;东有铸剑之池,西有舞鹤街市,太湖环绕,远山襟带。这些富于浪漫色彩的古迹与优美的山水景色，与眼前的荒芜形成极鲜明的对照，兴亡之叹愈加深广。整篇赋虽然短小，但相当集中凝练，情感沉痛，耐人寻味，与鲍照《芜城赋》有异曲同工之妙。

【集说】此赋吊古伤今，颇与鲍照的《芜城赋》相似。然鲍赋的抒情写景都有铺张和夸饰之处，多少保存了一些西汉赋的遗风；此赋则寥寥短章，与抒情赋和抒情小品文无二致了。其佳处在只稍事点染，而情致宛然，留有余不尽之意。这正是齐梁小赋作者所追求的艺术境界，只是吴均之作在简练中又饶有风力罢了。（马积高《赋史》）

（高飞卫）

何逊

何逊(?—518),字仲言,东海郯(今山东郯城西)人。出身于世宦家庭,曾祖何承天为刘宋时著名学者,祖、父也都仕于宋、齐,但仍为寒素之家。他八岁能赋诗,二十岁举为州秀才,受到当时文坛名流沈约、范云的称赏。曾任梁奉朝请,尚书水部郎,后为庐陵王记室。其诗清新,与阴铿齐名,有《穷鸟赋》一篇,见《初学记》。

穷乌赋

嗟穷乌之小鸟[(1)],意局促而驯扰[(2)]。声遇物而知哀,翮排空而不矫[(3)]。望绝侣于霞夕[(4)],听翔群于月晓。既灭志于云霄[(5)],遂甘心于园沼[(6)]。时复抢榆决至[(7)],触案穷归[(8)];若中气而自堕[(9)],似惊弦之不飞[(10)]。同鸡埘而共宿[(11)],啄雁稗以争肥[(12)]。异海鸥之去就[(13)],无青鸟之是非[(14)]。岂能瑞周德而丹羽[(15)],感燕悲而素晖[(16)]。虽有知于理会[(17)],终失悟于心机[(18)]。

【注释】(1)穷乌:穷途无路之乌鸦。 (2)局促:窘迫。驯扰:驯顺。扰,顺。 (3)翮:羽茎,指鸟翼。排空:凌空。矫:高举。 (4)绝侣:离己而去的伴侣。 (5)灭志:丧失志气。 (6)园沼:园林和池沼。 (7)抢榆:越过榆树。抢:撞。决至:迅速到达。决(jué),快疾貌。 (8)触案:跌落在飞行极限之处。案:界限。 (9)中(zhòng)气:遭遇云气。 (10)惊弦:鸟类惊惧于猎人的弓弦。 (11)鸡埘:鸡窝。埘(shí):墙壁上挖洞做成的鸡窝。 (12)雁稗:雁食。稗,生于稻田的杂草,其籽野鸟常以为食。 (13)"异海鸥"句:古时有一爱好海鸥的人,每旦之海上,从鸥鸟游,鸥鸟之至者百往而不止,其父曰:'吾闻鸥鸟皆从汝游,汝取来,吾玩之。'明日之海上,鸥鸟舞而不下也。鸥鸟能就其所爱,却其所恶,任性自适,而"穷乌"是做不到的,故曰"异海鸥"。 (14)青鸟:神话故事中西王母的使者。是非:辨别是非。(15)瑞周德:为国家作为祥瑞的征兆。周德,据秦汉方士以金、木、水、火、土五行相生相克的说法,周代为火德,这里指国家的兴盛。丹羽:使羽毛变红。 (16)燕悲:《史记·刺客列传》载荆轲受燕太子丹之重托,赴秦行刺秦王,太子及宾客皆白衣冠送于易水之上,荆轲慷慨悲歌:"风萧萧兮易水寒,壮士一去兮不复还。"这是指国家的衰亡。素晖:白色的光,指身穿白色的丧服。 (17)理会:内心的想法与之相一致。 (18)心机:心思,谋虑。

【今译】可叹这穷途末路的乌鸦,意气窘迫而驯顺。遇物受惊便发出哀鸣,展翅飞翔却不能高举。黄昏时望着离己而去的伙伴,清晨里聆听群鸟掠过的鸣声。翱翔高空的志向已经丧失,甘心情愿在园林池沼低徊。偶尔飞起穿过榆树,限于气力跌落在地。就像中风坠落,也如惊弓胆怯。和鸡共同栖息,与雁争夺食物。没有海鸥那样任性自适,不像青鸟那样明于是非。既不能使羽毛变红作为国家祥瑞的征兆,又怎能着素衣为国家衰亡而悲悼。虽然对自己的处境有所认识,但终因困于心思不能自拔。

【点评】这是一篇咏叹穷乌命运的小赋,表面上是写乌之穷困、凄苦,实则借题发挥,抒发自己仕途的潦倒失意。作者从乌之"意局促而驯扰",逐次铺开,展示乌之悲凉心境。它既离群体,又失伴侣,形单影只,孤苦伶仃;铩羽青云,低徊园沼,力图高飞,气力不济;与鸡共宿,同雁为伍,实在是令人同情可怜。作者还从思想和心理方面进行深入的表现:它不能任性自适,无法明辨是非,国家的兴衰都与己无干。进退两难,但又无法解脱,十分苦闷。使穷鸟这一形象寄托了作者的身世之感,使主题深化,内容昭然。人们可以从穷鸟的形象上感受到作者屈沉下僚的愤懑不平,以及进退维谷的苦闷与辛酸。作者长于比兴,深于寄托,赋予穷鸟一种象征意义,十分容易引起古代失意文人的共鸣。作者写穷鸟实出于宣泄内心苦闷,故辞情哀婉沉痛,凄楚动人。

【集说】据旧史载,何逊与吴均都曾一度为梁武帝所赏识,后来因事失意,被萧衍说成"吴均不均,何逊不逊"。何逊此赋盖作于此时。他以穷鸟自况,自悲屈沉下僚,与鸡、雁为伍,故情辞甚为凄苦。后两句尤能深刻地表现封建时代的失意知识分子内心的矛盾和苦闷。(马积高《赋史》)

(高飞卫)

袁翻

袁翻(475—528),字景翔,北魏陈郡项(今河南项城市东北)人。他少时即以才学擅美当世。因为援荐,官职由奉朝请一直做到将军、光禄大夫、州刺史、中书令、尚书等职,参议朝政,颇受灵太后赏识。但政绩不大,且独善其身,排抑后进,为论者所鄙。孝庄帝建义初,遇害于河阴,年五十三岁。翻在当时文坛,颇负重名,所著文章百余篇,大多亡佚。

思归赋

日色黯兮,高山之岑(1)。月逢霞而未皎,霞值月而成阴。望他乡之阡陌(2),非旧国之池林。山有木而蔽月,川无梁而复深(3)。怅浮云之弗限,何此恨之难禁。于是杂石为峰,诸烟共色。秀出无穷,烟起不极。错翻花而似绣,网游丝其如织。蝶两戏以相追,燕双飞而鼓翼。怨驱马之悠悠,叹征夫之未息!

尔乃临峻壑,坐层阿(4)。北眺羊肠诘屈(5),南望龙门嵯峨(6)。叠千重以耸翠,横万里而扬波。远猝鼯与麏麚(7),走鳐鳖及龟鼍[8]。彼暧然兮巩洛[9]，此邈矣兮关河。心郁郁兮徒伤，思摇摇兮空满。思故人兮不见，神翻覆兮魂断。断魂兮如乱。忧来兮不散。俯镜兮白水，水流兮漫漫。异色兮纵横，奇光兮烂烂。下对兮碧沙，上睹兮青岸。岸上兮氤氲[10]，驳霞兮绛氛[11]。风摇枝而为弄，日照水以成文。行复行兮川之畔，望复望兮望夫君。君之门兮九重门，余之别兮千里分。愿一见兮导我意，我不见兮君不闻。魄惝恍兮知何语？气缭戾兮独萦缊[12]。

彼鸟马之无知，尚有情于南北[13]。虽吾人之固鄙[14]，岂忘怀于上国[15]？去上国之美人，对下邦之鬼蜮[16]。形既同于魍魉[17]，心匪殊于蟊贼[18]。欲修之而难化，何不残之云克[19]。知进退之非可，徒终朝以默默[20]。愿生还于洛滨，荷天地之厚德[21]。

【注释】(1)岑：山尖。 (2)阡陌：本指纵横交错的田间小路，此处指代田野。 (3)梁：河桥。 (4)层阿：重叠的山岭。 (5)羊肠：阪名，在今山西晋城附近。 (6)龙门：指洛阳南之龙门。 (7)狎(huī)：猿类动物。鼯(wú)：鼠名，形似蝙蝠，能在林中滑翔，故俗称飞鼠。麇(jūn)：兽名，即獐。麝(shè)：兽名，又名香麝。似鹿而小，无角，灰褐色，腹部有香腺，属名贵药材。 (8)鳐(yáo)：鱼名，即文鳐鱼。鼍(tuó)：爬行动物，又名猪婆龙，或称扬子鳄。 (9)暧然：模糊不甚清楚的样子。巩洛：指今河南巩义市与洛阳。 (10)氤氲：云烟弥漫貌。 (11)驳霞：斑驳的云霞。绛氛：紫气。(12)缭戾、萦缊：同为回旋盘绕之意。 (13)《古诗十九首·行行重行行》："胡马依北风，越鸟巢南枝。"意为北地的马和南方的鸟都知依恋乡土。(14)固鄙：见识鄙陋。 (15)上国：京都。 (16)下邦：指相对京都的地方。鬼蜮：比喻村野乡民。 (17)魍魉：怪物。 (18)蟊贼：危害国家的人。 (19)残：杀。克：制胜于对方。 (20)终朝：本指早晨，此指整天。(21)荷：承受。

【今译】日色黯淡啊，高山挡住了它的光线。云彩遮住了月亮的素辉，明月如水愈显云霞阴沉。眺望着异乡的田野道路，收入眼底的并非故国的城池园林。山上高高的树遮蔽了月光，河上无桥更觉流急水深。怅叹天上的浮云无边无际，为何心中的憾恨无法禁止。于是杂乱的崖石堆叠成山峰，各种云烟缭绕共成一色。美秀无穷，烟云无尽。花儿翻飞宛若刺绣，游丝成网如同织锦，蝶儿嬉戏两两相追，燕子振翅双双奋飞。抱怨驱马赶路行程遥远，叹息旅人疲乏无法停歇！

接着登临高山深谷，停坐于层叠的山冈之上。北眺弯弯曲曲的羊肠阪径，南望崔巍高峻的龙门山冈。峰峦千重郁郁苍苍，长河万里浪涛汹涌。山上各种动物在远处走动，河中鱼鳖龟鼍游戏碧波。那边若隐若现的是巩县洛阳，这边遥远的地方是关山黄河。心情沉重啊徒自悲伤，心潮翻滚啊白白思量。想念亲朋啊见不到，神情恍惚啊梦魂断。梦魂断啊如乱麻，忧愁缠身啊驱不散。往下看啊白水如镜，水长流啊无端无涯。异色啊纷呈，奇光啊灿烂。面对啊脚下青绿的沙石，目睹啊上面黑色的崖岸。河岸之上啊云烟弥漫，彩霞斑斓啊紫气一片。微风摇动着树枝好似在游戏，日光下彻水面闪耀着涟漪。走一程啊又一程仍在河边上，望一遍啊又一遍总想望见君王。君王的大门啊九重深，此一别啊隔千里。愿见他一面啊表达我心意，见不到君王啊君不知我心。神魂恍惚啊不知说了些什么，满腹怨气啊缠绕我心。

那些鸟呀马呀虽然无知，尚且多情留恋故土。即使我这人见识浅陋，那能忘记了京都。离开了京都的美人，面对地方的村野粗民。他们的外貌如同怪物，他们的心思与蟊贼无异。想修治他们而难施教化，何不杀掉他们以为胜策，明知宦海沉浮身不由己，徒自整天忧愁寡语。但愿能够活着回到洛阳，也算是承受了天地的大恩厚德。

【点评】据《魏书》本传载，袁翻这篇赋作于熙平初年(516)。那时，他“除冠军将军廷尉少卿，寻加征虏将军，后出为平阳太守。翻为廷尉，颇有不平之论，及之郡，甚不自得，遂作《思归赋》。”为何“甚不自得”，难以知晓，但有一点是肯定的，这就是他做惯了安闲的朝廷官，而不愿做辛劳的地方官。为此，他忧愁满腹，消极悲观，情绪低落几至颓唐，大呼小叫地闹着要回京都。他对辖区内的民众抱着轻蔑乃至敌视的态度，骂之不够，直欲杀之，难怪民众被迫要做“蟊贼”了。这不正好说明哪里有压迫，哪里就有斗争的真理么！在这种社会环境中，他又怎能“自得”呢？个人心胸的狭小和世界观上的偏见，构成了此赋思想内容上的严重缺陷。但在艺术上自有其长处。首先是景色的描绘细腻逼真，传神尽相。无论是天上的月色、月光、烟霞、微风，还是地上的冈岑、河流、林木、动物等，都能以简洁准确的语言传达出其色彩与情态，令人赏心悦目，步入佳境。其次是反衬手法的巧妙运用。作者笔下的景物多为“乐景”，而行文的感情基调则是郁悒的，两者相容，在反差中愈能凸现复杂的心理，提高了抒情效果。唯其如此，才使此赋在众多的思归怀乡作品中独具面目。

【集说】袁翻的《思归赋》则纯属抒情，在艺术手法上明显模仿鲍照和江淹，在北朝赋中较为少见。……其虽有明显化用《楚辞》句子的地方，然辞藻华美，音节和谐，毕竟在北魏辞赋中是比较突出的。（曹道衡《汉魏六朝辞赋》）

（杨希武）

元顺

元顺(496—528),字子和,出身北魏皇室。祖父元云、父元澄先后为任城王。其性謇谔,淡荣利,为官清廉,直言敢谏。官至右光禄大夫转兼左仆射。在统治集团内部互相倾轧的争斗中,为陵户鲜于康奴所害。临终,“家徒四壁,无物敛尸,止有书数千卷而已”。曾撰《帝录》二十卷,诗赋表颂数十篇,多亡佚。今唯存《魏书》所录《蝇赋》一篇。

蝇　赋[1] 并序

余以仲秋休沐[2],端坐衡门[3],寄想琴书,托情纸翰[4],而苍蝇小虫往来床几,疾其变白[5],聊为赋云:

遐哉大道,廓矣洪氛[6]。肇立秋夏,爰启冬春[7]。既含育于万姓,又刍狗而不仁[8]。随因缘以授体,齐美恶而无分[9]。生兹秽类,靡益于人[10]。名备群品,声损众伦[11]。歁胫纤翼,紫首苍身[12]。飞不能迥,声若远闻[13]。点缁成素,变白为黑[14]。寡爱兰芳，偏贪秽食。集桓公之尸，居平叔之侧(15)。乱鸡鸣之响，毁皇宫之饰(16)。习习户庭，营营榛棘(17)。反复往还，譬彼谗贼(18)。肤受既通，谮润罔极(19)。缉缉幡幡，交乱四国(20)。于是妖姬进，邪士来，圣贤拥，忠孝摧(21)。周昌拘于牖里，天乙囚于夏台(22)。伯奇为之痛结，申生为之蒙灾(23)。《鸱鸮》悲其室，《采葛》惧其怀(24)。《小弁》陨其涕，灵均表其哀(25)。自古明哲犹如此，何况中庸与凡才。

若夫天生地养，各有所亲。兽必依地，鸟亦凭云。或来仪以呈祉，或自扰而见文(26)。或负图而归德(27)，或衔书以告真。或夭胎而奉味，或残躯以献珍(28)。或主皮而兴礼，或牢豢以供神(29)。虽死生之异质，俱有益于国人。非如苍蝇之无用，唯构乱于蒸民(30)。

【注释】(1)《蝇赋》作于北魏孝明帝在位期间。当时，朝政混乱，灵太后男宠郑俨与中书舍人徐纥互相勾结，“参断机密，势倾一时”。起初，城阳王元徽慕元顺才名，互相结纳。而广阳王元渊奸元徽妻于氏，嫌隙以生。元渊自定州被征，入为吏部尚书，兼中领军。元顺拟写诏书，文辞颇优美，元徽便怀疑元顺是元渊的亲信，于是就和徐纥一起在灵太后面前说元顺的坏话，出元顺为护军将军、太常卿。元顺痛恨元徽、徐纥的离间行为，遂作《蝇赋》以讽。 (2)仲秋：指农历八月。休沐：指官吏休假，言休息以洗沐也。 (3)衡门：横木为门，喻简陋的居处。 (4)纸翰：借指文墨。翰，毛笔。 (5)变白：变告，指向朝廷上书告发谋反之事。 (6)遐：远。廓、洪：均为广大貌。 (7)肇：开始。爰：于是，就。 (8)含育：包容养育。刍狗：草和狗。喻轻贱无用的东西。 (9)因缘：机缘。 (10)兹：这，这种。靡：没有。 (11)群品：众类。 (12)攲(qī)：斜。胫：小腿。 (13)迥(jiǒng)：远。 (14)缁(zī)：黑。素：白。 (15)桓公之尸：据《史记·齐世家》，齐桓公病，五公子争立。及桓公卒，遂相攻，以故宫中空，莫敢棺。桓公尸在床上六七十日，尸虫出于户。 (16)乱：淆乱，扰乱。饰：饰物。 (17)习习、营营：皆拟蝇飞之声。榛棘：指草木丛杂之地。 (18)谗贼：邪恶之人。 (19)肤受：不实之词，指谗言。谮润：指受谗毁的影响。 (20)缉缉：私语貌。幡幡：翻动貌。四国:四方。 (21)拥:挤,被排挤。 (22)周昌:周文王姬昌,因反纣王暴政而被囚于羑里。天乙:商汤王。夏台:夏朝监狱名。 (23)伯奇:周伊吉甫子,为后母所谗,被逐。痛结:痛心郁结。申生:晋献公太子,公子重耳异母兄,郦姬之乱,为骊姬用毒酒毒死。 (24)鸱鸮(chī xiāo):猫头鹰。《诗·豳风》有《鸱鸮》篇,旧说因武王崩,成王幼,周室有危,周公“悲其室”,摄政靖乱,作此诗向成王明志。采葛:《诗·王风·采葛》序言“采葛,惧谗也”,指周桓王时朝政混乱,进谗风盛,众臣畏惧。 (25)小弁(biàn):《诗·小雅·小弁》序言“小弁,刺幽王也,太子之傅作焉”。指周幽王信褒姒之谗言,放逐了太子宜臼。灵均:屈原的字。屈原遭谗,被逐,作《离骚》以表其哀。 (26)来仪:《尚书》有“凤凰来仪”句,后以“来仪”代指凤凰。(27)负图:儒家传说有河出图和洛出书。《尚书·洪范》伪孔《传》:“天与禹,洛出书。神龟负文而出,列于背,有数而至于九。禹遂因而第之以成九类常道。” (28)夭胎而奉味:指易牙烹其子以献齐桓公之事。残躯以献珍:指卞和献玉之事。 (29)主皮而兴礼:指弦高犒师之事。 (30)蒸民:众人,百姓。

【今译】我在仲秋时节度假,在寒舍正坐,想以琴声和笔墨来寄托自己的情思,可是苍蝇一类小虫在我的床前桌旁飞来飞去。我痛恨这谗佞之类的恶行,便作了这篇赋:

寥廓啊宇宙,广阔啊天宇,大自然广漠无边。开始产生秋夏,也就开始了冬春。大自然既养育了万物生灵,也育养了狗和不仁不义的一类。苍蝇得机缘而有了蝇体,这世上就美恶并存而不分。造就这污秽的东西,对人实在无益。按名分备列众物,声誉却有损众类。你看它,歪斜的小腿,细小的翅膀,紫色的头,黑色的身。虽飞不远,可嗡嗡声远远就能听到。染黑为白,变白为黑。不爱芳香之物,专喜污秽之食。群集在齐桓公的腐尸之上,围绕在平叔的身旁。扰乱了雄鸡鸣啼之声,玷污了皇宫精美的饰物。在庭院中,在草木丛杂的地方嗡嗡聒噪,飞来飞去,就像那谗佞之人。谗言既然畅通无阻,受谗言的影响就没有个边际。窃窃私语,上下翻飞,闹得天下不宁。于是妖女和邪佞之徒进了朝廷,而圣贤忠孝之臣却被排挤在外。周文王就被殷纣王囚禁在羑里监中，商汤王也曾被夏桀囚禁在夏台监狱。伯奇因遭谗离家而痛心郁结，申生也因遭谗蒙受被逐之灾。《小弁》叙太子宜臼遭谗被逐而落泪，屈原作《离骚》抒其受谗被逐之哀伤。自古圣明贤哲尚遭此厄运，何况一般的人臣！

那天地养育的万物生灵，各有所亲，兽类离不开地，鸟类离不开云。有的像凤凰呈现福祥，有的如孔雀好自劳扰开屏显示纹彩。有的像神龟背负图而出以象征天下升平。有的如青鸟衔信以告真情。有人烹子而献给君王，有人身残还进献稀世之玉。有人献牛皮阻止敌人进犯以兴邦国之礼，有人用牛羊供奉神灵。虽然死去和活着的本质并不相同，但对国人都还多少有些益处。不像苍蝇那样无用，只会给万民带来灾祸。

【点评】此赋由苍蝇形态之污秽，行为之恶劣，痛斥那些"缉缉幡幡，交乱四国"的谗佞之臣，且以历史上众多圣贤明哲遭谗蒙灾的典故证其危害之大，令人对"唯构乱于蒸民"的苍蝇之类深恶痛绝。此赋虽较少文采，然平实的文字中所表现出来的憎恶邪佞的感情却是强烈而感人的。当然，此赋亦有美中不足之处。《蝇赋》由元顺的私怨而起，而且他所言所行都是为了维护北魏政权，这就在思想内容上有了一定的局限性。另外，元顺把"或夭胎而奉味"归之于"俱有益于国人"一类，令人不敢苟同。

【集说】现在可以见到的北魏辞赋数量不多，艺术成就亦不如南朝。但北魏有些赋却能对现实有所讥刺，如元顺的《蝇赋》、卢元明的《剧鼠赋》等，都借物喻人，颇有意义。……此赋多四言句，较少文采，内容是讥刺谗佞乱政，显系针对北魏明帝时朝政混乱而发。（曹道衡《汉魏六朝辞赋》）

（李方正）

萧子晖

萧子晖(生卒年不详),字景光,兰陵(今江苏常州西北)人。祖父即齐高帝萧道成。齐梁易代,梁武帝因萧衍与萧道成同族,出于新政权"盘石未固"的考虑,而对萧齐宗室视为"旧人","情同一家"(《梁书·萧子恪传》),未加诛灭。他和《南齐书》的作者萧子显等兄弟十数人,并仕梁。位虽不显,颇具文名。恬静好学,所作《讲赋》,为文辞富艳的萧衍所称赏。今存《冬草》《反舌》二赋,俱见《艺文类聚》。

冬草赋

有闲居之蔓草,独幽隐而罗生[(1)]。对离披之苦节[(2)],反蕤葳而有情[(3)]。若夫火山灭焰[(4)],汤泉沸泻[(5)]。日悠扬而少色[(6)],天阴霖而四下[(7)]。于时直木先摧[(8)],曲蓬多陨[(9)]。众芳摧而萎绝,百卉飒以徂尽[(10)]。未若兹草,凌霜自保。挺秀色于冰涂[(11)],厉贞心于寒道[(12)]。已矣哉,徒抚心其何益?但使万物之后凋,夫何独知于松柏[(13)]!

【注释】(1)罗生:丛生。 (2)离披:散乱,凋落。苦节:苦寒的季节。 (3)蕤葳(ruí wēi):也作葳蕤,枝叶旺盛披垂。 (4)灭焰:疑当作"焰灭",以与"沸泻"作对。(用瞿蜕园说) (5)沸泻:腾涌奔泻。 (6)日悠扬:意谓阳光微弱邈远。 (7)阴霖四下:阴霾低沉。 (8)直木:高树。(9)曲蓬:小草。曲,细小。陨:凋落。 (10)徂(cú):徂落,凋谢。 (11)涂:通"途"。 (12)厉:振奋。 (13)此二句化用《论语·子罕》"岁寒,然后知松柏之后凋也"语。

【今译】有一片悠闲的蔓草,独自幽静隐耀地丛生。面对草木凋零的寒季,反而枝叶披垂富有生机。至于火山炽焰熄灭,温泉愈显沸腾奔泻;冬日高远黯然无光,天气阴沉笼罩四方。在这时高树先逢凋零,小草多半残折。群花摧败枯萎,众卉衰落净尽。不像这蔓草,冲霜自生。挺展绿秀于冰路,振奋节操于寒道。停止赞美了吧!空自拍胸慨叹有什么益处?假使各种草木都能经冬不凋,那怎么能知道傲寒斗霜独有松柏!

【点评】自《招隐士》"春草生兮萋萋"以后,历代诗赋歌咏春草者不绝,然而冬日的草却很少为人注目。这篇小赋专写冬草,可以说是"挺秀色"于赋史了。作者没有对它作正面的铺排描写,只是略略点化葳蕤于风霜的勃勃生机和"挺秀色于冰涂,厉贞心于寒道"的倔强精神,而重点渲染"离披苦节"酷寒凋残的自然条件。火山、温泉的反常变态,冬日、天气的黯然阴沉。着墨无多,寒意凛冽。复以直木、曲蓬、芳卉的零落萎绝,旁衬铺写,突现"冬草"的不同凡响。"未若"两句瘦硬坚挺、笔扫风霜,兜住上文,顿呈万物先摧、冬草后凋的鲜明对比。末尾四句,视冬草如岁寒后凋之松柏,境界深化,和描写的正文骨力相称。虽寥寥短篇,层次朗然。"有""若夫""于时""未若""已矣哉"等领词,置每层之首,层递转折,愈为昭然。通篇扣住"冬"字,贯穿一个"寒"字,在"寒"字中剔出小草独秀的风貌,都是可见匠心的地方。

【集说】(萧子显)原是南齐王朝的宗室,到了梁朝,自己所属的统治集团失势了,不免有身世之感,这篇赋就是以冬草的抗寒不衰自比,来表述他的这种心情的。……这不过是封建士大夫所发抒的"抚今追昔"之作,情感比较狭窄，没有多大的社会意义。但其中所写的百卉凋零，小草独荣的景象，在齐梁的小赋中，特别在结构方面表现条理的清晰，在词句方面表现风骨的矫健。（瞿蜕园《汉魏六朝赋选》）

瞿氏此说（见上引），按照知人论世的原则，似不失为一种合理猜测。……这篇小赋……同白居易的名句"野火烧不尽，春风吹又生"一样，概括了一种很有典型性的形象，无论就思想性和艺术性来说，在齐梁的小赋中都是不可多得的佳制，用形象的比喻说，它也是一株凌霜独秀的小草。（马积高《赋史》）

（魏耕原）

徐陵

徐陵(507—583),字孝穆,东海郯(今山东郯城)人,梁太子左卫率徐摛之子。幼聪慧博学。初为梁晋安王参军,迁散骑常侍。入陈,历任尚书左仆射、左光禄大夫,太子少傅等职。自陈创业,文檄诏策,皆出其手,被视为一代文宗。有《徐孝穆集》。

鸳鸯赋

飞飞兮海滨,去去兮迎春[(1)]。炎皇之季女[(2)],织素之佳人[(3)],未若宋王之小史[(4)],含情而死。忆少妇之生离,恨新婚之无子[(5)]。既交颈于千年[(6)],亦相随于万里。山鸡映水那自得[(7)],孤鸾照镜不成双[(8)],天下真成长合会,无胜比翼两鸳鸯。观其哢吭浮沉[(9)],轻躯瀺灂[(10)],拂荇戏而波散,排荷翻而水落。特讶鸳鸯鸟,长情真可念,许处胜人多[(11)],何时肯相厌。闻道鸳鸯一鸟名,教人如有逐春情,不见临邛卓家女,只为琴中作许声[(12)]。

【注释】(1)去去:越离越远。 (2)炎皇之季女:《汉书·张良传》颜师古注,赤松子,仙人号也。常止西王母石室,随风雨上下。炎帝少女追之,亦得仙去。 (3)织素之佳人:汉乐府《上山采蘼芜》:"新人工织缣,故人工织素;织缣日一匹,织素五丈余。将缣来比素,新人不如故。" (4)宋王之小史句:《搜神记》:宋康王埋韩凭夫妻,使其冢相望。宿夕文梓生于两冢之端,屈体相就;又有鸳鸯,雌雄各一,恒栖树上,晨夕交颈。小史:指韩凭。 (5)"忆少妇"两句:《玉台新咏》:汉建安中,焦仲卿妻刘氏为仲卿母所遣,其家逼嫁,没水,仲卿亦缢。人哀之,为诗云:中有双飞鸟,自名为鸳鸯。 (6)交颈:两颈相依,表示亲密。 (7)山鸡:锦鸡。传说爱其毛羽,常照水而舞。 (8)孤鸾句:范泰《鸾鸟诗序》:昔罽宾王结置峻卵之山,获一鸾鸟,王甚爱之。三年不鸣,其夫人曰:尝闻鸟见其类而后鸣,何不照镜以映之?鸾睹影,悲鸣而绝。 (9)哢吭(lòng háng):鸟鸣。 (10)瀺灂(chán zhuó):出没貌。 (11)许:这样。 (12)"临邛卓家女"两句:司马相如游临邛,富人卓王孙有女文君新寡。相如过饮于卓氏,以琴心挑之,其歌曰:"同缘交颈为鸳鸯,胡颉颃兮共翱翔!"于是文君夜奔相如,同归成都。

【今译】飞呀飞呀直到海滨,不远万里前去迎春。炎帝成仙的少女,工于织素的佳人,都比不上那含情而死,化为鸳鸯的宋王小史的妻子。感念贤淑少妇生遭离遣,憾恨燕尔新婚不得嗣子。不但耳鬓厮磨以至千年,而且相亲相随跟从万里。山鸡映水能得到什么?孤鸾照镜也难以成双,天下真成长会久合之美事,也不如比翼相伴双鸳鸯。你看它们鸣和浮沉,轻游出没,拨拂荇草嬉戏,青波荡漾,撞动荷叶翻飞,水珠滚落。实在惊讶鸳鸯鸟,绵绵长情真让人念慕;这长情胜人许多倍,无论何时绝不彼此厌弃!只一听"鸳鸯"这名字,就让人春心萌动情难捺;你不见那临邛卓文君,就因为相如鼓鸳鸯琴歌而夜奔。

【点评】开篇"飞飞"两字,"扇"出一片羽翮振动之声;"去去"二字,已见比翼齐飞之双鸟越去越远。此二句如一个序幕镜头,一掠而过(鸟翼扇风之声才闻,及循声而望,但见双鸟已在远方矣);起既突兀,收也迅速,且余音袅袅,盖只让人仅得鸳鸯之形于"序幕",下面却待从头说起。

“炎皇之季女，织素之佳人”，此皆用情至专，事迹感人之少女美妇。“未若”二字瘦硬劲折。小史夫妇生前既相亲相爱，死后亦化为鸳鸯长命之鸟，“晨夕交颈”，永不分离，使他们的爱情达到了永恒。这里运用传说，非惟构成对比而已，乃是为了由此传说，引出所“赋”鸳鸯，用意含蓄。宋王小史胜炎皇之女、织素佳人的唯一原因，在于“化鸳鸯”而已；倘其不化，谈何“未若”？看似颂人，实乃颂鸳鸯。以下“忆少妇”两句用焦仲卿妻事，目的亦同。值得称赞的是：作者将这两个传说实在用“活”了：你道他写人，然人与鸳鸯有关；你道他写鸳鸯，可鸳鸯确是由人所化，况字面实在全是写人，更无一字涉及鸳鸯。写人乎？写鸟乎？两者兼备，如盐溶水，不可辨及，而其妙处益觉无穷。

鸳鸯“既交颈于千年，亦相随于万里”，而山鸡、孤鸾则顾影无偶，自怜自伤，境况着实凄凉已极。于是“天下真成长合会，无胜比翼两鸳鸯”的由衷感叹油然而生，冲口而出。山鸡、孤鸾是反衬对照之笔，若“天下之长合会”，亦无胜“比翼之鸳鸯”，则对此鸟的赞美和歌颂，几达宗教的狂热崇拜程度。此句感叹也缘前面两个传说而发：恩爱夫妻生前难尽亲密之情，死后乃化鸳鸯以续。则鸳鸯此鸟，实值歌颂！

既尊崇其精神，亦必喜悦其行貌。“观其”以下四句，写尽鸳鸯可爱动人之态：其哹吭，其瀺灂，其拂荇散波，其排荷落水，其游水戏嬉，其相亲依飞。一切可爱和谐之貌，如在眼前。“轻”“拂”“戏”“排”“瀺嚼”等词尤为传神，生动准确地描出鸳鸯的可爱动态，使人耳悦其声，目悦其行，心悦其性，及最后“特讶鸳鸯鸟”，至于心荡神迷，完成了一个心理活动的过程。

末四句情感昂扬，赞美歌颂达到了顶峰。“只闻鸳鸯名，已有逐春情”，虽不免有点夸张，然也有史实证之：出于富家名门的卓文君，之所以敢于冲破封建礼教的束缚，私奔穷书生司马相如，就因为相如鼓琴歌以“鸳鸯”二字挑之！可见鸳鸯对人的感召之力是多么神奇。末尾用卓文君事，一者证其“闻道”云云的论断，二来也以文君之孀居，呼应山鸡、孤鸾之顾影无偶。文君闻鸳鸯琴歌能再次得偶，而山鸡映水无得，孤鸾照镜气绝，则境界更加深化，含义更加深刻。

徐陵以写宫体诗出名，诗文绮艳，为历代评家所抑。此赋华美铺排，语言精工，虽为言情之作，不脱浮艳之气，然悱恻动情，真挚感人，且用事巧妙，呼应别致。

【集说】徐赋结处以卓文君之孀居呼应山鸡、孤鸾之顾影无偶，较梁元之直言“愿学”（梁元帝同题赋结处云：“金鸡玉鹊不成群，紫鹤红雉一生分，愿学鸳鸯鸟，连翩恒逐君”），更为婉约。司马相如挑文君之《琴歌》曰：“有艳淑女在此房，何缘交颈为鸳鸯！”即徐所谓“琴中作许声”，盖只“闻鸳鸯名”，已“有逐春情”，不待睹其物。……庾信《鸳鸯赋》：“见鸳鸯之相学，还欹眼而泪落。……必见此之双飞，觉空床之难守”。径以虞妃、韩寿、温峤等之子处求偶与鸳鸯之“双心并翼”相形；机杼略同徐赋，然未取雉、鸾陪衬，遂少一重一掩之致，不特“必见”视“闻道”为滞相也。（钱钟书《管锥编》第四册）

《鸳鸯赋》就是宫体骈赋的典型作品。……不仅题材、文字、描写，都纤靡淫艳，即其格调声韵也是所谓“新变”之体，非复雅制，与萧纲、萧绎的同题之赋，……均属一类，大致就是他在梁东宫时应令所作的吧？（姜书阁《骈文史论》）

（邹西礼）

萧绎

萧绎(508—554),字世诚,自号金楼子,兰陵(今江苏常州西北)人,南朝梁武帝第七子。初封湘东王;侯景作乱,萧绎命王僧辩等讨伐,事平,在江陵即帝位,是为梁元帝。在位三年,后西魏军陷江陵,萧绎遭虏被杀。他是南朝著名的宫体诗人,其诗赋轻靡绮艳,情感浓郁。平生著作甚多,然大都散佚。今存明人辑本《梁元帝集》,有赋九篇。

采莲赋

紫茎兮文波,红莲兮芰荷[1]。绿房兮翠盖,素实兮黄螺[2]。于时妖童媛女,荡舟心许[3]。鹢首徐回,兼传羽杯[4]。棹将移而藻挂,船欲动而萍开[5]。尔其纤腰束素,迁延顾步[6]。夏始春余,叶嫩花初[7],恐沾裳而浅笑,畏倾船而敛裾[8]。故以水溅兰桡,芦侵罗袸[9],菊泽未反,梧台迥见[10]。荇湿沾衫,菱长绕钏[11],泛柏舟而容与,歌采莲于枉渚[12]。

歌曰:碧玉小家女,来嫁汝南王[13]。莲花乱脸色,荷叶杂衣

香[14]。因持荐君子,愿袭芙蓉裳[15]。

【注释】(1)紫茎:指莲茎。文波:水上的涟漪,文通"纹"。芰(jì)荷:出水的荷,指荷叶或荷花。 (2)绿房:莲蓬。翠盖:形容荷叶如翠绿的华盖。素实:洁白的莲子肉。黄螺:莲子色淡黄,状如圆螺。 (3)于时:在夏秋之时。莲花自夏到秋次第开放,先开而早谢者,蒂下生出莲蓬。妖童媛女:美丽的少男少女。心许:内心默许。 (4)鹢(yì)首:船头,也指船。古代画鹢首于船头,故名。鹢:水鸟名。羽杯:亦称羽觞,一种酒器,状如雀鸟,左右张如两翼。 (5)棹(zhào):桨。藻:水草。萍:浮萍。 (6)尔其:那些(媛女)。束素:言女子纤细的腰肢如一束白绢。迁延:退却貌。顾步:回头慢慢远去,有依依不舍意。 (7)春余:春末。 (8)浅笑:微笑。敛裾:提起衣襟收在腰间。裾(jū),衣襟。此二句互文。 (9)故以:因此。兰桡(ráo):用木兰制的桨。木兰,木名,可造船。罗荐:丝罗制成的坐垫。 (10)菊泽:菊潭,故址在今河南内乡西北,据说其水甘芳,有轻身益气之效。此处借指散发着菊香的荷塘。梧台:战国时齐国梧宫之台,故址在今山东临淄西北。迥见:远远地望见。 (11)荇(xìng):荇菜,水生植物,茎白,叶圆形,紫红色,浮于水面;根生水底,上青下白,嫩时可食用。沾衫:沾湿衣衫。钏(chuàn):镯子。 (12)泛:随水漂荡。容与:徘徊貌,这里是缓缓浮动的意思。枉渚(zhǔ):地名,今湖南常德南,这里泛指江湾河曲之处。 (13)碧玉:南朝宋汝南王妾名。 (14)乱脸色:艳丽的莲花与采莲女的娇容互相辉映,哪是花,哪是容,令人惝恍迷离,此极言女子貌美如花。杂衣香:夹杂着采莲女衣裳所散发出来的香气。 (15)因:于是。持:秉持。荐:进献。君子:此乃作者自己。袭:穿。芙蓉:莲花之别名。古时青年男女以花草相赠,作为表情的信物。

【今译】绿色的涟漪上挺出支支莲茎,那莲茎上开放着红艳艳的荷花。伞盖一样的翠绿的莲叶托出一个个莲蓬,那莲蓬里结着瓤肉洁白外表圆黄的莲子。少男少女们此时荡舟荷塘之中,互相脉脉含情相许。彩船缓缓地在荷花丛中迂回,船上的人儿还传递着酒香四溢的酒杯。桨刚动便挂上了水草,船一走便荡开了浮萍。采莲女纤细的腰肢缠束的白绢,随船缓缓退去却依依顾盼。在这春末夏初之时,莲叶嫩嫩,荷花初绽,采莲女担心塘水沾湿了衣裳,又担心船儿倾翻,于是微微笑着,提起衣襟。船桨轻轻地溅起水花,芦叶拂过船上的坐垫。这荷塘如同菊香沁人的菊潭令人乐而忘返，又仿佛远远望见梧宫之台那轻歌曼舞的场面。荇菜水漉漉地沾湿了衣衫，菱蔓长长地缠在手镯上面。让船儿缓缓地随水漂荡，那采莲女的歌声飘出水塘河湾。

采莲女唱道：碧玉姑娘曾是民家女，有幸嫁给了汝南王。眼前采莲女的娇容与莲花互映，令人迷离难辨，那团团的荷叶里也夹杂着她们衣裙散发出来的馨香。于是采莲女手持莲花进献给我，希望我穿上用莲花制成的衣裳。

【点评】这篇小赋在思想内容上并无什么积极的意义，抒发的无非是帝王后苑生活的情趣。然而，作者所描绘出来的采莲女的形象却是很生动的。用“文波”“红莲”“绿房”“鹢首”等景物映衬采莲女美丽的姿容；用“恐沾裳而浅笑，畏倾船而敛裾”状其妖柔之态；最生动的要数“莲花乱脸色”一句了，使人不难想象出采莲女那艳丽如花的容貌。全赋语言清丽自然，又琅琅上口，读来有轻松之感。应当看到，赋中的采莲女已不是劳动女性了，倒像是一些在荷塘嬉戏的宫女。

【集说】《采莲赋》描写了一幅江南“妖童媛女”荡舟采莲的风俗画面，但这并非是民间劳动女性的采莲生活的再现，而是融透着作者帝王后苑生活情趣的作品。赋中占据画面主体的是莲花丛中的采莲媛女的形象，作者所着意描写的是女性的声色与容态。赋末之歌，以采莲女因持莲花、荷叶进荐“君子”，希望君子“制芰荷以为衣，集芙蓉以为裳”，隐蕴投以木桃，永以为好之意。此赋篇幅短小，婉丽多情，清美自然，具有典型的南朝赋体的风格特色。（尹赛夫等《中国历代赋选》）

（李方正）

荡妇秋思赋[1]

荡子之别十年[2]，倡妇之居自怜[3]。登楼一望，惟见远树含烟。平原如此，不知道路几千？天与水兮相逼，山与云兮共色。山则苍苍入汉[4]，水则涓涓不测。谁复堪见鸟飞，悲鸣只翼？秋何月而不清，月何秋而不明？况乃倡楼荡妇[5]，对此伤情？于时露萎庭蕙[6]，霜封阶砌；坐视带长，转看腰细；重以秋水文波[7]，秋云似罗[8]。日黯黯而将暮，风骚骚而渡河[9]。妾怨回文之锦[10]，君思出塞之歌[11]。相思相望，路远如何？鬓飘蓬而渐乱[12]，心怀愁而转叹。愁萦翠眉敛，啼多红粉漫。已矣哉！秋风起兮秋叶飞，春花落兮春日晖，春日迟迟犹可至，客子行行终不归。

【注释】(1)荡妇：荡子之妇。 (2)荡子：浪游不归的男子。 (3)怜：同情，哀怜。 (4)汉：天河，亦称云汉、银汉、天汉，指天。 (5)倡楼：即唱楼。倡通“唱”。倡又为古代歌舞人之称，与“娼”不同。 (6)蕙：草名，亦称“蕙兰”，此处有自况意。 (7)文波：即波纹。文，通“纹”。 (8)罗：即网，指云的形状像网一样。 (9)骚骚：强劲的风声。 (10)回文之锦：又名“璇玑图”，为前秦女诗人苏蕙所制。苏蕙夫窦滔，苻坚时为秦州刺史，后以罪徙流沙。因思念窦滔，苏蕙织锦为《璇玑图》诗以寄。回文：一种诗体，顺读倒读均可。 (11)出塞之歌：汉乐府《横吹曲》名，声调雄壮，多写将士边塞生活。 (12)蓬：散乱，蓬松。

【今译】外出的丈夫离去十年，独自生活的妻子自我哀怜。登楼遥望，只有雾霭中的远树呈现眼前。看得见的道路是这样，看不见的道路又有几千？天同水融为一体，山与云化为一色。山苍苍耸入云霄，水涓涓流淌不断。谁又能忍受看那飞鸟，哀哀鸣叫形只影单？秋天里哪时月亮不清明，月亮又在哪个秋天不明亮？更何况倡楼思妇，正在对此哀伤！寒露凋零了院中蕙草，严霜把台阶层层遮遍。眼见得衣带日长，纤腰更细，更兼秋水盈盈，秋云惨淡。日色黯淡暮色降临，秋风萧萧飞掠河面，我有苏蕙一样对你的思念，你却把在外的生活贪恋。思念你盼望你，奈何不得那路程遥远。风吹乱了满头发丝，心积满了愁却只能长叹，缠绕的忧思锁住了双眉，太多的眼泪把红粉冲得满脸。算了吧！秋风吹啊秋叶落，春花谢啊春日暖。春日虽迟尚有到时，在外的游子何时可回？

【点评】汉魏以降，社会动乱，人民颠沛流离，难有安定生活，故游子思妇成为热门题材。有写得极好的，如《古诗十九首》诸篇，曹丕《燕歌行》、鲍照、吴迈远等，而以赋写得精彩者则少见。作者笔下的荡妇有这样执着、深沉的情愫：时日流逝，但却没有改变她对丈夫的思念，相反愈思愈深，便弥足可贵。这是因为秋景惨淡最动情怀，同时也是怀人者最寄希望的时候。唯独秋天，万物成熟，收获有望，故游子多在此刻回家，因此也是荡妇最怀希望的时候。且选秋天一个将暮，因为此时不回，这一天又是白等了。故此时是她最焦躁、最急切的时候，选这样的时候，作者最易驰骋笔墨，也最容易打动读者。

从表现人物感情看，也是一波三折，层层推进，在有限的篇幅里容纳了比较丰富的内涵。全篇以“思”字绕贯全文，但在行文中，不同阶段的“思”又有不同的内涵和表现形态。赋起笔由“自怜”作为基调。这是对已经逝去十年生活的概括，又是今天生活的基点。虽属“自怜”，却希望不灭，便是“盼”夫归来。盼而不至，便去“登楼”，其实赋的开头是从“登楼”开始的。“登楼”是实在等不下去的心理外化，既说明“登楼”之前思之苦，又为新转机的出现准备了条件。它甚至成为一种特定的艺术情绪。“登楼”唯见含烟的远树、云山一体、水天一色的景色。这些使人失望，但还不足以促使她心理发生变化，唯徒暮归的只鸟，一声声哀叫，不徒孤零零的外形触人情绪，更兼一声声凄厉、孤寂的叫声，从视、听两个方面打动人物。睹物思人，岂不动情？由怜己到怜鸟，情感有了质的变化。又见皓月当空，月正圆，偏人不圆，这一正一反两衬，使倡妇的情怀由刚才的自怜而至于自伤。于是联想到时令，看出寒露萎蕙，严霜封阶，想到十年韶华不再，青春已老，岁月如霜；又值这样一个薄暮冥冥、秋云惨淡的时日；想到将要面临的辗转反侧的难捱夜晚和这夜晚以后更多难捱的时日，自然想到带给自己这些痛苦的丈夫，于是由“盼”，而“怜”，而“伤”，而“怨”。可是怨而无用：路途遥远，相见无期，只得转而“自慰”。这是不是说她彻底失望了？不，明天还会想，虽然希望渺茫，但是从她对春天还会来的信念上看，她还是相信丈夫总有一天会回来的。虽然从行文看，这句是绝望，但潜意识中所传达的正是这种渴望。

【集说】起得超，语浅而思深，故妙。（许梿《六朝文絜》）

逼真荡妇情景，琢磨入细（按：指“坐视带长”两句）。（同上）

天外飞来，全神已尽此数语。（李元度《赋学正鹄》）

兴往情来，如化工之不可方物，其中句法调法，经古今人寻撦仿效，而万古日月，光景常新，由其秀在骨也。（李元度《赋学正鹄》）

（林　霖）

周弘让

周弘让，汝南安城（在今河南境）人。由梁入陈，博学多通。早年不得志，隐居茅山（在今江苏句容），频征不出。侯景乱起，被迫任中书侍郎，梁元帝承圣元年，为国子祭酒，二年，为仁威将军。陈文帝元嘉初，以白衣领太常卿，进金紫光禄大夫。有集九卷，后集十二卷，已佚。

山兰赋[(1)]

爰有奇特之草，产于空崖之地[(2)]。仰鸟路而裁通，视行踪而莫至[(3)]。挺自然之高介，岂众情之服媚[(4)]？宁纫结之可求，兆延伫之能洎[(5)]！禀造化而均育，与卉木而齐致[(6)]。入坦道而销声，屏山幽而静异[(7)]。独见识于琴台，窃逢知于绮季[(8)]。

【注释】(1)本篇选自《艺文类聚》卷八十一。　(2)爰:发语词。空崖:荒山。　(3)鸟路:仅飞鸟可行,喻山路险峻。行踪:人的足迹。　(4)挺:特出。高介:清高耿直。服媚:谄媚事人。　(5)纫结:以山兰为索相联结,此化用《离骚》“纫秋兰以为佩”句。兆:事情发生前的迹象。延伫:痴情地等候。洎:及,达到目的。（6）造化：天地。卉木：草木。（7）坦道：平坦大道。喻仕途。销声：被践踏得不露形迹。屏：闭藏。静异：贞静而不平凡。（8）琴台：弹琴之台，喻高雅之人。窃：私下。绮季：即绮里季，与东园公、夏黄公、角里先生，秦末隐居商山，以避乱世。因皆须眉皓白，称为四皓，是著名的隐士。

【今译】有一种奇特的兰草，生长在荒山深处。举首仰望，飞鸟才能到达；低头寻觅，人迹莫能前去。它自然挺立，高尚耿直；怎会像世俗的情怀，一味讨好献媚？岂能如屈原那样，采来联结成为佩带，到天国求女，傻乎乎地长期等待，就预示着可以实现？秉承着天地间阳光雨露，和一切花草树木同等的生长发育。进入平坦大道就会被践踏得销声匿迹，藏在深山则变得贞静而大放异彩！它被高人雅士所赏识，单单把它置于琴台之上以供赏玩；又被隐士们私自认作知己！

【点评】兰是一种香草，历来被视为品德高洁的象征。昔孔子周游列国，不能施展才能，曾托辞于香兰，作《猗兰操》，以抒发生不逢时的失意心情。周弘让早年也不得意，乃隐居不仕，虽屡有征召，仍不动心，于是有《山兰赋》之作，用以明志。他把山兰比作自己的化身，“挺自然之高介，岂众情之服媚”二句，把那傲岸不群，绝不低首下心谄媚事人的情怀，刻画得淋漓尽致。“入坦道而销声”一语，把仕途的险恶也点染得令人惊心动魄。难怪他要幽居深山，甘愿做个隐士。他不是孤芳自赏“独见识于琴台，窃逢知于绮季”，在世上还是有不少知音呢！后来迫于形势，出为侯景专政下的中书侍郎，人问其故，他说：“昔王道正直，得以礼进退，今乾坤易位，不至将害于人，吾畏死耳。”虽是不得已而为之，到底没有坚持住山兰般的节操，所以“获讥于代”。（《南史·周朗传》）形势会变的，人也是会变的，单就《山兰赋》而言，不仅以物寓意，抒情言志，不乏风骨，而且语言流畅而华美，是一篇比较好的作品。

【集说】此赋文辞挺拔而有气骨，“入坦道而销声”二句，体贴入微，格调亦高。可惜他后来因为怕死，竟屈身于侯景，完全违背了他这篇赋中所标榜的风格。但就赋的本身说，同当时流行的“宫体”相比，仍是一篇有风骨的作品。（马积高《赋史》）

（赵光勇）

陈叔宝

陈叔宝(553—604),字元秀,吴兴长城(今浙江长兴县)人。南朝陈皇帝,世称陈后主。在位(582—589)时大建宫室,生活奢侈,日与妃嫔、文臣游宴,制作艳词,如《玉树后庭花》《临春乐》等。隋兵南下时,恃长江天险,不以为意。祯明三年,隋兵破建康(今江苏南京),被俘,后病死洛阳。原有集三十九卷,散佚,明人辑有《陈后主集》。

夜亭度雁赋

春望山楹[(1)],石暖苔生。云随竹动,月共水明。暂逍遥于夕径,听霜鸿之度声[(2)]。度声已凄切,犹含关塞鸣。从风兮前侣驶,带暗兮后群惊[(3)]。帛久兮书字灭[(4)],芦束兮断衔轻[(5)]。行杂响时乱,响杂行时散。已定空闺愁,还长倡楼叹。空闺倡楼本寂寂,况此寒夜褰珠幔[(6)]。心悲调管曲未成,手抚弦,聊一弹。一弹管,且陈歌,翻使怨情多。

【注释】(1)山楹:指山亭。 (2)霜鸿:秋鸿。度声:飞越的声音。 (3)带:引导。暗:月光照射不到的地方。 (4)书字灭:书信上的字迹模糊不清。 (5)芦束:芦,芦苇。束,捆,系。芦束,当是指代苇草束系的书信。

(6)褰:掀动,揭起。珠幔:有饰挂物的帐幕。

【今译】春天,望着山亭,风和日暖,青苔丛生。向晚,随着修竹摇曳,浮云似在飘动,月光、水光,相映生辉。深秋之夜,暂且优游于曲幽小径,谛听鸿雁飞越的声音。这声音凄厉而真切,好像含裹着关塞之地的呜响。头雁驾着秋风在前面飞行,当它将雁队引导进月光不到的地方时,后面雁群中发出阵阵惊叫。帛书久了,上面的字迹已难以辨认,真担心新捎之束书因了秋雁的惊叫而"断衔",轻轻飘失。雁阵失序,鸣叫声也显得纷杂,从杂响中可以想见雁行的散乱。独守空闺的人儿,刚刚平静下一腔愁绪,然而,倡楼中的叹息声还是久久不息。空闺、倡楼原本就是寂寥难捺的所在,更何况在这秋风掀卷帘幕的漫漫长夜呢!为了排遣悲怀而调管奏曲,但竟不能终曲,只能手抚琴弦,胡乱弹拨而已。弹着管弦,且自吟唱,不想这样一来反而惹得怨情更多,难以自已。

【点评】春怨、秋悲是中国文学的传统主题,而能在仅有120字的小赋中兼写春之欢快与秋之悲凉者,此篇为绝。此赋中的主人公当是一位独守空闺的倡楼女子,她曾有一段难忘的春天的回忆,这就是前四句所写的以春山、青苔、竹影、明月之类美好物象为象征的男欢女爱、两情相依。然而,好景不长,她们被迫分手,天各一方,这怎能不叫她牵肠挂肚、朝思暮想?下面所写的深秋"夜亭"闻"度雁",便是她不堪感情煎熬、寻求心灵寄托的明证。"犹含关塞鸣"一句,也许纯是为了创设意境、烘托气氛,但也许是透露意中人的处地。她不时把看"爱人"辗转捎来的书信,乃至日月蹉跎,字迹磨灭;又盼望着他有新的消息传来,推想着会不会有意外的闪失:思念与担忧使她心绪烦乱——这就是"行杂响时乱,响杂行时散"的"度声"所象征的心理"情结"。空闺孤帐,寒风长夜,"好一个愁字了得"!欲借琴瑟、歌唱排遣愁怀,然而,却正像"抽刀断水水更流"一样,"翻使怨情多",正是愁思绵邈、不绝如缕。"恰似一江春水"的意境!通观全赋,写春之欢洽是虚、是宾,写秋之悲辛是实、是主;往昔愈是欢愉,便愈显现实之凄凉,前后映衬,相得益彰,"一切景语皆情语也"!

【集说】这里把春夜的度雁与倡楼思妇的怨情联系起来,构成了一个很鲜明的意境,特别是末段写怨情,层层推进,极见精思,但内容却无什么意义,这是齐梁以来宫廷文学的一个较普遍的特点。(马积高《赋史》)

(魏玉川)

卢元明

卢元明(生卒年不详),字幼章,范阳涿(今河北涿州市)人。约魏孝武帝永熙末年前后在世。博览群书,兼有文义。历任中书侍郎、尚书右丞等职。他不乐史职,好饮酒赋诗,遇兴忘返。又好玄理,作史、子、杂论数十篇,《隋书·经籍志》著录有集十七卷,已散佚。今存《晦日泛舟应诏》诗一首及《剧鼠赋》等文二篇,载《初学记》《魏书·礼志》。

剧鼠赋

蹠实排虚[1],巢居穴处,惟饮噬于山泽[2],悉潜伏于林藂[3]。故寝庙有处,茂草别所。矧乃微虫[4],乖群异侣。干纪而进,于情难许[5]。

《尔雅》所载,厥类多种。详其容质[6],并不足重。或处野而隔阴山[7],或同穴而邻嶓冢[8],或饮河以求饱腹[9],或嗡烟而游森耸。

然今者之所论,出于人家之壁孔。嗟呼!在物最为可贱:毛骨莫充于玩赏,脂肉不登于俎膳[10]。故淮南轻举,遂呕肠而莫追[11]。

东阿体拘，徒称仙而被谴[12]。其为状也，僭惔咀吁[13]，睢离睒睗[14]，须似麦穟半垂，眼如豆角中劈。耳类槐叶初生，尾若酒杯余沥[15]。乃有老者，羸髊疥癞[16]。偏多奸计，众中无敌。托社忌器[17]，妙解自惜。深藏厚闭，巧能推觅。或寻绳而下，或自地高踯，登机缘柜[18]，荡扉动帝[19]。切切终朝[20]，轰轰竟夕，是以诗人为辞，定云其硕。盗干汤之珍俎[21]，倾留髡之香泽[22]。伤绣领之斜制，毁罗衣之重袭。曹舒由是献规[23]，张汤为之被谪[24]。亦有闲居之士，倦游之客，绝庆吊以养真素[25]，摈左右而寻《诗》《易》。庭院肃清，房栊虚寂。尔乃群鼠乘间，东西撺掷。或床上捋髭，或户间出额。貌甚舒暇，情无畏惕。又领其党与，欣欣奕奕，敧覆箱奁[26]，腾践茵席。共相侮慢，特无宜适。嗟天壤之含弘[27]，产此物其何益！

【注释】(1)蹠(zhí)：脚。 (2)山泽：山林与川泽。 (3)藥(yù)：帝王禁苑。 (4)矧(shěn)：况且。 (5)干纪：违犯纪规。于情：在情理方面。 (6)详：端详，审视。 (7)阴山：即阴山关。位于内蒙古。 (8)嶓(bō)冢：山名，位于甘肃省。 (9)"饱腹"句：语出庄子《逍遥游》"偃鼠饮河，不过满腹。" (10)俎(zǔ)：切肉用的木板。膳(shàn)：饭食。 (11)淮南：淮南王刘安。安好神仙之术，相传有白日升天之说。 (12)东阿：《艺文类聚》卷九十五《鼠》引《方言》曰："蝙蝠，自关而东……或谓之仙鼠。"东阿即东阿之地的仙鼠。 (13)憯(cǎn)：通"惨"，惨痛。惔(dàn)：安静。咀：品味。吁(xū)：呼叫。 (14)睢(suī)：仰目视貌。睒(shǎn)：闪烁。睗(shì)：疾视。 (15)沥(lì)：液体的点滴。 (16)羸：瘦弱。疥：因生癣疥等而毛发脱落。癞：恶疾。 (17)社：祭神的庙舍。忌器："投鼠忌器"的简称。器，器物。 (18)机：小桌子。 (19)荡(dàng)：摇动。 (20)切切：声音轻微。 (21)干汤：指干谒商汤的厨师伊尹。 (22)留髡：《史记·淳于髡传》："日暮酒阑，合尊促坐，男女同席，履舄交错。杯盘狼藉，堂上烛灭，主人留髡而送客，罗襦襟解，微闻香泽。当此之时，髡心最欢，能饮一石。"淳于髡：战国齐威王时人。香泽：脂膏及饭食的香气。 (23)曹舒献规：《三国志·魏志·曹冲传》:"曹冲,字仓舒。……时军国多事,用刑严重。太祖马鞍在库,而为鼠所啮,库吏惧必死,议欲面缚首罪,犹惧不免。冲谓曰:'待三日中,然后自归。'冲于是以刀穿单衣,如鼠啮者,谬为失意,貌有愁色。太祖问之,冲对曰:'世俗以为鼠啮衣者,其主不吉。今单衣见啮,是以忧戚。'太祖曰:'此妄言耳,无所苦也。'俄尔库吏以啮鞍闻,太祖笑曰:'儿衣在侧,尚啮,况鞍悬柱乎?'一无所问。" (24)《史记·酷吏列传》载张汤幼时,父出,"守舍,还而鼠盗肉,其父怒,笞汤。汤掘窟得盗鼠及余肉,劾鼠掠治,传爰书,讯鞫论报,并取鼠与肉,具狱磔堂下。其父见之,视其文辞如老狱吏,大惊。遂使书狱。父死后,汤为长安吏,久之。"张汤从此成为一酷吏,后因用刑极残酷而终被贬谪。 (25)庆:庆贺。吊:慰问,多指悼念死人。 (26)奁(lián):古代盛放梳妆用品的器具。 (27)弘:光大。

【今译】(老鼠)脚能打洞,高栖于鸟窝,低居于洞穴,在山林和川泽中饮水填腹,全都隐藏在草木禁苑之中。所以祭祀的庙舍中有它们的住处,茂密的草丛也有另外的洞穴。又是小动物,离群索居。越规犯禁、贸然行动,这在情理上是难以允许的。

据《尔雅》记载,它们有好多种。端详它的形貌,并不能引起人的注意。有的间隔着阴山关而住在田野,有的以嶓冢山为邻同聚于一洞。有的饮黄河水以求饱腹,有的吸云烟而周游于树林之中。但今天所谈论的,是出进于人家墙壁洞穴的老鼠。

唉!(老鼠)在动物中最为下贱,毛骨不足以玩赏,脂肉不足以上厨。所以淮南王轻飘飘地升天而去,而老鼠费尽心力也没法赶上。仙鼠体态拘小,却白白地称仙而被人们谴责。它们的样子,有时静悄悄地品味咀嚼,有时则左顾右盼,目光闪烁。它们胡须好像半垂的麦穗,眼睛像豆子从中间劈开。耳朵如刚长出的槐叶,尾巴像酒杯里的余滴。其中年老的,瘦弱肮脏、恶疾缠身。它们奸诈狡猾,可谓众中无敌:托身于社庙,人们欲打它们又有顾忌,从而巧妙地解救了自己。即使人们把东西藏到最隐蔽的地方,它们也能千方百计地找出来:有时顺绳滑下,有时从地下高高跳起,上桌几,爬木柜,撞得门动帘摇。每天整夜碰撞得一连串的响声,因此诗人作诗,说它是"硕鼠"。偷吃伊尹做的珍肴,弄倒富贵人家留饮淳于髡的酒食。咬坏精制的绣领,毁坏贵重的罗衣。曹冲因此而谏诫，张汤因它而被贬谪。也有退居之士，倦游之客，谢绝来往而修心养性，退其左右侍人钻研《诗》《易》。庭院肃静，房室静寂。这时，大小老鼠趁着这个空隙，到处撺掇、蹦跃。有的在床上抓捋胡须，有的在门边探头探脑，样子十分自在悠闲，情态没有丝毫畏惧。有的还带领着它们的“党羽”，兴高采烈，跃跃欲试，翻箱倒匣，在座垫席上腾跃践踏。它们还互相欺侮，实在没有适度，叹天地如此广大，却造出这种东西，有什么好处！

【点评】中国文学史上，以鼠为描写对象，自《诗经・硕鼠》以后，所见不多，而能将老鼠神情、习性，刻画到如此神灵活现的地步，这篇赋可谓罕见。作者以入木三分的语言，绘出一组组鼠类漫画图。在嬉笑怒骂中展现了老鼠各种生动的形象，显示出作者对其辛辣的嘲讽和严厉的谴责。此文贵在显示鼠类的肆无忌惮及对人类的危害。在引出所要论者即“出于人家之壁孔”之后，就开始了重点的刻画。先言其“可贱”：“毛骨莫充于玩赏，脂肉不登于俎膳。”此外，其貌亦不扬，“麦芒”“豆子”“槐叶”“杯酒余沥”的绝妙比喻，勾勒出一幅卑微的跳梁小丑肖像速写。“乃有老者，羸髏疥癞”等六句，以写带评，集中笔墨刻画作恶多端而又“偏多奸计”的“剧鼠”，让人更生厌恶感。“盗、倾、伤、毁”展示了种种恶作剧，但这还不够，即使在闲居之士的庭院，“群鼠”也“东西撺掷”，“隋无畏惕”，私结狗党犬羽，大摇大摆，洋洋自得，如入无人之境！前面的卑贱与后面的恶行及傲慢互相映衬，步步深入地刻画出了鼠辈猖獗狂妄的习性。

值得注意的是，作者在此赋中表现出的高超的“状物”技巧，出现在纸上的是神情跃然的连续性的几组漫画。写鼠的神貌是“憯恢咀吁，睢离睒睗”；写其千方百计寻找食物时的动作是“寻绳而下，自地高踯，登机缘柜，荡扉动帘”；述其狂妄：“床上捋髭”“出额”“领其党与”“腾践茵席”，神情毕肖，又出以拟人化之笔，更添几分声色。在连续的描写中，作者偶尔加一两句议论，使形象化的说理更为明晰，起到了画龙点睛之妙。

【集说】其刻画形容，亦颇生动，麦䅟豆角之喻尤新鲜别致，为赋中所罕见，故仍不失为一篇较好的作品。（马积高《赋史》）

（韩　雪）

庾信

庾信(513—581),字子山,小字兰成,南阳新野(今属河南)人。博览群籍,尤善《春秋左氏传》。中大通三年(531),为东宫抄撰学士,与其父肩吾及徐摛、徐陵父子一同出入禁闼,荣宠极于一时。为文尚绮艳,世号“徐庾体”。累迁建康令。太清三年(549),侯景临台城,信西奔江陵。梁元帝即位,迁散骑常侍。承圣三年(554),出使西魏,值魏军破江陵,戕元帝,遂被留在长安。屈仕魏、周,官至骠骑大将军、开府仪同三司。有《庾子山集》十六卷传世。

春　赋[(1)]

宜春苑中春已归[(2)],披香殿里作春衣[(3)]。新年鸟声千种啭,二月杨花满路飞[(4)]。河阳一县并是花[(5)],金谷从来满园树[(6)]。一丛香草足碍人,数尺游丝即横路。开上林而竞入[(7)],拥河桥而争渡[(8)]。出丽华之金屋[(9)],下飞燕之兰宫[(10)]。钗朵多而讶重,髻鬟高而畏风。眉将柳而争绿[(11)],面共桃而竞红。影来池里,花落衫中。

苔始绿而藏鱼,麦才青而覆雉。吹箫弄玉之台[(12)],鸣佩凌波之水[13]。移戚里而家富[14]，入新丰而酒美[15]。石榴聊泛[16]，蒲桃酦醅[17]。芙蓉玉碗，莲子金杯。新芽竹笋，细核杨梅。绿珠捧琴至[18]，文君送酒来[19]。

玉管初调，鸣弦暂抚。《阳春》《渌水》之曲[20]，对凤回鸾之舞[21]。更炙笙簧[22]，还移筝柱。月入歌扇[23]，花承节鼓[24]。协律都尉[25]，射雉中郎[26]，停车小苑[27]，连骑长杨[28]。金鞍始被，柘弓新张[29]。拂尘看马埒[30]，分朋入射堂[31]。马是天池之龙种[32]，带乃荆山之玉梁[33]。艳锦安天鹿，新绫织凤凰。

三日曲水向河津[34]，日晚河边多解神。树下流杯客，沙头渡水人。镂薄窄衫袖[35]，穿珠帖领巾。百丈山头日欲斜，三晡未醉莫还家[36]。池中水影悬胜镜[37]，屋里衣香不如花。

【注释】(1)本篇作于南朝，当时庾信为梁昭明太子东宫抄撰学士，庾作诗文以"绮艳"称，与徐陵齐名，时号"徐庾体"。《周书·庾信传》说："当时后进，竞相模范。每有一文，京都莫不传诵。"可见庾信的早期作品在南朝影响甚巨。(2)宜春苑：指宜春下苑，又名曲江池，汉武帝造，旧址在今陕西西安市东南。归：归来，谓春天已到。梁俗，立春日，剪彩为燕戴之，贴"宜春"二字，以颂新春。 (3)披香殿：汉武帝后宫八区有披香殿，在今陕西西安市西北。 (4)杨花：柳絮。 (5)河阳：今河南孟州市西北。《白帖》："潘岳为河阳令，多植桃李，号曰花县。" (6)金谷：指金谷园。晋石崇的别墅，在今河南洛阳。石崇《金谷诗序》："余有别庐在河南界金谷涧中，或高或下，有清泉茂树，众果草药之属。" (7)上林：指上林苑，本秦旧苑，汉武帝扩张，方圆三百里，有离宫七十所。旧址在今陕西西安、户县、周至境内。 (8)河桥：指富平津，在今河南孟州市南。《晋阳秋》："杜预造河桥于富平津，所谓造舟为梁(桥梁)也。"(9)丽华：指阴丽华，东汉光武帝后，貌美。金屋：汉武帝为太子时，欲得阿娇为妻，说："若得阿娇作妇，当以金屋贮之。"金屋，极言屋之豪华。 (10)飞燕：指赵飞燕，汉武帝后，善歌舞。《汉书》有传。兰宫：赵飞燕居昭阳殿，兰房椒壁，故称兰宫。 (11)将：同。争绿：古代妇女以黛(青黑色的颜料)画眉，眉痕微绿，故言眉柳争绿。 (12)弄玉：秦穆公女，萧史妻。萧史善吹箫，作凤鸣，穆公为筑凤凰台。一夕，吹箫引凤至，与弄玉随凤仙去。 (13)凌波：形容女子步履轻盈。 (14)戚里:汉代外戚居住地。 (15)新丰:西汉高祖十年(前197)的骊邑县改名,在今陕西临潼区东北阴盘城。 (16)石榴:指石榴酒。(17)蒲桃:即葡萄,亦指酒。酦(pō)醅(pēi):未过滤的重酿酒。 (18)绿珠:晋石崇的歌妓,美而艳,善吹笛。 (19)文君:指卓文君。与司马相如私奔后,在临邛卖酒,文君亲自当垆。 (20)阳春:古代高雅的乐曲。渌(lù)水:古乐曲。 (21)对凤回鸾:形容舞姿翩跹。 (22)炙:熏陶。笙簧:吹笙鼓簧。(23)月入歌扇:扇作满月形。 (24)节鼓:古乐器,状如博局,中开圆孔,鼓置其中,击之以为乐曲节奏。 (25)协律都尉:掌管音节的官职。汉武帝时,李延年为协律都尉,这里即代指李延年之类精通音乐的人。 (26)射雉中郎:指晋潘岳。岳曾以太尉掾兼虎贲中郎将,寓直于骑射省,而且作有《射雉赋》。(27)苑:养禽兽,植树木,供帝王游乐打猎的场所。 (28)长杨:指汉长杨榭,在长杨宫,秋冬在此校猎。 (29)柘(zhè)弓:用柘(桑属)材制成的良弓。(30)马埒(liè):射箭跑马的驰道两侧所建的矮墙。 (31)分朋:分群,分批。 (32)天池:指青海湖。 (33)荆山:在今湖北沮水、漳水发源处,产玉。玉梁:带名。 (34)三日:三月三日,上巳节。古人于是日至河边洗濯,并为曲水流觞之饮,以驱邪祈福。梁时此俗犹盛。 (35)镂薄:刻镂金薄作为头饰。(36)三晡:傍晚时分。 (37)胜:美好。

【今译】宜春下苑的春天又回来了,披香殿里正赶制春装。新年伊始的鸟鸣婉转动听,早春二月的柳絮满路飞扬。就好像来到了河阳县,眼前都是桃李的花朵;又像是进入金谷园,到处是青翠的林木。一丛丛香草妨碍了游人的脚步,一缕缕游丝拦住了幽邃的去路。

美女们一下子拥进上林苑,纷纷争抢着渡过河桥。她们有的来自阴丽华的金屋,有的来自赵飞燕的椒房。头上的朵朵金钗重得吓人,高耸的发髻似乎一阵风就能吹倒。黛眉和绿柳互相衬托,面颊同桃花一般娇红。她们的身影倒映在池水中,衫袖上洒满了缤纷的落英。

初染绿色的苔草下有鱼儿嬉游,青青的麦垄间遮蔽着雉鸡。楼台上吹奏着弄玉悠扬的箫声,水波里伴和着洛神玉佩的锵鸣。这里有戚里富家的豪华气派,又有新丰城里的美酒佳肴。石榴汁香气四溢,陈葡萄酒愈加甘醇。荷花似的玉碗玲珑剔透,莲房样的金杯璨璨生辉。既有鲜嫩的竹笋,又有细核杨梅。捧琴奏乐的是歌妓绿珠,行觞劝酒的是才女文君。

玉管调准了乐音，弦端弹出了琴声。歌喉唱出了《阳春》《渌水》之曲，舞袖飘扬如鸾凤的飞旋。笙簧渲染着气氛，弦柱变换着乐拍。歌扇团团如满月，节鼓声声催传花。在座的有娴熟乐律的李都尉，亦有精于骑射的潘中郎。或者停车小苑，流连光景；或者移步长杨，醉心射猎。但见马备金鞍，良弓在手，驰道上烟尘弥漫，一队队射手进入校场。他们的坐骑是天池的龙种，腰带镶嵌着荆山的美玉。锦袍上绣着吉祥的白鹿，绫袄上织出如意的凤凰。

三月三日是曲水饮禊的节日，河边一天到晚是洗濯祈神的游人。树下有人流杯聚饮，滩头有人横渡戏水。一个个衫袖上妆饰着彩箔，领巾上点缀着珠玉。高高的山头上日已偏斜，游人们不醉酒尽兴便不回家。春水照人胜过屋里悬挂的明镜，衣衫熏染的香气比不过户外的春花。

【点评】"赋"的本义是敷陈其事。作为文体，则是要"铺采摛文，体物写志"（《文心雕龙·诠赋》）。庾信的这篇赋偏于写景，耽于逸乐，夸饰宫廷生活，无非为帝王的游赏助兴，其志趣无可称道。所可称道者，在于铺采摛文的手段，选声炼色的造诣。

就造句形式上说，开头与结尾处多七言句，声律近于诗，正所谓启唐人七古之先鞭。末段五、七言句相杂成文，婉转流利，风情翘秀。至于"眉将柳而争绿，面共桃而竞红"二句，不但属对精绝，而且刻画微妙。后来，初唐的王勃效仿庾体，在《滕王阁序》中造句说："落霞与孤鹜齐飞，秋水共长天一色"。出蓝胜蓝，终成千古绝唱。

再就描摹声色上说，本篇亦不乏秀句。如"钗朵多而讶重，髻鬟高而畏风"，下笔轻灵，形象宛在；"影来池里，花落衫中"，自然流出，却有无尽情致。又如"月入歌扇，花承节鼓"，读之如见其形，如闻其声，令人心醉目眩。庾信的早年赋作多事白描，此赋亦然。但是，白描中溢光流彩，绮靡宕逸，这正是庾信远俗独到之处。

【集说】《梁简文帝集》中有《晚春赋》，《元帝集》有《春赋》，赋中多有类七言诗者。唐王勃、骆宾王亦尝为之，云效庾体，明是梁朝宫中庾子山创为此体也。（倪璠《庾子山集注》卷一题解）

子山辞赋，体物浏亮、缘情绮靡之作，若《春赋》《七夕赋》《灯赋》《对烛赋》《镜赋》《鸳鸯赋》，皆居南朝所为。（钱钟书《谈艺录》，第300页）

按庚信诸体文中，以赋为最；藻丰词缛，凌江（淹）驾鲍（照），而能仗气振奇，有如《文心雕龙·风骨》载刘桢称孔融所谓“笔墨之性，殆不可任”。然章法时病叠乱复沓，运典取材，虽左右逢源，亦每苦支绌，不得已而出于蛮做杜撰。（钱钟书《管锥编》，第1516—1517页）

（许逸民）

枯树赋[1]

殷仲文风流儒雅[2]，海内知名。世异时移[3]，出为东阳太守[4]。常忽忽不乐，顾庭槐而叹曰：“此树婆娑，生意尽矣[5]。”

至如白鹿贞松[6]，青牛文梓[7]，根柢盘魄[8]，山崖表里[9]。桂何事而销亡[10]？桐何为而半死[11]？

昔之三河徙植[12]，九畹移根[13]；开花建始之殿[14]，落实睢阳之园[15]。声含嶰谷[16]，曲抱《云门》[17]；将雏集凤，比翼巢鸳[18]。临风亭而唳鹤[19]，对月峡而吟猿[20]。

乃有拳曲拥肿[21]，盘坳反覆[22]；熊彪顾盼，鱼龙起伏[23]；节竖山连[24]，文横水蹙[25]。匠石惊视[26]，公输眩目[27]。雕镌始就[28]，剞劂仍加[29]；平鳞铲甲，落角摧牙[30]；重重碎锦，片片真花；纷披草树，散乱烟霞。

若夫松子、古度、平仲、君迁[31]，森梢百顷[32]，槎枿千年[33]。秦则大夫受职[34]，汉则将军坐焉[35]。莫不苔埋菌压，鸟剥虫穿[36]；或低垂于霜露，或撼顿于风烟[37]。东海有白木之庙[38]，西河有枯桑之社[39]，北陆以杨叶为关[40]，南陵以梅根作冶[41]。小山则丛桂留人[42]，扶风则长松系马[43]。岂独城临细柳之上[44]，塞落桃林之下[45]。

若乃山河阻绝，飘零离别；拔本垂泪[46]，伤根沥血[47]。火入空心，膏流断节。横洞口而敧卧[48]顿山腰而半折[49]，文斜者百围冰碎，理正者千寻瓦裂[50]。载瘿衔瘤[51]，藏穿抱穴[52]。木魅睒睒[53]，山精妖孽[54]。

况复风云不感[55]，羁旅无归；未能采葛[56]，还成食薇[57]；沉沦穷巷，芜没荆扉[58]，既伤摇落，弥嗟变衰[59]。《淮南子》云："木叶落，长年悲。"[60]斯之谓矣。

乃歌曰：建章三月火[61]，黄河万里槎[62]；若非金谷满园树[63]，即是河阳一县花[64]。

桓大司马闻而叹曰[65]：昔年种柳，依依汉南[66]；今看摇落，凄怆江潭[67]；树犹如此，人何以堪！

【注释】(1)本文是庾信居北之作，寄寓背井离乡的种种不幸。 (2)殷仲文：东晋名士，少有才藻，美风姿。 (3)世异时移：指殷仲文内弟桓玄于晋安帝元兴二年篡位称帝，重用仲文。后刘裕击败桓玄，安帝复辟，仲文上表自解，诏不许。 (4)仲文归朝，不被安帝信任，不久外迁东阳郡。 (5)婆娑：形容枝叶纷披。 (6)甘肃敦煌白鹿塞，多古松，相传白鹿栖息其下。 (7)相传春秋秦文公伐雍州南山文梓树，有一青牛从断树中出，走入丰水。 (8)根柢：树根露出地面的部分。盘魄：即"盘礴"，也作"盘薄"，据持牢固的样子。 (9)山崖表里：犹言密布山崖内外。 (10)桂：桂树。 (11)桐：梧桐。 (12)三河：汉以河东、河南、河内为"三河"，今属山西、河南一带。 (13)九畹：极言其广。畹：十二亩，一说三十亩。此二句暗指西魏平江陵掳掠梁朝大批男女入关。 (14)建始：东汉建安时洛阳宫殿名。 (15)睢阳：在今河南商丘。汉属梁国，有梁孝王东苑。此二句言已显贵于梁而流落于长安。 (16)嶰(xiè)谷：在昆仑山北，传说黄帝命乐官取竹于此，制作正乐律之器。 (17)云门：黄帝时乐曲名。 (18)比翼巢鸳：比翼的鸳鸯并飞，巢居于树。 (19)风亭：指华亭，陆机的故乡，陆机遇害时叹曰："华亭鹤唳，岂可复闻乎！" (20)月峡：即明月峡，在四川巴县。这两句的主语"鹤""猿"倒置句末。 (21)拥肿：同"臃肿"。 (22)盘坳反覆：弯曲纠结。 (23)"熊彪"二句：形容枝干曲折交错，气势峥嵘。 (24)节竖山连：指枝柯密集交错。 (25)文、水：绘在梁上短柱的水草状花纹，形容树纹。文：同"纹"。 (26)匠石：名叫石的著名木匠。 (27)公输：即公输般，古代巧匠。 (28)始就：初成。 (29)剞劂(jī jué)：曲刀和曲凿。仍加：加工再刻。 (30)鳞、甲、角、牙：指树木臃肿不平处。此二句回应"熊彪"二句。 (31)松子：松树，其子可食。一说为"松梓"之误。古度：树名，不华而实，大如石榴。平仲:树名,实如白银。君迁:树名,子如瓠形。 (32)森梢:树木茂盛高峻。 (33)槎枿(chá niè):斜斫为槎,伐而复生为枿。枿:同"蘖"。 (34)秦始皇东封泰山,风雨骤至,避于松下,因封此树为五大夫。 (35)冯异:《后汉书·冯异传》为人谦退不争功,……每所止舍,诸将并坐论功,异常独屏(退处)树下,军中号为'大树将军'。 (36)剥:剥落树皮。 (37)撼顿:摇撼颠踬。 (38)白木庙:传说河南密县东三里天仙宫有白皮松,黄帝葬三女于此。 (39)西河:黄河上游地区。枯桑社:汉应劭《风俗通义·怪神》:张助种李核于空桑有土处,后人见桑中生李,以为神灵社树。 (40)北陆:北地。杨叶关:指边关多种杨树。一说杨亦称柳,指辽西郡柳城。 (41)南陵:南方丘陵地区。梅根冶:镇名,在安徽贵池,六朝于此冶炼金属。以上四句说四方庙、社、关、冶,都因树得名。 (42)丛桂:桂树丛生。 (43)西晋刘琨《扶风歌》:"系马长松下,发鞍高岳头。……去家日已远,安知存与亡!" (44)细柳:即细柳观,在昆明池南。一说是汉周亚夫屯兵的细柳营,在长安城西。 (45)桃林:即桃林塞,在今河南灵宝以西,陕西潼关以东地区。 (46)本:根。 (47)沥:滴。 (48)攲(qī):倾斜。 (49)顿:颠仆。 (50)冰碎、瓦裂:指树木摧残碎裂。理正:指树木纹理整齐。 (51)载瘿衔瘤:指树上长满赘瘤。 (52)藏(zàng):同"臟",指树心。抱:怀抱,指树干。 (53)木魅:树妖。睒睗(shǎn shì):目光闪烁。 (54)妖孽:肆虐为害。 (55)风云:指际遇。感:交感,碰上。 (56)采葛:喻臣以小事使出。 (57)食薇:伯夷、叔齐义不食周粟,隐于首阳山,采薇而食之。 (58)没:遮蔽。 (59)摇落:凋残零落。 (60)《淮南子·说山训》作:"桑叶落而长年悲也。" (61)建章:汉宫名,位于未央宫西,长安城外,东汉初被焚。三月火:以言火之大。 (62)"黄河"句:暗寓自己长期漂泊的身世。 (63)金谷:指金谷园,西晋石崇的别墅,在今河南洛阳东,园内植柏近万株。 (64)相传晋潘岳任河阳(今河南孟州市)令,命满县皆栽桃树。 (65)桓大司马:指东晋桓温,简文帝时任大司马。 (66)汉南:汉水以南。 (67)江潭:指江汉一带。

【今译】殷仲文美貌风流富有才藻,天下闻名。时世变迁,出任东阳太守。常郁郁寡欢,注目庭槐,慨然长叹:"此树扶疏婆娑,生机殆尽了!"

至于像白鹿塞的古松,树心有青牛的文梓,树根庞大,密布山崖内外。

那桂树因什么事而死亡？桐树又为什么而半枯？

先前自三河移植，百亩栽种。在洛阳建始殿开花，却在梁国睢阳园结实。桐木质底，声合音律，曲谐《云门》。携带小雏的凤凰好聚居梧桐，而比翼的鸳鸯亦常双栖树上。白鹤面临华亭唳叫，哀猿对着明月峡长吟。

有的树弯曲臃肿，盘折交错。枝条曲折像熊、虎回视，或者像鱼、龙起伏，或者像斗拱竖立相连，树皮纹理皴裂又像水藻一样紧蹙。这古拙的奇树使匠石惊视，公输般目眩。雕刻初成，又刻凿加工。刨去那鳞甲般的树皮，锯掉那角牙般的多余部分。雕刻层层碎锦透花，又刻成簇簇逼真鲜葩。还有丛草茂树，飘烟散霞。

至于松树、古度、平仲、君迁那些奇木古树，枝梢森然，高峻百顷；余根剩桩，已有千年。在秦代曾接受过大夫的封职，在汉代将军冯异坐在它的下面。而现在没有一棵不苔菌满身，鸟啄虫穿。有的枝条低垂于霜露之中，有的颠仆于疾风乱烟。细想来邻近东海的地区有生长白皮松的古庙，黄河上游地区有枯桑生李的祭神之所，北地有叫杨叶名称的关塞，南方还有以梅树命名的梅根冶。淮南小山有丛桂留人的佳句，刘琨的《扶风歌》则有长松系马的哀吟。难道只有京城西临细柳观上，关塞坐落桃林之下。

至于故地山河隔绝，飘零离别，拔根流泪，伤根滴血。火起于空心老干，树脂从断节溢出。横躺洞口而斜卧，颠扑山腰而劈折。斜纹百围老树如冰残碎，纹理整齐的千尺高树像瓦破裂。赘瘤遍身，心穿千孔，因而树妖目光闪灼，山妖肆虐为害。

何况时机不遇，久旅无法归去；未能完成像《诗经·采葛》所比喻的一般使命，却落到苟活异朝采薇而食的伯夷、叔齐式的处境。沦落平民小巷，杂草遮蔽柴门。既感伤摇落萧瑟，更慨叹迟暮变衰。《淮南子》所说的“木叶落，长年悲”，就是指我这种境况。

于是有歌一首：建章火烧三月整，黄河漂流万里筏。不是金谷满园树，就是河阳一县花。

桓温大司马听到仲文的感喟而慨叹说：“当年栽柳，飘拂汉水以南；而今衰枯，凄凉江汉一带。树且这样，人怎能经受得了！”

【点评】这篇《枯树赋》，是庾信后期“唯以悲哀为主”的又一名作。树恋旧土，移而损性，尤能切合作者“乡关之思”和政治处境的变迁。“心则历陵枯木”（《田园赋》）的悲怆凄苦，自然凝结为一篇危苦之辞。

通篇感慨全在“世异时移”上，一一都从“生意尽矣”的枯树上命意。正面落笔，即从原本“根柢盘魄，山崖表里”旺盛茂密的树木为何枯死喝问，其悲恸之情，与“岂有百万义师，一朝卷甲”（《哀江南赋序》）的激愤相似。“半死”之桐，“销亡”之桂，有自喻，亦含梁灭国亡之喻。其《拟连珠》二十七的“如彼梧桐，虽残生而犹死”，喻同“半死”。篇末“建章火”“万里槎”，则意同“销亡”。公元554年，西魏攻陷梁都江陵，“并虏其百官及士民以归，没为奴婢者十余万”（《周书·文帝纪》），此即“三河徒植，九畹移根”所浸含的屈辱内容。赋中集中笔墨描写各种被伤根的树木“火入空心，膏流断节”的灭顶之灾，象征性地反映了那个血与火的时代，所缔造的无穷苦难，以及难以遏制的愤怒。无论富贵的大夫树、将军树，还是一般的“文斜者”“理正者”，全都厄运难免，“长林之毙，无所不摽”（《拟连珠》二十）。备受“苔埋菌压，鸟剥虫穿”的侵蚀，“霜露”“风烟”的肆虐摧残，无不遭遇“低垂撼顿”“欹卧半折”“冰碎瓦裂”的惨境。“森梢百顷，槎枿千年”而毁于一旦，这故国臣民“拔本伤根”——“沦为奴婢”的现实，金谷树、河阳花在兵燹中化为“黄河万里槎”的彻底毁灭，象征故国的“建章宫”的荡然无存，岂能不使作者“垂泪沥血”呢？《哀江南赋》对这场历史劫难有惨痛的描写：“于时瓦解冰泮，风飞电散。……逢赴洛之陆机，见离家之王粲，莫不闻陇水而掩泣，向关山而长叹。”此赋枯树种种惨状，亦复是当时现实的逼真“写照”。

在亡国之根的悲曲中，交错着个人不幸的哀叹。庾信早期“出入禁闼，恩礼莫与比隆”（《周书》本传），入北身仕两朝，并写了不少的铭幽谀墓的“群公碑志”，他把这层隐痛以“开花建始之殿，落实睢阳之园”隐隐点出，拔本伤根之后，还能依然“落实”结果，非无自悔之意。又以拳曲臃肿的不材之木作比，“熊彪顾盼，鱼龙起伏”的兀傲俊迈之姿，遭到同样痛辱，却别是一番雕镌刓劂的磨难：“平鳞铲甲，落角摧牙”，而自己呈现给北朝的却是“重重碎锦，片片真花”，还有什么“纷披草树，散乱烟霞”。这固然有“倡家遭强聘，质子值仍留”（《拟咏怀》）的无可奈何的苦衷，但更多的是“遂令忘楚操，何但食周薇”（《赠司寇淮南公》）的自责自悔。他的《谢滕王集序启》所说的“匠石回顾，朽材变于雕梁”的应酬奉承话，正好和这一段正反合观。只是对于北朝斫削的“斧凿”不能说得太露，因之很少得到人们的确解。这也是以“枯树”为赋的一层苦心。至于自悲则以“未能采葛，还成食薇”等语明言。摇落变衰的心绪，由人及树，婉转附物，怊怅切情，使赋的立意更为明显突出。

此赋杂写众木，不主一树，以便围绕国亡身辱的中心，驱遣树木故实，奔凑不绝。虽有“白木之庙”四句无关宏旨的铺衍，但多能以情运文。如“小山则丛桂留人”以寓故国怀念，“扶风则长松系马”可见羁北悲凉。借助故实的挥发性，随笔点染，哀情淋漓。或以树见人，或以人带树。整段的树木描写，忽然加入“临风亭而唳鹤，对月峡而吟猿”，“山河阻绝，飘零离别”的人事情语，使人、树融为一体。起以殷仲文“此树婆娑，生意尽矣”，触绪兴哀；结以桓温“树犹如此，人何以堪”，慨然不尽。首尾一气呼应，感人亦复深切。

【集说】庾赋多为当时所赏，今观此赋，固有可采处，然喜成段对用故事，以为奇赡。殊不知乃为事所用，其间意脉多不贯串。夫诗人之多识，岂以多为博哉！亦不过引古而证今，就事而生意，以畅吾所赋云尔。……东莱曰：“为文之妙，在于叙事状情。若用事不得其叙，则泛而腐；于情既不足以发，冗而碎；于辞又不足以达，窒而涩；于理复不足以明，虽多亦奚以为？（祝尧《古赋辨体》）

子山入关而后，其文篇篇有哀，凄怨之流，不独此赋（指《哀江南赋》）而已。若夫《枯树》衔悲，殷仲文婆娑于庭树；《邛竹》寓愤，桓宣武赠礼于楚丘。《小园》岂是乐志之篇，《伤心》非为弱子所赋。……若夫《三春》《七夕》之章，《荡子》《鸳鸯》之赋，《灯》前可出丽人，《镜》中惟有好面，此当时宫体之文，而非仕周之所为作也。（倪璠《庾子山集注·注释庾集题辞》）

作者处梁魏播迁之世，代异时移，先有牢骚摇落之感于胸中，故借题发挥，引古人以自况。说枯树处即其自为写照处，是极用意之作。（李元度《赋学正鹄》）

文人假设，变化不拘。……乌有、子虚之徒，争谈于较猎；凭虚、安处之属，讲义于京都；《解嘲》《客难》《宾戏》之篇衍其绪。……此则寓言十九，诡若万殊者也。乃其因事著称，缘人生义。……空槐落火，桓温发叹于仲文之迁；素月流天，王粲抽毫于应、刘之逝。斯则善愁即为宋玉，岂必楚廷？旷达自是刘伶，何论晋世？（章学诚《文史通义·言公下》）

（魏耕原）

小园赋[1]

若夫一枝之上[2]，巢父得安巢之所[3]；一壶之中，壶公有容身之地[4]。况乎管宁藜床[5]，虽穿而可坐；嵇康锻灶[6]，既暖而堪眠。岂必连闼洞房[7]，南阳樊重之第[8]；绿墀青琐[9]，西汉王根之宅[10]。余有数亩敝庐，寂寞人外，聊以拟伏腊[11]，聊以避风霜。虽复晏婴近市[12]，不求朝夕之利；潘岳面城[13]，且适闲居之乐。况乃黄鹤戒露[14]，非有意于轮轩[15]；爰居避风[16]，本无情于钟鼓[17]。陆机则兄弟同居[18]，韩康则舅甥不别[19]。蜗角蚊睫[20]，又足相容者也。

尔乃窟室徘徊[21]，聊同凿坯[22]。桐间露落，柳下风来。琴号珠柱[23]，书名《玉杯》[24]，有棠梨而无馆[25]，足酸枣而非台[26]。犹得敧侧八九丈[27]，纵横数十步，榆柳两三行，梨桃百余树。拨蒙密兮见窗[28]，行敧斜兮得路。蝉有翳兮不惊[29]，雉无罗兮何惧[30]。草树混淆，枝格相交，山为篑覆[31]，地有堂坳[32]。藏狸并窟，乳鹊重巢。连珠细菌，长柄寒匏[33]。可以疗饥，可以栖迟，敧区兮狭室[34]，穿漏兮茅茨[35]。檐直倚而妨帽，户平行而碍眉。坐帐无鹤[36]，支床有龟[37]。鸟多闲暇，花随四时。心则历陵枯木[38]，发则睢阳乱丝[39]。非夏日而可畏[40]，异秋天而可悲[41]。

一寸二寸之鱼，三竿两竿之竹。云气荫于丛著[42]，金精养于秋菊[43]。枣酸梨酢[44]，桃榹李薁[45]。落叶半床，狂花满屋。名为野人之家[46]，是谓愚公之谷[47]。试偃息于茂林[48]，乃久羡于抽簪[49]。虽有门而长闭，实无水而恒沉[50]，三春负锄相识[51]，五月披裘见寻[52]。问葛洪之药性[53]，访京房之卜林[54]。草无忘忧之意[55]，花无长乐之心[56]。鸟何事而逐酒[57]，鱼何情而听琴[58]？

加以寒暑异令，乖违德性，崔骃以不乐损年[59]，吴质以长愁养病[60]。镇宅神以薶石[61]，厌山精而照镜[62]。屡动庄舄之吟[63]，几行魏颗之命[64]。薄晚闲闺，老幼相携，蓬头王霸之子[65]，椎髻梁鸿之妻[66]。燋麦两瓮[67]，寒菜一畦。风骚骚而树急，天惨惨而云低。聚空仓而雀噪[68]，惊懒妇而蝉嘶[69]。

昔草滥于吹嘘[70]，藉《文言》之庆余[71]。门有通德[72]，家承赐书[73]。或陪玄武之观[74]，时参凤凰之虚[75]。观受釐于宣室[76]，赋《长杨》于直庐[77]。遂乃山崩川竭，冰碎瓦裂，大盗潜移[78]，长离永灭[79]。摧直辔于三危[80]，碎平途于九折[81]。荆轲有寒水之悲[82]，苏武有秋风之别[83]。关山则风月凄怆[84]，陇水则肝肠断绝[85]。龟言此地之寒[86]，鹤讶今年之雪[87]。百龄兮倏忽，光华兮已晚。不雪雁门之踦[88]，先念鸿陆之远[89]。非淮海兮可变[90]，非金丹兮能转[91]。不暴骨于龙门[92]，终低头于马坂[93]。谅天造兮昧昧[94]，嗟生民兮浑浑[95]。

【注释】(1)本篇写退居生活，写作时间当在入北初期，很可能是周闵帝元年(557)春，此时宇文觉已篡魏建国，江南陈霸先代梁之势已成，而庾信当此之际似曾赋闲家居，潦倒穷愁而至于疾病。 (2)若夫：句首语气词。 (3)巢父：即许由，上古隐士。 (4)壶公：传说中的神仙。《后汉书·方术传》：费长房见市中一老翁卖药，摊头悬一壶(葫芦)，市罢辄跳入壶中，人莫能见。 (5)管宁：字幼安，北海朱虚(今山东临朐县东南)人。隐居不仕，平居常跪在木榻上，历时五十五年，榻上当膝处都磨出了洞。藜床：藜枝制成的坐榻，喻简陋。 (6)嵇康：字叔夜，谯国铚(今安徽宿县西南)人。性绝巧，喜打铁。宅中有柳树，夏日于树下打铁，引水环绕。锻灶：铁匠炉。 (7)连闼(tà)：门户连接。洞房：房屋相通。 (8)樊重：字君云，南阳(今属河南)人。东汉光武帝刘秀的舅父。所居庐舍有重堂高阁，陂池灌注。 (9)墀(chí)：台阶。琐：窗棂。 (10)王根：字稚卿，元城(今河北大名县东)人。汉成帝的舅父，封曲阳侯。骄奢僭上，宅第中高廊阁道，赤墀青琐，类似皇宫中的白虎殿。 (11)拟伏腊：度时光。秦汉时，夏六月之伏日，冬十二月之腊日，皆为祭。这里借指寒暑。 (12)晏婴：春秋时齐景公相。所居临近市场，齐景公欲其般家，晏婴说：我的先人就住在这里，我如果不能接着住下去，就属于奢侈了。再说"小人近市，朝夕得所求，小人之利也"。 (13)潘岳：字安仁，中牟(今河南中牟县东)人。晚年闲居洛阳。 (14)黄鹤戒露：鹤性机警，至八月白露降，流滴草叶有声，便高鸣相警，以迁徙避害。 (15)轮轩：达官贵人所乘的车。春秋时卫懿公好鹤，鹤有乘轩者。 (16)爰居：一种海鸟。春秋时，爰居为避海上大风，止于鲁国东门外，国人祭之。 (17)钟鼓：指祭祀。 (18)陆机：字士衡，吴郡华亭(今上海松江区)人。晋灭吴,与弟陆云(士龙)同赴洛阳,兄弟二人住在参佐官舍中,瓦屋三间,云在东头,机在西头。 (19)韩康:即韩伯,字康伯,长社(今河南长葛)人。西晋名将殷浩之甥,为浩所赏爱。浩被黜,徙新安(今河南渑池县东),伯亦随之。 (20)蜗角:蜗牛触角。喻极小。蚊睫:蚊子的睫毛。极言其小。 (21)尔乃:句首语气词。窟室:地下室。 (22)凿坯:穿墙而出。 (23)珠柱:琴柱饰以珠玉,故琴号珠柱。 (24)玉杯:书名,董仲舒撰。 (25)棠梨:即甘棠,俗称野梨,结实似梨而小,可食。汉甘泉宫有棠梨馆。 (26)酸枣:即山枣树,实似枣而小,味酸可食。 (27)攲(qī):倾斜。 (28)蒙密:丛杂茂密。 (29)翳(yì):遮蔽。 (30)罗:网。 (31)篑(kuì)覆:堆一筐土。喻山之小。 (32)堂坳(ào):小土坑。 (33)匏(páo):葫芦。 (34)崎(qí)区:崎岖。 (35)茅茨:茅屋。 (36)坐帐无鹤:这是说南归乏术。三国时,吴人介象有仙术,吴王征至武昌(今湖北鄂城),为立宅,供帐皆绮绣。象告病,吴王送梨一筐,食之即死。中午下葬,当晚已回到建邺(今江苏南京),并将所赐梨交苑吏作种。吏上报吴王,开棺视之,唯有一符。为立庙,常有白鹤集于座上。 (37)支床有龟:这是说久羁长安。《史记·龟策列传》:"南方老人用龟支床足,行二十余岁,老人死,移床,龟尚生不死。" (38)历陵:在今江西德安县东。汉属豫章郡。应劭《汉宫仪》说:豫章郡有大樟树,久已枯死,至晋永嘉时复活,荣茂如初,人们认为是晋室中兴之兆。 (39)睢阳:在今河南商丘市南。春秋时宋国建都于此。 (40)"非夏"句:写处境艰难。《左传》文公七年:问赵衰、赵盾谁更贤明,贾季答:衰是冬天的太阳,盾是夏天的太阳。杜预注:"冬日可爱,夏日可畏。" (41)"异秋"句:写平居无欢。宋玉《九辩》:"悲哉秋之为气也,萧瑟兮草木摇落而变衰。" (42)蓍(shī):多年生草,可入药。 (43)金精:九月上寅日采摘的甘菊。 (44)酢:"醋"的借字。 (45)榹(sī):山桃。薁(yù):山李。 (46)野人之家:山野人家,指隐者。汉桓帝出游,百姓争相围观,有老父耕作不辍,问他为何不去看,答:"我是山野之人,听不懂你的话。" (47)愚人之谷:春秋时,齐国一老者自号愚公,齐桓公出猎,问此为何地,愚公称其地为愚公之谷。 (48)偃(yǎn)息:闲居安卧。 (49)抽簪:古人绾发,以簪固定,然后戴冠。抽簪即披发不冠,喻弃官归隐。 (50)沉:陆沉。指隐逸的人,如同无水潜沉。 (51)负锄:指荷蓧(diào)丈人。《论语·微子篇》:子路随孔子出行,路遇一老人,用拐杖挑着锄草用的农具,孔子断言他是一位隐士。(52)披裘:指披裘公。《高士传》:延陵季子游于齐国,见道旁有人家遗落的金子,就让一个穿皮袄的打柴人去捡,那人说:"我夏天还要穿着皮袄背柴,难道是捡拾遗金的人吗?"季子知道是遇上了贤者,自悔失言。 (53)葛洪:东晋医药学家。字稚川,句容(今属江苏)人。著有《金匮药方》《肘后备急方》等。 (54)京房:西汉《易》学专家。字君明,顿丘(今河南浚县北)人。著有《周易集林》《周氏占事》等。 (55)忘忧:指萱草。嵇康《养生论》:"萱草忘忧。" (56)长乐:指紫花。傅咸《紫华赋序》:"紫华一名长乐花。" (57)逐酒:《庄子·至乐》:"昔海鸟(爰居)止于鲁郊,鲁侯御而觞之于庙,奏《九韶》以为乐,具太牢以为膳。鸟乃眩视忧悲,不敢食一脔,不敢饮一杯,三日而死。" (58)听琴:《荀子·劝学》:"昔日瓠巴鼓瑟而沉鱼出听。""逐酒""听琴"二句是说饮乐非出于本意。 (59)崔骃:字亭伯,涿郡安平(今属河北)人。曾任车骑将军窦宪掾属,屡谏不用,反被远放为长岑长,郁郁终日,不到官而归。 (60)吴质:字季重,济阴(今山东馆陶县西北)人。建安二十二年(217),魏大疫,魏太子曹丕写信问吴质平安,质复信说:"今质已四十二矣,白发生鬓,所虑日深,实不复若平日之时也。" (61)薶(mái)石:薶同"埋"。《淮南万毕术》:"埋石四隅,家无鬼。"据宗懔《荆楚岁时记》,梁朝习俗十二月暮日,掘宅四角,各埋一大石以镇宅。 (62)厌:同"压",镇压。山精:邪魅。《抱朴子·登陟》说:万物老则成精,假托人形以惑人,照镜则显原形,故入山道士皆身背明镜,使山魅不能近人。 (63)庄舄(xì):越人,在楚为官,痛中怀思故国,吟唱越歌。 (64)魏颗:春秋时,晋国的魏武子宠爱一妾,武子病,命其子魏颗在他身后嫁此妾;病重时,又命以此妾殉葬。武子死,魏颗嫁妾,认为这是听从其父清醒时的命令,而不听从其病重昏乱时所说的话。 (65)王霸:东汉时的隐士,与令狐子伯为友。后子伯做官为楚相,偕子来访,车马随从,雍容华贵。霸见自己的儿子蓬头历齿,不知礼则,不觉面有惭色,其妻则劝他以清节志气为重,不必惑于荣利。 (66)梁鸿:东汉时人,初娶孟氏,见她过于修饰,七天不予理睬,后孟氏改为简朴的妆束,椎髻,著布衣,不停地干活,梁鸿说:这才是我的妻子。 (67)燋麦:陈麦。潘岳《马汧督诔》:"爨陈焦之麦。" (68)雀噪:晋苏伯玉妻《盘中诗》:"空仓雀,常苦饥。" (69)蝉嘶:古谚:"趋(促)织鸣,懒妇惊。"秋天来到，需赶快为家人准备冬衣，故懒妇为惊。这里化用古谚，以秋蝉代促织。

(70)草滥：以草莽之人而滥求禄位。指在梁做官。吹嘘：指吹竽，用滥竽充数故事。 (71)文言：《周易·坤卦·文言》："积善之家，必有余庆。"余庆即庆余，指福庆有余。 (72)通德：东汉郑玄德高学富，北海相孔融令高密县(玄故乡)为他特立一乡，名郑公乡，广开门衢，使容高车，号通德门。庾信祖庾易为南齐征士，故这里以郑玄为喻。 (73)赐书：皇帝赏赐的书籍。班固《汉书·叙传》说：班彪幼与从兄班嗣共游学，嗣父曾至秘阁校书，"家有赐书"。庾信的伯父庾於陵、父庾肩吾有文名，这里用以比班嗣、班彪兄弟。

(74)玄武之观：汉未央宫北面有玄武阙，这里代指梁朝东宫。庾肩吾为梁太子中庶子，庾信为抄撰学士，父子出入禁闼，恩礼隆甚。以下四句写当时情景。 (75)凤凰之虚：汉宫有凤凰殿。 (76)宣室：汉未央宫前的正室。《史记·贾生列传》贾谊出为长沙王太傅，一年后，汉文帝思念甚殷，召见，当时刚进行过受釐(祭祀鬼神以受福祐)仪式，就在宣室问贾谊鬼神之事。

(77)长杨：汉宫殿名。扬雄曾受命作《长杨赋》。直庐：侍臣值夜时的宿处。

(78)大盗潜移：语出《后汉书·光武帝纪赞》："炎正中微，大盗移国。""大盗"指王莽，这里借指侯景之乱。 (79)长离：长丽，即朱雀。这里代指南方。永灭：指金陵覆亡。 (80)三危：指三危山。一说在今甘肃岷山县西南，三峰峻险。 (81)九折：指九折坂，在今四川邛崃山，山路曲折。以上两句是说自江陵出使西魏，终遭不测。 (82)"荆轲"句：指出使西魏有去无回。荆轲将刺秦王，在易水和太子丹分别，歌唱：'风萧萧兮易水寒，壮士一去兮不复还。" (83)苏武：汉武帝时，苏武出使匈奴，被拘十九年不屈，后得回汉朝。 (84)关山：汉乐府横吹曲有《关山月》，写别离之苦。 (85)陇水：汉乐府横吹曲有《陇头歌辞》三曲，其一说："陇头流水，鸣声幽咽。遥望秦川，心肝断绝。"写关中人行至陇头(即陇坻，在今陕西陇县、宝鸡县和甘肃清水县、张家川回族自治县之间)而回望故乡的悲伤心情。 (86)龟言：前秦时，高陆人穿井得龟，大三尺，背有八卦文，苻坚命养之。龟死后，藏其骨于太庙，庙丞高虏梦龟言："我本将归江南，遭时不遇，陨命秦庭。"人们认为这是亡国的征兆。见《晋书·苻坚载记》。庾信引此，一则隐指梁亡，一则表示欲归江南，不想客死于秦。 (87)鹤讶：晋太康二年。(281)冬，大雪，南州人见二鹤语于桥下："今兹寒不减尧崩年也。"见刘敬叔《异苑》卷三。这里喻指梁元帝之死。 (88)雪:洗除。雁门之踦(jī):西汉时,段会宗为雁门(今山西右玉县东南)太守,因事免职,后复为西域都护,友人谷永见其年老远出,写信劝诫道:"愿吾子因循旧贯,毋求奇功。终更亟还,亦足以复雁门之畸。"踦,命运不好。 (89)鸿陆:语出《周易·渐卦》:"鸿渐于陆,夫征不复。"意思是鸿雁本水鸟,深入陆地,则意味着一去不返。 (90)淮海:传说雀入海化为蛤,雉入淮化为蜃鼋鱼鳖。 (91)金丹:古代方士以金石炼成的药物,有一转至九转之法。这两句哀叹自己的命运无法改变。 (92)暴骨龙门:《太平御览》卷四十引《辛氏三秦记》:"河津一名龙门(在今陕西韩城和山西河津之间),江海大鱼洎集门下数千,不得上,上则为龙,故云暴鳃龙门。科举时代,用以比喻应进士试不第。此化用为暴骨龙门。"不暴骨于龙门"意为不愿做官(为龙)。 (93)马坂:指太行山的车道。《战国策·楚策》载:伯乐见老龄的千里马拉盐车上太行,汗交流,负辕不能上,感慨系之。 (94)天造:天道,天意。昧昧:渺茫。 (95)浑浑:混乱的样子。

【今译】在一根树枝上,巢父获得了安家的处所;在一个葫芦里,壶公找到了容身的地方。况且还有管宁的坐榻,穿了洞仍可以用;嵇康的铁匠炉边,既暖和又可安眠。为什么一定要高阁重楼,有如南阳樊重的宅第;画栋雕窗,宛若西汉王根的王府?我只有几亩大的一处房舍,坐落在车马无喧的郊外,暂且可以用来随俗度日,遮挡风雨寒霜。居家虽说也像晏婴一样靠近集市,却同样不需要追逐需求的便利;就是像潘岳一般面城而居,所希望的也只是享受闲居的安乐。何况黄鹤自警是为了躲避危害,他们决不会自愿去乘坐华贵的高车;爰居徙居也是为了逃过风灾,并不想谋求人们的祭拜。当此流寓之时,如能像当年的陆机兄弟有个栖身之所,像韩伯甥舅那样不计利害得失,那么即使是蜗角蚊睫般狭窄的空间,我觉得已足可以安居乐业了。

于是我在小园中自得其乐,庆幸逃出了官场。正是新桐发芽,清露晨流,柳枝摇曳,春风和畅的时节。在园中弹弹琴,读读书,也是让人惬意的。园中有棠梨树,但没有馆阁;有酸枣树,但没有楼台。园地斜看有八九丈长,横看有几十步宽。栽有两三行榆柳,百余棵梨桃。拨开茂密的枝条才能直到窗户,弯弯曲曲地走去才有道路。鸣蝉有浓叶遮蔽而不受惊扰,雉鸣也不必担心罗网而自由自在。花草树木混杂生长,长短枝条互相交错。园中有山不过像一筐土堆成，有水不过是小土坑。水下的鱼鳖因地盘小不得不窝连着窝，孵雏的鸟鹊也因树少不得不巢叠着巢。园中的草木结出串串果实，架上的葫芦累累沉重而拉长了脖颈。在这里既可以获得充饥的食物，又可以养生嬉游。几间高矮不一的小屋，茅草覆盖的屋顶还会透风漏雨。屋檐之低会碰掉帽子，门框之窄侧身要擦到眉毛。素朴的帐幔引不来白鹤，陈旧的床榻也只有用龟垫脚。鸟儿悠闲自得，花儿随心开落。然而我的心却如同历陵久枯的大树，白发也如同睢阳待染的一团素丝。虽说不是夏日，竟已有所畏惧；秋风未动，竟已有所悲伤。

园中有一寸两寸的小鱼，有三竿两竿翠竹。云气覆盖着丛生的蓍草，金精滋润着秋天的菊花。又有酸枣醋梨，山桃野李，枯叶洒满床头，落花飞满屋里。我把这里看作山野人家，是名副其实的愚公的山谷。我愿意隐居在园林，很久以来就向往着退居的生活。因而园门虽设而常常关闭着，实际上我的心已经与外世隔绝。日常有些来往的不是荷蓧丈人那样的隐者，就是披裘公那样的高士。闲来或是阅读葛洪的药书，或是研究京房的卦说。但是生活在远离故乡的北方，见到忘忧草不能使我忘忧，见到长乐花不能使我长乐。就像是海鸟不能饮酒却偏让它饮酒，渊鱼不愿听琴却偏让它听琴，究竟是为了什么要这样违背它们的本心呢？

再说北方与南方气候寒热不同，在这里我感到难以适应，也不合我的心愿。我担心这样抑郁不乐，肯定会像崔骃那样折损寿命；长年愁苦不堪，也会像吴质那样积成疾病。于是在房宅四角埋石以镇压鬼怪作祟，身带明镜以防妖魔伤害。结果还是像庄舄那样因思乡而病倒，甚至病得像魏颗的老父昏乱欲死。傍晚时分，全家团聚，儿子如王霸之子蓬头垢面，妻子如梁鸿之妇荆钗布裙。厨中只有两瓮麦子，菜圃唯剩一畦青菜。树在大风里不停地摇动，天空被乌云搅得一片昏黑。空空的粮仓上聚集着吵闹的麻雀，懒妇们耳边响起了秋虫的悲鸣。

当年我托先辈的福荫，在梁朝的宫廷里做官充数。我祖父的名德可以和建立通德门的郑玄媲美，父亲和伯父也和读过皇家赐书的班氏兄弟一样博学。我本人则曾经随侍皇太子在玄武观陪坐，又有幸到凤凰殿听讲。还曾经像贾谊受到隆重召见，像扬雄奉命撰写诗文。谁料到山崩地裂，河流枯竭，冰消雪散，石碎瓦解，窃国大盗侯景作乱，金陵故都陷于灭顶之灾。我后来自江陵出使西魏，势如履三危而登九折，终于遭遇不测，还国无门。恰似荆轲告别易水，李陵在匈奴为苏武送行，我竟然一去无回。放眼关中的山川，倍觉岁月凄怆；耳听《陇头》乐曲，尤感痛彻肝肠。一如大龟所言，我渴望回归江南，以免埋骨异邦；然而鹤语可畏，梁元帝遇害，故国随之灭亡。人生百年不过瞬间，我现在已开始进入晚年。虽然不想洗雪以往遭受的不幸，但依旧丢不开南归的意念。可怜我既没有雀雉入涯海而生变化的能力，又没有药石在土釜中九转而成金丹的法术。如果不能鱼跃龙门如愿回到南方，那么最终只能像太行山道上的老马，低头忍辱在北朝做官。看来茫茫天意就是如此，对于纷乱的人生我唯有叹息不已。

【点评】庾信的辞赋，以《哀江南赋》为冠，本篇为亚。二者在主题思想上虽有相通之处，而艺术构思迥然有别。《哀》赋重叙事，意在总结梁朝兴亡的教训，全篇虽以个人的身世经历穿针引线，但评说的中心始终不离开历史事变，一个个历史事变的生动描写，构成了一幅宏伟的历史长卷。本篇则不同，主旨是感慨命运多舛，羁旅不归，一切皆出于无奈。笔触所及，主要在于渲染情绪，即有写景亦为抒情，即有叙事亦为志感。倘以为《哀》赋近于史，本篇则近于诗。以《哀》赋譬巍峨泰山，本篇则为武夷九曲了。

本篇赋的前半，着眼于小园景物，寄意于"数亩敝庐，寂寞人外"，正面铺写退居的闲适，直言对隐居生活的企慕。不过其间或作逆笔，插入"心则历陵枯木，发则睢阳乱丝""草无忘忧之意，花无长乐之心""屡动庄舄之吟，几行魏颗之命"等语，点醒当时身羁北朝，心向故国，情绪十分恶劣。赋的后半，顺落拓转，由今日之心境及于昔日之宠遇，两相对照，引发出一番沉挚哀切的家国之恨和乡关之思。"大盗潜移，长离永灭"，所恨至深，言之至痛。"谅天造兮昧昧，嗟生民兮浑浑"，哀痛之余，复归于天意不违。哀莫大于心死。庾信在魏、周嬗代之际，内心似曾有过一场出仕与归隐的斗争，其结果是认识了身非由己的事实，只好听天任命。后来再仕北周，"仕望通显，常作乡关之思"，但南旋之"心"已然"死"去，正因为"心死"，故其晚年的去国忧思尤可哀叹。

清许梿《六朝文絜》有评语说："骈语至兰成，所谓采不滞骨，隽而弥絜。""采不滞骨"谓文采焕发而不伤于骨气，不流于纤弱。如"琴号珠柱，书名《玉杯》。有棠梨而无馆，足酸枣而非台"四句，极意修饰，竟不觉粘滞。又如"虽复晏婴近市，不求朝夕之利；潘岳面城，且适闲居之乐”四句，既恰切说明了所居在于城郊，临近市场，又表达出不争名利、唯求闲适的意愿，而使事遣词，均入化境。“隽而弥絜”谓文词省净，言简意赅。如“陆机则兄弟同居，韩康则舅甥不别”二句，言外有羁旅之中随遇而安之意，字面则凝练畅达，对于典故本事有很强的概括力。又如“关山则风月凄怆，陇水则肝肠断绝”二句，“关山”与“陇水”可视为北地实景，亦可作为乐府篇名，语义双关，妙涵无垠。

【集说】《小园赋》者，伤其屈体魏、周，愿为隐居而不可得也。其文既异潘岳之《闲居》，亦非仲长之乐志，以乡关之思，发为哀怨之辞者也。（倪璠《庾子山集注》卷一题解）

庾信《小园赋》，故国旧都之感惓惓于怀，不似沈隐侯（约）赋《郊居》，盛夸其亭榭之美，游赏之适，顿忘为家令时也。江总持（总）《修心赋》，悔心忽动，有托而逃禅，亦可闵惜。但子山以出使见羁，总持以生降委贽，故词旨之隐显不同，而人品亦于此判矣。（李调元《赋话》卷一）

此赋前半俱从小园落想，后半以乡关之思，为哀怨之词。近人摹拟是题，一味写景赋物，失之远矣。（许梿《六朝文絜》卷一）

及夫屈体魏、周，赋境大变，唯《象戏》《马射》两篇，尚仍旧贯。他如《小园》《竹杖》《邛竹杖》《枯树》《伤心》诸赋，无不托物抒情，寄慨遥深，为屈子旁通之流，非复荀卿直指之遗，而穷愁尽妍于《哀江南赋》。（钱钟书《谈艺录》，第300页）

（许逸民）

哀江南赋序[1]

粤以戊辰之年[2]，建亥之月[3]，大盗移国[4]，金陵瓦解。余乃窜身荒谷[5]，公私涂炭[6]；华阳奔命[7]，有去无归。中兴道销，穷于甲戌[8]。三日哭于都亭[9]，三年囚于别馆[10]。天道周星[11]，物极不反。傅燮之但悲身世[12]，无处求生；袁安之每念王室[13]，自然流涕。

昔桓君山之志事[14]，杜元凯之平生[15]，并有著书，咸能自序。潘岳之文采[16]，始述家风；陆机之辞赋[17]，先陈世德。信年始二毛[18]，即逢丧乱[19]，藐是流离[20]，至于暮齿。《燕歌》远别[21]，悲不自胜；楚老相逢[22]，泣将何及！畏南山之雨，忽践秦庭[23]；让东海之滨，遂餐周粟[24]。下亭漂泊[25]，高桥羁旅[26]。楚歌非取乐之方[27]，鲁酒无忘忧之用[28]。追为此赋，聊以记言，不无危苦之辞，惟以悲哀为主[29]。

日暮途远[30]，人间何世！将军一去[31]，大树飘零；壮士不还[32]，寒风萧瑟。荆璧睨柱[33]，受连城而见欺；载书横阶[34]，捧珠盘而不定。钟仪君子[35]，入就南冠之囚；季孙行人[36]，留守西河之馆。申包胥之顿地[37]，碎之以首；蔡威公之泪尽[38]，加之以血。钓台移柳[39]，非玉关之可望[40]；华亭鹤唳[41]，岂河桥之可闻！

孙策以天下为三分[42]，众才一旅；项籍用江东之子弟[43]，人唯八千。遂乃分裂山河，宰割天下[44]。岂有百万义师，一朝卷甲，芟夷斩伐[45]，如草木焉？江淮无涯岸之阻，亭壁无藩篱之固[46]。头会箕敛者[47]，合从缔交[48]；锄耰棘矜者[49]，因利乘便。将非江表王气，终于三百年乎[50]？是知并吞六合[51]，不免轵道之灾[52]；混一车书[53]，无救平阳之祸[54]。呜呼！山岳崩颓[55]，既履危亡之运；春秋迭代，必有去故之悲。天意人事，可以凄怆伤心者矣。

况复舟楫路穷，星汉非乘槎可上[56]；风飙道阻，蓬莱无可到之期[57]。穷者欲达其言[58]，劳者须歌其事[59]。陆士衡闻而抚掌[60]，是所甘心；张平子见而陋之[61]，固其宜矣[62]。

【注释】(1)赋题出自《楚辞·招魂》:“目极千里兮伤春心，魂兮归来哀江南。”司马迁认为屈原在放逐中听到楚怀王死于秦国的消息，遂采用“招魂”的形式来表达对怀王的哀悼和对楚国命运的忧伤。庾信的这篇《哀江南赋》，前叙侯景之乱，所哀在建康(今江苏南京，萧梁建都于此)；后悲元帝之祸，所哀在江陵(今属湖北，梁元帝即位于此)。其心气既与屈原相通，而建康、江陵亦可通称江南，故摘引《招魂》的语句为题，以寄寓哀悼梁朝覆亡的深意。作赋的时间，一般认为是在晚年，大概在周武帝宣政元年(578)十二月，宣帝已即位而尚未改元之际。序文是全赋的引言和纲要。　(2)粤：句首语气词,无义。戊辰之年:指梁武帝太清二年(548)。 (3)建亥之月:夏历十月。 (4)大盗:指侯景。景本东魏将,先降西魏,继降梁,武帝封为河南王。太清二年举兵反,十月围金陵(即建康),翌年陷台城(梁宫城),武帝被逼饿死,简文帝继位。大宝二年(551),景杀简文,自立为帝,国号汉。移国:篡位。 (5)荒谷:春秋时楚地,在江陵(今属湖北)西,这里代指江陵。(6)公私:公室私门,泛指官府和百姓。 (7)华阳:山名,也称阳华山,在今陕西洛南县东北。代指建都长安(今陕西)的西魏。奔命:奔走应命。梁元帝承圣三年(554)四月,信自江陵出使西魏,十一月,西魏袭取江陵,梁元帝被杀,信从此留北不归。 (8)甲戌:指承圣三年。梁元帝讨平侯景,启中兴之业,江陵陷落,遂使一切希望化为泡影。 (9)都亭:都城郊外的驿亭。(10)别馆:使臣所应居住的正馆以外的馆舍。居别馆说明已失去使臣身份。 (11)周星:岁星(木星),约十二年运行一周天。 (12)傅燮:字南容,灵州(今宁夏灵武)人。出为汉阳太守。王国、韩遂围攻汉阳,城中兵少,燮犹固守。其子劝弃城,他慨然叹道:"世乱不能养浩然之气,食禄又欲避其难乎!吾行何之,必死于此!"终于战死。 (13)袁安:字劭公,汝阳(今河南商水县西北)人。官至司徒。时和帝幼弱,窦太后擅权,每当朝会进见及与公卿谈论国事,安常常呜咽流涕。 (14)桓君山:即桓谭,字君山,著有《新论》。 (15)杜元凯:即杜预,字元凯,著有《春秋左氏经传集解》。 (16)潘岳:字安仁,中牟(今河南中牟县东)人。西晋文学家。有《家风》诗,述其家世遗风。 (17)陆机:字士衡,华亭(今上海市松江区)人。西晋文学家。有《祖德赋》《述先赋》,述其先世功德。 (18)二毛:头发花白,指半老之人。 (19)丧乱:家破人亡。 (20)藐(miǎo):通"邈",远。是:句中语助词,无义 (21)燕歌:指《燕歌行》,王褒作。极写关塞苦寒。 (22)楚老:《列子·周穆王篇》:有人生于燕而长于楚,年老时回到燕地,望见城墙愀然变容,见到里社喟然而叹,回到祖居泫然泪下,来到祖坟悲不自胜。庾信世居楚地,这里引楚老以自喻。 (23)"畏南"二句:上句用《列女传》陶答子事,其妻以南山玄豹珍惜皮毛,云雨天不外出觅食为比,劝答子修名节,不要贪求禄位。下句用《淮南子·修务篇》申包胥事,楚臣申包胥入秦国救援,"竭筋力以赴严敌"。这里借喻自己当年仕梁,奉命出使西魏。西魏都长安,在秦地,故曰"秦庭"。 (24)"让东"二句:上句用《史记·齐太公世家》田和自立为齐王，迁康公于海滨事，暗喻北周取代西魏。下句反用《史记·伯夷列传》周武王灭殷，伯夷、叔齐不食周粟，隐于首阳山事，指自己在北周做官，有自感惭愧之意。（25）下亭：路人寄宿处。（26）高桥：《周书》引作“皋桥”，在今江苏苏州阊门内。（27）楚歌：项羽被围垓（gāi）下，夜闻汉军四面楚歌。这里泛言听歌而思乡。（28）鲁酒：楚王大会诸侯，鲁、赵两国献酒，鲁酒味薄，赵酒味厚，事先酒吏向赵索酒不得，遂将两国之酒对调，楚王以为赵酒味薄，乃围攻赵都邯郸。这里泛言饮酒不能消愁。（29）悲哀为主：语出嵇康《琴赋序》：“称其才干，则以危苦为上；赋其声音，则以悲哀为主。”（30）日暮途远：喻力竭计穷。《史记·伍子胥列传》：子胥对申包胥说：“吾日暮途远，吾故倒行而逆施之。”（31）将军：指东汉冯异。诸将于行军休息时围坐争功，唯独冯异不参与，常躲避到树下，军中号称“大树将军”。（32）壮士：指荆轲。荆轲受命入秦刺秦王，燕丹送至易水饯行，轲即席和筑而歌：“风萧萧兮易水寒，壮士一去兮不复还。”（33）荆璧：指和氏璧。秦王欲以十五城换赵王和氏璧，蔺相如奉璧入秦，秦王无意偿赵城，相如持璧睨（nì，斜视）柱，说要头与璧俱碎，秦王恐破璧，向相如道歉。（34）载书：盟书。赵平原君与楚王会盟，从晨至午，不能议决，平原君门客毛遂按剑历阶而上，说服楚王歃血为盟。（35）钟仪：楚臣。《左传》成公九年：钟仪被俘送到晋国，南冠（仍然戴着南方楚国式样的帽子）而囚，晋侯命他操琴，奏出的是南方楚国乐曲，范文子称赞说：“楚囚，君子也。乐操南风，不忘旧也。”（36）季孙：指季平子（季孙意如），鲁国执政。《左传》昭公十三年：晋侯与诸侯会盟，由于邾、莒等国的声讨，晋侯不许鲁昭公参加盟会，还扣留了陪同鲁昭公前来的季孙带回晋国，后来释放季孙时，季孙提出要按礼仪行事，晋人威胁说要是不赶快走，就把他拘囚到边远的西河地方。行人：外交官员，掌朝觐聘问之事。（37）申包胥：楚臣。《左传》定公四年：申包胥入秦乞师，秦哀公不肯出兵，遂依庭墙而哭，七日七夜不绝声，哀公感其诚，乃发兵。顿地：叩头。秦哀公同意救援，申包胥“九顿首而坐”。（38）蔡威公：下蔡威公数谏其君而不用，知道离亡国之日不远了，闭关哭了三天，“泣尽而继之以血”。（39）钓台：在今湖北武汉市武昌西北。东晋时，陶侃为武昌太守，在钓台练兵，让诸营广植柳树。（40）玉关：玉门关，在今甘肃敦煌西北。东汉班超久在西域，年老乞归，上疏说：“臣不敢望到酒泉郡，但愿生入玉门关。”按，庾信羁旅北地，每以班超生活在异域为比，如《寄王琳》：“玉关道路远，金陵信使疏。”《伤心赋》：“对玉关而羁旅，坐长河而暮年。”(41)华亭：今上海松江区。西晋陆机乃华亭人，随成都王司马颖出兵讨伐长沙王司马乂，败于河桥（在今河南孟州市南），遭受谗言，被成都王杀害，临刑叹道：“欲闻华亭鹤唳，可复得乎！” (42)孙策：三国吴大帝孙权之兄，孙吴政权的开创者，追谥长沙桓王。《三国志·吴书·陆逊传》：逊上书陈时事说：“昔桓王创业，兵不一旅，而开大业。”一旅，五百人。 (43)项籍：即项羽，秦末随叔父项梁起事，率子弟兵八千人渡江而西，与刘邦争夺天下。(44)宰割：割据。 (45)芟(shān)夷：割除，这里是说杀人如除草。(46)亭壁：亭障，指边塞堡垒。 (47)头会箕敛：秦时官吏挨户收取人头税，按数出谷，用箕聚敛。 (48)合从缔交：战国时六国联合抗秦称合从(纵)。以上两句指梁宗室诸王（如萧誉、萧詧等）互相勾结，对抗梁元帝萧绎。(49)锄耰(yōu)棘矜：起事者以农具为兵器。耰，锄柄。棘，戟。矜，戟柄。秦时销毁兵器，民间有戟柄无戟头，陈涉等“起穷巷，奋棘矜”（《史记·陈涉世家》）。这里是说地方割据势力（如李弘雅、程灵洗等），乘侯景之乱，梁室争夺之机，起而扩大实力。 (50)江表：江南，指金陵。王气：象征帝王运数的祥瑞之气。金陵作为国都，历经三国吴、东晋、宋、齐、梁诸代，自吴孙权黄龙元年(229)至孙皓天纪四年(280)，又自东晋元帝大兴元年(318)至梁敬帝太平二年(557)，前后共二百九十二年。举其成数，号称三百年。 (51)六合：天地四方，指天下。 (52)轵(zhǐ)道：在今陕西西安东北。 (53)混一车书：车同轨，书（文字）同文，喻天下一统。 (54)平阳：在今山西临汾西南。《晋书·怀帝纪》：“永嘉五年(311)七月，怀帝蒙尘于平阳；七年春正月，遇弑崩于平阳。”这里用晋二帝比梁武帝、简文帝先后死于金陵。 (55)山岳崩颓：喻国亡。 (56)星汉：天河，指银河。槎(chá)：木筏。传说天河与海相通，每年八月有浮槎往来。有一人好奇，备足食粮乘槎而去。来至一处城郭，屋舍俨然，并有牛郎织女。问为何处，回答说可回去问蜀郡严君平。后严君平告诉他有客星犯牵牛宿，计其时间，正是他到天河的时候。(57)蓬莱：传说中的海上三神山之一。 (58)穷者：不得志的人。(59)劳者：忧伤的人。 (60)抚掌：拍手，表示得意、嘲讽。《晋书·左思传》：陆机（士衡）刚到洛阳，想写《三都赋》，后听说左思正在写，便抚掌大笑，料定左思写成后只配用来覆盖酒瓮。等到左思脱稿,陆机看了却非常佩服,自己也就不再写了。 (61)张平子:指张衡,字平子。东汉文学家。班固作《两都赋》,张衡认为失之鄙陋,另作《二京赋》。 (62)固:本来。

【今译】在梁武帝太清二年十月,逆臣侯景篡乱窃国,都城金陵土崩瓦解。于是我只好逃奔江陵,亲身经历了一场国破家亡、生灵涂炭的惨祸。后来我又由江陵奉命出使西魏,从此羁旅长安,有去无归。梁室中兴的希望日渐渺茫,终于在承圣三年随着江陵的陷落、元帝之死而完全丧失。我听到江陵的消息后到郊野遥哭三天,后来就被长期软禁在北方的客馆。岁星的运行应该是周而复始,事情的常理也应该是物极必反,然而梁朝始终未能复兴。面临当前生死两难的处境,我如同傅燮唯有悲叹身世的不幸,又像袁安止不住为国家的沦丧而流涕。

从前桓谭有志于事业,杜预平生好学,他们都有著述,并能自序著作要旨。潘岳富有文采,第一个写诗歌颂家世遗风;陆机长于辞藻,第一个作赋铺陈其祖先德业。我刚到中年便遭遇到国家发生动乱并走向衰亡,从此流落在异邦,直至晚年。正像当年以《燕歌行》唱酬所描写的那样,这北方的苦寒和离愁真让人悲不堪言;假如再遇上江南故土的父老乡亲,那种肝肠寸断的苦痛更是无法比拟。当初到江陵原本想避祸远害。谁料想又忽然奉命出使来到长安;等到北周取代西魏之后,又不能效法伯夷、叔齐的"不食周粟",反而继续留下来做官。在这种寄人篱下的漂泊生活中,我时时受到乡关之思的煎熬。因而歌舞不能使我觉得快乐,酒宴也不能解除我的烦忧。于是追忆往事而写下这篇辞赋,主要是想记述历史事实,虽然其中也写到了自己的危苦身世,但我的感情是要哀悼故国的衰亡。

在垂老之年,一切无能为力的时候,愈加感到人世间的变故太大太多。当年我一离开江陵,故国随即覆亡;我空有壮志豪情,唯能在寒风中饮泣而已。作为使者我像蔺相如那样受到了欺骗,却未能依照毛遂的做法使两国缔结盟约。作为人质我成了西魏的南冠之囚,被扣留在遥远的北方。我何尝不想学申包胥的碎首乞援,但后来也只落得像蔡威公那样为国事长哭而已。现在我身系异域,垂垂老矣,再也无法见到江南的柳色,再也别想听到故乡的鹤鸣了。

从前孙策三分天下,起兵时只有不过五百人的小队伍;项羽与刘邦相争,渡江作战时只有八千江东子弟兵。他们后来都能够攻城略地,称雄一方。难道说梁朝的百万正义之师竟然只能闻风溃败，任凭侯景叛军杀人如除草吗？长江、淮河居然不能构成天堑屏障，边关壁垒居然不如篱笆坚固。居于上层的人物勾结争斗，狼狈为奸；出身于下层的势力乘机举事，扩大地盘。莫非江南的王者之气，历经三百年，合该到此结束了吗？可见秦始皇即使并吞了天下，也难免有后来子婴的亡国之灾；晋武帝即使统一了海内，也难免有后来怀、愍二帝的杀身之祸。唉！既然山岳崩坏已兆示了国家危亡的定数，那么朝代的变易也势必会造成背井离乡的悲剧。这是上苍的旨意，人间的常理，让人想起来就感到伤心不已。

我去国以来，无由南归，就像船已行至河的尽头，却无法乘槎飞上星空；又像旋风阻断了通路，使人永远无法到达蓬莱。一个不得志的人总想通过立言来表达志向，忧伤的人则想凭借歌声来倾吐衷情，所以我也要写下这篇《哀江南赋》诉说平生哀痛。至于由此而会受到世人陆机式的讥嘲，那是我心甘情愿的；受到张衡式的鄙视，那自然是理当如此的。

【点评】庾信入北后作赋多有序，序亦多用骈体。与其他赋序不同的是，这篇《哀江南赋》的序文，以其属于骈体文中的杰作，早已摆脱了附庸地位，裁篇别出，独立于骈文之林，成为庾信集南北朝骈文之大成的代表作品。

这篇序共分五段:第一段总说己身遭逢丧乱，有家破国亡之痛；第二段说此情此景实难忘怀，不能不有所述作；第三段追忆出使被留，至今不能生还故土，身世堪悲；第四段感慨梁朝内忧外患，一旦覆亡，令人伤心；第五段呼应开头不能不有所述作，谦称赋词卑陋。

赋序是全赋的头绪和纲领。这篇序既说明了所以作赋的缘由，也说明了赋中所要抒写的内容，即身世之悲和亡国之痛。《哀江南赋》通篇三千余字，序文仅止六百多一点，约占五分之一，相对来说是很简短的。因而可以说，这篇序词约义丰，起到了统领全局、画龙点睛的作用。

用典和对仗是骈文写作上的两大特点，这在序文中表现得十分明显。庾信工于语言，以致被诛为“辞赋罪人”，不过纯熟驾驭语言的能力，确实使他的骈文在用典上贴切而不牵强，在对仗上精工而非造作。譬如“楚歌非取乐之方，鲁酒无忘忧之用”“将军一去，大树飘零；壮士不还，寒风萧瑟”等语，流畅自然，虽句句用典，却令人浑不觉其生涩。庾信在运用典故时，于事义的选择处理也显得十分灵活。如“下亭漂泊，高桥羁旅”二句，“下亭”对“高桥”，极工稳，但这里唯取字面漂泊、羁旅之意，与下亭遇盗高桥赁屋的本事无关。又如“荆璧睨柱，受连城而见欺；载书横阶，捧珠盘而不定”四句，化用蔺相如、毛遂事，反其意而用之，以与自己出使无功履历相比附。

尤其值得称道者，庾信妙用古典以适当的时事，熔古事今情于一炉。如“让东海之滨，遂餐周粟”二句，上句用《史记·齐太公世家》：齐康公十九年，“田常曾孙田和始为诸侯，迁康公海滨”，这里指宇文宽篡西魏建立北周；下句用《史记·伯夷列传》：“武王已平殷乱，天下宗周，而伯夷、叔齐耻之，义不食周粟，隐于首阳山，采薇而食之。”这里言自己出仕北周。因为在周做官，故讳言篡夺，而用“让”（禅让）作为饰词。古典与今事的结合在这里可谓水乳交融，天衣无缝。

当然，由于雕琢太过，亦偶见败笔。如“申包胥之顿地，碎之以首”二句，本来的意思不过“顿首”而已，今拆开作“顿地”“碎首”，既有违原义，于文亦不通。骈文比事排偶，调声敷藻，往往不惜以文害意，此可为一例。

【集说】《哀江南赋序》称：“不无危苦之词，惟以悲哀为主。予谓子山入关而后，其文篇篇有哀，凄怨之流，不独此赋而已。”（倪璠《庾子山集注·注释庾集题辞》）

太宗端拱中，进士刘安国酷爱《哀江南赋》，虽日旰不食而不饥。盖词气鼓动，快哉惬心而已。故前贤评品，以为风雅之变，而流宕之胜者。（李调元《赋话》卷八）

或谓子山终餐周粟，未效秦庭，虽符麦秀之思，究惭采薇之操。然六季云扰，多士乌栖，康乐（谢灵运）、休文（沈约），遗讥心迹，求共廉颇将楚，思用赵人，乐毅奔郸，不忘燕国者，又几人哉？首丘之思，亦可尚已。（陈沆《诗比兴笺》卷二）

古人文字不以重复为嫌。庾信《哀江南赋》杜元凯两见，陆士衡一见，陆机两见，班超两见，白马三见，西河两见，骊山两见，七叶两见，暮齿两见，秦庭、金陵、南阳、钓台、七泽、全节、诸侯、荒谷皆两见。（清钱大昕《十驾斋养心录》卷十六）

（许逸民）

魏徵

魏徵(580—643),字玄成,馆陶(今属河北)人。少时孤贫,出家为道士。隋末李密造反,他从军掌管书檄。入唐为太子洗马,历任谏议大夫、秘书监、侍中,累官至左光禄大夫,封郑国公。其言论见于《贞观政要》。著作有《隋书》的序论与《梁书》《陈书》《齐书》的总论,主编有《群书治要》。《全唐诗》收其诗三十余首。

道观内柏树赋并序

元坛内有柏树焉[1],封植营护[2],几乎二纪[3]。枝干扶疏,不过数尺,笼于众草之中,覆乎丛棘之下,虽磊落节目[4],不改本性。然而翳荟蒙茏[5],莫能自申达也。惜其不生高峰,临绝壑,笼日月,带云霞,而与夫拥肿之徒,杂糅兹地。此岂所谓方以类聚,物以群分者哉[6]!有感于怀,喟然而赋[7]。其词曰:

览大钧之播化[8],察草木之殊类[9],雨露清而并荣,霜雪沾而俱悴。唯丸丸之庭柏[10],禀自然而醇粹[11],涉青阳不增其华[12],

历元英不减其翠[13]。

原斯木之攸挺[14]，植新甫之高岑[15]，干霄汉以上秀[16]，绝无地而下临[17]，笼日月以散彩，俯云霞而结阴，迈千祀而愈茂，秉四时而一心。

灵根再徙[18]，兹庭爰植[19]，高节未彰，贞心谁识。既杂沓乎众草，又芜没乎丛棘，匪王孙之见知，志耿介其何极[20]。若乃春风起于蘋末[21]，美景丽乎中园，水含苔于曲浦[22]，草铺露于平原，成蹊花乱，幽谷莺喧，徒耿然而自抚[23]，谢桃李而无言[24]。至于日穷于纪[25]，岁云暮止[26]，飘蓬乱惊，愁云叠起，冰凝无际，雪飞千里。顾众类之飒然[27]，郁亭亭而孤峙[28]。贵不移于本性，方有俪乎君子[29]。聊染翰以寄怀[30]，庶无亏于善始[31]。

【注释】(1)元坛：即玄坛，道教斋坛。 (2)封植：壅土培植。 (3)二纪：二十四年。纪，古代以十二年为一纪。 (4)磊落节目：枝干杂沓纠缠的样子。磊落：众多杂沓貌。节目：树木枝干交接处，纹理纠结不顺的地方。 (5)翳荟：遮蔽。蒙茏：覆盖。 (6)方：事。 (7)喟然：叹息貌。 (8)览：观察。大钧：指天或自然。播化：播植生长。 (9)殊类：不同种类。 (10)丸丸：高大挺直。 (11)醇粹：精纯不杂。 (12)青阳：春天。 (13)元英：冬天。 (14)斯木：指柏树。攸挺：挺拔。攸，语助词，无义。 (15)新甫：当初。高岑：高山。 (16)干霄汉：直冲天空。 (17)绝无地：跨越深沟。 (18)灵根：此指柏树根。 (19)爰植：移植。 (20)极：穷尽。 (21)蘋末：蘋草的叶尖。 (22)曲浦：弯曲的水渠岸边。 (23)耿然：形容心中不安。 (24)谢：辞谢。 (25)纪：指年。 (26)岁云暮止：即岁暮，年终。 (27)飒然：衰落貌。 (28)亭亭：耸立貌。 (29)俪：并列。 (30)翰：毛笔。 (31)庶：即庶几，也许可以的意思。善始：即善始善终，始终都好。

【今译】斋坛内有棵柏树，壅土培植，经营管理，已有二十多年了。它的枝干稀疏，高不过数尺，笼罩在杂草之中，覆盖在荆棘之下。虽然它的枝干与荆棘杂沓纠缠在一起，但没有改变挺拔耐寒的本性。不过因为杂树的遮蔽覆盖，它毕竟不能自由地伸展生长。我真惋惜它没有生长在高高的山峰上，下临深谷，笼罩日月，映带云霞，而与杂草恶树混杂在这里。这难道是人们所说的事以类聚、物以群分的道理吗？我心中有所感慨，一边叹息，一边就写下这篇赋。它的文辞是：

观察大自然的播植生长，察看各种各样的花草树木，都是在雨露滋润的时候长得繁茂，在霜雪侵袭后变得憔悴衰败。只有庭院中亭亭玉立的柏树，接受大自然的灵气，精纯不变，经过春天它没有增加光彩，经过冬天它又不减少青翠。

原来这株柏树初始时高大挺拔，当初根植在高山上，高耸入云，树冠茂密秀丽，下临深谷，笼罩着日月，分散了光彩，俯视着云霞，形成了大片树荫，经过千年后越显得茂盛，秉受一年四季的精气，坚贞之心没有变化。

树根长出新苗，移植到这座庭院里来，高高的树干还没有长成，无人赏识它的贤贞之心。它与杂草荆棘杂处在一起，没有王孙公子的知遇，虽志向正直忠贞，何时才能出头？到了春风吹起，花园里出现美丽的景象，水边长出青苔，平原上铺满平平的青草，道路两旁开满了野花，黄莺在深谷中清脆鸣叫的时候，只能够抚摸着不平静的心口自我安慰，辞谢桃花李花默默无言。到了年终月尽的时候，蓬草在狂风中飘零，愁云从天空涌起，千里冰封，万里雪飘。

环顾周围的杂草树木都衰飒凋零，只有这株浓郁的柏树孤傲地亭亭玉立。忠贞傲寒的高贵品格没有改变，这时才并列于君子之列。姑且提笔写下这篇赋来寄托我的情怀，也许可以不亏损柏树当初的美好品格。

【点评】这篇赋当是作者早年的作品。赋中托物喻人、借柏寄怀。“原斯木之攸挺，植新甫之高岑”，“灵根再徙，兹庭爰植”，既写庭柏的来历，也表现了作者坎坷的身世经历。“唯丸丸之庭柏，禀自然而醇粹”，“迈千祀而愈茂，秉四时而一心”，“郁亭亭而孤峙。贵不移于本性，方有俪乎君子”，既写庭柏坚贞傲寒的品格，也表现了作者忠贞正直的性格。“高节未彰，贞心谁识”，“徒耿然而自抚，谢桃李而无言”，既写庭柏被人冷落的情景，又表现了作者怀才不遇，心中块垒不平的愤懑之情。“匪王孙之见知，志耿介其何极”，既写庭柏的希冀，也表现了作者希望有人提携、有人知遇的愿望。句句写柏，亦句句喻人，亦物亦人，浑化无迹。

【集说】从辞意来看，这当是魏徵归唐后尚未见知时所作，故有“灵根再徙”与“芜没乎丛棘”之感。但他并未因此而消沉，反而“耿然而自抚”，“亭亭而孤峙”，这正是他的人格和抱负的写照。赋中偶句虽多，有些还对得很工，但全篇文气挺拔遒劲，……但在洗净铅华、于平淡中自饶风致这一点上又与王（绩）赋相同，这正反映了初唐文风的转变。（马积高《赋史》）

（王安廷）

卢照邻

卢照邻（约630—680后），字升之，自号幽忧子，幽州范阳（今北京市）人。曾为邓王李元裕的王府典签。其后，改新都县尉。因卢壮年时即婴风疾，为尉不久，即去官而隐于颍水之滨，仍不胜病痛，遂自投颍水而死。卢照邻为“初唐四杰”之一，是著名的七言歌行作者。其集内亦有赋作五篇，《秋霖赋》是其中之一。原有集，已亡佚，后人辑有《幽忧子集》七卷。

秋霖赋

览万物兮，窃独悲此秋霖[1]。风横天而瑟瑟[2]，云覆海而沉沉。居人对之忧不解，行客见之思已深。

若乃千井埋烟，百廛涵潦，青苔被壁，绿萍生道。于是巷无人迹，林无鸟声，野阴霾而自晦，山幽暧而不明。长途未半，茫茫漫漫，莫不埋轮据鞍[3]，衔凄茹叹[4]。

借如尼父去鲁，围陈畏匡，将饥不爨，欲济无梁。问长沮与桀溺，逢汉阴与楚狂[5]。长栉风而沐雨，永栖栖以遑遑。

及夫屈平既放[6]，登高一望。湛湛江水，悠悠千里。泣故国之长楸，见玄云之四起。

嗟乎！子卿北海[7]，伏波南川[8]。金河别雁，铜柱辞鸢。关山天骨，霜露凋年。眺穷阴兮断地，看积水兮连天。

别有东国儒生，西都才客[9]，屋满铅椠[10]，家虚儋石[11]。茅栋淋淋，蓬门寂寂。芜碧草于园径，聚绿尘于庖甓。玉为粒兮桂为薪，堂有琴兮室无人。抗高情以出俗，驰精义以入神。论有能鸣之雁[12]，书成已泣之麟[13]。睹皇天之淫溢，孰不隅坐而含颦？

已矣哉！若夫绣毂银鞍，金杯玉盘。坐卧珠璧，左右罗纨。流酒为海，积肉为峦。视襄陵而昏垫[14]，曾不辍乎此欢。岂知乎尧禹之臞瘠[15]，而孔墨之艰难[16]！

【注释】(1)秋霖：秋季多雨，久下不止，叫作“秋霖”。 (2)瑟瑟：萧条冷瑟之声。 (3)埋轮据鞍：指道路泥泞难行。 (4)衔：含。茹：吞。 (5)“借如”六句：据《史记·孔子世家》，孔子于鲁定公十四年，因执政大夫季桓子受齐国女乐，怠于政事，离开鲁国。此后周游卫国、宋国、郑国、陈国、蔡国等国。在陈国，孔子曾受包围，不得行，粮尽。在卫之匡城，匡人误以为孔子是暴虐匡人的鲁大夫阳虎，把孔子拘留了五天。在离开叶国返回蔡国的途中，遇见隐者长沮、桀溺，孔子派子路向他们询问津渡。在汉江边，孔子又曾遇到过一个荷蓧的江上丈人，那丈人还讥笑孔子“四体不勤，五谷不分。”接此节和下节，都是借孤孽臣子的去国怀乡之情以渲染秋霖。 (6)屈平既放：屈平即楚国爱国诗人屈原。被上官靳尚所谗，被楚怀王流放于外，其始在汉江流域。至顷襄王时，又为令尹子兰所妒楚襄王遂迁屈原于江南，即沅湘流域。赋文合前后两次流放而言。 (7)子卿：苏武，字子卿。苏武于汉武帝时出使匈奴，被拘。匈奴数欲胁降，苏武始终不屈。单于王遂置苏武北海上，使牧羊。“武既至海上，禀食不至，掘野鼠去草实而食之。杖汉节牧羊，卧起操持，节旄尽落。” (8)伏波：马援封伏波将军。《后汉书·马援传》记马援在光武时率军南征，所经行皆荒僻不毛之地，备极辛苦。铜柱滩在今四川涪陵县东，相传马援欲铸铜柱于此。 (9)东国、西都：犹言东都、西都。这里“东国”“西都”是沿用汉初辞赋家习惯用假设语词。 (10)铅椠：指书籍。 (11)儋石：指粮食。 (12)能鸣之雁：《诗经·小雅·鸿雁》：“鸿雁于飞，哀鸣嗷嗷，维此哲人，谓我劬劳。”旧注谓此章诗是比体，说“鸿雁”比辛苦劬劳的饥民，“哲人”是指周宣王。全章诗意是歌颂宣王能安集饥民。本篇赋用“能鸣之雁”是说，穷困而守节的儒者能用议论来抒写自己的辛苦。 (13)已泣之麟：《春秋公羊传》：“(哀公)十有四年，春，西狩获麟。有以告者，曰‘有麕而角者’。孔子曰：‘孰为来哉！孰为来哉！’反袂拭面，涕沾袍。颜渊死，子曰‘噫！天丧予’；子路死，子曰‘噫！天祝予’；西狩获麟，孔子曰‘吾道穷矣！”’《春秋》纪事，终于鲁哀公十四年，就是所谓“获麟绝笔”。本篇赋用“已泣之麟”，是说：穷困而守节的儒者，虽则“论有能鸣之雁”，但到头来还是免不了“吾道穷矣”的涕泣。 (14)襄陵昏垫：《尚书·益稷》：“禹曰：洪水滔天，浩浩怀山襄陵，下民昏垫。”襄陵，毁坏原田。昏垫，水灾病害。 (15)臞瘠：枯槁消瘦。 (16)孔墨艰难：孔子和墨翟为弘扬自己学说主张的奔波和劳顿，就是所谓“孔席不暇暖，墨突不得黔。”

【今译】我观览一切自然现象，私下里单单悲伤这秋季的霖雨。凉风满天，瑟瑟作响；云覆江河，阴阴沉沉。家居的人看了忧闷不已，游行在外的人遇上，更不能忍受。

那种情景必然是：千家万户都隐没在烟雨之中，千市百行也都被雨涝包围。青苔长满墙壁，绿萍生于路中。巷里中没有车马迹，林薮间听不见鸟鸣声。郊野一片阴晦，山峦隐翳不明。漫长的旅途还未走到一半，就碰上秋雨连绵，车轮无不被泥泞陷没，只能依靠马鞍行进。行人游子对此，没有不含悲哀叹的。

再如孔子当年离开鲁国的情景：遭围困于陈国，畏缩于匡邑，断炊于陈蔡，欲渡河而无桥；问津渡于长沮桀溺，遭讥讽于江阴丈人和楚狂接舆。常在风雨中奔走颠顿，没有一刻儿安宁。

再如楚大夫屈原当年被放逐，或许更为难堪，登高而望，但见那湛湛的江水，悠悠流泄千里。哀泣故国的长楸，悲看黑云之四起。

更可叹的是那些杖节执戈的使臣和将军。像苏子卿的北海牧羊，像马伏波的南征行军，远看大雁飞离朔方金河，苍鹰辞却交趾铜柱，关山川隘摧折身体，霜露草木凋残年寿。眺望天边的阴云截断大地，看秋天的积水浩淼连天。

至于百无聊赖的穷书生，那情形就更为凄惨。他们虽家藏万卷，但却无隔宿之粮。茅屋破漏，绝不会有谁来看访；灶无烟火，琴书却绝不能饱腹。虽然他们能守志不移、专心经史，虽然他们能论说诗书精义，甚至能像他们的祖师孔子一样修成一部《春秋》，而此时此刻，面对淫溢的秋霖，饥肠辘辘，隅坐蹙眉，儒者的斯文高雅一点也没有了。

还是不说了吧！至于那些达官贵人，他们拥有五彩之车、银饰之马；饮食用的是金杯玉盘，坐椅卧榻镶的是珠宝璧玉，左右侍从皆着绫罗绸缎；他们的酒汇集如海，肉堆积如山，眼看着洪水滔天，人民处在水深火热之中，他们也不会停止豪饮追欢。人们常说：尧肌如腊，禹足胼胝。现在，既然那些达官贵人一概地毫无心肠，也就难怪读书人要艰难狼狈了。

【点评】卢照邻不仅是一个废疾诗人，而且是一个穷困的文士。传记称："家贫苦，贵宦时时供衣药。"（《唐才子传》）可见他一生都在和贫病苦斗。他对文儒之士的困顿愁苦，往往形之赋咏之笔，不一而足。文有《五悲文》《释疾文》，诗有《长安古意》，赋则有此篇《秋霖赋》。

这篇《秋霖赋》与七古长篇《长安古意》同一旨趣，即暴露上层社会的骄奢淫逸，吐诉文人学士的清苦艰危。《长安古意》写得较早，故诗作的卒章还能以扬雄的穷居著书而自释，说："寂寂寥寥扬子居，年年岁岁一床书。独有南山桂花发，飞来飞去袭人裾。"似乎还抱着流芳后世的期望。《秋霖赋》写得较晚，已经没有桂香袭人的那种感情，而是变得郁怒和怨愤了。

我们看它的第六节。这一节意思一贯，而修辞却始终是一正一反，一进一退，非常整饬，而怨忿之情也表现得恰到好处。"屋满铅椠，家虚儋石。"一"满"一"虚"，说明了文儒事业的艰巨与物质生活的贫乏。"玉为粒兮桂为薪，堂有琴兮室无人。"一"有"一"无"，表明儒者志趣的高雅与感情生活的缺憾。"抗高情以出俗，驰精义以入神。"一"出俗"一"入神"，描摹了高情学者遗世独立的精神与专注钻研的意志。"论有能鸣之雁，书成已泣之麟。"一"能鸣"一"已泣"，表白了学者的学行成就与最终的悲惨结果。举凡这些地方，都是因为意义与修辞配合得好，所以才有感人肺腑的笔力。

【集说】这篇小赋大约作于卢照邻任邓王府典签时期。作者从眼前秋雨连绵、阴晦的景象和内心的忧思，联想到古代的孔子、屈原、苏武、马援、扬雄等杰出历史人物的奔波、放逐、出使、远征以及贫困交加、精研学术、不屈不挠的高尚情操，最后对于当时绣毂银鞍、坐卧珠璧、醉生梦死的官僚纨绔们发出了轻蔑的嘲讽。这篇赋结构谨严，写景、怀古、讽今层次清晰；作者以古人的操守自况，以古人的行事讽今，用典还是准确自然的。（尹赛夫等《中国历代赋选》）

（韩小默）

骆宾王

骆宾王(约640—?),婺州义乌(今属浙江)人。初在道王府供职,又曾任武功、长安二县主簿,后升侍御史。因遭谗得罪武后而下狱,此后贬为临海丞。睿宗光宅元年(684),徐敬业在扬州起兵反对武则天,骆宾王作《为徐敬业讨武曌檄》。相传武则天读之,有“宰相安得失此人”之叹。兵败亡命,不知所终。其诗文赋俱佳,与王勃、杨炯、卢照邻并称“初唐四杰”。有《骆临海集》传世。

萤火赋[1] 并序

余猥以明时,久遭幽絷[2]。见一叶之已落,知四运之将终[3]。凄然客之为心乎,悲哉秋之为气也[4]。光阴无几,时事如何[5]!大块是劳生之机,小智非周身之务[6]。嗟乎!绨袍非旧,白头如新[7]。谁明公冶之非,孰辨臧仓之诉[8]?是用中宵而作,达旦不瞑[9]。睹兹流萤之自明,哀此覆盆之难照[10]。夫类同而心异者,龙蹲归而宋树伐[11]。质殊而声合者,鱼形出而吴石鸣[12]。苟有会于精灵，夫何患于异类[13]。况乘时而变，含气而生[14]，虽造化之万殊，亦昆虫之一物[15]。应节不愆，信也[16]；与物不竞，仁也[17]；逢昏不昧，智也[18]；避日不明，义也[19]；临危不惧，勇也[20]。事沿情而动兴，理因物而多怀[21]。感而赋之，聊以自广云尔[22]。

伊玄功之播气，有丹鸟之赋象[23]。顺阴阳而亭毒，资变化而含养[24]。每寒潜而暑至，若知来而藏往[25]。既发晖以外融，亦含光而内朗[26]。若夫小暑南收，大火西流[27]，林塘改夏，云物迎秋[28]，或凌虚而赴远，乍排丛而出幽[29]。均火齐之宵映，如夜光之暗投[30]。逝将归其未返，忽欲去而中留[31]。入槐榆而焰发，若改燧而环周[32]。绕堂皇而影遍，疑秉烛以嬉游[33]。点缀悬珠之网，隐映落星之楼[34]。乍灭乍兴，或聚或散。居无定所，习无常玩[35]。曳影周流，飘光凌乱[36]。泛艳乎池沼，徘徊乎林岸[37]。状火井之沉荧，似明珠之出汉[38]。值冲飙而不烈，逢淫雨而逾焕[39]。照灼兮若湛卢之夜飞，的皪兮像招摇之夕烂[40]。与庭燎而相炫，然重阴于已昏[41]。共爝火而齐息，避太阳于始旦[42]。

尔其光不周物，明足自资[43]。偶仙鼠而伺夜，谢飞蛾之赴熔[44]。类君子之有道，入暗室而不欺[45]。同至人之无迹，怀明义以应时[46]。处幽不昧，居照斯晦[47]。随隐显而动息，候昏明以进退[48]。委性命兮幽玄，任物理兮推迁[49]。化腐木而含彩，集枯草而藏烟[50]。不贪热以苟进，每和光而曲全[51]。岂如镕金而自铄，宁学膏火之相煎[52]。陋蝉蜩之习蜕，怵蝼蚁之慕膻[53]。匪伤蜉蝣之夕，不羡龟鹤之年[54]。抢榆飞而控地，抟扶起而垂天[55]。虽小大之殊品，岂逍遥之异诠[56]。夫何化之斯化，无使然而自然[57]。

若乃有来斯通，无往不至[58]。排朱门而独远，升青云而自致[59]。匪偷光于邻壁，宁假辉于阳燧[60]。终徇己以效能，靡因人而成事[61]。物有感而情动，迹或均而心异[62]。响必应之于同声，道固从之于同类[63]。殆未明其趋舍，庸讵识其旨意[64]。子尚不知鱼之为乐，吾又安知萤之所利[65]。高明兮有融，迁变兮无穷[66]。牛哀倏而化虎，羽泉忽兮生熊[67]。血三年而藏碧，魂一变而成虹[68]。知战场之有燐，悟冤狱之为虫[69]。彼翾飞之弱质，尚矫翼而凌空[70]。何微生之多踬，独宛颈以触笼[71]。异璧光之照庑，同剑影之埋丰[72]。觊道迷而可复，庶鉴幽而或通[73]。览年华而自照，顾形影以相吊[74]。感秋夕以殷忧，憑宵行以熠耀[75]。熠耀飞兮绝复连，殷忧积兮明自煎[76]。见流光之不息，怆惊魂之屡迁[77]。如过隙兮已矣，同奔电兮忽焉[78]。倘余光之可照，庶寒灰之重然[79]。

【注释】(1)《萤火赋》当是骆宾王因上疏得罪武则天而下狱之后所作。全篇借萤火虫赋“久遭幽絷”之事，抒抑郁不平之情也。 (2)猥(wěi)：受辱。明时：指政治清明的时代，古时多以称颂本朝。幽絷(zhí)：囚禁。 (3)“见一叶”两句：《淮南子·说山训》有“见一叶落，而知岁之将暮”句。四运：指春夏秋冬四时。骆宾王前一年冬下狱，至是年秋，将及一年，故言“久遭幽絷”。 (4)客之为心：因被囚禁而产生的心情。客，客居，这里指被囚禁。秋之为气：秋天所形成的气氛。 (5)时事：当时之事，指被囚一年中狱外之事。 (6)大块：大自然。劳生之机：《庄子·大宗师》：“夫大块载我以形，劳我以生。”小智：《庄子·齐物论》评“百家争鸣”时有“大知闲闲，小知间间”(大智之人广博，小智之人精细)句，知同“智”。庄子认为古今之人不明大道，矜其小知以为是，故有是非之争。务：求。 (7)“绨袍”句：绨(tí)，厚绸子。据《史记·范雎蔡泽列传》，范雎原为魏之中大夫须贾家臣，因遭须贾诬陷，笞击折胁，诈死得脱。后化名张禄，入秦做了丞相。魏遣须贾使秦，范雎闻之，敝衣微行去须贾下榻处相见，言己为人庸赁。须贾哀之，留与坐饮食，并取一绨袍赠之。后入相府，方知范雎已为秦相，连连顿首，自言死罪。范雎数其罪后，“以绨袍恋恋有故人之意”，放归了须贾。白头如新：谓久交而不相知，与新交无异。 (8)“公冶句”：公冶长，孔子弟子。《论语》云，子谓公冶长，“可妻也。虽在缧绁(luó xiè，指代监狱)之中，非其罪也，以其子(女儿)妻之。”又，传说公冶长解鸟语，一次由卫还鲁，行至两国交界处，闻鸟相呼往清溪食死人肉。须臾，见一老妪哭而觅子，言其子前日出行，于今不返，当是已死，但不知所在。公冶长告之鸟语之事，妪果于清溪得其子之尸。妪即告之于官，官以“公冶长不杀人，何以知之”为由，收公冶长入监。

公冶长言己解鸟语而惹事，并未杀人。官曰："当试之。若诚解鸟语便相放，若不解则令偿死。"公冶长在狱六十余日，几次解鸟语应验，于是得放。臧仓：鲁平公之宠臣，曾在鲁平公面前谮贬孟子，阻止鲁平公与孟子会见。孟子知道后，云"行止，非人所能也。吾之不遇鲁侯，天也。臧氏之子焉能使予不遇哉"？言语中显出对臧仓的鄙视和厌恶之情。诉：诉说，投诉。 (9)是用：因此。中宵：半夜。瞑：睡眠。 (10)覆盆：覆置的盆，喻黑暗笼罩，沉冤不白。《抱朴子·辨问》："日月有所不照，圣人有所不知。……是责三光不照覆盆之内也。" (11)龙蹲归：龙蹲，谓孔子。据《春秋演孔图》，"孔子坐如蹲龙，立如牵牛"。宋树伐：孔子周游到宋国，与弟子习礼大树下，宋司马桓魋因孔子曾批评过他奢侈无度而欲杀孔子，伐其树，孔子遂行。 (12)"鱼形出"句：据郦道元《水经注·渐江水》，晋武时，吴郡临平岸崩，出一石鼓，打之无声。以问张华，华云：可取蜀中桐材，刻作鱼形，扣之则鸣矣。于是如言，声闻数十里。刘道民诗云："事有远而合，蜀桐鸣吴石。" (13)精灵：魏文帝《柳赋》有"含精灵而寄生兮，保休体之丰衍"句。异类：《淮南子·地形训》有"万物之生，而各异类"句。 (14)含气：含天地万物之精气，指有生命之物。 (15)造化：指大自然的创造化育。 (16)应节：适应时节。愆(qiān)：过失。 (17)竞：争。 (18)昧：暗。 (19)避日不明：萧和《萤火赋》有"悲扶桑之吐曜，翳微躯而不明。" (20)临危不惧：此言面对黑暗而毫无畏惧。 (21)沿：相因。 (22)自广：自宽，自我宽慰。 (23)玄功：大自然的功力。播：布。丹鸟：萤火虫的别名。赋象：天授予的形象。 (24)亭毒：化育，养育。资：凭借。 (25)"每寒潜"二句：《易·系辞下》有"寒往则暑来，暑往则寒来"和《易·系辞上》有"神以知来，知以藏往"句。 (26)晖：日光。融、朗：明亮。 (27)小暑南收：《礼记月令》云"暑退曰南收"。大火西流：《诗·豳风》有"七月流火"句。此二句言寒将至。 (28)云物：天象云气之色。 (29)凌虚：升于空际。乍排丛而出幽：庾信诗有"萤排乱草出"句。 (30)火齐：玫瑰珠石，也称火齐珠。夜光：夜光珠。 (31)"逝将归"二句：曹植《七启》有"若将飞而未逝，若举翼而中留"句。 (32)"入槐榆"二句：此二句言钻木取火之事。"改燧"即"改火"。古代钻木取火，一年四季，所取之木各异，所谓"春取榆柳之火，夏取枣杏之火，季夏取桑柘(zhè)之火，秋取柞楢(zuò yóu)之火，冬取槐檀之火。" (33)堂皇：广大的殿堂。嬉：乐。 (34)悬珠之网：古时的门窗多有镂空的方格，其状如网。此句言萤火若悬挂的珍珠点缀在网户上。落星之楼：落星楼旧址在今南京市东北，此句借楼名喻萤火若落星。 (35)刁：飞。玩：此指供玩赏的地方。 (36)曳影：摇晃的影子。周流：周遍流动。飘光：浮光。 (37)泛艳：浮光貌。 (38)火井：天然气井。古多用以煮盐，故又称盐井。荧：小火光。此句言荧火若幽深的井里沉浸着的火光。出汉：从银河出落。 (39)值：遇到。冲飙：冲天而起的暴风。烈：火猛貌。淫雨：久雨谓之淫，淫雨即连阴雨。愈：更。焕：明。 (40)湛卢之夜飞：湛卢，春秋名剑。据《吴越春秋》，吴王得越王所献宝剑三枚，一曰鱼肠，二曰盘郢，三曰湛卢。其湛卢剑恶吴王阖闾之无道，乃去而出，水行如楚，楚昭王卧而寤，得吴王之湛卢剑于床。的皪(dì lì)：珠光。招摇：北斗第七星名，在北斗杓端。夕：夜。烂：灿烂。(41)庭燎：庭中照明的火炬。重(chóng)阴：此处谓密云浓雨。 (42)燋(jiāo)：亦写作"樵"，本为引火之物，这里作"点燃"解。避太阳于始旦：沈旋《咏萤火》诗有"雨坠弗亏光，阳升反夺照，自照灼兮至始旦"句，言其应节不愆。 (43)不周物：不能照遍万物。自资：自用。 (44)仙鼠：蝙蝠。熺(xī)：大明貌。以上四句皆言其与物不竞。 (45)不欺：不被蒙骗。 (46)同至人之无迹：《淮南子·原道训》云，"道者，其动无形，变化若神，其行无迹，常后而先，是故至人之治也"。怀明义以应时：明义，申明道义。以上四句言其逢昏不昧。 (47)晦：暗。 (48)隐显：此指日出日落。动息：活动与休息。进退：傅咸《萤火赋》有"进不竞于天光兮，退在晦而能明。谅有似乎贤臣兮，于疏外而尽诚"句。以上四句言其避日不明。 (49)幽玄：黑暗。理：治理、整理。推迁：推移、变迁。 (50)"化腐木"二句：据《礼记·月令》，腐草木得暑湿之气而化为萤。含彩：内含光彩。藏烟：言出萤火而无烟。 (51)贪热：贪图热势。和光：和其光，即才华内蕴，不露锋芒。曲全：委曲求全，即"委曲随物，保全生道"。 (52)镕：铸器的模型。自铄：自我毁销。膏火：灯火。煎：加热于物。《庄子·人间世》有"山木自寇也，膏火自煎也"句。 (53)蝉蜩(tiáo)：蜩亦蝉，同义复合。羶(shān)：羊臊气味。(54)蜉蝣(fú yóu)：昆虫之一种，命短，朝生而夕死，与长寿之龟鹤相对。(55)"抢榆飞"二句：抢(qiāng)：碰撞。控地：投于地。抟扶摇：拍击着巨大的旋风而飞起。垂天：天空中挂下。垂，挂下，低下。天，天空。 (56)异诠:不同的解释。 (57)化之斯化:化作这种形体。无使然而自然:没有谁使之这样变化,可自己竟有了如此形体。此二句言阴阳四时,万物变化不息,而物见其然却往往不知其所以然。 (58)若乃:如果。有来:将来,以后。斯:分。通:通达。 (59)排:推、拒。朱门:权贵之家。“升青云”:见注(3)。 (60)偷光邻壁:言匡衡“凿壁偷光”的故事。阳燧:古代以日光取火的凹面铜镜。 (61)徇:使。效:呈献,献出。因人成事:依靠别人的力量办成事情。 (62)“物有”句:言感于物而动情。或:也许。均:干,相同。(63)“响必应”二句:《庄子·渔父》云,“同类相从,同声相应,固天之理也”(凡物同类便互相聚集,同声便互相应和,这是自然的道理)。 (64)殆(dài):几乎。趋舍:偏指“趋”,所向。庸讵:怎么,难道。 (65)“子尚”二句:《庄子·秋水》云,庄子与惠子游于濠梁之上,庄子曰:“儵鱼出游从容,是鱼之乐也。”惠子曰:“子非鱼,安知鱼之乐?”庄子曰:“子非我,安知我不知鱼之乐?” (66)高明:高远明亮。融:水长。 (67)“牛哀”二句:《淮南子·俶真训》云,“昔公牛哀转病也,七日化为虎,其兄掩户而入觇之,则虎搏而杀之。是故文章成兽,爪牙移易,志与心变,神与形化。方其为虎也,不知其尝为人也;方其为人,不知其且为虎也”。《左传·昭公七年》云,“昔尧殛(jí,杀)鲧(gǔn,禹之父)于羽山,其神化为黄熊,以入于羽渊”。唐避高祖讳,改“渊”为“泉”。倏(shū):瞬息之间。 (68)“血三年而藏碧”二句:《庄子·外物》云,“苌弘(cháng hóng,周之贤大夫,蒙冤被杀)死于蜀,藏其血三年而化碧(青绿色之玉)”。 (69)“知战场”二句:《博物志》云,“战斗死亡之处有人马血,积年为燐”。古人以为燐火(或称“鬼火”),由人马之血所变,其实乃人和动物的尸体腐烂时所分解出来的磷化氢气体自燃而致。《东方朔别传》云,“武帝幸甘泉,长平坂道中,有虫赤如肝,头目口齿悉具。先驰驱还以报,上使视之,莫知也。时朔在属车中,令往视焉。朔曰,此谓‘怪哉’,是必秦狱处也。上使按图,果秦狱地。上问朔何以知之,朔曰,夫积忧者,得酒而解。乃取虫置酒中,立消”。 (70)翾(xuān):小飞。质:身躯。矫:举起,抬起。 (71)踬(zhì):挫折。宛颈:屈颈。触笼:左思《咏史》诗云“习习笼中鸟,举翮(hé)触四隅”。 (72)“异璧光”二句:《尹文子·大道上》云,魏田父有耕于野者,得宝玉径尺,弗知其玉也。以告邻人,邻人阴欲图之,谓之曰:‘怪石也,蓄之,弗利其家,弗如一复之。’田父虽疑,犹录以归,置于庑下。其夜玉明，光照一室，田父以为不祥之物，弃之于远野，邻人盗之以献魏王，魏王赐其高爵厚禄。《晋书·张华传》云，"初，吴之未灭也，斗牛之间常有紫气，及吴平之后，紫色愈明。华闻豫章人雷焕妙达纬象，乃要（同邀）焕宿，因登楼仰观。焕曰，宝剑之精，上彻于天耳。华曰，君言得之。因问曰在何郡，焕曰在豫章丰城。华大喜，即补焕为丰城令。焕到县，掘狱屋基，入地四丈余，得一石函，光气非常，中有双剑。并刻题，一曰龙泉，一曰太阿。其夕，斗牛间气不复见焉。又云，焕曰此二剑乃灵异之物，终当化去，不永为服也"，后来果然应验。 （73）觊（jì）：希望，希图。庶：希望，但愿。鉴：照。 （74）"览年华"：此句言年华未暮，容貌先秋。览、顾：皆"看""望"之意。 （75）殷：深。戁（nǎn）：恐惧。宵：夜。熠（yì）耀：萤火。 （76）绝：断。复：又。 （77）怆（chuàng）：悲伤。 （78）过隙：《庄子·知北游》有"人生天地之间，若白驹之过隙，忽然而已"句。 （79）然：同"燃"。

【今译】我在政治清明的时代却蒙受屈辱，久遭囚禁。看到秋风吹落一片树叶，便知一年四季将要终结。囚禁中的心情多么凄伤，秋天带来的氛围何等悲怆。光阴短暂，狱外的情景啊该是怎样？大自然是让我辛劳的天地，心地狭窄、卖弄小聪明不是我终身追求的东西。唉！当年须贾赠予范雎的绨袍，恋恋有故人之意；可久交而到老都是不相知的人，与新交无异。谁能说清楚公冶长无罪而身陷囹圄，谁又能辨明臧仓的一番诉说实在可气。因此，我半夜起身，直到天亮也难以合眼。看到这飞行无定的萤火自身有光，便深叹这黑暗牢笼无光照进。孔子与弟子在宋国大树下习礼，而司马桓魋却伐树逐人，这说明同是人类而心地差异极大；鱼形的蜀中桐材能使吴郡的石鼓发出巨响，可见不同类的事物往往声投气合。如果我能遇到自身的灵魂，当不怕托生于如萤火一样的异类。趁时机而变化，含万物之精气而诞生。虽然大自然化育之物万万千千，我也只求化作萤火这种昆虫。它适应时节而来，没有过失，可以信赖；它与万物从不相争，具有仁德；它遇到黑暗自身有光，可谓有智；它回避日光，白天不亮，显出义气；它面对黑暗，毫无畏惧，可谓有勇。凡事总因情感而起，而情感又往往由所感之物而生。我有感于萤火而作此赋，姑且自我宽慰一下这凄苦的心灵。

大自然玄妙之功发出神气，上天授予萤火的形象。顺应阴阳之气而化育，凭借大自然的创造变化而有了生命。寒暑易节，你知道该如何应时出现或藏身。既能身外发光放彩，又能体内含光藏辉。如果暑去秋来，树林水塘改了夏色，云天有了秋意，你会排开草丛从幽暗中飞出，或升于空际，或远远飞去。与火齐珠在夜晚相映生辉，如夜光珠投向夜空放出光彩。像是飞去啊又中途停留，像是飞来啊又不见飞到眼前。你飞入林中放出火光，就像一年一轮回的钻燧取火一样。广大的殿堂上绕遍你的身影，疑是有人举着烛火快乐地戏游。点点萤火如同网户上的颗颗珍珠，又像隐映在落星楼上空的明星。时隐时现，时聚时散。没有固定的居所，也没有固定的飞玩的地方。摇晃的身影到处流动，凌乱的浮光交错闪行。在池沼边闪耀，在树林旁徘徊。如幽深的盐井里沉浸的火光，又像从银河出落的明珠。每逢冲天而起的大风，火光不因之而猛烈；遇到连阴雨，火光却因之更明。那萤光像湛卢宝剑在夜空中飞去，又像北斗杓端的招摇星光辉灿烂。与庭中照明的火炬相辉映，在密云浓雨中闪光翻飞。你们一起燃起身上的火光，又一起熄灭这应时的光亮，在太阳升起的时候，便自觉将身影藏匿。

你的光不能照遍万物，但光亮足以自用。同蝙蝠一起陪伴长夜，不学飞蛾争奔火光。像君子得了修身之道，即使在暗室中也不会蒙受欺辱。如同得道的圣人变化若神，其行无迹，你总是怀着光明正义应时而出。身处幽暗之处不昏昧，而要照亮这黑暗的环境。随着日出日落而休息与活动，等候天黑天亮而或进或退。把性命交给昏暗的环境，任凭外物整治，变迁推移。腐木枯草得暑湿之气化育成身，内含光彩却没有烟气。不贪图热势而苟且求进，每每光华内藏而委曲求全。铸器模型里的金属岂能自己销毁，宁可学那一点灯火去增添热量一份。鄙视那蝉蜩惯于蜕壳保身，更怕那蝼蚁趋附羊臊气味。不以蜉蝣之短命而伤怀，也不因龟鹤之长寿而羡慕。蜩与学鸠飞不高，才碰到树枝上就落到地面，而鲲鹏拍击着巨大的旋风飞起，它的翅膀就像垂天之云。虽然二者形体之大小差别很大，但在自由自在这一点上又有什么差异呢？为什么会化作这种种形体？其实没有谁使之这样变化，而是自己有了如此模样。

如果以后有机会四处通达，什么地方都可以去，我将拒入豪门而独自远离，要像当年范雎那样，靠自己的力量步入青云。不愿偷取别人的光亮，宁可向聚光的铜镜借取一点光辉。最终让自己显出才干，而不依靠别人办成大事。人总会有感于物而动情，但也许所遇相同而心情各异。声调相同才能互相应和，凡物同类才会聚在一起，道理本也如此。我几乎不明白你之所向，怎么会知道你的旨意？惠子尚不知鱼之为乐，我又怎么知道萤火的追求？高远明亮之处啊会永长，人世间的变化啊永无穷。公牛氏可怜须臾化为虎，鲧死羽泉忽然变为熊。苌弘藏血三年化为碧玉，荒年菜食而死的夫妇都变作青虹。我知战场上有人马之血化作的鬼火，也明白狱中会有冤魂变成的虫。那小飞的萤火形体弱小，尚能振翅凌空飞起。为什么我短短的一生有这么多挫折，如同笼中之鸟屈颈还要碰头。这里没有田父庑下夜明的宝玉，却有埋在丰城冤狱中的双剑。希望迷路之人能回返，但愿照亮昏暗能通达。看到自己年华未暮容已老，唯叹形影相顾独自悼。秋夜有感忧愁深，又怕萤火半夜飞。萤火飞来又飞去，忧愁郁积自煎熬。看到流萤不停息，惊魂不定更伤感。光阴如白驹之过隙，如闪电之迅疾。如果我的余光还可照，希望寒灰重燃起。

【点评】此赋乃骆宾王下狱近一年时所作，言辞凄切，十分感人。作者以萤火自喻，抒其遭诬蒙冤之愤，明其渴望在有生之年建功立业的心志。抒其冤，凄苦伤怀；斥其奸，言辞犀利；明其志，坦诚磊落。虽然他所做的一切都是为着巩固唐王朝的封建统治，可是他那不为势利所趋的刚正之气，以及"倘余光之重照，庶寒灰之重然"的奋斗精神，却是令人感佩的。此赋语言含蓄，于委婉中见刚劲，于隐微处见激情。在骆宾王赋作中，此赋当为代表之作。

【集说】骆宾王在徐敬业府为敬业檄武后罪状，……敬业败，宾王亡命，不知所之。中宗时，诏求其文，得数百篇，有《萤火赋》。末联云"倘余光之可照，庶寒灰之重燃"，亦可哀矣。（李调元《赋话》卷九）

时高宗不君，政由武氏。宾王数上章疏讽谏，为当时所忌，诬以赃，下狱。久絷，尚未昭雪，作《萤火赋》以自广。（陈熙晋《续补唐书骆侍御传》）

其赋今唯存《萤火赋》《荡子从军赋》两篇，然皆丽而不靡，劲而不直。《萤火赋》为在狱中作，与其《在狱咏蝉》诗意境有相似之处，而情调更为凄苦。（马积高《赋史》）

（李方正）

杨炯

杨炯(650—693?),华阴(今陕西华阴)人。幼聪敏,高宗显庆六年(661)以十一岁幼龄举神童。上元三年(676),试制科登第,授校书郎。永隆二年(681)充崇文馆学士,迁太子詹事司直。武后当政,左降梓州(今四川三台)司法参军,秩满,再迁盈川(今四川筠连)令,卒于官。杨炯是"初唐四杰"之一,其五言律诗在早期律体中甚有名。有赋八篇,收入明人辑本《杨盈川集》。

青苔赋

粤若稽古圣皇[1],重晖日光[2],开博望之苑[3],辟思贤之堂。华馆三袭[4],雕轩四下[5],地则经省而书坊[6],人则后车而先马[7]。相彼草木兮[8],或有足言者。吁嗟青苔,今可得而闻也。

借如灵山偃蹇[9],巨壁崔嵬[10],画千峰而锦照,图万壑而霞开。王孙逝兮山之隈[11],披薜荔兮践莓苔[12]。怅容与兮徘徊[13],一去千年兮时不复来。

至若圆潭写镜,方流聚玉[14],苔何水而不清,水何苔而不绿。

渔父游兮汉川曲[15]，歌沧浪兮濯吾足。桂舟横兮兰枻触，浦溆遭迴兮心断续。

别有崇台广厦，粉壁椒涂。梁木兰兮椽玳瑁[16]，草离合兮树珊瑚[17]。白露下，苍苔芜。暗瑶砌，涩琼铺。有美人兮向隅，应闭门兮踟蹰。心震荡兮意不愉，颜如玉兮泪如珠。

请循其本也。见商羊兮鼓舞[18]，召风伯兮电赴。占顾兔兮离毕星[19]，雷阗阗兮雨冥冥。浩兮荡兮，见潢污之满庭；倏兮忽兮，视苔藓之青青。

尔其为状也，幂历绵密[20]，浸淫布濩[21]。斑驳兮长廊，夤缘兮古树[22]。肃兮若远山之松柏，泛兮若平郊之烟雾。

春淡荡兮景物华，承芳卉兮藉落花。岁峥嵘兮日云暮[23]，迫寒霜兮犯危露。触类而长，其生也蕃。莫不文阶兮镂瓦[24]，碧地兮青垣。别生分类，西京南越。则乌韭兮绿钱，金苔兮石发[25]。

苔之为物也贱，苔之为德也深。夫其为让也，每违燥而居湿；其为谦也，常背阳而即阴。重扃秘宇兮不以为显，幽山穷水兮不以为沉。有达人卷舒之意，君子行藏之心。唯天地之大德，匪予情之所任。

【注释】(1)粤若：发语词，无义。稽古：稽考古道。圣皇：借汉武帝以指唐高宗，与注(3)合看。 (2)重(chóng)晖日光：与日月同辉。 (3)博望苑：在陕西长安区北。《汉书·戾太子传》："及冠就宫，上为立博望苑，使通宾客，从其所好。" (4)华馆三袭：三套华丽的馆阁。袭，套。 (5)雕(diāo)轩四下：雕画的轩廊四面上下。 (6)省：尚书省。书坊：买卖书籍的坊市。 (7)后车：在太子车辇的后面。先马：在骑马的侍从前面。按：这篇《青苔赋》是杨炯任职东宫时所作。以上几句是说东宫官属的班列也不算太低微。 (8)相(xiàng)：察看。 (9)偃蹇(yǎn jiǎn)：高耸貌。 (10)巨壁：巨大的峭壁。 (11)《楚辞·招隐士》："王孙游兮不归，春草生兮萋萋。" (12)屈原《离骚》："揽木根以结茝兮，贯薜荔之落蕊。"薜荔，香草名，缘木而生。 (13)容与：安闲貌。屈原《九歌·湘夫人》："时不可兮骤得，聊逍遥兮容与。" (14)方流：旁流。玉：谓冰洁如玉。所谓"玉水记方流"。(15)《楚辞·渔父》："渔父莞尔而笑，鼓枻而去，乃歌曰：'沧浪之水清兮可以濯吾缨,沧浪之水浊兮可以濯吾足。'遂去,不复与言。" (16)木兰:香木。玳瑁(dài mào):一种爬行动物,其甲壳是名贵装饰材料。 (17)离合:草名,也叫合昏,其叶昼开而夜合。珊瑚:指名贵树木。 (18)商羊:一足神鸟,将有霖雨,则舒翅而跳,因此有"天将大雨,商羊鼓舞"的谣谚。 (19)顾兔:月亮。毕星:星座名。 (20)幂历绵密:覆布得很稠密。 (21)浸淫布濩(huò):延伸得很广泛。 (22)夤(yín)缘:攀附。 (23)岁峥嵘:意即时序严酷。 (24)文:文饰;镂:刻。 (25)"乌韭""绿钱""金苔""石发",都是苔的别名,随形色而变称。

【今译】当今高宗皇帝,圣明睿智,稽古尚文,与日月同辉。皇帝陛下效法汉武,为太子辟博望之苑,造思贤之堂,俾使太子能交通宾客,接纳贤士,因此,愚拙诚朴如我这样的人才能有机会成为东宫官属。要说东宫官属么,那班品倒也不低,居则有华馆雕轩,行则是后车先马,还能有什么分外希冀?不过,我既然供职东宫已久,觉得那里的花草树木颇有可以进入文情的,于是写成了这篇《青苔赋》。

譬如说深山大壑的青苔。它点缀了群峰,镶成了绿锦;夕晖照映,流光溢彩。在这里,如果有隐居幽处的公子王孙要决心离去,那么他一定是披着香草结成的衣裳,踏着油油的青苔,怅然怆然,不忍遽去。

再譬如说水边的青苔。那么,无论是在如镜的圆潭四围,或者是旁流蕴玉的两岸,都是水借苔而益清,苔因水而更绿。你可能妙想联翩,想象到这是汉川之曲,唱起那沧浪之歌。桂舟横啊船桨撞,水洄旋啊心惆怅。

另有一种青苔,不生在山间水边,却生在高台广厦之下,香阁椒房之旁。这里,是香木做栋梁,玳瑁贴屋椽,有昼开夜合之草,有百宝珊瑚之树。无奈女主人却是幽居独处。如果寒露一降,青苔芜没,琼瑶般的阶级也变得暗淡无光。这当儿,女主人就闭门徘徊,向隅而泣。她情思起伏不欢,容颜姣好而眼泪汪汪。

请循求她伤心的根源吧。见到预示大雨的神鸟才出现,马上就是风吹电闪;才观察得霖雨的气象,立刻就见雷鸣雨注。于是,浩浩瀚瀚,潢涝满庭。那经过急雨洗刷的青苔,突然间也就显得加倍地碧青,而那幽居独处的美人也就更加芳心不宁。

这时候,青苔装点的气象更加幽远广大。或者斑驳于曲径长廊之外,或附着在老干苍皮之上,静穆得像远山的松柏,迷离得像平野的烟雾。

春色荡漾，景物华茂。青苔春捧芳卉，夏承落花；严冬祁寒，日落黄昏，青苔又冒寒霜冲冷露。苔草到处生长，衍殖繁密。阶前、墙头、瓦棱、地脚，无处不生，无处不在。如果在僻远的北国南疆，它虽然改变了称呼，叫作什么乌韭、青钱、金苔、石发，其实都是苔的别称。

这样看来，苔虽是卑贱微物，而它的品德却也不俗。它的确有谦让的美德，因为它从来不避湿就燥，而是常常远离阳光和趋向阴暗，生于重门层宇，则无自矜之态；处在穷山恶水，而有自振之心。它有通达君子的用行舍藏的修养，能屈能伸。深入思考青苔禀有天地赐予的大德，这确实是我秉性的欠缺。

【点评】杨炯于高宗朝曾出任太子詹事府司直。《新唐书·百官志》详列詹事府官属："司直二人，正七品上。掌纠劾官僚及率府之兵。"可见司直班品并不高。杨炯在赋文中说什么"华馆雕轩"，"后车先马"，不过是自张门面。其实，赋文结末一段中"为物也贱"才是他的真实感情，才是这篇《青苔赋》的真正寄托。最后一句说"匪予情之所任"，由一片青苔屈伸自如而生发自己秉性欠缺，究竟欠缺什么？不言而喻，就是那个七品司直，使他不能心安理得，而他又没豁然自释的宽广胸怀。

杨炯寄牢愁于青苔，诚如他自己所说："苔之为物也贱。"青苔这个题确实狭窄，可说的话实在不多。作者为自己选下了一个不大好措辞的篇题。可是，文家毕竟是文家，他仍然有话说，而且说得文情掩映，意趣活泼。

作者为了敷文摛词，不仅把《楚辞·招隐士》隐括进去，也把《楚辞·渔父》隐括进去，甚至连张协的《杂诗》的句段也被容纳进去了（"请循其本"一节）。我们这样追究，并非说作者剽窃了前人的作品，相反，这正说明作者取材的广泛，和他能于狭窄处开辟出径路的技巧。特别是赋家，没有熟读精记前人作品的底蕴，恐怕很难临文作赋。读杨炯的《青苔赋》，给我们读者的启发，恐怕也正在这一点上。

【集说】初唐四子辞赋，多间以七字句，气调极近齐、梁，不独诗歌为然也。

题中正面无可刻画者，势不得不间见侧出，以敷佐见奇。然须隽不伤雅，细不入纤，方为妙绪茧抽，巧思绮合。否则，刻鹄类鹜，无所取焉。（李调元《赋话》卷一）

（韩小默）

东方虬

东方虬,(生卒年不详),武则天时曾为左史。能诗赋。所作《咏孤桐篇》(今已佚)一诗,陈子昂《修竹篇序》称其"骨气端翔,音情顿挫,光英朗练,有金石声"。今存其赋三篇,即《蟾蜍赋》《蚯蚓赋》《尺蠖赋》,收于《文苑英华》。

蟾蜍赋[1]

观夫天地之道[2],转万物以自然[3]。鳞虫之众[4],有蟾蜍而可称焉。鸟吾知其择木,鱼吾知其在泉。此皆婴刀俎以生患[5],而我独沉冥而得全[6]。

尔其文章睆目[7],锐头皤腹[8]。本无牙齿之用,宁惧鹰鹯之逐[9]。或处于泉,或渐于陆[10]。常不离于跬步[11],亦何择于栖宿?

当夫流潦初溢[12],阴霖未晴[13],乘清秋之凉夜,散响耳之繁声[14]。澒洞雷殷[15],混万籁而为一[16];喧豗鼓怒[17],怛异类以那惊[18]。既莫知其所止,故乃逢时则鸣。

观其忘机似智[19]，称善不伐[20]。进而无悔，耻鱼之曝鳃[21]；退亦能谋，笑龟之灼骨[22]。方将乐彼泥中与井底，安能出夫河长与海阔[23]？称其异则画地成川[24]，语其神则登天入月[25]，岂直洼坳之内而见其浮没[26]？

意兹蟾蜍，匪陋攸居[27]。沼沚之毛[28]，恣涵泳之无斁[29]；蘋蘩之菜[30]，兼糗粮而有余[31]。方其鸣，孔公若闻于鼓吹[32]；当其怒，越子反驻乎乘舆[33]。彼龙蛇之蛰也[34]，吾不知其所如[35]。

【注释】(1)蟾蜍(chán chú)：俗称癞蛤蟆。 (2)道：道家哲学中关于宇宙万物的本体、本原的称谓，指先于物质而存在的精神性的东西。 (3)转：转化。引申为化育。自然：天然，谓各适其性。 (4)鳞虫：水族及爬行类动物的统称。 (5)婴：系，缠绕。刀俎：刀和砧板。婴刀俎：谓处于刀俎之间。 (6)沉冥：犹玄寂，泯然无迹之貌。 (7)文章：文彩。睆(huǎn)：同睅，眼睛突出。 (8)锐：尖。皤(pó)腹：大肚子。 (9)鹯(zhān)：一种似鹞鹰的猛禽。 (10)渐于陆：语出《易·渐卦》："鸿渐于陆"。渐：缓进。 (11)跬(kuǐ)步：半步，跨一脚。 (12)流潦(lǎo)：雨后积水。溢：泛滥。 (13)阴霖：连阴雨。 (14)散：散发，发出。 (15)澒洞(hòng tóng)：弥漫无际。雷殷：如雷声震动。殷：震动声。 (16)混：混合。 (17)喧豗(huī)：轰鸣。鼓怒：鼓噪。 (18)怛(dá)：畏惧，惊惧。这里是使动用法。 (19)忘机：泯除机心。指一种淡泊宁静的心境。 (20)伐：自我夸耀。 (21)鱼之曝(pù)鳃(sāi)：指鱼被人食用。鱼鳃不能吃，事先必须掏出扔掉，故称。 (22)龟之灼骨：指龟的甲骨被用以占卜。古人灼龟甲以判断吉凶，故称。 (23)《庄子·秋水》有埳井之蛙与东海之鳖的对话，盖为此二句所本。 (24)画地成川：据气象经验，蟾蜍入陆则有大雨降临，故说它有画地成河之异能。 (25)登天入月：传说月中有蟾蜍。 (26)洼坳(ào)：水坑，塘坳。 (27)匪：通非。攸：所。 (28)沼：小池。沚：水中小洲。毛：草木。 (29)恣：恣意。涵泳：沉浸。斁(yì)：厌。 (30)蘋：水生植物。蘩：白蒿菜，此指蘋蘩的茎、叶等。 (31)糗(qiǔ)粮：干粮。 (32)"孔公"句：《南史·孔珪传》：载孔珪以蛙鸣当两部鼓吹，王晏尝鸣鼓吹候之，闻群蛙鸣，曰："此殊聒人耳。"珪曰："我听鼓吹，殆不及此。"此指其事。 (33)"越子"句：

《韩非子·内储说上》载越王勾践"见怒蛙而式之",为此句所本。怒蛙乃鼓足气的蛙。式指伏在车前横木上表示敬礼。勾践为报吴仇,故式怒蛙以求勇士。 (34)蛰:蛰伏,冬眠。 (35)如:往。按蟾蜍成体冬季多在水底泥内冬眠。

【今译】观察那天地之道,化育出万物各适其性。在众多的鳞虫中,有蟾蜍甚可称道。鸟我知道它们择木而栖,鱼我知道它们在水中游戏,这些都处于刀俎间遽生祸患,而蟾蜍却独自因沉寂淡泊而得以保全。

这蟾蜍纹身凸眼,尖头大肚,生来连牙齿都用不着长,哪里还惧怕鹰鹞的追逐;它有时处在水中,有时缓进于陆上,一蹦一跳总迈不过半步,对于栖宿的地方又有什么选择的呢?

每当积水泛滥、阴雨连绵的时候,它便乘着清秋的凉夜,发出震耳的繁声。弥漫无际殷然如雷,与万籁浑然为一;四面轰鸣用力鼓噪,使异类为之惊惧。虽然不知道它何时止息,但却知道它逢时便会鸣叫。

看它泯灭机心有如圣哲,保持善心而不夸耀。有为而无后悔,耻笑鱼的两鳃被掏出扔掉;无为也能谋划,讥哂龟的甲骨被烤灼占卜。当它只打算以处在泥中与井底为乐时,怎能出入于长河与大海?而说起它的奇特来则能画地成江河,说起它的神异来则能登天入月宫,哪里只是在水塘之中才看见它沉浮呢?

想这蟾蜍,从不以所居之地鄙陋为意。水洲的草木,任它恣意沉浸而永不厌腻,蘋蘩的茎叶,是它方便的干粮而取之不尽。当它鸣叫的时候,孔公曾当作鼓吹乐曲来欣赏;当它鼓足气的时候,越王也曾停车向它致敬。那龙蛇蛰伏冬眠的时候,我却不知道它到哪里去了。

【点评】这篇赋由道生万物各适其性起笔,旋即折入正题,从众多鳞虫中拈出蟾蜍加以咏叹。首先概称其"独沉冥而得全",不似鸟鱼之类"皆婴刀俎以生患"。其次具写其形貌及生活特征,寥寥几笔,活画出蟾蜍形象。接着渲染其逢时则鸣,"澒洞雷殷","喧豗鼓怒","混万籁","怛异类",一鸣惊人。文辞不多,但写得神采焕发。继而又以虚拟之笔写其待机而动,说它"忘机似智,称善不伐",能进能退,胜过同类,平时"乐彼泥中与井底",似乎无能无用，一旦动起来则能“画地成川”“登天入月”，创造出惊天动地的奇迹。说明蟾蜍并非消极无为，而是淡泊以致远，蓄志以待时。最后又说蟾蜍自甘沉浸于草木之中，取蘋蘩之菜为食，从不以所居为陋，与世无争，然其一鸣一怒，曾使孔公陶醉，越王停车，令人爱赏和敬畏。末尾以龙蛇蛰伏之时而蟾蜍不知所往收笔，意谓它与龙蛇一道隐没，言外见意，兴味悠然。总之，此赋从物理与人性的契合处着想，以物喻人，托物言志，在对蟾蜍形象及其习性、品格、修养、情怀等的多方描写中，生发出许多精妙高深的人生哲理，借以抒发作者与时俯仰、待机骋志的生活态度和抱负情操，巧妙地熔咏物、说理与抒情于一炉，不唯内容充实，寄兴深远，发人深思，移人情志，而且用笔稳健，抒写尽致，文风浑朴，气骨清朗，铿锵有力，生动流畅，确实称得上是同类赋作中的上乘佳作。

【集说】《文苑英华》收其赋三篇，都是咏物小赋，大致都是鼓吹屈伸随时、安其性命的思想，但作者并不赞美无所作为，而主张蓄志待时，在可能的条件下发挥自己的才能。……三篇的文字都颇简朴，但形容贴切，于质直中见气骨，尤以《蟾蜍赋》写得比较生动。陈子昂说他的诗“气骨端翔”，此赋亦庶几似之。（马积高《赋史》）

（刘生良）

张说

张说(667—731),字道济。原籍河东(今属山西),后徙居洛阳。则天时任太子校书郎,迁左补阙,预修《三教珠英》。长安初迁凤阁舍人。睿宗时,同中书门下平章事,监修国史。后拜中书令,封燕国公。说敦气节,重然诺。为文属思精壮,长于碑志,朝廷大述作,多出其手,时人称为“大手笔”。有《张燕公集》。

江上愁心赋赠赵侍郎

江上之峻山兮,郁崎岖而不极[1]。云为峰兮烟为色,欻变态兮心不识[2]。江上之深林兮,杳冥蒙而不已。鸟为花兮猿为子,纷荡漾兮言莫拟[3]。夏云阴兮若山,秋水平兮若天,冬沙飞兮淅淅,春草靡兮芊芊[4]。感四节之默运,知万化之潜迁!伴众鸟兮寒渚,望孤帆兮日边。虽欲贯愁肠于巧笔,纺离梦于哀弦,是心也,非模放之所逮[5]。将有言兮是然,将无言兮是然。

【注释】(1)郁:茂盛;崎岖:高峻陡险。 (2)欻(xū):忽然。 (3)荡漾:飘动起伏貌。 (4)靡:美好;芊(jiān)芊:草木茂盛。 (5)模放:即“模仿”。

【今译】江边的高山呵,郁郁葱葱,峻峭陡险,望不到顶端!忽而云烟缭绕,忽而变化万千,令人目不暇接。两岸的深林呵,无边无际,幽深昏暗。林中的花鸟猿狖,各自嬉戏,欢乐自然。夏日阴云,色如青山;秋水浩渺,有若长天。冬日里飞沙淅淅,春光下青草鲜鲜。感四季在悄悄地更替,叹万物在默默地变迁。我却与众鸟为伴,栖息在这贫寒之地,望那消失在天边的孤帆!虽想把心中的苦闷倾吐于巧笔,编织离别之梦于哀弦,这愁苦之心,不是能比拟、能模写的。我有话说是如此,无话说也是如此!

【点评】张说为一代名臣,虽位极宰相,中间也曾遭贬谪。这是他在贬谪期间写给同僚赵侍郎的一篇抒情小赋。赋中以江上所见之景,写心中之愁。其特色在于写愁、写景,别开生面,独具匠心。以愁写景,一洗凡俗。没有把江上之景涂上感伤色彩,而是写得生趣盎然!接着笔锋一转,感“四节默运”“万物潜迁”,事业未成,蹉跎光阴,江上的美景对其苦闷心情起着反衬作用。本想辅佐君王,大济苍生。结果落得“伴众鸟兮寒渚,望孤帆兮日边”。这不仅真实地道出了贬谪后的苦闷、忧愁,也写出了他眷念朝廷的真挚感情。大有李白那种“闲来垂钓碧溪上,忽复乘舟梦日边”的心境。开篇以美景反衬愁,中间直写愁、无法排解愁,结章以无可奈何对待愁。其愁的线索由晦而显,触景而来。其写景,不描写一草一木,而是以高山、险峰、森林、花鸟、猿狖为题材,由大及小,由远及近,气宇开阔,层次井然。写四季变化,抓住了其显著特征,语言简洁,又形象鲜明。总之,这篇抒情小赋,也表现出了一代“大手笔”的显著特色。

【集说】张说对于玄宗之立是有功的,玄宗初年甚见信任。此时疏斥在外,故愁绪万千。但他却不明说,只说愁心既非笔墨所能表达,也非弦声所能传递,这正所谓“崇雅去浮”,归于浑厚的表现。(马积高《赋史》)

(曹方林)

张九龄

张九龄(673—740),字子寿,韶州曲江(今广东韶关)人。唐中宗景龙初年进士。玄宗时,官至同中书门下平章事、中书令。在朝直言敢谏,是开元时代贤相之一。后被李林甫排挤出朝。早年以文学为张说所激赏,赞为“轻缣素练,济时适用”(见唐刘肃《大唐新语》)。其诗辞彩富艳,而情致深婉。晚年遭受谗毁。感慨加深,诗歌风格转趋朴质简劲。有《张曲江集》。

白羽扇赋并序

开元二十四年夏,盛暑,奉敕使大将军高力士赐宰臣白羽扇[(1)]。某与焉,窃有所感,立献赋曰:

当时而用,任物所长。彼鸿鹄之弱羽[(2)],出江湖之下方。安知烦暑,可致清凉。岂无纨素[(3)],彩画文章。复有修竹,剖析毫芒[(4)]。提携密迩[(5)],摇动馨香。惟众珍之在御,何短翮之敢当[(6)]。而窃思于圣后,且见持于未央[(7)]。伊昔皋泽之时,亦有云霄之志。苟效用之得所，虽杀身之何忌？肃肃白羽[8]，穆如清风[9]。纵秋气之移夺，终感恩于箧中。

【注释】(1)敕(chì)：指皇帝诏书。　(2)弱羽：禽鸟翅下之羽毛。(3)纨素：精致洁白的细绢。　(4)毫芒：犹毫末，谓极细。　(5)密迩(ěr)：密布紧凑。　(6)翮(hé)：羽根，指鸟翅。　(7)见持：被挟制。未央：汉宫名。此句作者以汉将韩信自喻。　(8)肃肃白羽：出自《诗·小雅·鸿雁》"肃肃其羽"。肃肃：鸟羽振动声。　(9)穆如：淳和。

【今译】开元二十四年夏，盛暑，奉皇帝命令由大将军高力士赐给宰臣白羽扇。我也在赏赐中，对于此事私下有感，立即献赋曰：

适时而用，用物所长。那鸿鹄纤细的羽毛，出自江河湖泽之下。不知酷暑，制成羽扇可致清凉。难道没有洁白细绢，又没有彩画绸锦。又用修长之竹，剖开解析为细微之毫芒。紧密排列制作为扇，摇动便生馨香。只有那些珍奇异宝才被皇宫收藏，水鸟的羽毛怎敢登大雅之堂。内心对圣明之君感恩戴德。却被后宫挟持流放。昔日在沼泽为鸟之时，亦有腾飞云霄之志。如果效劳、任用适得其所，即使杀身又有何妨？白羽肃肃振动，清和之风如皇上之英明。即使秋天到来，夺其所用，被藏在匣中犹感恩不尽。

【点评】这是一篇典型的托物喻志的抒情小赋。开元二十四年夏，张九龄恐玄宗摒斥他，便借玄宗赐白羽扇的机会。献《白羽扇赋》，以期用哀婉而矢志不移之情，引起玄宗对他的信任。其赋巧妙地把自己过去的受重用及今朝受排挤，以及对玄宗的忠忱都用羽扇的贴切之喻写出来，但玄宗昏聩不辨忠奸，最终还是捐弃了张九龄。

赋的前半部极写白羽扇出身之低微，效用之平凡。以"鸿鹄之弱羽""江湖之下方"叙写白羽扇微贱的身世；以"安知烦暑，可致清凉，岂无纨素，彩画文章"铺叙其平凡并不出众的功用；喻示作者自己的身世之感。赋的后半部分，作者以汉将韩信在未央宫被杀而自喻，表达对玄宗的忠忱。复以羽扇自比，昔日虽有"云霄之志"，但效用得所，杀身亦无忌。最后以点睛之笔，表达对玄宗的感恩戴德之情:“纵秋气之移夺,终感恩于箧中”。通篇没有言及作者自己,然而,作者对皇帝尽忠效力之情,被摒斥之悲慨,溢于言表。语言哀婉凄绝,情志至死不移。托物言志,借物抒情,表现了作者高超敏锐的艺术功力,同时也流露出了对封建皇帝的愚忠思想。

【集说】传为班婕妤的《团扇诗》中有“捐弃箧笥中,恩情中道绝”之句,以抒发其被遗弃的怨情。九龄此赋翻其意,言效用得所,固杀身不忘;即被弃捐,尚且感恩。这是封建时代忠臣的很高的思想境界。我们并不赞赏这种建立在个人恩遇的基础上的忠心,但作者在这样狭小的篇幅里,既写了扇的本身,又巧妙地表达了自己的情感,其善于立言的本领却是值得学习的。(马积高《赋史》)

(陈殿生)

李邕

李邕(678—747),字泰和,扬州江都(今江苏扬州)人。历事武后、唐中宗、睿宗、玄宗四朝,始官左拾遗,终至北海太守。为人刚直敢言,每为权倖所恶,多遭左迁,累起累踬。奸相李林甫忌之,天宝六年,就北海杖杀。后因恩例赠秘书监。其文誉满天下,尤长碑颂。有《李北海集》。

石赋[1]

代有远游子[2],植杖大野[3],周目层岩,睹巨石而叹曰:兹盘礴也[4],可用武而转乎[5]? 兹峭峙也[6],可腾趠而登乎[7]? 观其凌云插峰[8],隐霄横嶂[9];峻削标表[10],汗漫仪状[11]。划镇地以周博[12],崛戴天而雄壮[13]。默玄云之暮起[14],艴丹霞之朝上[15]。若使矗布长城[16],嶷联高壁[17],遏西戎而分塞[18],截东胡而度碛[19],张九州之地险[20],蹙四夷之天隔[21];固可以眇绝骄子[22],遐阻勍敌[23],归华夏之甲士,却边荒之羽檄[24]。

别有列在王庭,地当文砌[25]。疑贞琬之粉泽[26],艳重锦之光丽。承听政之梁柱，纳进贤之阶陛[27]。匪徒夹植桃李，因芳茝蕙[28]，降神女之徜徉[29]，拂仙衣之容曳[30]。

若乃苔藓剥落，雨露淋漓；冰碧藻曜[31]，绘画纷披[32]。不邀代之所贵，不欲人之见知。罔怀金而则异[33]，曷剖玉而方奇[34]。

至若危堞孤援[35]，悬门御冲[36]。出阵摧鹤[37]，乘城起龙[38]。炮与矢而飞雨[39]，磁当途而列墉[40]。金鼓为之沮气[41]，戈矛为之辍锋[42]。借如弈秋沉思[43]，蜀相兴图[44]，秉节制以全胜[45]，纵劫杀以论都[46]。鄙宋缄之谬识[47]，嘉禹凿之神模[48]。落五星而多懵[49]，坐千人而不孤[50]。惟磨砻之所取[51]，任圆方之自殊。支空留于织室[52]，编尚想于兵符[53]。鸟何恨而填海[54]？山何言而望夫[55]？徒以贞者不黩[56]，坚者可久。

卧如羊于山野[57]，蹲似武于林薮[58]。知作鼓之希声[59]，信为人之无偶[60]。梁架海以东注[61]，镇临江而南守。庶投水而克成[62]，将补天而何有[63]？岂独砥砺利器，盘踞真王[64]？镞来肃慎[65]，门通越裳[66]。屹特立以兴主[67]，驾能言以发祥[68]。迩开莲兮表华[69]，远倚剑兮疏梁[70]。保兹城而永固，结彼交而不忘[71]。何止藏书入室[72]，勒篆离经[73]。翕湘川之飞燕[74]，伏昆池之骇鲸[75]。膏久服而颜驻[76]，碑一观而涕零[77]。岂如《扣角》匡坐[78]，且悲歌于《白水》[79]；寻山小住[80]，止危途于翠屏而已哉[81]！

【注释】(1)本赋辑自《全唐文》卷二六一。 (2)代：世。 (3)植：拄。 (4)兹：赞叹辞。盘礴：同“磅礴”，广大貌。 (5)武：勇力。 (6)峭峙：高峻屹立。 (7)踔(chuò)：跳。 (8)凌云：超越云层。 (9)霄：天。嶂：高峰如屏障。 (10)标：挺立。表：同“标”。 (11)汗漫：不能清晰了解。仪状：仪容形状。 (12)划：划分。镇：安。 (13)崛：勃起。戴天：顶天。 (14)默：通“墨”，黑色。玄云：乌云。 (15)赩(xì)：赤色。 (16)矗(chù)：高直貌。 (17)嶷(yí)：高。 (18)遏：遏制。塞：用作防御工事的要塞。 (19)碛(qì)：沙漠。 (20)张：扩大。九州：指整个中国。 (21)

蹙:缩小。隔:阻隔。 (22)眇(miǎo):远。骄子:宠爱之子,此指胡戎。《汉书·匈奴传上》:“南有大汉,北有强胡,胡者天之骄子也。” (23)遐:远。勍(qíng):强。 (24)却:阻止。羽檄:求救兵的文书。 (25)文砌:即文陛,天子殿前台阶。张铣注沈约《齐故安陆昭王碑文》曰:“文陛,天子殿阶也,以文石砌之。” (26)贞琬:纯正美玉。粉泽:用以化妆的脂粉。 (27)阶陛:宫中的台阶。 (28)茝(chǎi)蕙:香草名。 (29)徜徉:游戏。(30)拂:拂拭。容曳:飞扬的衣着。 (31)冰碧:洁净的青石。 (32)纷披:多貌。 (33)怀金:石之含金。此喻身藏金印居于高位之人。 (34)剖玉:从石中剖析出美玉,此隐涵《韩非子·和氏》的故事,“楚人和氏得玉璞楚山中,奉而献之厉王。厉王使玉人相之,玉人曰:‘石也。’王以和为诳,而刖其左足。及厉王薨,武王即位,和又奉其璞而献之武王。武王使玉人相之,又曰‘石也’。王又以和为诳,而刖其右足。文王即位,……王乃使玉人理其璞,而得宝焉。遂命曰和氏之璧。” (35)危堞(dié):高城上的女墙。孤:无人。 (36)御冲:防御冲击。 (37)出阵:射出阵地。 (38)乘城:覆伏城池。起龙:振动潜龙。 (39)炮:指用炮射出之石。古之炮,是用机械发石以袭远。 (40)磁:磁石,即吸铁石。列墉:筑成高墙,作为防御工事。(41)金鼓:金为钟。在战场用金与鼓指挥进退,击金则退,击鼓则进。沮气:丧气。 (42)辍锋:停止进攻的锋芒。 (43)借:假。弈秋:古代善于下围棋的人。 (44)蜀相:指三国时的诸葛亮。兴图:指诸葛亮用石头摆的八阵图。《太平寰宇记》云:“八阵图,在(四川)奉节县西南七里,周回四百八十丈,中有诸葛孔明八阵图。聚石为之,各高五尺,广十围,历然棋布,纵横相当。中间相距九尺,正中间南北巷悉广五尺,凡六十四聚。或为人散乱,及为夏水所没,冬水退后,依然如故。”另外,在陕西省勉县东南,四川省新都区亦有此遗迹。 (45)秉:掌握。节制:指挥法则。 (46)纵:舍弃。劫杀:恃力杀之。都:美德。 (47)鄙:藐视。宋:疑指战国时宋人宋牼,一作宋钘,尝欲以利游说罢秦楚之兵,孟子劝其舍利而言仁义。《荀子·非十二子》批评他和墨翟说:“不知一天下、建国家之权称,上功用,大俭约而僈差等,曾不足以容辨异、县君臣;然而其持之有故,其言之成理,足以欺惑愚众。”缄:指封人之口的理论。谬识:错误的认识。 (48)禹:夏禹,以平治洪水著称。凿:意谓开凿河道,疏导洪水。神模:神明的楷模。 (49)落:碰落,状山之高。五星:指木星、火星、土星、金星、水星。《史记·天官书》云:"五星同色,天下偃兵,百姓宁昌。"多懵:人多心情慌乱。 (50)不孤:不小。 (51)磨:石磨。砻:小石磨。 (52)支:支机石,天上织女所用。郑惟忠《古石赋》所谓"在地者佳人捣练,在天者织女支机",后者即颂其事。 (53)编:以石为题编写文章。兵符:行军的符信。 (54)鸟:指神话故事中的精卫鸟,系女娃所变,因在东海淹死,乃衔西山木石以填之。《山海经·北山经》曰:"发鸠之山,其上多柘木,有鸟焉,其状如乌,文首,白喙,赤足,名曰'精卫',其鸣自詨。是炎帝之少女,名曰女娃。女娃游于东海,溺而不返,故为精卫。常衔西山之木石,以堙于东海。" (55)"山何言"句:由于丈夫从役,妻子送行,立而望之,化之为石,故名望夫山。类此故事,河南新野、陕西紫阳、湖北武昌等地,所在多有。《太平寰宇记》云:"当涂县(在安徽)望夫山:昔有人往楚,累岁不还,其妻登此山望之,久乃化为石。"《幽明录》云:"武昌北山上有望夫石,状若人立。古传云:昔有贞妇,其夫从役,远赴国难,女饯送此山,立望而死,化为石,因名。" (56)黩:玷污。 (57)羊:羊石,即石形如羊。《海录碎事·地·沙石》云:"长沙县有鹅羊石。《湘中记》云:昔有咸少卿,牧羊、鹅,遇仙升天,鹅、羊皆化为石,今犹有其形象。"《明一统志》云:"石羊山在柳州府武宣县西六十里,峭壁上有石如羊,俯瞰大江,舟过见之。" (58)武:虎。林薮:草木丛茂的山野。《史记·李将军列传》李广射虎之事可做佐证:"广出猎,见草中石,以为虎而射之,中石没镞。视之石也。因复更射之,终不能复入石矣。" (59)鼓:石鼓,先秦之物,唐初在今陕西凤翔出土,计十面,上有大篆之文,其内容与时代众说纷纭,今人多认为是秦之文物。希声:声音微弱。 (60)为人:变成石人。如望夫石之类。无偶:天下无匹。(61)梁:桥。注:疏通。 (62)投水:抱石投水而死。《韩诗外传》卷一"申徒狄抱石而沉于河"。《史记·屈原传》"怀石遂投汨而死"。克成:能够成功。 (63)补天:即女娲补天的神话故事。《淮南子·览冥训》云:"往古之时,四极废,九州裂,天不兼覆,地不周载。火爁炎而不灭,水浩洋而不息。猛兽食颛民,鸷鸟攫老弱。于是女娲炼五色石以补苍天,断鳌足以立四极,杀黑龙以济冀州,和芦灰以止淫水。苍天补,四极正,淫水涸,冀州平,狡虫死,颛民生。" (64)盘踞:盘结踞守。真王:真命天子。 (65)镞(cú):箭头。肃慎:春秋战国时代的小国,地处今吉林省宁安市以北。《国语·鲁语下》:

“于是肃慎氏贡楛(箭干)矢(箭头)”。 (66)越裳:古国名,在今越南南部。《汉书·南蛮传》:“交趾之南,有越裳国。周公居摄六年,制礼作乐,天下和平,越裳以三象重译而献白雉。”《新语·无为》:“越裳之君,重译来朝。” (67)屹:山独立壮武貌。主:君主。 (68)驾:横亘。能言:《左传·昭公八年》“春,石言于晋。”发祥:产生祥瑞。 (69)表华:即言华表,古代用以表明道路,在亭台驿站,城郭衙门的入口处皆有之。 (70)疏梁:饰画的桥梁。 (71)彼:指越裳、肃慎等。 (72)室:石室,古代藏书之所。《汉书·高帝纪》:“丹书铁契,金匮石室藏之。”颜师古注:“以石为室,重缄封之,保慎之义”。 (73)勒篆:刻上篆字。离经:分章断句。 (74)翕(xī):起。湘川:今之湘江,是湖南最大的河流。飞燕:即石燕。《水经·湘水注》:“湘水东南流经石燕山东。其山有石,绀而状燕,因以名山。其石或大或小,若母子焉。及其雷风相薄,则石燕群飞,颉颃如真燕矣。” (75)伏:隐匿。昆池:即昆明池,在长安。《西京杂记》曰:“武帝作昆明池,欲伐昆吾夷,教习水战。因而于上游戏养鱼,鱼给诸陵庙祭祀,余付长安市卖之。池周围四十里。”骇鲸:惊叫的石鲸。《三辅黄图》云:“昆明池中有豫章台及石鲸。刻石为鲸鱼,长三丈,每至雷雨,常鸣吼,鬣尾皆动。” (76)膏:石髓之类。《神仙经》云:“神山五百年辄开,其中石髓出,得而服之,寿与天相毕。”亦可说是驻颜膏。《白孔六贴》云“唐昭宗以腊日赐韩偓银合子,驻颜膏,绣香袋,并牙香等物。”颜驻:即驻颜,谓使容颜青春常驻。苏轼《洞霄宫诗》:“长松怪石宜霜鬓,不用金丹苦驻颜。” (77)碑:堕泪碑。《晋书·羊祜传》:“襄阳百姓,于岘山祜平生游憩之所,建碑立庙,岁时飨祭。望其碑者,莫不流涕,杜预因名为堕泪碑。” (78)岂:曾。扣角:即《口角歌》,指春秋卫国人宁戚以击牛角而歌,为齐桓公赏识,用之为卿。匡坐:端坐。 (79)《白水》:为宁戚欲仕所歌之逸诗。《列女传·辩通传》云,齐相管仲对其妾曰:“昔日公使我迎宁戚,宁戚曰:‘浩浩乎白水’,吾不知其所谓。”其妾笑曰:“人已语君矣,君不知识矣。古有《白水》之诗。诗不云乎:‘浩浩白水,儵儵之鱼。君来召我,我将安居?国家未定,从我焉如?’此宁戚欲得仕国家也。” (80)寻:思求。小住:短暂逗留。 (81)危途:危险的道路。翠屏:碧色山岩。

【今译】世上有一位去远方的游客,拄着手杖站在辽阔的原野,环视层峦叠嶂，目睹巨石，不禁慨叹地说：如此雄伟磅礴，可用武力摇撼得动吗？如此陡峭挺拔，可以轻捷地跳到顶上吗？看它直插云外，屏蔽天空，犹如高峭的指路华表，难以看清它的真实仪容。划分出镇守的周围广博领地，顶天崛立而雄伟高迥。傍晚笼罩着墨黑的乌云，清早的朝霞照射石顶。如果用作矗立广布的长城，连接起来成为高峻的壁垒，可以分作要塞遏制西戎，也可越过沙漠截断东胡。可以扩充中原地带的关隘，可以蹙迫同四方夷狄的天然险阻。真正能够远绝匈奴，抗阻强敌，复员华夏的甲士，排除边境告急的军事羽檄。

有的石块陈设到国王宫廷，铺砌成色彩斑斓的阶陛。质地比得上粉白润泽的纯正美玉，甚至比闪闪发光的锦缎还要美丽。它肩负着听政大殿的梁柱，它成为招贤进士的必经阶梯。不能只在两边栽上桃李，与茝蕙香草相依。也不应为了神女下凡在此游戏，让它轻轻地抚弄着飞扬起来的仙衣。

至于有的石上长满的苔藓斑驳陆离，经受着长年累月的雨淋露湿。有的青石洁净闪烁着光彩照耀人眼，有的如林林总总纷繁的画卷。从来都不要求社会加以重视，也不想叫某个人的赏识。不会因为内藏金矿就表现异常，也不会因为能够剖出璧玉才使人感到惊奇。

至于有的石块被垒成高高的女墙可以不用援兵，有的悬挂在城门之上以阻挡敌人的进攻。有的射出阵地能击落天上的飞鹤，有的能覆没城池使潜龙震动。石炮与飞箭如雨交织，吸铁石在要道上筑成为高高的防御工事。可以挫伤敌人金鼓之声的嚣张气势，可以使铁制的戈矛顿时丧失锐利。假使令古代善下围棋的弈秋拿着石制的棋子儿沉思，让三国时蜀相诸葛孔明用石块摆出著名的八阵图，他们都能得心应手运用法则全部取得胜利，他们都会抛开硬拼硬杀当作美好修养的话题。可笑战国的宋牼见利忘义见识是何其荒诞，值得称颂的大禹凿山疏水才是神明的楷模。石高可以碰落象征吉祥如意的五星而使世人惶惑不安，即令成千人坐在上面仍然显得十分宽展。大小石磨的材料可以任意选取，要方要圆都可根据各自不同的需求。织女用的支机石白白留在室内，我编写石头的用场总想到兵书战略上的讲究。精卫鸟有什么怨恨要衔石子去填大海？沉寂的高山为什么要称为“望夫”？只要纯正不受玷污，坚贞者必然永垂不朽！

有的石头像群羊卧在山野之上，有的像老虎蹲在林草丛里。谁都知道用石作鼓声音微弱，谁都相信化成望夫石的女人品德在天下首屈一指。架成桥梁可以沟通东面的大海，矗立江边可以镇守辽阔的南方。抱石投水能随所愿，要说女娲炼石补天那就实属荒唐。石头不仅可以磨砺武器，牢固保卫真命天子；还能使肃慎氏贡来石箭，修成大门又可迎来越裳氏献上白雉。屹然挺立可以使国家兴旺，横亘能言可以显现出吉祥。近处的可以作为状如莲花的指路华表，远处的可以当成依靠的利剑与雕饰的桥梁。它可以保护这里的城池永远坚固，还可借以与邻国建立友谊永不相忘。其作用不止可以建成石室藏书，在上边篆刻文字断句分章；还可使湘江的石燕乘着暴风雨飞翔，昆明池中潜藏的石鲸在雷电氛围中惊鸣。石髓如膏久服可以使人青春常在，建成功德碑可以使人一见眼泪自然掉落。曾经知道宁戚端坐唱着《扣角》之歌干谒齐桓，尚且又慷慨悲歌《白水》之诗争取前程。我今寻山只想短暂逗留，怎能逃避坎坷的官场生活在这碧绿的山色中了此终生！

【**点评**】李邕博学能文，刚直敢言，屡遭打击，使其不得施展宏图。通过《石赋》，他尽情抒发自己的雄才大略，极意显示自己的政治抱负和人生理想。他大力赞美不可"用武而转"的盘礴巨石，不可"腾趠而登"的峭峙高山，那是他不愿与佞倖者同流合污的自我写照。他坚信"贞者不黩，坚者可久"，大有懔然不可侵犯的气概。他指斥在阶陛两边"夹植桃李，因芳茝蕙。降神女之徜徉，拂仙衣之容曳"，是批评朝廷信用妖人郑思普为秘书监，容许其在宫中兴风作浪，有着强烈的针对性。他想让巨石"矗布长城"，"遏阻勍敌""砥砺利器，盘踞真王"，又历述了巨石的诸多用途，无不倾注了作者的一片深情和无限的向往。他借着宁戚的酒杯，浇自己胸中的块垒。宁戚尚且《扣角》匡坐，悲歌《白水》，追求仕进，要干一番事业，自己岂能一遇挫折就打退堂鼓呢？《石赋》最后两句"寻山小住，止危途于翠屏而已哉"，表达自己将要再接再厉的决心。通篇字里行间，都蕴涵着一股浩然正气，关心国家民族命运的一片热忱。行文流畅，笔锋带有感情，活用典故较多。不过即令不大熟悉典故的人，也能大体领会其精神实质，不至觉得特别生涩难懂。

【**集说**】臣伏见陈州刺史李邕，学成师范，文堪经国，刚毅忠烈，难不苟免。往者张易之用权，人畏其口，而邕折其角；韦氏恃势，言出祸应，而邕挫其锋。虽身受谪屈，而奸谋中损，即邕有大造于我邦家也。且斯人所能者，拯孤恤穷，救乏赈惠，积而便散，家无私聚。（孔璋《上玄宗救邕书》）

长啸宇宙间，高才日陵替。古人不可见，前辈复谁继。忆昔李公存，词林有根柢。声华当健笔，洒落富清制。风流散金石，追琢山岳锐。情穷造化理，学贯天人际。干谒走其门，碑版照四裔。各满深望还，森然起凡例。……独步四十年，风听九皋泪。呜呼江夏姿，竟掩宣尼袂。……（杜甫《八哀诗·赠秘书监江夏李公邕》）

李邕文章、书翰、正直、辞辨、义烈皆过人，时谓六绝。（张鷟《朝野佥载》）

邕早擅才名，尤长碑颂。虽贬职在外，中朝衣冠及天下寺观，多赍持金帛，往求其文。前后所制，凡数百首，受纳馈遗，亦至钜万。时议以为自古鬻文获财，未有如邕者。（《旧唐书》卷一九〇《文苑中》本传）

邕之文，于碑颂是所长，人奉金帛请其文，前后所受钜万计。邕虽诎不进，而文名天下，时称李北海。卢藏用尝谓："邕如干将、莫邪，难与争锋，但虞伤缺耳。"后卒如言。杜甫知邕负谤死，作《八哀诗》，读者伤之。（《新唐书》卷二〇二《文艺中》本传）

《石赋》陈时陈正见已有作，但只知镂形刻状，缺乏生气。李邕则从石之用着眼，借石抒情，把石写活了。……处处写石，实则皆自写其抱负。而"不邀代之所贵，不欲人之见知""贞者不黩，坚者可久"等语，又可见其刚正不阿、坚强不屈的风操。（马积高《赋史》）

（赵光勇）

李白

李白(701—762),字太白,号青莲居士,生于唐安西都护府碎叶城(今吉尔吉斯斯坦托克马克)。早年居蜀,二十六岁出蜀漫游四方。天宝初因道士吴筠的举荐,入朝为翰林供奉。为人傲岸豪放,蔑视权贵。天宝三年遭谗言毁谤被逐出长安。安史之乱后,因永王李璘事流放夜郎,中途遇赦得还,蹭蹬以死。有《李太白文集》。

剑阁赋[1]

咸阳之南,直望五千里,见云峰之崔嵬[2]。前有剑阁横断,倚青天而中开。上则松风萧飒瑟飔[3],有巴猿兮相哀[4]。旁则飞湍走壑[5],洒石喷阁[6],汹涌而惊雷。送佳人兮此去[7],复何时兮归来?望夫君兮安极,我沉吟兮叹息。视苍波之东注[8],悲白日之西匿。鸿别燕兮秋声[9],云愁秦而暝色。若明月出于剑阁兮,与君两乡对酒而相忆[10]。

【注释】(1)剑阁:在今四川剑阁县东北,又名剑门关。 (2)崔嵬:山峰高峻貌。 (3)瑟飓(yù):狂风。 (4)巴猿:蜀山之猿,鸣叫极哀。 (5)飞湍:飞流、瀑布。 (6)洒石:飞石、滚石。 (7)佳人:指友人王炎。 (8)苍波:江河。 (9)鸿别燕:喻朋友之别。 (10)两乡:指秦蜀两地。

【今译】咸阳之南,远望五千里,但见奇峰突起,高耸入云,嵯峨崔嵬。前有剑阁横断,倚附青天,中有蜀道独开。山之绝顶,松涛呼啸,狂风肆虐,巴猿悲鸣,哀转久绝。旁则瀑布悬空,飞流奔峡,滚石冲阁,气势汹涌,声若惊雷。友人入蜀,何时复归?但愿此去平安,我独沉吟叹息。忍顾江河东流,慨叹夕阳西沉。鸿雁离开燕地,秋声萧瑟;浮云高愁秦地,暮色低垂。在明月出于剑阁之时,当邀明月,与君两乡对酒,友情长忆。

【点评】这篇小赋与李白诗《蜀道难》有异曲同工之妙。同是描写蜀山之险,蜀道之难,然各领风骚,别具一格。作者不写剑阁的地理位置。而极写剑阁的自然环境,突出剑阁的嵯峨崔嵬。以"萧飒瑟飓""巴猿相哀",衬托剑阁高峻、荒凉;以"飞湍走壑""洒石喷阁"烘托剑阁的险恶峥嵘。寥寥数笔,剑阁的雄伟壮丽,奇峰巨壑,挺拔险峻,飞流滚石,鸣禽走兽,历历在目,令人望而却步,叹为观止。接着,作者笔锋陡然一转,由酣畅淋漓的环境描写转入情深义重的朋友之别。剑门关的险恶峥嵘喻示友人入蜀之前途未卜,作者不禁为朋友的命运"沉吟叹息"。接着又以"苍波之东注""白日之西匿"喻示人生短促,素志难伸的悲慨。然友人西去,北雁南飞,浮云蔽日,暮色低重。朋友相忆,明月传情,对酒当歌,互相勉励。作者在描写过程中,由景入情,情景交融。夸张、烘托、慨叹、抒情无所不能,通篇紧扣"险",贯穿"情",匠心独运,很能体现李白作品的浪漫主义风格。

【集说】虽以小赋,亦自浩荡而不伤俭陋。盖太白天才飘逸,其为诗也,或离旧格而去之,其赋亦然。(王琦《李太白集注》)

(陈殿生)

高适

高适（704—765），字达夫，渤海蓨（今河北景县）人。早岁家贫，流落梁、宋间。曾为封丘尉，掌书记。安史之乱后，入朝为谏议大夫，累官至散骑常侍，封渤海县侯，世称高常侍。与岑参齐名，皆以边塞诗著称。七古磊落悲壮。七绝朴质刚健，多直抒胸臆之作。有《高常侍集》。

奉和鹘赋[1] 并序

天宝初[2]，有自滑台奉太守李公《鹘赋》以垂示[3]。适越在草野[4]，才无能为，尚怀知音，遂作鹘赋。其词曰：

夫何鹘之为用？置之则已，纵之无匹。怀果断之沉潜[5]，任性情之敏疾。头小而锐，气雄而逸。貌耿介以凌霜，目精明而点漆。想象辽远，孤贞深密。将必取而乃回，若授词而勿失。当白帝之用事[6]，入青云而委质[7]，乃徇节而勃然，因指踪而挺出[8]。

严冬欲雪，蔓草初焚，野漭荡而风紧[9]，天峥嵘而日曛[10]。忿顽兔之狡伏[11]，耻高鸟之成群，始灭没以略地[12]，忽升腾而参云，翻决烈以电掣[13]，皆披靡而星分[14]，奔走者折胁而绝脰[15]，鸣噪者血洒而毛纷[16]。虽百中之自我，终一呼而在君。

夫其左右更进[17]，纵横发迹，扫窟穴之凌兢[18]，振荆榛之淅沥[19]，翕六翮以直上[20]，交双指以迅击[21]，合连弩之应机[22]，类鸣髀之破的[23]。豁尔胸臆，伊何凌厉以爽朗！曾莫虿介[24]，岂虞险艰而怵惕[25]！

观其所获多有，得用非媒。历阊阖以肃穆[26]，翊钩陈而环回[27]。幸辉光于蒐狩[28]，承剪拂于楼台[29]。望风沼而轻举[30]，纷羽族之惊猜。路杳杳而何向？云茫茫而不开。莺出谷兮徒尔[31]，鹤乘轩而何哉[32]！彼怀毅勇辘轲而弃置，胡不效其间关而徘徊[33]！

尔乃顾恩有地[34]，恋主多情，念层空而不起[35]，托虚室以无惊[36]。雅节表于能让，义心激于效诚。势愈高而下急，体弥重而飞轻。戢羽翼以受命[37]，若肝胆之必呈。嗟日月之云迈[38]，犹羁縻而见婴[39]。

别有横大海而遥度，顺长风而一写[40]，投足眇于岩巅[41]，脱身逸于弋者[42]。冰落落以凝闭，雪皑皑而飘洒，谅坚锐之特然[43]，宁苦寒以求舍[44]。匪聚食以祈满[45]，聊击鲜而自假[46]。比玄豹之潜形[47]，同幽人之在野。矧其升巢绝壁[48]，独立危条[49]，心倏忽于万里[50]，思超遥于九霄。岂外物之能慕，曷凡禽之见邀？则未知鸳鹭之所适，孰与夫鹏鹍兮逍遥云尔哉[51]！

【注释】(1)鹘(hú)：即隼，一种猛禽，喙钩爪利，疾飞善袭。驯熟后可助人打猎。此赋题《全唐文》作《奉和李泰和鹘赋》。 (2)天宝：唐玄宗年号(742—756)。 (3)滑台：古台名，故址在今河南省滑县城东，唐滑州因此得名。太守李公，即李邕，字泰和，广陵江都(今江苏扬州)人。天宝初任汲郡太守。 (4)越：远。 (5)沉潜：沉着镇定。 (6)白帝：古代神话中的五天帝之一，主管西方，也主管秋季。 (7)委质：即委身的意思。 (8)指踪：指示禽兽的踪迹。 (9)漭荡：空阔的样子。 (10)日曛：日暮。 (11)顽兔：狡猾之兔。 (12)略地：巡视地面。 (13)翻：迅速变动的样子，犹如突然。决烈：同"决裂"，分裂的意思。 (14)星分：形容鸟兽像群星一样杂乱分散。 (15)奔走者：兔之类。胁：两膀。脰(dòu)：头颈。 (16)鸣噪者：鸟之类。 (17)左右更进：忽左忽右，交替前进。 (18)凌兢：战栗惶恐。 (19)淅沥：落叶声。 (20)六翮：飞禽翅膀上的六根劲羽，借指翅膀。 (21)双指：即双爪。 (22)连弩：一种带有连续发射机械的弓。机：弩上发矢之机关，或称弩牙。 (23)鸣髇：鸣镝，响箭。 (24)虿(chài)介：犹蒂芥，指积在心里的小小不快。 (25)虞：预料。怵惕：恐惧惊惕。 (26)阊阖：神话传说中的天门。 (27)钩陈：星名。《星经》："钩陈六星在五帝下，为后宫大帝正妃。又主天子六军将军，又主三公"。环回：盘旋。 (28)辉光：显耀。蒐狩：打猎。 (29)剪拂：修剪拂拭。比喻称誉、推举。 (30)凤沼：凤池。古时往往与龙池对举，皆非凡境。 (31)莺出谷：比喻长迁显达。此以善鸣的莺比喻那些巧佞之人。 (32)鹤乘轩：《左传》闵公二年："卫懿公好鹤，鹤有乘轩者。"后用以比喻滥居禄位之人。 (33)间关：莺啼之声。徘徊：鹤舞之貌。 (34)尔：指鹘。有地：有根基。即不虚浮、不动摇之意。 (35)层空：喻高位。 (36)虚室：虚心。 (37)戢：收敛。 (38)云迈：驰去。 (39)羁縻：马笼头和牛缰绳，用作动词以喻牵制和束缚。见婴：被缠绕。婴通"缨"。 (40)写：同"泻"，形容畅通无阻。 (41)投足：落脚。眇：高远渺茫的样子。 (42)弋：用带着绳子的箭射鸟。弋者：射者。 (43)谅：诚然。特然：出众的样子。 (44)求舍：追求摆脱，逃避。 (45)匪：同"非"。祈满：求得饱腹。 (46)击鲜：捕杀活物。自假：凭借自力。 (47)玄豹：比喻隐者。 (48)升：高。巢：用作动词，构巢。 (49)危条：高枝。 (50)倏忽：快。 (51)孰与：何如。鹏鷃：即鲲鹏和斥鷃。

【今译】天宝元年(724)，有个人从滑州送来汲郡太守李邕的《鹘赋》让我拜读。我远在乡下，无才无能，但还想念着知音，于是和作了《鹘赋》。我在这篇赋中说：

鹘有什么作用呢？弃置不用的话，也就没有什么可说的，放开让它施展本领，那就没有什么能与它匹敌。鹘的胸怀果断，而且沉着镇定，非常任性但行动敏捷迅速。头虽小但喙尖锐，气魄雄壮超群。鹘的外貌正直。毛色雪白，两眼炯炯有神，眼珠乌黑发亮。志向远大，性情孤傲忠贞，思维深沉细密。鹘将要击取猎物，先盘旋飞翔，如果接受了主人的命令，就一定不会失误。当秋天来临的时候，鹘飞入蓝蓝的天空俯视地面，当发现鸟兽的踪迹时，就突然不顾一切地挺身出击。

严冬来临，天将下雪的时候，地面上的野草被烧光，原野辽阔，寒风紧吹。傍晚时分，天空布满了黑云，狡兔在地面上东跑西窜，成群结队的鸟儿在空中飞翔，面对这种情景，鹘的心中就充满了愤怒和耻辱。为了消灭这些鸟兽，鹘开始时先紧贴着地面飞翔巡视，忽然又飞入高高的云层，发现目标后就翻个身，风驰电掣般俯冲下来，鸟兽们纷纷逃命。奔跑的野兽有的折断了膀子，有的碰断了头颈，哀鸣乱飞的鸟儿也被鹘击中，鲜血淋漓，羽毛飞散。这个时候，它虽然也能百发百中，但最终还是因为主人的呼叫配合。

更何况它忽左忽右，交替前进，从各方面发现踪迹，扫除窟穴中战栗惶恐的走兽，振动得鸟儿赖以藏身的树木淅淅沥沥地落叶，合起翅膀直上云霄，俯冲下来用双爪迅击，像弩箭从弩机上发出，又像响箭击中目标。舒展胸臆，那是多么的意气昂扬，开朗舒畅！鹘的心中从来没有丝毫的不快，那里预料过艰险和恐惧！

你看它虽有很多猎获，但却找不到得到重用的媒介。它飞过肃穆的天门，在钩陈六星之间盘旋，在狩猎时荣幸地得到了光荣，在楼台上接受过荣誉。它望着向往已久的凤池轻轻飞起。使鸟儿们都为它的行动吃惊和猜疑。道路遥远，它飞向何方？云雾迷茫，天空昏暗不明，要像黄莺那样飞升是徒劳，要像白鹤那样乘轩车怎能办到！鹘啊，你胸怀坚毅勇敢的品格但身世坎坷被弃置，为什么不仿效黄莺那样唱歌，不学习白鹤那样跳舞！

你只知道老老实实地顾念着主人的恩情。多情地留恋着主人，向往着天空而不飞去，抚摸着心口而无所惊动。你高雅的节操表现在能够忍让，忠义之心在报效主人时激发出来。飞得越高下降越急，体格越健壮飞起来越轻松。收敛翅膀等待主人的命令，像是要把肝胆都呈献出来。唉！日月很快过去了，你还被主人束缚着不得自由！

另有一种鹘横渡大海而远飞，顺着大风畅通无阻，在高远的山顶上落脚，躲过了猎人射来的箭镞。山顶上冰天雪地，雪花飘洒，鹘宁可忍受苦寒而追求摆脱束缚，这诚然是一种最突出最坚强勇锐的鹘。在这里，它不能聚集食物求得饱腹，偶尔凭借自己的力量捕杀活物，像隐蔽的豹子，又如同隐居乡野的隐士。何况它在悬崖绝壁上筑巢，站立在高高的树枝上，心中一会儿想着万里以外的事情，一会儿又想起九霄云外的情景。别的事物哪能向他施加暴虐，凡鸟们也不会受它邀见。尽管不知道鸳鸯、白鹭们的去处，但与鹍鹏、斥鷃的逍遥自在相比，不是强得多了嘛！

【点评】这篇赋分两段。前段写为人畜养、不得自由之鹘。“怀果断之沉潜”十句，描写鹘忠贞、耿介、英勇、果断的气魄。“当白帝之用事”二十七句，描写鹘为主人建立的赫赫功勋。“曾莫虿芥”二十九句，写鹘功高无赏、犹受束缚的窘境。运用借鹘喻人的手法，比喻朝廷上那些为人主所豢养，虽忠心耿耿，战功赫赫，但终究不得自由自在的文臣武将。

赋的后段写不受人畜养、自由自在之鹘。“别有横大海而遥度”八句，描写此鹘为摆脱主人的束缚而远走高飞。“匪聚食以祈满”至完十二句，写此鹘艰难的生活环境和自由自在的精神世界。仍用借鹘喻人的手法，比喻那些怀才不仕、隐身肆志的隐士。

【集说】此赋作于天宝元年。……借鹘喻人，咏物抒怀，塑造了两种不同士人的形象，表现了作者对统治者摧残人才的不满，以及隐逸自爱的处世态度。

题目清抄本同，诸本多作《奉和鹘赋》。《文苑英华》次李邕《鹘赋》之后，《全唐文》作《奉和李泰和鹘赋》（李邕字泰和）。（孙钦善《高适集校注》）

（王安廷）

萧颖士

萧颖士(708—759),字茂挺,兰陵(今山东苍山县兰陵镇)人。开元进士,曾任秘书正字、扬州功曹参军等职。致力于写作古文,自谓"平生属文,格不近俗,凡所拟议,必希古文","魏晋以还,未尝留意"(《赠韦司业书》)。与李华齐名。后人辑有《萧茂挺文集》。

伐樱桃赋[1] 并序

天宝八载[2],予以前校理罢免[3],降资参广陵大府军事[4]。任在限外[5],无官舍是处[6],寓居于紫极宫之道学馆[7],因领其教职焉[8]。庙庭之右,有大樱桃树。厥高累数寻[9],条畅荟蔚[10],攒柯比叶[11],拥蔽风景[12]。腹背微禽[13],是焉栖托[14]。颉颃上下[15],喧呼甚适[16]。登其乔枝[17],则俯逼轩屏[18]。中外斯隔[19],余实恶之,惧寇盗窥窬[20]。因是为资,遂命伐焉。聊托兴兹赋,以儆夫在位者尔[21]。赋曰:

古人有言:芳兰当门,不得不锄[22]。眷兹樱之攸止[23],亦在物之宜除。观其体异修直[24],材非栋干[25]。外阴森以茂密,中纷错而交乱。先群卉以效谄,望严霜而彫换[26]。缀繁英兮霰集[27],骈朱实兮星灿[28]。故当小鸟之所啄食,妖姬之所攀玩也[29]。

赫赫闳宇[30],玄之又玄[31],长廊霞截[32],高殿云褰[33]。实吾君聿修祖德[34],论道设教之筵,宜乎莳以芬馥[35],树以贞坚。莫匪夫松篆桂桧[36],茝若兰荃[37],犹具美而在兹[38],尔何德而居焉?擢无用之璅质[39],蒙本枝而自庇。汩群林而非据[40],专庙庭之右地[41]。虽先寝而式荐[42],岂和羹之正味[43]?每俯临乎萧墙[44],奸回得而窥觊[45]。谅何恶之能为,终物情之所畏。于是命寻斧,伐盘根,密叶剥,攒柯焚。朝光无阴,夕鸟不喧。肃肃明明[46],荡乎阶轩。

嗟乎!草无滋蔓,瓶不假器。苟恃势而将逼[47],虽见亲而益忌。譬诸人事也,则翼吞并于潜沃[48],鲁出逐于强季[49]。𬘭峻擅而吴削[50],伦冏专而晋坠[51],其大者虎迁赵嗣[52],鸾窃齐位[53]。由履霜而莫戒[54],聿坚冰而洊至[55]。呜呼!乃终古覆车之轨辙,岂寻常散木之足议[56]?

【注释】(1)樱桃:此篇作者借对自然界中樱桃的戕伐,发抒了对人类奸佞除恶务早务尽、无遗后患的情志。 (2)天宝八载:天宝八年,即749年。天宝,唐玄宗李隆基时年号,742年为天宝元年。 (3)校理:官名,掌管校勘并整理宫廷藏书。唐先设集贤殿校理,后又设秘阁校理。 (4)降资参广陵大府军事:降级参与广陵郡军事。资,资历。参,参与。广陵,唐郡名,治所在今扬州。大府,高级别的官府。 (5)任在限外:任职的地方在城外。任,任职,代指任职的地方。限,门槛,指广陵城门。 (6)处:居住。是:结构助词。 (7)紫极宫:道教院宇。 (8)领:兼任。 (9)厥高累数寻:那树重重叠叠高有几丈。厥,代词,那个。累,重叠。寻,古代长度单位,八尺为一寻。 (10)条畅荟蔚:枝条舒展枝叶茂盛。荟蔚:草木茂盛的样子。 (11)攒(cuán)柯比叶:树枝聚集在一起,树叶整齐排列。 (12)拥蔽:同"壅蔽”,隔绝,蒙蔽。 (13)微禽:隐藏着飞禽。微,隐蔽,藏匿。 (14)托:寄托,依靠。 (15)颉颃(xié háng):鸟上下翻飞的样子。 (16)喧呼甚适:喧闹噪叫自在恣意。适,舒适惬意。 (17)乔:高。 (18)轩屏:窗户和屏风。轩,有窗户的长廊或小屋。 (19)斯隔:分隔。斯,劈,析。引申为分。 (20)窥窬(yú):犹言觊觎,谓窥伺可乘之机。窬,同“觎”,非分的希望。 (21)儆:告诫。 (22)锄:除去。 (23)眷兹樱之攸止:喜爱那樱桃所栽的地方。眷,宠爱。攸止,所止。攸,所。 (24)修:高,长。 (25)栋干:栋梁之材。栋,房屋正梁。 (26)彫换:萎谢。 (27)霰(xiàn):一种白色不透明球形或圆锥形的固体降水物。 (28)朱实:红色的果实,因樱桃果实鲜红,故言。 (29)攀玩:牵挽戏耍。攀,通“扳”,牵挽。 (30)赫赫阒宇:雄壮盛大的清静房屋。赫,显耀盛大的样子。阒,清静,幽深。宇,房屋。(31)元:始,第一。 (32)长廊霞截:长廊截断于彩霞。 (33)高殿云褰:高殿耸入云端。褰,揭起。 (34)聿(yù):句首语气词,无义。 (35)莳(shì)以芬馥:栽种香花芳草。莳,移栽,种植。 (36)松篠(xiǎo)桂桧(guì):松、竹、桂树、桧树。四种都是上所指“贞坚”一类植物。篠,小竹。(37)茝(chǎi)若兰荃(quán):茝草、杜若、兰草、荃草,四种均为香草。(38)“猗(yí)具”句:依靠完全的美质而在这里。猗,即“倚”,依靠。具,通“俱”,完全。 (39)“擢无用”:抽拔出没有用处的细碎质材。擢,抽、拔。璅,同“琐”,琐碎,细小。 (40)“汩群林”句:扰乱了树林的次序占据不该自己占据的位置。汩,弄乱,扰乱。 (41)右地:重要的位置。右,古时推崇右,故多以右指较高的地方,后引申为高贵、重要。 (42)式荐:好的床席。式,标准。荐,席垫。 (43)和羹:为羹汤调味。也有以此指宰相辅佐帝王综理朝政。 (44)萧墙:门屏。 (45)“奸回”句:使奸恶邪僻能够为非分的希望而偷看。奸回:奸恶邪僻。觊,冀望,希图。 (46)肃肃明明:肃穆明亮。 (47)恃:依仗。 (48)“翼吞并”:翼被潜沃所吞并。翼,地名,今山西翼城南,春秋时为晋穆侯都邑。潜沃,曲沃,今山西闻喜东北,晋昭侯封其叔成师于曲沃。曲沃城比翼大。加之成叔(后号为桓叔)好法,晋国民众多依附于他,至桓叔孙曲沃武公时,曲沃强于翼,于晋侯滑二十八年(前679年)灭翼代之。 (49)“鲁出”句:鲁君被强盛的季孙氏所驱逐。春秋后期,鲁国三家贵族孟孙氏、叔孙氏、季孙氏强盛,哀公二十七年(前468年),鲁君被三家贵族逐出鲁国。强季,即季孙氏,他是三家贵族中最强盛的。 (50)“綝(lín,亦读 chēn)峻擅”句:孙綝、孙峻独揽朝政后,东吴国君的权势就被大大地削弱了。孙綝,孙峻,都是三国时东吴宗室。二人专权,朝政为之左右。 (51)“伦冏专”句:司马伦、司马冏专权,晋君的权力就一天不如一天了。司马伦,司马冏,二人皆为西晋宗室,伦被封为赵王,冏为齐王。由于二人专权自重,引起了一系列剿杀,史称“八王之乱”。前后十六年,使晋的国力大大削弱。 (52)虎迁赵嗣:石虎变更了后赵的正常继承。虎,石虎,十六国时后赵国君,334—349 年在位。羯族人,后赵创始人石勒侄。石勒死,石虎废石勒子石弘自立。 (53)鸾窃齐位:萧鸾窃据了北齐的帝位。鸾,萧鸾,南齐宗室。南齐高帝萧道成侄。由安吉令一步步升迁为太傅、大司马、宣城王,后取代齐高帝曾孙海陵王萧昭文为齐帝。 (54)“由履霜”:就是因为脚踩到霜时没有料到寒冬将至。 (55)“聿坚冰”句:很快的坚冰就跟着降临了。聿:通“遹”,迅疾。洊:通“荐”,再,一次又一次。 (56)散木:不成材的树木。

【今译】天宝八年,我从集贤殿校理的职位上被罢免,降级参与广陵郡军事。任所在城外。没有官舍居住,便暂时寄居在紫极宫的道学馆里,顺便兼任那里的教授职务。庙内庭院的右侧有一棵高大的樱桃树,高有几丈,枝条舒展,树叶茂密,浓郁的枝叶生机勃勃,把院内风光景色遮蔽得严严实实。前后两面都集满了飞禽,并在这里栖宿,上下翻飞,尽情噪叫。登上树的高枝,还能下窥窗户和屏风,使屋舍无分里外。我实在不高兴,害怕强盗窃贼伺隙作乱。因此出钱请人,把它砍掉。且据此写下这篇赋,以告诫那些掌握政权的人。赋云:

古人曾说过,即使是芬芳的兰花挡着门户,也不能不把它铲锄。像喜爱的这棵樱桃树占据地方的情况,就更在应该刈锄的范围之内。看它树身特异又高又直,却并不是可以成为栋梁的材料。外部阴森而茂盛,内部却纷纭错杂无条理。在众花开放前开放,却经不住严霜考验而早早凋零。缀满小花像是密集的雪霰,排列鲜红的果实恰是灿烂的明星,却只能让小鸟啄食,叫妖媚的女子攀折嬉戏。

宏伟雄壮的清静屋宇,是所有房屋中最重要的所在。长廊遮断了彩霞,高殿耸入云端,确实是我们君主学习先祖美德,谈论大道设置教化的地方。应该在此移栽香花芳草,培植坚贞的青松翠柏。不是松竹桂桧、茝草杜若、芳兰美荃,凭着自己的美质在这里,你又有何德能占据此地?你抽出无用的枝枝叶叶,覆盖着树干细枝庇护自己,扰乱众树的次序生长在不该你占据的地方,独占庙宇院内最好的位置。尽管你因为早来占了好席位,难道能调制出羹汤的正味?树枝常常高悬在门屏之上,使奸佞邪恶有机可乘。虽料想没有恶人会干什么,到底这情景让人担心。所以让人找来斧头,砍断屈曲的根须,剥去密叶,烧掉聚集的树枝。于是早晨的光线无遮无挡,晚上也没有宿鸟的喧嚣;明亮肃穆的阳光,在庭院随意流荡。

唉,青草不靠滋生难以蔓延,瓶具不凭贵器也难以保存。假如依仗地势而威逼,即使是遇到亲人更该顾忌。这就像人间的事情一样,作为臣子的曲沃之地最终吞并了君主的翼都,鲁国的君主被强盛的臣子季孙氏所驱逐,孙綝、孙峻独揽朝政,吴君的权力就被大大地削弱,司马伦、司马冏专权而晋君的威望就日渐沦落,更大的还有石虎篡夺了后赵的天下,萧鸾窃据了北齐的帝位。全因为在踩上落霜时,没有想到冰天雪地就迅速来临。唉,这实在是从上古就有的历史教训,仅仅以这不成材的树木又怎能议论透彻?

【点评】这是一篇借题发挥具有很强针对性的赋文。此赋产生于唐朝由盛转衰、危机四伏的时代。唐玄宗创开元、天宝盛世,使唐朝出现前所未有的鼎盛,然而他晚年的昏庸,却又为后来的安史之乱埋下了祸根。他重用奸相李林甫,宠信流氓式的胡将安禄山,排斥忠臣良将。特别是在对安禄山的问题上表现了令人吃惊的麻木。安禄山一身兼平卢、范阳、河东节度使,统领近十万兵马,且阴结死士,阴谋篡逆。安的野心早被朝中有远见的士大夫所识破,也有向唐玄宗提出过警告的,如天宝六载(741)河西陇右节度使王忠嗣就曾向玄宗讲过,但玄宗置若罔闻,依然故我,这就使朝中士大夫焦急万分。这篇赋文就是这种背景的产物。

产生在这种背景下的赋文,必然具有浓郁的说理色彩和强烈的情感力量,并且以说理为主,情感色彩渗透在说理的过程之中,这应该是这篇赋的主要特点。赋的开篇第一句便是以古人之言引出自己对樱桃的处理意见:

应该砍伐。接着分别从两个方面阐述该伐的原因：一从树本身的一无是处看，一从树的占非所居谈。然后又从伐后带来的喜人变化，强调伐的正确，这实际是从三个方面阐述了樱桃之该伐，理由充足，颇具说服力。这是第一层次。接着由伐树转入人事，进入第二层次，指出对人间“樱桃”不伐的危害性。由于第一层次的充分说理，也因第二层六个事例的典型，因此，人间“樱桃”该伐的观点也就很容易的为人所接受。

但这里的说理却是借助形象来完成的。这就使情感得以渗透，也增强了文章的生动性。

“赋者，古诗之流也”。因此抒怀言情是其本分；而它的“体物写志”和篇终“讽谏”又使它具备说理的可能。但传统的赋的说理只是点缀，重点在铺陈体物。这篇赋以说理贯穿全篇很明显是一个突破性的变化，但又由于它是以具体的事物说理，同样借赋的传统技法表达，保持了赋的本色。二者互相制约最终统一，使这篇赋变得别致而新巧。

【集说】他这次降资调外，是由于他对李林甫颇倨傲所致，故此赋即为讽刺林甫而作。旧史说：“君子恨其褊”（《新唐书·文艺传》）。这是一种皮相之论，实际上正表现了他疾恶若仇的高尚情操，反映出他对“口蜜腹剑”的李林甫有较深的认识。（马积高《赋史》）

（林　霖）

杜甫

杜甫(712—770),字子美,生于巩县(今属河南巩义市)。青年时漫游南北,天宝五载(746)赴长安。困守十年,方谋得一小职。肃宗朝,官左拾遗,旋贬华州司功参军。乾元二年(759),弃官入蜀。漂泊西南九年,方携家出峡,后死于湘江舟中。他是我国古代最伟大的现实主义诗人,其诗荣膺"诗史"称号。有《杜少陵集》。

雕　赋

当九秋之凄清[(1)],见一鹗之直上[(2)],以雄材为己任[(3)],横杀气而独往[(4)]。梢梢劲翮[(5)],肃肃逸响[(6)],杳不可追,俊无留赏。彼何乡之性命,碎今日之指掌。伊鸷鸟之累百,敢同年而争长。此雕之大略也。

若乃虞人之所得也[(7)],必以气禀玄冥[(8)],阴乘甲子[(9)],河海荡谲[(10)],风云乱起,雪冱山阴[(11)],冰缠树死。迷向背于八极[(12)],绝飞走于万里。朝无以充肠,夕违其所止。颇愁呼而蹭蹬[(13)],信求食而依倚[(14)]。用此时而椓杙[(15)],待尤者而纲纪[(16)]。表狎羽而潜窥[17]，顺雄姿之所拟[18]。欻捷来于森木[19]，固先击于利觜[20]。解腾攫而竦神[21]，开网罗而有喜，献禽之课[22]，数备而已[23]。

及乎闽隶受之也[24]，则择其清质[25]，列在周垣[26]。挥拘挛之掣曳[27]，挫豪梗之飞翻[28]。识畋游之所使[29]，登马上而孤骞[30]。然后缀以珠饰，呈于至尊。抟风枪櫑[31]，用壮旌门[32]。乘舆或幸别馆[33]，猎平原，寒芜空阔，霜仗喧繁，观其夹翠华而上下[34]，卷毛血之崩奔[35]，随意气而电落，引尘沙而昼昏。豁堵墙之荣观[36]，弃功效而不论。斯亦足重也。

至如千年孽狐[37]，三窟狡兔，恃古冢之荆棘，饱荒城之霜露，回惑我往来[38]，趑趄我场圃[39]。虽有青骹带角[40]，白鼻如瓠[41]，蹙奔蹄而俯临[42]，飞迅翼而遐寓[43]。而料全于果[44]，见迫宁遽[45]！屡揽之而颖脱[46]，便有若于神助。是以哓哮其音，飒爽其虑[47]，续下鞲而缭绕[48]，尚投迹而容与[49]。奋威逐北[50]，施巧无据，方蹉跎而就擒[51]，亦造次而难去[52]。一奇卒获[53]，百胜昭著。宿昔多端，萧条何处！斯又足称也。

尔其鸧鸹、鴚、鹅之伦[54]，莫益于物，空生此身，联拳拾穗[55]，长大如人。肉多奚有[56]，味不足珍。轻鹰隼而自若，托鸿鹄而为邻。彼壮夫之慷慨[57]，假强敌而逡巡[58]。拉先鸣之异者[59]，及将起而遄臻[60]。忽隔天路，终辞水滨。宁掩群而尽取[61]，且快意而惊新。此又一时之俊也。

夫其降精于金，立骨如铁，目通于脑[62]，筋入于节。架轩楹之上[63]，纯漆光芒；掣梁栋之间[64]，寒风凛冽。虽趾跻千变[65]，林岭万穴，击丛薄之不开[66]，突杈枒而皆折[67]，又有触邪之义也[68]。

久而服勤[69]，是可吁畏。必使乌攫之党[70]，罢钞盗而潜飞[71]；枭怪之群[72]，想英灵而遽坠[73]。岂比乎虚陈其力[74]，叨窃其位[75]，等摩天而自安[76]，与枪榆而无事者矣[77]。

故其不见用也，则晨飞绝壑[78]，暮起长汀[79]，来虽自负，去若无形。置巢巇嵲[80]，养子青冥[81]。倏尔年岁[82]，茫然阙廷[83]。莫试钩爪，空回斗星。众雏倘割鲜于金殿(84)，此鸟已将老于岩扃(85)。

【注释】(1)九秋：深秋。 (2)鹗：鸟名，雕属。此指雕。 (3)雄材：非凡的材具。 (4)横：横冲。杀气：寒气。 (5)梢梢：劲挺的样子。翮(hé)：毛羽。 (6)肃肃：象声词，羽声。逸响：不寻常的音响。 (7)虞人：古代掌管山泽苑囿、田猎的官员。 (8)禀：承受。玄冥：寒冷阴暗的天气。 (9)阴乘甲子：阴寒之气趁着岁时节令而来。甲子：岁月。 (10)荡谲(yù)：摇动涌起的样子。 (11)沍(hù)：闭塞。 (12)八极：八方极远之地。 (13)蹭(cèng)蹬：困顿失意的样子。 (14)信：确实。依倚：凭借、依靠。 (15)用：以。椓：捶钉、敲击。杙：设置系牲口用的小木桩。 (16)尤者：特异之物。这里指鹰。纲纪：指网罗。纲是提网的绳；纪是丝缕的头绪。仇兆鳌说："凡书传中言纲纪，皆借网为喻。" (17)表狎羽：出示驯化的鸟以为诱饵。 (18)雄姿：勇猛的姿态。此指雕。拟，打算，规划。 (19)欻(xū)：突然。森木：丛林。 (20)固：乃，于是。觜通"嘴"。 (21)解：知道，指看见。腾攫：腾跃搏击。竦神：动神。 (22)课：赋税。 (23)数备：数目完备。按：古代献纳飞禽之数为一双。 (24)闽隶：古代掌养鸟的官员。 (25)清质：指雕之仪态清俊者。 (26)周垣：围墙。这里指皇家苑囿。 (27)拘挛：拘束，牵系。掣曳：牵引。此指牵系的绳索。 (28)挫：摧折。豪梗：指鹏的粗硬的毛羽。 (29)畋(tián)游：游猎。 (30)骞(qiān)：飞翔。 (31)抟风：乘风疾上。枪櫑(lěi)：古长剑名。 (32)旌门：旗帜所树的门。 (33)乘舆：皇帝的车驾。幸：天子所至叫幸。别馆：别墅，行宫。 (34)翠华：皇帝仪仗中用翠鸟羽毛作装饰的旗帜。 (35)崩奔：崩溃四散。 (36)豁：免除。荣观：壮观，荣耀。 (37)孽：怪异。 (38)回惑：惑乱。 (39)趑趄(zī jū)：欲进不前的样子。 (40)青骹(qiāo)：青胫之鹰。 (41)瓠(hú)：葫芦。喻肥胖之状。 (42)蹙(cù)：迫近。 (43)遐寓：远看。 (44)料全于果：预料能有全胜的结果。 (45)遽(jù)：惶恐。 (46)颖脱：锥末全体脱出，非止露尖而已。这里犹言逃脱。 (47)飒爽其虑：振作精神。飒爽：神采飞动的样子。虑：心思、意念。 (48)耩(gōu)：也叫臂捍或臂鞲，用革制成，如今之套袖，用来束衣袖或护臂。 (49)投迹：止步不前。容与：安闲自得的样子。 (50)逐北：追逐逃敌。

（51）蹉跎：失足。（52）造次：仓促。（53）卒：通“猝”。突然。（54）鸹鸹（guā）：鸟名。大如鹤，青苍色。鸨（bǎo）：通“鸨”。鸟名。似雁而大。鹢（nǐ）：水鸟名。伦：类。（55）联拳：弯曲的样子。（56）奚：何。（57）慷慨：意气激昂。（58）假：通“遐”，远离。逡（qūn）巡：迟疑徘徊，欲进又止。（59）拉：摧折。（60）遄（chuán）臻：疾速到达。（61）掩群：偷袭捕取群鸟。（62）目通于脑：言雕双目深陷，似与脑相连。（63）轩楹：廊柱。（64）掣：牵引。这里指雕飞扑。（65）跻：举足。（66）丛薄：草木丛生的地方。（67）突：冲撞。（68）触邪：触犯奸邪。（69）服勤：服事勤劳。（70）攫：抓取。（71）钞：掠取。（72）枭：也作“鸮”。俗名猫头鹰。（73）英灵：英杰。遽：仓卒。（74）陈：施展。（75）叨窃：才不胜任而占据一定位置。（76）此句化用古乐府“黄鹄高飞摩苍天”句意。等：同样。（77）《庄子·逍遥游》：“蜩与学鸠笑之曰：‘我决起而飞，枪榆枋，时则不至。’”枪：碰撞。（78）绝壑：险峻的山谷。（79）汀：水岸平处。（80）巀嵲（jié niè）：高峻。（81）青冥：天空。（82）倏尔：迅速的样子。（83）阙廷：朝廷。（84）割鲜：分食鲜肉。（85）岩扃（jiōng）：山窟。扃，门户。

【今译】正当深秋清冷的季节，一只大雕冲天而上。它自负才具非凡，横穿寒秋独来独往。劲健的毛羽，发出肃肃的声响，刹那间邈远难寻，轻俊的身姿，无容欣赏。那个不知何处的生命，今日碎裂在它的指掌。那些鸷鸟即使数以百计，岂敢与它同年而语，一争雄长。这是雕的大致情况。

至于虞人要捕捉大雕，节令须在严冬，阴气随着岁时而至。河海汹涌，风云四起，大雪封闭，群山暗晦，层冰纠结，树木冻死。大雕迷失四面方向，停止了万里高飞。白天没有食物充肠，夜晚找不到原来住地。凄厉呼叫而相当困顿，觅取食物确实要有凭依。在这个时候打桩设网，待大雕到来以罗网捕取。放出驯化的鸟儿并暗中窥探，顺应着雕的动意。大雕迅捷地飞出丛林，于是先用利嘴袭击。虞人见雕腾跃飞扑神情激切，打开罗网心中欢喜。献纳珍禽的赋税，数目足够才能完毕。

等到养鸟官闽隶接收了雕，则拣选其中仪态清俊者，置放皇家苑囿。闽隶牵动拘系它的绳索，剪束它赖以翻飞的劲羽，直到游猎时懂得听从使唤，然后置之马背让它独自飞翔。再用珠玉加以装饰，呈献皇帝。让它从枪剑丛中乘风直上，在猎场施展威风。天子车驾或是抵达行宫，射猎原野，深秋的草地空旷无边，鲜明的仪仗队喧腾不止，只见大雕环绕旌旗忽上忽下，猎物毛羽飘洒，鲜血崩流。大雕惬意地闪电似的落下，卷起漫天尘沙，白昼也显得昏暗。它无意于万众围观的荣耀，舍弃功劳而不愿称道，这也是值得称道的。

至于多年妖狐，具备三个巢穴的狡兔，倚仗着古墓上荆棘丛生，饱餐废墟的露水，迷惑往来行人，徘徊在人家园地。虽然青胫之鹰爪上套着骨角，白鼻之鹰肥如葫芦，时而迫近狂奔的野兽俯视，时而展翅迅飞而远瞩。尽管预料稳操胜券，发觉逼近猎物岂能有所畏惧，但是屡屡抓取都被逃脱，就像它们有神帮助。于是大雕放声长鸣，振奋精神，接着离开臂韝缭绕腾空，却盘旋不下，仍然神态安闲。尔后奋起神威追逐逃敌，施展巧技而无需凭依。奔亡者刚一失足就被擒捉，仓促之下难以逃离。一施奇巧突然抓获猎物，连连取胜功绩显赫。妖狐狡兔往日机诈多端，今日寂寞凄凉又在何地。这又是值得称道的。

那些鸧鸹、野鸨、水鹚一伙飞禽，无益于事物，徒有躯体，俯啄遗穗，体大如人，肉多有什么用处，味道不值得珍贵。它们轻视鹰隼而神态自若，依托大雁结为近邻。它们如同壮士一样意气激昂，却远离强敌止步不前。大雕意欲摧折其中首先鸣叫的特异者，刚刚飞起就迅速到达，忽然又远飞天外，终于离开水边。岂是袭击群鸟而尽数捕获，不过是暂求快意以惊奇动人。这又是一时的美事。

雕是金的精灵降世，骨头像钢铁铸成，眼睛与大脑相通，长筋直入骨节，落在高高的柱子上，纯黑如漆，乌光闪亮；腾跃在梁柱之间，寒风凛冽。脚趾千般移动，遍及林间岭上万孔洞穴，扑击久久封闭的林莽，触及树木杈枒而全都折断，又有着冲击邪恶的意义。

大雕长期服事辛劳，可使众鸟畏服。一定能让乌鸦一伙强取豪夺之徒，停止抢掠而偷偷飞走；鸱枭一类怪异之辈，想到它的非凡气概就立即坠落。岂能和那些空自施展力量，徒然占据高位，一样摩云高飞却只求自我安适的黄鹄、以及只能穿过榆树而无所事事的学鸠相提并论呢？

所以，它如果不被重用，则白天翱翔在险峻的山谷，晚上停立在长长的江岸。来时虽然自视甚高，离去时又好像没有形迹。在高崖上安置巢窝，在高空抚育子孙。年光迅速，朝廷遥远，不能一用钩抓，一任斗转星移。许多小鸟在金殿分食鲜肉，而大雕却已老死在山窟。

【点评】杜甫在滞留长安时期，生活日渐潦倒。为了摆脱困境，也为了能在政治上找到一条出路，实现“致君尧舜上，再使风俗淳”的宏大抱负，他一再向达官显官投诗干谒，也曾接二连三地向皇帝献赋。这篇赋大约是在天宝十三载(754)进献给玄宗皇帝的。他在《进雕赋表》中这样说：“臣以为雕者，鸷鸟之特殊，搏击而不可当。岂但壮观于旌门，发狂于原隰，引以为类，是大臣正色立朝之义也。”可见此赋实际相当“托雕鸟以寄意”自荐于朝廷的一份表章。文中句句写雕，而又处处自喻。其笔下这只“以雄材为己任，横杀气而独往”、英姿飒爽锐不可当的大雕，其实就是“自谓颇挺出，立登要路津”“气劘屈贾垒，目短曹刘墙”的作者形象之物化。而关于大雕击狐兔、轻凡鸟、触邪辟、惊枭怪诸种壮举的精彩描写，也是作者雄心与愿望的表露。甚至文中描述的严冬腊月，大雕饥寒交迫不得不就虞人之范的情状，同样也象征着作者的苦况。早在献赋之前，旅居长安的杜甫已经到了穷不自存的地步。正如他诗中所言：“朝叩富儿门，暮随肥马尘。残杯与冷炙，到处潜悲辛”；“饥卧动即向一句，敝衣何啻联百结”。这和“朝无以充肠，夕违其所止。颇愁呼而蹭蹬，信求食而依倚”的大雕，景况绝无二致。也许作者就是以自己的深切感受，来构想大雕的艰难境遇的。所以，就文章所述而言，栩栩然雕也，而从寓意来看，朗朗然杜甫也。咏物寓怀，浑然妙合，融为一篇苍劲慨然的文字。

结构的安排也极具匠心。首先用简括的笔墨勾画出雕的概貌，用以涵盖全篇，逗出下文。此后依次叙述捕取、蓄养之法以及雕的种种效用。结言倘使弃而不用，则将潜身远翥，“老于岩扃”。逐层铺写，笔笔不懈，一只才具不凡且又立身有道的大雕宛然如见。而于每层之首均冠以虚词作为提挈之语，腾挪转折却能环环相扣，步骤分明而又浑沦一气。

赋到唐代，渐趋律化。而此篇在每层起始领以虚字，结束以一散句提示概括，铺写之时又融入相当叙事成分，颇具古赋风貌体段而无板滞之嫌。

【集说】公三上赋而朝廷不用，故复托雕鸟以寄意。其一种慷慨激昂之气，虽百折而不回。全篇俱属比喻，有悲壮之音，无乞怜之态。（仇兆鳌《杜诗详注》）

（傅毓民）

白居易

白居易(772—846),字乐天,生于河南新郑。和同时的元稹齐名,世称元白。唐德宗贞元十六年考取进士,后授翰林学士,次年被任为左拾遗。元和十年,贬为江州司马。后任杭州、苏州刺史,太子少傅,刑部尚书等职。力倡诗歌为现实民生服务,为唐代新乐府运动的倡导者。有《白氏长庆集》。

赋　赋

赋者,古诗之流也。始草创于荀宋,渐恢张于贾马[(1)]。冰生乎水,初变本于典坟;青出于蓝,复增华于风雅[(2)]。而后谐四声,祛八病,信斯文之美者[(3)]。

我国家恐文道寖衰,颂声凌迟[(4)],乃举多士,命有司[(5)],酌遗风于三代,明变雅于一时[(6)],全取其名,则号之为赋。杂用其体,亦不出乎诗,四始尽在,六义无遗[(7)],是谓艺文之儆策,述作之元龟[(8)]。观夫义类错综,词采舒布[(9)],文谐宫律,言中章句[(10)],华而不艳,美而有度。雅音浏亮,必先体物以成章[(11)];逸思飘飖,不独登高而能赋[12]。其工者，究笔精，穷指趣，何惭两京于班固[13]；其妙者，抽秘思，骋妍词，岂谢二都于左思[14]？掩黄绢之丽藻，吐白凤之奇姿，振金声于寰海，增纸价于京师[15]，则《长杨》《羽猎》之徒，胡为比也[16]！《景福》《灵光》之作，未足多之[17]！所谓立意为先，能文为主[18]，炳如缋素，铿若钟鼓[19]。郁郁哉，溢目之黼黻[20]；洋洋乎，盈耳之韶濩[21]，信可以凌轹风骚，超轶今古者也[22]。

今吾君网罗六艺，淘汰九流[23]，微才无忽，片善是求[24]，况赋者，雅之列，颂之俦[25]，可以润色鸿业，可以发挥皇猷[26]。客有自谓握灵蛇之珠者[27]，岂可弃之而不收！

【注释】(1)荀宋：指战国时的荀子、宋玉。恢张：发扬光大。贾马：指西汉贾谊、司马相如。 (2)典坟："三坟五典"的省称，传说中我国最古的书籍。《左传·昭公十二年》："是能读三坟、五典、八索、九丘。"杜豫注："皆古书名。"孔颖达疏："孔安国《尚书序》云'伏羲、神农、黄帝之书谓之三坟，言大道也；少昊、颛顼、高辛、唐、虞之书谓之五典，言常道也。"这里是泛指各种典籍。增华：增加文采。风雅：即国风、二雅，指《诗经》。 (3)谐四声：指作赋追求四声变化，声韵和谐。谐：使动用法，使……和谐。四声：指汉语的平、上、去、入四个声调。祛八病：除去声律变化上的八种毛病。祛：除去。八病：南齐沈约等人讲究诗歌声韵和谐，探讨诗文声病，至唐始有"八病"之说，即：平头、上尾、蜂腰、鹤膝、大韵、小韵、旁纽、正纽。 (4)我国家：指唐王朝。寖(jìn)衰：衰废。"寖"同"浸"。凌迟：亦作"陵迟"，古代一种残酷的死刑，俗称"剐刑"。这里是"灭绝"之意。 (5)举多士：选拔众多的贤才。举：选拔。有司：古代设官分职，称专管某职的官吏为"有司"。 (6)酌：本义是斟酒，这里有"汲取"的意思。三代：指夏、商、周三个朝代。变雅：指《诗经》大雅、小雅中周政衰废时期的作品。一时：指政治衰败之时。 (7)四始：《毛诗序》称《诗》有四始。孔颖达《毛诗正义》引郑玄语："风也，小雅也，大雅也，颂也，此四者，人君行之则为兴，废之则为衰。"以风、小雅、大雅、颂四者为王道兴衰之所由始，故称四始。六义：《毛诗序》："故诗有六义焉：一曰风，二曰赋，三曰比，四曰兴，五曰雅，六曰颂。" (8)艺文：艺术、文章。儆(jǐng)策：同"警策"，指精练扼要，含义深切动人的文辞。述作：述，指阐述前人旧说;作,指创作,泛指著作。元龟:古代用以占卜的大龟,引申为“借鉴”之意。 (9)义类:按义所分的类。错综:交织。舒布:指文章辞采运用的舒徐自如。 (10)文谐宫律:指赋的文辞讲究宫律,声韵谐调。中:适合。章句:指章节、句子的排列组合。 (11)雅音:即正音,泛指盛世之音。浏亮:明朗。体物:具体地描写事物。 (12)逸思:奔逸的想象。飘飖:形容想象奔放不羁。 (13)其工者:指文笔工巧精致的作者。究笔精:即极力追求文笔之精妙。指趣:同“旨趣”,宗旨之义。两京:指班固所作的《东都赋》和《西都赋》。 (14)其妙者:指构思精妙的作者。抽秘思:提炼出奇妙之思。妍词:美妙的文辞。谢:逊、不如。二都:当为“三都”,指左思所作的《蜀都赋》《吴都赋》和《魏都赋》三篇。 (15)黄绢:“黄绢幼妇”的缩略语,是“绝妙”二字的隐语。《世说新语·捷悟》:“魏武尝过曹娥碑下,杨修从。碑背上见题作‘黄绢幼妇,外孙齑臼’八字。……修曰:‘黄绢,色丝也,于字为绝。幼妇,少女也,于字为妙。外孙,女子也,于字为好。齑臼,受辛也,于字为辞。所谓绝妙好辞也。”按“受辛”合为“辤”,是“辞”的繁体字。白凤:古代传说中的灵异之鸟。寰(huán)海:犹言海内。“增纸价”句:用“洛阳纸贵”的典故。《晋书·文苑传》载:晋代左思作《三都赋》,洛阳豪贵之家,竞相传抄,使纸价因而昂贵。 (16)长杨、羽猎:即扬雄所作的《长杨赋》和《羽猎赋》。 (17)景福:即三国时魏国何晏的《景福殿赋》。灵光:东汉时王延寿的《鲁灵光殿赋》。多:赞美。 (18)立意:确定文章的宗旨。先:首要的事情。能文:善于运用文辞。 (19)炳:显著。此处指文采鲜明。缋(huì)素:彩绘的素绢。素:白绢。 (20)郁郁:文采华丽繁盛的样子。溢目:指文采洋溢于目前。黼黻(fǔ fú):文采,比喻华丽的辞藻。 (21)洋洋:形容声音铿锵和谐而有气势。盈耳:充盈于耳。盈:满。韶濩(hù):相传为商汤时的乐舞。 (22)信:确实。凌轹(lì):欺压。此处是“压倒”之意。超轶(yì):超越。(23)六艺:指儒家的《诗》《书》《礼》《乐》《易》《春秋》六部经书。淘汰:淘汰整治。九流:秦汉时的儒、道、名、法、阴阳、纵横、墨、杂、农九家学术流派。此处泛指各种学术流派。 (24)微才:微小的才能。片善:微小的善德。(25)俦(chóu):同辈。此处与“列”意同。 (26)润色鸿业:修饰、美化帝王大业。鸿业:大业。发挥皇猷(yóu):发扬光大帝王的计划。猷:计划、谋划。 (27)客:作者自称。灵蛇之珠;即“隋珠”。旧时比喻非凡的才能。曹植

《与杨德祖书》:"人人自谓握灵蛇之珠,家家自谓抱荆山之玉。"

【今译】赋是古诗的支流。初创始于荀子、宋玉,渐发扬光大于贾谊、司马相如。冰由水生,赋开始在典籍的基础上有所变化,青出自靛蓝,赋在文采上又胜过国风、二雅。后又谐合四声,祛除八病,这种文体已确实臻于完美。

我朝恐作文之道衰废,雅颂之声灭绝,于是举荐众多贤才,命令主管官员,汲取夏商周三代遗留下来的风尚,明辨国政衰废时出现的作品,全取其名,称之为赋。虽杂用各种赋体,终不超出《诗》的范围,四始尽在其中,六义亦无遗漏,这确是艺术、文章中的精练之作,著作中可资借鉴的作品。其义类纵横交错,辞藻舒练铺陈,文辞合于宫律,言辞与章句相符,华丽而不淫艳,逸美而有法度。正音明朗清新,必以具体写物为先而成其篇,想象飘逸奔放,不只是登高才能作赋。那些文笔精巧工致的作者,运笔精绝,高深的旨趣何惭于班固的《两都赋》,构思精妙的赋家,想象奔放,言辞美妙岂逊于左思《三都赋》,《景福》《灵光》等赋,何足赞美!正如所说的以构思为首事,以文辞为主体,鲜明如白绢,铿锵如钟鼓。繁盛啊,满目的文采;美盛啊,充耳的韶濩音乐,的确可以压倒风骚,超越今古。

当今圣主广搜六艺,整治九流,微小的才能不被忽视,极少的善德也要追求,何况赋,与雅颂同列,可以美化帝王之大业,弘扬圣上之谋划。倘若那位自称是有卓绝之才的客人,难道可以弃而不用吗?

【点评】这篇《赋赋》,是白居易唯一的一篇赋作,也是赋史上唯一的一篇以赋论赋的赋论。从中我们可以看出白居易对赋的基本看法。

一、关于赋的起源和发展。白居易认为,赋源于古诗,发轫于荀卿,光大于司马相如,在此后众多的赋家中,又对以铺排夸张为能事的班固、左思等人的赋作持批判态度。

二、关于赋的基本特征。白居易认为,赋极讲声韵,必合于四声而涤除八病;遣词用句,既要铺排夸张,思出意外,又须合于宫律,有利于篇章结构的布局安排,做到"华而不艳,美而有度"。

三、关于赋的社会功能。正是基于赋源于诗这一基本看法,白居易认为赋和雅、颂具有同等重要的作用，可以“凌轹风骚，超轶今古”，还可以“润色鸿业，发挥皇猷”。

如果联系前人对赋的一些评论作一比照，则不难看出，白居易对赋并没有提出什么独特、新颖的观点，刘勰“然赋也者，受命于诗人，拓宇于楚辞也，于是荀况礼智，宋玉风钓，爰锡名号，与诗画境，六义附庸，蔚成大国”。（《文心雕龙·诠赋》）对赋的源流演变已早有勾勒，“遂客主以首引，极声貌以穷文”，则是对赋的基本特征的简略陈述，只是不如白居易讲的那么具体详细而已。至于“润色鸿业”“发挥皇猷”之说，则班固《两都赋序》中早已提及。同时，班固极力否定风骚而独标雅颂，亦显示出他赋论的保守性。

但白居易对左思、班固等以铺排夸饰为能事的大赋作家的批判态度，强调赋“华而不艳，美而有度”的看法则有一定的进步意义。

【集说】这篇《赋赋》对于辞赋这种文体的历史和特征、功用，做了一个概括性的论述。从文学理论的角度看，并没有提出多少新鲜、独特的观点，白居易强调赋与雅颂同列，可以发挥“润色鸿业”的政治功用，这较之白居易的讽喻诗论的主张来说就显得保守多了。然而，白居易对扬雄、班固、左思等汉魏六朝时代以铺陈夸饰为能事的大赋作者持批判态度，强调赋“华而不艳、美而有度”，“可以凌轹风骚，超轶今古”的观点和精神，还是有一定意义的。这篇赋写法上明显地是受了陆机以骈文写《文赋》的影响，惜思力肤浅。（尹赛夫等《中国历代赋选》）

（王成林）

刘禹锡

刘禹锡(772—842),字梦得,洛阳(今属河南)人,自言系出中山(今河北定县)。唐德宗贞元九年(793)进士及第,授监察御史。因参加王叔文集团倡导政治革新,被贬朗州司马,后转迁连、夔、和等州任刺史。大和初回朝为主客郎中,晚年任太子宾客,世称宾客。其作品以诗为主,文亦享誉当时,风格均能于清新洒脱中呈豪健之气。有《刘梦得文集》。

秋声赋并序

相国中山公赋秋声[(1)],以属天官太常伯[(2)],唱和俱绝[(3)]。然皆得时道行之余兴[(4)],犹有光阴之叹,况伊郁老病者乎[(5)]?吟之斐然[(6)],以寄孤愤。

碧天如水兮,窅窅悠悠[(7)];百虫迎暮兮,万叶吟秋。欲辞林而萧飒[(8)],潜命侣以啁啾[(9)]。送将归兮临水[(10)],非吾土兮登楼[(11)]。晚枝多露蝉之思[(12)],夕蔓起寒螿之愁[(13)]。至若松竹含韵,梧楸早

脱[14]。惊绮疏之晓吹[15]，堕碧砌之凉月[16]。念塞外之征行，顾闺中之骚屑[17]。夜蛩鸣兮机杼促[18]，朔雁叫兮音书绝[19]，远杵续兮何泠泠[20]，虚窗静兮空切切。如吟如啸，非竹非丝[21]，当自然之宫徵[22]，动终岁之别离。废井苔合，荒园露滋。草苍苍兮人寂寂，树槭槭兮虫咿咿[23]。则有安石风流[24]，巨源多可[25]，平六符而佐主[26]，施九流而自我[27]。犹复感阴虫之鸣轩[28]，叹凉叶之初堕。异宋玉之悲伤[29]，觉潘郎之幺幺[30]。

嗟乎！骥伏枥而已老[31]，鹰在韝而有情[32]，聆朔风而心动，眄天籁而神惊[33]。力将痑兮足受绁[34]，犹奋迅于秋声！

【注释】(1)相国中山公：指李德裕，曾于文宗、武宗时数任宰相。 (2)属(zhǔ)：属和，指应和别人的诗赋。天官太常伯：当指吏部尚书令狐楚。天官：即吏部。太常伯：即吏部尚书。 (3)唱和俱绝：原作与和作都很绝妙。 (4)得时道行：得遇良时，政治主张得以施行。余兴：未尽的兴致。 (5)伊郁：抑郁、忧闷。 (6)斐(fěi)然：有文采的样子。 (7)窅窅(yǎo)：深远貌。 (8)辞林：叶子从树枝上落下。萧飒：风吹树叶发出的瑟瑟声响。 (9)潜命侣：潜藏的昆虫呼唤着同伴。啁啾(zhōu jiū)：虫鸟鸣叫声。 (10)"送将归"句：谓送别将归之人，来到水边。 (11)"非吾土"句：谓在远离故乡的地方，登楼望乡。 (12)晚枝：秋天的枯残枝条。露蝉：寒露中的蝉。 (13)夕蔓：黄昏时的蔓草。寒螀(jiāng)：寒蝉，形体似蝉而小，色赤青。 (14)梧楸(qiū)：梧桐和楸树。 (15)绮疏：镂花的窗格。 (16)碧砌：青绿的台阶。 (17)骚屑：愁苦。 (18)蛩(qióng)：蟋蟀。机杼(zhù)：织布机。 (19)朔雁：北雁。 (20)杵(chǔ)：捣衣的木槌。泠泠(líng)：形容声音的清冷。 (21)竹：指笛箫类的管乐。丝：指琴瑟类的弦乐。 (22)宫徵(zhǐ)：古代五音(宫、商、角、徵、羽)中的两者。这里泛指音律。 (23)槭槭(sè)：树叶脱落、枝条空疏的样子。咿咿(yī)：形容虫叫的声音。 (24)安石风流：安石指东晋名相谢安，风流指谢安遇事从容谈笑、神色举止不慌的风度韵致。 (25)巨源多可：巨源指西晋士族山涛。涛原与嵇康、阮籍等为竹林之游，后入朝为官，嵇康讽刺他"多可而少怪"，即对人事多随和而少责怪。多可，这里取其随和宽容之意。 (26)六符：指三台六星所显示的符验。平六符:六星显示平静的征兆,象征天下太平。 (27)施九流:使九流得以发展。施:实施。九流:秦汉时期的九个学术流派,即儒、道、名、法、阴阳、纵横、墨、杂、农九家。自我:由我掌握。 (28)阴虫:伏于阴暗处的秋虫。鸣轩:在窗前鸣叫。 (29)宋玉:战国末期楚国的诗人,其《九辩》悲秋伤怀,在文学史上颇有影响。 (30)潘郎:即西晋文学家潘岳,所著《秋兴赋》对悲秋主题有新的发展。幺么:微小。 (31)骥:千里马。枥:马槽。(32)鞲(gōu):皮革做的臂套,用以紧束衣袖来射箭或驾鹰。有情:有搏击长空之情。 (33)眄(miàn):斜视。天籁(lài):自然界的音响,这里指秋色。 (34)瘫(tān):马病,引申为疲惫意。绁(xiè):捆缚。

【今译】宰相中山公写了篇秋声赋,用来应和吏部尚书的赋作,一唱一和都很绝妙。然而他们都是在遇到良时、理想得以施行之际创作的篇章,其中仍有时光匆匆、人生易老的感叹,何况抑郁苦闷、老而多病(像我这样)的人呢?吟诵之后,援笔成章,以寄托孤臣之愤。

蓝天有如清澈的水啊,是那样遥远深幽;百虫迎来了岁暮啊,万叶也在吟唱寒秋。树林中将要飘下的枯叶,在西风中瑟瑟作响;潜藏的昆虫呼唤着同伴,声音凄凉而又悲忧。送那将归之人啊,来到水边;远离了故土啊,为望乡登上高楼。晚秋的树枝上蝉鸣阵阵,牵惹人的忧思;黄昏的蔓草中寒蝉哀吟,引起人几多离愁。还有那苍松翠竹在风中摇曳,梧桐楸树早已枝凋叶脱。感受着晓风破窗而入的凄寒,凝视着洒满碧阶的清凉月色,不由得想起征人远在塞外的艰辛,少妇独处空闺的寂寞。夜间蟋蟀鸣啊,织布机声声急促,长空北雁叫啊,书信早已断绝。远方那断续的捣衣声啊,清冷激越,虚掩的窗户真寂静啊,盼不来亲人多悲切!如低吟,似长啸,不是笛箫,也不是琴瑟。合乎自然的音律,触动人终年的别绪。废井边,青苔已经布满;荒园中,到处是寒凉的露滴。(此时此刻啊)即使有谢安那样的潇洒风度,像山涛那样的宽容随和,即使为平天下辅佐君主,将各学派的发展亲自掌握,也会有感于秋虫在窗前的鸣叫,慨叹凉叶在初秋时的凋落。(只是这感慨)不同于宋玉由秋引起的悲伤,也迥异于潘岳悲秋的微小琐屑。

啊!千里马虽雄心不已,却已经衰老,苍鹰虽未腾空,却充满搏击之情。

我一听到秋风的呼啸，便怦然心动，一看到苍茫的秋色，精神也为之惊醒。力量虽已将尽了啊，脚还受到束缚，可我还是要奋进向前，只因了那凛冽的秋声！

【点评】梦得对秋有一种特殊的喜好，而数十年的贬谪经历更使他对秋的体验倍加深切。序中所谓“光阴之叹”“以寄孤愤”者，构成全赋的内核。自开篇至“觉潘郎之幺幺”，或状物，或写事，纵横铺排，渲染悲氛，突出“光阴之叹”。自“嗟乎”以下，着力抒发作者缘于光阴之叹的“孤愤”。“骥伏枥而已老，鹰在韝而有情，聆朔风而心动，眄天籁而神惊。”短短四句，斩钉截铁，力透纸背，直将人物盼秋感秋与秋相激相生的悲心豪情及其心惊神动之态活画出来。梦得半生沉沦，生命荒废，而今已至老境，回首历历往事，叫他如何不悲，如何不愤？但他并未将此悲愤作为继续前进的阻力，而是借此磨砺生命，将人生之秋与自然之秋相拍合，再度激发起“马思边草拳毛动，雕盼青云睡眼开”那强劲的生命活力。这里流露的是心灵的敏感、意志的坚强，同时更是对功业的向往，对自由的渴望。所以，在激响的秋声之中，他先是“心动”，继之以“心惊”，顾不得自身的衰老病痛，奋然迅进，放声吟唱出一首秋的豪歌。无疑，这是一篇迥异于传统悲秋观的翻案文章，其中已排除了盛唐时代那种青年人的狂放和骚动，而增多了一种中年人的沉着、成熟、坚刚和果决，表现了深刻的自信和对未来的希望，而所有这些，不也正反映了中唐文人的特殊气象么？

【集说】《秋声赋》，今人传诵者，欧阳文忠作耳。《刘宾客文集·秋声赋》序云……，又《会昌一品集》亦有《秋声赋》，是唐人赋此者不知几篇也。犹之刘宾客《陋室铭》亦皆传诵。（平步青《霞外攟屑》）

唐刘禹锡《秋声赋》云：“送将归兮临水，非吾土兮登楼。”化熟为生，意味隽永。（李调元《赋话》）

（尚永亮）

李绅

李绅(772—846),字公垂,润州无锡(今属江苏)人。曾为尚书右仆射,后出任淮南节度使。他和友人元稹、白居易都是"新乐府"的倡导者,早年的《悯农》诗,最为今日传诵。其赋今存二篇,体制短小,而《寒松赋》简淡清劲,和他那些矜夸荣宠、炫耀势位的晚年诗作,则风格两样。诗存《追昔游集》,赋见于《全唐文》。

寒松赋

松之生也,于岩之侧。流俗不顾[(1)],匠人未识[(2)]。无地势以衒容[(3)],有天机而作色[(4)]。徒观其贞枝肃矗[(5)],直干芊眠[(6)]。倚层峦则捎云蔽景[(7)],据幽涧则蓄雾藏烟[(8)]。穹石盘礴而埋根[(9)],凡经几载[(10)];古藤联缘而抱节[(11)],莫记何年。

于是白露零[(12)],凉风至;林野惨栗[(13)],山原愁悴[(14)]。彼众尽于玄黄[(15)],斯独茂于苍翠。然后知落落高劲[(16)],亭亭孤绝[(17)]。其为质也,不易叶而改柯[(18)];其为心也,甘冒霜而停雪[(19)]。叶幽人之

雅趣[20]，明君子之奇节。

若乃确乎不拔[21]，物莫与隆[22]。阴阳不能变其性[23]，雨露所以资其丰。擢影后凋[24]，一千年而作盖[25]；流形入梦[26]，十八载而为公。不学春开之桃李，秋落之梧桐。

乱曰[27]：负栋梁兮时不知，冒霜雪兮空自奇。谅可用而不用[28]，固斯焉而取斯[29]。

【注释】（1）流俗：犹言世俗，此指世上一般人。顾：泛指看。（2）匠人：木匠。（3）容：形貌。（4）天机：指天然生机。作色：指显示容色。（5）徒：只。贞枝：指贞木上的枝条，即松枝，松树坚劲耐寒终冬不凋，称为"贞木"。肃矗；端直耸立的样子。（6）芊（qiān）眠：也作"芊绵"，茂密繁盛的样子。这两句的"贞枝"和"直干"应该互调，是说松干挺耸，松枝茂密。（7）捎（shāo）云：拂云，形容极高。景：太阳。（8）幽涧：深涧。（9）穹石：大石。盘礴：据持牢固的样子。（10）凡：共。（11）联缘：义同"联绵"，连续不绝的样子。（12）零：零落。（13）惨栗：极寒冷。（14）愁悴：忧愁憔悴。（15）玄黄：黑黄，犹言枯黄。（16）落落：高超不凡的样子。（17）亭亭：耸立高峻的样子。（18）易叶改柯：改变枝叶。（19）停雪：覆盖着停留聚集的雪。（20）叶：同"协"，和谐，谐调。幽人：高人，隐士。（21）确：坚固，刚强。（22）与隆：与之隆，指同松树根一样深厚。（23）阴阳：犹言冷热。（24）擢影：不详。疑"影"与下句"形"为互文。"擢形影"，即擢干拔枝的意思。或疑"影"为"颖"的讹字。（25）一千年作盖：指树冠团团如车盖。（26）流形：迁形。（27）乱：位于末尾的总结之词。（28）谅：确实。（29）固：坚决。斯焉取斯：此变反问为肯定句，是说决心从松树那里取来这种君子节操。

【今译】松树蓬勃生长呀，挺立在偏僻的山脚。世人从不光顾，木匠也不知道。它没有显赫的地势以炫耀形貌，却禀赋天然生机豁露容色。只看它挺直的树干肃然矗立，劲挺的枝条茂密繁盛。倚立在层峦叠岭则拂云蔽日，盘踞在幽谷深涧则蓄雾藏烟。大石巍然而堆压松根，不知经历了多少岁月；古藤连绵环绕树干，不知始于哪年！

在飘落的秋天，白露零落，凉风吹来；山林草野凛冽凄冷，丘陵旷原忧愁憔悴。千草万木全变得枯黄，唯有此树独自茂盛苍翠。然后方知它是那样超然挺劲，高耸卓绝。它实现的品质呀：从不落叶换枝；它焕发的精神呀：甘愿冒霜而蔽雪。这些都谐合隐士高人的雅趣，彰明志士君子的奇节。

至于坚固不拔，其他树不能相比。冷热不能改变它的性格，雨露可以滋润它的丰茂。擢拔不凋，千年树冠而团团如车盖；梦松移生肚上，十八年后将为公卿。不学春天盛开的桃李，不作秋天凋落的梧桐。

总而言之：身负栋梁之材啊，世人全不知晓；冒霜冲雪啊，空自具有奇节。诚然可用而不用，我却决然从松树节操取得松树精神。

【点评】自孔子对松树的岁寒后凋的叹美以后，历代歌之颂之者不绝于篇，魏晋以降尤甚。诗当以刘桢《赠从弟》"亭亭山上松"一首见称，赋则以此篇为佳。前乎此，南齐萧俭、谢朓及梁朝沈约的松赋均刻镂形貌，但乏寄托。初唐王勃的《涧底寒松赋》虽寓比兴，而锋颖过露。李绅此赋流畅清劲，托物见怀，不即不离。无琢句过甚之弊，也与唐人咏物专求工致、"字字典则"的流风有别。

观其内容，作者笔下"无地势以衔容"、寂寞而不为时世所知的寒松，当是他早年名位未显的人格写照，其语言风格也和用之干谒求知吕温的《古风》（一题作《悯农》，见《唐诗纪事》卷三九）相近。此赋直接描摹物色语不多，仅两三笔勾画出枝干耸直丰茂的生机，指出它或"倚层峦"，或"据幽涧"，或处"穷石盘礴"，不择地而生。然居高则"捎云蔽景"，处低则"蓄雾藏烟"，气象不凡，这是从风貌中见其精神，点逗出其怀才抱志，寂寞地度过了不知多少岁月。此段以"徒观"领起，轻轻地染上一层惋惜意味。然后笔端一振，挟裹风霜，用整齐遒劲的四个短句，简劲地渲染了一个"彼众尽于玄黄"的凋落衰飒的世界，于霜天寒地中实现"斯独茂于苍翠"。气势大幅度的跌宕对比，"然后知"的转捩斩绝语，衬照提领出一片焕发精神，愈显得"落落高劲，亭亭孤绝"两句，墨光四射，风骨凛然，摆弃凡近的神采昂然纸上。复以两个四六复句，铺陈其"孤绝"本色："不易叶而改柯"，"甘冒霜而停雪"。此节文字，句式长短交错，语势急而后缓，写得极为精约传神，最得松树精神。《新唐书》本传说李锜曾逼他代作违抗朝廷调令之奏疏，并"注以刃"以死威逼，然终不能夺其志。他是个重节操的人,为人精悍刚峻。入仕后屡为怨党摒退,而“所至务为威烈”。这样看来,这种不可改易之质,凌寒之心的“君子奇节”,正是他人格的自我写照,胸臆坦露的夫子自道语,所以写来文如其人,简约劲挺,凛凛风生。“确乎不拔”一段则就流俗不顾发论,语气稍缓,而兀傲自负,昂藏不群。自信松树千年作盖,英才必将大器晚成。“阴阳”二句端肃渊放,自具大方之象。末尾乱辞前三句意绪故露落寞,回应篇首,亦为结句盘旋作势。“斯焉取斯”——偏取孤寂寒松为标格,不以负才不用介意,反掉振宕,高自位置,一幅“落落高劲,亭亭孤绝”精神意态,崛然屹立,和一般怀才不遇的牢骚自有泾渭之别。

【集说】《寒松赋》篇幅短小,……然比拟不俗,辞亦简淡,在骈俪之中颇存清劲之风。……历来赋松者多,但少有能这样传神,有寄托而不着痕迹,在咏物抒情小赋中自是一篇佳作。(马积高《赋史》)

(张超英)

柳宗元

柳宗元(773—819),字子厚,河东(今山西永济)人。贞元间进士,因参与顺宗朝的王叔文革新集团,宪宗初被贬为永州司马,十年后,改柳州刺史。世称柳柳州或柳河东。他是唐代古文运动的主将,也是杰出的诗人。其散文"雄深雅健",成就不下韩愈;诗歌明净简淡,风格与韦应物并称。有《柳河东集》。

牛赋

若知牛乎[1]?牛之为物,魁形巨首[2],垂耳抱角[3],毛革疏厚[4],牟然而鸣[5],黄钟满脰[6]。抵触隆曦[7],日耕百亩。往来修直[8],植乃禾黍[9]。自种自敛[10],服箱以走[11]。输入官仓,己不适口[12]。富穷饱饥,功用不有[13]。陷泥蹶块[14],常在草野。人不惭愧,利满天下。皮角见用[15],肩尻莫保[16]。或穿缄縢[17],或实俎豆[18]。由是观之,物无逾者[19]。

不如羸驴[20],服逐驽马[21]。曲意随势,不择处所。不耕不驾,藿菽自与[22]。腾踏康庄[23],出入轻举[24]。喜则齐鼻[25],怒则奋踯[26]。当道长鸣,闻者惊辟。善识门户,终身不惕[27]。

牛虽有功，于己何益！命有好丑，非若能力。慎勿怨尤[28]，以受多福。

【注释】(1)若：你。 (2)魁形：形体魁梧高大。 (3)抱角：两角弯曲如双臂合围状。 (4)毛革疏厚：即“毛疏革厚”。 (5)牟：牛鸣声。 (6)黄钟：本十二律之一。古人以音律配五行。黄钟宫为八十四调之首，土为五行之根本，故以之配土。 (7)抵触：冲冒、顶撞。隆曦：烈日。隆，盛。(8)修：长。 (9)乃：其，那。 (10)敛：收聚。 (11)服箱：负车箱，即驾车。 (12)适口：入口。适，到。 (13)功用：功效。有：自有。 (14)蹶(jué)块：被土块绊倒。蹶，仆倒。 (15)见：被。 (16)肩：动物的腿根部。尻(kāo)：臀部。 (17)穿：贯穿，贯连。引申为捆扎。缄縢(jiān téng)：绳索。 (18)俎(zǔ)豆：并为古时宴客、祭祀所用的礼器。俎，置肉的几。豆，盛干肉一类食物的器皿。 (19)逾：超过。 (20)羸：瘦弱。 (21)驽(nú)马：能力低下的马。(22)藿：豆叶。菽：豆类的总称。 (23)康庄：四通八达的道路。 (24)轻举：轻率。 (25)齐鼻：扬鼻，即扬起头。齐通“跻”(jī)，升起。 (26)奋踯：扬起蹄子。踯，也作“蹢”，兽蹄。 (27)惕：戒惧。 (28)慎：千万。怨尤：怨恨，不满。

【今译】你知道牛吗？牛这种牲畜，体态魁伟，头颅硕大，垂着两耳，弯着双角，哞哞鸣叫，脖颈满是黄土。顶着烈日，日耕百亩，往往来来，又长又直，让人种上庄稼。它为人耕作，助人收获，驾车奔走，把谷物送入官仓，却不能进入自己口中。它能使穷人富足，饥者腹饱，从不自以为功。有时它陷进泥里，有时又扑倒地上，终年在野外辛勤。它的皮和角也被派上用场，腿和臀也难存留。或者皮被制成捆扎物品的绳索，或者肉被装进食器。由此看来，任何东西也不及它的功用。

它不像瘦驴那样，温顺地追逐劣马，曲意逢迎，依随情势。驴子不耕田不驾车，自有人喂养饲料。周旋活跃在四通八达的大道，出出进进都很随便。高兴时昂着头颅，愤怒时扬起蹄子。拦在路上嘶鸣，听见者惊惧躲避。善于识别门第，终生不受惊怕。

牛虽有功于世，对自己却有什么补益！命运有好有坏，不是个人能力。千万莫要怨天尤人，这样才能得到许多好处。

【点评】这篇小赋大约写于永州司马任上。贞元二十一年(805)正月，德宗谢世，太子李诵（即顺宗）做了皇帝，八月改元永贞。顺宗苦于朝廷积弊太甚，任用以王叔文为首的一批有为之士锐意刷新政治。改革者们推行的一系列利国利民的措施，触动了宦官和藩镇的利益，他们纠集一起，合力围攻，这场改革终致夭折，柳宗元因此远贬永州司马。

用柳宗元的话说，他参与的这次改革，是为着“立仁义，裨教化”，“以中正信义为志，以兴尧舜孔子之道、利安元元为务。”谁知“勤勤勉勉”却招来如此不幸结果，这正同辛勤耕作，造福人类，“利满天下”，没齿无怨而最终居然与“肩尻莫保”的耕牛命运相仿。于是乎，以牛喻人，抒发他们这些改革者们的苦痛与愤激则是再恰当不过的了。

在这篇赋里，作者先是采用写实的方法从各个角度对牛作了铺排描写，突出它温厚、善良、吃苦耐劳，只图有功于世、不怨无益于己的高尚品格和摩顶放踵，死而无已的牺牲精神。再用不无夸张的笔调刻画出羸驴无用、无行、轻佻浮躁的丑态。前者是包括作者以及所有劳动者的化身，后者则是统治阶级的帮闲们的剪影。描摹的虽是一个动物世界，透视的却是社会人生。名为咏物，实为抒情。直笔写牛只是一种手段，暴露社会的颟顸颠倒、发泄牢骚不平才是它的精神实质。赋牛而并及羸驴，乃是为了对照映衬更加显豁题旨。结末缀以自解、自慰、自诫的话语，虽然貌甚平和超旷，其实不过是那种愤激情绪的再度升华而已。

【集说】公之《瓶赋》《牛赋》，其辞皆有所托，当是谪永州后感愤而作。以牛自喻，谓牛有耕垦之劳，利满天下，而终不得其所为缄縢俎豆之用。维有功于世，而无益于己。彼羸驴驽马，曲意从人，而反得所安。终谓“命有好丑，非若能力”，皆感愤之辞也。

《牛赋》是《瓶赋》的姊妹篇，它描写象征为劳动生产者的牛，辛勤耕作，利满天下而自己一无所有，最后连皮骨也被人们剥刮利用。象征为统治者帮闲的驴子，不耕田，不驾车，却安享荣乐。通过对耕牛的赞扬和驴子的讽刺，表示了对不合理社会的愤慨和抗议。（顾易生《柳宗元》）

（傅毓民）

囚山赋[(1)]

楚越之郊环万山兮[(2)]，势腾踊夫波涛。纷对回合仰伏以离迾兮[3]，若重墉之相褒[4]。争生角逐上轶旁出兮[5]，其下坼裂而为壕[6]。欣下颓以就顺兮[7]，曾不亩平而又高。沓云雨而渍厚土兮[8]，蒸郁勃其腥臊[9]。阳不舒以拥隔兮，群阴沍而为曹[10]。侧耕危获苟以食兮，哀斯民之增劳。攒林麓以为丛棘兮[11]，虎豹咆㘎代狴牢之吠嗥[12]。胡井眢以管视兮[13]，穷坎险其焉逃[14]？顾幽昧之罪加兮[15]，虽圣犹病夫嗷嗷。匪兕吾为柙兮[16]，匪豕吾为牢[17]。积十年莫吾省者兮[18]，增蔽吾以蓬蒿。圣日以理兮，贤日以进，谁使吾山之囚吾兮滔滔[19]？

【注释】(1)赋作于唐宪宗元和九年(814)，是时柳宗元谪居永州已经十年。囚山：以山为牢笼，亦即被囚禁于山林的意思。 (2)楚越之郊：指永州。当时永州下辖三县：零陵(约为今湖南零陵、东安两县)、祁阳(约为今湖南祁阳、祁东两县)、湘源(今属广西)，被人目为南荒之地。 (3)纷对回合：纷繁杂沓、错乱对峙貌。离迾(liè)：有的离散，有的遮掩。迾：遮盖。 (4)墉(yōng)：垣墙。褒(bāo)：同"包"。 (5)轶(yì)：超越。 (6)坼(chè)：分裂、裂开。壕：沟。 (7)欣：高兴、喜欢。颓(tuí)：平缓貌。 (8)沓(tà)：合。渍(zì)：浸、沤。 (9)郁勃：茂盛、旺盛，这里作动词用，谓腥臊(sāo)之气蒸腾上升。 (10)沍(hù)：冻结。曹：群。 (11)攒(cuán)：聚集、集中。麓(lù)：山脚下。丛棘：古代拘留犯人之处。因防犯人逃跑，四周以棘围之，故称。(12)咆㘎(páo hǎn)：猛兽吼叫。狴(bì)牢：门上绘着狴犴的牢狱。狴犴是一种似虎的猛兽，常被绘于狱门之上，因以代指牢狱。 (13)井眢(yuàn)：井水枯竭。眢：眼球枯陷失明，引申为枯竭意。 (14)穷坎险：历尽艰危险阻。(15)顾：顾念、念及。幽昧：昏暗，此指不明不白的罪名。 (16)匪：同"非"。兕(sì)：古代犀牛一类的兽名。柙(xiá)：关猛兽的木笼。 (17)豕(shǐ)：猪。(18)莫吾省者：没有省察我的人。 (19)滔滔：形容时间的流逝。

【今译】楚越的郊原被万山环抱啊，气势奔腾踊跃，就像那起伏的波涛。纷繁杂沓，错乱对峙，或仰或俯，或离或掩啊，宛如城墙一重重地围包。竞争角逐着向上超越向旁斜伸啊，其下裂开而形成沟壕。地势由上到下渐趋平顺令人欣喜，可这平地还不到一亩就又升高。云聚雨淋经常把厚土浸得透透啊，热气蒸腾着上升，味道又腥又臊。阳气拥隔极不通畅啊，阴气冻结在一起，在空中群聚环绕。老百姓在这里艰难耕获苟且生活啊，真令人哀怜他们极度的辛劳。再看那树林聚集在山脚下，好像拘禁犯人的场所；听那虎豹的声声咆哮，就如同狱门前狴犴发出的吼叫。掉到枯井里以管窥天哪有人援救啊，历尽了艰难险阻却仍旧无处可逃。念及加在我身上那不明不白的罪名啊，即使圣人也会为之所困痛苦哀号。不是兕牛却把我锁在笼中啊，不是野猪却把我关在圈牢。累积了十年仍没有顾及我的人啊，还不断遮挡我，用那些乱蓬蒿草。圣人的天下一天天治理呵，贤能的人也一天天升进，可究竟是谁让这山林囚禁我，使岁月流逝如江水滔滔？

【点评】子厚无罪遭贬，且一贬十年，被永州一地的“万山”环绕围困，“顾地窥天，不过寻丈，终不得出”（《与李翰林建书》），其心理已苦闷到了极点，故作为《囚山赋》，极写此地山林之荒恶，举凡山势、地形、气味、耕食、丛林、兽嚎，无不令人为之生厌，视为樊笼。在写法上，两句一事，层层推进，中嵌以“兮”字，唱叹抒怀，一气直下，颇具楚辞的悲怆韵味。而自“胡井眢以管视兮”以下，更是直抒愤懑，放声呼号，繁音促节，悲不忍闻。表面来看，作者憎恶的对象是山林，但实质上无知无觉的山林不过是他借以泄怨的一个替代物而已，不过是某种政治势力的象征而已，在它的背后，深隐着整个专制制度那凶恶残暴的巨影！“圣日以理兮，贤日以进，谁使吾山之囚吾兮滔滔？”显而易见，这句反问中充溢着作者的无比激愤。既然圣理贤进，而子厚并非不肖，为何还被拘囚于山林之中？既然他这样的贤能志节之士还被拘囚，则所谓“圣”“贤”又从何谈起？这样看来，他的以山林为樊笼，正是以声东击西的手法对统治者残酷压抑、扼杀人才之行为的愤怒抗议。子厚在永州时的好友吴武陵曾在柳移赴柳州后向裴度申言：“古称一世三十年，子厚之斥十二年，殆半世矣！霆砰电射，天怒也，不能终朝；圣人在上，安有毕世而怒人臣耶？”（《新唐书·吴武陵传》）专制君主“毕世而怒人臣”，这不正是子厚被长久拘囚和他之所以赋《囚山》的深层原因么？

【集说】语云：“仁者乐山”。自昔达人，有以朝市为樊笼者矣，未闻以山林为樊笼也。宗元谪南海久，厌山不可得而出，怀朝市不可得而复，丘壑草木之可爱者，皆陷穽也，故赋《囚山》。淮南小山之辞，亦言山中不可以久留，以谓贤人远伏，非所宜尔，何至以幽独为狴牢，不可一日居哉？然终其意近《招隐》，故录之。（晁补之评，见《柳宗元集·补注》）

（尚永亮）

杨敬之

杨敬之(约820年前后在世),字茂孝,虢州弘农(今河南灵宝)人。元和初登进士第,累迁至户部郎中。后坐李宗闵党,被贬连州(今广东连州市)刺史。文宗尚儒术,以其为国子祭酒,未几兼太常少卿,至工部尚书。得文人诗文常爱不释手。最喜项斯诗,所至必称诵,项斯由是擢上第,"到处逢人说项斯"亦为写实。所作《华山赋》,为韩愈、李德裕所称道,在当时广为传播。

华山赋[(1)] 并序

臣有意讽赋[(2)],久不得发。偶出东门三百里,抵华岳,宿于趾下[(3)]。明日,试望其形容,则缩然惧[(4)],纷然乐[(5)],蹙然忧[(6)],歆然嬉[(7)]。快然欲追云,将浴于天河;浩然毁衣裳[(8)],晞发而悲歌[(9)]。怯欲深藏,果欲必行;热若宅炉,寒若室冰;薰然以和[(10)],怫然不平。三复晦明[(11)],以摇其精;万态既穷,乃还其真;形骸以安,百钧去背;然后知身之治而见其难焉。于是既留无成,辞以长叹。倏然一人下于崖[(12)],金玉其声,霜雪其颜。传则有之,代无其邻[(13)],姑射之神[14]，蒙庄云[15]。始不敢视，然得与言，粲然笑曰："用若之求周大物[16]，用若之智穷无端，三四日得无颠倒反侧于胸中乎？是非操其心而自别者耶。"虽然，喜若之专而教若之听，无多传：

"岳之初成[17]，二仪气凝其间[18]，小积焉为丘，大积焉为山。山之大者曰岳，其数五，余尸其一焉[19]。岳之尊，烛日月[20]，居乾坤。诸山并驰，附丽其根[21]。浑浑河流[22]，从禹以来，自北而奔。姑射九嵕[23]，荆巫梁岷[24]，道之云远兮，徒遥而宾。岳之形，物类无仪[25]。其上无齐，其旁无依；举之千仞不为崇[26]，抑之千仞不为卑[27]。天雨初霁，三峰相差，虹霓出其中，来饮河湄[28]。特立无朋[29]，似乎贤人守位，北面而为臣。望之如云，就之如天，仰不见其巅。肃阿芊芊[30]，蟠五百里[31]，当诸侯田[32]。岳之作[33]，鬼神反复，蛟龙不敢伏。若岁大旱，鞭之朴之[34]，走之驰之，甘雨烂漫[35]，百川东逝，千里而散，噫气蹶然[36]，怒乎幽岩，渐于人间，其声浏浏[37]。岳之殊，巧说不可穷。见于中天[38]，硰硰而掌[39]，峨峨而莲[40]。起者似人，伏者似兽，坳者似池[41]，洼者似臼，敧者似弁[42]，呀者似口[43]，突者似距[44]，翼者似抱[45]。文乎文[46]，质乎质，动乎动，息乎息，鸣乎鸣，默乎默，上上下下[47]，千品万类。似是而非，似非而是，其乃缮人事[48]，吾焉得毕议[49]。"

"今作帝耳目[50]，相其聪明[51]，下瞩九州，在宥群生[52]。初太易时[53]，其人俞俞[54]。其主人者[55]，始乎容成[56]，卒乎神农[57]，中间数十君，姓氏可称。其徒以饮食为事[58]，未有仁义。时哉，时哉，又何足莅[59]？是后敬乎天，成乎人者，必辟其心[60]，假其神[61]，与之龄[62]，降其人[63]。故轩辕有盛德[64]，蚩尤为贼[65]。生物不遂[66]，帝乃用力。大事不可独治，降以后牧[67]，三人有心，烈火就扑。其子之子，其孙之孙，咸明且仁，虽德之衰[68]，物其所宜[69]。由夏以降，汤发仁以王[70]，癸受暴以亡[71]。甲戌诵钊[72]，不敢有加，唯遵其常，享国遂长。天事著矣，莫见乎高而谓乎茫茫！

余受帝命,亿有万岁[73],而不敢怠遑。"

臣赞之曰:"若此古矣祖矣,大矣异矣,富矣庶矣,骇矣怖矣!上古之事,粗知之矣。而神之言,又闻之矣。然起居于上,宫室于下,如此之久矣,其所见何如也?"曰:"见若咫尺,田千亩矣;见若环堵[74],城千雉矣[75];见若杯水,池百里矣;见若蚁垤[76],台九层矣;醯鸡往来[77],周东西矣;蠛蠓纷纷[78],秦速亡矣;蜂窠联联[79],起阿房矣[80];俄而复然,立建章矣[81];小星奕奕[82],焚咸阳矣[83];累累茧栗[84],祖龙藏矣[85]。其下千载,更改兴坏[86];悲愁辛苦,循其上矣。"

臣又问曰:"古有封禅[87],今读书者,云得其传,云失其传,语言纷纶[88],于神何如也?"曰:"若知之乎?闻圣人抚天下,既信于天下,则因山岳而质于天[89],不敢多物。若秦政汉彻[90],则率海内以奉祭祀,图福其身。故庙祠相望,坛墠迤逦[91],盛气臭[92],夸金玉,聚薪以燔[93],积灰如封[94]。天下怠矣,然犹慊慊不足[95]。秦由是薙[96],汉由是弱。明天子得贤者在位,能者在职,庙堂之上[97],垂衣裳而已[98]。其于封禅,存可也,亡可也[99]。"

【注释】(1)古代帝王常用在五岳上筑坛祭天封禅,来祈求得到上天福佑,以保江山永祚,唐代亦有此风。作者对此有不同看法,写了《华山赋》,借姑射神之口充分地阐述了自己重人事而轻神祀的思想。 (2)讽赋:以赋讽谏,即写赋。古人认为无讽刺不成其为赋。 (3)趾:足,此指山脚。 (4)缩然:吃惊后退的样子。 (5)纷然:杂多的样子。 (6)蹙然:忧愁的样子。 (7)歊(xiāo)然:热气上升的样子。 (8)浩然:刚毅悲壮的样子。 (9)晞(xī)发:晒发。此指晒发时的形状,即散开头发。 (10)薰然:温和的样子。 (11)三复:再三反复。晦:暗。 (12)翛(xiāo)然:自由自在,无拘无束的样子。 (13)代:世。为避太宗李世民讳,故以"代"代"世"。 (14)姑射之神:居住于姑射山的神人。 (15)蒙庄:庄周,是蒙县人,故世称蒙庄或蒙叟。 (16)周:全。大物:万物。 (17)成:形成。 (18)二仪:天地或阴阳。 (19)尸:主持。 (20)烛:照耀。 (21)附丽:附着、依附。

(22)浑浑(gǔn):水流盛大的样子。 (23)姑射:山名,在今山西临汾西。九嵕(zōng):山名,在今陕西礼泉县境内。 (24)荆巫梁岷:荆山,在湖北西部;巫山,在湖北、四川交界处;梁山,在今山东境内;岷山,在四川北部,绵延川、甘两省。 (25)仪:匹配。 (26)仞:古代高度单位,八尺为仞。崇:高。(27)卑:低。 (28)河湄:河边。 (29)特立:独特地耸立。 (30)肃阿芊芊:肃穆的大山一片浓绿。阿:大山。芊芊:浓绿的山色。 (31)蟠:弯曲地伏着。 (32)当:当作。田:田地。 (33)作:发作。 (34)扑:古刑具之一种,用榴树、荆条制成,用来鞭打。 (35)烂漫:分散,杂乱,此处指雨多而面广。 (36)噫气蹶然:出气急速的样子。噫气:呼气,出气。蹶(guì)然:急促的样子。 (37)浏浏:清澈明朗。 (38)见(xiàn):出现。中天:天空。 (39)挲:摩挲,用手抚摩。 (40)峨峨:高峻的样子。 (41)坳:洼下的地方。 (42)攲(qī):倾斜。弁:古代贵族的帽子,状如两手相击,故云。 (43)呀(xiā):大而空阔。 (44)突:鼓起,突出来。距:雄鸡、雉等跖后面突出像脚趾的部分。 (45)翼:遮护。 (46)文:华美、精巧。 (47)上上下下:高高低低。 (48)缮人:修缮、整治的人。 (49)毕议:结束议论。 (50)耳目:指耳目之臣。 (51)相:辅助、帮助。 (52)在宥:宥使自在,即任其自由发展。指用宽松的政策对待人民。在:问候、视察。宥(yòu):宽容、饶恕。 (53)太易:古以为天地形成经历了太易、太初、太始、太素几个阶段。太易是未形成气的阶段,太初是已形成天地元气的阶段,太始是形成天地形状的阶段,太素是形成天地素质的阶段。此处太易指人类尚不知天地的混沌时代。 (54)俞俞:从容自得的样子。 (55)主人:主宰、统治人。 (56)容成:黄帝时人,被认为是最早制订乐律与历法的人。神农在黄帝之前,作者有误。 (57)神农:古帝王名,传说中农业和医药的发明者。 (58)饮食:泛指物质生活。 (59)莅(lì):临,统治。 (60)辟:打开,开导。 (61)神:精力。 (62)龄:年寿。 (63)人:此处指可以辅佐帝王的贤良之士。 (64)轩辕:古帝王名,即黄帝。 (65)蚩尤:神话中东方九黎族首领,曾与黄帝战于涿鹿(今河北涿鹿东南),失败被杀。贼:古以帝王为正宗,凡企图推翻帝王者均为贼。 (66)遂:顺利地成长。 (67)后牧:泛指辅佐帝王治国的重要臣子。后:诸侯;牧:古时治民之官。 (68)德:上古谓四时旺气。 (69)宜:适宜。古以为统治天下凭"德","德"厚祚长,“德”薄祚短。但由于尽了人事,故“物其所宜”。 (70)汤:商朝的建立者,又称成汤、武汤等。 (71)癸:夏最后一个帝王,被商汤所灭。 (72)甲戊:甲,即太甲,商国王,汤的嫡长孙,太丁之子。即位后,因破坏商汤成法,不理国政,被伊尹放逐。三年后,因悔过被重新接回。此后励精图治,“诸侯归殷,百姓以宁。”戊,即太戊。商王名,太庚之子,雍已之弟。执政时殷室已衰,他用伊陟、巫咸等贤臣为相,殷室中兴。在位七十五年。诵钊:即同成王姬诵与其子周康王姬钊。 (73)亿:推测,即今“臆”。 (74)环堵:四面围墙各一堵,比喻院子很小。堵:古代筑墙单位,长高各一丈者为一堵。(75)雉:古代计算城墙表面积的单位,长三丈高一丈为一雉。 (76)蚁垤(dié):即“蚁封”。蚂蚁做窝时堆在穴口的小土堆。 (77)醯(xī)鸡:小虫,即蠛蠓,古人认为它是酒醋上的白霉变的。醯:醋。 (78)蠛蠓:即醯鸡。(79)联联:连接不绝。 (80)阿房:秦代宫名,以规模宏大、结构复杂著称。 (81)建章宫:汉代宫名, (82)奕奕:光彩闪动的样子。 (83)焚咸阳:公元前206年,项羽入咸阳,杀秦降王子婴,焚烧咸阳,阿房宫亦为之焚毁。 (84)累累:重叠的样子。茧栗:幼牛刚刚冒出的如茧、如栗的角,言其小。 (85)祖龙:秦始皇。祖:始;龙:古以人君为龙。藏:埋。 (86)兴坏:即兴衰。 (87)封禅:古代在泰山上祭祀天地的方式。登泰山筑坛祭天为“封”,在山南梁父山上辟基祭地为“禅”。秦始皇、汉武帝等都举行过这类大典。 (88)纷纶:多、杂。 (89)质:作为保证的人或物。 (90)彻:遵循,贯通。 (91)墠(shàn):古代祭祀用的平地。 (92)臭:香。古以气味入鼻皆为“臭”,故香、臭均为“臭”。 (93)燔(fán):焚烧。 (94)封:聚土筑坟。 (95)慊(qiè)慊:不满意。 (96)薙:衰落、衰弱。 (97)庙堂:朝廷。 (98)垂衣裳:天下无事,帝王悠闲无事的样子。 (99)亡:通“无”,不。

【今译】臣有用赋讽谏的打算,很久了却没有写出来。这次偶然出东门三百里,到达华山,并住宿在华山脚下。第二天,想先在山下看看华山的形状,谁知一见就惊惧得倒退几步,又快乐得不知所之,忧愁得皱紧了眉头,情绪亢奋得想嬉戏玩乐。高兴得想上天追云,并在天河里洗个痛快;壮烈得想撕毁衣服,散开头发悲歌一曲;怯惧得想深深地藏起来,果决得想立刻干些什么;热得像在房里燃起了火炉,冷得像在房里放满了冰块;时而心平气和,时而愤懑不平。几番明白,几番昏愦,大大地振动了我的生命本源——精气。等各种情态全部都经历了,才返回了我的本性。形体稳固而安宁,像卸去了背上的千斤重负;然后才知道提高自身修养品德之后是怎样的境界,也清楚了达到这一步的艰难。因此觉得既然留下无甚作用,不如长叹数声离开吧。这时,只见一人自由自在地从山崖上下来,声音如敲击金玉一样清亮悦耳,面貌像霜雪一样白皙朗润。这便是传说中的人物,却从未见过的姑射之神,即庄子所说过的。臣开始不敢看他,可是和他一交谈,他却开朗地笑着说:"用你的欲望来周全万物,用你的智慧来解决所有的问题,不是要使你很长时间在胸中反复折腾吗? 事情的是与非放在心里自己明白就行了。虽然如此,我还是喜欢你的专注执着而教诲你,但不要向外传说:

"山岳开始形成,便凝聚了天地间的阴阳二气。聚积少的成为小土山,凝聚多的成为大山,山中间大的便叫作岳。岳有五个,我主持其中的一个。华岳的尊贵,可以与日月齐光,与天地同重。众山逶迤,其根源却都依附于它。浩浩荡荡的黄河流水,从大禹以来,就由北而来。姑射山、九嵕山、荆山、巫山、梁山、岷山,距离它说起来很远了,也只是像宾客一样远远地环列着它。华岳的形状,是事物同类中没有可以匹敌的。上没有可以同它比肩者,旁无可以被依傍者;抬高千仞不显得高,压低千仞不见其低。雨后初晴,三峰错落各领风骚,一道彩虹从中飞出,伸入远远的黄河之滨。独特地耸立无与伦比,仿佛贤人忠于职守,面向北方犹如朝臣。远望如在云端,近看其高接天,仰面难见峰巅。高大肃穆,一抹浓绿,蜿蜒三百余里,面对诸侯封地。华岳的发作,连鬼神也无法安宁,蛟龙也不敢潜伏。假如这一年大旱,便用鞭子、棍子抽打它,让它行动,于是雨像甘霖般地大面积降落,大小河流都满满地向东流去,一直疏散到千里以外。如呼呼喘气,咆哮着从山崖中冲出,而慢慢流向四面八方,声音清亮而悦耳。华岳的特别,即使巧妙的描述也难以穷尽。它呈现在天空中,像抚摩天空的巨掌,像巨大无朋的莲花。站着的像人,趴着的像兽,洼下去的像水池,凹进去的像舂米的臼,倾斜的像皮弁,空阔的像张开的口,鼓起来的像鸡距,环绕的像翅膀一样如在拥抱。精致的华美,拙稚的朴实,活动的活动,休息的休息,鸣叫的鸣叫,沉默的沉默,高高低低，千姿百态。说像又有些不像，说不像又有些像，这是那些工匠的事，我怎么全部说得清。

“现在充当帝王的耳目之臣，就要辅助他耳更聪眼更明，关注的九州大地，使百姓自在地生活。最早在太易的时候，那时的人们活得从容而自得。那掌握人们命运的人，从容成开始，到神农为止，其中经历了数十个君主，那姓氏都可一一叫出来。他们只是以吃饱穿暖为目的，还不懂得仁义。一个时代又一个时代啊，这又怎么能够去治理。此后那些上尊天道，自己又能励精图治的君主，上天一定启发他的心智，给他充足的精力，让他享有高寿，又降给他贤能的臣子。所以轩辕黄帝有大德行，蚩尤则成为贼寇。万物不能顺利生长，帝王才尽力治理。重大的事情不一人独断，而与臣僚协商。三人团结一心，就是烈火也可以扑灭。这样，他儿子的儿子，孙子的孙子，也都会贤明而又有仁爱之心，即使他作为帝王的四时盛气已经衰落，万物也能适宜地生长。从夏朝以来，商汤行仁政而统治天下，夏桀施暴政而遭灭亡，太甲太戊周成王周康王，不敢随便更改，只是遵循他们的常规，统治的时间才会长久。天的事情是很昭著的，不要看见它高就认为那是模糊不清，茫然不可知的。我随上天的旨意，大约有万年之久，却从不敢懈怠疏忽。”

臣称赞说：“像这样真是太久远了，老祖宗了，了不起啊奇妙啊，丰富众多啊，吃惊可怕啊！上古的事情，大致知道一些，而神仙的话，又叫我大开眼界。然而神仙在天上生活，宫室（庙）却在人间，这样已经很久了。他们所看见的又是怎样一番情景呢？”姑射之神说：“天上看到大小的有一尺，便是人间良田千亩；看到每面方丈的四合小院，便是有千雉的大城了；看见一杯水大小的，便是有百里方圆的水池了；看见如蚂蚁穴外小土堆一样的，便是九层高台了；看见了像醯鸡一样来来往往的，便是西周、东周交替；看见蠛蠓一样纷纷攘攘的，是秦朝在迅速灭亡；看到蜂巢一样连接不断的，是阿房宫修建起来了；时间不久又有这样的情况，便是汉武帝修建的建章宫竣工了；像星星一般闪动着光焰的，是项羽在焚烧咸阳；像牛犊的角一样大小一个又一个的，是埋葬秦始皇的坟墓。人世间千余年间，改朝换代的兴盛衰败，悲伤忧愁的辛苦劳顿，全都按上天的轨道在运行啊。”

臣又问道：“古代有封禅的事，今天的读书人，有的说这传统保留下来了，有的说这传统应该遗弃，争执不一。那么你们神仙又是怎么看这些事呢?”他回答道:“你知道吗?听说贤明的君主安抚天下,就已经获得了天下百姓的信任,即凭借山岳神向上天保证,不敢据有更多的东西。假如秦代的政令传统被汉代遵循,那么就会用天下所有的东西来祭祀。为图上天将更多的福佑降于自身,因此便庙宇祠堂相望,祭祀的场地连接不断,烟火旺盛,香烟缭绕,奢侈地使用金玉钱帛,堆积柴草燃烧,积的灰堆像坟墓一样大。百姓都被这弄得疲惫不堪了,但是仍然觉得不够。秦朝因为这而衰落,汉朝也因为它而衰弱。贤明的天子却搜罗有才能的人辅佐,朝廷之上,悠闲无事。而对于封禅,有也可以,没有也可以啊。”

【点评】《华山赋》提出了重人事、轻神祀的观点。这种朴素的唯物主义思想,无论在作者的当时,还是在其后的千余年的封建社会中都是积极而有价值的。封建社会中封建帝王大都喜欢用宗教迷信思想在意识形态领域中做文章。一方面他们本身的愚昧使他们对这些深信不疑;一方面这些东西又确实有助于他们的统治:既可以增强自信心,又能愚化人民,使他们甘做奴隶。因此,不惜耗费大量资财,大事铺排。这样的结果自然是把更深重的灾难摊在人民头上:承担耗费的所有钱财,承受因迷信而误国的严重后果。清醒的士大夫看到这活动后面的危机,本身就是非常可贵的远见卓识,而又能在韩愈仅仅因反对皇帝迎佛骨就险些惨遭杀害的政治气候中,敢于冒“龙颜大怒”的危险,否定封禅“大事”,那就更其可贵。当然他的方法很巧妙,你不是信神吗?我就以神之口来说,信不信由你,反正是神说的。

艺术上的成功主要表现在对华山的刻画和从天上看人间的大胆想象上。对华山的刻画,分别从尊、形、作、殊四个方面反复渲染,极力写其高大雄奇,千姿百态,写得生动逼真,特别是写“作”一层。大水从山间冲出,散入人间的几句:“噫气蹶然,怒乎幽岩,渐于人间,其声浏浏。”既有人的情趣,又有物的形态,确是神来之笔。更值得称道的还在于从天上看人间的一段文字,想象瑰丽、大胆,富于动感,最使人注目。

另外,读全文还有一种高屋建瓴的恢宏气势,无论是文章中具体的描述文字,还是作者阐明观点的议论,都可感觉出这一点。这种效果的获得,主要在于作者选择的那一个视角:姑射之神。文中华岳胜景是神眼中的,人间的兴替变迁是神眼中的,对封禅的看法是神的,而“臣”只不过是转述者而已。因此使全文便笼罩在一种大处着眼、宏观把握的不凡风格之中，极易启人心智，开阔胸襟，非常适合作者的创作意图。

其不足处，全文前后两部分并没有融洽有机的统一，读来有游离、牵强之感。

【集说】唐人作赋，多以造语为奇。杜牧《阿房宫赋》："明星荧荧，开妆镜也。绿云扰扰，梳晓鬟也。渭流涨腻，弃脂水也。烟斜雾横，焚椒兰也。雷霆乍惊，宫车过也。辘辘远听，杳不知其所之也。"其比兴引喻，如是其侈。然杨敬之《华山赋》又在其前，叙述尤壮，曰："见若咫尺，田千亩矣。见若环堵，城千雉矣。见若杯水，池百里矣……"……高彦休《阙史》云敬之"赋五千字，唱在人口"。赋内之句，如上数语，杜司徒佑，李太尉德裕常所诵念。牧之乃佑孙，则《阿房宫赋》实模仿杨作也。（洪迈《容斋随笔·唐赋造语相似》）

作者不但对华岳的雄伟和变化多姿作了较好的描写，而且由华岳的久阅人世，写了华夏的历史变化，提出了王朝兴亡的历史教训。尤为可贵的是：赋虽颂岳，却以反对封禅作结。……至其文辞，则以善于用散文的排比句生色。（马积高《赋史》）

（林　霖）

李德裕

李德裕(787—850),字文饶,赵郡(今河北赵县)人。中书侍郎李吉甫次子。出身世家,少力学,卓荦有大节。历任浙西观察使、西川节度使。文宗时,裴度荐其为宰相,而李宗闵、牛僧孺深衔之,摈不用。武宗时由淮南节度使入为宰相,当国六年,消除藩镇之祸,决策致胜,威权独重。他反对李宗闵、牛僧孺集团,是牛李党争李派领袖。后遭牛派打击,贬崖州(今广东琼山东南)司户至死。有《会昌一品集》。

大孤山赋[1] 并序

余剖符淮甸[2],道出蠡泽[3]。属江天清霁[4],千里无波,点大孤于中流,升旭日于匡阜[5]。不因佐官[6],岂遂斯游?谢康乐尤好山水[7],尝居此地,竟阙词赋[8],其故何哉?彼孤屿乱流[9],非可俦匹[10],因为小赋,以寄友朋。

川渎峨道[11],人心所恶,必有穹石[12],御其横骛[13]。势莫壮于滟滪[14],气莫雄于砥柱[15],惟大孤之角立[16],掩二山而磔竖[17]。高标九派之冲[18]，以捍百川之注[19]，耽若虎视[20]，蚴如龙据[21]。靡摇巨浪[22]，神明之所扶；不倚群山，上玄之所固[23]。必迤逦而何多，信嶷然而有数[24]，念前世之独立，知君子之难遇；如介石者袁杨[25]，制横流者李杜[26]。观其侧秀灵草[27]，旁挺奇树，宁忧梓匠之斤[28]，岂有樵人之路，想江妃之乍游[29]，疑水仙之或驻，嗟瀛洲与方丈[30]，盖仿佛如烟雾。据神鳌而巍峗[31]，逐风涛而沿溯[32]，未若根连坤轴[33]，终古而长存，迹寄夜川，负之而不去，虽愚叟之复生，焉能移其咫步？

【注释】(1)大孤山：在江西省鄱阳湖出口处，横扼湖口，孤峰独耸，因山形似鞋，又名鞋山。这篇赋是作者任淮南节度使途经鄱阳湖见大孤山有感而作，描绘了大孤山的雄奇，赞美了大孤山临激流岿然独立的操守，寄寓了作者的人生体验。 (2)剖符：古代帝王分封诸侯或功臣，把符节剖分为二，双方各执其半，作为信守的约证，叫剖符。此处意为被帝王派往某地做官。淮甸：指自己任职淮南节度使所辖区域。甸，郊外的地方。 (3)蠡泽：即彭蠡，今鄱阳湖。鄱阳湖在江西省北部，南汇赣江、修水、鄱江、信江，北与长江相通，为我国最大的淡水湖。 (4)属：通"瞩"，注视。 (5)匡阜：庐山。 (6)佐官：即辅佐之官。 (7)谢康乐：指南朝宋著名诗人谢灵运，因在晋时曾袭祖荫封康乐公，故名。 (8)阙：同"缺"。 (9)屿：水岛。乱流：横渡。因大孤山正当流中，故云。 (10)俦匹：匹配。 (11)渎：大河。巇(xī)道：艰险难行的道路。(12)穹石：大石。 (13)骜：迅疾。 (14)滟滪：长江瞿塘峡口巨石，附近水流湍急，为三峡著名险滩，今已炸平。 (15)砥柱：砥柱山，是黄河三门峡市段急流中巨石，今已炸平。 (16)角立：特立、出众。 (17)磔(zhé)竖：分立、另立。磔：古代分裂肢体的刑法，此处借其分裂意。 (18)九派：长江此段(湖北、江西)分流多，故云。 (19)捍：抵御。注：流入。 (20)耽：通"眈"，注视。 (21)蚴(yǒu)：即蚴蟉(liú)，屈曲行动的样子。 (22)靡摇：大幅度起伏。靡：倒下；摇：上升。 (23)上玄：指天。 (24)嶷然：特立、超绝。 (25)介石：独特之石。袁杨：东汉时有名的世家大族袁安、杨震。二人均以不避权贵、直言敢谏著称。 (26)李杜：东汉时人李膺、杜密。二人均以敢与宦官斗争闻名。 (27)灵草：灵芝。 (28)梓匠：木工。斤：斧。 (29)江妃：传说中的女神名。 (30)瀛洲、方丈:古代传说中三仙山之二。 (31)神鳌:古神话传,渤海之东有壑,其下无底,中有五山,常随波上下流动,上帝使十五巨鳌举载之,五山才兀峙不动。臲卼(niè wù):动摇不定。(32)沿:顺流。溯:溯流。(33)坤轴:地之中心,犹言地轴。

【今译】我到淮南去任职,途经鄱阳湖。看江清天碧,水天一色,千里如镜,大孤山像一个黑点钉在水流之中,旭日高悬在庐山上空。如果不是因为做这样一个官,又怎么会有这番游览?谢康乐特别喜爱山水,曾经在这里住过,却竟然没有写这里的词赋,这是为什么呢?那孤岛耸立在激流之中,确实没有可以与之匹配的。因此写下这篇小赋,寄给朋友们。

凡江河大川中的艰难险道,为人们所厌恶的,一定有暗礁大石,横挡着迅疾的流水。这类情况中,地势没有比长江中滟滪堆更壮观,气势没有比黄河中砥柱山更雄伟壮丽的了,只有大孤山耸然独特,能压倒两山别树一帜。它高高耸立在众河要冲,抵御百川向大江的冲击。其突兀水上的样子像老虎雄视,弯曲盘踞的形象像潜身深渊的巨龙。不摇于巨浪,为神明所扶持,不依靠群山,为上天所坚固。假如曲折绵延就一定会多,确实特立超绝而有其必然;想到前代那些卓然不群的贤人,便知道君子是很难遇到的。像独立的山石一样的只有袁安和杨震,能力挽狂澜的仅仅是李膺和杜密。看它四面长满茂盛的灵芝,旁边挺立着奇异的树木;无须担忧木工的斧头戕害,不必发愁樵夫来此砍伐。莫非江妃忽然来此游玩,难道水仙在此暂时停留?而瀛洲和方丈这些仙山,仿佛烟雾般可望不可求,虽然有神鳌载着却仍动摇不定,追逐风浪波涛随水进退。哪如将根与地轴连接在一起,可以与天地长存,虽寄身于夜晚的大水之中,也不会被神鳌背走,即使是愚公再生,又怎么能移动半步?

【点评】这是赋中短制,无大赋的铺采摛文,仅仅是缘情而发,情到而止。大孤山居鄱阳湖接长江水道,独秀于数十里空阔水面,与两岸山川风物互为映衬,也算大观。然而千余年来却无人为大孤山写点文字,就连素好山水的谢灵运也无只字片言。这不仅仅是作者一人的疑问,恐怕也会成为世人的疑问。然而细想又觉未必。以山而言,它虽亦雄亦奇,但不如西岸庐山奇峰却是显而易见的;以险而论,它虽独当水道、突兀而立,但此处水面宽阔,水势平缓,"千里无波",不足以构成过往船只的威胁,有惊而无险。自然不能像挡住江河深山峡谷中的急流飞湍的滟滪堆与砥柱山那样让人惊心动魄。如此看来,古人无人写它也实在不足挂齿,算不得冤假错案。但素无谢康乐之好的李德裕,见山而大发感慨,恐怕也不无因由。

"五情发而为辞章,神理之数也"(刘勰《文心雕龙·情采》),反过来说,从辞章中又可捕捉作者的意旨情趣。作者对大孤山感兴趣的莫过于两点:一是"高标九派之冲,以捍百川之注"。迎激流而立,毫不怯惧,这实在是需要一点勇气与气概的,否则便不足于"如介石""制横流"。二是它虽独立无倚,却巍然而立,岿然不动,虽历经大水冲激仍安之若素,实属难能可贵;特别是比起瀛洲、方丈之类虽有神鳌相助,却出没无常、动荡不定的仙山,更属难得。倘无坚定不移的操守,确是不可置信的。三是这两点暗合作者心理情趣,使作者感慨系之,不能自已。

任何艺术品都是艺术家审美个性的物态化。作家的创作,总是根据自己的审美理想、审美趣味和审美个性,对客观事物进行审美评价和审美判断,并把自己的审美判断和审美评价融注在艺术形象中。《大孤山赋》当然不会例外。作者是中唐时牛李党争中李派领袖,政治命运随党争形势起伏,使得他的政治抱负无法实现;另一方面作者又决不愿与牛派同流。因此就在他又一次在党争中失利被迫外任,那大孤山"高标九派之冲,以捍百川之注"的气概,那虽历受冲击却始终岿然不动的操守和信念,就让他倍受感动,"正如我感到活动并不是对着对象而是就在对象里面,我感到欣赏的,也不是对着我的活动,而是就在我的活动里面。"(立普斯《论移情作用·内摹仿和器官感觉》)作者从大孤山中既看出了自己而坚定了信念,也希望这感受可以鼓舞刚遭失败打击的同党,故"为小赋,以寄友朋。"

【集说】《大孤山赋》是一篇意境颇高、文辞挺拔的小赋。……我国古代文学家多赞美那种卓然特立、不为流俗所转移的精神,此赋亦此意。至其以大孤山与瀛洲、方丈对比,而肯定此山的植根实地,则又能从深一层说,未经前人道过。(马积高《赋史》)

(林　霖)

舒元舆

舒元舆(? —835),唐婺州东阳(今浙江东阳市)人。出身贫寒,“自负其才,锐于进取”(《旧唐书·舒元舆传》),元和八年(813)中进士第,调户县尉,有吏名,累迁至御史中丞同平章事,“与李训同知政事”(同上)。参与“甘露之变”而遇难。所作《牡丹赋》,因其工巧精丽获当时好评。后唐文宗赏牡丹,凭栏诵《牡丹赋》,为之泣下。有文集一卷传世。

牡丹赋并序

古人言花者,牡丹未尝与焉[(1)],盖遁于深山,自幽而芳,不为贵者所知。花则何遇焉[(2)]?天后之乡西河也[(3)],有众香精舍[(4)],下有牡丹,其花特异。天后叹上苑之有阙[(5)],因命移植焉。由此京国牡丹[(6)],日月寖盛[(7)]。今则自禁闼洎官署[(8)],外延士庶之家[(9)],弥漫如四渎之流[(10)],不知其止息之地。每暮春之月,遨游之士如狂焉,亦上国繁华之一事也[(11)]。近代文士,为歌诗以咏其形容,未有能赋之者。余独赋之,以极其美。或曰:子常以丈夫功业自许[(12)],今则肆情于一花[13]，无乃犹有儿女之心乎？余应之曰："吾子独不见张荆州之为人乎[14]？斯人信丈夫也！然吾观其文集之首，有《荔枝赋》焉。荔枝，信美矣，然亦不出一果耳，与牡丹何异哉？但问其所赋之旨何如。吾赋牡丹何伤焉？"或者不能对而退。余遂赋以示之。

圆玄瑞精[15]，有星而景[16]，有云而卿[17]。其光下垂，遇物流形[18]，草木得之，发为红英。英之甚红，钟乎牡丹，拔类迈伦[19]，国香欺兰[20]。

我研物情，次第而观。暮春气极[21]，绿苞如珠[22]。清露宵偃[23]，韶光晓驱[24]。动荡支节[25]，如解凝结，百脉融畅，气不可遏，兀然盛怒[26]，如将愤泄，淑色披开[27]，照曜酷烈，美肤腻体，万状皆绝。赤者如日，白者如月，淡者如赭[28]，殷者如血；向者如迎，背者如诀，坼者如语[29]，含者如咽，俯者如愁，仰者如悦，袅者如舞[30]，侧者如跌，亚者如醉[31]，曲者如折，密者如织，疏者如缺，鲜者如濯，惨者如别。初胧胧而上下[32]，次鲜鲜而重叠[33]。锦衾相覆[34]，绣帐连接[35]，晴笼昼薰[36]，宿露宵裛[37]，或灼灼腾秀，或亭亭露奇，或飐然如招[38]，或俨然如思，或带风如吟，或泣露如悲，或垂然如缒，或烂然如披[39]，或迎日拥砌，或照影临池，或山鸡已驯，或威凤将飞[40]。其态万万，胡可立辨？不窥天府，孰得而见？

乍疑孙武，来此教战[41]。其战谓何，摇摇纤柯，玉栏风满[42]，流霞成波[43]，历阶重台，万朵千窠[44]，西子南威，洛神湘娥[45]，或倚或扶，朱颜已酡。角衔红钉[46]，争颦翠娥[47]，灼灼夭夭，逶逶迤迤。汉宫三千，艳列星河，我见其少，孰云其多？弄彩呈妍，压景骈肩[48]。席发银烛，炉升绛烟，洞府真人，会于群仙[49]，晶荧往来，金钉列钱[50]。凝睇相看，曾不晤言，未及行雨，先惊旱莲[51]。公室侯家，列之如麻，咳唾万金[52]，买此繁华，遑恤终日[53]，一言相夸。列幄庭中[54]，步障开霞[55]，曲庑重梁，松篁交加[56]。如贮深闺，似隔窗纱，仿佛息妫[57]，依稀馆娃[58]。我来睹之，如乘仙槎[59]，脉脉不语，迟迟日斜。九衢游人[60]，骏马香车，有酒如渑[61]，万坐笙歌，一醉是竞，孰知其他。我案花品[62]，此花第一，脱落群类[63]，独占春日。其大盈尺，其香满室。叶如翠羽，拥抱比栉[64]，蕊如金屑，妆饰淑质。玫瑰羞死，芍药自失[65]，夭桃敛迹，秾李惭出[66]，踯躅宵溃[67]，木兰潜逸，朱槿灰心[68]，紫薇屈膝，皆让其先，敢怀愤嫉！

焕乎[69]！美乎！后土之产物也，使其花之如此而伟乎！何前代寂寞而不闻，今则昌然而大来[70]？曷草木之命，亦有时而塞，亦有时而开？吾欲问汝，曷为而生哉？汝且不言，徒留玩以徘徊[71]。

【注释】(1)牡丹在唐代被发现，一时便风靡京都。这篇赋文以详尽的笔墨，描绘了牡丹的仪态，盛赞了牡丹的品质，并借牡丹际遇的变化抒发了对人生穷通的感慨，是对唐代牡丹繁盛的讴歌。与：赞许。 (2)何遇：如何遇到赏识。 (3)天后：武则天，她在唐高宗永徽六年(665)被立为皇后，参预朝政，后号称“天后”。西河：武则天家乡所在地并州文水(今山西文水东)在黄河东，这段黄河南北走向，又在中国西部，故古代称为“西河”。 (4)香精舍：僧、道居住或焚香诵经、讲道说法之所。 (5)上苑：专供帝王玩赏、打猎的园林。阙：缺。 (6)京国：洛阳。690年武则天代唐称帝，曾定都洛阳。 (7)寖(qǐn)盛：逐渐兴盛。 (8)禁闼：即宫中。闼：宫中小门。洎(jì)：到。 (9)士庶：士大夫和平民百姓。 (10)四渎：即江(长江)、河(黄河)、淮、济四条独自流入大海的河。渎：大河。 (11)上国：指国都洛阳。 (12)丈夫功业：古指男子建功立业、报效国家。 (13)肆情：纵情。 (14)张荆州：唐玄宗时宰相张九龄，因曾为荆州长史，故后世称其为张荆州。 (15)圆玄：指天。圆：古人以圆为天的代称。玄：天空。瑞精：祥瑞的灵气。精：生成万物的灵气。 (16)景：指明亮的星光。 (17)卿：卿云，即彩云，古人以为是祥瑞之气。 (18)流形：流布成形。指天地间祥云瑞气流动，遇万物而成各种形体。 (19)迈伦：超过同类。伦：类。 (20)国香：国色天香。牡丹之前，古人以兰花为国香。欺：压。 (21)极：尽，此处指春天生气将尽。 (22)绿苞：牡丹花苞。 (23)偃：卧。 (24)韶光：美好的时光，指春光。 (25)支节：指枝叶。 (26)兀然：犹忽然。 (27)淑色：美色。

披开：散开。（28）赭（zhě）：赤褐色。（29）坼（chè）：裂开。（30）袅：摇曳貌。（31）亚：通“压”，低垂。（32）胧胧：黯淡的样子。上下：或高或低。（33）鲜鲜：鲜明的样子。（34）锦衾相复：牡丹开时，惧烈风酷日，故用高幕遮日，以企花之长久。（35）绣帐：作用同“锦衾”。（36）晴笼昼薰：白昼的日光笼罩和照射着牡丹。（37）宿露：隔夜的露水。裛（yì）：通“浥”，润湿。（38）飐（zhǎn）：风吹使之颤动。（39）烂然：光彩鲜丽的样子。（40）威凤：古以为凤有威仪，即端庄的容止，故云。（41）孙武教战：指孙武教练吴王阖闾宫中美女的故事。（42）满风：充满香风。（43）流霞：指牡丹花色鲜丽，被风一吹，如流动的彩霞。（44）窠：通“棵”。（45）西子：西施。南威：南子威。二人皆为春秋时美女。洛神：洛水女神。湘娥：湘水女神。（46）角衔：较量、炫耀。红釭（gāng）：红灯。（47）颦：皱眉。翠蛾：美人之眉，指美女。（48）压景：压倒日光。（49）“洞府”二句：言牡丹盛开如得道真人与神仙聚会。（50）金釭：古代宫殿壁带上装饰的金环。壁带是墙壁中的横木，露出墙外，形状如带。列钱：金环内镶宝石，排列在壁带上像一贯钱。（51）先惊旱莲：言牡丹未得雨水滋润而盛开，其花色娇艳，使旱莲惊讶。旱莲：药草名。（52）咳唾万金：原指文才高雅，出口成章，言谈珍贵。此处指王侯们为买牡丹万金轻掷的盛况。（53）遑恤：终日闲暇照顾牡丹。遑，闲暇。恤，体恤，照顾。（54）列幄：摆列帐篷。（55）步障：屏障，用以遮蔽风尘或视线，此与前“列幄”均系为保护牡丹而设。开霞：指步障色彩华丽如铺开彩霞。（56）重梁：屋梁重叠，此指楼阁。篁：竹。（57）息妫：春秋时息侯的夫人。楚灭息，虏息夫人归；息夫人感亡国之痛，不与楚王通语言。（58）馆娃：西施。吴王得西施，为建馆娃宫，故名。（59）仙槎（chá）：神话中仙游九天的木筏。（60）九衢（qú）：四通八达的道路。（61）渑（miǎn）：指渑池，在今河南渑池县西。（62）案：考察。（63）脱落：犹脱略，不受拘束。（64）比栉（zhì）：即栉比。栉：梳篦的通称。（65）自失：茫然无主的样子。（66）秾（nóng）：花木繁盛的样子。（67）踯躅：即羊踯躅，亦称闹羊花。（68）朱槿：即扶桑花。（69）焕：鲜明、光亮，此处指牡丹花的光彩显赫。（70）昌然：兴盛、繁荣的样子。来：句末语气词，相当今之“咧”。（71）留玩：流连、玩赏。

【今译】古代人谈论花，从未对牡丹加以赞许，是因为它隐避深山，独自幽静的开放，不被显贵者所知。牡丹花又是怎样遇到赏识的呢？武则天皇后的家乡西河，有很多僧、道居住的房屋，那里低洼的地方有牡丹花，不同凡俗。武则天皇后感叹上林苑中缺少它，便命人将牡丹移栽入上林苑。从此京城洛阳的牡丹便一天天兴盛起来。现在从宫中到官府衙门，向外发展到士大夫及百姓家里，处处都广为栽植，多得像长江、黄河、淮河、济水四条大河流向大海的水，不知到何处停止。每到暮春时分，游览、观赏牡丹的人如痴如狂，成为国都洛阳的一大盛事。近年来的文人墨客大都用歌或诗来吟咏牡丹的形象，从没有用赋来写它的，独自我用赋来写它，来穷尽它的美好。或许有人会问：先生常以自己有大丈夫建功立业、报效国家的抱负而自负，今天却纵情于一花，未免有些儿女情长吧？我回答他说：先生难道没有看到张荆州的为人吗？这人真是大丈夫了，但我却在他文集的开头看到了《荔枝赋》。荔枝确实很美了，然而也不过是一种水果罢了，同牡丹有什么不同呢？关键看他赋的意图怎样。我写牡丹又有何不妥呢？他也许无法对答。我于是写了这篇赋给他看。

天上的祥瑞灵气，有星才有星光，有云才有祥云的光芒。祥瑞的星云之光下射，遇万物而成为各种形状。花草树木得到它，便会开出红花；花中最红的颜色，全都是聚集在牡丹上，它远远超越同类，其国色天香更在兰花之上。

我审察物理人情，总是依次察看，不妨也这样考察牡丹。暮春生气将近的时节，牡丹绿色的花苞如珠子刚刚显现，夜晚的清露伴它安卧，清晨的春光催动它生长。从惺忪中振作它舒展枝叶，脉络通畅生气昂昂，忽然间枝叶蓬勃花怒放，真好像有火气要发作一样。美色开放，灿烂夺目，体态娇美容颜鲜艳，千姿百态无不辉煌。红的像太阳，白的像月亮，淡红的带些褐色，殷红的像血一样，正面的像在笑迎来客，背人者却有长别的凄凉，花瓣开裂的像在诉说，花瓣合着的如一副吞咽的吃相，低着头的像在发愁，仰着面的则喜气洋洋，摆动的如在曼舞，侧出的则像要跌倒一样，低垂的似不胜酒力，弯曲的犹如受了损伤，密集的如人工织成，稀疏的似体有残缺，鲜艳的像刚被沐浴，暗淡的如离别不尽的感伤。初见时群花淡淡或高或低，紧接着便鲜润

娇艳重重叠叠。有如锦被相复,恰似绣帐相连,白昼时有日光笼罩,夜晚则有清露沾染。有的鲜亮秀色升腾,有的耸立奇姿呈现,有的颤动像在招手,有的端庄如深思一般,有的摇于春风而轻吟,有的泣露珠而伤感,有的低挂如有物坠,有的璀璨展露花容,有的环绕台阶迎日,有的面对池塘弄影,有的拘谨如驯顺的山鸡,有的端庄似欲飞的凤凰,那姿态多有万千,怎么能立即分辨。不入皇家花苑,如何有缘一见?

猛然又怀疑有孙武,在此处为宫女操练。有那作战的场面,纤纤枝柯摇摇摆摆,玉栏内香风满溢,花翻卷流霞成波,经台阶直上层层高阁。数不尽牡丹花千朵万朵,像西施南威,如洛神湘娥,相倚相扶,一个个醉红了容颜。四角红灯高照,灯光里争奇斗艳。花色鲜亮姿容妩媚,曲曲折折连绵不绝。如汉宫中三千佳丽,似银汉里群星灿灿,只觉其小,不觉其多,各自显示炫目的秀丽,肩并肩叫月光失色。筵席上皎洁的烛光闪烁,香炉中深红色烟雾升腾,恰如洞府真人,前来相会群仙,壁带上金环成串、灯光里绰约往来。注目相看,却不曾对面交谈。虽未得及时雨却嫣然绽开,惊诧了娇矜的旱莲。京城多贵宅,王宫侯府列如麻,万金轻掷,如此繁华,尽日悠闲弄牡丹,众口一词把它夸。遮阳帐篷院内排,挡尘屏幕艳若霞,廊屋曲环楼阁高,松竹掩映浓荫加。如闺房深藏,似隔层窗纱,仿佛忠贞息夫人,绝代佳人似馆娃。我来观赏牡丹,恰似乘仙筏神游洞天,脉脉相对,不知日光西下。九衢大道多游人,骏马香车如水流,酒如不尽渑池水,万坐笙歌抵长空,酩酊拼一醉,无暇顾其他。倘若我来考察花的品位,牡丹应列为第一,众花里唯它潇洒,春阳里占尽风华。花盘一尺余,清香盈满室。花叶如翠鸟之羽,紧密排列如梳齿;花蕊似金屑粉饰,花朵愈显美好。玫瑰见它羞愧,芍药茫然自失,桃花羞愧潜藏,李花不见行迹,闹羊花夜里溃逃,木兰花悄悄地躲起,扶桑失去信心,甘拜下风是紫薇,众花尊它为首,谁敢嫉妒不满?

鲜艳呵,美丽呵!大地生产万物,竟然孕育出这样非凡的珍品!为何从前寂寞不为人知,如今却兴盛以至于此?莫非草木的命运也像人一样穷通塞畅?我要问你,为什么现在能够生存?你一言不发,我只有久久玩赏流连。

【点评】以赋写牡丹,在体例格式上是沿袭,在题材内容上是创新。

写牡丹,作者有充分的自信,他有把握为自己制定一个很高的标准:“以极其美”。作者通过对牡丹的四次敷色达到了这个标准:塑造了一个从外在形态到内在品质,从动态到静态,从天地之间到列幄步障中都是很美的立体形象。

平面的美,只需写出一个角度的准确感觉,譬如现代光学技术之照相;立体的美,则要写出多角度的感觉印象,这就颇像当代高科技产物的电影电视摄制。要用语言文学做到这一点,自然不容易。作者首先描绘出静态的牡丹形象,给人关于牡丹的第一印象。写牡丹静态肖像,无非形色。但作者的手法显示了他的不凡:在时、空中为牡丹着色定位。先写时间流动中的牡丹:暮春时节“绿苞如珠,清露宵偃,韶光晓驱”,以及“淑色披开,照曜酷烈”。流动变化中的牡丹,比较概括,略显抽象;接着腾出笔墨细写空间中形态。先写色:五色缤纷,七彩斑斓;再写形:各具其态,各异其趣。然后又用几乎是重复的手法加固第一次笔墨给人的印象:给我们一个鲜明的牡丹群像。

静态很美,动态如何?描绘牡丹如吴宫美女“闲静如娇花照水,行动似细柳扶风”。其实动态更胜于静态。一阵风来,各种色彩融为一片,灿若流霞;风搅动了香气,入鼻即醉。这风中摇摆的千万朵牡丹,在动中不唯别具情态,还给人争奇斗艳、互不相让的感觉。一个个真如画中仙子,飘然欲下,美目流盼,莺歌宛转,香汗淋漓,娇喘吁吁,可摸可触。这是第二次动态处理。

以上只是牡丹的外在形态之一,是天下古今人眼中牡丹,不是唐人眼中牡丹,故作者用另一副笔墨写了被唐人宠爱的牡丹:在那里,牡丹被“列幄”“步障”“曲庑重梁”保护起来,还有“松篁交加”。这倒有些像宫中美人,虽无天地间的生气、却多了天地间所无的富贵、妩媚、娴静、纤弱。因前已有充分铺排渲染,故此处牡丹写得虚,这正符合牡丹环境,有雾中观花,隔纱望影的妙趣。

牡丹的内在品质,是作者的最后处理。写淑质,不人化拔高,还是从它的自然形态着手。写叶、写蕊、写枝、写态,又从其他花的比较中写出它的不凡品质。这里写淑质与前牡丹的外在形态比,显然要逊色得多,这恐怕与牡丹并无奇特品质可言有关:无玫瑰之长开不衰,无秋菊之凌霜怒放,更无莲花之濯清涟而不妖、出淤泥而不染,它只是以外在的富丽取胜,而外在形态在前已有足够描摹,故从旁渲染虚写。

从序看,作者写牡丹是有顾虑的。有顾虑还要写,可见其对牡丹之美感受极深。作者曾感叹无人赋牡丹,其实不然,就在他的同时代,便有李德裕的《牡丹赋》。李赋明显逊于舒赋,不是功力不如,而在于态度用力不同。李赋是游戏文字,为补文坛空白(李赋序亦云无人赋牡丹);舒元舆却在牡丹中倾注着自己的人生理解和对未来的期望。牡丹在唐代被发现,随之风靡京都,颠倒朝野,不是没有原因的。这就是它富丽大度的形象正吻合唐人丰满繁华的审美理想,它的形态与盛唐之气合拍。作为唐代士大夫,作者不会例外,然而更让作者动心的不是牡丹的外在形态,而是它由边鄙无人赏识的野花,一跃而身价百倍的际遇。作者对此有过思考,并且这思考和他的人生信念一致:一物一人,能否不被埋没而有所作为,不在于出身高低贵贱,而在于自身的才质:是牡丹总会被人厚爱。作者虽出身贫寒,却"自负其才,锐于进取","常以丈夫功业自许",并且从写赋的当时看,作者的才能并未被充分的认识,因此,他从牡丹的际遇看到的是自己的现在与将来,他从牡丹的品质形象看到的是自身的不凡才具,他是充满了激情和对未来的信心在讴歌牡丹。因此,牡丹既是唐人眼中牡丹,又是作者心中牡丹;既是天地间一客体,又是作者感情理念的载体。这样牡丹就既有艳丽之形,又有浓厚的人情味,这就难怪此赋轰动一时,后来还触动得唐文宗感慨流泪了。

【集说】以牡丹初不为人所知,经武则天移于上苑,遂为京国名花,喻人亦须遇时始显,思想并无特出之处。然描写牡丹花怒放之状,颇能淋漓尽致。……善于用一连串的排比句,而重叠地用"如"、用"或"……后面以孙武教战为比,更是妙于想象,很贴切地状出群花成阵之美。又其句式虽整齐,然语言苍劲有力,一气直下,无纤弱之态,与古文家的赋相近。(马积高《赋史》)

(林　霖)

杜牧

杜牧(803—852),字牧之,京兆万年(今陕西西安)人。因家于城南樊川,故世称杜樊川。大和二年(828)进士,又登贤良方正能直言极谏制科,授弘文馆校书郎。作过江西观察使团练巡官和淮南节度使掌书记。历任监察御史、左补阙、膳部、比部及司勋员外郎,黄州、池州、睦州、湖州刺史。官终中书舍人。杜牧好谈兵,有大志,注《孙子兵法》,著《战论》《守论》等,常以韬略自负。又工诗、赋及古文,以诗的成就最高,与李商隐齐名,号"李杜";后人称为"小杜"以别于杜甫。有《樊川文集》二十卷,《外集》《别集》各一卷。

阿房宫赋

六王毕[(1)],四海一。蜀山兀[(2)],阿房出[(3)]。覆压三百余里,隔离天日。骊山北构而西折[(4)],直走咸阳[(5)]。二川溶溶[(6)],流入宫墙。五步一楼,十步一阁;廊腰缦回。檐牙高啄[(7)],各抱地势,钩心斗角。盘盘焉,囷囷焉[(8)],蜂房水涡,矗不知乎几千万落。长桥卧波,未云何龙?复道行空[(9)],不霁何虹[(10)]?高低冥迷,不知西东。

歌台暖响，春光融融；舞殿冷袖，风雨凄凄。一日之内，一宫之间，而气候不齐。

妃嫔媵嫱[11]，王子皇孙，辞楼下殿，辇来于秦[12]。朝歌夜弦，为秦宫人。明星荧荧，开妆镜也；绿云扰扰，梳晓鬟也[13]。渭流涨腻，弃脂水也；烟斜雾横，焚椒兰也[14]。雷霆乍惊，宫车过也；辘辘远听，杳不知其所之也。一肌一容，尽态极妍，缦立远视[15]，而望幸焉[16]。有不得见者，三十六年。燕赵之收藏，韩魏之经营，齐楚之精英，几世几年，剽掠其人，倚叠如山。一旦不能有，输来其间。鼎铛玉石[17]，金块珠砾，弃掷逦迤[18]，秦人视之，亦不甚惜。

嗟乎！一人之心，千万人之心也。秦爱纷奢，人亦念其家。奈何取之尽锱铢[19]，用之如泥沙？使负栋之柱，多于南亩之农夫；架梁之椽，多于机上之工女；钉头磷磷[20]，多于在庾之粟粒[21]，瓦缝参差，多于周身之帛缕；直栏横槛，多于九土之城郭；管弦呕哑[22]，多于市人之言语。使天下之人，不敢言而敢怒。独夫之心，日益骄固。戍卒叫，函谷举[23]，楚人一炬，可怜焦土！

呜呼！灭六国者，六国也，非秦也。族秦者，秦也，非天下也。嗟乎！使六国各爱其人，则足以拒秦；使秦复爱六国之人，则递三世，可至万世而为君，谁得而族灭也？秦人不暇自哀，而后人哀之。后人哀之而不鉴之，亦使后人而复哀后人也！

【注释】(1)六王：秦以外的六国君王。毕：完结。 (2)兀(wù)：山顶平秃，指树木砍光。 (3)阿房(páng)宫：遗址在今陕西西安阿房村。 (4)骊山：在今陕西临潼东南。 (5)咸阳：故城在今陕西咸阳东北。 (6)二川：渭川和樊川。溶溶：水盛的样子。 (7)檐牙：屋檐突出在外，形同牙齿，故云。 (8)盘盘、囷(jūn)囷：屈曲回旋的样子。 (9)复道：楼阁之间架木构建的通道。 (10)霁(jì)：雨后初晴。 (11)妃：皇帝的妾、太子及王侯的妻。嫔(pín)、嫱(qiáng)：皆宫中女官名。媵(yìng)：陪嫁的人，指宫女。 (12)辇：帝王和王后乘坐的车，此处用如动词。 (13)鬟(huán)：古代妇女梳的环形发结。 (14)椒兰：香料。 (15)缦立：久久站立。缦：通慢。(16)幸:皇帝来临。(17)铛(chēng):一种平底浅锅。(18)逦迤(lǐ yǐ):连续不断的样子。(19)锱铢(zī zhū):古代较小的重量单位,用喻轻微。(20)磷(lín)磷:这里形容显露的样子。(21)庾(yǔ):露天的谷仓。(22)呕哑(ōu yā):形容杂乱的乐器声。(23)函谷:关址在今河南灵宝东北。

【今译】六国完毕,天下统一。蜀山砍伐一空,阿房得以建成。覆盖三百余里,遮天蔽日。从骊山向北构筑而后西折,直达咸阳。渭樊二川浩浩荡荡,流入宫墙。五步一楼,十步一阁。走廊如绸带回绕,飞檐像鸟嘴高啄。各因地势制宜,钩连对凑相互配合。盘绕着呀,回旋着呀,像密集的蜂房、激流的水涡,高高矗立,不知有几千万座。骤见长桥卧于水波,——没有云彩哪来的游龙?乍逢复道高架在天空,——不曾雨晴哪来的彩虹?高低冥迷,不辨西东。台上歌声温柔,一派春光融融;舞殿冷袖翻飞,一阵风雨凄凄。一日之内,一宫之间,而气候不同。

六国的妃嫔媵嫱,王子皇孙,离开了故国的楼阁宫殿,乘车来到秦国。早上唱歌,晚上弹琴,成了秦国的宫人。明星荧荧,是她们打开了妆镜;绿云扰扰,是她们早晨在梳理发鬟;渭水泛起一层油腻,是她们泼下的洗脸水;烟雾弥漫,是她们在焚烧椒兰。雷霆突然惊动,是宫车在经过;车轮声远去,杳杳然不知它去向何方。卖弄姿容,尽态极妍。伫立遥望,盼望皇帝的幸临。有人未睹天颜,长达三十六年。燕赵收藏的奇珍,韩魏经营的宝物,齐楚保存的重器,多少代多少年,掠夺自民间,堆积如山。一旦国破家亡,都给运到此间。视鼎如铛,视玉如石,挥金如土,以珠作砾,四处抛掷,秦人见了,也不怎样爱惜。

哎呀!一个人的心,也就是千万人的心。秦人喜欢奢侈,六国人也眷念故家。为什么掠夺时一丁点儿也不放过,用起来却当成泥沙?使负荷大梁的柱子,比地里耕田的农夫还多;架在屋梁上的椽子,比机杼旁的织女还多;显眼的钉头,比粮仓里的谷粒还多;参差的瓦缝,比人们身上穿的丝缕还多;直的栏杆横的门槛,比九州的城郭还多;呕哑的管弦声,比市上人们的语声还要嘈杂。使天下的人,敢怒而不敢言。而独夫的心,日益骄傲而顽固。陈胜、吴广振臂一呼,刘邦一举攻占函谷;楚人项羽放了一把火,可怜阿房宫成了焦土。

哎呀!灭掉六国的,正是六国,而不是秦国。族灭秦国的,正是秦国,而不是天下的人。哎呀！假使六国君主各自爱护他们自己的人民，就足以抵抗秦国的入侵。假使秦国也能爱护六国的人民，就可以传位三世，乃至万世而为君，谁又能族灭它呢？秦人无暇自哀，而使后人哀怜之；后人哀怜之而又不引以为借鉴的话，那就会使他们的后人又来哀怜他们啊！

【点评】“历览前贤国与家，成由勤俭破由奢”（李商隐《咏史》），这也是《阿房宫赋》的题旨所在。赋中极力形容阿房宫的华丽宏伟，为的是突出它的毁灭的悲哀和遗憾。作者运用丰富的想象，以铺叙、夸张的手法，富于抑扬顿挫的音乐节奏，展开描写。而更惊心动魄的是在这些描写后突如其来的简短的结束：“戍卒叫，函谷举，楚人一炬，可怜焦土！”深刻的结论：“灭六国者，六国也，非秦也。族秦者，秦也，非天下也。”和警策的告诫：“秦人不暇自哀，而后人哀之。后人哀之而不鉴之，亦使后人而复哀后人也。”赋的精彩亦在此数语。

【集说】宝历大起宫室，广声色，故作《阿房宫赋》。（杜牧《上知己文章启》）

杜牧之《阿房宫赋》曰：“明星荧荧，开妆镜也；绿云扰扰，梳晓鬟也。渭流涨腻，弃脂水也；烟斜雾横，焚椒兰也。雷霆乍惊，宫车过也；辘辘远听，杳不知其所之也。”杨敬之《华山赋》曰：“见若咫尺，田千亩矣；见若环堵，城千雉矣。见若杯水，池百里矣；见若蚁垤，台九层矣。醯鸡往来，周东西矣；蠛蠓纷纷，秦速亡矣。蜂窠联联，起阿房矣；俄而复然，立建章矣。小星奕奕，焚咸阳矣；累累茧栗，祖龙藏矣。”二文同一机杼也。或者读《阿房宫赋》，至“歌台暖响，春光融融；舞殿冷袖，风雨凄凄。（一日之内），一宫之间，而气候不齐。”击节叹赏，以谓善形容广大如此。仆谓牧之此意，盖体魏卞兰《许昌宫赋》曰：“其阴则望舒凉室，羲和温房。隆冬御絺，盛夏重裘。一宇之深邃，致寒暑于阴阳。”非出于此乎？（王楙《野客丛书》）

王勉夫谓：“……杜、杨二文，同一机杼（详上引）。洪容斋谓，敬之赋内数语，杜佑、李德裕常所诵念，牧之乃佑孙，则《阿房宫赋》实模仿杨作也。《江行杂录》云，牧之《阿房宫赋》：‘六王毕，四海一。蜀山兀，阿房出。’陆傪《长城赋》：‘千城绝，长城列。秦民竭，秦君灭”，辈行在牧之前，则《阿房》又祖《长城》句法矣。（吴景旭《历代诗话》）

《阿房宫赋》只是篇末说秦及六国处佳。若丁头粟粒等语,俳优不如。(陈长方《步里客谈》)

(周啸天)

晚晴赋并序

秋日晚晴,樊川子目于郊园[1],见大者小者,有状类者[2],故书赋云:

雨晴秋容新沐兮[3],忻绕园而细履[4]。面平池之清空兮,紫阁青横[5],远来照水。如高堂之上[6],见罗幕兮[7],垂乎镜里。木势党伍兮[8],行者如迎[9],偃者如醉[10],高者如达[11],低者如跂[12]。松数十株,切切交风[13],如冠剑大臣,国有急难,庭立而议。竹林外裹兮,十万丈夫,甲刃摐摐[14],密阵而环侍[15]。岂负军令之不敢嚣兮[16],何意气之严毅[17]!

复引舟于深湾,忽八九之红芰[18],姹然如妇[19],敛然如女[20],堕蕊黦颜[21],似见放弃[22]。白鹭潜来兮,邈风标之公子[23],窥此美人兮,如慕悦其容媚[24]。杂花参差于岸侧兮,绛绿黄紫,格顽色贱兮[25],或妾或婢[26]。间草甚多[27],丛者束兮[28],靡者杳兮[29],仰风猎日[30],如立如笑兮,千千万万之状容兮,不可得而状也[31]。若予者则为何如[32]?倒冠落佩兮,与世阔疏[33]。敖敖休休兮[34],真徇其愚而隐居者乎[35]!

【注释】(1)樊川子:杜牧自称。杜牧祖父的别墅在樊川(今陕西长安南),故称。目:看,观赏。 (2)状类:形状类似。 (3)新:刚。沐:洗。 (4)忻:通“欣”,心喜。细履:仔细游观。履:踩踏,指游玩观赏。 (5)紫阁:即紫阁峰,在陕西户县东。青横:指青山。 (6)如:往。 (7)罗幕:帷幕。 (8)党伍:古代民户编制,五家为伍,五百家为党。这里比喻树木一丛丛、一排排的样子。 (9)行者:指成行的树木。 (10)偃者:横倒的树木。 (11)达:得志,显贵。（12）跂（qí）：抬起脚。（13）切切：形容声音轻微。交风：交接于秋风之中。（14）扨扨（chuāng）：敲击。（15）环侍：护卫于四周。（16）负：担负。嚣：喧哗。（17）何：多么。严毅：威严刚毅。（18）芰（jì）：指荷花。（19）姹然：艳丽的样子。（20）敛然：羞涩的样子。（21）蕊：花。黦（yuè）：污染。（22）见：被。（23）邈（miǎo）：远。风标：仪态风度。（24）容媚：美好的姿容。（25）格顽：风格愚鲁。（26）或：有的。（27）间草：夹杂的野草。（28）束：捆，绑。（29）靡：倒状。杳（yǎo）：远得没有尽头。（30）仰风猎日：迎着长风，傲向秋日。（31）状：描述。（32）予：我。（33）阔疏：疏远。（34）敖敖：从容游玩的样子。休休：安闲的样子。（35）徇：顺从，追随。愚：古之大愚，即大智，才智很高的人。

【今译】秋日落雨，傍晚放晴，樊川子漫游郊园，见大小景物，形状大有可类比者，因作赋云：

秋雨放晴，秋容新洗，欣然绕园而漫步游历。看面前那平静的池水映照着清湛的天空，紫阁峰横翠耸绿，也远远地赶来在水中留下倩影。登上那高高的平台，只见岸边的景物如同一道帷幕，垂挂在明镜一般的水中。树木一丛丛，一排排，成行的如同列队迎客，卧倒的犹如酣然醉酒，高大的如同高官得坐，低矮的好像要踮起脚跟。松树几十棵，繁茂的枝叶萧萧于微风之中，有如加冠佩剑的王公大臣；国难当头，凛然争议于朝廷。竹林四外围裹，有如十万男儿，铠甲兵刃相撞击，摆成密密麻麻的阵势而环卫四周。莫非是身负军令而不敢喧哗吗？意气是多么雄壮森严！

又荡着小舟来到深湾，忽见八九支出水红荷，艳丽如少妇，含羞若少女，花瓣下垂，水珠斑斑，如同被休弃的女子一般。白鹭悄悄地飞来，远远望去恰如风度翩翩的白衣公子，正在暗中窥视这红粉佳人，像是欣赏、爱慕她的秀姿一样。岸边的杂花参差不齐，红绿黄紫，色调各一，姿态愚钝，颜色不佳，有的像侍妾，有的如婢女。花中野草很多，丛聚的就像被捆在一起，倒伏的又遥远得没有尽头，傲然昂着于微风秋日之中，如挺立，如笑语，千千万万种形状啊，无法一一描述。像我又是什么样子呢？帽子倒戴，珮玉下落，一派与世不合的模样，逍遥闲适地漫步游玩啊，真像一位追踪那大智若愚者的隐居人了！

【点评】赋前小序开门见山地点出“秋日晚晴”。赋文开首二句从宏观入手，挥毫泼墨。“秋容新沐”，秋雨晚晴，夕阳西照，万象披金。首句给全文涂上了一层鲜亮明快的色彩。无怪乎作者要“忻绕园而细履”了。作者浏览的步履即行文线索，秋景依次呈现，或静谧，或凛然，或严毅，或妩媚，风格殊异却层次井然。

写晚晴秋景，先写水色。“平池”“清空”“高堂”“罗幕”，重在展现其清幽宁静、闲适怡人之情致。笔力平稳，情意淡雅。继写林木，总提以“木势党伍”，分述以松树竹林。写松树，重在突出其临风直立、伟岸凛然之神威；写竹林，意在渲染其层层叠叠、森严雄壮之气势。由“木势”而转入竹林，犹异峰突起于深谷，看似“庭立”“环侍”，风波不兴之静态，却传出万马奔腾、号角连营之动韵。笔力雄健，情调激昂。既而“引舟深湾”，红荷出水，白鹭潜窥，恰似才子佳人，如怨如慕。复以杂花野草的万千姿态相陪衬，烘云托月而云月分明。笔力轻柔，其妩媚温馨之趣与松竹顿呈鲜明对比。继以“千千万万之状容兮，不可得而状也”一语，兜揽上文，使上文景物皆置于雄浑壮观的背景之下，顿生出言有尽而意无穷之效。末尾五句，由物及人，由客及主。对此怡人之美景佳境，王孙岂可不留？樊川子“倒冠落佩”，“敖敖休休”，流连忘返，如醉如痴，不觉之中又成晚晴之一佳景。至此，物亦人，人亦景，情景交融，主客浑然一体。通篇之景物描写皆因此而得以升华。

通篇以设喻为法，妙喻联珠，出神入化。凡树花竹草，物态纷呈。“忻”字实为全篇之眼，以忻然绕园而始，以流连忘返而终，看似无情观景，实则情贯始终。且笔笔生花，步步摇曳，水色、木势、杂花、野草，似乎不加选择而一一拈来，却写得情致婉曲而姿态万千。其高低、刚柔、红白、贵贱，错落辉映，情趣盎然。读其文如临其境，目不暇接，神摇心动，岂独樊川子可留乎！读者亦欲徜徉其中。

【集说】《晚晴赋》在表现方法上，尤为新鲜别致。……用比喻的手法描写事物，本为赋中所常见，故刘勰《文心雕龙·比兴》中谈到汉以后的赋有“比体云构”的说法。但像此赋这样通体用比喻，且什九是以人喻物，这是杜牧的一种创造。（马积高《赋史》）

（李　娓）

李商隐(813—858),字义山,号玉谿生,又号樊南生,怀州河内(今河南沁阳)人。早年曾受令狐楚的赏识与栽培,进士及第后入王茂元幕府并娶其女,从此无端地被牵扯入牛李党争的旋涡,政治上受到排挤,困顿失意终生。他和杜牧齐名,同是晚唐诗坛独树一帜的作家。有《李义山诗集》和《樊南文集》。

蝎 赋

夜风索索(1),缘隙凭壁。弗声弗鸣,潜此毒螫(2)。厥虎不翅,厥牛不齿(3),尔兮何功,既角而尾(4)。

【注释】(1)索索:风声。 (2)毒螫(shì):指蝎子。螫,毒害。 (3)厥:其,那些。 (4)角:蝎口部两侧有一对螯前出头部,状若双角,故云。

【今译】沉沉黑夜风声淅淅,顺着缝隙贴着墙壁。没有响动也不鸣叫,藏着这个害人东西。那些老虎不长翅膀,那些耕牛牙不尖利,你呀究竟有何功德，既生双角又长毒尾。

【**点评**】这是首假物以行讥刺的小赋。所刺者是为暗中害人的阴毒之辈。前四句通过描写蝎子的生活习性揭露其害人的手段：在夜色的掩蔽下，潜行于缝隙中，不动声色，伺机螫人，使人防不胜防。这和那些阴险毒辣的小人同其伎俩。后四句是对蝎子的愤怒斥责。“予之齿者去其角，傅其翼者两其足”，天意向来如此安排。蝎子既生二螯，又长毒尾，恃两法以伤人，可见天亦有其偏私。斥责蝎子并及于天，从而扩大和深化了作品的意义。质之李商隐平生遭际，此赋应该是有感而发。

【**集说**】这首赋借蝎子来讥刺阴毒的小人，“夜风”指在暗中活动，从缝隙中出来，它又是没有声音，使人无法防备，暗中用毒钩螫人。它既用两钳夹人，又用毒钩螫人，有了双重的毒害。最后用了问天的写法，天对于生物，像虎有利齿，就不给它翅膀，像牛有角，就不给它利齿，蝎子为什么既有两钳，又有毒钩呢？这两钳和毒钩是天生的，所以问蝎子有何功而得此，实际是问天。小人能够暗中害人，一定取得在上者的信任，赋予它害人的权力，所以提出这样的疑问。（周振甫《李商隐选集》）

（傅毓民）

皮日休

皮日休（约834—883），字逸少，后改袭美，自号鹿门子、醉吟先生，襄阳（今湖北襄樊市）人。唐懿宗咸通八年（867）进士，历著作郎、太常博士、毗陵副使。黄巢义军入长安，署为翰林学士，黄巢破，不知所终。有《皮子文薮》。

桃花赋并序

余尝慕宋广平之为相[1]，贞姿劲质，刚态毅状，疑其铁肠石心，不解吐婉媚辞。然睹其文，而有《梅花赋》，清便富艳，得南朝徐庾体[2]，殊不类其为人也。后苏相公味道得而称之[3]，广平之名遂振。呜呼！夫广平之才，未为是赋，则苏公果暇知其人哉？将广平困于穷、厄于踬，然强为是文邪？日休于文尚矣，状花卉，体风物，非有所讽，辄抑而不发。因感广平之所作，复为《桃花赋》。其辞曰：

伊祁氏之作春也[4]，有艳外之艳，华中之华，众木不得，融为桃花。厥花伊何？其美实多。台隶众芳[5]，缘饰阳和。开破嫩萼，压低柔柯。其色则不淡不深，若素练轻茜[6]、玉颜半酡[7]。若夫美景妍时，春含晓滋，密如不干，繁若无枝。娃娃婉婉[8]，夭夭怡怡[9]。或俯者若想，或闲者如痴。或向者若步，或倚者如疲。或温摩而可薰，或矮婧而莫持[10]。或幽柔而旁午[11]，或擒冶而倒披[12]。或翘矣如望，或凝然若思。或奕偞而作态[13]，或窈窕而骋姿。日将明兮似喜，天将惨兮若悲。近榆钱兮妆翠靥，映杨柳兮颦愁眉。轻红拖裳，动则袅香。宛若郑袖[14]，初见吴王。夜景皎洁，哄然秀发；又若嫦娥[15]，欲奔明月。蝶散蜂寂，当闺脉脉；又若妲己[16]，未闻裂帛。或开故楚，艳艳春曙；又若息妫[17]，含情不语。或临金塘，或交绮井；又若西子[18]，浣纱见影。玉露厌浥，妖红坠湿；又若骊姬[19]，将谮而泣。或在水滨，或临江浦；又若神女[20]，见郑交甫。或临广筵，或当高会；又若韩娥[21]，将歌敛态。微动轻风，婆娑暖红；又若飞燕[22]，舞于掌中。半沾斜吹，或动或止；又若文姬[23]，将赋而思。丰茸旖旎，互交递倚；又若丽华[24]，侍宴初醉。狂风猛雨，一阵红去；又若褒姒[25]，初随戎虏。满地春色，阶前砌侧；又若戚姬[26]，死于鞠域。

花品之中，此花最异；以众为繁，以多见鄙。自是物情，非关春意。若氏族之斥素流，品秩之卑寒士。他目则目，他耳则耳[27]。或以昵而称珍，或以疏而见贵；或有实而华乖，或有华而实悴。其花可以畅君之心目，其实可以充君之口腹。匪乎兹花，他则碌碌。我将修花品，以此花为第一，惧俗情之横议。我曰不然，为之则已。我目吾目，我耳吾耳。妍蚩决于心，取舍断于志。岂于草木之品独然，信为国兮如此。

【注释】(1)宋广平：即宋璟。邢州南和（今河北省邢台）人。宋璟为开元名相之一，人品贞正端庄，唐史称“风度凝远，人莫涯其量”。开元初，封为广平郡公，人称“宋广平”。　(2)徐庾体：南朝梁陈时代，由庾肩吾、庾信、徐

摘、徐陵领导开创的绮艳文体。 (3)苏味道:赵州栾城(今河北省保定)人,武则天延载、圣历年间,两度为相。 (4)伊祁氏:主春之神。 (5)台隶:我国上古奴隶社会,把人分为九等,"台"和"隶"都是最低等的人。文中"台隶"用作动词,就是轻蔑之意。 (6)素练轻茜:茜(qiàn),茜草。素练轻茜,白色的丝绢上染上轻浅的(像茜草一样的)淡红色。 (7)玉颜半酡:娇艳的面颜上添上了些酒晕。酡(tuó),酒晕。 (8)妦(fēng)妦:美好貌。 (9)夭夭怡怡:娴雅貌。 (10)婑媠(wǒ duò):轻柔貌。 (11)旁午:纵横交错。 (12)撦(chě)冶:颠倒离披。 (13)奕偞(yè):轻飏之貌。 (14)郑袖:春秋时代越国美女。 (15)嫦娥:神话人物,亦名姮娥。传说嫦娥为后羿之妻,后羿从西王母处得不死之药,嫦娥偷食之后,遂奔月宫而去。(16)妲己:商纣王的宠妃。传说妲己喜欢听撕裂缯帛的声音。下句中的"未闻裂帛"是借以形容桃花的凝重形态。 (17)息妫:春秋时代息国国君息侯的夫人,姓妫(guī),称息妫,或称息夫人。 (18)西子:即西施,春秋时代越国人。相传西施家住越国诸暨苧罗村西,鬻薪浣纱之女。 (19)骊姬:春秋时代晋献公夫人,生太子奚齐。骊姬欲立奚齐,遂于献公前涕泣而谮诬其他诸公子,并把他们逐出晋国。 (20)神女:此指汉川神女。相传周人郑交甫要去楚国,行至汉川,遇汉江二神女。神女解所佩珠赠交甫,交甫接受赠珠后行数十步,回头不见二神女,而所赠之珠,也不知所在。 (21)韩娥:上古时代的一个善歌女子。有一次,她到齐国去,走到雍门,卖歌求食。离开雍门,人们还似乎能听到她的歌声。余音绕梁,三日不绝。 (22)飞燕:汉成帝的夫人赵飞燕。赵飞燕善歌舞,因体轻,故号曰"飞燕"。 (23)文姬:东汉大儒蔡邕的女儿,名琰,字文姬,有才艺,知音律。其所作五言《悲愤诗》,备言流落匈奴之苦,深挚而有思致。 (24)丽华:陈后主妃张丽华,容色端丽,常靓妆侍宴,恩幸无比。 (25)褒姒:周幽王后妃。相传褒姒不笑,幽王百计取悦于她,但褒姒终不破颜。后来幽王举烽火征调诸侯,诸侯至,而不见有寇,皆怏怏,褒姒乃大笑。其后幽王再举烽火,诸侯不至,而褒姒被戎狄俘虏而去。 (26)戚姬:汉高祖宠姬,亦称戚夫人。戚姬得幸于高帝,吕后妒忌,毁了戚姬肢体,把戚姬叫作"人彘",关在猪圈里活活害死。 (27)他目则目,他耳则耳:把别人的眼目当作自己的眼目,把别人的耳朵当作自己的耳朵。意思是说,跟随人家,自己没有主见。下文的"我目吾目,我耳吾耳”，与此相反。

【今译】我一向钦慕宋璟在担任宰相期间所表现出来的那种贞正劲直、刚强勇敢的品性，认为他既有一副铁石心肠，就应当不善于做婉柔妩媚的文章。然而他的《梅花赋》却写得很清艳，纯然是南朝徐庾父子的体制，实在跟他的人品联系不起来。后来恰巧苏相公味道称扬了他，这才使他的文名远扬。宋公当然是个高才，但如果他没有作《梅花赋》，那苏相公也就无由知有宋璟其人了。真实的情况也许是：当时宋公的仕途并不通达而屡遭颠踬，然后勉励屈志写成此篇的吧！我呢，于文章一途，绝不苟且，大凡花卉风物之作，如果不是有所讽喻，则绝不妄发。因为受到宋公《梅花赋》的启示，写下了这篇《桃花赋》。

春神的创造多么神奇！安排了艳色之外的艳色，美丽之中的美丽。众花都只是凡木俗种，唯独桃花花品不卑。那桃花有什么好处？桃花的好处实在太多。它是群芳的领袖，恣意把春天打扮得快乐。它那花团锦簇的嫩蕊，压低了柔枝细干。花色不淡不深，像白绢染上一层淡红，像妙龄的少女的红颜酒晕。如果到了阳春二月，日丽景鲜，桃花的容色又因地而宜，随时而迁。面对它多种多样的姿致，你不妨精思妙绪、浮想联翩。你看它静静地低垂，似乎在凝神静思。你看它凭借依倚，又似乎无力自持。挨近你的，好像要跟你步履相随；远着你的，也把花的清香远远传递。太阳升起的时候，它好像十分欢喜；日色惨淡的时候，它好像悲不自抑。几片榆钱，好像给它妆上了翠靥；近旁的柳叶，又似乎是她的蛾眉。拖着淡红衣裙，摇曳生香，好像郑袖，被吴王接见。如果是月朗风清，夜色皎洁，你因桃花的秀发，会想到嫦娥奔月。如果桃花当闺生长，脉脉含情，你会想到纣妃怎样地伫听裂帛。又或是它生长在南方荆楚，你会想到息夫人含情不语。又或是它旁临着金塘玉井，你会想到若耶溪中西施的面影。如果是秋气已深，露滴花重，你会想到骊姬矫情，将谮泪迸流。或悠然于水滨，或秀发于江浦。又像汉川神女，见到郑交甫那样多情。桃花倘若被放到盛宴大会，又像古代歌女韩娥。其将歌未歌动容收态楚楚动人；轻拂微风，粉红温馨的花朵婆娑摇曳，又像汉代的美女赵飞燕，曼舞掌中。半湿斜摆，忽动忽止；又像才女蔡文姬，作赋构思。繁花缤纷，相交相倚；又若陈后主宠姬

张丽华，蒙恩侍宴微醺醉。狂风猛雨一阵吹，乱红零落都飞去；又像那幽王宠妃褒姒，被戎狄掳掠而去。落花满地，阶前墙侧任人践踏，又像那可怜的汉高祖爱姬戚夫人，惨死猪圈百般凄楚。

花品之中，桃花应为第一。为什么独见菲薄，屡被贬抑？这都是人情的缺陷，并非造物者的原意。就好像庶姓素流之被摒退，清寒士子之被排挤，尽都是以别人的眼睛作为自己的眼睛、以别人的耳朵作为自己的耳朵，何尝辨什么能否，分什么贤愚。有的因亲近而称美，有的因疏远而见贵；有的有果而无花，有的有花而果小。桃花则可以畅悦人的心目，桃子是可食的美果。丰美啊桃花，其余的花则庸碌一般。我如今重订花品，不怕世俗的讥议。倒不是真的要写一册《品花宝鉴》，实实在在的用意是：要提醒那些为官理民之人，再不要有耳无目。

【点评】赋原来就是诗之一体。其后诗赋各立门户，独自成体。诗偏重写诗人的主观感情，赋则偏重写外界事物的体验。所谓“诗缘情而绮靡，赋体物而浏亮”（陆机《文赋》），正是诗赋的畛域。花卉禽鸟之赋，或描绘花木的色香，或铺张禽鸟的毛羽，这是体物的基本要求。然而在这些描绘铺张之外，花卉禽鸟之赋，也还必备某些比兴意义，绝非单纯描绘铺张客观物体。自屈原《橘颂》、贾谊《鹏鸟》以下，无不如此。本篇《桃花赋》，序中明言：“日休于文尚矣，状花卉，体风物，非有所讽，辄抑而不发”，深得辞赋的旨义。作者要讽刺的是什么？“若氏族之斥素流，品秩之卑寒士”，“或以昵而称珍，或以疏而见贵；或有实而华乖，或有华而实悴。”原来晚唐社会的那种贤愚不辨，是非颠倒的恶浊政风，正是作者讽刺矛头之所向。这种意旨，全假桃花之见弃于世俗发之，故作品的前幅，极力描写桃花花品之高雅，然后融合正义以作结，所谓“情以物兴，义必明雅”（《文心雕龙·诠赋》）。至于文内自“轻红拖裳”换韵以下，历举郑袖等十三事以铺写桃花，虽嫌繁复，但亦是赋体的本色。

咏桃赋桃的作品，以《诗经·周南·桃夭》三章为最早，也应以《桃夭》为极则。无名诗人的“桃之夭夭，灼灼其华”。虽只有两句，然后来诗人赋家所骋辞以作的长篇，似乎无能出其右者。这也是我们观古以鉴今，观今以知古的人所当留心的吧！

【**集说**】昔宋广平璟之沉下僚也，苏公味道时为绣衣直指使者。广平投以《梅花赋》，苏盛称之，自是方列于闻人之目，名遂振。呜呼！以广平之才，未为是赋，则苏公果暇知其人耶？将广平困于穷，厄于踬，然后为是文耶？是知英贤卓荦，可外文字，然犹因片言借说于先达之口，席其势而后骧首当时，矧碌碌者畴能自异！（刘禹锡语，见计有功《唐诗纪事》）

他（皮日休）一共写了四篇赋。《河桥赋》外，《霍山赋》《忧赋》《桃花赋》都是及第前写的，及第后，他便专意写诗了。自序说："编次其文，复将贡于有司。"可见就是行卷、温卷一类东西。……他的创作动机，正如他在自序中说的，是要"上剥远非，下补近失"。……尽管是一种行卷，但作者仍能相当全面而深刻地反映了那个即将到来的农民大起义前夕的社会现实。（萧涤非《皮子文薮·前言》）

（韩小默）

陆龟蒙

陆龟蒙(？—约881),字鲁望,吴郡(今江苏省苏州市)人。举进士,不得第,遂隐居松江之甫里,自号甫里先生、江湖散人。工诗能文,其小品杂文多愤世嫉俗之作,被鲁迅誉为"一塌糊涂的泥潭里的光彩和锋芒"(《南腔北调集·小品文的危机》)。有《笠泽丛书》《甫里集》传世。

蚕　赋并序

荀卿子有《蚕赋》[(1)],杨泉亦为之[(2)],皆言蚕有功于世,不斥其祸于民也。余激而赋之,极言其不可,能无意乎?诗人《硕鼠》之刺[(3)],于是乎在。

古民之衣,或羽或皮。无得无丧,其游熙熙[(4)]。艺麻缉纑,官初喜窥。十夺四五,民心乃离。逮蚕之生,茧厚丝美。机杼经纬,龙鸾葩卉。官涎益馋,尽取后已。呜呼!既豢而烹[(5)],蚕实病此。伐桑灭蚕,民不冻死。

【注释】(1)荀卿子:即荀况,战国赵人,当时推尊称“卿”,汉人或称“孙卿”,先秦诸子百家的重要一家,有《荀子》一书。 (2)杨泉:字德渊,晋梁国(今河南开封市)人,有文集,不传。其所作《蚕赋》亦不可得见。 (3)《硕鼠》:《诗经·魏风》篇名。控诉统治者对百姓的残酷剥削。 (4)熙熙:和乐貌。 (5)既豢而烹:是说蚕被人们饲养,最后被烹煮而抽丝。豢(huàn):饲养。

【今译】战国荀况作有《蚕赋》,晋人杨泉也作有《蚕赋》,他们都说蚕虫对社会有很大贡献,而没有指斥它实际上是嫁祸于民。我怀着极大的激切情绪写下这篇新的《蚕赋》,既痛切地陈述蚕虫的不可乱用,哪能没有一些隐喻之意?《硕鼠》讽刺了统治阶级的横征暴敛,我的新作也多少是这种意思。

先民的衣饰,不是飞禽的绒羽,就是走兽的皮毛。他们从来不患得患失,却往来亲密、喜气洋洋。后来种麻织布,本来是生计的需要,谁知道,官府人却另有心肠。一年的收成,十夺四五,如此刻薄,哪能怪民心的离散。再后植桑养蚕,茧儿肥厚,抽出的丝洁白精美。机杼声声,理经布纬,织出了龙图凤章。贪馋的官府哪有个满足?把民众的丝绢抢了个精光。蚕虫呀蚕虫,别以为受到殷勤的饲养,到头来免不了身落滚汤。看来不是天做的孽障,倒因为是你自己自找的祸殃。我的意愿:砍伐桑树,饿死蚕虫,让百姓回到温饱之乡。

【点评】赋序引荀况、杨泉旧作而反之,更声言“余激而赋之”,峻嶒之相,芒刺之意,已露端倪。“激而赋之”是全篇的关键。

唐代的丝织业非常兴盛,丝织品种多种多样。观白居易《缭绫》诗,可知其大概。东南吴越一带,正是丝蚕之乡。作者陆龟蒙家在吴郡,以乡民丝蚕之苦拈题作赋,激切言之,这就不足为怪了。

撇开一般体物赋摹写对象的性状生理的惯常写法,采取咏史咏事的方式,推翻旧案,达到议论抒情的效果,是这篇不足百字的小赋的最大特点。从上古初民的服皮佩韦,到中世的衣麻衣褐,再到近世的绮罗被体。生产方式的不断更新,衣饰文明的不断进步,伴随而来的,是人民痛苦的不断加深。

这是不合理的剥削制度造成的。作者以所谓"官初喜窥"，所谓"官涎益馋"，无情地鞭笞了剥削阶级的贪毒丑态。"呜呼"以下换韵作结，直呼"伐桑灭蚕，民不冻死"。激切之意，达到了高度的饱和，高度的凝结，真有千钧九鼎之力。这两句结语是一个背反推理。上古的先哲不是说过么？"一夫不耕，天下或受其饥矣；一女不织，天下或受其寒矣。"现在却说，要"伐桑灭蚕"，然后"民不冻死"，这不是一个背反的推理么？但是，须知这是"激而言之"。言愈激，刺愈深；理愈直，意愈切。拿了这两句话让那些"遍身罗绮者，不是养蚕人"的达官贵人去读，不怕他们不心惊肉颤。

整篇赋文，用四言结撰。仍是汉初韦孟《讽谏诗》的气味，是古赋的本色。扬雄说过："诗人之赋丽以则，辞人之赋丽以淫。"像扬雄那样的辞赋家，写得"丽则"就很不错了。如果不丽，而又能典则，岂非上乘而又上乘的作品！

【集说】大风吹海，海波沦涟，涵为子文，无隅无边。长松倚雪，枯枝半折，挺为子文，直上巅绝。风下霜晴，寒钟自声，发为子文，铿锵杳清。武陵深阒，川长昼白，间为子文，渺茫岑寂。豕突禽狂，其来莫当。云沉鸟没，其去倏忽。腻若凝脂，软于无骨。霏漠漠，澹涓涓。春融冶，秋鲜妍。触即碎，潭下月。拭不灭，玉上烟。（吴融《奠陆龟蒙文》，《全唐文》卷八二〇）

唐人中作赋者，杜少陵直接张平子，陆鲁望追步庾子山。《三大礼赋》高古奇横，三唐无与抗手。鲁望刻意生新，芊眠蒨丽，句调之奇变，音韵之妍靡，评书家所云"行间茂密"，实亦难过者。移以品题，殆非溢美之词也。（李调元《赋话》）

（韩小默）

罗隐

罗隐(833—909),原名横,字昭谏,余杭(今浙江余杭)人。一作新登(今浙江桐庐)人。曾十举进士不第,于是改名隐。少年即以诗著名,尤长于咏史。由于恃才傲物,多所讥讽,为公卿所恶。后避乱归乡里,任钱塘令。晚年依附吴越王钱镠,官至谏议大夫。其诗与小品文在晚唐别树一帜,多愤世嫉俗之词。有《谗书》《罗昭谏集》。

秋虫赋并序

秋虫蜘蛛也,致身网罗间[(1)]。实腹亦网罗间。愚感其理有得丧,因以言赋之曰:

物之小兮,迎网而毙;物之大兮,兼网而逝。网也者,绳其小而不绳其大。吾不知尔身之危兮,腹之馁兮[(2)]?吁!

【注释】(1)致身:献身。 (2)馁:同"馁"(něi),饥饿。

【今译】秋虫蜘蛛，献身于编织蜘蛛网，也生活在蜘蛛网中。我私下认为其理在有得有失，因而作赋云：

小虫飞来，过网而被杀死；大虫飞来，连网带虫拖去。然而网啊，你只能捕捉小生命却不能杀死大东西。蜘蛛啊，我不明白你身临危境而不顾，是肚子饿得慌？呵！

【点评】这是篇奇文！与其说是篇小赋，不如说是则寓言！他并未"铺采摛文"，而是"直书其事，寓言写物"。前有小序，正文只有九句。赋中叙述蜘蛛织网捕捉小虫为生，碰上大飞虫则网破身亡——这几乎是妇孺皆知的常识。关键是作者因小寓大，深刻地揭露了社会的弊端。由蜘蛛、蜘蛛网使我们联想到封建社会的法网及维护法网的小官僚。尽管这些法网多如蜘蛛网，但只能"绳"其小百姓，而不能"绳"其大官僚。小百姓"迎网而毙"，大官僚则"兼网而逝"！这些小官儿靠捕捉小百姓过活，但在大官僚面前又是可怜、可悲的：不干么，要"失业"、饿肚子；干么，随时都有可能遭到灭顶之灾！赋虽短小，寓意深刻，笔锋犀利，入木三分。怪不得罗隐要为"公卿所恶"！

【集说】唐末官贪吏横，网罗甚密。然农民起义即因之而发；地方军阀，亦趁机割据，罗隐所谓"兼网而逝"者，大概即指此两种人，特别是前者，他们是冲破封建罗网，扫荡剥削者的"大物"。但"绳其小而不绳其大"的"大者"，其含义颇广泛，读者也可以拿别的历史现象去补充它。（马积高《赋史》）

（曹方林）

后雪赋[1]

邹生阅相如之词[2]，呀然解颐曰[3]："善则善矣，犹有所遗。"梁王属酒盈卮[4]："惟生少思[5]，苟有独见，吾当考之。"生曰："若夫莹净之姿[6]，轻明之质[7]，风雅交证[8]，方圆间出[9]，臣万分之中，无相如之言。所见者，藩溷枪吹[10]，腐败掀空，雪不敛片，飘飘在中。污秽所宗[11]，马牛所避，下下高高，雪为之积。至若涨盐池之水[12]，屹铜山之巅[13]，触类而生，不可殚言[14]。臣所以恶其不择地而下，然后浼洁白之性焉[15]。”梁王咏叹斯久，撤去樽酒，相如竦然[16]，再拜稽首[17]：“若臣所为，适彰孤陋[18]。敬服斯文，请事良友”。

【注释】(1)南朝刘宋谢惠连的《雪赋》虚构梁王宴请宾客，司马相如即席作雪赋，引出邹阳和枚乘吟咏的内容。本赋名为“后雪”，正是在谢惠连《雪赋》的内容基础上生发出来的。 (2)邹生：邹阳，西汉初人，以文辩知名，曾为梁孝王文学侍从。相如：司马相如，字长卿，西汉初蜀郡成都人，西汉大赋的代表作家。 (3)呀然解颐：开口发笑貌。呀(xiā)然：开口笑。颐：人的下颔。 (4)梁王：西汉梁孝王刘武，汉文帝刘恒之子。广招宾客，喜好文学，司马相如、枚乘等文学名士曾聚集其门下。属酒盈卮：倒满一杯酒。卮：酒器。 (5)惟：语气词，表示希望。少：意同“稍”。 (6)莹净：晶莹洁白。 (7)轻明：轻飘明亮。 (8)风雅交证：引用《诗经》“风”“雅”的句子作为例子。 (9)方圆间出：庄重的和圆润的文辞交相出现。 (10)藩溷：厕所。枪：同“抢”，碰撞。 (11)宗：本源。 (12)盐池：产盐的湖沼。 (13)铜山：产铜之山。 (14)殚言：尽言。 (15)浼(měi)：玷污。 (16)竦然：震惊貌。 (17)稽首：古代一种跪拜礼。 (18)彰：显示。孤陋：学识浅薄。

【今译】邹阳看罢司马相如描写雪的文辞，不禁微微一笑，说道：“好倒是好，但还有所不足。”梁王倒满一杯酒，说：“希望你稍微思索一下，如果有独到的见解，我一定认真对待。”邹阳说：“像相如描写雪晶莹洁白的姿态，轻飘明亮的本质，不断引用《诗经》作为例证，庄重的和圆润的文辞交相出现，下臣我一万句之中，也没有相如的一句。我看到的是，厕所里污秽横流，臭气熏天，雪竟然毫不收敛，飘落其中。这是污秽的本源，连牛马畜牲也都回避，雪花却上上下下在此处聚积。至于像上涨盐池之水，覆盖铜山之巅，遇着物体便下落，不可以一一地说出来。这就是我讨厌它不选择地方降落，然后玷污洁白本性的原因。”梁王听后叹息好久，命人撤掉酒席。司马相如十分震惊，拜倒行礼，说"像我做的文章，恰好明白地显示出我的浅薄，我非常佩服你的文章，请让我成为您的好朋友吧。"

【点评】吟咏描写白雪是中国古代文人雅士们的一件盛事，流传下来的作品不计其数，绝大多数作品都以赞美雪的晶莹高洁和雪景的优美为内容，而这篇小赋却一反常调，把以往人们心目中纯洁美丽的雪与污秽的东西联系起来，不可不谓一篇奇文。作者借邹阳之口，指出白雪有不选择场所降落的短处，即便是污秽遍地，臭气冲天的厕所里，它也毫不收敛，"飘飘在中"，玷污了"洁白之性"。这样写雪在一些高雅文人看来，实在是大煞风景，然而，作者的用心并不在于对雪的褒贬，而是要借此对人们认识事物的片面观点进行讽刺。在他看来世间美好的事物也有不足，甚至有污秽的一面，人们往往对其美好的方面大加赞扬，但对其不足之处却视而不见，以致美化社会，粉饰太平。作者目光之锐利，用心之奇特，出语之大胆令人吃惊，也令人钦佩。本篇虽然以赋为题，但在语言风格上与众不同。运笔近乎散体，多用对话，如同口语，无骈俪之习气，显得平淡质朴。这在赋史上甚为少见。

【集说】这在高雅的文人看来，真是大煞风景。然而作者正是要告诉这些人：你们不要把世界看得那么美丽和洁白，这里面有着极平凡乃至极污秽的东西，应该去描写它，揭露它。所以，此赋不仅是对那些高雅的文人的一种讽刺，也是作者文艺观点的宣言，一篇文艺化的文学论文。罗隐和唐末的一些现实主义作家正是本着这种观点写出了一些暴露社会黑暗的诗赋和杂文。（马积高《赋史》）

（高飞卫）

孙樵

孙樵(生卒年不详),字可之,关东人。唐宣宗大中九年(855),进士及第,后宫中书舍人。黄巢义军进入长安,樵扈从僖宗出奔岐陇,改职方郎中,卒。有的资料指孙樵为"韩昌黎门人"(如《全唐文》小传),实则孙樵仅是韩愈的私淑弟子,未尝及门而从学。孙樵工古文,有《孙可之集》。

大明宫赋[1]

孙樵齿贡士名[2],旅见大明宫前庭,仰眙俯骇[3],阴意灵怪[4],暮归魂动,中宵而梦,梦彼大明宫神,前有云,且曰:

"太宗皇帝,缭瀛启居[5],廓穹起庐[6],圜然而划[7],隆然而赫,孰窬孰隙[8],永求帝宅。帝诏吾司其宫,与日月终。翼圣护艰,十有六君[9],荡妖斩氛,孰知吾勤?吾当庐陵锡武[10],庙祏撤主[11]。吾则协二毗辅[12],左右提护,义甲愤徒[13],起帝仆周;吾则械二黠雏[14],俾即其诛。胡猘饱腯[15],踣肌齰骨[16],惊血溅阁[17],仰吠白日[18],二圣各辙[19],大麓北挈[20]。吾则激髯孽悖节[21],俾济逆杀翼[22]，两杰愤烈[23]，俾即斮灭[24]。蓟枭妖狂[25]，突集五堂[26]，纵啄怒吞，大驾惊奔[27]。吾则励阴刀剪其翼，俾不得逃明殛[28]。三革蚀黑[29]，孰匪吾力？

“吾见若正声在悬[30]，诤舌在轩，辍黈延谏[31]，刳襟沃善[32]，赏必正名，怒必正刑，当狱撤腥[33]，当稼吞螟[34]。吾则入渎革浊[35]，入囿肉角[36]，旬泽暮溥，斗谷视土[37]。吾见若奸声在堂，谀舌在旁，窒聪怫讽，正斥邪宠，嘉赏失节，怒罚失杀，夺农而徭，厚征而凋。吾则反耀而彗[38]，反泽而沴[39]，荡坤而坼[40]，裂乾而石[41]。然吾留帝宫中二百年，昔亦日月，今亦日月，往孰为设，今孰为缺？籍民其凋，有野而蒿[42]。籍甲其虚，有垒而墟[43]。西垣何缩，匹马不牧。北垣何蹙，孤垒城粒。”

言未及阕，樵迎斩其舌，且曰：“余闻宰获其哲，得是赫烈。老魅迹结，尔曾何伐？宰获其慝，得是昏蚀。魅怪横惑，尔曾何力？今者日白风清，忠简盈庭，阖南俟霈[44]，阖北俟霁。矧帝城阒阒，何赖穷边？帑廪加封[45]，何赖疲农？禁甲饱犷[46]，尚何用天下兵？神曾何知，孰愧往时？”

神不能对，退而笑曰：孙樵谁欺乎？欺古乎？欺今乎？吁！

【注释】(1)大明宫：唐代皇帝居住、听政的“三大内”之一。“三大内”是西内太极宫、东内大明宫、南内兴庆宫。大明宫遗址在今西安市区东北隅。大明宫初建于唐太宗贞观八年(634)，高宗龙朔二年、三年(662、663)曾两次扩建，并将永安宫原名改为大明宫。　(2)齿：列。　(3)仰眙俯骇：仰视目迷，俯视惊骇。　(4)阴意灵怪：阴森的气象，似乎有灵怪。　(5)缭瀛启居：缭瀛，夸张语，是说太宗皇帝修造大明宫，想把江海都包罗进去。　(6)廓穹起庐：也是夸张语，是说想把屋庐接着苍穹。　(7)圜然而划：圜(yuán)，同“圆”。是说大明宫的周圆和临近的地方界限清楚。　(8)窬(yú)：越墙而过。隙：钻穴而入。　(9)十有六君：太宗、高宗、中宗、少帝、睿宗、玄宗、肃宗、代宗、德宗、顺宗、宪宗、穆宗、敬宗、文宗、武宗、宣宗。共十六帝。(10)庐陵锡武：庐陵，即高宗第七子庐陵王李显。锡，通“赐”。武则天圣历元年(698),召庐陵王自房州还京师,立为皇太子。次年,赐皇太子姓武氏。(11)庙祏撤主:祏(shí):宗庙主也。庙祭撤,拿掉主,木主。从李唐宗庙里拿走其祖宗的木主牌位,意味着大唐的法统被废除。 (12)毗辅:宰相。这里是指张柬之、崔玄玮。这两人当时都带"平章事"的衔,都是宰相,所以称"毗辅"。 (13)义甲愤徒:义勇的甲士,愤怨的徒众。长安五年(705),张柬之、崔玄玮起兵讨武则天,拥立皇太子李显复位。 (14)械二黠雏:械:逮捕。二黠雏:指武则天宠臣张易之、张昌宗。其所以称"雏"者,鄙弃之言,犹言"小儿""竖子"。二张被诛,因而下句有"俾即其诛"的话。 (15)胡猘饱腯:指安禄山。猘(zhì):犬。腯(tú):肥。 (16)踣肌齚骨:这是形容安禄山的凶残。踣(bó):击倒。齚(zhà):亦作"咋",啃咬。 (17)惊血溅阁:天宝十五载春初,安禄山叛军进入长安,恣意搜掠屠杀,血溅台阁。 (18)仰吠白日:白日喻君位,这是说安禄山欺君僭上。 (19)二圣各辙:二圣:玄宗、肃宗。安禄山占领长安后,玄宗奔蜀,肃宗即位灵武。 (20)大麓北挈:麓:麓野之廷。上古帝后朝见牧守,没有朝堂,更没有殿陛,只能在林麓野廷朝会。这里"大麓北挈"是说朝廷转移到北方。肃宗即位的灵武在长安北,因而说"北挈"。 (21)髯孽悖节:髯孽指安庆绪。胡人多髯,因称"髯孽"。悖节:背君父之节。安庆绪后来杀了其父安禄山。 (22)济逆杀翼:让叛臣利令智昏,从而剪除其羽翼。 (23)两杰愤烈:两杰指郭子仪和李光弼。这两人是平灭安禄山父子叛乱的唐军主帅。 (24)斮(zhuó)灭:灭亡。(25)蓟枭妖狂:指李希烈、朱泚、田悦等叛臣。这几人都是以幽州、蓟州为巢穴的安禄山、史思明的残党余孽。他们在唐德宗建中年间联兵叛唐。(26)突集五堂:大明宫内有含元、宣政、紫宸三殿,宣政殿左右为中书、门下二省,共五堂。朱泚泾原军进驻长安后哗变,乱军甚至涌入大明宫的含元殿,这就是"突集五堂"的含义。 (27)大驾惊奔:建中四年(783)十月,唐德宗出奔奉天。 (28)明殛:明正的处决。李希烈、朱泚、田悦被杀后,或传首,或戮死,就是所谓"明殛"。 (29)三革蚀黑:革,除灭。蚀黑,犹言腐恶。大明宫神言,他前后三次除灭腐恶势力。这三个腐恶势力就是前文所说的武氏乱党、安禄山和这里所说的李希烈、朱泚、田悦等。 (30)正声在悬:正声,对淫声而言。正声是指钟鼓一类传统乐器,封建国家把它们当作正声。悬,张挂钟鼓的木架子。正声在悬之意是说,礼乐均遵从古制。 (31)辍黈延谏:辍(chuò):废。黈(zhǔ):耳塞。辍黈:表示听得进意见。延谏:延纳谏诤之言。 (32)刳襟沃善:刳(kù):割开。刳襟:表示胸怀宽大。沃善:奖进善言。 (33)当狱撤腥:有刑狱的时候就撤除膳食中的腥肥,表示对犯人的同情。 (34)当稼吞螟:表示对农事的关切。在农事紧张的季节就吞食蝗虫。按:太宗皇帝曾有吞蝗之事。 (35)入渎革浊:入渎:潜入河渎;革浊:把溷浊的河水变清。 (36)入囿肉角:神言他能使皇族苑囿中的兽类长肉。囿:苑囿。角:泛指养在苑囿中的兽类。 (37)蚪谷视土:此句承上句而言。神言他每隔十日就降一次无偏无私的甘霖,降雨的时间又在不扰农作的傍晚时分,所以粮食丰收,价钱非常便宜。蚪:同"斗"。 (38)反耀而彗:使日月无光、彗星出现。 (39)反泽而沴:干旱不雨,灾害蔓延。 (40)荡坤而坼:地震发生,土地裂开。 (41)裂乾而石:天宇裂缝,陨石落下。 (42)有野而蒿:广袤的土地却全部长着蒿草。 (43)有垒而墟:有边防工事却无兵守卫。 (44)阖南俟霈:阖(hé):宫门。这里阖南阖北是指京城周遭,此二句是贡士斥驳大明宫神的话。神言"籍民而凋,有野而蒿",故贡士驳斥说:城南城北的百谷种植,或者正在生成(俟霈),或者将要收获(俟霈),怎么能说是"有野而蒿"呢? (45)帑廪加封:帑廪(tǎng lǐn):银库和仓储;加封:加上了封条。 (46)饱狞:吃得饱,长得强悍。

【今译】孙樵既列名乡贡进士,到京城应试。见到大明宫前殿,仰观含元殿,俯察九龙池,只觉得阴沉森冷,似乎幽灵神怪藏于无形之中。回到旅邸,心里仍然十分惊悸,于是就和衣而寝。恍惚之间,似又在大明宫前殿。时有一尊神缓步而来,嗫嗫嚅嚅,似有言语。那尊神走近来,便朗声说道:

"吾神乃是大明宫守卫之神,太宗皇帝要我在此镇压守卫,与天地日月同始共终。自那时以来,已有十六位帝王。吾神涤荡妖氛,斩除邪佞,护翼大唐的功德不小,但却没有人知道这是吾神的功劳。当高宗皇嗣庐陵王改宗武氏,李唐的脉统遂绝。吾神协助张、崔两个宰相,发动义兵,灭了伪周,拥立中宗皇帝即位,处决了武氏党羽。其后胡雏安禄山反叛朝廷,阴谋称帝,玄宗奔蜀,太子治兵灵武。吾神则激发其孽子安庆绪的凶焰狂心,又以郭汾阳、李仆射的强兵迫之,使恶子弑其凶父。再后安、史余党死灰复燃,李希烈、朱泚、田悦联兵叛乱,泾原乱军践踏京城,甚至突入含元殿。吾神则以吾斩鳌屠鲸之刀，授与其狐群狗党之众，使其相互斫杀，然后三恶同归于尽。自太宗皇帝以来，大唐国家屡遭危殆，而后又化险为夷，哪一件不是吾神的功力？

“自吾神守护在此，见朝廷礼乐遵古，法度整齐，臣下能谏，君上能听，刑赏得宜，劝惩以时。吾神则锦上添花，造作福祉，人神熙和，皆大欢喜。又或是奸佞专权，贤能远避，赏不以实，杀不以罪，夺农时而大兴徭役，厚征敛而凋敝田园。吾神则雪上加霜，使天坼地裂，灾害屡降，日蚀月亏，以示警罚。然而二百年中，往年的张设，为什么那么周全？近来官政，为什么这样腐败？为什么田野间净是蒿草，为什么庶民百姓怨声载道？为什么河西的边防空虚？士民不敢牧羊放马。为什么北境又频频传来警报？孤独的堡垒没有粮食。”

言未终，我迎上去斩断他的舌头，喝道：“我听说宰相获用贤哲，因而政绩昭著。老鬼多事，曾有何功？宰相获用奸邪，因而政局昏暗。鬼魅作怪，曾有何力？当今的天子明圣，忠臣满朝，城南徐雨，城北望晴，府库加封；边无烽火，塞垣不警；四海安宁，何处用兵？轻徭薄赋，不伤农工。神知道什么，岂不惭愧而退？”

大明宫神默然不能以对，退而哑然失笑。孙樵呀孙樵，你的那些大话，能欺骗得了谁呢？纵然你能欺骗得了前朝古人，你能欺骗得了当今活着的人吗？你的空言大话是只能自欺而不能欺人的啊！

【点评】京都赋和宫殿赋是赋的重要一体。昭明《文选》第一卷首列京都赋，第十一卷又有宫殿赋。京都赋的名作有班固《两都》、张衡《二京》、左思《三都》；宫殿赋的名作有王延寿《鲁灵光殿赋》、何晏《景福殿赋》。这是唐代以前的情况。唐初，太宗皇帝建起大明宫，后经高宗扩建，遂成为唐代都城最雄伟的建筑。然而以大明宫的雄伟而入赋的，却被开元时代的李华所拈取了。李华的《含元殿赋》是以宫殿赋的正体摹写大明宫的。据认为《含元殿赋》是李华开元二十三年（735）中进士时的作品，如果孙樵的《大明宫赋》也是他大中九年（855）中进士时的作品的话，那么，这两篇作品前后相距一百二十年。李华的《含元殿赋》不仅是宫殿赋的正体，而且还被萧颖士评为“《景福》之上，《灵光》之下。”可见《含元殿赋》在当时的名誉。一百多年以后的孙樵再写《大明宫赋》，不能也不必再以宫殿赋的正体来摹写大明宫了，于是他避开了宫殿赋的正体的正面摹写，而采取了杂体赋的形式，实际上，孙樵的《大明宫赋》乃是一篇杂文。

《大明宫赋》是以贡士在睡梦中和大明宫神的辩驳而布局摛辞的。我们注意到：汉以后的京都赋和宫殿赋，大都是以主客两方面的辩驳布局摛辞的，例如班固《两都赋》里的"西都宾"与"东都主人"，张衡《二京赋》里的"凭虚公子"与"安处先生"，左思《蜀都赋》里的"西蜀公子"与"东吴王孙"，等等。这些人物，都是虚拟的，不过是展开赋文的一种布局摛辞的手法而已。孙樵的《大明宫赋》也采用了这种传统的布局摛辞的手法，这就是他虽然写的是一篇杂文，却仍然题名为"赋"的原因。当然，文中的四言句子大部分是押韵的，也是赋体的格式。

正体的赋文学作品，无论是假托于主客两方面的辩难，或是由作者直接抒写，总是要对赋题所指定的对象作铺张夸饰描写，这样，就往往要产生一种副作用，文评家指责为"劝百而讽一"，就是说，劝进助长某种不良风气的作用比讽喻讥刺的效果要大。孙樵的《大明宫赋》没有描写夸饰大明宫本身，它的讽喻的对象不在大明宫的靡费奢华，而在于中晚唐社会政治的腐败而引起的大唐帝国的衰弱，它的讽喻意义要广泛得多。我们说，这篇赋文实际上是一篇杂文，就是就这个意义上说的。正是作品的这种非正统的杂文性质，才使它的主题思想具有更积极更强烈的内涵。

至于词采方面，大明宫神的语言写得张皇诡谲，贡士的抗辩写得有声有色。尤其是最后"退而笑曰"几句，写得亦庄亦谑，实在是画龙点睛的妙笔。孙樵私淑韩门，这篇《大明宫赋》，纯粹是韩愈《进学解》《毛颖传》《送穷文》等一类寓正义于怒骂嬉笑之中的那种文风，深得韩门的正传。

【集说】可之之文，幽怀孤愤，章章激烈，生乎懿、僖，每念念不忘贞观、开元之盛，其言不得不激，不得不愁。按其词意渊源之自出，信昌黎先生嫡传也。（储同人评，见高步瀛《唐宋文举要》）

（韩小默）

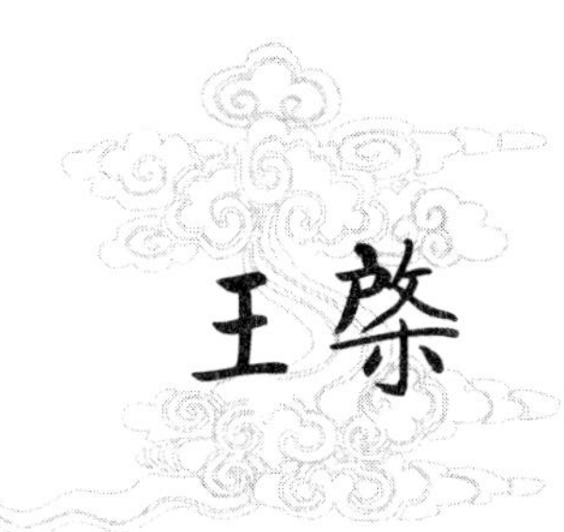

王棨

王棨（生卒年不详），字辅之，福清（今福建省福清市）人，唐懿宗咸通三年（862）进士。杜宣猷镇山南，请为团练巡官。此后入调大理寺司直，再除太常寺博士，迁水部郎中。长于律赋，有《麟角集》。

江南春赋

丽日迟迟[(1)]，江南春兮春已归。分中元之节候[(2)]，为下国之芳菲[(3)]。烟幂历以堪悲，六朝故地；景葱龙而正媚，二月晴晖。谁谓建业气偏[(4)]，句吴地僻[(5)]？年来而和煦先遍，寒少而萌芽易坼。诚知青律[(6)]，吹南北以无殊；争奈洪流，亘东西而是隔。当使兰泽先暖，蘋洲早晴；薄雾轻笼于钟阜[(7)]，和风微扇于台城[(8)]。有地皆秀，无枝不荣。远客堪迷，朱雀之航头柳色[(9)]；离人莫听，乌衣之巷里莺声[(10)]。于是衡岳雁过，吴宫燕至。高低兮梅岭残白[(11)]。逦迤兮枫林列翠[(12)]。几多嫩绿，犹开玉树之庭[(13)]；无限飘红，竞落金莲之地[(14)]。

别有鸥屿残照，渔家晚烟，潮浪渡口，芦笋沙边。野葳蕤而绣合,山明媚以屏连。蝶影争飞,昔日吴娃之径[15];杨花乱扑,当年桃叶之船[16]。物盛一隅,芳连千里。斗暄妍于两岸,恨风霜于积水。幂幂而云低茂苑,谢客吟多[17];萋萋而草夹秦淮,王孙思起[18]。或有惜嘉节,纵良游,兰桡锦缆以盈水,舞袖歌声而满楼。

谁见其晓色东皋,处处农人之苦;夕阳南陌,家家蚕妇之愁。悲夫!艳逸无穷,欢娱有极。齐东昏醉之而失位[19],陈后主迷之而丧国[20]。今日并为天下春,无江南兮江北。

【注释】(1)迟迟:春景暄妍之貌。 (2)中元:谓二月节。 (3)下国:古代地方疆界,通称郡国。故凡距京城稍远的地方为下国。南方偏远,亦称下国。 (4)建业:今南京。建业为东吴、东晋、宋、齐、梁、陈六朝的都城。 (5)句吴:太伯奔荆蛮,自称句吴。 (6)青律:春神当令,谓之青律。青律,犹言春气。 (7)钟皋:建业城西之钟山。 (8)台城:建业城内之宫城,因其地高爽,故名台城。 (9)朱雀航:在建业城北,为隔塞长江南北之要冲。 (10)乌衣巷:在建业城中。春有飞莺,秋来巢燕,是建业城中风物繁会之区。 (11)梅岭:在建业南,即小梅岭。自建业南行之粤,路必由此。 (12)枫林:不详所在,亦必在建业附近。否则,就文情杜撰,以与梅岭取对。 (13)玉树之庭:指南朝陈朝的旧宫。 (14)金莲之地:指南朝齐朝的旧宫。 (15)吴娃:吴地之人称美女曰“娃”。 (16)桃叶:古时有荡舟弄桨之村女名桃叶。吴地有桃叶渡,即以其名名之。 (17)谢客:南朝刘宋时诗人谢灵运,小名客儿。这里谢客是借指一般诗人。 (18)王孙:泛指贵族公子。 (19)齐东昏:即齐朝废帝东昏侯萧宝卷。 (20)陈后主:即陈朝亡国君主陈叔宝。

【今译】春日暄暖,春色早已回到江南。分取二月美好的节候,蕴成南国芳菲的佳节。六代帝王之居,虽然在烟霭中引发人们的沉思,而早春的晴明光辉,早就把葱茏的气象带来。谁说建业气候偏差,吴地偏僻?阳和初改,和风先已吹遍;寒气去尽,草木的枝芽生成。春气广施普溥,何尝有江南江北的分别?而大江滚滚,却仍然把地气隔断。因此啊,春色先暖江南的兰芷之泽,阳光先照南国的蘋藻洲渚。当稀薄的轻雾笼罩钟山之麓的时候,和煦的春风早就流荡于六朝旧宫。江山无处不秀丽，草木无处不华荣。远来的游客无妨迷恋朱雀航头的新柳，但离乡之人却不必寻访乌衣巷的燕舞莺啼。南雁北飞，春燕初至，又引发一番新的意致。梅岭上开残的白梅仍然高低点缀，而迤逦绵延的青枫林却透露着青冷的翠色。片片绿树，纷纷落红，全不管时移代易，仍然点染齐、陈的废宫旧殿，有多少的怅惘，兴多少的嗟叹！与其低回于此，不如另觅流连。

在远郊野外，夕阳照射着鸥岛，渔村升起了晚烟，潮浪摇荡渡口，芦笋生在浅滩。郊野美丽得如同锦绣，山峦清明得像画屏相连。群蝶争飞，昔日吴宫馆娃之径；杨花乱飘，当年桃叶渡头之船。物华一处，芳香千里。风物争明斗艳，遍及大江两岸，而露水风霜却引起多少憾惜。诗人墨客，流连于繁茂的苑囿，乘兴吟诗作赋；公子王孙，看见芊绵草色亟起而思归故国。卖唱的商女歌声飞出酒楼，结游的良朋，锦缆牵着游船。

人人都说江南好，又有谁懂得和理解农家的艰难。齐朝和陈朝都因为逸乐亡国，他们罪孽自作无人同情。如今是：大唐一统坚如磐石，江南江北任从你盘桓游赏。

【点评】自梁代文人丘迟《与陈伯之书》中写出“暮春三月，江南草长，杂花生树，群莺乱飞”几句之后，遂获擅以文辞状风物的盛名。其后唐代杜牧有《江南春》七绝一首，有句云：“千里莺啼绿映红，水村山郭酒旗风。”也是隽句。但丘迟之书，虽也是骈体，而其体制，自是书体，未尝就暮春景象做铺张描写。以骈体律赋铺写江南春色的，当以晚唐王棨的这篇《江南春赋》最为可观。

这篇赋作的最鲜明的特点是：修辞清新，声调谐畅。骈文是要拘对偶的，文中无论是宽对还是工对，都处理得很好。如开头几句：“分中元之节候，为下国之芳菲。”（宽对）“烟幂历以堪悲，六朝故地；景葱龙而正媚，二月晴晖。”（工对）就连“谢客”与“王孙”的假对，也安排得妥帖灵活。骈文的声调要谐畅流利，否则，便不能邀赏。本赋的句子结构，最短者为三字句（“悲夫”一词为语词不计），最长者为七字句，没有过短过长的句式，所以通体读来，谐畅流利。“凡句，减于三字则暗，增于九字则吃”（胡震亨《唐音癸签》语）。赋文作者，完全避开了这些弊病。此外，“讵谓”“当使”“别有”“或有”，这些领词所体现的文章的进层关系，也是很有章法的。以上这些特点都是比较容易看出来的。

意绪方面安排得得当也许更加重要。本赋以六朝都城建业为背景，集中地描写了千里江南迷人的春色，这个角度选择得极为精当。不仅因它的特殊的历史背景能吸引读者，同时也使作者有丰富的词汇可以驱遣。前幅的意兴高扬，及至后来，逐渐转入低沉。特别要注意的是，作者在“锦缆”“歌声”之后，忽续到“谁见其晓色东皋，处处农人之苦；夕阳南陌，家家蚕妇之愁。”作者意绪的这个伸展，给这篇状物抒情的小赋增添了比较深刻的思想性。不然，尽是上层社会的物事，可能要在读者中产生逆向心理，从而滋生一种抵制阅读的感情。所以，“谁见”几句，在全篇中倒是警策之笔。

南朝以来，抒情小赋比较多。这里面，梁朝的江淹是最得名的一个。其次，庾信的小赋也受到推重。他们两人的赋作文笔清丽，感情比较真切。王棨的《江南春赋》保持了江、庾的健康倾向，在唐人的风物赋作里，是既有辞采，又有情感的较好作品。

【集说】黯去岁自褒中还辇下，辅文出新试相示，其间有《江南春赋》，篇末云：“今日并为天下春，无江南兮江北”。某即贺其登选于时矣。何者？以辅文家于江南，其词意有是，非前眹耶！今春果擢上第。……辅文早岁业儒，而深于辞赋，其体物讽调，与相如、扬雄之流，异代而同工也。故角于文阵，而声光振起。（陈黯《送王棨序》，《全唐文》卷七六七）

晚唐士人作律赋，多以古事为题，寓悲伤之旨。（杨囦道《云庄四六馀话》）

晚唐律赋，较前人更为巧密。王辅文（即王棨——引者）、黄文江（即晚唐另一律赋作家黄滔——引者），一时之瑜亮也。文江戛戛独造，不肯一字犹人；辅文则锦心绣口，丰韵嫣然，更有渐近自然之妙。（李调元《赋话》）

唐王棨《江南春赋》云：“烟幂历以堪悲，六朝故地；景葱茏而正媚，二月晴晖”。又：“几多嫩绿，犹开玉树之庭；无限飘红，竞落金莲之地”。又：“蝶影争飞，昔日吴娃之径；杨花乱扑，当年桃叶之船”。又：“幂幂而云低茂苑，谢客吟多；萋萋而草夹秦淮，王孙思起。”流丽悲倩，而句法处处变化。此为律赋正楷。尤妙于“有地皆秀，无枝不荣”。字字写尽江南春色，为一篇之筋节。此赋在当时极有名。（同上）

（韩小默）

黄滔

黄滔(生卒年不详),约公元900年前后在世。字文江,泉州莆田(今福建莆田市东南)人。乾宁二年(895)登进士第。光化中(899)除四门博士,不久迁监察御史里行,充威武军节度推官。节将黄审知据有闽地而终身不败,滔有规劝之功。能诗,而以赋作擅长。有《黄御史集》。

明皇回驾经马嵬赋

以程及晓留芳魂顾迹为韵

长鲸入鼎兮中原[1],六龙回辔兮蜀门[2]。杳鳌阙而难寻艳质,经马嵬而空念香魂[3]。日惨风悲,到玉颜之死处。花愁露泣,认朱脸之啼痕。莫不积恨绵绵,伤心悄悄。逝川东咽以无驻,夜户下扃而莫晓[4]。褒云万叠,断肠新出于啼猿;秦树千层,比翼不如于飞鸟。初其汉殿如子[5],燕城若仇[6],驱铁马以飞至,触金舆而出游[7]。谋于剑外,驻此原头。羽卫参差,拥翠华而不发[8];天颜怆恨[9]，觉红袖以难留。鸳鹭相惊[10]，熊罴渐急[11]，千行之珠泪流下，四面之霜蹄践入。神山表态，忽零落以无归；雨露成波，已沾濡而不及[12]。栈阁重处[13]，珠旒去程[14]。玉垒之雪山暂幸[15]，金城之烟景旋清[16]。六马归秦，却经过于此地。九泉隔越，几凄恻于平生。钗飘彩凤之踪，鬓蜕玄蝉之迹，茫茫而今日黄壤，历历而当时绮陌[17]。雨铃制曲，徒有感于宫商[18]；龙脑呈香，不可返其魂魄。空极宵梦，宁逢晓妆？辇路见梧桐半死[19]，烟空失鸾凤双翔。镜殿三春[20]，莫问菱花之照耀；骊山七夕[21]，休瞻榆叶之芬芳。大凡有国之尊，罕或倾城之遇[22]。就言天宝之南面[23]，奚指坤维而西顾[24]？然则起兵虽自于青娥，斯亦圣唐之数[25]。

【注释】(1)长鲸：海洋中的巨大动物。此处喻安禄山。鼎：古代一种烹饪器。相传大禹收九州之金铸成九鼎，遂以鼎为传国的重器。后常用“鼎”喻国家政权。此处用作动词，即“问鼎”（有取而代之）之意。 (2)六龙：皇帝车驾。马八尺为龙，皇帝车驾为六匹马，故云。 (3)杳（yǎo）：昏暗，深远，不见踪影。鳌（áo）：传说中海里的大龟或鳖。马嵬：在今陕西兴平县。 (4)扃（jiōng）：门闩。褒：褒城，今属陕西。 (5)汉殿如子：指玄宗、杨妃宠信安禄山而收为义子。 (6)燕城若仇：指范阳城节度使安禄山造反。 (7)金舆：皇帝车驾，喻唐王朝。出游：指唐玄宗西逃于蜀避乱。 (8)翠华：皇帝车驾。 (9)怆恨：悲伤愤恨。 (10)鸳鹭：皆水鸟，比喻朝官。 (11)熊罴：猛兽，喻武将。 (12)沾濡（rú）：沾湿、沾上。 (13)栈阁：即栈道。因以架木为阁，故又名“栈阁”。 (14)珠旒（liú）：缀有珍珠的彩旗。 (15)玉垒山：在今四川理番县东南新保关。 (16)金城：本始平县，中宗送金城公主降吐蕃至此，更名金城。今属陕西。 (17)绮陌：纵横交错之路。 (18)“雨铃制曲”二句：玄宗回京，初出斜谷，霖雨涉旬，于栈道雨中闻铃音，与山相应。上悼念贵妃，采其声作《雨霖铃曲》以寄恨。 (19)辇（niǎn）路：即辇道，此处泛指宫中之道。 (20)镜殿：以镜镶壁的宫殿。 (21)骊山：在今陕西临潼区。其地有温泉，唐开元间建温泉宫。天宝时，改华清宫。玄宗和杨贵妃常去避寒。白居易诗：“春寒赐浴华清池，温泉水滑洗凝脂”。 (22)罕：稀少。倾城：形容女子貌美。 (23)南面：古以坐北朝南为尊。天子、诸侯见群臣，皆南面而坐。此处指帝位。　(24)奚：何。坤维：西南方，此指蜀地。　(25)数：定数、命运。

【今译】有如长鲸搅海，安禄山进犯中原！(收复京城后)逃往西蜀的玄宗回驾又经蜀门。经马嵬想起了死去的贵妃，像找传说中鳌鱼，哪里能见到她的倩影，只有空念香魂！日光惨淡，悲风阵阵。贵妃死地，只见花儿愁苦、露珠儿悲泣，在辨认朱脸的啼痕。谁不积恨绵绵，谁不悄悄伤心！东去流水在呜咽，君王夜来更伤情：褒城愁云万叠，更令人断肠的又增加了啼猿声声。贵妃初进宫来，曾山盟海誓。而今望着千层秦树，还不如比翼齐飞的鸟，怎不叫人碎心！当初玄宗待安禄山如儿子，后来却成仇人。驱大兵骤至，恐倾覆王朝只得逃奔。驻扎此地，商量向西蜀前进。将士愤慨，簇拥车驾而不进发；皇上忧伤，觉得难保爱妃性命；将士渐逼，大臣相惊；千行珠泪流下，四面士卒铁蹄踏进；神山表态，忽然感到草木凋谢，无人与他结伴同归；雨露聚集成波，想沾染其香体已来不及。今日重经栈道，彩旗飘飘指归程。暂停玉垒云山，金城战火平息，天朗气清。皇驾回京，路经此地。黄泉相隔，几乎是生平最凄苦的时辰。想起那钗飘彩凤之姿，鬓蜕玄蝉之影，已隔茫茫的黄土，往日去就之际，历历在目，记忆犹新。霖雨绵绵，铃声与山风相应。君王为此所作的《雨霖铃曲》啊，也是空为伤情！龙脑飘香，不能使其魂魄回归；梦中迷茫，怎能再见到她的晨妆？宫路旁的梧桐飘落，烟空中已不再有鸾凤双翔；镜殿三春之际，菱花与朱脸相映已成过去，骊山七夕，更无心欣赏那榆叶的芳香！大凡作为君王，少遇倾城之貌。就说天宝南面称君的玄宗，哪里会想到入西蜀避难？虽然兵灾之起，是因美女之祸，却也是唐朝的定数。

【点评】“童子能吟长恨曲”(唐宣宗)，从白居易的《长恨歌》问世以后，唐玄宗与杨贵妃的爱情故事更广泛流传。后世文人也以此为题材，写出了多种体裁的优秀作品。本篇是以赋的形式来反映这一事件的。这篇抒情小赋是写玄宗在战火平息后，回归京城，途经马嵬，无限思念贵妃的伤心情怀。全赋以马嵬所见、回忆、伤心、评价等四个部分组成。马嵬所见，景随情迁。作者用了“日惨风悲”“花愁露泣”“逝川东咽”“褒云万叠”“断肠啼猿”等词，不仅渲染了哀伤的气氛，并侧面烘托出了玄宗的悲伤。回忆马嵬事变，也是用了同种手法。大臣相惊，将帅逼迫、士卒愤怒，渲染了情况的紧急，赐死贵妃，实出于迫不得已。用"神山零落""雨露成波"，侧面烘托出了玄宗的惋惜、凄苦。同时，作者又成功地运用反衬：用眼前的美景，"秦树""比翼鸟"等反衬出玄宗的寂寞、空虚；用美好的回忆来反衬出失去贵妃后的凄凉。此外，还用了拟人手法来描述玄宗的悲痛，比如"花愁露泣""神山表态""积恨绵绵""伤心悄悄"。总之，作者运用了多种艺术表现手法，惟妙惟肖地刻画出了这位多情天子的缠绵悱恻的情怀，收到了感人的艺术效果。然而，其点题未能逃出"女人为祸水"的陈腐观念，同时又增加了宿命论的思想，这是应当批判的。

【集说】"褒云万叠，……比翼不如于飞鸟"，至为凄怆；又"六马归秦，却经过于此地，九泉隔越，几凄恻于平生"，"归秦隔越"是借对法，皆极华赡风雅。按此等题指斥先朝，颇嫌轻薄。唐人咏马嵬诗甚多，文江更演之为赋耳；芋（当作"芊"）眠凄戾，不减《长恨歌》《连昌宫词》。（李调元《赋话》）

此篇写得最为凄凉，充满着感叹帝王末路的感情，尤显有讽喻时世之义，不独以对语为工。（马积高《赋史》）

（曹方林）

馆娃宫赋

吴王殁地兮吴国芜城，故宫莫问兮故事难名(1)。门外已飞其玉弩，座中才委其金觥(2)。舞榭歌台，朝为宫而暮为沼(3)；英风霸业，古人失而今人惊。

想夫桂殿中横，兰房内创。丹楹刻桷之殊制(4)，钔砌文轩之诡状(5)。如同渤澥，徙蓬阙于人间(6)；若自瑶池，落蕊宫于地上。绣柱云楣，飞蛟伏螭(7)。基扃郁律，钩楯参差(8)。碧树之珍禽夏语，绿窗之瑞景冬曦(9)。吴王乃波伍相(10)，辇西施(11)。珠翠族来，居玉堂而澒洞；笙簧拥出，登绮席以逶迤(12)。触物穷奢，含情愈惑。欲移楚峡于云际，拟凿殷池于槛侧(13)。花颜缥缈，欺树里之春光；

银焰荧煌，却城头之曙色[14]。

殊不知敌国来攻，攒戈耀空。虎怒而拏平雉堞，雷訇而击碎帘栊[15]。甲马万蹄，卷飞尘而灭没[16]；琼楼百尺，爆红烬之冥濛[17]。悉繇修袖舞殃，朱唇唱隙[18]。瑶阶而便作泉壤，玉础而旋成藓石。恨留山鸟，啼百卉之春红；愁寄垅云，锁四天之暮碧。悲夫往日层构，兹辰古壕。香径而同归寂寂，稽山而杳自高高[19]。遗堵尘空，几践群游之鹿？沧洲月在，宁销怒触之涛？已而西日匆匆，东波浩浩。松楸而骈作荒隧，车马而辗通长道[20]。彼雕墙峻宇之君，宜鉴丘墟于茂草。

【注释】(1)馆娃宫：传说是吴王夫差为西施所筑的宫殿。吴王：指吴王夫差，春秋末年吴国国君。 (2)弩：以机括发箭的大弓。觥：酒器。 (3)沼：池，喻荒芜。 (4)丹楹：朱漆庭柱。刻桷(jué)：雕刻屋椽。殊制：不合于礼制。 (5)钔(kòu)砌：以金玉镶嵌台阶。文轩：有彩画栏杆的走廊。诡：奇异。 (6)渤澥(xiè)：渤海。蓬阙：蓬莱宫阙，传说是神仙居住的地方。 (7)绣柱：指柱上绘有五彩花纹，绘画五彩俱备谓之绣。云楣：横梁上绘有五彩花纹。飞蛟伏螭(chī)：这里指柱、楣上绘有蛟螭图像。螭：古代传说中没有角的龙。 (8)基扃(jiōng)：城关，这里指城门。郁律：深邃的样子。钩盾：这里泛指宫殿周围的官署。 (9)曦(xī)：日光。这里作动词，照。 (10)伍相：即伍员，字子胥，吴国谋臣。曾力谏吴王，拒绝越王求和，勿北伐齐国，不被采纳。后夫差赐剑逼令自杀，取其尸盛以鸱夷(皮袋)浮之江中。波：指漂流其尸体。 (11)辇：乘坐。西施：越国苎萝山(今浙江诸暨市境)人，被越王勾践献给吴王夫差，为夫差所宠幸。 (12)澒洞(hòng tóng)：弥漫的样子。逶迤(wēi yí)：绵延的样子。 (13)楚峡：即巫峡。殷池：殷纣王开凿的酒池。 (14)花颜：指美人。缥缈(piāo miǎo)：隐约之貌。银焰：指烛光。荧煌：烛光闪动的样子。 (15)拏：拔取。雉堞：城垛。雷訇(hōng)：大声如雷。 (16)卷飞尘而灭没：指马奔驰迅疾，在飞扬的尘土中时隐时现。 (17)爆：燃起。冥濛：烟火迷蒙的样子。这句指吴宫被焚毁。 (18)二句指吴宫之所以化为烟火，其原因全在于夫差沉迷于歌舞声色，荒于国政。 (19)香径：采香径。稽山：即会稽，在越国境，夫差曾大败越王勾践于此。杳:空远。　(20)松楸:墓地所植的树木,因而用来作为墓地的代名词。隧:墓道。辗:通“碾”。

【今译】吴王丧身之地啊在吴国荒芜的古城,过去的宫殿不要提啊过去的事难诉说。宫门外已纷飞起敌国的弩箭,宫内座中才放下醉饮的酒杯。舞榭歌台,早晨还在宫中到晚上已是一片荒芜;吴王当年的英风霸业,古人失去的至今还令人们心惊。

想象那桂殿横卧于中央,内中设置兰房。朱漆涂刷的庭柱,雕刻精细的屋椽,皆超出礼制,用金玉镶嵌的台阶,有彩云栏杆的走廊,呈现各种奇异的形状。好像从渤海把蓬莱仙宫迁移到人间;又好似从瑶池将蕊宫降落到地上。绘有五彩花纹的大柱横梁,全是飞蛟伏螭的图案。宫门重重宫院幽深,周围的官署鳞次栉比。碧绿的大树上夏天各种珍禽鸣啭,绿窗的祥瑞之景冬日阳光普照。吴王将谋臣伍员的尸体漂流江中,却用轩辇载来美女西施。那西施在珠玉满头的侍女簇拥下,进入幽深的玉堂;在丝竹管弦的妙曲声中,登上华丽的座席。所用之物极其奢华,含情脉脉,使吴王更受迷惑。竟想从云中移来楚王梦见神女的巫山,在栏杆外开凿纣王的酒池。远望宫中美女隐约缥缈,胜似万树丛中的旖旎春光;烛光辉煌闪耀,遮没了城头灿烂的曙光。

根本不知道敌国来进攻,只见枪戈一片光耀碧空。其势如猛虎破城而入,呐喊声如雷鸣打碎宫中的门窗。上万的甲马奔驰而来,在扬起的尘土中隐现;百尺高的琼楼,在烟火中化为灰烬。这些祸殃全由于吴王沉迷于歌舞声色。宫中石阶成为一片泥土地,柱基石上顷刻长上苔藓。只将那千古遗恨留给山中飞鸟,在百花红艳中悲啼;愁绪寄托于垅上的白云,笼罩着四野暮色中的碧空。可怜那往日的层层殿宇,现在却成为古老的壕沟。采香径也同归寂寞荒凉,空远的会稽山独自高耸。断垣残壁一片空旷,有多少鹿儿曾奔走践踏?水边的月儿高挂,难道能平息伍子胥掀起的愤怒的波涛?一会儿西边的太阳匆匆落山,东边的波涛浩浩荡荡。松楸两行郁郁一片,这里已成为荒凉的墓地,车马从这遗迹上碾通一条大道。那些修建高大殿堂的君主,应该从这荒草废墟中得到教训。

【**点评**】这是一首怀古之作。春秋时代，吴越两国争霸南方。公元前494年，吴王夫差打败越王勾践，而胜利后的吴王夫差，忘乎所以，对敌人丧失警惕，生活骄奢颓靡，致使吴国在二十年后被卧薪尝胆的越王勾践所灭。作者借吴王荒淫亡国来托讽规劝当时的统治者。赋开头一段总括全赋内容，抒写凭吊古迹的感慨。盛衰兴废，放在历史的长河中展示其瞬息之变，引人深思。然后分述，具体描绘盛衰之象。先极力渲染吴宫往日的繁华，吴王生活的奢靡。以夸张想象之笔，状写其人间天堂的气派。接着笔锋一转，以一跌千丈之势，想象当年敌国来攻之凶猛，描绘吴宫今日荒废的凄凉景象。这样一盛一衰，前因后果，对比鲜明，让人不由得不有感于怀。结尾"彼雕墙峻宇之君，宜鉴丘墟于茂草"，点明做赋的目的，要统治者引以为戒。赋结构严谨，层次井然，词采清丽，句子长短变化而又句句对偶，读来琅琅上口而又有节奏的起伏变化。

【**集说**】唐黄滔《馆娃宫赋》，昔盛今衰，各以三韵叙次，布置停稳。尤妙在起韵末联云："舞榭歌台，朝为宫而暮为沼；英风霸业，古人失而今人惊"。对法变化，恰好领起下文："想夫桂殿中横，兰房内创"一段。此赋家正眼法门。（李调元《赋话》）

黄滔显然从鲍照《芜城赋》得到启发，……虽然缺乏《芜城赋》那种挺拔遒劲的力量，但文辞清丽可诵，描写也相当生动。……"花颜缥缈，欺树里之春光；银焰荧煌，却城头之曙色"，奢华享乐达到顶峰。接着笔锋突然一转，"殊不知敌国来攻，攒戈耀空……"；内容急转直下，词句也极有气势，读来令人惊心动魄。（黄瑞云《历代抒情小赋选》）

（侯省林）

张咏

张咏(946—1015),字复之,号乖崖。濮州甄城(今属山东)人。他是《西昆酬唱集》中的作者。官至礼部尚书。曾两知益州,参与过镇压李顺、王小波起义的活动。为人刚直。其赋大都有感于时弊而发。“其文乃疏通平易,不为崭绝之语”(《四库全书总目》)。有《乖崖集》。

声　赋并序

声赋之作,岂拘模限韵、春雷秋虫之为事也[(1)]。盖取诸声成之文,王化之本[(2)],苟有所补,不愧空言耳。赋曰:

罔象迷冥[(3)],大人忽生;混沌初窍[(4)],呀然震惊;二仪成形[(5)],万灵吐英[(6)];天机动制,轧而为声,故形有美恶焉,声有大小焉。

伊物类之动作,俟人事而克全[(7)]。至于大雷隐空,万窍吼风,不为之隆;品物磨旋[(8)],羽足动发[(9)],不为之末。未若人声,与天通功[(10)],与物长雄[(11)]。口吻之启,出于厥躬;道机之张[(12)],腾凌鸿濛[13]。其所闻者，羲黄唐虞[14]，继踵而至，宇宙隘其神，造化侔其智[15]，在声之伟也，得不回天而动地？观其得一之发[16]，清清泠泠，凉寰洗瀛[17]，万类听之，如懵而醒[18]；仁信之发，溶溶奕奕[19]，呼道振德，万类听之，如日破黑[20]；曰礼曰义，相迭而起，鸣孝响悌[21]，骇心清耳，万类听之，如愁得喜。

广成五老闻而启齿曰："是何帝皇之声也！如此九道交讹[22]，华夷和歌，蠢动鼻息[23]，欢哈实多[24]。其在物也，昭昭融融，万缘和同，万籁响空，答天之功；其在人也，万心气平，万口宣腾[25]，云门六英[26]，答君之声。故知五音八声，声之枝也欤！金石丝竹，声之器也欤！若本不正而声不清，何尝动天地泣鬼神？而有诸三五迭生，异业同声，唱古寡应，呼今得精，仪礼以之繁会，时风为之劲清？作礼者，有周旋之矩[27]；制乐者，有大武之名[28]。故圣人之音，铿如锵金；圣人之治，潺若流水。加以商辛夏癸[29]，行无辙轨，情欲沸空，淫哇盈耳[30]，民不知告，政声遂毁。幽厉继作[31]，心胡可度[32]？唱僻者轻脱[33]，和伪者交错[34]，鼓钲之响日驰[35]，礼义之风日薄，王道民政，溃然投壑，攻乎亡国之音，聚为终身之乐。秦怪一声[36]，天摇地坑，烘赫火烈，荒茫海倾。阿房辇材[37]，栟梟山回[38]；紫塞筑垒[39]，訇轰震雷[40]；钳圣愚儒[41]，四海睽孤[42]。刮剥亡命[43]，痛脑连胫[44]。于是民失其业，怨口喋喋，野薄其农，荆榛飚风；刑失其矩，民哀无所，兵甲填委[45]，死为怨鬼。故怨之为气也，散为嚣尘，积为屯云[46]，闭郁六合[47]，阳灵不曛；怨之为声也，烈风相倚，怒涛兼起，鬼哭于郊，神号于市，川谷为之斗击，山峦以之崩圮[48]，陈、吴一呼[49]，而宗社瓦毁，天穷地终，丑声不已[50]。洎于汉唐，惟高与光，太宗缵尧，开元嗣皇[51]，皆智冠绝古，气凌昊苍，倚天凭怒，即动荡于八荒，按剑大呼，即交映于中方，借力者黎献[52]，助声者贤良，亦不能广仁义于递奏，使道德之激扬，掩商秦之余韵，系唐虞之芳声者也。未若我后，凝神定思[53]，诚求理致，与圣作则，为难于易，惟礼是崇，惟仁是嗜，叩乎杳冥，清静以听，闻古谬惑，皇心不平[54]。于以忠良是旌[55]，息嗟吁之声；不肖是黜，

息滥谬之声；均物恻隐，息哀怨之声；厚施薄敛，息流亡之声；四民是别[56]，息浇竞之声[57]；狴犴是理[58]，息冤枉之声；道德是守，息兵革之声；人劳是恤，息雕斫之声；小人是远，息邪佞之声；正音是奏，息沾滞之声[59]。奇哉壮哉！尧嗟舜惊，致章濩之调下[60]，觉唐尧之颂轻，浩浩荡荡，无得而名。谓声之袭也[61]，扬溢昭灼，上贤下愚，既欢且谑，鸟兽跄跄，虫虺跃跃[62]，信千载之一时[63]，与有生而同乐，余欲引声而作，未知何若？”

【注释】(1)拘模限韵、春雷秋虫：言在字句声韵上做文章，或描绘春雷秋虫一类的无关痛痒的等闲文字。 (2)王化之本：王道教化的根本。 (3)罔象：传说中的水怪。 (4)混沌初窍：天地从元气状态中分开。混沌：天地未开辟之前的元气状态。 (5)二仪：天、地。 (6)万灵吐英：万物给天下带来了丰富多彩的形式。英：花片，喻指多彩的形式。 (7)俟：有待于。克全：使……完善。 (8)磨旋：摩擦旋转。 (9)羽足：飞翅、走足。 (10)功：功效。 (11)长雄：犹竞雄，争长短。 (12)道机之张：展开大道的机心。 (13)腾凌鸿濛：升腾至苍天之上。 (14)羲黄唐虞：上古四位帝王：伏羲、黄帝、唐尧、虞舜。 (15)侔：求取。 (16)得一之发：一：指先于天地存在的道。发：震动。 (17)凉寰洗瀛：使陆地清凉，使海域干净。寰：地域。瀛：水域。 (18)如懵而醒：像迷糊不清的人突然惊醒。 (19)溶溶奕奕：和缓平稳，神采焕发。 (20)如日破黑：如同晨光冲破黑夜。 (21)悌：弟对兄的敬重。 (22)九道交讹：九州的道路纵横交错。 (23)蠢动鼻息：率性而动，自然呼吸。 (24)欢咍(hāi)：欢笑。 (25)宣腾：开口言说，话语沸腾。 (26)云门六英：周时的乐舞总称，相传为黄帝时所制。 (27)周旋：运转。也作周还。 (28)大武：周代所存六代乐之一，为武王时舞乐。 (29)商辛夏癸：指商纣和夏桀。商纣也称帝辛，夏桀也称履癸。 (30)淫哇：指放荡的歌曲。 (31)幽厉：周代的两位暴君幽王、厉王。幽王名宫涅，厉王名胡。 (32)胡：哪里。度(duó)：揣测。 (33)唱僻：倡导邪僻。 (34)和伪：附和虚伪。 (35)鼓钲之响：军中所发出的使队伍步调一致的军乐声。比喻指治世之音。 (36)秦怪：指秦始皇。下面“天摇”“烘赫”两句分别指坑儒、焚书。 (37)阿房：指阿房宫。辇材：为营建阿房宫而运输木材。 (38)柿：树木砍伐后重新生出的枝条。臬：通“嵲”，高峻的山。此句言树木被伐后余下空荡高峻的荒山。 (39)

紫塞筑垒:指修建长城。 (40)訇:砰。訇轰,一作訇然。 (41)钳圣愚儒:控制圣明的人,使儒生愚昧。 (42)睽孤:乖离而独处。 (43)刮剥:搜刮剥削。 (44)痛脑连胫:从头至脚都感到疼痛。 (45)填委:被埋在土中或散佚在地上。 (46)屯云:聚积很厚的云层。 (47)六合:指四方和天地。 (48)崩圮:崩塌。 (49)陈吴:指陈胜吴广。 (50)丑声:凶恶之声。 (51)"洎于"四句:列举汉唐两代贤君:汉高祖、光武帝,唐太宗、玄宗。缵:继承。 (52)黎献:庶民中的贤人。 (53)我后:我朝帝。后:帝王。 (54)皇(kuāng):通"匡",匡正。 (55)旌:表扬。 (56)四民:指士、农、工、商。 (57)浇竞:浮薄躁进。 (58)狴(bì)犴(àn):监狱。 (59)惉滞(zhān zhì):即"怗滞",不和谐。 (60)章濩:商汤乐名。 (61)袭:感染,熏染。 (62)虺(huǐ):蛇。 (63)信:实在。

【今译】我所作的《声赋》,岂是在句法声韵上讲究,写一些春雷秋虫之类的无关紧要的文字。大抵是借助音乐,对于王道教化的根本性问题,如果它能有所裨益,我就不会因是徒发空言而羞愧了。赋文是:

水域迷茫之时,有大人降生,天地刚分之时,呀然令人惊恐;天地形成之后,万物给世界带来了丰富多彩的外形;它们转动撞击发出了声音,所以万物的形态有美有丑,万物的声音有大有小。

那些外物的旋转运作,有待于人类使它完善。至于雷霆在空中轰鸣,狂风在洞穴吼叫,不能说不隆烈;物与物之间的摩擦运转,飞翅走足的振动爆发,它们的声音不能说是细微末小;但它们不比人类的声音,与造化同一功效,与万物争衡。人类的启口发声,出于自己的身体之上;展开大道的机心却能升腾苍穹之外。人们听到的是羲黄唐虞,接踵而来,宇宙的神奇被限制,造化也向这声音求取智慧,这声音的奇伟,怎能不惊天动地?观察它自然引发,清清冷冷,清凉大地,洗涤瀛海,万物听到它如懵懂无知之人忽然清醒;它发而为仁义礼信之声,和缓生辉,呼唤道义,振起德行,万物听到它如茫茫黑夜突然现出晨光;所谓的礼义,相拥而来,让人孝悌,惊人心灵,清人耳目,万物听到它如同愁苦之中忽逢喜讯。

广成五老听到后开口说道:"这是何等壮大的帝皇之声啊!像这样神州九道交错,华夏大地欢歌相对,率性而动,自然呼吸,欢笑遍地。这种声音对于外物来说，它们显得光彩照人，和谐融洽，万事和顺，天籁从空中响起，应答造化的功效；它们对人类来说，人们会心平气和，口语顺畅，歌舞欢腾，应答君王的心声。因而五音八声，是声的枝末，金石丝竹，是发出声音的乐器。如果声的根本——人心不正，那么声就不会清纯，又何曾能动天地泣鬼神呢？又怎么会有三五合群，异业一声，倡导古调没有回应，呼唤今词能得精华，礼义因此而聚合兴盛，时代风尚因此而劲健清爽的现象呢？制定礼的人，有进退行止的规矩，制作乐调的人，有《大武》舞曲可供借鉴。因此圣人的声音铿锵如金石声，圣人治天下，如流水一样畅达。至于商纣夏桀，行为没有准则，邪欲泛滥，淫声满耳，人民无法表达自己的意见，管理社会的声音于是毁灭。周幽王、周厉王登上王位，他们的心机哪可预测？倡导邪僻的轻佻无度，附和虚伪的交叉错落，大雅正声日益松弛，礼义风尚日益浇薄，王道民政迅速崩倒闲置，专门制造亡国之音，作为一生的淫乐消遣。秦皇一声令下，坑儒而天为之摇动，焚书而火为之巨烈，广袤大地如海倾覆。伐木营建阿房宫，使山秃岭空；边塞上修筑长城，劳作声响如雷鸣；控制圣人，愚弄儒生，使天下百姓远离而成为孤家寡人；剥削逃亡民众，使他们彻底贫苦。以至于民众失去依托，怨声载道，田地不耕，荆榛遍地；刑罚失去标准，民众哀告无处，兵甲四起，被杀戮成为冤鬼。怨怒成为气，扩散成嚣尘，聚积成为浓云，封闭笼罩天地四方，阳气不升。怨怒发为声音，猛烈的风声伴怨而发，愤怒的涛声同时涌起，如鬼在郊外哭泣，如神在市内叫喊，河谷激荡，山峦崩溃，陈胜吴广大声一呼，而国家瓦解，天地似乎到了末日，凶声不绝。至于汉唐两代，汉代的高祖、光武，唐代的太宗、玄宗都智慧超越上古，气势升腾至上空，凭借冲天怒气，荡平边塞八荒，持剑大呼一声，声音回荡在中原大地，出力的劳动者能干，出声的管理者贤良，即使这样，他们也不能使仁义广泛传播下去，使道德能发扬光大，留下商秦美德的余韵，保持唐虞美妙的雅声。不如我朝帝王，集中思虑，诚恳地探求天理，给圣人作标范，使难事易办，只崇尚礼义、仁政，叩响遥远的天音，平心静气地聆听，听到古代的谬误疑惑之音，便匡正心中的不平之念。以至于表彰忠良之人，平息叹息之声；罢黜不肖之徒，平息荒谬不实之言；平分财物怜爱他人，平息哀怨之声；多施予少索求，平息流动逃亡之声；士、农、工、商四民分别对待，平息浮薄躁进之声；明正地管理狱讼，平息冤枉之声；用道德来保卫国家，平息兵器弓箭之声；远疏小人，平息邪恶奸佞之声；奏起大雅正声，平息不和谐之声；多么奇伟！多么壮观啊！使尧舜听到也会惊叹，相比之下，章濩的曲调显得低下，唐尧的颂歌显得轻浮，它浩浩荡荡，无法给它确切命名。这声音的感染力巨大，使水泛滥，使火光亮，无论是上等的贤人还是下贱的愚民，都闻声而欢乐嬉戏，使鸟兽行走癫狂，使虫蛇腾起跳跃，实在是千载难逢的时代，与万物同乐，我想引吭高歌，不知是否可行？”

【点评】此篇虽题为《声赋》，实则借声而言国家之兴衰治乱与王道教化。起始一段从天地开辟着墨，写声之由来。追索冥求，措宇宙于笔端，境界苍茫阔大，道出声与天地万物并生之理。第二段从自然之声过渡到人事之声，突出人声之奇伟，又由人声引出上古“羲黄唐虞”等帝王之声，说明其泽惠万类“如懵而醒”“如日破黑”“如愁得喜”。接下一大段是广成五老的话，是文章的主体，以时代为序专门铺陈帝皇之声与国家兴衰治乱的关系。上古时代，蠢动鼻息，完全顺应自然，故有天籁之响，六英之乐，天人相和，君民同乐，因为本正声清，所以能动天地泣鬼神，使礼仪繁会，时风劲清，由“圣人之音，铿如锵金”，而得到“圣人之治，潺若流水”的结果。到了夏桀商纣，幽王厉王时期，淫放、邪僻、伪薄之声四起，终于使正声毁灭，王道崩溃，成为亡国之音。有秦一代，焚书坑儒，大兴土木，残酷剥削，致使民失所业，怨气冲天，怨声载道，最后在陈胜吴广的一声大呼中覆亡。汉唐两代的明君智冠绝古，颇见政绩，但他们亦有未尽如人意的地方，只有我朝宋代方能尽善尽美，接下便铺陈我朝如何平息嗟吁、滥谬、哀怨、流亡、浇竞、冤枉、兵革、雕斫、邪佞、惉滞十种声音，而得到尧嗟舜惊、贤愚欢谑、鸟兽跄跄、虫虺跃跃的天下太平的盛世景象。全文沿用汉大赋铺张扬厉的手法，将正声、邪声、欢声、怨声以及引起的治与乱、兴与衰做了极力渲染，气势雄壮，排奡而下，而立意上却一改汉大赋“劝百讽一”的惯例，全文不作无聊等闲文字，笔墨所及皆关乎国家兴亡，因而它是一篇立意超拔的千古奇文，不愧为赋中精品。

【集说】其《声赋》一首，穷极幽渺，梁周翰至叹为“一百年不见此作”，则亦非无意于为文者。特其光明俊伟，发于自然，故真气流露，无雕章琢句之态耳。（《四库全书总目》）

从人与宇宙并生时所发出的“呀然震惊”之声写起，立即转到人声“与天通功”，然后依次写三皇五帝之声，秦之声、汉祖唐宗之声与宋之声。整篇一气直下，不作俪语，而想象丰富，文采焕发，在当世亦罕其匹。（马积高《赋史》）

（储兆文）

欧阳修

欧阳修(1007—1072),字永叔,号醉翁,晚年又号六一居士,庐陵(今江西吉安)人。宋仁宗天圣八年(1030)举进士入仕,曾参与“庆历新政”,多次被贬谪,后官至参知政事(副宰相)。欧阳修文学上对后世影响极大,是宋代诗文革新运动的主将,“唐宋八大家”之一。今存《欧阳文忠公集》。

秋声赋

欧阳子方夜读书[(1)],闻有声自西南来者。悚然而听之,曰:异哉!初淅沥以萧飒[(2)],忽奔腾而砰湃,如波涛夜惊,风雨骤至。其触于物也,𪸩𪸩铮铮,金铁皆鸣;又如赴敌之兵,衔枚疾走[(3)],不闻号令,但闻人马之行声。余谓童子[(4)]:“此何声也?汝出视之。”童子曰:“星月皎洁,明河在天[(5)],四无人声,声在树间。”余曰:“噫嘻悲哉!此秋声也,胡为乎来哉?”

“盖夫秋之为状也:其色惨淡,烟霏云敛;其容清明,天高日晶;其气栗冽,砭人肌骨;其意萧条,山川寂寥。故其为声也,凄凄切切，呼号愤发。丰草绿缛而争茂，佳木葱茏而可悦；草拂之而色变，木遭之而叶脱。其所以摧败零落者，乃其一气之余烈(6)。夫秋，刑官也(7)，于时为阴(8)；又兵象也，于行为金。是谓天地之义气，常以肃杀而为心(9)。天之于物，春生秋实。故其在乐也，商声主西方之音，夷则为七月之律(10)。商，伤也，物既老而悲伤；夷，戮也，物过盛而当杀(11)。”

“嗟乎！草木无情，有时飘零。人为动物，惟物之灵。百忧感其心，万事劳其形，有动乎中，必摇其精；而况思其力之所不及，忧其智之所不能。宜其渥然丹者为槁木(12)，黟然黑者为星星(13)。奈何以非金石之质，欲与草木而争荣？念谁为之戕贼，亦何恨乎秋声！”

童子莫对，垂头而睡，但闻四壁虫声唧唧，如助余之叹息。

【注释】(1)子：先生，古文中常用为作者的自称。 (2)淅(xī)沥：与下文“砰湃”都是象声词。 (3)枚：形如筷子的木棍，军事上偷袭时衔在士兵口中，以防止发声。 (4)童子：侍从的人，指书童。 (5)明河：银河。(6)“乃一”句：古人认为“气”是构成万物的基本素质，万物春生秋杀，所以称秋为一气之余烈。 (7)刑官：司法官。古代于秋季刑杀罪犯。 (8)于时为阴：古人认为四时阴阳迭用，夏至后一阴生，冬至后一阳生，故秋为阴。(9)“又兵象”四句：杀伐之气，战斗之象。 (10)“故其”三句：商声是宫商角徵羽五声之一，与五行(金木水火土)相配，金为商，与四方(东南西北)相配，西为商。夷则是十二乐律之一，与十二月相配，夷则为七月。 (11)“商，伤也”六句：商、伤是谐音，夷、戮是释义，作者以此强调秋天的肃杀。(12)“宜其”二句：渥然丹者：指鲜红色的容貌。槁木：形容人枯瘠憔悴。(13)黟(yǒu)然黑者：指头发乌黑。星星：形容须发花白。

【今译】欧阳先生正在夜间读书，听到有声音从西南方向传来。惊异地注意听取，说：奇怪啊！开始时淅淅沥沥细碎凄凉，忽然间飞驰跳跃响亮宏壮，像惊涛骇浪午夜汹涌，疾风暴雨突然降临；它和别的物体接触时，发出清越的撞击声，如同金属轰鸣。又像奔袭敌营的士兵，口中衔着枚行进，听不到号令，只听到人和马奔跑的声音。我对书童说："这是什么声音呢？你出去看一下。"书童回答说："星星月亮光辉灿烂，银河高高挂在天空，四周寂静无人，声音在树木中间。"我说："唉，可悲啊！这是秋季的声音呀，为什么就到来了呢？"

"那秋季呈现的状态是：它的色彩单调，烟散云收，凄凉暗淡；它的容貌洁净，天清气爽，阳光灿烂；它的气候酷烈，凉意袭人，深入肌骨；它的意象冷落，山寒水瘦，萧森寂寞。所以它发出的声音，凄凉悲切，愤怒激烈。茂草绿毯子一般争相滋长，树木青翠欲滴令人喜爱，茂草遇到它就枯黄，树木遭逢它就落叶。秋季所以能摧毁茂草，凋零树木，因为是自然界的运化规律。这秋季，是人间罚恶的法官，在四季中属于阴；又是战争的象征，在五行中代表金。属于天地间的刚正之气，经常以严酷暴戾作为本性。自然界对于万物，春季生长秋季结果。所以秋季在音乐中，商声是西方的音符，夷则是七月的乐律。商即悲伤，万物已经衰老就产生悲伤；夷即杀戮，万物过于茂盛就应该杀戮、消减。"

"可叹啊！茂草树木没有感情，在一定的时间仍不免飘飞零落。人是有血肉的动物，一切生物中的灵长。成百种忧虑感触人的内心，成万项事务劳累人的身体，只要内心有所触动，必然扰乱他的精神；而且还要考虑他力量所不能完成的事务，担心他智慧所无法解决的问题。理所当然地会使人鲜细润泽的容颜变得枯瘠苍老，乌黑茂密的须发变得花白稀疏。为什么要用不是金石那样坚固不变的本质，想去和茂草树木争一时之景呢？考虑到究竟是什么原因摧残了人，又何必怨恨这秋季的声音呢！"

书童没有回答，低着头打瞌睡了。只听到四边墙壁外唧唧的虫鸣，好像在附和着我的叹气声。

【点评】《秋声赋》作于仁宗嘉祐四年（1059）。宋代自真宗景德元年（1004）与契丹（辽国）订立澶渊和议，双方罢兵后，君臣上下谄谀成风，文恬武嬉，数十年间，形成积贫积弱的局面。至仁宗时，各方面矛盾都暴露出来。仁宗初期范仲淹主持的"庆历新政"，目的就是改变这个颓势，可不久即失败了，欧阳修亦因此两度遭贬谪。至作《秋声赋》时，作者的官位虽又晋升为翰林学士。但政局却江河日下。诚如他自己说的:“为大计既迟信而莫待,收细碎又无益而徒劳。”(《与田元均论财计书》)明乎此,才能知“思其力之所不及,忧其智之所不能”二句,反映了作者如何苦思焦虑。但回天乏术,所以时时萌发弃官归隐的思想。前人评论《秋声赋》,有的说是宣扬悲观主义,是消极的;有的则说基本上是持积极进取的唯物主义态度的。实际都为不明作品背景内涵,贴标签式的皮相之谈。

赋这一文学体裁,源于楚辞,有一个很长的发展过程。开始时还是骈散结合的,如宋玉诸赋。到汉代,发展成为格律严整的庙堂大赋。到六朝,一变而为抒情小赋。到唐代,赋体改趋解放,但仍保持着工整的对偶。到欧阳修手里,就基本散文化了。这也是作者诗文革新运动的实绩之一,文学史上称为“文赋”,以区别于骈赋和律赋。但作为赋,文赋仍保留了赋体主客对问、抑扬顿挫、音韵铿锵的特色。

《秋声赋》堪称为文赋的代表作,这不仅在于它哲理性的内涵,艺术上的成就也是值得一说的。在此之前以秋为题的赋作不胜枚举,唐刘禹锡也作有《秋声赋》。但欧阳修的秋声,却写得含蓄隐约,耐人寻思。

夜阑人静,忽然有声音从西南方传来,由微而渐,由远而近。接着用浪涛汹涌,风雨暴至,大队人马无声行进等比喻描状。这时星月皎洁,周围绝无人踪,声音却发自树间,那究竟是什么声音呢?作者实际写的是秋风触物声,在“有声自西南来者”中已加以暗示。《易纬》有“立秋凉风至”,注:“西南方风”。而风本身是无形无声的,所以又用“其触于物也”“声在树间”进一步点明。

在第一个段落中,作者对这不可捉摸的秋风,以简练的笔墨作了具体而形象的刻画,最后直接写出“此秋声也”。为什么又感慨“胡为乎来哉”呢?原来此时正是盛夏之末,人们正厌于溽暑,而时令却已进入秋季。自然界自是根据一定的规律运行,而人们突然感知凉风,获悉这一变化时,不由感慨时不我与。这一问,是问秋季为什么来得这么快、这么早。

第二个段落是由秋声进而写秋季呈现出的状态,先排比色、空、气、意四个方面,反映秋令的萧条肃杀,进一步说明秋声凄凉悲切、愤激凌厉的原因。丰草佳木,入秋即摧败零落,强调了秋的威力。接着又历举古书记载人类社会种种与秋季相应的活动,以此证明春生秋实或者春生秋杀是自然和人类的共同规律。

第三个段落是全文的核心，第一、二两段都是为这一段作铺垫，由草木而联系到人。草木遇秋凋零，而人是万物之灵，却往往和草木一样未老先衰。这不是秋季的缘故，而是人自己摧残自己，“百忧感其心，万事劳其形”。有荣必有瘁，有盛必有衰，作者力求摆脱不得，所以发为文章。如前所述，作者目睹宋王朝的危机日益深化，自己身在高位，无力也无法加以挽救，内心矛盾焦虑，却找不到出路。

结尾几句是赋体的必要，也表示了作者孤立无助，缺乏知音。

一篇成功的作品，虽然表达的是作者本人独特的感受，由于它的真实和深度，能引起有类似思想、类似经历的读者共鸣。可是如果不了解作者的生平、思想，仅从字面上去分析它的“消极性”或“积极性”，实际都是隔靴搔痒。因此知人论世，是理解作品的前提，《秋声赋》也不例外。

【集说】前辈尝言，公作文揭之壁间，朝夕改定。今观手写《秋声赋》凡数本，……而用字往往不同。（周必大《〈欧阳文忠文集〉后序》）

秋声，无形者也，却写得形色宛然，变态百出。末归于人之忧劳，自少至老；犹物之受变，自春至秋。凛乎悲秋之意。溢于言表。结尾虫声唧唧，亦是从声上发挥。（吴调侯、吴楚材《古文观止》）

《秋声》《赤壁》，宋赋之最擅名者，其原出于《阿房》《华山》诸篇，而奇变远弗之逮。殊觉剽而不留。陈后山所谓一片之文押几个韵者耳。朱子亦云：宋朝文章之盛，前世莫不推欧阳文忠公、南丰曾公与眉山苏公相继迭起，各以文擅名一世，独于楚人之赋，有未数数然者。盖以文为赋，则去风雅日远也。（李调元《赋话》卷五）

（陈　新）

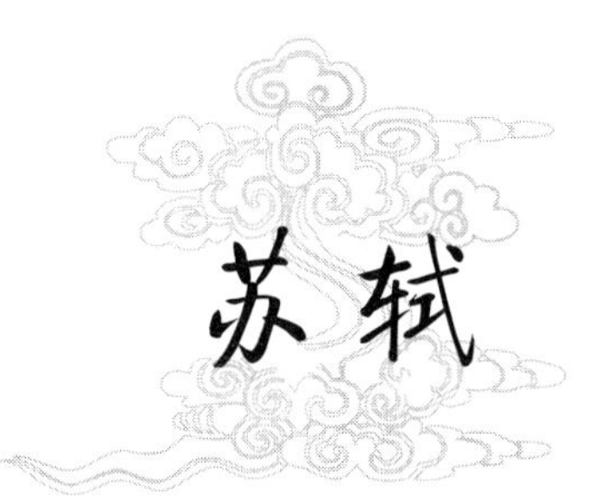

苏轼

苏轼(1037—1101),字子瞻,号东坡居士,眉山(今四川眉山)人。宋仁宗嘉祐二年(1057)进士,历知州县。神宗熙宁间变法,因反对新法扰民并形诸诗文,被贬斥。哲宗元祐初复官,至绍圣初哲宗亲政,又被远贬至海南,死于贬谪中。苏轼的诗词、散文都有高度成就,后世列为"唐宋八大家之一"。有《苏东坡全集》。

前赤壁赋

壬戌之秋[1],七月既望[2],苏子与客泛舟游于赤壁之下[3]。清风徐来,水波不兴。举酒属客[4],诵"明月"之诗,歌"窈窕"之章[5]。少焉,月出于东山之上,徘徊于斗、牛之间[6]。白露横江,水光接天。纵一苇之所如[7],凌万顷之茫然[8]。浩浩乎如冯虚御风[9],而不知其所止;飘飘乎如遗世独立,羽化而登仙[10]。

于是饮酒乐甚,扣舷而歌之。歌曰:"桂棹兮兰桨,击空明兮溯流光。渺渺兮予怀,望美人兮天一方[11]。"客有吹洞箫者,倚歌而和之。其声呜呜然，如怨如慕，如泣如诉，余音袅袅，不绝如缕。舞幽壑之潜蛟，泣孤舟之嫠妇[12]。

苏子愀然，正襟危坐而问客曰："何为其然也？"客曰："'月明星稀，乌鹊南飞'，此非曹孟德之诗乎[13]？西望夏口[14]，东望武昌[15]，山川相缪，郁乎苍苍，此非孟德之困于周郎者乎[16]？方其破荆州，下江陵，顺流而东也，舳舻千里，旌旗蔽空，酾酒临江，横槊赋诗，固一世之雄也，而今安在哉！况吾与子，渔樵于江渚之上，侣鱼虾而友麋鹿，驾一叶之扁舟，举匏樽以相属[17]，寄蜉蝣于天地[18]，渺沧海之一粟。哀吾生之须臾，羡长江之无穷，挟飞仙以遨游，抱明月而长终，知不可乎骤得，托遗响于悲风。"

苏子曰："客亦知夫水与月乎？逝者如斯，而未尝往也；盈虚者如彼，而卒莫消长也。盖将自其变者而观之，则天地曾不能以一瞬；自其不变者而观之，则物与我皆无尽也，而又何羡乎！且夫天地之间，物各有主，苟非吾之所有，虽一毫而莫取。惟江上之清风，与山间之明月，耳得之而为声，目遇之而成色，取之无禁，用之不竭，是造物者之无尽藏也，而吾与子之所共适。"

客喜而笑，洗盏更酌，肴核既尽，杯盘狼藉。相与枕藉乎舟中，不知东方之既白。

【注释】(1)壬戌：宋神宗元丰五年(1082)的干支。 (2)既望：农历每月十五为望日，十六日为既望日。 (3)赤壁：苏轼当时黜降为黄州团练副使，他游览的是黄州赤鼻矶。据考证，三国赤壁之战的赤壁，在今湖北嘉鱼县东北长江南岸。 (4)属：劝。下文"相属"，亦指互相劝酒。 (5)"明月"之诗，"窈窕"之章：指《诗·陈风·月出》首章。窈纠通窈窕。 (6)斗、牛：指星空的斗宿和牛宿。 (7)一苇：喻小船。 (8)万顷：喻长江江面广阔。 (9)冯：通"凭"。 (10)羽化：飞升成仙。 (11)美人：思慕、怀念的人，古代并不专指妇女。 (12)嫠妇：寡妇。 (13)"月明星稀，乌鹊南飞"：是曹操《短歌行》中的诗句。 (14)夏口：故址在今武汉市黄鹄山上。 (15)武昌：今湖北鄂州市。 (16)周郎：周瑜字公谨，东吴孙权的主将。

(17)匏樽：剖开葫芦做的酒杯。 (18)蜉蝣：昆虫名，生命短暂，朝生暮死。

【今译】壬戌年的秋天，七月十六日，苏先生和他的客人，坐船在赤鼻矶下面游览。凉爽的风微微吹拂，江面波平浪静。主人举起酒杯劝客人饮酒，并朗诵《诗经·陈风·月出》篇的《窈窕》一章。过了一会儿，月亮从东边的山上升起，逐渐移到斗宿、牛宿中间。江面上笼罩着白蒙蒙的雾气，水天上下仿佛接连一起。任凭着这一叶扁舟自然流动，漂浮在茫茫无际的广阔江水上；浩浩荡荡地仿佛凭空乘风飞行，却不知道驶到哪里才能停止；飘飘扬扬地犹如超脱了人世，飞升天空去遨游仙境。

这时候主客饮酒十分快乐，拍着船帮唱起歌来。歌词唱道："桂树做的船啊木兰做的桨，拍击着明净如天的江水啊在月光下逆流而上。绵长幽深啊我的思念，心中想念的人啊远隔他乡。"客人中有擅长吹洞箫的，和着歌声伴奏。洞箫发出呜呜的声音，像哀怨又像思念，像哭泣又像倾诉，尾声萦绕在空间，细微得像丝缕一样摇曳不断。悲凉的箫声使潜伏深渊的蛟龙飞腾起舞，令独泊江边船工的寡妇伤心哭泣。

苏先生神色忧伤，整了整衣服坐直身体后问吹箫的客人说："为什么洞箫声如此悲凉呢？"客人说："'月明星稀，乌鹊南飞'，这不是曹操的诗吗？在这里西面可以看到夏口，东面可以看到武昌，山水犬牙交错，树木青葱茂密，这不是曹操被周瑜打败的地方吗？当曹操攻破荆州，占领江陵，顺流东下的时候，巨大的战船连接千里，鲜明的旗帜遮天蔽日，在江上宴客饮酒，横执长矛高声吟诗，确实是不可一世的英雄啊，如今却在哪里呢！如今的我和您，只是在江上打鱼、江边砍柴的人，和鱼虾做伴侣，跟麋鹿交朋友，乘着一片树叶般的小船，举起葫芦瓢儿互相劝酒，不过像朝生暮死的蜉蝣寄生在天地之间，微小得像大海中的一粒小米。哀伤人生生命短暂无常，羡慕长江流水千古不绝，挽着飞仙一起遨游太空，怀着明月与它永世长存，这愿望明知不能轻易实现，所以借箫声寄托悲怀，凭秋风传向远方。"

苏先生说："您也该了解这江水和月亮的道理罢？不断流逝的像这江水，实际并没有流走；时圆时缺的像那月亮，结果并没有增减。如果从它们变化的一面去观察，就是天和地也不能在眨眼之间保持不变；如果从它们不变的一面去观察，那么万物和人类都无穷无尽永不消失，因此还有什么可羡慕的呢？何况天地之间的万物，都有它的主人，如果不属于我所有的东西，即使一根毫毛也不能妄取。只有江面上的清风和山中间的明月，耳朵听到它就成为悦耳的声音，眼睛看到它就是呈现光辉的色彩，享有它没有人来禁止，使用它永远不会枯竭，这是大自然的无穷无尽的宝藏，所以我和您能够一同随心所欲地欣赏。”

客人听后高兴得笑出声来，洗洗杯子重新斟酒痛饮。菜肴和果品都吃完了，杯盘散乱也不收拾，就互相依靠着睡在船中，不知不觉间东方的天空已经发白了。

【点评】《前赤壁赋》的体裁，亦属文赋，所谓“以文为赋，藏叶韵于不觉”（张伯行《唐宋八大家文钞》），是欧阳修《秋声赋》等的后劲。

赋作于元丰五年。此前苏轼被人告发以诗攻击新法，入御史台狱，几陷于死。后出狱，贬黄州团练副使本州安置，不得签书公事，实际仍是被监视的罪人，所以在文中比喻自己为渔夫、樵子。这是此赋的本事。

月夜泛江，是骚人雅事，古往今来不知有多少人亲历过。但写出像《赤壁赋》这样千古传诵不衰的名篇，恐怕只有苏轼一人。

文章第一段除了以简练的笔墨点明时间、地点和同游的人以外，写江上景色，仿佛是一幅秋江夜月图。清风明月，可谓无时不在，但经过作者的描绘，却能令读者和作者一样感知它们的赏心、悦目、适耳。这时游人乘着小船，在浩淼无际的长江上自由漂行，涤除人世间的烦恼，油然产生飘飘欲仙的感觉。全文的写景仅此，其难能处是并没有写任何特殊的景色，却给读者犹如身历其境的感受。

第二段是文章的过渡，写作者江游乐甚，饮酒唱歌，歌词即为抒发月下乘舟泛江的情景。客人吹洞箫伴奏，文章用力刻画洞箫声感人动物的悲凉，以引起下文。

第三段借询问洞箫声何以如此悲凉，引出一段本地风光的三国时赤壁之战的史事，说明人生短暂，生命无常，雄才大略如曹操，当年是不可一世的英雄，却在赤壁败于周瑜。如今无论胜者败者，都已成为历史陈迹。何况作者和他的友人都地位卑微，不过如短命的蜉蝣寄生世间，面对长流不息的长江水，还不应该悲哀吗。

第四段以眼前景物的水、月、风发挥，自然浑成，极富哲理性。作者实际是从宏观、微观两个不同角度立论。就微观而言，万物（包括人）和自然，无时无刻不在变化。如江水，它不停地流逝，水位始终未变，所以是“未尝往也”。月亮也如此，它不停地或圆或缺，而循环往复，千古长新，这即是“物与我皆无尽也”，以此开解人生短暂的悲怀。并且把眼前的江上清风、山间明月，作为大自然慷慨无私的赐予，供人们尽情享受，进一步渲染为人的生活乐趣。和上文“清风徐来”“月出东山”“饮酒乐甚”紧相呼应，凝成一体。

文章最后写客人转悲为喜，开怀痛饮。结果主人和客人都醉卧舟中，直到天明。

因政治上的挫折、思想上的压抑，期望从大自然中寻求精神解脱，是全文内容的核心。但也应该承认，苏轼的人生观是相当旷达的。人的这类思想非常复杂，我们习惯使用“积极”“消极”尺度，是不易正确衡量的。

【集说】此赋学《庄》《骚》文法，无一句与《庄》《骚》相似，非超然之才，绝伦之识，不能为也。潇洒神奇，出尘绝俗，如乘云御风而立乎九霄之上，俯视六合，何物茫茫，非惟不挂之齿牙，亦不足入其灵丹府也。（谢枋得《文章轨范》）。

《赤壁》前后赋者，苏公之所作也。曹操气吞宇内，楼船浮江，以谓遂无吴矣；而周瑜少年，黄盖裨将，一炬以焚之。公谪黄冈，数游赤壁下，盖忘意于世矣，观江涛汹涌，慨然怀古，犹壮瑜事而赋之。（晁补之《续离骚序》）

以文为赋，藏叶韵于不觉，此坡公工笔也。凭吊江山，恨人生之如寄；流连风月，喜造物之无私。一难一解，悠然旷然。（张伯行《唐宋八大家文抄》）

（陈　新）

后赤壁赋[1]

是岁十月之望[2]，步自雪堂[3]，将归于临皋[4]。二客从予过黄泥之坂[5]。霜露既降，木叶尽脱。人影在地，仰见明月，顾而乐之，行歌相答[6]。已而叹曰：“有客无酒，有酒无肴，月白风清，如此良

夜何?”客曰:“今者薄暮,举网得鱼,巨口细鳞,状似松江之鲈[7]。顾安所得酒乎[8]?”归而谋诸妇[9]。妇曰:“我有斗酒,藏之久矣,以待子不时之须[10]。”

于是携酒与鱼,复游于赤壁之下。江流有声,断岸千尺[11],山高月小,水落石出。曾日月之几何[12]?而江山不可复识矣!

予乃摄衣而上[13],履巉岩[14],披蒙茸[15],踞虎豹[16],登虬龙[17];攀栖鹘之危巢[18],俯冯夷之幽宫[19]。盖二客不能从焉。划然长啸,草木震动,山鸣谷应,风起水涌。予亦悄然而悲,肃然而恐,凛乎其不可留也[20]。反而登舟,放乎中流,听其所止而休焉。时夜将半,四顾寂寥。适有孤鹤,横江东来。翅如车轮,玄裳缟衣[21],戛然长鸣[22],掠予舟而西也。

须臾客去,予亦就睡。梦一道士,羽衣翩跹[23],过临皋之下,揖予而言曰[24]:“赤壁之游乐乎?”问其姓名,俯而不答。呜呼噫嘻,我知之矣!”畴昔之夜[25],飞鸣而过我者,非子也耶?”道士顾笑,予亦惊悟。开户视之,不见其处。

【注释】(1)苏轼贬黄州(今湖北黄冈)团练副使时作,此外尚有《前赤壁赋》。赤壁:在今湖北省嘉鱼县东北,非孙刘联军破曹之赤壁,孙刘破曹赤壁在湖北省蒲圻县西北。苏轼在此借赤壁之名,即兴发挥,借名吊古。 (2)是岁:承《前赤壁赋》而言,指宋神宗元丰五年(1082)。望:每月的十五日。 (3)雪堂:苏轼在东坡建筑的住所,在黄冈市东。堂建于雪天,四壁全绘雪景。 (4)临皋:临皋亭,苏轼寓所,在黄冈市南、长江边。 (5)黄泥坂:东坡附近的山坡,在黄冈市东。 (6)行歌相答:边走边吟诗,相与唱和。 (7)松江之鲈:松江县(今属上海市松江区)以产四鳃鲈著名。 (8)顾:但。安所得酒:从哪里去弄酒呢? (9)谋诸妇:即谋之于妇,与妇商量酒的事。 (10)须:一作“需”。 (11)断岸:陡峭壁立的江岸。 (12)曾日月之几何:时间过去没有多久。 (13)摄衣:撩起衣服。 (14)巉岩:险峻的山崖。 (15)披蒙茸:分开丛生的杂草。 (16)踞虎豹:蹬在状如虎豹的石块上。 (17)虬龙:古老盘曲的树木。 (18)栖鹘(hú)之危巢:栖息鹘鸟的高崖。

鹘：一称隼，猛禽类，筑巢悬崖之上。危：高地。（19）冯（píng）夷：神话中水神名，即河伯。（20）凛乎：恐惧貌。留：逗留。（21）玄裳缟衣：黑裙白衣，指丹顶鹤身白，羽尾黑。（22）戛然：象声词。（23）羽衣：以鸟羽为衣。翩跹：旋飞而行。（24）揖：拱手叩拜。（25）畴昔之夜：指昨夜。

【今译】壬戌年（1082）十月五日，我从雪堂起程，将步行归居临皋，两位客人随我一道翻越黄泥坂。此时已降霜露，树叶尽脱，低头见人影在地，仰头望明月在天，环顾此景，乐而忘返，边走边吟，相与唱和。忽而我叹道："有客人却没有酒，即使有酒又没有佳肴，这月白风清的良宵，我们将如何度过呢？"客人说："今天傍晚，我提起网绳，捕得一鱼，口大鳞细，酷似松江鲈鱼，鱼是有了，但到哪里去弄酒呢？"我便归来向妇人讨酒，妇人说："我有美酒一斗，贮藏了很久了，就是用来满足你万一无酒时的需要的。"

于是，我们一行携带着酒与鱼，再一次遨游于赤壁之下。江水奔流，涛声盈耳；江岸陡峭，上耸千尺；山峦高峻，明月远小；江水退落，礁石现出。时间才过了多久啊？但山川风物变化之快，似乎让人无法再辨认得出了！

我于是撩起长衫，舍舟登岸，踏上险峻的山崖，分开丛生的野草，坐在如虎如豹的岩石上，登上盘曲古老的树枝，攀援到鹘鸟栖息的高巢上，俯视到河伯所居的幽深水宫。两位客人已经无法跟得上我了。我长啸一声，草木为之震动，山峦传响，深谷回应，好似狂风骤起，江水涌来。我自己也悄然悲伤起来，肃然恐惧起来，惶惶然觉得这里不可久留。返回岸边，登上小船，将它放到江心，任其漂流。将近半夜，四顾寂寥。恰在此时，有一孤鹤横江飞来，翅膀如车轮，白身黑尾，戛然长鸣，从小船的上空一掠而过，向西飞去。

过了一会儿，客人离去，我也就寝了，梦见一道士，穿着羽毛衣衫，盘旋飞来，经过临皋，拱手对我说："赤壁之游快乐吗？"我问他姓甚名谁，他低头无语。"噢噢，我知道了，昨夜从我头顶飞鸣而去的孤鹤，不就是你吗？"道士只是大笑，我也被惊醒了。推开门望去，不见他在梦中所在的地方。

【点评】这篇赋写作者夜游赤壁，描绘了秋日长江及其两岸的景色，同《前赤壁赋》一样，也是表现作者在逆境中苦闷及达观自适的处世态度，但情绪更为低沉，虚无色彩更浓。

开篇叙述作者与两客步行返归临皋，路经黄泥坂时所见的霜露月夜之景；良朋会于良夜，顿生诗酒之兴，于是取鱼谋酒，复游赤壁。接下写山寒水瘦，水落石出的秋江景色，引发出物候变迁迅疾之感慨，于是舍舟登岸，寻幽探微，观无限风光于险峰，并引吭长啸，一吐心中郁积，然而这里人迹罕至、凄神寒骨，不可久留，故返而登舟，逍遥于江舟之上。这一段描叙中潜藏着作者思想矛盾的消长与灵魂深处的搏击，作者想上仕途奔波求索，想大声呐喊，但入仕之途险恶难攀，"高处不胜寒"，于是毅然选择了逍遥江海之上，过无拘无束的潇洒人生。最后写夜半遇鹤与睡梦道士，隐约地表现了作者对羽化登仙的道家生活的向往，文章以虚无缥缈的意境作收束，留下悠悠遐思于文字外。

全文笼罩在一片清冷的秋月之下，不似《前赤壁赋》重主客问答、突出思想矛盾与哲理阐释，而是主要叙写作者孤鹤幽灵般的行踪，与所见的凄冷森然的景物，着眼于表现解脱的失落与寂寞及对佛道思想的体悟，意境迷离恍惚，行文游刃有余，笔触所及皆成妙境，与《前赤壁赋》一起成为千古传诵的美文。

【集说】《前赤壁赋》为禅法道理所障，如老学究着深衣，遍体是板。《后赋》直平叙去，有无量光景……至末一段即子瞻亦不知其所以妙。（袁宏道评，见《识雪照澄卷末》）

前赋，是特地发明胸前一段真实了悟；后赋，是承上文从现身现境，一一指示此一段真实了悟，便是真实受用也。本不应作文字观，而文字特奇妙。（金圣叹《天下才子必读书》）

《后赤壁赋》主要反映了《前赤壁赋》中从清风明月和挟仙遨游中摆脱苦闷的思想。文中对不同季节的山水变化和悬岩、峭壁、怪石、枯木的生动描绘，给人以逼真的感觉，至于把掠舟而西的飞鹤写成梦中的道士，则全是作者的想象，而给作品蒙上一层神秘的色彩。（四川大学中文系编《宋文选》）

（储兆文）

张耒

张耒(1054—1114),字文潜,号柯山,楚州淮阴(今属江苏)人。熙宁进士,曾任太常少卿等职。为“苏门四学士”之一。诗歌平易通畅,对社会矛盾有所反映。亦能词。有《张右史文集》,存赋三卷三十二首。

鸣鸡赋

先生闲居乐道,昧旦而兴(1),家畜一鸡(2),司晨而鸣(3)。畜之既老,语默有程(4),意气武毅(5),被服鲜明(6),峨峨朱冠,丹颈玄膺(7)。苍距矫攫(8),秀尾翘腾。奉职有恪(9),徐步我庭(10),啄粟饮水,孔肃靡争(11)。山川苍苍,风霰宵凝(12),黯幽窗之沉沉,恍余梦之初惊(13),万里一寂,钟鼓无声,闻振衣之腷膊(14),忽孤奏而泠泠,委更筹之离乱(15),和城角之凄清(16),应云外之鸣鸿,吊山巅之落星。歌三终而复寂(17),夜五分而既更,万境皆作,车运马行。先生杖履而出(18),观大明之东生(19)。

【注释】(1)昧旦:天蒙蒙亮。兴:起床。 (2)畜:饲养。 (3)司晨:负责早晨报晓。司:主管。 (4)语默有程:鸣叫或不鸣都有一定规则。程:法规,标准。 (5)武毅:威武刚毅。 (6)被服:指身上的毛色。 (7)玄膺:指胸部为红黑色。 (8)苍距:灰白色的爪子。矫:高举。攫(jué):迅急抓取。 (9)恪:谨慎而恭敬。 (10)徐步:缓慢地行走。 (11)孔肃靡争:很严肃,不争食。孔:很。 (12)霰(xiàn):雪粒,水汽凝结的小块冰片。(13)恍(huǎng):惝恍,迷迷糊糊的样子。 (14)腷(bì)膊:象声词,此处指鸡拍打翅膀的声音。 (15)委:抛弃。更筹:计算时间的筹码。 (16)城角:城里的号角。 (17)歌三终:指鸡鸣叫三遍。 (18)杖履:拄着拐杖,穿着草鞋。 (19)大明:太阳。

【今译】有位先生闲居无事,以道自娱,每天天刚亮就起床,家中饲养一只公鸡,以便让它晨鸣报晓。鸡养得已经很久了,它的鸣叫或沉默都有一定规则,它的气度意绪很威武刚毅,身上的毛色鲜艳明亮,有着高高的红冠,有着红色的颈项和红黑色的前胸,灰色的爪子用力迅急抓取,长长的尾毛向上翘起。它恭敬而谨慎地奉行它报晓的职责,它常常缓步走到庭院中吃食饮水,神态庄重而严肃,从不争食。当山川苍茫一片的夜色,风霜凝结,幽窗沉沉,人们尚在梦中的时候,万里一片寂静,也无钟鼓之声,就会听到它的拍打翅膀的噼啪声,忽然引颈高鸣,泠然动听,它的鸣叫可以舍弃零乱的打更声,这鸣声伴随着城中凄清的号角声,应和着云外嘶鸣的飞鸿,似乎在吊唁山顶上渐次消失的晨星。鸣叫三遍之后又归于寂静,这时夜已到了五更,万物又都行动起来,车马开始运行。先生便拄着手杖,穿上鞋袜,去观看日出了。

【点评】这首小赋为鸣鸡而作。开篇四句简约地介绍了鸡的主人因"闲居乐道,昧旦而兴",故"家畜一鸡",以备司晨报晓。接下至"孔肃靡争"是状鸣鸡的形象及其风神气度。它毛色鲜明,朱冠高耸,红颈黑胸,苍爪利甲,长尾后翘——此为外在形象的俊美;它语默不乱,威武刚毅,恪守其职,举止有度,饮食不争——此为内在气质的高雅。接下至"车运马行"为全篇重点,写鸡之鸣叫。作者先描绘了一幅夜色沉沉、山川苍苍、天寒地冻、万里无声的冷寂的冬夜图,作为下文鸣声的铺垫,在这样的背景下开始写鸣声:先是拍打翅膀，这似乎是鸣叫前的准备动作，当它抖脱疲倦，引足底气之后，便引颈孤奏，这鸣声在冷寂的冬夜里，显得高亢而清越；然后作者把这鸣声与离乱的更声、城中的角声、云外的鸿声错落在一起，组成一支五音繁汇的交响曲，而雄鸡的鸣声则是其中的主旋律。三遍鸣叫之后，夜过五更，天明地亮，车马运行，新的一天开始了。最后两句写先生杖履而出，观日出之东升，回应开头，收束全篇。

“雄鸡一唱天下白”为咏鸣鸡的绝唱，然恨其言得不详。这篇小赋写雄鸡之形象风神，状其鸣叫之清越高亢，并描绘了其鸣叫前背景与鸣叫后的反应和天色人事的变化，篇幅虽短而雄鸡报晓之全豹尽出，可谓“雄鸡一唱天下白”诗句的详确注文。

【集说】这是从《晋书·祖逖传》所载刘琨、祖逖闻鸡起舞的故事中引申出来的，但是作者并未点出这一故事，而只是就其中“此非恶声也”加以具体而生动的描写，从而在人们面前展现一种长夜已去，“万境皆作”的生气勃勃的景象，激起人们的奋发有为的精神，在抒情小赋中，可称是上乘之作。（马积高《赋史》）

（储兆文）

杨万里

杨万里(1127—1206),字廷秀,号诚斋,吉水(今属江西)人。做过太常丞兼礼部右侍郎、广东提点刑狱,后诏进宝谟阁直学士。为人不苟合取容,直言敢谏。晚年宰相韩侂胄专权,他不受笼络,家居十年不出,忧愤而卒。杨万里与尤袤、陆游、范成大并称南宋"中兴四大诗人",其诗平易自然,清新活泼,时称诚斋体。著有《诚斋集》。

浯溪赋[(1)]

予自二妃祠之下[(2)],故人亭之旁[(3)],招招渔舟[(4)],薄游三湘[(5)]。风与水其俱顺[(6)],未一瞬而百里,欻两峰之际天[(7)],俨离立而不倚[(8)]:其一怪怪奇奇,萧然若仙客之鉴清漪也[(9)];其一蹇蹇谔谔[(10)],毅然若忠臣之蹈鼎镬也[(11)]。怪而问焉,乃浯溪也:盖唐亭峙其南[(12)],峿台岿其北[(13)];上则危石对立而欲落,下则清潭无底而正黑;飞鸟过之,不敢立迹[(14)]。

予初勇于好奇,乃疾趋而登之。挽寒藤而垂足,照衰容而下窥[15]。忽焉心动[16]，毛发森竖，乃迹故步[17]，还至水浒[18]，剥苔读碑[19]，慷慨吊古。倦而坐于钓矶之上[20]，喟然叹曰[21]：惟彼中唐，国已膏肓[22]，匹马北方，仅获不亡[23]。观其一过不父[24]，日杀三庶[25]，其人纪有不斁矣夫[26]！曲江为箧中之羽[27]，雄狐为明堂之柱[28]，其邦经有不蠹矣夫[29]！水、蝗税民之亩[30]，融、坚椎民之髓[31]，其天人之心有不去矣夫[32]！虽微禄儿[33]，唐独不覆厥绪哉[34]？观马嵬之威垂[35]，涣七萃之欲离[36]，殪尤物以说焉[37]，仅平达于巴西[38]：吁不危哉！嗟乎！齐则失矣，而楚亦未为得也[39]。灵武之履九五，何其亟也[40]？宜忠臣之痛心，寄《春秋》之二三策也[41]！虽然，天下之事，不易于处，而不难于议也[42]。使夫谢奉册于高邑[43]，禀重巽于西帝[44]，违人欲以图功，犯众怒而求济[45]：天下之士，果肯欣然为明皇而致死哉[46]？盖天厌不可以复祈[47]，人溃不可以复支[48]，何哥舒之百万[49]，不如李、郭千百之师[50]？榷而论之[51]，事可知矣。且士大夫之捐躯以从吾君之子者，亦欲附龙凤而攀日月，践台斗而盟带砺也[52]。一复莅以耄荒[53]，则夫一呼万旂者[54]，又安知其不掉臂也耶[55]？古语有之："投机之会，间不容穟[56]。"当是之时，退则七庙之忽诸[57]，进则百世之扬觯[58]！嗟肃宗处此，其实难为之。九思而未得其计也[59]！

已而舟人告行[60]，秋日已晏[61]；太息登舟，水驶于箭。回瞻两峰，江苍茫而不见。

【注释】(1)浯(wú)溪：在湖南祁阳西南五里，山溪奇秀，风光宜人。《浯溪赋》约写于宋高宗绍兴二十四年至绍兴三十一年之间，时作者任永州零陵丞。此赋以议论为主，巧妙地以唐玄宗、肃宗影射宋徽宗、高宗，昭鉴当世之君不要重蹈玄宗的覆辙。 (2)二妃祠：在湖南永州(今湖南零陵)。传说尧的两个女儿娥皇、女英同嫁与帝舜为妃。舜南巡死于苍梧之野，二妃奔丧至洞庭之滨，南望痛哭，投湘水而死。又传，她们哭舜的眼泪，染潇湘之竹而成斑。后人立此祠以祭二妃。 (3)故人亭：亭名，亦在湖南永州。 (4)招招：招手呼唤貌。 (5)薄：语助词，无义。三湘：湘江至永州与潇水合曰潇湘，至衡阳与烝水合曰燕湘,至沅江与沅水合曰沅湘,故称“三湘”。此处当指潇湘。 (6)俱顺:此指顺风又顺水,皆向北而去。 (7)欻(xū):忽然。际天:接天。际,交接,会合。 (8)俨(yǎn):端庄。离立:并立。倚:偏斜。 (9)萧然:潇洒、清丽貌。仙客:对道士的敬称。鉴清漪:以清澈的水波为镜来照影。鉴,镜子,这里用如动词。 (10)蹇蹇(jiǎn)谔谔:正直敢言貌。 (11)蹈鼎镬(huò):投身鼎镬之中。鼎镬,皆古代烹煮用的器物,有足谓之鼎,无足谓之镬。古代以鼎镬烹人作为一种酷刑。 (12)盖:大概。峙:耸立。 (13)岿(kuī):高大独立貌。 (14)立迹:立足。 (15)“挽寒藤”二句:意为手挽寒藤,足踩危石,下窥清潭以照自己的衰容。言“寒藤”者,以时处深秋耳。 (16)心动:心惊。 (17)迹:本为脚印,这里用如动词,即“脚踩”。故步:指登山的旧路。 (18)水浒(hǔ):水边。 (19)剥苔读碑:剥去青苔,阅读碑文。 (20)钓矶:垂钓者踞坐的水边突出之石。 (21)喟(kuì)然:叹息貌。 (22)国已膏肓(gāo huāng):国家衰败,如人之病入膏肓,不可救治。膏肓,药石所不能及的心膈之间。 (23)“匹马”二句:言肃宗单身匹马留在北方支撑残局,才使唐朝免于灭亡。 (24)一过不父:指唐玄宗荒淫乱伦,纳儿媳(寿王李瑁之妻)杨玉环为妃。一过:过,过失。原文写楚臣伍奢对楚王问,言楚王纳儿媳(太子建之妻)为妃的错误已经很严重了,这次又听信费无极的谗言,欲加害太子建和忠臣。本赋即以“一过”代指唐玄宗,言其如楚王一样乱了人伦,不像个做父亲的。 (25)日杀三庶:武惠妃、李林甫诬太子李瑛、鄂王李瑶、光王李琚有“异谋”,唐玄宗在开元二十五年四月将其废为庶人,继而害死,时号为“三庶人”。 (26)人纪:人的立身处世之道。斁(dù):败坏。 (27)“曲江”句:此句言宰相张九龄被弃置不用,就像丢弃在匣子中的羽扇。张九龄是韶州曲江人,故称曲江。唐玄宗废太子李瑛,赦安禄山,用李林甫、牛仙客时张九龄谏阻,不听,后来安史之乱起,玄宗追悔莫及。箧中之羽:张九龄被李林甫谮毁,于是借玄宗赐他白羽扇的机会,作《羽扇赋》以进。 (28)“雄狐”句:此句言杨国忠把持了朝政。雄狐:旧说此诗是讽刺齐襄公与其妹乱伦的,因杨国忠与其从妹虢国夫人通奸,故以“雄狐”代称。明堂:朝廷。 (29)邦经:邦国经纪,即国家秩序。蠹(dù):蛀虫。这里用如动词,指杨国忠像蛀虫一样,把国家蛀蚀得破烂不堪。 (30)“水、蝗”句:此句言遇到水、蝗之灾,官府仍然向百姓征收赋税。税:这里用如动词,税民之亩,即向百姓的田亩征税。 (31)“融、坚”句:此句言朝中官僚宇文融、韦坚之类都是敲诈勒索百姓、吸民骨髓的佞臣。史载，宇文融献计括天下游户羡田(不纳租税的隐匿之田，即破产农民外逃私垦的小块土地)，得田无数，羡余(正赋之外的各种苛捐杂税)钱数百万贯，中饱私囊。韦坚以转运江淮租赋之便，搜刮各地奇珍，装载陈列三百条船招摇进贡，取悦玄宗，遂得加官晋爵。 (32)天人之心：民心。去：离。 (33)微：无。禄儿：正月二十日，安禄山生日。《安禄山事迹》载："后三日，召禄山入内，贵妃以绣绷子缚禄山，令内人以彩舆舁之。……报云：贵妃与禄山作三日，洗儿。明皇就观之，大悦，因加赏赐贵妃洗儿金银钱物，……自是宫中皆呼禄山为'禄儿'，不禁其出入。" (34)霣(yǔn)：通"陨"，坠落。厥：其，物主代词，即"唐王朝的"。绪：世业，功绩。 (35)马嵬(wéi)：马嵬坡，地名，在陕西兴平。安史之乱起，唐玄宗自长安西奔入蜀，路经马嵬坡时发生兵变，大将陈玄礼率将士处死了杨国忠和杨贵妃，史称"马嵬兵变"。威垂：困顿，萎靡。垂，落下。 (36)涣：离散。七萃(cuì)：七支精干的队伍，原指周王的禁卫军，这里指护卫唐玄宗西逃的军士。 (37)殪(yì)：杀死。尤物：特出的人物，这里特指绝色女子，即杨贵妃。说(yuè)：通"悦"，取悦。 (38)仅：才。平达：平安到达。巴西：原后汉郡名，这里借指唐巴州、蜀州(今四川)一带。 (39)"齐则"二句：意谓衡量玄宗、肃宗得失，双方都有过失。 (40)灵武：地名，今宁夏灵武西北。唐肃宗李亨在灵武即皇帝位，因此代称肃宗。履：登上。九五：称帝位为九五之尊。亟(jí)：急切。 (41)"寄春秋"句：此句言忠臣对肃宗急切地登上帝位很痛心，托《春秋》笔法，在史册记载中寄托了褒贬。孔子修《春秋》，在字句中表达着对历史人物和事件的褒贬之情，后人称之为"春秋笔法"。策：通"册"，古代用竹简记事著书，连编的竹简叫"策"。这里代指史册。 (42)"不易"句：此二句意谓天下之事，若身临其境，立身自处，是不容易的，而要是旁观议论，品评得失，就不难做到了。处：立身处世。 (43)使夫：假使。谢奉册于高邑：谢：辞让。奉册：指强华所奉"赤伏符"。高邑：今河北柏乡北。 (44)禀：禀命，承命。重巽(chóng xùn)：上下和顺。西帝：指避居蜀的唐玄宗。 (45)人欲、众怒：指辅佐和劝谏肃宗即皇帝位的士大夫的欲望和愤怒。济：成功。"违人欲"二句言违背众人的欲望而企图建功，冒犯众人的愤怒而想办成事情，都是不可能的。 (46)果：果真。致死：效命。 (47)天厌：上天厌弃。 (48)人溃：人心溃散。支：撑。 (49)哥舒：即哥舒翰。天宝十四载冬，唐玄宗听信监军边令诚的谗言，斩潼关守将封常清、高仙芝,任命哥舒翰为兵马副元帅,率兵十万征讨安禄山。时哥舒翰患中风症,所率军队又是从各地凑集起来的杂牌军,而且多是招募来的新兵,因此只有坚守潼关。唐玄宗和杨国忠怀疑哥舒翰按兵不动是另有企图,于是派使者催逼进兵。哥舒翰奏称叛军利在速战,官军利在坚守,请等待时机以动。郭子仪、李光弼也奏称潼关大军必须固守,不可轻出。唐玄宗、杨国忠更加疑忌,催逼更急。哥舒翰知必败无疑,拍胸痛哭,引军出关,在灵宝市西遇敌,一战即溃,唐全军覆没。于是叛军入关,唐玄宗、杨国忠等仓皇出逃,奔往西蜀。百万:极言军兵之多,实际上只有十万人。

(50)李、郭:李光弼、郭子仪。二人皆唐肃宗手下官爵最高的大将。肃宗即位后,用李泌之计,派李光弼出井陉,郭子仪入河东,牵制范阳、长安两地的叛军,使叛军在范阳、长安之间疲于奔命,而唐朝官军却保持以逸待劳的优势。后来又得回纥兵相助,敌我形势起了明显变化,终于收复两京,平息了安史之乱。 (51)権(què):商榷,这里作研讨、衡量解。"论之"的"之",指代哥舒之败,李、郭之胜这件事。 (52)"且士大夫"三句:吾君之子:指唐肃宗。践台斗:登上三公宰相之位。台斗,三台星,位于紫微宫帝座之前,古代以三台星比喻三公宰相之位。盟带砺:指发誓封爵。 (53)一:一旦。复:再。莅(lì):临,这里指皇帝登位视事。耄(mào)荒:年老荒聩之人,此指唐玄宗。 (54)一呼万旟(yú):登高一呼,万旗挥舞,四方响应。旟:古代一种军旗。 (55)掉臂:甩臂,形容不顾而去。 (56)"古语有之"三句:意谓凡事应抓住机会去做,机会难得,稍纵即逝。间不容穟(同"穗"):形容机会难得,而且非常短暂,其间甚至容不下禾穗的细芒。 (57)七庙:指天子的祖庙。忽诸:忽然灭亡。诸,语助词。在封建时代,天子宗庙毁,也就意味着相应的封建国家政权灭亡。 (58)扬觯(zhì):举觯,进酒以示罚。觯,酒杯。(59)"九思"句:反复思考也找不到更合适的办法。 (60)告行:省略近宾语的双宾语句,即告知我该行船了。 (61)晏:晚。此指已到黄昏之时。

【今译】我从二妃祠下,故人亭旁,招来渔船,乘舟漫游湘江。船儿顺风又顺水,不一会儿就行过了百里之远。忽然,两座山峰高耸入云,端庄并立,一点儿都不偏斜:其中一座山峰秀奇怪异,潇洒清丽的样子就像道士以清澈的水波为镜来照影;另一座山峰则显出正直不阿的样子,就像忠臣毅然投身鼎镬之中。我感到很新奇,便向舟人打听,原来这里就是浯溪呀:唐亭耸立溪南，峿台坐落溪北；山上危险的巨石相对并立，像是要落下；山下清澈的水潭幽深无底，望下去黑乎乎的，令人心寒。飞鸟经过这里，也不敢立足。

起初我出于好奇之勇，便快步登山。手挽藤萝，足悬空中，下窥清潭以照自己衰老的容颜。忽然一阵心惊，头发森然竖起，于是我踏上登山的旧路，回到水边。我剥去青苔，阅读元结所作的《大唐中兴颂》摩崖碑文，慷慨凭吊古人。读罢碑文已有倦意，便坐在钓矶上感慨古人遗事：那中唐之际，国家衰败，已病入膏肓；肃宗单身匹马留在北方支撑残局，才使唐王朝免于灭亡。而看一看那唐玄宗，纳儿媳杨玉环为贵妃，简直不像个做父亲的人；他还听信谗言，一日之内废三个太子为“庶人”，并且置之死地才罢休。这样，人的立身处世之道有不败坏的吗？宰相张九龄被弃置不用，就像闲置在匣子中的羽扇，而奸佞的杨国忠却成为把持朝政的权贵。这样，国家的秩序能不被杨国忠这些蛀虫蛀蚀得破烂不堪吗？遇到水、蝗之灾，官府仍然向百姓的田亩征税；朝中官僚宇文融、韦坚之类都是敲诈勒索百姓、吸民骨髓的奸佞之臣。这样，民心能不离散吗？即使没有安禄山，难道唐王朝的世业就不败落吗？再看一看马嵬兵变之时，玄宗是何等困顿，随行将士都准备离散而去，玄宗同意处死杨贵妃和杨国忠以取悦军心，才平安地到达了巴蜀：那情境怎不危急可叹呢？唉！司马相如论齐、楚之得失，言两国都有所失之处；如果评论一下玄宗、肃宗，也都有所失之处啊。肃宗在灵武登上皇帝之位，多么急切啊！难怪忠臣对此很痛心，托《春秋》笔法，在史册文字上寄寓了褒贬。虽然如此，天下之事若身临其境，立身自处，可不容易；而要是旁观议论，品评得失，就不难做到了。假使肃宗也像后汉光武帝那样推辞群臣让他即皇帝位的劝谏，恭顺地听命于玄宗，违背众人的意愿和情绪而想办成事情，那么，天下的士大夫果真会心甘情愿地去替玄宗效死吗？上天厌弃了玄宗，不可能再祈求什么；人心溃散了也不可能再勉强支撑。为什么哥舒翰的百万之兵竟不如李光弼、郭子仪的千百之兵？认真研讨一下这件事，道理就明白了。再说士大夫捐躯献身而跟从肃宗的目的，也是想攀附明主，以求登上三公宰相之位而盟誓爵禄永长啊。一旦年老荒聩的玄宗再登位视事，那么肃宗还想一呼百应，怎么知道天下之士不会甩臂而去呢？古语有这样的话：“机会难得，而且很短暂，就如缝隙中容不下禾穗的细芒那样，稍纵即逝。”在这个时候，肃宗如果退身不做皇帝，国家就会灭亡；如果进身做了皇帝，又会得过受罚，遭到后世百代的讥议。可叹肃宗身处这种进退两难的境地，实在也太难为他了。即使让我百般思索，也是找不出合适的办法呀！

不多久,船家告知我该行船了,因为秋日将落,时已黄昏。我叹息着上了船,船儿像箭一般在水上驶去。回望那浯溪两峰,苍苍茫茫,什么也看不清了。

【点评】受古文运动的影响,中唐以后的赋趋向以散代骈,赋中整句散句间杂,押韵也比较随便。有人称这种散文化的赋为“文赋”,以区别于重视铺排和藻饰,追求音韵和谐、对仗工整的古赋、骈赋和律赋。文赋虽然用写散文的方法写赋,但是很注意内容清新,行文流畅。杨万里的《浯溪赋》就属这种文赋。作者并不注重浯溪奇秀景观的描绘,而重在由浯溪边摩崖碑上的文字引发一段深刻的议论。赋中所议,令人耳目一新;赋中散句偶句相间,流畅自然,若一气呵成,又令人赏味不已。

【集说】《浯溪赋》借着剥藓读碑——唐代元结的《中兴颂》——为引子,以唐玄宗、肃宗的往事为影射,把宋徽宗、高宗两个皇帝毫不客气地批评了一通:皇帝骨肉寡恩,人伦败坏,弃贤用奸,天人并怒,“水、蝗税民之亩,融、坚椎民之髓”,人心失尽,纵无外患,岂得不亡?高宗不顾一切,亟亟自己做上了皇帝,何其急切?岂不可讥!不过,即使“耄荒”的徽宗真能回来,又有谁还拥护他、为他效命?大家恐怕是要“掉臂”而去的了。然则怎么办?——那问题就在:高宗自己做了皇帝,也尚不妨,只是你如果不自长进,也变为“耄荒第二”,那人们也是会照样子“掉臂”的!(周汝昌《杨万里选集·引言》)

此赋和同时范成大的《馆娃宫赋》是一时齐名的杰作,当时就很传诵,后世也十分称赏,都是借古史以讽时事的成功作品。这里隐然以唐玄宗影射宋徽宗,以唐肃宗影射宋高宗。宋高宗本不是一个值得称赞乃至可以为之辩护的皇帝,作者也十分不赞成他,但在此赋中却说出另一番道理:假使高宗不做皇帝维系残局,谁还肯为徽宗这样的无道昏君效死抗敌、保家卫国?这却是一种清醒公允的分析论断。……但作者对高宗的讥议仍然是不可掩的,其所以鞭笞徽宗,是为高宗等皇帝做“前车”之鉴。当时能够和敢于这样立论的,实不多见,十分可贵。赋的风格是承袭北宋欧、苏一派,以散势行韵文,韵脚多隐藏在句尾虚字之上,读去使人不易察觉,非常流利自然。(同上书,见注后按语)

此赋不以描写见长,而是以深刻的议论见长,保持着宋代文赋流畅自然的、散文化特色。(尹赛夫等《中国历代赋选》)

(李方正)

刘过

刘过(1154—1206),字改之,号龙洲道人,太和(今江西泰和)人,一说江西庐陵(今江西吉安)人。力主抗金。宋光宗年间,曾上书朝廷提出收复中原的方略,不用。从此流落江湖间。做过辛弃疾的座上客。其抒发抗金抱负的诗词,语意峻拔,风格豪放。今传《龙洲集》《龙洲词》。

独醒赋

有贵介公子,生王、谢家[(1)],冰玉其身,委身糟丘[(2)],度越醉乡。一日,谓刘子曰:"曲糵之盛[(3)],弃土相似,酿海为酒。他人视之,以为酒耳!吾门如市,吾心如水。独不见吾厅事之南[(4)],岂亦吾之胸次哉?矮屋数间,琴书罢陈。日出内其有余闲,散疲苶于一伸,摩挲手植之竹,枝叶蔚然其色青。此非管库之主人乎?其实超众人而独醒。"

刘子曰:"公子不饮,何有于醉?醉犹不知,醒为何谓?若我者,盖尝从事于此矣!少而桑蓬,有志四方。东上会稽[(5)],南窥衡湘[(6)],西登岷峨之颠[(7)],北游烂漫乎荆襄[(8)]。悠悠风尘,随举子以自鸣[9]。上皇帝之书,客诸侯之门。发《鸿宝》之秘藏,瑰乎雄辞而伟文。得不逾于一言,放之如万马之骏奔。半生江湖,流落龃龉[10]。追前修兮不逮[11],途益远而日暮。始寄于酒以自适,终能酕醄而涉其趣[12]。操卮执瓢[13],拍浮酒船。痛饮而谈《离骚》,白眼仰卧而看天。虽然,此特其大凡尔!有时坠车,眼花落井,颠倒乎衣裳,弁峨侧而不整[14]。每事尽废,违昏而莫省。人犹曰:'是其酩酊者然也[15]'!至于起舞捋须,不逊骂坐,芥视天下之士,以二豪为螟蛉与蜾蠃,兆谤稔怒[16],或贾奇祸,矧又欲多酌我耶?今者不然,我非故吾。觉昨非其未远,扫习气于一除。厌饮杯酒,与瓶罂而日疏。清明宛在其躬,泰宇定而室虚。譬犹醯酸出鸡[17],莲生淤泥;粪壤积而菌芝,疾驱于通道大都而去其蒺藜。当如是也,岂不甚奇矣哉?夫以易为乐者由于险,以常为乐者本于变。是故汩没于是非者,始真是;出入于善恶者,始真善。今公子富贵出于襁褓,诗书起于门阀,颉颃六馆[18],世袭科甲,游戏官箴,严以自律。所谓不纇之珠,无瑕之璧,又何用判醒醉于二物?"

公子闻而笑曰:"夫无伦者醉之语,有味者醒之说。先生舌虽澜翻而言有条理,胸次磊落而论不讹杂。子固以我为未知醒之境界,我亦以子为强为醉之分别。"

于是取酒对酌,清夜深沉,拨活火兮再红,烛花灿兮荧荧。淡乎相对而忘言,不知其孰为醉,孰为醒。

【注释】(1)王、谢:高门世族的代称。(2)糟丘:酒糟堆成的小丘。(3)曲蘖:酒母,指酒。(4)厅事:私宅的堂屋称厅事。(5)会稽:山名,在今绍兴境内。(6)衡湘:衡,山名;湘,水名,均在湖南境内。(7)岷峨:即岷山和峨眉山。二者均在四川境内。(8)荆襄:均为地名。都在湖北境内。(9)举子:旧时对读书人的通称。(10)龃龉(jǔ yǔ):牙齿参差不齐。喻抵触、不合。(11)前修:古代有品德的人。(12)酕醄(máo táo):大醉貌。(13)卮(zhī)、瓢:卮,古代盛酒的器皿。瓢,用葫芦做的舀水器具。(14)弁:帽子。(15)酩酊:大醉。(16)二豪:本指桑上小青虫与蜘蛛。螟蛉:过继之子。蜾蠃:细腰蜂。 (17)醯(xī):醋。鸡:蠓,一种小飞虫。 (18)六馆:唐代学制,国子监下设六馆:国子学、太学、四门、律学、书学、算学。

【今译】有位世族公子,出身高贵,清白自守,出入于糟丘,沉湎于醉乡。一天,对刘过说:“我家酒糟多如尘土,酒池大如海。他人叹为观止。谁知我虽门庭若市,心却静如清水。我家南侧有矮屋数间,内有琴书。可以在闲暇之时,消除疲劳。我又喜欢在房前屋后竹间徘徊,去抚摩那一片青绿。这难道不成了管家之人了吗?其实是超众人而独醒。”

刘过说:“公子不饮酒,知道什么是醉,什么叫醒?若论醒醉,我刘过方是过来之人!我在少壮时,即心系天下,志在四方。曾东上会稽、南窥衡湘、西登岷峨之顶峰,北游繁荣昌盛的荆襄。乾坤之大,任随我等士子,指点江山,激扬文字。上书皇帝,作诸侯的幕僚,阐发《鸿宝》的奥秘,雄辞伟文,实在瑰丽。无一句出离常轨。言出如万马骏奔。流浪江湖,半生坎坷。追踪前贤,力有不逮,路途遥远,痛感老之将至。于是寄情于酒,以解胸中之块垒。有时醺醺大醉,执杯把盏,拍浮酒船,痛饮而谈《离骚》,白眼仰卧而看天。虽然这样,这仅仅是大概情况。有时坠车,眼花落井,衣裳颠倒,冠斜不整。每每做事都不成,迷惑昏乱而不能省悟。甚或起舞捋须,辱骂同坐,视天下之士如草芥,以权豪为螟蛉和蜾蠃,招谤结怨,致遭奇祸。情况如此,我又何必贪杯?今日之我,已非旧我。深知往日之迷途未远,决心扫除嗜酒成癖的积习。‘戒之不再饮,常念莫复醉’。于是神朗气清,明敏依旧,神稳心静。犹如肉腐来蝇、醋酸生虫,荷出污泥;粪壤堆集而菌生,通都大道不生荆蓁。当处于这种心境时,难道不是太奇怪了吗?贪图平静生活的人,多半是走过险路的人;喜欢安定的人,多年是经历过变乱的人。由此可知:沉没于是非场中的人,才是真正懂得什么是正确;出入于善恶之地的人,才是真正知道什么是善良。公子从小生于富贵之家,诗书门第,曾求学于六馆,金榜自然题名,视做官如游戏,又能严于律己。真是无疵之珠,无瑕之璧。又何必苦苦判别什么是醒,什么是醉呢?”

公子听了笑着说:“语无伦次是醉语,话中有味是醒语。先生语如波澜,而言之有理;胸怀磊落,而妙语成章。你固然以我为不知醒之境界,我看你倒是强为醉做辩解。”

于是取酒对饮。清夜深沉,炉火熊熊,烛光明灭。二人淡然相对,得意而忘言,且不知谁为醉而谁为醒。

【点评】南朝“王谢”子弟，徒以门第自高，不能长驱北上收复中原。刘过以此借喻南宋君臣，表示自己对南宋王朝的不满。南宋君臣苟安江左，“委身糟丘，度越醉乡”，他们“犹不知醒为何谓”，却偏要侈谈什么“超众人而独醒”，这不是太滑稽了吗？所以作者以无情嘲讽的口气问道：“今公子富贵出于襁褓，诗书起于门阀，颉颃六馆，世袭科甲，游戏官箴，严以自律。所谓不颣之珠，无瑕之璧，又何用判醒醉于二物？”这些人本来就是醉生梦死的角色，他们既是罪人，也是醉人。“游戏官箴”、祸国殃民，是其本能。他们不配言醒醉，却偏要以醉为不醉，诬不醉为醉。刘过“少而桑蓬，有志四方”，抱着“不斩楼兰心不平”“算整顿乾坤终有时”的壮志豪情，渴望收复中原，统一祖国，这是真正的“醒”。反而“兆谤稔怒，或贾奇祸”。刘过其所以要“起舞捋须，不逊骂坐，芥视天下之士，以二豪为螟蛉”的缘故，正在于此。“二豪”是谁呢？“二豪”就是“王谢”公子，就是南宋王朝的衮衮诸公。他们甘做“螟蛉”以事仇，从而换取暂时的安乐生活。这对有志恢复中原的爱国文人刘过来说，是无法忍受的。

刘过是在国耻未雪，壮志难酬的情况下，“始寄于酒以自适”的。所以《独醉赋》写得慷慨激越，纵横奔放，爱国主义的思想感情特别突出。读后使人明显地感到作者是在借酒抒愤，排遣他报国无路、怀才不遇的忧怨，而不是醉生梦死的享受。志士的确是“独醒”者！

赋至南宋，更加散文化了。其基本特点是：像写散文一样地写赋，句式可长可短，灵活多变，便于抒情写志。这一点《独醒赋》也显得特别突出。

用赋的形式发议论，谈哲学的意味较浓，特别是关于易与险、常与变、是与非、善与恶、醉与醒的议论，哲理深，韵味浓。尤其最后一段写得更妙。使人掩卷闭目，回味不尽。

【集说】刘过是一位爱国者，又是一位狂士，他一生奔波，未曾得到一官半职，却累遭困踬。此赋可说是他一生的总结，说来诙谐，其实含着悲酸与忧愤。“是故汩没于是非者”以下几句，尤为深刻的经验之谈，非涉世甚浅者所能道。文辞虽袭用问答体旧格，但幽默而有风趣。……在南宋的赋中，是不可多得之作。（马积高《赋史》）

（孙俊杰）

元好问

元好问(1190—1257),字裕之,号遗山,太原秀容(今山西忻县)人。金宣宗兴定五年(1221)进士。几次出任地方县官,后入朝为左司都事。金亡,不仕。工诗、词、散文,尤以诗的成就为高,是金代唯一的杰出诗人。所作多悲壮苍凉之音,风格沉雄,意境阔远。有《遗山先生文集》。

秋望赋

步裴回而徙倚[(1)],放吾目乎高明[(2)],极天宇之空旷,阅岁律之峥嵘[(3)]。于时积雨收霖[(4)],景气肃清[(5)],秋风萧条,万籁俱鸣[(6)]。菊鲜鲜而散花,雁杳杳而遗声,下木叶于庭皋[(7)],动砧杵于芜城[(8)]。穹林早寒[(9)],阴崖昼冥[(10)],浓淡霏拂,绕白纡青[(11)]。纷丛薄之相依[(12)],浩霜露之已盈[(13)],送苍苍之落日,山川郁其不平[(14)]。

瞻彼轘辕[(15)],西走汉京[(16)],虎踞龙蟠,王伯所凭[(17)]。云烟惨其动色[(18)],草木起而为兵。望崧少之霞景[(19)],渺浮丘之独征[(20)]。汗漫之不可与期[(21)],竟老我而何成!挹清风于箕颍[(22)],高巢由之遗名[23]。悟出处之有道[24]，非一理之能并。繄南山之石田[25]，维景略之所耕[26]。老螭盘盘，空谷沦精[27]，非云雷之一举[28]，将草木之偕零。太行截天，大河东倾，邈神州于西北[29]，怳风景于新亭[30]。念世故之方殷[31]，心寂寞而潜惊，激商声于寥廓[32]，慨涕泗之缘缨[33]。

吁咄哉！事变于已穷[34]，气生乎所激[35]。豫州之士，复于慷慨击节之誓[36]；西域之侯，起于穷悴佣书之笔[37]。谅生世之有为[38]，宁白首而坐食！且夫飞鸟而恋故乡，嫠妇而忧公室[39]，岂有夷坟墓而翦桑梓[40]，视若越肥而秦瘠[41]？天人不可以偏废[42]，日月不可以坐失[43]，然则时之所感也[44]，非无候虫之悲，至于整六翮而睨层霄[45]，亦庶几乎鸷禽之一击[46]！

【注释】(1)裴回：即徘徊。徙倚：徘徊，流连。 (2)高明：指高远光明的天空。 (3)岁律：犹言时令，季节。 (4)霖：久下不停的雨。 (5)景气：景象，气氛。 (6)籁：从孔穴中发出的声响。 (7)木叶：树叶。庭：庭院。皋：水边之地。 (8)砧杵：捣衣的垫石和棒槌。芜城：荒城。 (9)穹林：幽深的树林。 (10)冥：黑暗，昏暗。 (11)霏：烟云。白、青：分指不同颜色的烟雾。纡(yū)：屈曲、盘绕。 (12)纷：纷乱，杂多。薄：草木丛生的地方。 (13)浩：水势盛大的样子。盈：充满。 (14)郁：壮盛、强烈的样子。 (15)轘(huán)辕：即轘辕山，在河南偃师县东南。山路盘旋，往还十二曲，形势险阻，为历代兵家控守要地。 (16)汉京：指汉代京城长安。(17)王伯(bà)：犹"王霸"，指实现王霸之业的人物。 (18)惨：惨淡、阴暗。动色：变色。 (19)崧：即崧山，也作"嵩山"。少：指少室山。两山都在河南境内。 (20)浮丘：浮丘公。传说黄帝时仙人。征：远行。 (21)汗漫：仙人的别称。期：约会。 (22)挹(yì)：汲取。清风：喻隐士高洁的风尚。箕颍(yǐng)：箕山和颍水，在河南登封市东南。相传尧时巢父、许由隐居在"颍水之阳，箕山之下"。 (23)巢由：即巢父、许由。 (24)出处：出仕、隐退。(25)繄(yī)：句首语气词。南山：指嵩山。石田：贫瘠多石的田地，此指山林。 (26)维：句首语助词，无义。景略：前秦王猛的字。 (27)螭(chī)：

古代传说中一种无角的龙。沦:湮没。精:精灵,指老螭。 (28)举:起飞。 (29)大河:指黄河。西北:指作者的家乡山西。金宣宗贞祐元年(1213)八月,蒙古军沿太行山南下,侵扰河东(今山西),作者携母流亡至河南。 (30)新亭:故址在今南京市南。西晋灭亡后,士族官僚逃至江南,常在新亭游宴,感念前朝。 (31)殷:盛。 (32)商声:秋天的风声。寥廓:指广阔的天宇。 (33)涕:眼泪。泗:鼻涕。缨:系在颔下的帽带。 (34)穷:穷尽,指极限。 (35)气:人的精神状态,指情绪。 (36)豫州之士两句:用东晋名将祖逖事。西晋末年,祖逖率部曲百余家渡江南移,中流击楫而誓曰:"祖逖不能清中原而复济者,有如大江!"晋元帝司马睿任祖逖为豫州刺史,自募军,收复黄河以南为晋土。复:复济,重新渡江而北伐。 (37)"西域"两句:班超从永平十六年(73)开始出使西域,而建功业,后封定远侯。佣书:受人雇佣抄写文字。 (38)谅:诚然、实在。 (39)嫠(lí)妇:寡妇。公室:春秋战国时诸侯的家族,也用以指诸侯国的政权。 (40)夷坟墓:指国破家亡,祖坟被掘。夷:铲平,消除。翦桑梓:指故乡被毁灭。桑梓,古代家宅旁常栽的树木,用作"故乡"的代称。 (41)越肥:烛之武退秦师,见秦伯曰:"越国以鄙远,君知其难也,焉用亡郑以陪邻。邻之厚,君之薄也。"把亡郑看作肥了邻国、瘦了秦国的事。 (42)天人:指天意和民愿。 (43)日月:指良机。 (44)时:时节,时运。 (45)六翮(hé):翅膀。翮:羽毛中间的硬管,泛指鸟的翅膀。睨(nì):斜看,窥视。层霄:即重霄。 (46)庶几:副词,表示期望。乎:介词,引出比较对象。鸷(zhì)禽:猛禽,鹰雕之类。

【今译】徘徊流连不知所去,放眼远望那高阔光明的天空,目力极尽天宇空旷的尽头,察览这季节的严峻风貌。其时阴雨初停,景象肃杀而气氛清冷,秋风萧条满目苍凉,各种声响一齐奏鸣。秋菊鲜丽,披散着花瓣,大雁无踪,只留下叫声。庭院、岸边落下树叶,荒城中响起捣衣声。幽深的林子早早地寒冷,背阴的山崖白天也昏暗不明,浓淡不同的云气氛氲飘拂,白雾青烟缭绕升腾。杂乱的丛林片片相傍,浓重的霜露已充盈其中;送走暗淡苍凉的落日,山川益显得郁勃不平。

仰望那轘辕山,向西奔向长安,虎踞龙盘,是实现王霸之业的天然屏障。云烟惨淡而骤然变色,草木林立犹如兵卒。怅望嵩、少两山晚霞映照下的彩景，憾恨那独上嵩山的浮丘公渺茫难寻。仙人到底不可约会，终竟使我衰老而有什么成就！汲取高洁的风尚于箕山颍水之旁，仰慕那隐居于此的巢父、许由的遗名。明白了出仕隐退各有一定的原则，并非一个道理所能兼容。这嵩山的山林石田，是景略曾经隐居躬耕过的。老螭盘曲环绕，其精灵湮没在空谷之中；它不能在雷霆云雾之中腾飞，却将和草木一道凋零。太行山横断天宇，黄河向东倾流，遥远的神州故乡在西北方向，恍惚间仿佛置身于当年新亭环境之中。感念变乱正纷滋复杂，寂苦落寞而心惊胆战，广阔的天空激荡着秋风的悲号，黯然伤慨涕泗沿帽带不绝而下。

唉！事情达到极限之后就发生变故，情绪无非产生于受到刺激的时候。那豫州志士祖逖，于慷慨击楫的誓言中表达了复济北伐的决心；封侯西域的班超，奋起于替人抄写的穷困潦倒之中。相信人生必然有所作为，怎能饱食终日以至头白！况且飞鸟都怀恋故乡，寡妇也为国家命运而担忧，岂能将祖坟被掘家园沦丧，视作他人损益之事？天意民愿不可忽视，良机美运不可坐失，然而对于人世时运的感慨，并不是没有候虫的悲哀，至于展开双翼觑视云霄，也期望像鹰雕那样去翱翔搏击！

【点评】金宣宗贞祐元年（1213）八月，蒙古军队南侵，元好问弃家携母，从山西忻州流亡至河南福县；宣宗兴定二年（1218）又移家登封。这篇赋即作于他移家之后。

表面来看，整个第一段都是写景，更无一字涉及情怀。然而就在这景的后面，蕴含着十分复杂而痛切的感情，称得上是“物物有情”，“字字含情”。作者借助白描的手法，将大量特定的景物排列在一起，织成一幅情感摄人的风物画，渲染出一种悲凉的气氛，渗透出无限的忧愁和哀伤。

第二段在情感基调上趋于激烈动荡，有一种浓厚的途穷境困而精神几临狂癫的悲愤色彩。该段虽也写景，但已不再是像第一段那样为了烘托气氛，以景传情（虽然景中情浓，但已非主要）；确切地说，而是为了“以景传理”。这里所写的事物，都是为了引出或包含着作者特定的思想倾向及其理智上的困惑：轘辕是“王伯所凭”，嵩少为浮丘独征，箕颍供巢由居住；登轘辕意味着“出”，趋嵩少、箕颍则意味着“处”。到底何去何从？作者即恨“汗漫之不可与期，竟老我而何成！”乃悟原来“出处之有道，非一理之能并”。非一理能并，就意味着作者选择上的危机和由此而产生的精神上的痛苦。可是家国之痛毕竟是太深切了，故国家园之情毕竟不能“弹指一挥”，轻易割舍，因此困惑归困惑，“怳风景于新亭”的克复之志同时也难以抑制。然而现实总归是现实。面对“方殷”的“世故”，一个文人又能奈何？痛愤之下，只能“涕泗缘缨”，抛洒丈夫热泪。

结尾一段，围绕“事变于已穷，气生乎所激”展开议论，解决以上问题，时时警策自己。用祖逖和班超之事，既说明他们的志“气”皆“生乎所激”，也喻示自己不愿“白首坐食”。“且夫”四句，以飞鸟之恋故乡、嫠妇之忧公室作为铺垫和参照物，义正词严地道出“夷坟墓而翦桑梓”对于爱国志士的事关重大；且用反问句式，犹如扪心仰天，既体现出作者反抗侵略，恢复家园的决心和愿望，又是他对自己的刻意警策。其克复的决心益坚，心情也弥切。三次警策“激”发起作者的豪情壮“气”，他全然不顾自己的势单力薄和“候虫”般悲哀的时运，而要凭着一颗爱国之心，“庶几乎鸷禽之一击！”

本赋语言精练，情感深挚。通篇之中，沦落之忧与家国之愤激荡不绝，颇有艺术感染力。

【**集说**】以苍刚之笔写出沉郁之思，……表现了他关心国家安危的焦急心情和强烈的报仇复土的愿望。文笔也刚劲有气势，是金赋中的上乘之作。（马积高《赋史》）

（邹介昭）

刘基

刘基(1311—1375),字伯温,处州青田(今浙江青田县)人。元末进士,曾做过高安县丞和浙江儒学副提举,不久弃职还乡,隐居青田山,后出任江浙行省都事,因反对招抚方国珍被革职,复回乡。著《郁离子》,以寓言形式讽刺元末暴政。朱元璋起兵,刘基参与其事,出谋划策,起过极重要的作用。明初为御史中丞兼太史令,封诚意伯,洪武四年(1371)辞官,后因胡惟庸谮害,忧愤而死。善诗文,诗歌雄浑,散文奔放。有《诚意伯文集》传世。

伐寄生赋并序

余山居,树群木[(1)],嘉果骈植[(2)]。人事错迕[(3)],斤斧不修[(4)],野鸟栖息,粪其上[(5)],茁异类[(6)],日夕滋长。旧本就悴[(7)],余睹而悲之[(8)]。乃慕趫健[(9)],腰斧凿[(10)],升其巅,剜条剔根,聚其遗而燔之[(11)]。于是老干挺立,新荑濯如[(12)]。若疮疡脱身[(13)],大奸去国,斧钺之时用大矣哉[(14)]!作《伐寄生赋》。

天生五材兮[15]，资土而成[16]。汝独何为兮，附丽以生[17]。疣赘蛭噆兮[18]，枝牵蔓萦。瘠人以肥己兮[19]，偷以长荣[20]。状似小人之窃据兮[21]，谓城社之可凭[22]。观其阴不庇物[23]，材匪中器[24]，华不羞于几筵[25]，实不谐于五味。来乌鸟之咙聒[26]，集虫豸以刺蚝[27]。果被之而实萎[28]，卉蒙之而本悴[29]。坛杏无所容其芬芳[30]，甘棠何能成其蔽芾[31]。亶无庸而有害[32]，矧眶睫之可置[33]。

尔乃建修竿[34]，升木末[35]，运斤生风[36]，以剪以伐。脱缠牵于乔竦[37]，落纤蕤之骚屑[38]。剜蘚肤以除根[39]，敳去毒而刮骨[40]。于是巨蠹既夷[41]，新荑载蕃[42]。迎春而碧叶云滃[43]，望秋而硕果星繁。信知斧钺之神用，宁能裕蛊以生患也耶[44]？

嗟夫！农植嘉谷，恶草是芟[45]。物犹如此，人何以堪？独不闻夫三桓竞爽[46]，鲁君如寄[47]；田氏厚施[48]，姜陈易位[49]；大贾入秦[50]，柏翳以亡[51]；园谋既售[52]，芈代为黄[53]。蠹凭木以槁木，奸凭国以盗国。鬼居肓而人殒[54]，枭寄巢而母食[55]。坚冰戒乎履霜[56]，羸豕防其蹢躅[57]。谅前辙之昭昭[58]，何人心之自惑[59]？故曰：非其种者，锄而去之，信斯言之可则[60]！

【注释】(1)树：栽植。木：树。　(2)嘉果：佳美的果树。骈：并列。(3)错迕(wǔ)：交杂、错综。迕：抵触、违反。　(4)斤：斧。修：修剪。(5)粪：用作动词，撒粪在……上。　(6)茁：本意指草木初生的样子，此处作茁壮、旺盛讲。异类："群木""嘉果"之外的杂生草木。　(7)旧本：原来栽的树木。本：树的根或干，此处代树。悴：憔悴，指树枯萎。　(8)之：指山庄荒芜。　(9)趫(qiáo)：行动矫健、善于缘木升高。　(10)腰：用作动词，在腰中插。　(11)燔(fán)：燃烧。　(12)荑：嫩芽。濯如：形容鲜嫩润泽的样子。　(13)疮疡：恶疮。疡：疮。　(14)钺(yuè)：古代兵器，形似斧。(15)五材：各种草木。　(16)资：凭借，依赖。　(17)附丽：依附、依赖。(18)疣赘蛭噆：身上有疣瘤就招来蛭虫啮咬。疣赘：赘疣，生在身上的疣瘤。噆：咬。　(19)瘠人：使人瘠瘦。　(20)荣：茂盛。　(21)窃据：窃据权位。(22)城社：喻王权。城：城墙。社：宗庙。　(23)阴：同"荫"。庇：遮蔽。

(24)材匪中器:材料不适于为器物。匪:通“非”。 (25)羞:今作“馐”,食物。此处作动词,把……进献于。几:桌几。筵:席。 (26)哤聒(máng guō):喧杂。 (27)虫豸:泛指禽兽以外的小动物。蚝(cì):“毛虫”的合文。刺蚝:此处作骚扰讲。 (28)被:覆盖。萎:枯萎,萎缩。 (29)卉:本是草之总称,此处指花。 (30)坛杏:庭院中杏树。坛,庭院中土台,亦指庭院。 (31)甘棠:树名,即棠梨。后多以“甘棠”比喻地方官吏中有美政于人民的人。蔽芾(fèi):植物弱小或初生的样子。 (32)亶(dǎn):诚然。庸,用。 (33)矧(shěn):何况。眶睫:眼眶和睫毛,此指视线以内。 (34)尔乃:于是。修:长。 (35)末:梢。 (36)运:抡起。 (37)“脱缠牵”句:解除缠绕在树上的赘物。乔:高。竦:同“耸”,高立。 (38)“落纤蕤(ruí)”句:抖落纤弱花茎上的烦扰。蕤:草木花下垂的样子,此指被蛭蚝咬伤的花。骚屑:忧烦、愁苦。 (39)藓肤;被藓覆盖着的地面。 (40)敩(xiào):教。

(41)巨蠹既夷:大害被剔除。蠹:此指害虫。夷:剪除。 (42)载蕃:开始茂盛。 (43)滃(wěng):云气四起的样子。 (44)裕蛊:宽容寄生虫。裕,宽宏。 (45)芟(shān):锄掉。 (46)三桓:春秋时期掌握鲁国政权的三家贵族,即仲孙氏、叔孙氏、季孙氏,三族都是鲁桓公之子仲庆父、叔牙、季友的后裔,故称“三桓”。竟爽:争胜。 (47)寄:寄居。 (48)田氏厚施:田恒厚施于民。田恒:春秋时齐国大臣,为收买民心,以大斗借出,小斗收进。

(49)姜陈易位:姜姓与陈姓的地位颠倒了。陈,即田(古音陈、田同),指田恒。田恒又名田成子,陈成子。田恒收买人心之后,杀死齐简公,立齐平公为傀儡,他自己夺了权。 (50)大贾入秦:大商人进入秦国。指吕不韦进入秦国事。 (51)柏翳以亡:指嬴姓家族灭亡。赵国富商吕不韦,见质于赵的秦国公子子楚潦倒不堪,以为奇货可居,助他财帛,让子楚用珍奇宝玩贿赂秦华阳夫人,立为太子;又把自己已怀孕的侍妾给了子楚。后子楚为秦君,侍妾生子嬴政,并被立为夫人。嬴政实为吕不韦子,故云嬴姓灭亡了。

(52)园谋既售:李园的计谋已经实现。售:实现。 (53)芈(mǐ)代为黄:芈姓被黄姓代替。楚考烈王无子,赵国人李园想把他妹妹进献楚王;又听说楚王有病不能生育,于是就把妹妹送给楚国贵族令尹春申君黄歇。生活一阶段后,李园妹妹有孕,春申君又把她送给楚王。因此楚考烈王之子楚幽王,实际上是春申君黄歇的后代。楚国姓芈,故云“芈代为黄”。 (54)“鬼居肓”句:鬼到了心脏与膈膜之间,人就要死去。鬼:指死亡之气。肓:指心脏与膈膜之间。殒:死亡。 (55)枭寄巢而母食:枭鸟寄生在巢中竟吃掉了母亲。相传枭鸟食母。 (56)"坚冰"句:踏着严霜就要想到坚冰将至。(57)"羸豕"句:看到猪徘徊懒走就要提防它瘦弱。羸:瘦弱。蹢躅:徘徊不前的样子。 (58)谅:信实。昭昭:光明、明亮。 (59)惑:欺骗。 (60)信:确实。则:效法,把……作为法则。

【今译】我在山中居住,房前屋后栽种了许多树木,优良的果树并列生长着。因为人事错杂变迁,很长时间没有用刀斧剪修了。鸟雀在树上栖息,随意拉屎撒尿,肥壮了树下的杂生灌木,日夜繁衍生长。当初栽的树木却眼看着要枯死了,见此情景很是伤心,便找来善于攀援登高、身手强健的人,腰中挟带斧凿,爬上树的顶端,砍除攀附枝条,砍断根茎,并聚拢用火烧掉。这样之后,原来的树干挺立起来,新发的枝芽鲜润旺盛,像是恶疮脱身,奸佞被除。看来及时使用斧子的好处真大呀。因此写下了《伐寄生赋》。

自然生长各种草木啊,全依靠土地而长成。为什么唯独你这异类啊,要凭附别人存活?像蛭虫叮咬疣赘啊,枝叶牵扯藤蔓缠绕。吸瘦别人养肥自己啊,偷窃别人来使自己茂盛。这状况就像奸佞小人占据了高位啊,竟认为别人的势力可以依傍。看你的荫凉遮蔽不了物体,看你的材质也不适合制作器用,你的花儿难成进于宴席的美食,你的果实也同五味难以调合。招来鸟雀喧杂,聚集虫豸刺蚝骚扰。果树被它覆盖得果实萎缩,花卉被它遮蔽得茎秆枯黄。坛杏不能容它芬芳,甘棠又怎么能茂盛生长。确实是无用而有害的东西,又怎么能容忍它在眼皮下猖狂!

于是竖起长梯,爬到树顶,斧子挥舞得呼呼生风,又剪又伐。扒掉缠绕牵扯的藤蔓,拂落纤弱花枝上的烦扰羁绊。挖开藓苔泥土除尽其根,为清除病毒把树干上的枯片杂屑全都刮完。于是大害已清除,新芽开始茂盛。迎春绿叶郁如云气蒸腾,可望秋季硕果累累像繁星璀璨。才确实知道斧子的功用如神,又怎能宽容寄生虫滋生祸根?

唉!农民要种植好的谷物,定得除掉杂草。植物尚且如此,人事又怎么能够忍受?难道没有听说:三桓争胜,鲁君如同寄居。田恒厚施于民,姜陈两姓颠倒地位。吕不韦进入秦国,秦嬴的天下就灭亡了。李园的阴谋一经实现,芈姓的楚国被黄姓代替。蛀虫依附大树来让大树枯槁,奸佞小人凭仗国家来使国家灭亡。鬼气在肓人就得死，枭鸟占巢竟会生食亲娘。戒备坚冰要始于匆脚踏寒霜，提防猪瘦要防止其徘徊往走。前人的沉痛教训这样清楚明了，为什么人们常常要自我欺骗？所以说不是应该种植的，就坚决锄掉它，这话确实是可以作为法则的。

【点评】这是一篇托物言志、刺世疾邪的赋文，看起来写自己伐寄生的经过及作用，实则借此表达出作者对现实社会中寄生、奸佞之徒的态度和必欲除恶务尽的主张。

文章由对自然界中寄生的剪伐和对人类社会中奸邪小人的诛除两条线索构成。两条线索一虚一实，实是虚的基础，虚是实的深化，相辅相成，交织推进；前半部分以实为主，实明虚暗，后半部分以虚为主，实隐虚显。实写经过，写得层次分明，生动具体：先写寄生"附丽以生""枝牵蔓萦""瘠人肥己"的性质，以及它的无用有害，点出伐的理由；然后写伐的过程：断枝去叶除根；接着写伐后效果："新荑载蕃""碧叶云滃""硕果星繁"，强调伐的必要性。虚写态度及主张，写得理足气直，有很强的说服力。由一过渡句自然引入人世，以四个典型事例说明人世奸佞的性质、危害："奸凭国以盗国"，"鬼居肓而人殒，枭居巢而母食"，最终顺理成章地推出"非其种者，锄而去之"的主张。

托物言志最困难的在于"物"与"志"即实与虚的关系处理。一般而言，"物"是手段，"志"是目的，能否以"物"言"志"和以"志"驭"物"是文章成败的关键。这篇文章的成功与这一点的成功有极密切的联系。写"物"尽量写"实"，给人真实可信的感受，以"物"的"实"缩短文章与读者的距离。这是基础，有了这一点，读者接受"志"才容易。但作者写实又有极明确的目的和选择，正是这种目的和选择为出"志"铺平了道路。既不沉溺于"实"而不拔，又不为强调"虚"而附会，"物"与"志"，"实"与"虚"之间不粘不滞的微妙处理，体现了作者的高超技巧，圆满地达到了目的。

不难看出，唐人萧颖士《伐樱桃赋》对此赋有明显的影响。

【集说】萧颖士的《伐樱桃赋》，那是针对李林甫的；此赋也可能有所指，如燕贴木儿、伯颜之类。但以寄生拟之，较樱桃尤为贴切。史载刘基曾对朱元璋说："臣疾恶太甚"，此赋正表现他的疾恶精神。（马积高《赋史》）

（林　霖）

顾璘

顾璘(1476—1547),字华玉,号东桥居士,上元(今江苏南京)人。弘治九年(1496)进士,授广平知县,后为开封知府,因与权宦相忤,逮下锦衣卫狱,条对无承,乃谪全州(今属广西)。官至南京刑部上书。有《顾华玉集》等。

祝融峰观日出赋

维南衡之崇岳[1],标祝融之危峰[2]。下蟠踞乎厚地[3],上峻极于苍穹[4]。匪丈引之可度[5],尽他山其难比。隆睇四极而无蔽[6],又何限乎寰中[7]?观其嵚崎崒嵂[8],直上莫止;扪历参井[9],靡高弗至。蹑浮履霄[10],帝居或指[11]。足踠汗慄[12],不敢仰视,何其高也!

若乃斗杓既仄[13],启明未升[14],漏刻已尽[15],荒鸡甫鸣[16],天莽苍其一色,泯万动犹无声[17],谓日出其可观,乃跂望于高亭[18]。尔其游氛且凝[19],灏气欲豁[20],万里乍近,沕沕穆穆[21]。

臇彼阳轮[22]，尚尔渊汩[23]，冥迷辽漠[24]，怳不可度。

少焉光景上烛[25]，高汉舒白[26]，如火将炎，大暗微晰[27]。群望方勤，目不移盼[28]。积霭倏裂[29]，闪烁惊电，骇指失叫，乍见一线。漂沉摇曳[30]，涌出波面。烛笼外赤[31]，凫卵中黄[32]，上殷下暗，半吐半藏。依微滉漾[33]，如觌海色[34]。水火交争，良久乃脱。于是金乌高举[35]，若木影离[36]，羲和叱驭[37]，八表驰晖[38]。所可疑者，视扶桑于咫尺[39]，东旷望而无穷。

日迟天于一度[40]，何环周之莫同？参浑仪与宣夜[41]，犹想象其若懵[42]。大哉天之为天也，固致诘而难终[43]。

【注释】(1)南衡：南岳衡山。　(2)标：标志。祝融：祝融峰，衡山的最高峰。危峰：高峰。　(3)蟠踞：形容山势之雄奇。蟠，通“盘”。　(4)峻极：高极。　(5)引：古代长度单位，以十丈为一引。　(6)隆睇四极：高极四方。四极，四方极远之地。　(7)寰中：宇内，指国境之内。　(8)嵚(qīn)崎崒嵂(zú lǜ)：山势高耸险峻。　(9)扪：摸。历：经过。参、井：星宿名。(10)蹑浮履霄：如行走在云霄之中。　(11)帝居：天帝居处。　(12)足踠汗慄：腿脚弯曲，流汗发抖。　(13)斗杓：北斗星。北斗七星，四星象斗，三星象杓。仄：倾斜。　(14)启明：启明星，金星的别名。　(15)漏刻：古代计时器，即漏壶。上刻符号表示时间，昼夜百刻。　(16)甫：方、才。　(17)泯：消失。　(18)跂望：踮起脚尖张望。　(19)游氛：空中游动的雾气。(20)灏气：弥漫于天地间的大气。　(21)沕沕(wù)穆穆：深微之貌。(22)臇(juàn)：身体弯曲。阳轮：日轮，太阳。　(23)渊汩：深深地沉沦。(24)冥迷辽漠：四周黑暗，寂静无声。　(25)光景上烛：光线像点燃蜡烛那样微弱。　(26)高汉：天空。汉，天河。　(27)微晰：稍微变得明亮。(28)目不移盼：目不转睛。盼，视。　(29)倏：忽然。　(30)漂沉摇曳：形容太阳升起时上下浮动，左右摇晃。　(31)烛笼：灯笼。　(32)凫卵：野鸭蛋。　(33)依微：隐约。滉漾：深广貌。　(34)觌(dí)：见到。　(35)金乌高举：太阳高升。金乌，古代神话里太阳之中有三足乌，因用为太阳的别称。(36)若木：即神话中树木扶桑的变文(用段玉裁说)。　(37)羲和：古代神话中太阳的驭者，以六龙为太阳驾车。　(38)八表：八方之外，指极远的高空。 (39)扶桑:神话中树名,据说太阳从其下升起。 (40)迟天:缓慢地行走天空。 (41)浑仪:浑天仪,用以观测天体位置的仪器。宣夜:古代一种关于天体的学说。 (42)懵:不明白。 (43)致诘:发问。

【今译】巍峨的南岳衡山,祝融高峰是它的标志。雄奇盘踞在大地,高高耸立于云天。普通的丈量无法测算它的高度,其他的山峰全不能和它匹敌。高视四方无所遮蔽,又怎能只限四境之内?看那高耸险峻的山势,直插碧霄没有尽头,仿佛可以摸到星辰,没有高处不可到达。人们就像行走在云中,指点天帝的宫殿。腿脚曲弯,发抖流汗,不敢仰视,它是何等的高峻啊!

至于北斗星横斜,启明星未升,漏刻计时已尽,荒野雄鸡刚鸣,天空迷茫一片,万物寂静无声,有人说可以观看日出,我便来到高处踮脚张望。这时流荡的云雾即将消失,弥漫的大气就要开朗,万里之遥乍看如在眼前,一片深沉微茫。我关心的日轮,尚在深深地沉沦。四周黑暗无声,恍惚模糊不可度测。

不一会儿,出现了烛光般的微弱光线,天空渐渐开始泛白,好像火焰将要燃烧,黑暗稍稍变得光亮。观望的人群开始骚动,面对东方目不转睛。忽然云气分散,如同闪电,众人惊异手指,失声叫嚷。只见东方亮起一线。太阳上下浮动、左右摇摆,终于涌出云海之上。像赤红的灯笼,像橙黄的鸭蛋黄,上半深红,下半昏暗,一半露出、一半隐藏。隐隐约约,深远广大,如同看到大海景色。太阳与云海相持,好久方才脱离。于是红日高高从神树若木升起,羲和驾驭六龙在八方之外驱驰。令人可疑的是,只见神木扶桑近在咫尺,向东眺望却深远无穷。

太阳缓缓地行天一次,为什么环周的距离有所不同?我参验浑天仪和宣夜说,依然不能弄清其中奥妙。宇宙真是伟大寥远,本来就能够提出无穷无尽的问题。

【点评】古来描写日出的作品本来就不多,优秀者更是凤毛麟角,此赋则使人瞩目。观看日出,人们往往选择名山峻峰,作者观看日出的地方就是著名的南岳衡山的主峰祝融峰。赋之起首,作者并没有直接写日出,而是对祝融峰雄伟高峻的山势做了极高夸张渲染,突出其"峻极于苍穹","隆睇四极而无蔽”的高度，这样就为观看日出创造了极为理想的条件，做了必要的准备。写山正是为了写日出。接下来，作者细致生动地描写了日出的全过程，先写黎明时分天空“莽苍其一色”“冥迷辽漠”的景象和“游氛且凝”的环境，再次为写日出做准备。接着写东方“光景上烛，高汉舒白”，“积霭倏裂”，“乍见一线”等一系列光线变化，观察细致，使日出前瞬间的光线变化呈现在人们眼前。随后，当红日“漂沉摇曳”，跳跃着涌出云涛雾海之上，作者用十分生动形象的笔触进行描绘：“烛笼外赤，凫卵中黄，上殷下暗，半吐半藏”。最后写红日高升，光耀万里，运用金乌、若木、羲和、扶桑等古代神话意象，充满神奇、浪漫的情调，更能激发人们的想象。整个日出过程在作者笔下不仅前后有序，细腻入微，而且神奇壮观，精彩纷呈，是一篇难得的摹写日出的佳作。

【集说】历来写日出之赋颇多，除顾（顾璘）作外，仅《历代赋汇》所收即达十篇（“天象”类六篇，“地理”类四篇），大都写得不够具体生动，惟唐阙名的《日观赋》（律赋）一篇层次井然，颇有佳句（如状日初出云：“独出清虚之外，遥分莽苍之中，隐雾犹白，经天渐红，披草树以灯乱，耀波涛而血融。”在律赋中可谓秀句），然亦仅工丽而已。此赋首尾虽欠警策，中间的描写却神采飞动，在同类题材中堪称压卷之作。（马积高《赋史》）

（高飞卫）

徐祯卿

徐祯卿(1479—1511),字昌谷,一字昌国,吴县(今江苏苏州)人。弘治十八年进士,授大理左寺副,后贬国子博士。少与唐寅等齐名,为吴中四才子之一,后与李梦阳等并称前七子。著有《迪功集》《谈艺录》等。

丑女赋

伊何赋形,获此丑疾!厉阴乘阳[(1)],女夺男质。阔眉丰吭[(2)],突颏仰鼻[(3)]。多言舌浊,连引齁⿰鼻及[(4)]。形如死豕,勇憨多力。槁发短秃,面目黧黑,脂不能赭[(5)],粉不能白。三十不嫁,信守闺阈[(6)],供劳杵臼,蚤夜弗息[(7)],鸡鸣入机,没晷下织[(8)]。复有巧慧,刺绣缘饰[(9)]。世无梁鸿[(10)],孰求子匹?东家有女,窈窕丽色,绝世无双,妖媚轻侧。越户窥墙,靡识刀尺。观者称艳,竞欲求得。世降道凉,好色贱德,《新台》废耻,《谷风》见黜[(11)]。商嬖妲己[(12)],靡吝丧国;晋爱骊姬[(13)],宗子销骨。冶容作厉[(14)],实犹鬼蜮,敢告世人,敬监明则[(15)]。

【注释】(1)厉:猛,剧烈。乘:欺凌,欺压。 (2)吭:咽喉。 (3)頞(è):鼻梁。 (4)齁齂(hōu xī):鼻息声。 (5)赭(zhě):红褐色。 (6)阈(yù):门槛。 (7)蚤:同“早”。 (8)晷(guǐ):日影。 (9)缘:古代衣服的一种边饰。 (10)梁鸿:东汉人,其妻孟光,外貌丑陋,但二人相敬如宾,举案齐眉。 (11)谷风:《诗经》中有《谷风》篇,为弃妇之词,此处以代弃妇。 (12)嬖(bì):宠爱。 (13)骊姬:晋献公之妃,太子申生为其所谮而死。 (14)冶:艳丽多姿。厉:祸患,危害。 (15)监:借鉴。

【今译】何物予她形体,得此丑陋病疾!盛阴凌压阳气,女生男人之躯。宽眉喉头高起,突鼻双孔朝天。话多吐字混浊,口拙鼻息浓重。形貌如同死猪,勇武憨厚有力。发短干枯秃顶,面目黝黑如漆,搽脂不能红润,涂粉也难变白。三十尚未嫁许,死守闺门不出,侍奉劳作舂米,从早至晚不息;鸡叫上机织布,日暮方才下机。又加灵巧聪慧,刺绣裁缝全会。当今无有梁鸿,谁人求你婚匹?东邻有一女子,窈窕姿色秀丽,举世无有第二,貌美举止轻佻。串门爬墙窥看,不知裁剪女工。见者赞其艳美,竞相求结伉俪。道德世风日下,重色看轻品行,父纳儿媳无耻,结发妻子休弃。纣王宠爱妲己,不惜江山葬送;晋公宠爱骊姬,太子蒙冤丧生。美色化作祸患,实与鬼蜮相同,以此告诫世人,谨察明辨是非。

【点评】古代辞赋中,描写赞美美女的篇章甚多,而写丑女的却实在寥寥。《丑女赋》的作者匠心独运,以夸大之笔,不惜浓墨重彩,正面铺陈描画,从容貌到形体,极力展现丑女之态。贬抑之词,无以复加,使丑女之丑到了极限。次转写其勤劳、朴实、聪慧的品行才能,其外貌与心灵呈强烈反差。丑女外貌丑而心灵美,然而世人只看重外貌而轻视心灵,故“世无梁鸿,孰求子匹?”接着以“东家有女”插入,简笔勾绘,反衬丑女,形成对比。其容貌艳美而品行才能低下,但“观者称艳,竟欲求得”,世人对东家之女与丑女的态度截然相反。而作者的立意并不浅滞于事物的表象,实借二女隐喻,由昭揭世人的心态而将锋芒直刺官场世俗:无能奸佞之辈巧言令色,谄谀献媚,多能受宠当道,而贤能正直之士却难得器重,命途多舛。作者一生郁郁而不得志，也于此借丑女自况自嘲，以泄愤懑。赋的构思新奇，耐人寻味。

【集说】作者在此是以丑女自况，以自抒其不得志的愤懑。但是美与丑在内容与形式上的矛盾，在人类历史上并不是个别的现象。人们只看到形式而忽视内容，只看到外貌而忽视心灵，也不是个别现象。明初刘基的《卖柑者言》一文，曾揭露了“金玉其外，败絮其中”的现象，引起人们对内容与形式矛盾的现象加以注意，但尚未从美与丑在内容与形式上的矛盾的高度立论，徐祯卿在此把它揭露出来了。题目虽小，其意义却是发人深省的。（马积高《赋史》）

（侯省林）

何景明

何景明(1483—1521),字仲默,号大复山人,信阳(今属河南)人。弘治十五年进士,官至陕西提学副使。居官不媚权贵,为文与李梦阳同倡复古。然"梦阳主摹仿,景明则主创造"(《明史·文苑传》)。李作多以豪壮胜,何作多以秀逸胜。有《何大复集》。

东门赋

步出东门,四顾何有?敝冢培累[1],连畛接亩。有一男子,饥卧冢首,傍有妇人,悲挽其手。两人相语,似是夫妇。夫言告妇:"今日何处,于此告别,各自分去。前有大家,可为尔主,径往投之,亦自得所。我不自存,实难活汝[2]。"妇言谓夫:"出言何绝!念我与君,少小结发,何言中路,弃捐决别,毕身奉君,不得有越。"夫闻妇言:"此言诚难。三日无食,肠如朽菅[3]。仰首鼓喙,思得一餐。大命旦夕,何为迁延[4]?即死从义,弗如两完。"妇谓夫言:"尔胡弗详?死葬同沟,生处两乡,饱为污人,饿为义殇[5]。纵令生别,不如死将。”夫愠视妻，“言乃执古，死生亦大，尔何良苦？死为王侯，不如生为奴虏。朱棺而葬，不如生处蓬户。生尚有期，死即长腐。潜寐黄泉，美谥何补？”夫妇辩说，踟蹰良久。妇起执夫，悲啼掩口。夫揖辞妇，抆泪西走。十声呼之，不一回首。

【注释】(1)培：小丘。累：连绵不绝的样子。 (2)活：使动用法，使……活。 (3)朽菅(jiān)：枯草。菅：一种多年生的草。 (4)迁延：拖延。 (5)义殇：按照合宜的道德行为夭亡。

【今译】走出东门，向四周张望看到什么？破败的坟墓连绵不断，一片接着一片。有一位男子，饥饿地躺倒在坟边，旁边有一妇人，悲切地拉着他的手。两人交谈，好像是一对夫妇。丈夫对妻子说：“今天在这个不知叫作什么的地方，与你分别而去，前面有一家大户，可以做你的主人，只管去投靠他，也有一个安居之处。我如今连自己都无法保存，实在难以养活你。”妇人对丈夫说：“说这样的话多么无情无义！想当初我与夫君年少时结发为婚，为什么在半路上，要遗弃我而去，此生侍奉夫君，决不能有半点差错。”丈夫听了妻子的话说：“这实在难以做到。三天没有吃饭了，饥肠辘辘如枯草一样。抬头翘嘴，都想着得到一顿饭。性命攸关，怎能拖延？与其从义而饿死，不如两人都保全性命。”妇人对丈夫说：“你怎么不慎重考虑呢？死了埋葬同一沟里，活着分处两乡，吃饱了也不过是行为不正的人，而饿死则是遵从道义而夭亡的。与其活着分离，不如一同死去。”丈夫生气地注视着妻子说：“言谈竟然按照古训，死生却是大事，你何必如此用心良苦？死了做王侯，不如像奴隶一样活着。装进上好的棺材被埋葬，不如活下来住在茅屋。如能活着还有点期望，死了就永远成为腐骨。深睡黄泉，好称号又有什么益处？”夫妇俩争辩，犹豫了好久。妇人站起来握着丈夫的手，伤心地掩口痛哭。丈夫与妻子相拜而别，抹着眼泪向西走去，妻子数声呼喊，丈夫一次都不回头。

【点评】这篇赋通篇都是叙述作者东门之所见、所闻。作者完全是以一位旁观者的身份和口吻来写这篇赋的，没有一句议论，没有半点控诉，但正是这血淋淋的现实本身,显示了此赋的主旨:最下层的人民如何在死亡的坟墓之口挣扎。一开始直入正题,作者以问句的形式提醒了读者,下面是一个坟头连绵相接的凄惨的镜头。在这个拉开的荒凉的大背景上,紧接着的是一个特写的镜头:两个饿得无法前行的夫妇躺卧在坟边。而这两个人在走投无路的情况下,辛酸而动人的争辩则是此赋的主要部分。丈夫要妻子别寻他主保全性命,妻子则要誓死侍夫,而最终,他们还是分离了,"夫揖辞妇,拉泪西走。十声呼之,不一回首"。读来谁不会为之声泪俱下?作者想要反映的,乃是在那个饥荒的年代,人民生离死别的惨痛生活。然而没有任何外加的感慨,却为何如此感人?那就是此赋最明显的特点:真实、自然。严酷的真实!大篇的对话,不仅符合二人的身份、处境,更重要的是突出了二人复杂的矛盾的心理冲突,蕴含着二人欲聚不能,欲散不忍的深情和矛盾。丈夫的果断与忍痛舍爱,妻子的任性与忠贞,尽在那一组对话中包含了这所有的根源——即言外之意也就不言自明了。即使在写法上,也是自然而成,无半点雕琢:作者以最朴素真切的语言记载了一对夫妇在荒野坟边的谈话,采用了开合式结构,"不动声色"地讲述这一见闻,将一腔感情隐藏起来,万种感慨尽在不言之中。此外,在布局安排上,作者以最自然的顺序记叙东门所见所闻,却收到了最不同凡响的效果。作者完全隐在幕后,却始终牵挂着读者的思绪:开头是一荒坟累累的空阔的远距离镜头,当读者要随之而引发感慨时,开势立刻化为合势:聚光集中于一对坟边的夫妇的对话。最后丈夫辞妻而去,妻子十呼不应,到此戛然而止。但实际上是从合势转化为开势,因为最后留给我们的,乃是丈夫在荒坟连接的野外"拉泪西走"的背影,耳边回响的是妻子绝望悲切的呼喊。可谓言有尽,而意无穷。

【集说】不要误会,以为作者在此宣扬贪生怕死、甘为奴虏的奴才哲学,他是借此来表现人民在死亡线上的挣扎的悲惨命运。这类作品在诗中虽不少,在赋中却少见;写得这样沉痛,更为前此所未有。(马积高《赋史》)。

(韩　雪)

王廷陈

王廷陈(生卒年不详),字稚钦,湖北黄冈人。正德十二年进士及第,选庶吉士,因直言犯上,被武宗罚跪杖责,时已改吏科给事中,乃出知裕州。又因傲慢忤巡按御史喻茂坚及他事,被捕入狱,削籍归。嘉靖十八年,由巡按顾璘推荐,与修《承天大志》。著有《梦泽集》。

左　赋[1]并序

梦泽子不善宦,见闵有司,黠民乘之,坐是拘系,自伤疾恶反中,乃作《左赋》。词曰:

昼晦宵明,川停岳行。隆冬剧燠[2],六月而冰。堕毛不扬,石举舆升[3]。废鼙振韵,奋霆无声。群欣逐臭,乃厌兰芬。猜鸾骇凤,精粻饲枭[4]。仁跻德跖[5],劲弧射尧[6]。恬海狎江,隘渎沉舠[7]。风虎辍啸,土兕而号[8]。旷听既收[9],聋司音矣;彼之朦朦,五色分矣。骏足则缚,蹇服乘矣[10]。侏儒引臂,上扪星矣。丑女专怜，淑媛不御。仇璧惠蝇，踏巾首履。适郭捐逵[11]，择潦而步。贲获闭勇[12]，尫夫劲兮[13]。麓兔折趾，猎者竞兮。不根而叶，季为孟兮。

乱曰：被缴之鸟[14]，载拔其翎。彼实酗酒，谓尔何醒。寇逾其垣，导寇以登。彼田不治，怼邻之耕[15]。

【注释】(1)《左赋》为作者系狱时所作。左：不正，邪僻。 (2)燠(yù)：温暖，热。 (3)舆：车子。 (4)粻(zhāng)：米，粮。 (5)蹻(juē)：战国时奴隶起义的领袖。跖(zhí)：传说为春秋的大盗。 (6)弧：木弓。 (7)渎(dú)：小水沟。舠(dāo)：小船，形似刀。 (8)兕(sì)：雌性的犀牛。 (9)旷：师旷，春秋时著名乐师。 (10)蹇(jiǎn)：跛，行动迟缓。服：驾，拉车。 (11)逵：四通八达的道路。 (12)贲(bēn)：虎贲，勇士。 (13)尫(wāng)：同"尪"，瘦弱多病。 (14)乱：辞赋中最后总括全篇要旨的一段。缴(zhuó)：拴在箭上的生丝绳，这里指用箭射。 (15)怼(duì)：怨恨。

【今译】我梦泽子不善于做官，被上级所怜悯，刁民欺凌我，因此被捕入狱，哀痛自己，痛恨邪恶，反对折中，于是撰作《左赋》，其词说：

白天黑暗，夜晚明亮，河水停流，山岳奔行。深冬里炎热无比，六月天结起冰霜。掉落的毫毛不能飞扬，大石、车子却轻而易举。已破废的战鼓而振发音韵，电闪雷霆却悄然无声。众人喜欢追逐恶臭，却厌恶兰花的芬芳。猜忌鸾鸟惧怕凤凰，用精粮喂养猛枭。亲近善待蹻跖那样的盗贼，狠拉强弓向尧猛射。大海大江坦然戏游，船儿翻在小水沟里。奔走的猛虎停止吼啸，泥塑的犀牛在大声地号叫。师旷的辨音才能得不到用场，却由聋子掌管音乐；你看他眼目昏花，却能分清各种颜色。骏马的蹄子被捆绑，跛马驾辕拉起车。矮子伸长手臂，向上摸着了星星。丑女独自受到宠幸，美女难得侍奉君王。仇视玉璧却怜爱苍蝇，脚踏头巾而头戴鞋子。进城放着大路不走，专挑那崎岖的小水坑。猛士没有了勇力，瘦弱汉子却力大无比。山脚下兔子折断腿，打猎的竞相追逐。无根之木长出树叶，排在后的反成了第一。

总而言之说：他求得一只鸟，有人就拔掉鸟的翎毛。他确实喝醉了酒，却问你为何清醒。盗贼翻过他家的院墙,就引导盗贼登上别人家门。自己的田地不能治理,却恨邻家耕作精细。

【点评】汉乐府《上邪》中有“山无陵,江水为竭,冬雷震震,夏雨雪,天地合,乃敢与君绝!”所举皆世间不可能出现之事,不过为男女相爱坚贞不渝之誓词,而此赋却实写颠倒乖舛之事以影喻现实。赋以“左”名之,即以“左”贯穿全篇始终。作者驰骋想象,竭其夸张,自首至尾,铺陈排比,尽情列举,极写世间背道违理之百象,从天地万物到人情世态,无所不及。诸多现象,荒诞不经,光怪陆离,作者却款款序列,不加评议,似在说反话,滑稽可笑,让人忍俊不禁。然而却于这字里行间充溢着激愤之情,其笔势如大江奔涌,一泻无余,淋漓尽致地讥讽了社会官场、世俗的污浊不堪:是非颠倒,美丑不分,让人又觉可悲、可叹、可恨。通篇看似随意罗列,却似提纲挈领,想象丰富,辛辣有力,鞭辟入里。

【集说】此赋杂集世间相左之事,是一篇奇文。……极言世俗的是非美恶颠倒,而以一“左”字贯串之,其构思就不同一般,显示了作者的独特风格。(马积高《赋史》)

(侯省林)

吴应箕(1594—1645),字次尾,贵池(今属安徽)人。明末文学家。崇祯贡生,曾参加复社。清兵破南京后,参加抗清军事活动,被执,不屈而死。有《楼山堂集》。

雪竹赋并序

偶过当涂[1],为吴令君所留,不得去。见邸舍阶前有竹一丛,可玩,而为雪所压覆地,予有感焉,遂为之赋。

嗟草木之多靡,无此君之挺特[2]。虽寄生于荒阶,亦不扶而自直。惟松柏之同心,历岁寒而徵力[3]。泻琴瑟之清响,漾琅玕之碧色[4]。亭亭数竿,若俟予来。直造其下,不问谁栽。有友好我,时遗酒醅[5]。谑浪笑傲,对之轮杯。予誉此竹,举不可枚。萧淡韵远,清苦思哀。出群高节,利物美材。匪风雨之异度[6],无尘土之缠绞[7]。兴淇澳之足寓[8],俨渭川之在偎[9]。夫何寒风昼积,愁云夜繁。俄而雪下，漉洒弥漫，缘甍冒栋[10]，平墀塞阑[11]。千林变色，万物改观。晓起开户，竹亦摧残。体若拘系[12]，状如平摊。势类强抑，意不肯安。叶摇摇而欲诉，枝拂拂而如抟[13]。然其伏而不屈，困而不折。非寻尺之较直枉[14]，聊衣裘之相袭裼[15]。鹤冲霄而铩羽[16]，骥千里而在枥。魏徵以倔僵而转媚妩，姬圣处讥谗而怀忧惕[17]。汲黯抗揖于将军[18]，苏武秉旄于夷狄[19]。潜宁为米而折腰，侃以习劳而运甓[20]。冀太阳之呈晖，听空庭之滴沥。挟枝叶之扶疏[21]，表性姿之傥倜[22]。谅体骨之不柔。何污下之可溺？始吾致憾于"霏霏"，卒焉咏诗之"籊籊"[23]。

【注释】(1)当涂：地名。今安徽省境内。　(2)挺特：挺拔、特出。(3)微力：吸收，汲取力量。　(4)琅玕(láng gān)：指竹。　(5)醅(pēi)：未滤之酒。此亦作"酒"。　(6)匪：通"非"。　(7)绂(gāi)：拘束。　(8)淇澳(qí ào)：淇水曲岸。澳，水边弯曲的地面。　(9)渭川：汉代人谓有渭川千亩竹，其人与千户侯等。　(10)甍(méng)：屋脊。栋：大梁。　(11)墀(chí)：台阶；阶面。阑：栏杆。　(12)拘系：拘禁。　(13)抟(tuán)：环绕，盘旋。　(14)"非寻尺"句：竹之被大雪摧折，并非是想以小委屈换大好处的刻意计较。　(15)裼(xī)：裘上所复加的外衣。　(16)铩羽：羽毛摧落。比喻失意、受挫折。　(17)姬圣：指周文王。　(18)汲黯：汉武帝时太守。常直言切谏。曾反对汉武帝反击匈奴贵族的战争。　(19)苏武：西汉天汉元年奉命赴匈奴被扣。坚持十九年不屈。后被遣回朝。　(20)侃：陶侃。甓(pì)：砖。　(21)扶疏：枝叶茂盛纷披的样子。　(22)傥倜：即"倜傥"，卓异、豪爽、洒脱不拘。　(23)籊籊(tì)：竹长而锐。

【今译】因一个偶然的机会经过当涂，被吴令君所挽留，不得离去。见他屋舍台阶前有一丛修竹，可供人赏玩。可是它被积雪所压倾覆地上。我有所感，就作了此赋。

嗟叹草木在冬天多为颓靡，没有竹子挺秀特出的骨格。这些竹子虽然寄生在荒阶之前，无人扶持却能自己直立。只有松柏与它品性相同，历经严冬却能汲取生存的力量。竹丛流泻出琴瑟般清纯的乐声,透露出苍翠欲滴的绿色。数竿亭亭玉立的修竹,好像在等待我的到来。它们不管谁去栽种,都会顺势扎下根须。好客的朋友热情款待我,不时地送我美酒,戏谑畅笑,傲岸不羁。面对这些修竹,轮番劝饮,频频举杯。我赞誉这些竹子。它们有不可枚举的优点。淡泊贞静,韵致幽远,清肃自苦,怀忧思哀;品行超群,高风亮节。是利世之物、有用之材。它们不因风吹雨打而改变初衷,也不因尘杂纷扰而折节改行。恍若淇澳之滨的绿竹环合屋舍,俨然是"渭川千亩"的竹林与我做伴。奈何寒风于白昼劲吹,阴云在晨夜间密布,继而大雪纷飞,洋洋洒洒弥漫四野。堆满了屋顶使之增高,平没了台阶,落满了栏杆。于是,千树改变了颜色,万物改变了面貌。早晨起来,打开门户,看到那种竹子也受到了摧残:枝干好像被捆束着,齐刷刷平摊在地。其情势如同是受到强力压抑,然而它的意志却不肯安服。那竹叶摇颤着像要诉说委屈,那枝干摆动着像在盘旋挣扎。它们被强压匍匐而不屈从,遭受困顿而不折节。其被摧折并非是想以小委屈换取大好处的刻意计较,权且把这厚厚的积雪看作名贵的外衣吧。鹤鸟飞上云霄却因之摧落了羽毛,骏马志在千里却被系于马槽。魏徵由倔强而逐渐转变为谦恭,周文王因遭讥谗诽谤而心怀忧惧。汲黯对将军拒以揖拜,苏武被囚异域却始终不忘汉室使命。陶潜不事权贵,怎能为五斗米而折腰?陶侃以日运百砖而劳力励志。期冀太阳呈放光辉,听到空旷庭院中滴沥的雪水声,使得这竹子的枝叶茂盛纷披,重现出它的洒脱豪爽的性情姿态。体察到竹子的体骨生来就不柔弱,怎么会溺死于污秽的泥水之中!开始时我还为它被霏霏雨雪所欺而遗憾,但最终我却以《诗经》中的"籊籊"咏赞它的挺拔与坚强。

【点评】"岁寒三友"之一的"竹",历来是文人墨客笔下的爱物。俗谚赞之云:"未曾出土已有节,高自凌云亦虚心。"这可以看作人们对竹子本质的共识,其实则是人们把它作为高洁人格之象征的明证。明清易代之际,对文人的道德操守是极其严峻的考验。作者有感于"草木之多靡"(许多文人纷纷趋事新朝),于是就更倾心礼赞"此君之挺特",因为它与松柏"同心"(孔子曰:"岁寒然后知松柏之后凋也"),"不扶而自直"。如果说"萧淡韵远,清苦思哀""匪风雨之异度,无尘土之缠绕"还只是对常态下的"竹君子"泛泛之论的话，那么，下文所写遭大雪摧残之竹的“势类强抑，意不肯安”“伏而不屈，困而不折”，就是对“异质环境”下的“竹君子”的精魂把握与由衷讴歌。而这，正是作者所要着意高扬的“宁可玉碎，不为瓦全”的民族气节与傲岸骨格！“雪竹”之“挺特”处，不就在此么？如果说作者所赞誉的“雪竹”还只是隐喻着一种耿介有节、卓然不群的文化精神，可资人们心驰神往的话，那么，赋中所列举的陶潜、汲黯者流，便是这种“雪竹精神”的历史凝缩，足可取以自镜。真可谓“图穷匕首见”，作者歌咏雪竹的“真意”，不言自明。《雪竹赋》触景生情，托物言志，熔叙事、描写、抒情、议论于一炉，自然熨帖，迂曲警拔，堪称赋中佳作。

【集说】历来赋竹者多，但都不及此赋的情意悠远，它不但反映了作者本人的不屈于恶势力的倔强的品格，而且把同类人物的性格、情操也概括进去了。（马积高《赋史》）

（魏玉川）

陈维崧(1625—1682),字其年,号迦陵,江苏宜兴人。为清初著名的骈文家和词人。早岁能文,落拓不羁。三十岁出游,颇为当世名流所重,然怀才不遇,四十岁仍是个秀才。晚年应博学鸿词科,授检讨。所填词洋洋一千六百余首,又工骈赋,与吴绮齐名。有《陈迦陵文集》《陈检讨四六》《湖海楼诗集》《迦陵词集》等。

看弈轩赋[1]

若夫北垞静深[2],南荣蹇峅[3],逶迤皂荚之桥[4],窈窕辛夷之舘[5]。藤梢碍帽以难扶,橘刺牵衣而莫剪[6]。庐同诸葛,门前之桑已猗猗[7];家类王阳,墙外之枣何纂纂[8]。花名蠲忿以枝长,竹号扫愁而节短[9]。何况宅区前后,街距东西。东方小妇,孺仲贤妻[10]。壁带则银釭不异[11],门楣则画戟偏齐[12]。多子之石榴对结,相思之娇鸟双栖[13]。杨子幼种豆之余,缶筝互响[14];陶渊明采菊之暇,枣栗纷携[15]。爰有韩家阿买[16],李氏衮师[17],或挽须以问,或绕膝而嬉[18]。胶东则五色之锦笺竞劈[19],醴陵则一枝之花管分题[20]。洵可怀也。于胥乐兮[21]！

既乃眺长洲之鹿苑，惆怅绝多[22]；张廷尉之雀罗，感怆不少[23]。田单之功名何在，无意游齐[24]；廉颇之慷慨犹存，还思用赵[25]。燕丹往矣，卖渐离为宋子家奴[26]；卓氏依然，杂司马于成都佣保[27]。鬼哀韩愈之穷，天夺柳州之巧[28]。矧复三湘浪骇，六诏烟迷，田园烽火，乡关鼓鼙[29]。叹巢幕而为燕，嗟触藩其类羝[30]。杜老则堂无鹅鸭[31]，于陵则井有螬蛴[32]。于是鲜焉寡欢，悄然不怿[33]。爰葺斯轩，聊云看弈[34]。然而寂寂虚堂，寥寥短几，既无坐隐之宾，复鲜手谈之器[35]。潜窥而不见烂柯，窃听而谁闻落子[36]！几同庄叟之寓言，莫测醉翁之微意[37]。

呜呼！噫嘻！我知其旨：世一龙而一蛇，运或流而或峙[38]。彼赌宣城之太守者，公岂其人[39]？而看棋局于长安者，古宁无是耶？先生不应，欠伸而起。亟命传觞，颓然醉矣[40]。

【注释】(1)此赋大约作于康熙十三年到十八年间，即吴三桂叛清之时。看弈，看下棋，书斋名。看弈轩的主人可能是一位明朝遗老，然其姓名无从考知。此赋从隐居者的园林生活写起，最后揭示其以看弈名轩的用意，深刻而生动地表现了一个饱经世故、对当时政治风云冷眼旁观的隐士的精神风貌。 (2)垞：同“宅”。 (3)荣：屋翼，即屋檐两头翘起的地方。蹇嵼(jiǎn chǎn)：屈曲貌。 (4)逶迤(wēi yí)：曲折延续貌。皂荚之桥：晁补之诗有皂荚村，村南三里许有皂荚桥。 (5)窈窕(yǎo tiǎo)：幽深貌。辛夷：木名，亦称木笔，花色与芙蓉相近。 (6)剪：这里作“分开”解。 (7)猗猗：美盛貌。 (8)家类王阳句：王阳即王吉，《汉书》：“东家有大枣树垂吉庭中，吉妇取枣以啖吉。吉后知之，乃去妇。东家闻而欲伐其树，邻里共止之，因固请吉令还妇。里中为之语曰：‘东家有树，王阳妇去；东家枣完，去妇复还。”篡篡：篡通“攒”，聚集繁盛貌。 (9)花名蠲忿：蠲(juān)，免除。萱花，一名合欢，又名忘忧。古代常以合欢赠人，说可以消怨合好。竹号扫愁：翠竹乃画眉之笔，一称扫眉，即扫去愁眉之意。 (10)孺仲贤妻：王霸，字孺仲，少有清节，及王莽篡位，弃冠带，绝交宦。妻与之同归乡里。 (11)壁带：古代宫室壁中横木，其露出的部分，状如带，故称。釭(gāng)：壁带上的环状金属饰物。 (12)门楣:门上的横木。画戟:有彩画的戟。古代大官邸门列画戟。 (13)多子石榴:多子多孙。相思娇鸟:交颈悲鸣之鸟。 (14)杨子幼:杨恽,字子幼,曾为平通侯,后以罪废为庶民。 (15)陶渊明诗有“采菊东篱下”句,又有“但觅枣与栗”句。 (16)韩愈诗有“阿买未识字,颇知书八分”句。 (17)李氏衮(gǔn)师:李商隐诗有“衮师我骄儿”句。 (18)杜甫《北征》有“生还对童稚,似欲忘饥渴。问事竞挽须,谁能即嗔喝”句。 (19)胶东:汉郡国名。锦笺:精致华美的信笺。 (20)花管:生花之笔。江淹少时梦人授五色之笔,才思日进。然晚年又梦失笔,“江郎才尽”。江淹曾封醴陵侯。分题:旧时诗人聚会分探(找)题目而赋诗,叫分题,也叫探题。 (21)洵(xún):诚然,确实。胥(xū):都,全。 (22)据《汉书》,枚乘谏吴王,言吴之有利条件时,说汉之上林苑“不如长洲之苑”,然更言吴亦有许多堪忧之事,不得忽视。吴王不听,遂为汉所灭。 (23)张:张开。廷尉之雀罗:《史记·汲郑列传赞》载,“始翟公为廷尉,宾客阗门;及废,门外可设雀罗”,一贵一贱,交情乃见。 (24)田单:战国时齐之名将,屡建奇功,封安平君。无意游齐:鲁仲连助田单破聊城,田单欲封其爵,鲁仲连重义不受,逃之海上。 (25)还思用赵:廉颇不为悼襄王所用,奔魏,又迎于楚。于楚无功,言已“思用赵人”。 (26)燕太子丹派荆轲刺秦王,荆轲为秦王所杀。高渐离为荆轲之友,燕亡后,变名姓为人家奴以藏身。 (27)司马相如与卓文君私奔成都,家徒四壁。后又来到临邛,尽卖其车骑而买一酒舍,文君当垆,相如涤器。卓王孙闻而耻之,终予以钱帛,成全其事。 (28)韩愈《送穷文》有“三揖穷鬼而告之”句。柳宗元《乞巧文》有“天之所命,不可中革。泣拜欣受,初悲后怿。抱拙终身,以死谁惕”句。 (29)矧(shěn):况且。三湘:湖南的湘潭、湘乡、湘阴合称“三湘”。六诏:唐时,我国西南少数民族称王为“诏”,当时有蒙舍等六诏,以后六诏泛指云南地区。鼙(pí):古代军中用的小鼓。 (30)巢幕而为燕:如燕于幕上建巢,喻局势之危。藩:篱笆。羝:公羊。 (31)杜甫《舍弟占归草堂检校聊示此诗》有“鹅鸭宜常数”句,忆成都草堂事。 (32)井有螬蛴:《孟子·滕文公下》云,陈仲子“居于陵,三日不食,耳无闻,目无见也。井上有李,螬食实者过半矣,匍匐往,将食之;三咽,然后耳有闻,目有见”。螬蛴(cáo qí):金龟子的幼虫,白色,生活在土中,吃植物根、茎,是害虫。 (33)怿(yì):喜欢。 (34)爰(yuán):乃,于是。 (35)坐隐、手谈:下围棋。《世说新语·巧艺》:“王中郎以围棋是坐隐,支公以围棋为手谈。” (36)不见烂柯:柯:斧柯,斧柄。《晋书》云,王质伐木石室山,见二人围棋，看局未终，视斧柯已烂。归，无复当时人矣。谁闻落子：苏轼《观棋》诗有“不闻人声，时闻落子。纹楸对坐，谁究此味”句。 (37)庄叟：庄子。《庄子》中多有寓言故事。醉翁：欧阳修《醉翁亭记》有“醉翁之意不在酒”句。 (38)一龙一蛇：东方朔《诫子书》有“圣人之道，一龙一蛇。形见神藏，与物变化”句。 (39)赌宣城之太守：《宋书》云，羊玄保善弈棋，棋品第三。太祖亦好弈，蒙引见与太祖赌郡，戏胜，以补宣城太守。 (40)看棋局于长安：杜甫《秋兴八首》之四有“闻道长安似弈棋”句。亟(jí)：急迫。觞(shāng)：古称酒杯。

【今译】那北院幽静深邃，南院书屋的檐角屈曲若飞。这里曲径通幽，就像古人诗中的皂荚桥、辛夷坞。藤萝挡路难拨去，橘刺拽衣难分开。屋舍如诸葛亮故居，门前的桑树已繁绿盛美；院子也像王阳家，墙外的枣树垂进一簇簇繁盛的红枣。这里生长着长枝萱花，也生长着短节翠竹，这花与竹啊，都能令人扫愁忘忧。何况这里宅分前后，东西临街。家眷如东方朔之小妇，如王孺仲之贤妻。屋墙壁带上的环形图案与银釭没有差异，门第上彩绘的画戟特别整齐。儿女满屋如石榴多子，夫妻恩爱如娇鸟同栖。真可比杨恽当年废为庶民，种豆之余，夫妇尚击缶弹筝以乐；陶渊明采菊之暇，还带着枣、栗以归。儿女们活泼可爱，像韩愈家的阿买和李商隐家的衮师，有时挽着我的胡须问东问西，有时围在我的膝边旋绕嬉戏。儒流雅士常来这里，展开五色之锦笺，用生花之笔分题赋写诗文。这些确实让人怀念，都是人间乐事啊！

可是，人生一世又有几多浮沉？想那枚乘谏吴王，言长洲之鹿苑虽好，可堪忧之事绝多；廷尉翟公罢官，门可罗雀，人情堪叹。鲁仲连助田单建功立业，却拒封赏无意留在齐国；廉颇壮志犹在，做了楚将还梦想指挥赵国兵马。燕太子丹死后，高渐离变姓埋名做了姓宋人家的家奴，卓王孙依然不接济文君，使司马相如在临邛洗涤酒器。韩愈写《送穷文》，“三揖穷鬼而告之”有多少牢骚和不平事；柳宗元作《乞巧文》，欣受天命，抱拙终身。况且而今湖南起了风浪，云南有了风烟，田园燃起烽火，故乡也有了战事。可叹不过是在飞幕上建巢的燕雀，他们就像公羊一样试图牴坏藩篱。如今故乡的草堂已没有当年的鹅鸭了，异乡于陵的井台边也只有螬蛴所衔之牛果。因此，生活中少有欢乐，心中每每不快。于是修建这个书斋，姑且命名“看弈轩”。然而这轩内空空荡荡，缺桌少凳，既没有对弈的宾朋，又没有弈棋的器具。暗中察看，见不到观棋者烂掉的斧柄；仔细听，也听不到落子的声音。这几乎与庄子寓言相同，又如醉翁之微意那样高深莫测。

唉,好了,我已知这中间的奥妙了:时局运转变迁,就如一龙一蛇,随物变化,时动时静,难以捉摸。那羊玄保曾与宋太祖对弈获胜而做了宣城太守,先生岂是那种人?可是在长安看棋局,旁观世事的人,古来难道就没有吗?先生默然不答,欠身而起,急忙劝酒,很快酩酊大醉了。

【点评】《看弈轩赋》堪称陈维崧赋作中之精品。“洵可怀也,于胥乐兮”句之前,先叙看弈轩主人处境之幽、园林生活之趣和写诗作赋之乐,为篇末“看棋局于长安”的妙处伏笔;“既乃”至“悄然不怿”一段,再写古来众多豪杰鸿儒之浮沉身世、绝多惆怅,又为“世一龙而一蛇,运或流而或峙”伏笔;“爰葺斯轩”以下,点明以“看弈”名轩的用意。原来这“看弈”就是教人冷眼旁观人世之事啊。人世上追名逐利者可谓多矣,然如羊玄保棋胜而做宣城太守的人不知又有多少?何况身处“田园烽火,乡关鼓鼙”的乱世,何苦去做那在飞幕上建巢的燕雀呢!看来,对弈者不如看弈者啊。由“亟命传觞,颓然醉矣”来看,此赋所言正得看弈轩主人名轩的旨意了。

陈维崧之弟宗石序其《湖海楼词集》,说维崧“中更颠沛”之后,“一切诙谐狂啸,细泣幽吟,无不寓之于词”,这大概就是他与看弈轩主人“心有灵犀一点通”的缘由吧。

此赋文辞典丽生动而又含蓄深沉,笔法娴熟,字字有声,非阅历深、功力厚之人莫能为也。此赋用典过多,几乎句句有典,这于一般读者是有距离的。然作者处在当时的政治环境下,也唯以此种方式来表达一个明末遗士的难言之隐了。

【集说】沉博绝丽中不掩其慷慨激昂之气。庾信平生最萧瑟,唯作者能神似焉,盖其所遭之时世,亦略似兰成也。(李元度《赋学正鹄》)

国朝而闲废者,又值西南兵燹,有家而不能归,故以此名轩,寓棋局长安之慨。得迦陵先生赋之,遂觉恻怆动人,不减韩陵片石。(同上)

文辞颇典丽,但苍劲老辣,逼肖庾信。“然而寂寂空堂”以下,词意委曲而有诙诡之趣,尤为神来之笔。维崧之弟宗石序其《湖海楼词集》,谓维崧“中更颠沛”之后,“一切诙谐狂啸,细泣幽吟,无不寓之于词”,此赋殆亦近之。(马积高《赋史》)

(李方正)

铜雀瓦赋[1]

魏帐未悬，邺台初筑[2]，复道袤延，绮窗交属[3]。雕甍绣栋，矗十里之妆楼；金埒铜沟，响六宫之脂盝[4]。庭栖比翼之禽，户种相思之木[5]。驱娑前殿，逊彼清阴；柏梁旧寝，嗤其局蹙[6]。

无何而墓田渺渺，风雨离离[7]；泣三千之粉黛，伤二八之蛾眉[8]。虽有弹棋爱子，傅粉佳儿[9]，分香妙伎，卖履妖姬[10]，与夫杨林之罗袜，西陵之玉肌[11]，无不烟消灰灭，矢激星移[12]，何暇问黄初之轶事[13]，铜雀之荒基也哉！

春草黄复绿，漳流去不还；只有千年遗瓦在，曾向高台覆玉颜！

【注释】(1)铜雀:台名。三国时曹操所筑，故址在今河北省临漳县西南古邺城西北角，台基大部为漳水冲毁。 (2)魏帐未悬:意即曹操生前。邺台:即铜雀台。 (3)复道:指楼台上通道。袤延:纵横绵延。绮窗:雕有花纹的窗户。 (4)甍(méng):屋脊。金埒铜沟:《晋书・王济传》:王济“性豪侈，丽服玉食。时洛京地甚贵，济买地为马埒，编钱满之，时人谓之金沟”。埒(liè):矮墙。脂盝(lù):脂粉盒。 (5)比翼之禽:《尔雅・释地》“南方有比翼鸟，不比不飞，名曰鹣鹣。”常比喻夫妇。相思之木:《搜神记》载，宋大夫韩冯娶妻而美，宋康王夺之，冯自杀，妻亦自投台下而死。王使人埋之，与夫冢相望，“宿昔有文梓木生二冢之端，旬日而大合抱。有鸳鸯栖树上，交颈悲鸣。宋人哀之，遂号其木曰相思树”。 (6)驱娑(sà suō):汉宫殿名。柏梁:汉台名。嗤:嘲笑。局蹙:狭促。 (7)无何:没有多久。渺渺:幽远貌。离离:凄伤貌。 (8)粉黛、蛾眉:均指代美女。 (9)弹棋爱子、傅粉佳儿:均代指宫中美人、亲属，非确指。 (10)分香妙伎、卖履妖姬:指曹操姬妾及伎人。曹操遗令:“吾死之后，敛以时服，葬于邺之西冈上。与西门豹祠相近，无葬金玉珍宝。吾婢妾与伎人皆勤苦，使著铜雀台，善待之。于台堂上安六尺床，施繐帐，朝晡脯糒之属。月旦十五日，自朝至午，辄向帐中作伎乐。妾等时时登铜雀台，望吾西陵墓田。余香可分与诸夫人，不命祭。诸舍中无所为，可学作组履卖也。” (11)杨林之罗袜:借用曹植《洛神赋》中词语，罗袜指代美人。西陵:操墓所在地。 (12)矢激星移:比喻往事一去不复返。

(13)黄初:魏文帝年号(220—226)。轶事:遗事。指操死一事。

【今译】魏账还没有悬起.铜雀台已经筑好,台上通道蜿蜒纵横,刻花窗户错综交织。雕饰的屋脊,彩绣的房梁,铜雀台屹立在十里妆楼中;金堆的矮墙,铜构的河沟,六宫的脂粉盒在日夜碰响。庭中栖息着比飞的鹣鸟,门前栽种着相思的文梓。清凉荫郁,胜似先前的驳娑殿;舒裕宽敞,赛过旧时的柏梁台。

不久,魏帝墓荒凉幽寂,风雨凄凄,令三千宫女哭泣,使二八佳人悲伤。虽有爱子佳儿,妙伎妖姬,以及杨林美女,西陵佳人,无不烟消灰灭,一去不返,哪会有时问及魏帝的死亡,铜雀台的荒基!

春草黄了又绿,漳水永逝不还,只有铜雀台千年的遗瓦尚在,高卧在台顶覆盖着往昔的玉颜。

【点评】借文物古迹抒怀咏志,是我国古代文学发展史上的普遍现象,在各类体裁的文学作品中,此类题材的作品处处都有,而且同咏一物的作品亦为不少。仅就曹操所筑的铜雀台而言,单是《乐府诗集》所收的《铜雀台》《铜雀伎》诗就多达 29 篇,唐以后的作品更不胜枚举,元末杨维桢亦有同题之作。相比较而言,陈维崧这篇小赋的独特之处,正在于他那别具匠心的取材。曹操所筑的铜雀台以及与之相关的人和物,可资入笔的实在太多,但作者却只取铜雀台上的“瓦”作为抒咏的对象,而将众多的人和物作为深化主题的铺垫,从小处选题,从大处入笔,一反前人沿习,给人一种新颖别致之感。束尾“只有千年遗瓦在,曾向高台覆玉颜”一句,不仅昭示了这种组织、安排材料的妙处,而且使人生发出无限的感叹:一代枭雄,千秋功绩,满室妻妾,三宫佳丽,留下来的却只是一片“遗瓦”。用意之深,使人掩卷叫绝。

【集说】这篇小赋在内容上并没有什么特别之处,也无非是一般的兴亡之感。但材料的组织安排,确能别出心裁。全赋仅三十二句一百六十五字,作者用十四句写兴,十四句写亡,到最后四句收结全篇时才落到题目铜雀瓦上,然而这最后一点,分量实在不轻:一代英雄,千秋往事,留下来的就只有一片“遗瓦”!感慨之深,令人心魂悸动。(黄瑞云《历代抒情小赋》)

(王成林)

袁枚

袁枚(1716—1798),清代诗人,字子才,号简斋、随园老人,浙江钱塘(今浙江杭州市)人。幼聪敏,以善文著名,乾隆四年(1739)中进士,历任江南、溧水、江宁等地知县,做官不甚注重政事,乐于诗酒交游。三十三岁时引疾归家,此后五十年,在江宁小仓山所筑"随园"闲居。论诗主张抒写性情,创性灵说,对儒家"诗教"不满,曾宣称"《六经》尽糟粕"(《偶然作》)。其诗多写闲情逸致;亦善文,所作书信颇具特色。有《小仓山房集》《随园诗话》和笔记小说《子不语》等作。

秋兰赋[1]

秋林空兮百草逝,若有香兮林中至。既萧曼以袭裾[2],复氤氲而绕鼻[3]。虽脉脉兮遥闻[4],觉熏熏然独异[5]。予心讶焉[6],是乃芳兰。开非其时,宁不知寒? 于焉步兰陔[7],循兰池,披条数萼[8],凝目寻之。

果然兰言:称某在斯。业经半谢[9],尚挺全枝。啼露眼以有待[10],喜采者[11]之来迟。苟不因风而枨触[12],虽幽人[13]其犹未知。于是舁之萧斋[14],置之明窗。朝焉与对,夕焉与双。虑其霜厚叶薄,党孤香瘦[15],风影外逼[16],寒心内疚。乃复玉几安置,金屏掩覆。虽出入之余闲,必褰帘而三嗅[17]。谁知朵止七花,开竟百日。晚景后凋[18],含章贞吉[19]。露以冷而未晞[20],茎以劲而难折。瓣以敛而寿永[21],香以淡而味逸[22]。商飙为之损威[23],凉月为之增色。留一穗之灵长[24],慰半生之萧瑟。予不觉神心布覆[25],深情容与[26],析佩表洁[27],浴汤孤处[28]。倚空谷以流思[29],静风琴而不语。歌曰:"秋雁回空[30],秋江停波。兰独不然,芬芳弥多[31]。秋兮秋兮,将如兰何!"

【注释】(1)此赋选自《小仓山房集》。 (2)萧曼:清淡绵延。萧:清静冷落,此指香气清淡。曼,曼延,指香气连续不断袭来。袭裾(jū):扑人衣袖。裾:衣袖。 (3)氤氲(yīn yūn):香气游荡。 (4)脉脉:含情相视的样子。脉:通"脈"。 (5)熏熏然:沁人心脾的样子。熏熏,同"醺醺"。 (6)讶:惊奇,诧异。 (7)陔(gāi):田埂。 (8)萼:花萼,此指花叶。 (9)业:已。 (10)啼露眼:眼中含着啼泣的零露。 (11)采:同"採"。 (12)枨(chéng)触:感触。枨:触动。 (13)幽人:幽居之人,指隐士。 (14)舁(yú)之萧斋:把兰花挖出抬回寂静的书房。舁,抬。 (15)党孤香瘦:枝单茎孤,香味单薄。(16)风影:风和光影。 (17)褰帘:揭帘。褰:揭起,撩起。 (18)晚景:傍晚的日光,即日暮时分,此处指岁暮。景,日光。 (19)含章贞吉:包孕的花朵坚贞吉祥。章:花纹,此处指花瓣。贞:坚定不移。吉:吉祥。 (20)以:已。晞:干,此处指枯干。 (21)寿水:寿命很长。 (22)逸:散失。 (23)"商飙"句:秋风因它减损威力。商飙,秋风。商,商秋,古代以商为五音中的金音,声凄厉,与肃杀的秋气相应,故称秋为商秋。 (24)灵长:绵延久长。 (25)神心布覆:心神徘徊动荡。 (26)容与:迟缓不前的样子。 (27)析佩表洁:解下衣服上的饰物以表高洁。佩,衣服上的装饰品。析,分开,此处指解下讲。(28)浴汤:在热水中洗浴。汤,热水。 (29)流思:深思。 (30)回空:从空中回。 (31)弥多:更加多,指香气更浓。弥,更加。

【今译】秋林空廓啊百草枯黄，疑有香气啊在林中飘荡。香气绵绵扑人衣袖，芬芳流动轻扬绕鼻。虽含情凝视而远远所闻，仍觉沁人心脾不同凡响。我不禁惊诧，这不正是兰花的芬芳？它开放在万花凋谢的时候，难道不知秋有寒霜？于是我走下长着兰花的田埂，沿着有兰草的池塘，分开枝叶寻数花葶，凝神注目将兰花探访。

果然兰花说话了："是我在这里。"那花儿已有一年凋谢，所有的绿叶却仍犹挺直。眼含泣露似有所待，嗔怨采花人姗姗来迟。倘不是因风而生感触，纵使是山居隐士也无从得知。于是把它挖出抬回寂静的书斋，置放在明亮的窗子下边。早晨与它为伴，傍晚跟它作侣。担忧单薄的叶片受不住酷霜摧残，茎孤叶单又香气寡淡。又惧怕寒风吹环境日艰，寒气钻心有病痛心内不欢。于是设玉几妥善安置，又用华贵的屏风密密遮掩，即便是在出入的余暇，一定掀帘而屡嗅。想不到它虽仅有七片花瓣，竟然能开一百多天，直到岁暮才最后凋谢，花瓣里包蕴着坚贞吉祥。虽然霜露已寒而茎叶并不枯萎，茎秆已经僵直却坚韧而难断。花瓣已敛缩仍不凋谢，香气已微淡味儿却并未消散。秋风为它减损威力，凉月更替它添彩翩翩。留下一个花穗绵延久长，足以慰藉半生的寂寥情肠。我不禁心神为之飘摇动荡，深情留恋而迟疑彷徨。解下佩饰略表高洁，倚望空旷的深谷流目长思，风琴静置而无声息。于是歌以唱道："秋雁飞回南方，秋江无波浪。只有兰花卓荦傲岸。霜气越重而愈加芬芳。寒秋啊寒秋啊，看你能把兰花怎样？"

【点评】《秋兰赋》的描绘中心是秋兰是毋庸置疑的，但是读完《秋兰》我们却有"醉翁之意不在酒"的感觉：我们在赋中过多地看到了作者的影子。这从两点可以看出。一是作者的外在的行动，一是更多地写了自己的感受。外在行动方面，作者借寻兰、救兰、护兰三个递进式层次写了"我"对秋兰相遇、相知、相惜的态度；内在感受方面则借对秋兰激起自己内心浪花的捕捉写出对秋兰的倾慕与赞赏。这种主观精神的全力投入配合，加强了对秋兰的客观描绘，使我们对秋兰的外在形态和精神内核有了更全面透彻的把握，但这只是问题的一个方面，我们应该看出问题的另一个面。作者不失时机地投入自我。为我们对另一面的理解提供了线索。

"我"爱秋兰。在寥落凄清的秋林中闻到了香气，于是领悟到这是秋兰，开始了颇费周折的对秋兰的探访。找到秋兰并不是探访的结束,救出秋兰才是找到的继续。更重要的是救出之后的保护。置于几之上,用屏风遮蔽,可谓周列备至。但这并没有到头。与兰朝夕相伴,以致出入须臾而嗅之再三,才真正看出对兰的态度:绝不仅仅是一般的爱,而是把秋兰当作挚友知己来对待的。

秋兰爱"我"。在秋林里,秋兰之香"既萧曼以袭裾,复氤氲而绕鼻",如此亲热,有久别重逢之感;而当寻到秋兰之后,秋兰则"啼露眼以有待,喜采者之来迟";放进屋舍之后,秋兰"朵止七花,开竟百日",实在是为了"留一穗之灵长,慰半生之萧瑟"这当然不是写实,而是要借此写出秋兰与"我"相知、相惜,神交如一的底蕴。写秋兰实是写自己,赞秋兰不外赞自己,秋兰的环境是自己的环境,秋兰的品格是自己的人格。

作者幼以文称著,又科场早捷,也确实想有所作为,却不料十余年小官的经历,彻底改变了他的人生道路:告疾归隐,留恋山水。看似超然的选择,却是作者无可奈何的愁哀。社会黑暗,政治腐败,环境恶浊,要保持自己独立高洁的人格,舍此别无他途。唯其如此,作者才对在恶劣环境中苦苦挣扎的秋兰倾注了过多的爱和情。那是因为他在秋兰中瞧见了自己的影子,于是赞秋兰,显示自己的胸臆。

这种笔墨使文章具有强烈的情感力量和独特的艺术魅力,和作者的艺术追求一脉相承。

【集说】《秋兰赋》是一篇借咏兰花而抒写做人品格的文章。更确切些说,是袁枚标榜自己的文章。……他对于官场的污浊、官吏的蝇营狗苟是不满的。但是,他不是面对现实,起来矫正时弊,而是采取洁身自好,迢远超然的态度,这就是他要借歌咏芳兰而表现某种做人的品格的原因。(李晖等《历代赋译释》)

在《骈文类苑》中还收了袁枚的《秋兰赋》一篇,与《小仓山房集》中的《秋兰赋》同题而全不相同,风格也稍异,唯一有"慰半生之萧瑟",一有"感半生之萧瑟",语颇相似。疑《类苑》所收为他人之和作,但它比本集的一篇更精练,其中"值天地之苍凉,抱素心而始出,泣三嗅之馨香,感半生之萧瑟"等语境界颇高,精神倍出。(马积高《赋史》)

(林　霖)

章炳麟

章炳麟(1869—1936),字权叔,号太炎,浙江余杭人。近代著名的民主革命家、思想家、学者。章氏曾参加维新运动,遭通缉,流亡日本。1903 年撰文触怒清廷而被捕入狱。1904 年参与发起成立光复会。1906 年出狱后为孙中山迎至日本,参加同盟会。1913 年因讨袁而被禁锢,袁死后获释。1924 年脱离孙中山改组的国民党,以讲学为业。有《章氏丛书》。

哀山东赋

夫何泰岱之无灵兮[(1)]?不能庇此齐鲁!海潮忽其上逆兮,又重之以钲鼓[(2)]。两雄奋而相撞兮,金铁鸣于柘中。初既躏吾田稼兮,后又处吾之官。彼姬姜之窈窕兮[(3)],充下陈于憔悴[(4)]。驱丁男以负担兮,老弱转于沟浍[(5)]。厥角蛾伏兮[(6)],固庸态也[(7)]。奉箪食而不省兮[(8)],死又莫吾代也。管仲化为枯腊兮[(9)],鲁连瘗于蒿里[(10)]。士乡无精甲兮[(11)],游谈不足恃。昔余茇舍此都兮[(12)],楼橹郁其驵庄[(13)]。不逾稔而为丘兮[(14)],血沾野之茫茫。闻老氏之遗言兮，惟大匠焉司杀[15]。白日中而下稷兮[16]，噫乎何可以不察？往者吾不见兮，来者吾不闻。苟金陵之不可忘兮，天道岂其惛惛[17]！

【注释】(1)泰岱：泰山。(2)钲鼓：古代行军时用的两种乐器。钲，形似钟而狭长，有长柄可执，以锤敲击。行军时用以节止步伐。此代指战祸。(3)姬姜：春秋时，姬为周姓；姜为齐国之姓，故以“姬姜”为大国之女的代称。亦用作妇女的美称。此指后者。窈窕：美好貌。(4)下陈：堂下，指美女，侍妾。(5)沟浍(kuài)：田间排水的渠道。(6)厥角：兽之头角。伪《古文尚书》伪孔《传》：“以畜兽为喻，民之怖惧，若似畜兽崩摧其头角然。”后来称以头叩地为“厥角”。蛾(yǐ)伏：蛾，同“蚁”，如蚁之蛰伏。(7)庸：平凡，引申为低贱。(8)箪食(dān sì)：箪，盛饭用的竹器。食，通“饲”，给人吃。此指粮食给养。(9)管仲：人名。春秋齐相。枯腊：干枯的肉，此指尸体。(10)鲁连：即鲁仲连，战国齐人。瘗(yì)：埋葬。蒿里：本为山名，在泰山之南，为死人之葬地。(11)士乡：士人聚居的地方。(12)茇(bá)舍：亦作“拔舍”。除草平地，以为宿所。(13)楼橹：战时军中用以瞭望敌军的无顶盖高台。驵(zǎng)：粗大。庄：草盛貌。(14)稔(rěn)：古代谷物一年一熟，因称年为稔。丘：大坟冢。(15)大匠：本为木工之长。《老子》：“夫代大匠斫者，希有不伤手矣。”后泛指专家、学者和技艺高超的人。(16)中：中落。下稷：天将暮时。(17)惛(hūn)惛：不明了，糊涂。

【今译】泰山为什么不显示神灵？不来庇护齐鲁大地！海潮突然向岸边逆涌，接踵而来的便是战祸相加。争战双方奋力搏杀，枪炮之声杂响其间。侵略者开初践踏田园，继而又占据家室。当地有姿色的妇女惨遭蹂躏而面色憔悴。他们驱使男子负担苦役，老者弱者辗转流离以至死于渠沟。老百姓以头叩地、像蚂蚁一样匍匐，以求宽待，全然一副低贱、可怜的情状。奉上箪食壶浆也被省察，死亡相继而无一替代。高才贤能的管仲早已化作枯腊，侠肝义胆的鲁仲连也被深埋于荒山野岭。英雄代出的齐鲁大地却无强兵锐器，高谈阔论不足以抗敌御侮。过去我曾在此居住过，昔日的瞭望台而今已草木丛生。过不了一年，这里就会变成一片坟冢，碧血盈野，大地苍茫。听说老子有过这样的话：唯有技艺高超的工匠才能主持砍伐之事(唯有德高望重的人才配执掌生杀之权)。可现在就如同日在中天而忽然坠落,大地一片昏黑。哎呀,此情此景怎能不引起警觉省察呢?以往的仁人志士我不曾见到,未来的一切我也无心予闻。不可忘记南京政府,天道岂能昏聩不明,永远如此?!

【点评】1897年11月,德国借口其传教士在曹城巨野(今属山东)被杀,派军舰进入胶州湾,强占胶州城。1898年3月清政府被迫与德国签订《胶澳租界条约》,使山东变成了德国的势力范围。《哀山东赋》就是在这种历史背景下成篇的。全赋以"哀"为感情基调,既为"外患"而哀忿填膺,亦为"内忧"而哀伤悲叹,呼天抢地,激愤难已。作者对逆夷侵凌,"躏吾田稼""处吾之宫"、奸淫抢掠、奴役百姓的滔天罪行给予了愤怒的揭露与控诉;对齐鲁人民的悲惨遭遇表示了深切的同情与关注。然而,更令作者痛心疾首的是民族自身的没落:其一,"士乡无精甲","楼橹郁其驵庄",抗敌御侮的力量几乎丧失殆尽;其二,山河破碎,白日中下,却无人警察,清朝统治者的昏聩麻木,病入膏肓可见一斑;其三,管仲、鲁仲连这样的贤能豪杰之士于今不见,维新党人则多是崇尚空谈、坐而论道者流,不足以挽狂澜于既倒。面对这危若累卵的时势,作者忧心如焚,于是在结尾处便以"苟金陵之不可忘"的历史性话题正告当局,警策世人。纵观全赋,以对"泰岱"的责难起,以对"天道"的诘问终,一气贯注,哀深意永,主旨突出而断制谨严,"义""法"并重而情理兼至。

【集说】辛亥革命前,章太炎的韵文作品总共不过数十篇(首)。……就内容言,这些韵文大体分作两类:一类,倾吐自己的苦闷与愤懑,抒写自己的志向与胸怀。……另一类,则多为叙事,或揭露丑恶,或痛剐痈疽,或赞颂志士,或凭吊英雄。前两种有……《哀山东赋》等篇。……"初既躏吾田稼兮。后又处吾之宫。彼姬姜之窈窕兮,充下陈于憔悴。驱丁男以负担兮,老弱转于沟浍。"这是对德国帝国主义侵略中国所造成的悲惨局面如实的描写,也是对其他帝国主义侵略中国所造成的灾难最为深沉的抗议。(姜义华《章太炎思想研究》)

(魏玉川)

图书在版编目（CIP）数据

历代小赋观止/魏耕原本书主编．--西安：陕西人民教育出版社，2019.1

（中国古典文学观止丛书/尚永亮主编）

ISBN 978-7-5450-6407-0

Ⅰ.①历… Ⅱ.①魏… Ⅲ.①赋-诗歌评论-中国-古代 Ⅳ.①I207.224

中国版本图书馆 CIP 数据核字（2019）第 001552 号

中国古典文学观止丛书

历代小赋观止

魏耕原　主编

出　　版	陕西新华出版传媒集团 陕西人民教育出版社
发　　行	陕西人民教育出版社
地　　址	西安市丈八五路 58 号
责任编辑	杜　薇　贺金娥　董方红
装帧设计	张　田
经　　销	各地新华书店
印　　刷	北京市松源印刷有限公司
开　　本	787 mm×1092 mm　1/16
印　　张	34
字　　数	520 千字
版　　次	2019 年 1 月第 1 版
印　　次	2019 年 1 月第 1 次印刷
书　　号	ISBN 978-7-5450-6407-0
定　　价	128.00 元